SUPERBESTSELLER
593

I libri di Stephen King

La zona morta
L'incendiaria
Cujo
Christine (La macchina infernale)
Pet Sematary
Il Talismano (con Peter Straub)
Stagioni diverse
It
Misery
Gli occhi del drago
Scheletri
Tommyknocker-Le creature del buio
La metà oscura
Quattro dopo mezzanotte
Il gioco di Gerald
Dolores Claiborne
Incubi & deliri
Insomnia
Rose Madder
Desperation
L'arte di sopravvivere (audiocassetta)
Mucchio d'ossa
Il Miglio Verde
La bambina che amava Tom Gordon
Cuori in Atlantide
Danse macabre
Riding the Bullet-Passaggio per il nulla
La tempesta del secolo
On Writing
L'acchiappasogni
La casa del buio (con Peter Straub)
Tutto è fatidico
Buick 8

Serie «La Torre Nera»

L'ultimo cavaliere
La chiamata dei tre
Terre desolate
La sfera del buio
I Lupi del Calla
La canzone di Susannah
La Torre Nera

e quelli di Richard Bachman

L'occhio del male
I vendicatori
L'uomo in fuga
La lunga marcia

STEPHEN KING

COSE PREZIOSE

SPERLING
PAPERBACK

Traduzione di Tullio Dobner
Needful Things

Published by agreement with the author
c/o Ralph M. Vicinanza, Ltd.

I edizione «Superbestseller» Paperback aprile 1997
In copertina: Foto dell'autore di Virginia Sherwood

ISBN 88-8274-346-2
86-I-05

VIII EDIZIONE

Visitate i siti www.stephenking.com, www.stephenkingofficial.com e www.sperling.it

Si ringrazia per il permesso di pubblicare i brani del seguente materiale coperto da copyright:

Snake Oil di Steve Earle. © 1988 Goldline Music & Duke of Earle. All rights reserved. Per gentile concessione.

Jailhouse Rock di Mike Stoller e Jerry Lieber. © 1957 (renewed) Jerry Lieber Music, Mike Stoller Music. All rights reserved. Per gentile concessione. © 1957 Gladys Music. All rights on behalf of Gladys Music for the world excluding the USA administered by Chappell & Co.

Hound Dog di Jerry Lieber e Mike Stoller. © 1956 Gladys Music & MCA Music Publishing (renewed). All rights on behalf of Gladys Music for the USA administered by Chappell & Co. All rights reserved. Per gentile concessione.

Santa Claus Is Comin'to Town, testi di Haven Gillespie e J. Fred Coots. Copyright © 1934 (renewed 1962) EMI Feist Catalog Inc. Rights for the extended renewal term in the US controlled by Haven Gillespie Music and EMI Feist Catalog Inc. International copyright secured. All rights reserved. Per gentile concessione di CCP/Belwin, Inc. e Warner/Chappell Music.

Adattamento di *Hello, Goodbye*, parole e musiche di John Lennon e Paul McCartney. Original lyrics © Copyright 1967 by Northern Songs. All rights controlled and administered by MCA Music Publishing, a division of MCA Inc. under license from Northern Songs. All rights reserved. International copyright secured. Per gentile concessione.

Questo libro è per Chris Lavin,
che non ha tutte le risposte:
solo quelle che contano.

Signore e signori, attenzione, prego!
Fatevi sotto dove possiate vedere!
Ho una storia da raccontare, che non costa un soldo!
(E se vorrete crederlo,
andremo d'amore e d'accordo.)

STEVE EARLE
Snake Oil

Ho sentito di molti che si sono smarriti persino nelle vie del loro paese, quando l'oscurità è così densa che la tagli con un coltello, come si suol dire...

HENRY DAVID THOREAU
Walden

COSE
PREZIOSE

Sei già stato qui

Sì che ci sei stato. Sicuro. Io non dimentico mai una faccia.

Vieni, vieni, qua la mano! Ti dirò, guarda, ti ho riconosciuto da come camminavi prima ancora di vederti bene in faccia. Non avresti potuto scegliere un giorno migliore per tornare a Castle Rock. Non è un bijou? Manca poco all'apertura della caccia e poi avremo i boschi invasi da quegli scemi che tirano a tutto quello che si muove e mai che mettano la giubba arancione, e poi neve e nevischio, ma a suo tempo, a suo tempo. Adesso è ottobre, e alla Rocca ce lo teniamo buono, l'ottobre, che resti pure quanto vuole.

Per me è il momento più bello dell'anno. In primavera si sta bene qui, ma io dico che ottobre si mangia maggio in insalata. Qui nel Maine, è la regione occidentale quella che tutti si dimenticano subito, quando l'estate è fuggita, e quelli con i cottage al lago e su al View se ne sono tornati a New York e nel Massachusetts. La gente di qui li vede arrivare e andarsene ogni anno, ben arrivati, ben arrivati, ben arrivati, e poi arrivederci, arrivederci, arrivederci. È bello quando vengono, perché portano i loro dollari della città, ma è bello quando se ne vanno, perché si portano dietro anche tutte le loro grane della città.

È di grane che ho voglia di parlare più che altro, se ti va di ascoltare per un po'. Ci mettiamo qui, sui gradini del palco dell'orchestra andrà benissimo. Al sole si sta al calduccio e da qui, nel bel mezzo del parco municipale dove siamo, dominiamo praticamente tutto il centro. C'è solo da dare un occhio alle schegge. Ci sarebbe bisogno di una bella passata di carta vetrata agli scalini e poi una mano di vernice. È compito di Hugh Priest, ma ancora non ci si è messo. Beve, sai? Non è un gran segreto. Non che a Castle Rock non ci siano segreti, ma per conservarli c'è da lavorare sodo parecchio e ne è passato di tempo, da quando Hugh Priest e il lavoro sodo andavano come dire d'amore e d'accordo.

Come?

Ah! *Quello!* Dico, ragazzi, non è un piccolo capolavoro? Ce n'è in giro per tutta la città! Credo che li abbia affissi quasi tutti Wanda Hemphill con le proprie mani. È la moglie di Don, il titolare dell'*Hemphill's Market*. Tiralo giù e dammelo un po'. Non essere timido, tanto per cominciare nessuno ha il diritto di affiggere volantini al palco dell'orchestra.

Roba da matti! Guarda qui! I DADI E IL DEMONIO scritto quassù, in cima, con queste grandi lettere rosse con il fumo che viene fuori, quasi che siano arrivati per raccomandata dall'inferno! Ah! Uno che non sapesse che dormitorio è questa città, penserebbe che stiamo veramente precipitando nella perdizione, immagino. Ma sai anche tu come certi fatti vengono gonfiati a dismisura in una cittadina di queste dimensioni. E questa volta il reverendo Willie ha dato veramente in escandescenze. Chiese in provincia... be', non starò a raccontarti io che cosa succede. Si sopportano, più o meno, ma non si potrà mai dire che si accettino. Tutto procede pacificamente per qualche tempo, ma poi scoppia inevitabilmente un litigio per una questione o un'altra. Roba grossa questa volta e gran mostrare di denti. Vedi, i cattolici hanno in progetto un'iniziativa che hanno chiamato la Notte del Casinò alla sala dei Cavalieri di Colombo, dall'altra parte della città. L'ultimo venerdì del mese, se non sbaglio, e i proventi serviranno a pagare le riparazioni del tetto della chiesa, che sarebbe Nostra Signora delle Acque Serene e tu devi esserci passato davanti entrando in città, se sei arrivato da Castle View. Una chiesetta graziosa, vero?

La Notte del Casinò è stata un'idea di padre Brigham, ma a buttarsi anima e corpo nell'iniziativa sono state le Figlie di Isabella. Betsy Vigue in particolare. Credo che le vada molto l'idea di farsi su come uno zuccherino nel suo abito nero più attillato e distribuire le carte o far girare la roulette dicendo: «Fate il vostro gioco, signore e signori, prego, fate il vostro gioco». Intendiamoci, ci stanno tutti più che volentieri. Saranno solo puntate da pochi centesimi, tutto assolutamente innocuo, ma loro ci vedono lo stesso un pizzico di peccaminoso.

Ma non è innocuo per il reverendo Willie ed è molto più che un pizzico peccaminoso per lui e la sua congrega. Si chiama William Rose, il reverendo, e non ha mai avuto molta simpatia per padre Brigham, né a padre Brigham va a genio lui. (È stato proprio padre Brigham a cominciare a chiamare il reverendo Rose «Vaporetto Willie» e il reverendo lo sa.)

Non è la prima volta che fra quei due stregoni sprizzano scintille, ma questa faccenda della Notte del Casinò più che a scintille, direi che ha dato origine a un piccolo incendio. Quando ha saputo che i cattolici avevano intenzione di organizzare una nottata di gioco d'azzardo al C di C, il circolo dei Cavalieri di Colombo, Willie è andato praticamente a picchiare quella sua testolina a punta contro il soffitto. Ha pagato i volantini di tasca sua e Wanda Hemphill e le sue comari del circolo del cucito ne hanno tappezzato la città. Da allora l'unico posto dove cattolici e battisti si rivolgono la parola è la rubrica delle lettere sul nostro piccolo settimanale, dove ne scrivono di cotte e di crude e si dicono a vicenda che finiranno all'inferno.

Guarda laggiù e vedrai se ti caccio balle. Quella che sta uscendo dalla banca è Nan Roberts. È la proprietaria della *Luncheonette* e, ora che il vecchio Pop Merrill ha raggiunto il luogo della pace eterna, deve essere la persona più ricca della città, ed è anche battista dai tempi dei tempi. E quello che sta arrivando dall'altra parte è Al Gendron, un cattolico così cattolico che al suo confronto anche il Papa è all'acqua di rose e il suo miglior amico è Johnny Brigham, che è irlandese. Stai attento, adesso! Li vedi come tirano su il mento? Ah! Meriterebbero una foto. Sono pronto a scommettere dollari sani contro fagioli che quando si sono incrociati la temperatura è precipitata di un buon dieci gradi. È come diceva sempre mia madre: gli esseri umani se la spassano più di chiunque, eccetto i cavalli, che non se la spassano affatto.

Ora guarda là. Vedi la macchina dello sceriffo ferma al videoshop? Quello che vedi dentro è John LaPointe. Dovrebbe stare attento agli eccessi di velocità, qui in centro c'è il limite, sai, specialmente all'ora in cui i ragazzi escono da scuola, ma se ti ripari gli occhi con la mano e guardi attentamente, vedrai che invece si è perso nella contemplazione di una foto che si è tolto dal portafogli. Io da qui non la vedo, ma so che cos'è bene come so come si chiamava mia madre da nubile. È la foto che ha preso Andy Clutterbuck di John e Sally Ratcliffe un anno fa alla Fiera di Fryeburg. In quella foto John le tiene un braccio intorno alla vita e Sally stringe l'orsacchiotto che lui ha vinto per lei al tiro a segno e hanno tutt'e due un'aria così beata che quasi quasi pare che stiano per sciogliersi. Ma sono tempi che furono e che non sono più, come si dice. Di questi tempi Sally è fidanzata con Lester Pratt, l'insegnante di educazione fisica al liceo. È un battista garantito, proprio come lei. John non si è ancora ripreso dal trauma di averla persa. Vedi che sospirone? Si è fatto prendere da una malinconia con i fiocchi. Solo un uomo ancora innamorato, o che crede di esserlo, manderebbe un sospirone come quello.

Le grane e le seccature nascono quasi sempre dalle cose più comuni, ci hai mai fatto caso? Cose di nessun conto. Lascia che ti faccia un esempio. Lo vedi quello che sta salendo i gradini del tribunale? No, non quello in giacca e cravatta, quello è Dan Keeton, il nostro primo consigliere. Intendo quell'altro, il nero in tuta da lavoro. È Eddie Warburton, il portiere di notte del Municipio. Tienilo d'occhio per qualche istante e guarda bene che cosa fa. Ecco! Vedi come si ferma quando arriva in cima alla scalinata e guarda su per la strada? Sono pronto a scommettere altri dollari sani contro altri fagioli che sta guardando il distributore della Sunoco. La stazione di servizio della Sunoco è di proprietà di Sonny Jackett e fra i due non corre buon sangue da quando due anni fa Eddie gli portò la sua macchina per far dare un'occhiata alla scatola di guida. Me la ricordo bene, quella macchina. Era una Honda Civic, niente di speciale, ma molto speciale per Eddie, perché era la prima e sola macchina nuova che avesse mai posseduto. E Sonny non solo fece un lavoro scadente, ma glielo fece pagare più del dovuto. Secondo il punto di vista di Eddie, naturalmente. Da come racconta la storia Sonny, invece, Warburton approfitta del colore della pelle per cercare di spuntare uno sconto. Sai come succede, no?

Fatto sta che Sonny Jackett fece causa a Eddie Warburton e volarono parole grosse prima in aula e poi nel corridoio del tribunale. Eddie disse che Sonny gli aveva dato dello stupido muso nero e Sonny disse che il muso nero era una sua invenzione, ma che il resto era vero. Andò a finire che nessuno dei due fu soddisfatto. Il giudice fece scucire a Eddie cinquanta dollari, che secondo Eddie erano cinquanta dollari di troppo e secondo Sonny non erano neanche lontanamente abbastanza. Dopodiché succede che sulla macchina nuova di Eddie si verifica un corto circuito e la Civic se ne va arrosto e finisce al cimitero delle macchine, giù sulla Municipale N. 5, e adesso Eddie ha una Oldsmobile dell'89 che brucia olio. Eddie si è ficcato in testa che Sonny Jackett la sappia molto più lunga di quanto abbia lasciato intendere su quel corto circuito.

Ragazzi, è proprio vero che gli esseri umani se la spassano più di chiunque, eccetto i cavalli, che non se la spassano affatto. Non è già più di quanto si possa digerire in una giornata così calda?

È solo vita di provincia, comunque, chiamala Peyton Place o Twin Peaks o Castle Rock, ma è sempre gente che si sgranocchia una fetta di torta e manda giù un sorso di caffè e si spettegola addosso con la bocca nascosta dietro la mano. Quello è Storto Dodd, tutto solo perché gli altri ragazzi lo prendono in giro per la balbuzie. Quella è Myrtle Keeton, e se sembra un po' smarrita, come se non sapesse bene dov'è o che cosa le sta succedendo intorno, è perché suo marito, quello che hai appena visto salire in tribunale dietro a Eddie, non è più lo stesso da sei mesi o giù di lì. Vedi che occhi gonfi? Probabile che abbia pianto, o che non abbia dormito bene, o tutt'e due, no?

Ed ecco Lenore Potter, che sembra appena uscita da una confezione regalo. Sicuro come l'oro che sta andando alla *Western Auto* a vedere se è arrivato finalmente il suo speciale fertilizzante organico. Neanche Carter ha tante pillole per il fegato quanto quella donna ha tipi di fiori tutt'intorno a casa sua. E sapessi come ne va fiera. Non è molto amata dalle signore di qui, dicono che è spocchiosa, con i suoi fiori, le sue perline scacciapensieri e le sue permanenti da settanta dollari che va a farsi fare a Boston. Dicono che è spocchiosa e se vuoi che ti confidi un segreto, già che siamo qui a gomito a gomito su questo gradino del palco tutto scheggiato, io penso che abbiano ragione.

Tutto abbastanza comune, penserai tu, ma non tutti i guai che abbiamo avuto qui a Castle Rock sono comuni, questo è un punto che devo chiarire. Nessuno ha dimenticato Frank Dodd, il poliziotto dell'attraversamento pedonale che dodici anni fa impazzì e uccise tutte quelle donne, e nessuno ha nemmeno dimenticato il cane, quello che fu colpito dalla rabbia e uccise Joe Camber e il vecchio ubriacone che abitava poco distante da lui. Quel cane costò la vita anche al buon vecchio George Bannerman, lo sceriffo di allora. Adesso c'è Alan Pangborn, che è sicuramente un bra-v'uomo, ma agli occhi della città non potrà mai competere con Big George.

Non è stato niente di comune quello che è successo a Reginald «Pop» Merrill, se è per questo. Pop era il vecchio spilorcio che gestiva il negozio di rigattiere. *Emporium Galorium*, si chiamava. Là, dove c'è quel lotto vuoto dall'altra parte della strada. Il negozio è bruciato, ma c'è gente in città che ha assistito alla scena (o almeno così sostiene) e che dopo due o tre birre giù al *Mellow Tiger* ti dirà che è stato ben altro che un semplice incendio a distruggere l'*Emporium Galorium* e a uccidere Pop Merrill.

Suo nipote Asso dice che, prima dell'incendio, a suo zio è accaduto qualcosa di molto sinistro, qualcosa che sembra uscito da *Ai confini della realtà*. Vero è che Asso non era nemmeno nei paraggi, quando suo zio è passato a miglior vita. Stava finendo di scontare quattro anni alla prigione di Shawshank per una violazione di domicilio con scasso durante la notte. (Si è sempre saputo che Asso Merrill avrebbe fatto una brutta fine; a scuola era uno dei bulli peggiori che si siano mai visti in città e ci saranno stati almeno un centinaio di ragazzini che attraversavano la strada quando lo vedevano arrivare con tutto quello sferragliare di borchie e cerniere lampo sulla giacca da motociclista e i salvatacchi che facevano vibrare il marciapiede.) Eppure la gente gli crede, sai? Forse c'è davvero qualcosa di strano nella fine fatta da Pop quel giorno, o forse è solo un'altra delle storie che circolano da Nan fra tazze di caffè e fette di torta di mele.

È lo stesso qui come dalle parti tue, molto probabilmente. La gente che si scalda per problemi di religione, gente che cova passioni, gente che cova segreti, gente che cova rancori... e persino una storia da brividi di tanto in tanto, per rianimare una giornata più noiosa del solito, come le ipotesi sui fatti misteriosi che forse sono avvenuti e forse non sono avvenuti il giorno in cui Pop è morto nel suo negozio di rigattiere. Castle Rock è ancora un bel posticino dove vivere e crescere, come dice il cartello che trovi quando si entra in città. Il sole splende sul lago e sulle foglie degli alberi e se la giornata è tersa vedi giù, fino al Vermont, dalla cima di Castle View. D'estate i villeggianti si disputano le edizioni della domenica e il venerdì o il sabato sera scoppia anche qualche rissa al parcheggio del *Mellow Tiger*, ma alla fine dell'estate i villeggianti se ne tornano sempre a casa e andati via loro finiscono anche le risse. La Rocca è sempre stata un posto *buono* e quando qualcuno comincia a fare le bizze, sai come diciamo noi? Diciamo *gli passerà* oppure *le passerà*.

Henry Beaufort, per esempio, è stufo di Hugh Priest che prende a calci il Rock-Ola quando si ubriaca... ma gli passerà. Wilma Jerzyck e Nettie Cobb si guardano in cagnesco, ma a Nettie passerà (probabilmente), e guardare il prossimo in cagnesco, per Wilma, è uno stato naturale. Lo sceriffo Pangborn piange ancora la morte della moglie e del figlio più piccolo, morto prematuramente, ed è stata una vera tragedia, ma con il tempo passerà anche a lui. L'artrite di Polly Chalmers non migliora di certo, anzi, peggiora piano piano, e può darsi che non le passi, ma imparerà a conviverci. L'hanno già fatto a milioni.

Ci urtiamo di tanto in tanto, ma perlopiù le cose procedono tranquillamente. O così è sempre stato finora. Però ho da confidarti un segreto *vero*, amico mio, è soprattutto per questo che ti ho chiamato a sederti qui con me quando ho visto che eri di nuovo in città. Credo che ci sia in vista qualche guaio, qualche guaio *serio*. Ne sento l'odore, appena oltre l'orizzonte, come un temporale fuori stagione, pieno di fulmini e lampi. Il diverbio fra battisti e cattolici per la Notte del Casinò, i ragazzi che canzonano il povero Storto perché balbetta, le pene d'amore di John LaPointe, il cordoglio dello sceriffo Pangborn... ecco, credo che tutto questo si ridurrà a meno che niente di fronte a quello che sta per arrivare.

Vedi quell'edificio dall'altra parte della Main Street? Tre porte oltre l'appezzamento dove una volta c'era l'*Emporium Galorium*? Dove c'è una tenda verde sull'ingresso? Ecco, quello. Le vetrine sono tutte insaponate perché non è ancora aperto. L'insegna dice COSE PREZIOSE e la domanda è: quali *COSE*? Non ne ho idea nemmeno io, ma è da lì che mi sembra che vengano queste brutte sensazioni.

Proprio da lì.

Guarda da quella parte di nuovo. Vedi quel ragazzo, no? Quello che spinge la bici e sembra immerso nel più delizioso dei sogni a occhi aperti che possano fare i bambini della sua età. Tienilo d'occhio, amico. Credo che sarà lui a dare il via.

No, te l'ho già detto, non so a che cosa... non proprio. Ma tu tieni d'occhio il ragazzino. E trattieniti in città per qualche giorno, vuoi? Tira una *brutta* aria, e se avesse a succedere qualcosa, forse non è un male che ci sia un testimone.

Conosco quel bambino, quello che spinge la bici. Forse lo conosci anche tu. Si chiama Brian qualcosa. Suo padre ha un'impresa di infissi a Oxford o a South Paris, mi pare.

Tienilo d'occhio, ti dico. Tieni un occhio su *tutto*. Sei già stato qui, ma ci sono delle novità in vista.

Io lo so.

Lo *sento*.

È in arrivo un temporale.

Parte prima

Grande festa di inaugurazione

1

1

In provincia, l'apertura di un negozio nuovo fa notizia.

Non era una novità sensazionale per Brian Rusk quanto per altri, per esempio sua madre. Da un mese o giù di lì la sentiva che ne dissertava (spettegolare no, gli aveva detto lei, perché spettegolare era una brutta abitudine e lei non lo faceva) per telefono con Myra Evans, la sua migliore amica.

I primi operai erano arrivati al vecchio edificio che per ultima aveva ospitato la Western Maine, agenzia immobiliare e assicurativa, nei giorni in cui riaprivano le scuole e da allora non avevano più smesso di lavorare alacremente. Non che qualcuno avesse idea di che cosa stessero facendo là dentro: la loro prima operazione era stata di installare un'ampia vetrina e la seconda di opacizzarla con il sapone.

Qualche settimana dopo, all'ingresso era apparso un cartello, appeso con lo spago a una ventosa di plastica trasparente.

APERTURA IMMINENTE!
COSE PREZIOSE
UN NEGOZIO COME NON SI ERA MAI VISTO
«Non crederete ai vostri occhi!»

«Sarà il solito negozio di antiquariato», aveva detto a Myra la madre di Brian. In quel momento Cora Rusk era distesa sul divano, con il telefono in una mano, mentre con l'altra mangiava boeri e intanto guardava *Santa Barbara* alla TV. «Il solito negozio di antiquariato pieno di falsi mobili in stile coloniale e sgangherati telefoni a manovella. Vedrai se non è vero.»

Questo era stato subito dopo la posa in opera della nuova vetrata, immediatamente insaponata, e data la sicurezza con cui aveva parlato sua madre, Brian avrebbe dovuto essere convinto che l'argomento era chiuso. Solo che con sua madre nessun argomento era mai veramente chiuso. Le sue ipotesi e supposizioni sembravano infinite come i problemi dei personaggi di *Santa Barbara* e *General Hospital*.

Da una settimana la prima riga del cartello appeso alla porta era stata cambiata e adesso diceva:

9 OTTOBRE - GRANDE INAUGURAZIONE
PORTATE GLI AMICI!

Brian non era incuriosito dal nuovo negozio quanto sua madre (e alcuni insegnanti; li aveva sentiti che ne discutevano nella sala professori della Scuola Media, quando era stato il suo turno di portalettere dell'ufficio), ma aveva undici anni e un undicenne sano è curioso per antonomasia. E poi quel nome lo affascinava. Cose Preziose: che cosa mai voleva dire?

Aveva letto la riga modificata sul cartello martedì scorso, mentre tornava a casa da scuola. Il martedì pomeriggio faceva sempre tardi. Era nato con il labbro leporino e, nonostante il difetto gli fosse stato corretto chirurgicamente quando aveva sette anni, non aveva ancora completato il corso di terapia della dizione. A chiunque glielo chiedesse ribadiva con fermezza che lo detestava, ma non era vero. Era profondamente e disperatamente innamorato della signorina Ratcliffe, e trascorreva tutta la settimana nell'attesa della sua speciale ora di rieducazione. La giornata scolastica del martedì durava per lui mille anni e passava sempre le ultime due ore animato da piacevoli palpitazioni allo stomaco.

C'erano solo altri quattro ragazzi con lui, nessuno dei quali della sua zona. Brian ne era contento. Dopo un'ora nella stessa stanza con la signorina Ratcliffe, l'emozione non lasciava più spazio alla compagnia. Gli piaceva tornarsene a casa piano piano nel tardo pomeriggio, di solito spingendo la bicicletta invece di montarla, sognando la signorina Ratcliffe, mentre intorno a lui cadevano le foglie gialle e dorate nelle lame oblique del sole di ottobre.

Il percorso lo portava lungo i due isolati della Main Street che si affacciavano sul parco, e il giorno in cui aveva visto il cartello che annunciava la festa di inaugurazione, era andato a schiacciare il naso contro il vetro della porta, nella speranza di scoprire che cosa avesse sostituito le bigie scrivanie e le pareti color giallo aziendale dei dipartiti agenti assicurativi e immobiliari della Western Maine. La sua curiosità era stata sconfitta. Al vetro era stata applicata una tendina nera, calata fino in fondo. Brian non aveva visto altro che il riflesso del proprio viso fra le mani a coppa. Venerdì, quattro ottobre, sulle pagine del *Call*, il settimanale di Castle Rock, era apparsa una pubblicità del nuovo negozio. L'annuncio era delimitato da una cornice increspata e sotto la scritta c'era un disegno di angeli che, schiena contro schiena, suonavano lunghe trombe. A parte l'ora d'apertura, le dieci del mattino, l'annuncio non aggiungeva niente a quanto si leggeva sul cartello che dondolava appeso alla ventosa: il nome del negozio era *Cose Preziose*, avrebbe aperto al pubblico alle dieci del mattino del 9 ottobre e, naturalmente, «Non crederete ai vostri occhi». Non c'era la più vaga allusione agli articoli che il proprietario o i proprietari di *Cose Preziose* intendevano mettere in vendita.

Questo particolare aveva indispettito non poco Cora Rusk, certamente abbastanza da indurla a una rara telefonata di sabato mattina a Myra.

«Sta' pur tranquilla che io crederò agli occhi *miei*», le aveva detto. «Quando vedrò quei letti *coloniali* che dovrebbero essere vecchi di *duecento anni* e hanno la scritta Rochester, *New York*, stampata sul *telaio*, che può vedere chiunque abbia voglia di fare la fatica di chinare la *testa* e guardare sotto la balza del *copriletto*, vedrai come crederò ai miei occhi!»

Myra aveva risposto qualcosa. Cora aveva ascoltato pescando una o due noccioline alla volta dal barattolo di Planter's Peanuts e sgranocchiandole febbrilmente. Brian e il suo fratellino Sean sedevano sul pavimento del soggiorno a guardare i cartoni animati in

TV. Sean era completamente immerso nel mondo dei Puffi e Brian non era del tutto rapito da quella comunità di pupazzetti blu, ma tendeva un orecchio alla conversazione telefonica.

«Giuuuuusto!» aveva esclamato Cora Rusk con maggior sicurezza ed enfasi del solito a qualche commento particolarmente incisivo da parte di Myra. «Prezzi esorbitanti e sgangherati telefoni a manovella!»

Il giorno precedente, lunedì, Brian aveva attraversato il centro cittadino dopo la scuola in compagnia di due o tre amici. Quando si erano trovati all'altezza del negozio nuovo, sull'altro lato della via, aveva visto che quel mattino qualcuno aveva montato una tenda color verde scuro. Davanti, in lettere bianche, c'era scritto COSE PREZIOSE. Polly Chalmers, la titolare della merceria, era fuori sul marciapiede, con le mani sugli invidiabili fianchi slanciati, a contemplare la tenda con un'espressione in cui si bilanciavano in egual misura perplessità e ammirazione.

L'ammirò anche Brian, che qualcosa di tende sapeva. Era l'unica *vera* tenda della Main Street e dava un tono tutto speciale al negozio nuovo. Il vocabolo «raffinato» non faceva parte del suo vocabolario corrente, ma si era reso conto all'istante che in tutta Castle Rock non c'era altro negozio come quello. Negozi con una tenda così si vedevano solo in televisione. Al suo confronto la *Western Auto* dirimpetto era rustica e pacchiana.

Quando era tornato a casa, sua madre era sul divano a guardare *Santa Barbara*, mentre mangiava un Little Debbie alla crema e beveva Diet Coke. Sua madre beveva sempre analcolici dietetici quando guardava i programmi pomeridiani. Brian non capiva bene perché, considerato che cosa ci mangiava assieme, ma riteneva che fosse probabilmente pericoloso chiederlo a lei. C'era persino il rischio che si mettesse a urlare, e quando sua madre si metteva a urlare, era opportuno cercarsi un riparo.

«Ehi, ma'!» aveva gridato, mollando i libri in cucina e prendendo il latte dal frigorifero. «Vuoi saperlo? Il nuovo negozio ha la tenda.»

«Chi attende chi?» era giunta la voce della madre dal soggiorno.

Brian si era versato il latte e si era affacciato sulla soglia *«Tenda»,* aveva detto. «All'ingresso del negozio nuovo in centro.»

La madre si era drizzata a sedere, aveva trovato il telecomando e azzerato l'audio. Sullo schermo, Al e Corinne avevano continuato a parlare dei loro problemi di Santa Barbara e del loro ristorante preferito di Santa Barbara, ma adesso solo chi fosse stato capace di leggere sulle labbra avrebbe potuto capire di quali problemi si trattasse. «Cosa?» aveva sbottato lei. «Il posto delle cose preziose?»

«Mmmm», aveva annuito lui mentre beveva un sorso di latte.

«Non *gorgogliare*», lo aveva rimproverato lei, infilandosi in bocca il pezzo di dolce che aveva ancora in mano. «È un rumore *ributtante*. Quante volte te l'ho già detto?»

Più o meno tante quante mi hai detto di non parlare con la bocca piena, aveva pensato Brian, ma era stato zitto. Aveva imparato in età precoce a controllare le reazioni verbali.

«Scusa, mamma.»

«Che tipo di tenda?»

«Verde.»

«Metallo stampato o alluminio?»

Brian, che era figlio di un venditore di rivestimenti per la Dick Perry Rivestimenti e Infissi di South Paris, sapeva benissimo di che cosa stava parlando, ma se fosse stata una tenda di *quel* genere non l'avrebbe nemmeno notata. Le tende in alluminio o in metallo stampato le vendevano un tanto al chilo. Una metà delle abitazioni della Rocca le avevano a protezione delle finestre.

«Niente del genere», aveva risposto. «È di tessuto. Tela, penso. Sporge di un bel po', perciò sotto fa una bella ombra. Ed è ad arco, così.» Aveva unito le mani (facendo attenzione a non versare il latte) a mostrare una cupola. «Davanti c'è il nome. È sinceramente mondiale.»

«Be', che mi squartassero!»

Era l'espressione con cui il più delle volte Cora manifestava emozione o esasperazione. Prudentemente Brian aveva fatto un passo indietro, nel caso si fosse trattato della seconda ipotesi.

«Cosa credi che sia, ma'? Un ristorante, forse?»

«Non lo so», aveva risposto lei, allungandosi verso il telefono Princess sul tavolino. Aveva dovuto spostare Squeebles il gatto, la *Guida TV*, e una bottiglia da un litro di Diet Coke, per arrivarci. «Ma puzza di losco.»

«Mamma, che cosa significa Cose Preziose? È qualcosa come...»

«Non mi seccare adesso, Brian. Mamma ha da fare. Ci sono dei Devil Dog nel portapane se ne vuoi. Solo uno, però, altrimenti ti guasti l'appetito per cena.» Stava già componendo il numero di Myra e pochi attimi dopo discutevano con grande fervore della tenda verde.

Brian, che non aveva voglia di un Devil Dog (voleva tanto bene alla sua ma', ma certe volte a guardarla mangiare gli scappava la fame), si era seduto al tavolo della cucina, aveva aperto il libro di matematica e aveva affrontato gli ultimi problemi che ancora doveva risolvere: era un ragazzo sveglio e coscienzioso e i compiti di matematica erano gli unici che non aveva finito a scuola. Mentre trasportava diligentemente le virgole decimali prima di compiere le divisioni, ascoltava la madre al telefono. Stava ripetendo a Myra che presto avrebbero avuto un *altro* negozio che vendeva vecchi e puzzolenti flaconi di *profumo* e ritratti di *parenti morti* di chissà chi, ed era una vera sciagura che dovessero continuare a spuntare botteghe di quel genere. C'era troppa gente in circolazione, inveiva Cora, il cui motto nella vita era «Prendi i soldi e scappa». Quando parlava della tenda, pareva che qualcuno l'avesse voluta offendere di proposito, riuscendoci alla grande.

Pensa che qualcuno avrebbe dovuto dirglielo, aveva concluso Brian, mentre la sua matita viaggiava gagliardamente per il foglio, abbassando e riportando. Sì, era così. Era curiosa, numero uno. Ed era scocciatissima, numero due. Le due cose insieme minacciavano di schiattarla. Comunque, l'avrebbe scoperto presto, e quando lo avesse scoperto, forse gli avrebbe confidato il grande segreto. E se fosse stata troppo occupata, si sarebbe messo al corrente da sé origliando una delle sue conversazioni telefoniche con Myra.

Il caso volle invece che Brian venisse a sapere parecchio su *Cose Preziose* prima di sua madre o Myra o chiunque altro a Castle Rock.

2

Non usò quasi per niente la bicicletta tornando a casa da scuola il pomeriggio prima dell'apertura programmata di *Cose Preziose*.

Era perso in un'appassionata fantasticheria (che non sarebbe sfuggita alle sue labbra neanche se avessero cercato di persuaderlo con tizzoni ardenti o tarantole pelose), in cui invitava la signorina Ratcliffe ad andare con lui alla Castle County Fair e lei accettava.

«Grazie, Brian», dice la signorina Ratcliffe e Brian vede lacrimucce di gratitudine agli angoli dei suoi occhi blu, occhi così scuri da sembrare quasi di tempesta. «Sto passando... be', un momentaccio, sai. Vedi, ho perso il mio amore.»

«L'aiuterò io a dimenticarlo», dice Brian, con una voce che è allo stesso tempo energica e affettuosa, «se mi chiamerà... Bri.»

«Grazie», mormora lei e poi, avvicinandoglisi tanto da fargli sentire il suo profumo, un inebriante aroma di fiori selvatici, gli dice: «Grazie... Bri. E visto che, almeno per questa sera, saremo ragazza e ragazzo e non insegnante e studente, puoi chiamarmi... Sally».

Lui le prende le mani. La guarda negli occhi. «Non sono solo un bambino», dice. «So fartelo dimenticare, Sally.»

Lei sembra quasi ipnotizzata da questa inattesa avvedutezza, questa inattesa maturità. Avrà solo undici anni, pensa, ma è più uomo lui di quanto sia mai stato Lester! La stretta delle sue mani si accentua, i loro volti si avvicinano... si avvicinano...

«No», bisbiglia lei e ora i suoi occhi sono così grandi e così vicini che a lui sembra quasi di annegare in essi. «Non devi, Bri... è sbagliato...»

«È giusto, baby», dice lui e preme le labbra su quelle di lei.

Lei si ritrae dopo qualche istante e sussurra teneramente

«Ehi, moccioso, ma guarda dove cazzo vai!»

Catapultato fuori dal suo sogno, Brian scoprì di essersi venuto a trovare davanti al camioncino di Hugh Priest.

«Scusi, signor Priest», disse, arrossendo come un peperone. Hugh Priest non era uomo a cui far saltare la mosca al naso. Era dipendente dell'assessorato ai lavori pubblici ed era considerato la persona più irascibile di tutta Castle Rock. Brian lo tenne attentamente d'occhio. Se avesse fatto mossa di voler scendere dal suo pick-up, aveva intenzione di balzare in sella alla bici e precipitarsi giù per Main Street a qualcosa di molto prossimo alla velocità della luce. Non gli andava affatto di passarsi un mesetto in ospedale solo perché aveva fantasticato di andare alla sagra della contea con la signorina Ratcliffe.

Ma Hugh Priest aveva una bottiglia di birra incastrata nel cavallo dei calzoni e alla radio c'era Hank Williams, Jr, che cantava *High and Pressurized* e insomma era sistemato troppo bene in quel momento per un'iniziativa così radicale come suonarle di santa ragione a un marmocchio un martedì pomeriggio.

«Meglio che impari a tenere gli occhi aperti», lo ammonì, tirando una sorsata a canna dalla bottiglia e lanciando a Brian un'occhiata bieca, «perché la prossima volta non perderò tempo a frenare. Ti passo sopra e ciccia. Ti faccio squittire, boccia.»

Ingranò la marcia e ripartì. Brian provò l'insano (e fortunatamente breve) impulso di gridargli: *Be', che mi squartino!* Aspettò che il camioncino arancione di servizio avesse svoltato in Linden Street e riprese la via. Il suo fantasticato tête-à-tête con la signorina Ratcliffe era, ahimè, irreparabilmente guastato. Hugh Priest lo aveva restituito alla realtà. La signorina Ratcliffe non aveva litigato con il suo fidanzato Lester Pratt; portava ancora l'anellino di fidanzamento con il diamante e girava ancora sulla Mustang blu di Lester, in attesa che la sua automobile tornasse dall'officina.

Brian aveva visto la signorina Ratcliffe e il signor Pratt solo la sera prima, ad affiggere quei volantini con la scritta I DADI E IL DEMONIO ai pali del telefono in fondo a Main Street, insieme con un gruppo di altre persone. Affiggevano volantini intonando salmi. Il fatto è che appena avevano finito, passavano i cattolici a tirarli via. In un certo senso era abbastanza buffo... ma se fosse stato più grande, Brian avrebbe fatto di tutto per proteggere qualunque volantino avesse affisso la signorina Ratcliffe con le sue sante mani.

Pensò ai suoi occhi blu, alle sue gambe lunghe da ballerina, e provò lo stesso angosciato stupore che sempre provava quando ricordava che, ora di gennaio, aveva intenzione di trasformare Sally Ratcliffe, che era stupendo, in Sally Pratt, che alle sue orecchie suonava come il rumore di una grassona che rotola per una breve rampa di duri scalini.

Mah, pensò, mentre saliva sul marciapiede opposto e s'incamminava lentamente per la Main Street, può sempre darsi che cambi idea. Non è impossibile. O magari Lester Pratt finisce sotto una macchina o gli viene un cancro al cervello o qualcosa del genere. Può addirittura saltar fuori che è un tossico. La signorina Ratcliffe non sposerebbe mai un tossico.

Quelle considerazioni furono a loro modo di consolazione a Brian, ma non poterono cambiare il fatto che Hugh Priest avesse fatto abortire il sogno quando era ormai quasi al culmine (il momento in cui baciava la signorina Ratcliffe e le *toccava il seno destro* nel Tunnel dell'amore). Era comunque un'idea alquanto balzana, quella di un undicenne che portava la sua insegnante alla sagra della contea. La signorina Ratcliffe era carina, ma era anche vecchia. Una volta aveva rivelato ai bambini del corso che in novembre avrebbe compiuto ventiquattro anni.

Così Brian ripiegò accuratamente il suo sogno lungo le pieghe, come un adulto avrebbe accuratamente ripiegato un documento molto prezioso e ripetutamente consultato, e lo ripose al suo posto, nello scaffale in fondo alla mente. Si preparò a montare in bici e a pedalare fino a casa.

Ma proprio in quel momento passava davanti al negozio nuovo e il cartello alla porta attirò la sua attenzione. C'era qualcosa di cambiato. Fermò la bici per leggere.

9 OTTOBRE - GRANDE INAUGURAZIONE

PORTATE GLI AMICI!

Non c'era più. Ora all'avviso era stato sostituito un piccolo cartello rettangolare, con una scritta in rosso su sfondo bianco.

APERTO

diceva, e

APERTO

era *tutto* quello che diceva. Con la bici tra le gambe, Brian osservava il cartello e il suo cuore cominciò a battere un po' più forte.

Non vorrai entrarci, vero? chiese a se stesso. Cioè, anche se apre davvero con un giorno d'anticipo, tu non ci entri, no?

Perché no? rispose a se stesso.

Be'... perché la vetrina è ancora insaponata. La tenda alla porta è ancora abbassata. Se entri là dentro, ti può succedere di tutto. *Di tutto.*

Come no. Il tipo che c'è dentro sarà come minimo Norman Bates, che si mette addosso i vestiti di sua madre e accoltella i clienti. *Si-curo.*

Lascia perdere, gli consigliò una timorosa voce interiore, con il tono però di chi già sapeva di aver perso. C'è *davvero* qualcosa di strano.

Ma poi Brian pensò a quando l'avesse detto a sua madre. Lo avrebbe buttato là, con nonchalance: «A proposito, ma', sai quel negozio nuovo, *Cose Preziose*? Ha aperto con un giorno di anticipo. Ci sono entrato per dare un'occhiata in giro».

Lei avrebbe azzerato precipitosamente l'audio sul telecomando e poi, c'era da scommetterci, avrebbe voluto sapere tutto, per filo e per segno!

La tentazione fu troppo grande. Brian abbassò il cavalletto della bici, entrò adagio nell'ombra del tendone (dove la temperatura era decisamente più bassa) e si avvicinò alla porta di *Cose Preziose*.

Mentre posava la mano sul grosso pomo d'ottone di quelli di una volta, gli venne il dubbio che l'avviso fosse un errore. Probabilmente era stato abbandonato lì dietro per l'indomani e qualcuno lo aveva appeso per sbaglio. Non udiva il minimo rumore da dietro la tendina abbassata. La sensazione era di un luogo deserto.

Ma già che era arrivato fin lì, provò il pomo... che ruotò docilmente fra le sue dita. La serratura scattò e la porta di *Cose Preziose* si spalancò.

3

Dentro era scuro, ma non buio. Brian notò che avevano montato faretti su rotaia (una specialità della Dick Perry Rivestimenti e Infissi) e alcuni dei faretti erano accesi. Erano orientati su alcune vetrinette disposte a intervalli nell'ambiente spazioso. Le vetrinette erano per la maggior parte vuote e i faretti mettevano in risalto i pochi oggetti che c'erano.

Il pavimento, che era stato di nude assi di legno quando il locale aveva ospitato la Western Maine, era stato ricoperto da una folta moquette color vinaccia. Le pareti erano bianco panna. Dalla vetrina insaponata filtrava una luce rarefatta, bianca come le pareti.

È un errore lo stesso, pensò Brian. Non gli è ancora nemmeno arrivata la mercanzia. Chiunque aveva appeso per sbaglio alla porta il cartello con la scritta APERTO, aveva anche dimenticato di chiudere a chiave. La cosa più educata da fare, in simili circostanze, sarebbe stata di richiudere la porta, montare in bici e andarsene.

Ma non sopportava l'idea di andare via. Stava *vedendo* con i propri occhi l'interno del negozio nuovo. Sua madre avrebbe parlato con lui per tutto il resto del pomeriggio, quando lo avesse saputo. L'aspetto sconcertante era che non era del tutto sicuro di che cosa stesse vedendo. C'erano una mezza dozzina di

(*reperti*)

articoli nelle vetrinette. E su di essi erano puntati i faretti, una specie di collaudo, probabilmente, ma non sapeva stabilire che cosa fossero. Senonché era in grado di dire che cosa *non erano*: letti in stile coloniale, sgangherati telefoni a manovella.

«Buongiorno», salutò titubante fermandosi sulla soglia. «C'è nessuno?»

Stava per afferrare la maniglia e richiudere la porta, quando una voce rispose: «Ci sono *io*».

Da un passaggio dietro a una delle bacheche emerse un uomo di notevole statura (un uomo, a prima vista, di statura *impossibile*). Il passaggio era nascosto da una tenda di velluto scuro. Brian avvertì un momentaneo e mostruoso crampo di paura, poi il fascio diagonale della luce di uno dei faretti sfiorò il volto dello sconosciuto e la paura di Brian si attenuò. L'uomo era piuttosto anziano e il suo viso era molto buono. Osservò Brian con interesse e piacere.

«La porta non era chiusa a chiave», cominciò Brian, «così ho pensato...»

«*Naturale* che non è chiusa a chiave», lo interruppe lui. «Ho deciso di aprire per qualche ora oggi pomeriggio, come dire... in anteprima. E lei è il mio primissimo cliente. Entri, amico mio.

Entri senza complimenti e lasci un po' della felicità che l'accompagna!»

Sorrise e tese la mano. Il sorriso era contagioso. Brian provò una simpatia istantanea per il proprietario di *Cose Preziose*. Dovette superare la soglia ed entrare nel negozio per prendergli la mano e lo fece senz'ombra di apprensione. La porta si richiuse da sola alle sue spalle, ma Brian non si accorse nemmeno dello scatto della serratura. Era troppo occupato a notare che gli occhi di quell'uomo così alto erano color blu scuro, esattamente la stessa gradazione degli occhi della signorina Sally Ratcliffe. Avrebbero potuto benissimo essere padre e figlia.

La stretta dell'uomo era forte e sicura, ma non dolorosa. Tuttavia c'era in essa qualcosa di poco gradevole. Qualcosa di... *rifinito*. Era troppo solida, in un certo senso.

«Lieto di conoscerla», disse Brian.

Quegli occhi blu spiccavano nel suo volto come lanterne ferroviarie.

«Altrettanto», rispose lui e fu così che Brian Rusk conobbe il proprietario di *Cose Preziose* prima di chiunque altro a Castle Rock.

4

«Il mio nome è Leland Gaunt», si presentò, «e lei è...?»

«Brian. Brian Rusk.»

«Molto bene, signor Rusk e visto che lei è il mio primo cliente, penso di poterle offrire un prezzo molto speciale su qualunque articolo di suo gradimento.»

«Grazie», rispose Brian, «ma non credo che potrei comprare niente in un negozio come questo. Ricevo il mio settimanale solo venerdì e...» Osservò di nuovo le bacheche con aria dubbiosa. «Non mi pare che lei abbia ancora a disposizione la sua mercanzia.»

Gaunt sorrise. Aveva i denti storti e alquanto gialli in quella luce fioca, ma Brian trovò lo stesso il suo sorriso assolutamente affabile. Di nuovo si sentì quasi costretto a contraccambiarlo. «Sì», convenne Leland Gaunt, «in effetti ha ragione. La maggior parte della mia... mercanzia, come l'ha definita lei, arriverà solo in tarda serata. Ma ho comunque qualche articolo interessante. Dia un'occhiata, giovane signor Rusk. Se non altro, apprezzerò una sua opinione... e immagino che lei abbia una madre, no? Ma certo. Un giovanotto perbene come lei non può essere orfano. Dico bene?»

Brian annuì, continuando a sorridere. «Sicuro. In questo momento è a casa.» Gli venne un'idea. «Vuole che gliela porti?» Si era appena avventurato in quella proposta che già se ne pentiva. Non voleva affatto portare lì sua madre. Già l'indomani il signor Leland Gaunt sarebbe appartenuto a tutta la città. L'indomani sua madre e Myra Evans avrebbero cominciato a coccolarselo, insieme con tutte le altre signore di Castle Rock. Prevedeva che il signor Gaunt avrebbe cessato di essere così singolare e diverso prima della fine del mese, che diamine, magari addirittura prima della fine della *settimana*, mentre per ora lo era ancora, per ora apparteneva a Brian Rusk e a lui solo, e Brian voleva che la situazione restasse com'era.

Così fu contento quando il signor Gaunt alzò la mano (le dita erano estremamente magre ed estremamente lunghe e Brian notò che indice e medio erano lunghi esattamente uguali) e scosse la testa. «Nient'affatto», spiegò. «È proprio quello che *non* voglio. Desidererebbe senza dubbio farsi accompagnare da un'amica, giusto?»

«Già», rispose Brian pensando a Myra.

«Forse addirittura *due* amiche, o tre. No, molto meglio così, Brian... Ti posso dare del tu, vero?»

«Naturalmente», lo tranquillizzò Brian divertito.

«Grazie. E tu mi darai del lei, perché io sono più anziano di te, se non necessariamente migliore di te, d'accordo?»

«D'accordo.» Brian non capiva bene a che cosa volesse alludere il signor Gaunt, ma si *beava* di ascoltarlo parlare. E i suoi occhi erano davvero straordinari, tanto che non riusciva a evitare di fissarli.

«Sì, così è molto meglio.» Il signor Gaunt si sfregò le lunghe mani facendo un rumore come un sibilo. Quello era un particolare che Brian trovava meno affascinante di tutto il resto. Il rumore delle mani del signor Gaunt, quando le strofinava, era quello di un serpente irritato che si propone di mordere. «Tu lo racconterai a tua madre, forse le mostrerai persino che cosa hai comprato, se comprerai qualcosa...»

Brian valutò se rivelare al signor Gaunt di avere in tasca un totale di novantun centesimi, ma preferì tenerlo per sé.

«... e lei lo racconterà alle *sue* amiche, le quali lo racconteranno alle *loro* amiche... vedi, Brian? Il giornale locale non potrebbe nemmeno *sognarsi* di farmi una pubblicità così! Non potrei fare di meglio nemmeno se ti assumessi per andare in giro per le strade cittadine a fare l'uomo sandwich!»

«Se lo dice lei...» commentò Brian. Non aveva idea di che cosa fosse un uomo sandwich, ma era sicuro che non si sarebbe mai fatto cogliere in flagrante a mangiarne uno. «Non che mi dispiacerebbe dare un'occhiata in giro.» *A quel molto poco che c'è da vedere,* lo tenne per sé perché era un ragazzo educato.

«Allora comincia!» lo esortò il signor Gaunt, indicandogli le vetrinette. Brian notò che indossava una lunga giacca rossa di velluto. Pensò che potesse essere un'autentica giacca da camera, come nelle storie di Sherlock Holmes che aveva letto. Era elegante. «Fai come a casa tua, Brian!»

Brian si avviò lentamente verso la vetrinetta più vicina. Si gettò un'occhiata alle spalle, sicuro che il signor Gaunt gli fosse subito dietro, invece lo trovò fermo accanto alla porta, a osservarlo con aria sorniona. Era come se avesse letto nei suoi pensieri e avesse scoperto quanto infastidiva Brian che il proprietario di un negozio gli soffiasse sul collo mentre esaminava la merce. Probabilmente la gran parte dei negozianti aveva paura che il cliente rompesse o sgraffignasse qualcosa.

«Con comodo», aggiunse il signor Gaunt. «Andare per negozi è una gioia quando uno può farlo prendendosi tutto il tempo che vuole, Brian, mentre è una sofferenza quando uno non può.»

«Scusi, ma lei è per caso europeo?» chiese Brian. Lo incuriosiva quel modo che aveva il signor Gaunt di impersonificare gli impersonali con quell'anonimo «uno». Gli ricordava il vecchio gnoccone che conduceva *Masterpiece Theatre*, che guardava ogni tanto sua madre se sulla *Guida TV* c'era scritto che era una storia d'amore.

«Io», rispose Gaunt, «sono di Akron.»

«È in Inghilterra?»

«È nell'Ohio», rispose solennemente Leland Gaunt e poi scoprì i forti denti irregolari in un sorriso solare.

Brian lo trovò buffo, alla stessa maniera in cui spesso trovava divertenti certe battute sentite alla televisione. Anzi, *l'insieme* gli dava un po' la sensazione di essere finito dentro un programma televisivo, uno di quelli che è un po' misterioso senza essere mai veramente minaccioso. Scoppiò a ridere.

Per un momento temette che il signor Gaunt potesse aver trovata maleducata la sua reazione (forse perché sua madre lo accusava sempre di essere maleducato e di conseguenza Brian aveva finito con il credere di vivere in una sconfinata e quasi invisibile ragnatela di norme di comportamento), ma poi il nuovo negoziante si unì alla sua risata. Risero insieme e, alla fin fine, Brian non seppe ricordare un altro pomeriggio così simpatico come si stava rivelando quello.

«Coraggio, guarda», lo incitò il signor Gaunt agitando la mano. «Ce la conteremo un'altra volta, Brian.»

Così Brian guardò. C'erano solo cinque articoli nella vetrinetta più grande, che avrebbe potuto comodamente contenerne un'altra ventina o più. C'era una pipa. C'era una foto di Elvis Presley nella sua tuta bianca con la tigre sulla schiena e un fazzoletto rosso. Il Re (così lo chiamava sempre sua madre) si teneva un microfono davanti alle labbra da putto. Il terzo articolo era una Polaroid. Il quarto era una pietra levigata con al centro una cavità colma di scaglie di cristallo. Luccicavano stupendamente nella luce del faretto sovrastante. Il quinto era una scheggia di legno lunga e grossa più o meno quanto un indice di Brian.

Indicò il minerale. «Questo è un geode, vero?»

«Sei un giovanotto colto, Brian. È un geode. Ho delle targhette per quasi tutti i miei articoli, ma non le ho ancora tolte dall'imballo. Per non dire del grosso della mia merce. Dovrò lavorare come un demonio se voglio essere pronto per l'apertura di domani.» Ma non sembrava per niente preoccupato e sembrava invece serenamente felice di restare dov'era.

«E quello che cos'è?» domandò Brian indicando la scheggia. Stava riflettendo che quello del signor Gaunt era un assortimento dei più singolari per un negozietto di provincia. Aveva provato una forte e immediata simpatia per Leland Gaunt, ma se il resto della sua merce era di quel genere, c'era da dubitare che sarebbe sopravvissuto a lungo a Castle Rock. A voler vendere roba come pipe e foto del Re e schegge di legno, era New York il posto dove aprire un negozio... o comunque così era giunto a concludere dai film che aveva visto.

«Ah!» esclamò il signor Gaunt. «*Quello* è un pezzo interessante! Ti faccio vedere!»

Lo raggiunse, passò dietro alla vetrinetta, si tolse di tasca un anello con un gran mazzo di chiavi e ne selezionò una senza praticamente guardare. Aprì la vetrinetta e ne tolse con cautela la scheggia. «Dammi la mano, Brian.»

«Oh, dio, forse è meglio di no», si schermì Brian. Nato e cresciuto in uno stato in cui il turismo rappresentava uno dei cespiti principali, era stato in più di un negozio di regali e aveva visto più di una volta sempre la stessa poesiola: «*Guarda quanto vuoi/e anche toccare puoi/ma se lo rompi paghi/e i cocci sono tuoi*». Si figurava l'orrore di sua madre se avesse rotto la scheggia o quello che era, e il signor Gaunt, non più tanto amichevole, gli avesse detto che costava cinquecento dollari.

«Perché mai?» chiese il signor Gaunt, inarcando le sopracciglia; ma era in realtà un unico sopracciglio irsuto, che gli occupava l'arcata in una doppia onda ininterrotta.

«Perché sono molto maldestro.»

«Sciocchezze», ribatté il signor Gaunt. «Riconosco subito un ragazzo maldestro. Tu non sei di quella razza.» Lasciò cadere la scheggia nel palmo di Brian. Brian la contemplò con una certa sorpresa: non si era nemmeno reso conto di aver aperto la mano prima di vedere la scheggia posata sul palmo.

Certo che la *sensazione* non era di una scheggia. Era piuttosto di...

«Sembra pietra», commentò perplesso e alzò gli occhi sul signor Gaunt.

«È insieme legno e pietra», rispose il signor Gaunt. «È pietrificata.»

«Pietrificata», ripeté Brian incredulo. La osservò più attentamente, poi gli passò sopra la punta del dito. La superficie era insieme levigata e irregolare. La sensazione non era del tutto gradevole. «Deve essere antica.»

«Ha più di duemila anni», annuì solennemente il signor Gaunt.

«Cribbio!» esclamò Brian e sussultò e per poco non si lasciò sfuggire di mano la scheggia. Serrò le dita per non farla cadere per terra... e improvvisamente il suo senso della realtà vacillò. A un tratto si sentì... come? Stordito? No, non stordito, ma *distante*. Come se una parte di lui fosse volata lontano dal suo corpo.

Vedeva il signor Gaunt che lo osservava con divertito interesse e a un tratto gli occhi del signor Gaunt gli parvero crescere, aprirsi come grandi diaframmi. La forte sensazione di disorientamento non lo gettò però nel panico: era invece molto emozionante e certamente più piacevole di quella che gli aveva dato toccare la superficie levigata della scheggia con la punta del dito.

«Chiudi gli occhi!» lo invitò il signor Gaunt. «Chiudi gli occhi, Brian, e dimmi che cosa senti!»

Brian chiuse gli occhi e per un momento rimase immobile, con il braccio destro teso in avanti, il pugno chiuso intorno alla scheggia. Non vide il labbro superiore del signor Gaunt arricciarsi, come sanno fare i cani, sui grandi denti storti, in quella che poteva essere una smorfia di piacere o di anticipazione. Ebbe un vago sentore di movimento, un movimento elicoidale. Un rumore, rapido e lieve: *tutum... tutum... tutum.* Conosceva quel rumore. Era...

«Una barca!» proruppe gioioso senza aprire gli occhi. «Mi sembra di essere in barca!»

«Ma guarda», commentò il signor Gaunt e alle orecchie di Brian suonò pazzescamente lontano.

Le sensazioni si intensificarono e ora gli sembrava di andare su e giù nell'andirivieni di onde lunghe e lente. Sentiva in lontananza richiami di uccelli e, più vicino, i versi di molti animali, muggire di bovini, crocchiare di galline, il cupo mugolio ringhiante di un felino di taglia, non un verso di collera, ma una manifestazione di noia. In quell'unico secondo fu quasi certo di avere del legno (quello di cui aveva sicuramente fatto parte quella scheggia) sotto i piedi e sentì che non calzava più le scarpe da ginnastica, ma un tipo di sandali e che...

Poi tutto finì, si ridusse a un punticino luminoso, come su uno schermo televisivo quando c'è un'interruzione di corrente, e subito dopo più niente. Aprì gli occhi scosso e vibrante di piacere.

La sua mano si era serrata a tal punto intorno alla scheggia che poté riaprire le dita solo con uno sforzo di volontà e le articolazioni cigolarono come cardini arrugginiti.

«Ragazzi», mormorò.

«Forte, vero?» chiese allegramente il signor Gaunt. Recuperò la scheggia dalla mano di Brian con l'abilità assente di un medico che sfila una scheggia dalla carne viva. La ripose nella vetrinetta che richiuse a chiave con una certa affettazione nei gesti.

«Forte», concordò Brian, in una prolungata emissione di fiato che era quasi un sospiro. Si chinò a osservare la scheggia. Nel punto in cui l'aveva tenuta in mano avvertiva ancora un leggero formicolio. Quelle sensazioni: il sollevarsi e l'inclinarsi del ponte, i colpi delle onde sullo scafo, il legno sotto i piedi... gli erano rimaste dentro, sebbene fosse certo (con autentica tristezza) che sarebbero passate, come passano i sogni.

«Conosci la storia di Noè e dell'arca?» chiese il signor Gaunt.

Brian corrugò la fronte. Era più che sicuro che si trattava di una storia della Bibbia, ma aveva la tendenza a distrarsi durante i sermoni della domenica e le lezioni sulla Bibbia del giovedì sera. «Era una barca che fece il giro del mondo in ottanta giorni?»

Il signor Gaunt sorrise di nuovo. «Qualcosa del genere, Brian. Qualcosa di molto simile. Ebbene, quella scheggia sarebbe appartenuta all'arca di Noè. Naturalmente io non posso *affermare* che provenga dall'arca di Noè, perché si direbbe di me che sono il più sfacciato degli imbroglioni. Ci saranno qualcosa come quattromila persone in giro per il mondo in questo momento che cercano di vendere pezzi di legno che sarebbero appartenuti all'arca di Noè e probabilmente *quattrocento*mila persone che cercano di spacciare pezzi dell'unica, vera Croce di Gesù. Posso però affermare con tranquillità che ha più di duemila anni, perché è stata datata con il metodo del carbonio quattordici, e allo stesso modo posso affermare che viene dalla Terra Santa, anche se non è stata trovata sul monte Ararat, bensì sul monte Boram.»

Gran parte di quella spiegazione sfuggì a Brian, ma non il fatto più saliente. «Duemila anni», mormorò. «Caspita! Ma ne è proprio sicuro?»

«Sicurissimo», confermò il signor Gaunt. «Ho un certificato del MIT, dove hanno svolto la prova con il carbonio, che naturalmente viene allegato all'articolo. Però, sai, io penso che possa essere realmente dell'arca.» Contemplò per qualche istante la scheggia con aria assorta, quindi posò gli splendenti occhi blu in quelli nocciola di Brian. Di nuovo Brian si sentì trafiggere da quello sguardo. «In fondo il monte Boram è a meno di diciassette chilometri dal monte Ararat, a volo d'uccello, e nelle molte storie che si sono raccontate del mondo si sono commessi errori più gravi dell'ubicazione inesatta dei resti di una barca, seppure grande, specialmente quando le storie sono state tramandate di bocca in bocca per generazioni prima di essere finalmente trascritte su carta. Dico bene?»

«Già», annuì Brian. «Sembra logico.»

«E poi dà una strana sensazione, quando uno la tiene in mano. Non ti pare?»

«Eccome!»

Il signor Gaunt sorrise e gli arruffò i capelli, rompendo l'incantesimo. «Mi piaci, Brian. Sarebbe bello se tutti i miei clienti fossero tutti pieni di stupore come te. La vita sarebbe più facile per un umile commerciante come sono io, se così girasse il mondo.»

«A quanto... a quanto metterebbe in vendita una cosa come quella?» domandò Brian. Indicava la scheggia con un dito che non era del tutto fermo. Cominciava solo in quel momento a rendersi conto di quanto profondamente fosse stato segnato da quell'esperienza. Era stato come avvicinarsi una conchiglia all'orecchio e sentire il rumore dell'oceano... solo in 3D e con effetto spaziale. L'avrebbe tenuta in mano ancora una volta molto volentieri, possibilmente un po' più a lungo, ma non sapeva come chiederlo e il signor Gaunt non glielo propose.

«Vediamo», cominciò il signor Gaunt, congiungendo le dita sotto il mento e osservandolo con un'espressione birbantesca. «Per un articolo come quello, e lo stesso vale per la maggior parte dei miei pezzi *forti*, le cose veramente *interessanti*, dipende dall'acquirente. Bisogna vedere quanto *l'acquirente* è disposto a pagare. Tu quanto saresti disposto a pagare, Brian?»

«Non saprei», rispose Brian, pensando ai novantun centesimi che aveva in tasca, poi di slancio affermò: «Parecchio!»

Il signor Gaunt rovesciò la testa all'indietro e rise di cuore. A quel punto Brian si accorse di aver precedentemente commesso un errore. Quando era entrato, aveva avuto l'impressione che il signor Gaunt avesse i capelli grigi. Ora vedeva che erano argentati solo sulle tempie. Evidentemente si era venuto a trovare proprio sotto uno dei faretti.

«Tutto questo è stato terribilmente interessante, Brian, ma mi resta veramente ancora molto da fare prima delle dieci di domani mattina, perciò...»

«Certo», si affrettò a rispondere Brian, bruscamente di nuovo alle prese con un problema di buone maniere (di cui, si compiaceva di ricordargli sua madre, era quasi totalmente carente). «Ora devo proprio andare. Scusi se l'ho trattenuta così a lungo...»

«No, no, no! Mi hai frainteso!» Il signor Gaunt posò sul braccio di Brian una delle sue lunghe mani. Brian ritrasse il braccio. Sperava che il suo gesto non fosse troppo scortese, ma non poté trattenersi. La mano del signor Gaunt era dura e asciutta e non molto piacevole. Non era molto diversa, per la verità, da quel pezzo di legno pietrificato che si diceva fosse appartenuto all'arca di Nenè, o come diavolo si chiamava. Ma il signor Gaunt era troppo impegnato a giustificarsi perché notasse la reazione istintiva di Brian. Agiva come se si fosse reso responsabile lui di una mancanza di riguardo. «Pensavo solo che sarebbe il caso se cercassimo di concretizzare. Non ha molto senso che tu ti metta a esaminare le poche cose che sono riuscito a togliere dalle scatole. Non sono molte e hai già visto gli oggetti più interessanti fra quelli in esposizione. Però conosco piuttosto bene i miei articoli, anche senza bisogno di leggere il libro degli inventari, e può darsi che abbia qualcosa che ti stia particolarmente a cuore, Brian. Che cosa ti piacerebbe?»

«Cavoli», mormorò Brian. C'erano *mille* cose che gli sarebbero piaciute e una domanda posta in maniera così generica gli presentava subito un grosso problema: non sapeva assolutamente quale fra le mille fosse per lui la più importante.

«Meglio non pensarci troppo, in questi casi», lo incalzò il signor Gaunt. Il suo tono era blando, ma non c'era niente di blando negli occhi che studiavano attentamente il volto di Brian. «Quando io domando: 'Brian Rusk, qual è la cosa che desideri più di ogni altra al mondo in questo preciso istante?' come mi rispondi? Presto!»

«Sandy Koufax», rispose prontamente Brian. Non si era reso conto di aver teso la mano aperta per ricevere la scheggia dell'arca di Nenè finché non se l'era vista nel palmo, e non aveva avuto alcuna premonizione di che cosa avrebbe risposto alla domanda del signor Gaunt prima di aver sentito la propria voce. Ma nel momento in cui pronunciò quel nome, sentì di essere stato assolutamente e irrevocabilmente sincero.

5

«Sandy Koufax», ripeté pensieroso il signor Gaunt. «Molto interessante.»

«Be', non Sandy Koufax *in persona*», spiegò Brian, «ma la sua figurina.»

«Topps o Fleers?»

Brian aveva pensato che quel pomeriggio non avrebbe potuto essere migliore, ma tutt'a un tratto lo era diventato. Il signor Gaunt era un esperto di figurine di baseball non meno che di schegge e geodi. Era stupefacente. Proprio stupefacente.

«Topps.»

«Immagino che ti interessi la figurina del suo anno d'esordio», considerò con rammarico il signor Gaunt. «Per quella non credo di poterti venire incontro, però...»

«No», lo interruppe Brian, «non quella del 1954. Quella del '56. È quella che mi piacerebbe avere. Faccio collezione di figurine di baseball del 1956. Mi ci ha avviato papà. Mi ci diverto un mondo e sono poche le figurine di quell'anno veramente care: Al Kaline, Mel Parnell, Roy Campanella, campioni di quel livello. Ne ho già più di cinquanta, inclusa quella di Al Kaline. Mi è costata trentotto dollari. Ho falciato un mucchio di prati per comprare Al.»

«Posso crederci», commentò il signor Gaunt con un sorriso.

«Però, come dicevo, in generale le figurine del '56 non sono troppo costose, vengono sui cinque dollari, sette, qualche volta dieci. Ma un Sandy Koufax in buone condizioni costa anche novanta, se non cento dollari. Non era una grande star in quell'anno, ma naturalmente poi lo è diventato ed è stato quando i

Dodgers erano ancora a Brooklyn. All'epoca tutti li chiamavano Da Bums. Almeno così mi racconta papà.»

«Tuo padre dice il vero al duecento per cento», confermò il signor Gaunt. «Brian, credo di avere qualcosa che ti renderà molto felice. Aspettami qui.»

Scomparve dietro la tenda e lasciò Brian ad aspettare vicino alla bacheca con la scheggia e la Polaroid e la fotografia del Re. Brian saltellava praticamente da un piede all'altro, agitato da speranza e anticipazione. Poi se la prese con se stesso, dandosi del povero illuso. Anche se il signor Gaunt avesse avuto una figurina di Sandy Koufax e anche se fosse stata una Topps degli anni Cinquanta, era probabilmente del '55 o del '57. E poniamo pure che fosse una figurina del '56, che cosa ci avrebbe potuto fare lui, con meno di un dollaro in tasca?

Posso sempre guardarmela, no? pensò Brian. *Guardare* non costa niente, no? Era un'altra delle frasi preferite di sua madre.

Dalla stanza dietro la tenda giunsero rumori di scatoloni spostati e i tonfi sommessi di quando venivano posati per terra. «Arrivo subito, Brian», gridò il signor Gaunt. Sembrava un po' sfiatato. «Sono sicuro che da queste parti c'è una scatola da scarpe...»

«Non si dia tutto questo disturbo per me, signor Gaunt!» rispose Brian, augurandosi con tutto il cuore che il signor Gaunt si prendesse quanto disturbo era necessario.

«Forse è in uno dei carichi che non mi è ancora stato recapitato», disse il signor Gaunt perplesso.

Il cuore di Brian sprofondò.

Poi: «Ma ero sicuro e a buona ragione! Eccola qui! Come volevasi dimostrare!»

Il cuore di Brian risalì, anzi, non si limitò a risalire, spiccò un balzo e fece una capriola all'indietro.

Il signor Gaunt uscì da dietro la tenda. Era un po' spettinato e gli era rimasta della polvere sul risvolto della giacca da camera. Teneva fra le mani una scatola che aveva contenuto a suo tempo un paio di scarpe da ginnastica Air Jordan. La posò sul banco e sollevò il coperchio. All'altezza del suo braccio sinistro, Brian guardò dentro. La scatola era piena di figurine di baseball, ciascuna nella sua bustina di plastica, come quelle che Brian comprava talvolta al negozio delle figurine di baseball di North Conway, New Hampshire.

«Pensavo che ci fosse anche un elenco qui dentro, ma mi è andata male», osservò il signor Gaunt. «Però ho un'idea abbastanza precisa degli articoli che ho in casa, come ti ho detto. È fondamentale per chi svolge come attività quella di vendere un po' di tutto. E sono sicuro di aver visto...»

Non finì e si mise a fare scorrere rapidamente le figurine.

Ammutolito dallo sbalordimento, Brian vide passare le facce dei campioni. Al negozio delle figurine c'era quella che suo padre definiva «una discreta selezione di materiale» di vecchie edizioni, ma tutto quello che c'era nel negozio meritava di andare a nascondersi al cospetto dei tesori riposti in quell'unica scatola da scarpe. C'erano figurine da tabacco da masticare con le foto di Ty Cobb e Pie Traynor. C'erano figurine da sigarette con le foto di Babe Ruth e Dom DiMaggio e Big George Keller e persino Hiram Dissen, il lanciatore con un braccio solo che aveva giocato nel White Sox negli anni Quaranta. LE LUCKY STRIKE VERDI SONO ANDATE IN GUERRA! era scritto su molte delle figurine che avevano accompagnato i pacchetti di sigarette. E per un istante, di passaggio, una faccia larga e solenne sopra una maglia di Pittsburgh...

«Santo cielo, ma quello non era Honus Wagner?» esclamò Brian con la voce strangolata. Come un uccellino molto piccolo il cuore gli era volato in gola, dove era rimasto intrappolato in un convulso frullio d'ali. «Ma quella è la figurina di baseball più rara di tutto *l'universo*!»

«Sì, sì», rispose distrattamente il signor Gaunt. Le sue dita lunghe passavano velocemente in rassegna le figurine, volti di un'altra epoca nelle loro trasparenti prigioni di plastica, eroi di una gloriosa epoca d'oro ormai passata, un'epoca di cui quel ragazzo conservava ancora sogni vividi ed esaltanti. «Un po' di tutto, questo è il segreto di un'attività di successo, Brian. Assortimento, piacere, capacità di stupire, di soddisfare... il sugo di una *vita* di successo, in fondo... io non do consigli, ma se lo facessi, tu potresti far di peggio che ricordare queste parole... ora vediamo... da qualche parte... da qualche parte... *ah!*»

Sfilò una figurina dal centro della scatola come un mago che

esegue un trucco e la posò trionfante sulla mano di Brian.
Era Sandy Koufax.
Era una figurina Topps del '56.
Ed era *autografata*.
«Al mio caro amico Brian, con i miei migliori auguri, Sandy Koufax», lesse in un roco bisbiglio Brian.
Poi scoprì di non potere più parlare.

6

Alzò gli occhi sul signor Gaunt, muovendo inutilmente la bocca. Il signor Gaunt sorrise. «Non c'è niente di preparato, Brian. Io non c'entro. È solo una coincidenza... ma una *bella* coincidenza, non trovi?»
Brian ancora non riusciva a parlare, così si accontentò di fare un cenno affermativo con la testa. Sentiva la bustina di plastica con il suo prezioso contenuto stranamente pesante nella mano.
«Tirala fuori», lo invitò il signor Gaunt.
Quando finalmente la voce uscì di nuovo dalla bocca di Brian, era il raschio di un uomo vecchissimo e moribondo. «Non ne ho il coraggio.»
«Ma io sì», ribatté il signor Gaunt. Prese la busta dalla mano di Brian, vi infilò dentro l'unghia curata di un dito e ne sfilò la figurina. Posò la figurina sulla mano di Brian.
C'erano sottili tracce in rilievo sulla superficie, quelle lasciate dalla punta della penna con cui Sandy Koufax aveva scritto il suo nome... i *loro* nomi. La firma di Koufax era quasi identica a quella stampata, solo che quella stampata diceva Sanford Koufax, mentre l'autografo diceva *Sandy* Koufax. E poi era mille volte meglio, perché era *autentica*. Sandy Koufax aveva tenuto in mano quella figurina e vi aveva apposto il suo marchio, il marchio della sua viva mano e del suo magico nome.
Ma c'era anche un *altro* nome, c'era quello di Brian. Un ragazzo suo omonimo si era affacciato alla buca dell'Ebbets Field prima della partita e Sandy Koufax, *il vero Sandy Koufax*, giovane e

forte, con una carriera gloriosa ancora tutta da percorrere, aveva preso la figurina che gli veniva offerta, probabilmente ancora odorosa di dolce bubblegum rosa, e vi aveva scritto il suo nome... *e anche il mio*, pensò Brian.

All'improvviso si ripeté la strana, meravigliosa sensazione che lo aveva colto quando aveva tenuto in mano la scheggia di legno pietrificato. Soltanto che questa volta era molto, molto più intensa.

Odore di erba, odore dolciastro di erba appena tagliata.

Lo schiocco secco del legno sulla palla.

Grida e risa dalla buca dei battitori.

«Buongiorno, signor Koufax. Vorrebbe firmarmi la sua figurina?»

Una faccia magra. Occhi castani. Capelli scuri. Si toglie il berretto per un istante, si gratta la testa poco sopra l'attaccatura dei capelli, si rimette il berretto.

«Volentieri.» Prende la figurina. «Come ti chiami?»

«Brian, signore. Brian Seguin.»

Frusciare, frusciare, frusciare di penna sulla figurina. La magia: il fuoco inciso.

«Vuoi fare il giocatore da grande, Brian?» L'intonazione è quella meccanica di una domanda retorica e parla senza alzare la testa dalla figurina che tiene nella grande mano destra in modo da potervi scrivere sopra con la sinistra, quella che presto gli avrebbe dato la gloria.

«Sì, signore.»

«Esercitati nei fondamentali.» E gli restituisce la figurina.

«Sì, signore!»

Ma lui si sta già allontanando, pochi passi e poi parte in una corsa indolente sull'erba appena tagliata verso la buca, con l'ombra che gli corre pigramente accanto...

«Brian? *Brian?*»

Dita lunghe schioccavano sotto il suo naso, le dita del signor Gaunt. Brian si riebbe e vide il signor Gaunt che lo osservava divertito. «Ci sei, Brian?»

«Scusi», mormorò Brian e arrossì. Sapeva che avrebbe dovuto restituire la figurina, restituirla e uscire da quel negozio, ma non era in grado di separarsene. Il signor Gaunt lo fissava di nuovo negli occhi, diritto nella *testa*, sembrava, e ancora una volta gli fu impossibile distogliere lo sguardo.

«Allora», cominciò pacatamente il signor Gaunt, «diciamo che tu sei l'acquirente, Brian, tanto per dire. Quanto saresti disposto a pagare per quella figurina?»

Brian si sentì il cuore appesantirsi di disperazione come sotto a una frana.

«Tutto quello che ho è...»

La sinistra del signor Gaunt scattò immediata nell'aria. «Ssst!» lo zittì. «Morditi la lingua! L'acquirente non deve mai rivelare al venditore di quanto dispone! Tanto varrebbe consegnare al venditore il portafogli e, già che ci sei, rovesciare per terra tutto quello che hai in tasca! Se non sai mentire, allora non parlare! È la prima regola di una trattativa d'affari, ragazzo mio.»

Quei suoi occhi, così grandi e scuri. A Brian pareva di nuotarci dentro.

«Ci sono due prezzi per questa figurina, Brian. Metà... e metà. Una metà è in contanti. L'altra è un impegno. Capisci?»

«Sì», rispose Brian. Si sentiva di nuovo *lontano*, distante da Castle Rock, distante da *Cose Preziose*, persino distante da se stesso. L'unica cosa che c'era di reale in quel luogo lontano erano gli occhi grandi e scuri del signor Gaunt.

«Il prezzo in contanti per quella figurina autografata di Sandy Koufax nel 1956 è ottantacinque centesimi», precisò il signor Gaunt. «Ti sembra onesto?»

«Sì», rispose Brian. La sua voce era lontana e fievole. Si sentiva svanire, svanire in lontananza... e avvicinarsi al punto dove ogni ricordo chiaro sarebbe cessato.

«Bene», disse la voce carezzevole del signor Gaunt. «La nostra trattativa è già arrivata a buon punto. Quanto all'impegno... conosci una donna di nome Wilma Jerzyck, Brian?»

«Wilma, sì», rispose Brian dall'oscurità che s'infittiva dentro di lui. «Abita vicino a casa nostra.»

«Già, così mi pare», annuì il signor Gaunt. «Allora fai attenzione, Brian.» Dunque dovette aver continuato a parlare, ma Brian non avrebbe ricordato che cosa gli aveva detto.

7

Ritrovò la presenza di spirito quando il signor Gaunt lo accompagnò cortesemente alla porta, mentre gli diceva quanto lieto fosse stato di averlo conosciuto e gli chiedeva di riferire a sua madre e a tutte le sue amiche che era stato trattato bene e in tutta onestà.

«Certamente», promise Brian. Era disorientato... ma si sentiva anche molto bene, come se si fosse appena risvegliato da un tonificante sonnellino del primo pomeriggio.

«E torna», si raccomandò il signor Gaunt prima di chiudere la porta. Brian si girò a guardarla. Adesso il cartello diceva:

CHIUSO

8

L'impressione che aveva Brian era di essere rimasto in negozio per ore, ma l'orologio della banca segnava solo le quattro e dieci. Erano passati meno di venti minuti. Si accinse a montare in bici, poi si appoggiò il manubrio al ventre per frugarsi nelle tasche.

Da una tolse sei scintillanti monete di rame.

Dall'altra estrasse la figurina autografata di Sandy Koufax.

Evidentemente avevano raggiunto un accordo di qualche genere, ma per quanto si sforzasse, non ricordava assolutamente quali ne fossero i termini; sapeva solo che era stato fatto il nome di Wilma Jerzyck.

Al mio caro amico Brian, con i miei migliori auguri, Sandy Koufax.

Fosse quello che fosse, ne era valsa la pena. Una figurina come quella valeva praticamente qualunque prezzo.

La ripose con cautela nello zaino perché non si spiegazzasse, montò sulla bici e partì alla volta di casa pedalando di lena. Sorrise per tutto il tragitto.

2

1

QUANDO in una cittadina del New England aprono un negozio nuovo, la gente del luogo, per quanto provinciale sia per molti altri versi, rivela un atteggiamento cosmopolita che raramente si riscontra nei loro cugini di città. A New York o a Los Angeles, una nuova galleria d'arte attira talvolta un capannello di possibili clienti o semplici curiosi, prima ancora che sia inaugurata; davanti a un club nuovo è possibile che si raccolga una vera e propria coda, con tanto di cordone di polizia dietro il quale si assiepano in concitata attesa una schiera di paparazzi carichi di borse e teleobiettivi. E si diffonde un eccitato brusio di conversazioni, come tra i frequentatori di Broadway alla vigilia della prima di una nuova rappresentazione che, strepitoso successo o fiasco sciagurato, non può non provocare commenti.

Quando aprono un nuovo negozio in una cittadina del New England, raramente si raduna una folla prima dell'inaugurazione e mai si forma una coda. Alzate le tende, aperte le porte e proclamato ufficialmente l'avvio dell'attività commerciale, i clienti cominciano ad andare e venire alla spicciolata, dando sicuramente a uno di fuori l'impressione di un generale disinteresse... e probabilmente di cattivo presagio per il futuro professionale del negoziante.

Quello che appare come scarso interesse maschera spesso intensa aspettativa e ancor più intensa osservazione (Cora Rusk e Myra Evans non erano le uniche due donne di Castle Rock ad aver tenuto occupato le linee telefoniche dissertando su *Cose Preziose* nelle settimane prima dell'apertura). Senonché interesse e aspettativa non incidono sul tradizionale e consolidato comportamento dei frequentatori di negozi in provincia. Certe cose molto semplicemente «non si fanno», specialmente nelle ermetiche enclavi yankee a nord di Boston. Sono società che per nove mesi di ogni anno bastano a se stesse ed è considerato disdicevole mostrare troppo interesse troppo presto, o lasciar capire di aver provato, come dire, più che una curiosità passeggera.

Perlustrare un negozio nuovo in una cittadina di provincia e partecipare a un ricevimento socialmente prestigioso in una grande città sono entrambe occasioni che danno origine a una discreta animazione tra coloro che probabilmente vi prenderanno parte e per entrambe ci sono delle regole: regole che sono tacite, immutabili e stranamente somiglianti. Prima fra tutte c'è quella secondo cui *non bisogna arrivare per primi*. È naturalmente inevitabile che qualcuno contravvenga a questa norma cardinale, altrimenti non si farebbe mai vivo nessuno, ma è facile che un negozio nuovo resti vuoto per almeno una ventina di minuti dopo che il cartello esposto in vetrina con la scritta CHIUSO è stato girato per la prima volta sulla scritta APERTO, e un osservatore esperto si sentirebbe abbastanza sicuro nel pronosticare che la prima sortita avverrà in gruppo, come minimo una coppia, un terzetto, ma ancor più probabilmente una comitiva di quattro donne.

La seconda regola vuole che l'avanguardia mostri una cortesia così compita da rasentare il gelo. La terza vieta (almeno in occasione della prima visita) di informarsi sui trascorsi o le referenze del nuovo negoziante. La quarta proibisce di portare un regalo di benvenuto, in particolare un dono pacchiano come sarebbe una torta fatta in casa. L'ultima regola è categorica come la prima: *non bisogna andarsene per ultimi*.

Questa solenne gavotta, che potremmo chiamare «danza dell'esplorazione femminile», ha una durata che varia dalle due settimane ai due mesi e non si verifica quando ad aprire un esercizio nuovo è un concittadino. In quel caso l'inaugurazione somiglia a un pranzo parrocchiale: informale, allegro e del tutto scontato. Ma quando un nuovo negoziante viene Da Fuori (viene pronunciato così, in maniera che si sentano le maiuscole), la «danza dell'esplorazione femminile» è un fatto inalienabile come la morte e la forza di gravità. Quando finisce il periodo di rodaggio (nessuno lo annuncia con un titolo di giornale, ma chissà perché tutti sanno quando accade), le alternative sono due: o il giro d'affari acquisisce un andamento più normale e i clienti soddisfatti portano tardivamente i loro doni di benvenuto e inviti a casa, oppure la nuova attività appassisce e muore. In cittadine come Castle Rock si sente parlare di «fallimento» già settimane, se non mesi, prima che la triste realtà venga a conoscenza del diretto interessato.

C'era almeno una donna a Castle Rock che non rispettava le regole comunemente accettate, per quanto categoriche apparissero agli altri. Era Polly Chalmers, che gestiva *You Sew and Sew*. I più non si aspettavano da lei un comportamento prevedibile, poiché Polly Chalmers era considerata Eccentrica da quasi tutte le signore di Castle Rock e da molti dei suoi cittadini maschi.

Polly presentava un ventaglio di problemi agli autoeletti arbitri sociali di Castle Rock. Tanto per cominciare nessuno era riuscito a stabilire con certezza il fatto più fondamentale di tutti: Polly era Del Luogo, oppure veniva Da Fuori? Era *nata* a Castle Rock, questo sì, ma se n'era andata a diciotto anni con la pagnotta di Duke Sheehan nel forno. Era successo nel 1970 e da allora era tornata una sola volta prima di ricomparire per restare per sempre nel 1987.

Il breve ritorno aveva avuto inizio alla fine del 1975, quando suo padre era in fin di vita per un tumore intestinale. Dopo la morte del padre, Lorraine Chalmers aveva subito un infarto e Polly si era trattenuta per assistere la madre. Lorraine aveva avuto un secondo infarto, questa volta fatale, nella primavera del 1976, e dopo la sepoltura della madre a Homeland, Polly (che aveva ormai sviluppato un'autentica Aria di Mistero agli occhi delle signore del luogo) era ripartita.

Se n'è andata per sempre era stata la conclusione unanime e quando nel 1981 si era spenta la vecchia zia Evvie, ultima esponente della stirpe Chalmers, senza che Polly si presentasse per le esequie, la conclusione unanime era sembrata un fatto accertato. Quattro anni dopo invece aveva fatto ritorno e aveva aperto il suo negozio di articoli da cucito. Anche se nessuno ne aveva la prova, era probabile che per finanziare la sua nuova impresa commerciale avesse impiegato i soldi di zia Evvie. A chi altri poteva averli lasciati quella vecchia megera svitata?

I più famelici fruitori della *comédie humaine* di Castle Rock (vale a dire la maggioranza dei cittadini) confidavano che, se Polly fosse riuscita a consolidare il suo piccolo giro d'affari e fosse quindi rimasta, con il passare del tempo avrebbero soddisfatto la loro curiosità su alcuni dei punti più oscuri. Ma nel caso di Polly, su molti particolari non si riuscì a fare mai luce. Era veramente esasperante.

Aveva passato *alcuni* degli anni intercorsi a San Francisco, questo si sapeva, ma poco di più, dato che Lorraine Chalmers era stata muta come una tomba sul conto della figlia ribelle. Era forse stata a scuola a San Francisco o altrove? Amministrava la sua attività come se avesse seguito corsi di economia e commercio, traendone per giunta il massimo profitto, ma nessuno poteva affermarlo con sicurezza. Era tornata nubile, ma era mai stata sposata o a San Francisco o in una delle altre località dove poteva (o non poteva) aver trascorso parte del suo tempo fra Allora e Ora? Nessuno sapeva neanche quello; si sapeva solo che non aveva mai sposato il giovane Sheehan, il quale si era arruolato nei marines, aveva rinnovato la ferma un paio di volte e adesso vendeva immobili da qualche parte nel New Hampshire. E perché era tornata per restare dopo tanti anni?

Molti si domandavano che fine avesse fatto il bambino. La bella Polly aveva forse abortito? O aveva fatto adottare il figlio? O lo aveva tenuto? Ma se lo aveva tenuto, era morto? Oppure era vivo (una desinenza che, per l'ulteriore afflizione della cittadinanza, va intesa come neutra: era maschio o femmina?), in qualche collegio, e scriveva di tanto in tanto una letterina alla mamma? Nessuno sapeva niente neanche di questo e per molti aspetti gli interrogativi senza risposta sul fantomatico «figlio» erano i più irritanti. La ragazza che era partita su un Greyhound con una pagnotta nel forno era ormai una donna di quasi quarant'anni che da quattro anni era tornata al paese natale e vi aveva aperto un esercizio commerciale, eppure non c'era uno che conoscesse almeno il sesso del concepito che l'aveva spinta a partire.

Di recente Polly Chalmers aveva dato alla cittadinanza, qualora fosse stato necessario, una nuova dimostrazione dei suoi modi bizzarri: aveva tenuto compagnia ad Alan Pangborn, lo sceriffo della contea di Castle, e lo sceriffo Pangborn aveva seppellito la moglie e il figlio minore da non più di un anno e mezzo. Se quel comportamento non poteva essere classificato come Scandaloso, era sicuramente Eccentrico, perciò nessuno fu veramente sorpreso di vedere Polly Chalmers sbucare dalla porta del suo negozio e incamminarsi impettita per la Main Street fino a *Cose Preziose*, due minuti dopo le dieci del mattino del 9 ottobre. Né fece meraviglia ciò che portava tra le mani inguantate: un Tupperware che poteva solo contenere una torta.

Era, commentarono gli abitanti di Castle Rock, discutendone più tardi, da lei.

2

Dalla vetrina di *Cose Preziose* era stato rimosso lo strato di sapone e ora vi si potevano ammirare una decina di articoli in esposizione: orologi, un servizio in argento, un dipinto, un grazioso trittico in attesa di essere riempito di amate fotografie di parenti stretti. Polly osservò brevemente gli articoli con aria di approvazione, poi andò alla porta. Il cartello che vi era appeso diceva APERTO. Quando spinse l'uscio, sopra la sua testa echeggiò una campanella: era stata montata dopo l'anteprima di cui era stato protagonista Brian Rusk.

Il negozio profumava di moquette nuova e tinteggiatura fresca. Era saturo di sole e nell'entrare, mentre si guardava attorno con interesse, le sovvenne un limpido pensiero: *questo è un successo. Non un solo cliente ha ancora messo piede qui dentro, a meno che sia una cliente io, ed è già un successo. Straordinario.* Non era tipo da giudizi così frettolosi e nemmeno era incline alle adesioni istantanee, eppure è innegabilmente così che pensò.

C'era un uomo alto, chino su una vetrinetta. Sollevò la testa quando sentì la campanella e le sorrise. «Buongiorno», salutò.

Polly era una donna pratica, sicura di sé e generalmente soddisfatta del suo modo di pensare e reagire, perciò l'attimo di confusione che la colpì quando incrociò per la prima volta gli occhi dello sconosciuto fu sconcertante in se stesso.

Lo conosco, fu il primo chiaro pensiero che si aprì un varco nella nebbia inaspettata. *Ho già incontrato quest'uomo. Dove?*

Non era così, però, e quella certezza le giunse un momento dopo. Era un caso di *déjà vu*, probabilmente, quella sensazione falsa di ricordo che tutti sperimentano di tanto in tanto, una sensazione che disorienta perché è allo stesso tempo così onirica e così concreta.

Si trovò smarrita per un istante o due e riuscì solo a sorridergli stupidamente, poi mosse la mano sinistra per accentuare la presa sul contenitore di plastica e subito una fitta crudele le risalì dalle dita divaricandosi in due spini folgoranti all'altezza del polso. Fu come se le avessero conficcato nella viva carne i rebbi di una grossa forchetta cromata. Era artrite e le faceva un male cane, ma riattivò almeno la sua presenza di spirito, permettendole di rispondere senza un'esitazione percettibile... anche se le restò l'impressione che lui se ne fosse accorto lo stesso. Aveva grandi occhi nocciola, di quelli che ti aspetti che sappiano notare più del normale.

«Salve», disse. «Mi chiamo Polly Chalmers. Sono la proprietaria del negozio di merceria e abbigliamento due porte più in là. Visto che siamo vicini, ho pensato di venirle a dare il benvenuto a Castle Rock prima che sia troppo occupato con la clientela.».

Lui sorrise e gli si illuminò tutto il viso. Polly sentì le labbra che si distendevano in un sorriso di risposta, anche se quella bastarda della mano sinistra non aveva smesso di farle male. Se non fossi già innamorata di Alan, rifletté, credo che cadrei all'istante ai piedi di quest'uomo. «Mostrami dov'è il letto, padrone, ci andrò senza fiatare.» Con una punta di divertimento si chiese quante delle signore che prima di sera avrebbero messo il naso dentro per un'occhiatina sarebbero tornate a casa invaghite. Vide che non portava anello nuziale; altra benzina sul fuoco.

«Felice di conoscerla, signora Chalmers», disse lui, venendo avanti. «Io sono Leland Gaunt.» Alzò la destra mentre le si avvicinava, poi corrugò lievemente la fronte quando la vide indietreggiare di mezzo passo.

«Non si offenda», si scusò lei, «ma non stringo mai la mano. Non mi ritenga scortese, la prego. Soffro di artrite.» Posò il Tupperware sulla vetrinetta più vicina e rivolse verso di lui le mani protette da guanti in pelle di capretto. Senza arrivare al punto da essere raccapriccianti, erano chiaramente deformate, la sinistra un po' più della destra.

C'erano donne in città convinte che Polly andasse orgogliosa del suo male; altrimenti perché, ragionavano, era sempre così pronta a esibirlo? La verità era l'esatto opposto. Tutt'altro che vanitosa, era tuttavia abbastanza sensibile al proprio aspetto esteriore da sentirsi imbarazzata dalla bruttezza delle sue mani. Le mostrava appena poteva e in quell'attimo affiorava sempre il medesimo pensiero, così fugace da non rendersene quasi conto: *Ecco fatto. Adesso possiamo procedere liberamente.*

Di solito anche le persone a cui mostrava le mani provavano disagio o imbarazzo, ma Gaunt no. Le afferrò il braccio fra dita che Polly sentì straordinariamente forti e in mancanza di meglio le scrollò quello. Avrebbe potuto vedere in quel gesto una confidenza un po' eccessiva per un primo incontro, ma così non fu. Del resto il suo slancio era stato amichevole, breve, persino buffo. Ciononostante, Polly fu contenta che fosse durato solo pochi attimi. Le sue mani avevano qualcosa di asciutto e spiacevole, anche attraverso il tessuto della leggera giacca autunnale che indossava.

«Deve essere difficile gestire un negozio di articoli da cucito con un impedimento come il suo, signora Chalmers. Come ci riesce?»

Era una domanda che le rivolgevano in pochi e, con l'eccezione di Alan, non ricordava nessuno che gliel'avesse formulata in maniera così diretta.

«Ho continuato a cucire a tempo pieno finché ho potuto», rispose. «Ho sopportato sorridendo a denti stretti, si può dire. Ora ho una mezza dozzina di ragazze che lavorano per me a mezza giornata e io mi occupo soprattutto dei modelli. Ma mi capita ancora qualche giorno buono.» Era una bugia, ma riteneva che fosse veniale, dato che era soprattutto a proprio beneficio.

«Le confesso che la sua visita mi rende felice. Se devo dirle la verità, sto vivendo un'autentica crisi di terrore da palcoscenico.»

«Davvero? Perché mai?» Era ancor meno frettolosa nel giudicare le persone di quanto fosse nel giudicare luoghi e avvenimenti, perciò rimase stupita, se non addirittura un po' allarmata, per la rapidità e la naturalezza con cui si sentiva a suo agio con un uomo che aveva conosciuto da meno di un minuto.

«Continuo a domandarmi che cosa farò se non verrà nessuno, se per tutta la giornata non un'anima viva metterà piede qui dentro.»

«Verranno», lo tranquillizzò lei. «Vorranno dare un'occhiata alla sua merce. Qui nessuno riesce a indovinare che cosa possa vendere un negozio che si chiama *Cose Preziose*. Ma soprattutto vorranno dare un'occhiata a lei. È solo che, in un posticino come Castle Rock...»

«... nessuno vuol farsi vedere troppo curioso», finì lui per lei. «Lo so, ho una certa esperienza di cittadine di provincia. La ragione mi assicura che quanto ha appena detto è l'assoluta verità, ma c'è un'altra vocetta che continua a ripetermi: 'Non verranno, Leland, vecchio mio, oh no, non verranno. Se ne staranno lontani a *greggi*, vedrai se non è vero'.»

Polly rise, ricordando all'improvviso di aver sofferto le stesse pene quando aveva aperto *You Sew and Sew*.

«Ma questo che cos'è?» chiese lui, toccando il contenitore di plastica. E Polly notò ciò che aveva già visto Brian Rusk: aveva l'indice e il medio lunghi uguali.

«È una torta. E se conosco bene questa città anche solo un decimo di quel che credo, le assicuro che sarà l'unica che riceverà oggi.»

Lui le sorrise di sentita gratitudine. «Grazie! Grazie di cuore, signora Chalmers... sono commosso.»

E lei, che non invitava mai nessuno a darle del tu prima che la reciproca conoscenza si fosse adeguatamente consolidata (e che diffidava di chiunque si appropriasse di quel privilegio di prepotenza, come fanno immancabilmente gli agenti immobiliari e assicurativi e i venditori di automobili), si stupì nel ritrovarsi a dire: «Visto che saremo vicini, non dovrebbe chiamarmi Polly?»

3

La torta era al cioccolato, come Leland Gaunt accertò immediatamente dall'aroma quando sollevò il coperchio. Le chiese di restare a mangiarne una fetta con lui. Polly cercò di sottrarsi all'invito, ma Gaunt insisté.

«Tu devi pur aver lasciato qualcuno a sostituirti in negozio», le disse, «e nessuno metterà piede nel mio almeno per una mezz'ora, perciò è tutto sistemato. E io ho un milione di domande da farti su Castle Rock.»

Così lei accettò. Lui scomparve dietro la tenda del retrobottega e Polly lo sentì salire le scale per prendere piatti e forchette. Evidentemente si era adattato a vivere al piano di sopra, almeno per il momento. Mentre aspettava che tornasse, diede un'occhiata in giro.

Un avviso incorniciato, appeso alla parete accanto alla porta d'ingresso, spiegava che il negozio sarebbe rimasto aperto dalle dieci del mattino fino alle cinque del pomeriggio nei giorni di lunedì, mercoledì, venerdì e sabato. La clientela sarebbe stata ricevuta «solo per appuntamento» nei giorni di martedì e giovedì fino a primavera inoltrata, come dire, tradusse Polly con un sorrisetto interiore, fino a quando fossero tornati turisti e villeggianti ansiosi di separarsi dai loro quattrini.

Cose Preziose era un negozio di curiosità, concluse. Un raffinato negozio di curiosità, avrebbe detto dopo la prima occhiata, ma un esame più attento degli articoli in vendita la portò a ritenere che non fosse così facile classificarlo.

Geode, Polaroid, fotografia di Elvis Presley e le altre poche cose già in esposizione quando era passato Brian nel pomeriggio del giorno prima, erano ancora al loro posto, ma adesso erano stati aggiunti una cinquantina di oggetti nuovi. Un tappetino probabilmente di grande valore spiccava contro il bianco della parete: era turco e antico. In una bacheca c'era una collezione di soldatini di piombo, probabilmente d'antiquariato, ma Polly sapeva che tutti i soldatini di piombo, anche quelli fusi a Hong Kong giusto una settimana prima, hanno quell'aria di oggetto antico.

L'assortimento era più eterogeneo che mai. Tra la fotografia di

Elvis, di quelle che a suo giudizio si sarebbero trovate in vendita in qualsiasi parco dei divertimenti americano per 4,99 dollari e una quanto mai dozzinale banderuola a forma di aquila statunitense, c'era un paralume di vetro Carnevale che valeva certamente ottocento dollari e poteva valerne anche cinquemila. Accanto a un'anonima teiera ammaccata c'erano un paio di stupende *poupées*, e nemmeno seppe cominciare a immaginarsi quanto potessero valere bambole francesi di così preziosa fattura, con le belle guance imbellettate e le giarrettiere alle cosce.

Poi c'erano una selezione di figurine, un espositore di rotocalchi degli anni Trenta (*Weird Tales*, *Astounding Tales*, *Thrilling Wonder Stories*), una radio da tavolo degli anni Cinquanta in quell'orribile sfumatura di rosa chiaro che all'epoca andava tanto in voga tra gli elettrodomestici, per non dire della politica.

La gran parte degli articoli, ma non tutti, venivano identificati da un'apposita targhetta: GEODE A TRE CRISTALLI, ARIZONA, si leggeva su una. Su un'altra, SERIE CHIAVI A BUSSOLA. La targhetta davanti alla scheggia che tanto aveva affascinato Brian spiegava che era LEGNO PIETRIFICATO DALLA TERRA SANTA. Le targhette davanti alle figurine e alle riviste dicevano: VASTO ASSORTIMENTO SU RICHIESTA.

Tutti gli articoli, di pregio e non, avevano in comune un particolare: nessuno aveva il cartellino del prezzo.

4

Gaunt tornò con due piattini dei più comuni, ceramica da supermercato, niente di speciale, un coltello da dolce e un paio di forchette. «Di sopra regna il caos totale», confidò, mentre sollevava il coperchio del contenitore e lo posava rovesciandolo perché non lasciasse un cerchio di zucchero a velo sul mobile. «Mi metterò a caccia di un'abitazione appena avrò aggiustato tutto qui dentro, ma per il momento continuerò ad alloggiare sopra il negozio. Ho ancora tutto nelle scatole di cartone. Dio, come detesto gli scatoloni. Chi pensi che potrebbe...»

«Non così grande!» protestò Polly. «Povera me!»

«Niente di irreparabile», ribatté allegramente Gaunt. Posò la grossa fetta di torta al cioccolato su uno dei piattini. «Vorrà dire che questa sarà la mia. Non mi faccio certo pregare! Così va bene per te?»

«Ancora più sottile.»

«Più sottile di così non riesco a tagliarla», rispose lui cercando di accontentarla al meglio. «Il profumo è squisito. Grazie di nuovo, Polly.»

«Non c'è di che, non c'è di che.»

Il profumo era davvero inebriante e Polly non era a dieta, ma il suo iniziale rifiuto non era solo dovuto all'accorta buona creanza richiesta a un primo incontro. Per tre settimane Castle Rock aveva goduto di un tempo splendido, uno di quei periodi caldi e sereni fuori stagione che chiamano estate indiana, ma da lunedì aveva cominciato a far fresco e le sue mani soffrivano soprattutto ai cambi di stagione. Il dolore si sarebbe probabilmente sedato un po' quando le articolazioni si fossero abituate alle temperature più basse (così pregava in cuor suo e così era sempre stato, ma non per questo era ignara della natura degenerativa del suo male), tuttavia quel giorno, già dalle prime ore del mattino, era stato particolarmente intenso. Quando era così, non era più sicura di che cosa sarebbe stata in grado di fare con quelle mani traditrici e il suo rifiuto iniziale era stato dettato dalla preoccupazione e dal possibile imbarazzo.

Ora si sfilò i guanti e fletté con circospezione le dita della mano destra. Una fitta come un ferro rovente le percorse tutto l'avambraccio fino al gomito. Fletté di nuovo le dita, comprimendo le labbra per farsi forza. Il dolore tornò, ma questa volta meno intenso. Si rilassò un poco. Ce l'avrebbe fatta. Non sarebbe stato un momento di gioia, non avrebbe gustato la torta quanto meritava, ma se la sarebbe cavata. Sollevò adagio la forchetta, piegando le dita il minimo indispensabile. Mentre si portava il primo boccone alle labbra, vide Gaunt che la osservava con comprensione. *Adesso mi compatirà,* pensò con una smorfia interiore, *e mi racconterà della dolorosa artrite di suo nonno. O della sua ex moglie. O di chissà chi.*

Ma Gaunt non la compatì. Mangiò un boccone di torta e roteò

comicamente gli occhi. «Ma che stoffe e passamanerie», esclamò. «Avresti dovuto aprire un ristorante.»

«Oh, non l'ho fatta io», si schermì lei. «Ma riferirò il complimento a Nettie Cobb. È la mia governante.»

«Nettie Cobb», ripeté lui in tono riflessivo, staccando un altro pezzetto dalla sua fetta di dolce.

«Sì. La conosci?»

«Ne dubito.» Parlò con l'aria di chi è stato improvvisamente richiamato al presente. «Non conosco *nessuno* a Castle Rock.» Le scoccò un'occhiata furbesca in tralice. «Possibilità di soffiartela?»

«Nessuna», rispose Polly ridendo.

«Stavo per chiederti di qualche agenzia immobiliare», riprese lui. «Chi pensi che potrebbe darmi qualche consiglio onesto da queste parti?»

«Oh, sono tutte canaglie, ma dovendo pescare nel mucchio, Mark Hopewell può andar bene.»

Gaunt ricacciò indietro una risata e si coprì la bocca con una mano per trattenere un'esplosione di briciole. Poi prese a tossire. E se Polly non avesse avuto tanto male alle mani, gli avrebbe cameratescamente battuto sulla schiena. Appena conosciuto o no, le era simpatico.

«Scusa», bofonchiò lui, ancora ridacchiando. «Però è proprio vero che sono tutti canaglie, eh?»

«Senza dubbio.»

Fosse stata una donna d'altro tipo, una di quelle che tiene meno rigorosamente per sé i fatti del proprio passato, avrebbe avviato a questo punto l'interrogatorio di Leland Gaunt. Perché era venuto a Castle Rock? Dove era stato prima? Si sarebbe trattenuto a lungo? Aveva famiglia? Ma non era quel tipo di donna, perciò si accontentò di rispondere alle domande che le poneva lui; ne fu anzi lieta, visto che nessuna di esse la riguardava direttamente. Gaunt voleva sapere della cittadina, dell'entità del traffico in Main Street durante l'inverno e se c'era un posto nelle vicinanze dove avrebbe potuto comprarsi una bella stufetta elettrica Jøtul, e poi ancora di premi dell'assicurazione e cento altre cose. Estrasse un taccuino lungo e stretto in pelle nera dalla tasca interna del blazer blu e prese solennemente nota di tutti i nomi che gli faceva lei.

Polly guardò il piattino che aveva davanti e si accorse di aver finito la sua fetta di torta. Le mani le facevano ancora male, ma meno di quando era arrivata. Ricordò di aver quasi rinunciato alla visita a causa del dolore intenso. Ora però era contenta di non avere rimandato.

«Devo andare», annunciò controllando l'orologio. «Rosalie penserà che sono morta.»

Avevano mangiato in piedi. Ora Gaunt sistemò i piattini l'uno sull'altro, vi posò sopra le forchette e chiuse il contenitore con il coperchio. «Questo te lo restituirò appena avrò finito la torta», promise. «D'accordo?»

«Certamente.»

«Allora vuol dire che l'avrai indietro probabilmente prima di sera», affermò con solennità lui.

«Non è necessario che tu sia sollecito fino a questo punto», rispose lei mentre Gaunt l'accompagnava alla porta. «È stato un piacere conoscerti.»

«Grazie di essere venuta», disse lui. Per un attimo Polly pensò che volesse prenderle il braccio e provò sgomento all'idea di essere toccata di nuovo, cosa molto sciocca da parte sua, naturalmente, ma poi non accadde nulla. «Hai trasformato una giornata di angoscia in un avvenimento speciale.»

«Andrà tutto bene.» Polly aprì la porta e si fermò. Aveva evitato di indagare sul suo conto, ma restava un particolare che la incuriosiva troppo perché potesse andarsene senza interrogarlo in proposito. «Hai un mucchio di oggetti molto interessanti...»

«Grazie.»

«... ma non ho visto neanche un prezzo. Come mai?»

Gaunt sorrise. «È un mio piccolo vezzo, Polly. Sono sempre stato convinto che se una transazione ha un minimo di valore, allora vale la pena mercanteggiare un po'. Mi sa che nella mia ultima incarnazione devo essere stato un mercante di tappeti mediorientale. Iracheno, probabilmente, per mia sventura.»

«Quindi lasci che sia il mercato a stabilire il prezzo?» ribatté lei, con una punta di malizia.

«Si può dire così», annuì lui in tono serio, e di nuovo Polly fu colpita dalla profondità dei suoi occhi color nocciola... dalla loro singolare bellezza. «Da come la vedo io, lascio che il valore di un oggetto venga stabilito soggettivamente.»

«Capisco.»

«Davvero?»

«Be'... mi sembra. Spiega il nome del negozio.»

Lui sorrise. «In un certo senso», rispose. «Già, in un certo senso è così.»

«Comunque, ti auguro la migliore delle giornate...»

«Il nome è Leland», le rammentò lui, «ma va bene anche Lee.»

«Preferisco Leland. E non ti preoccupare per i clienti. Vedrai che ora di venerdì dovrai assumere una guardia giurata per cacciarli via all'ora di chiusura.»

«Credi? Sarebbe bellissimo.»

«Arrivederci.»

«Ciao», salutò lui chiudendo la porta alle sue spalle.

Si trattenne per un momento a guardare Polly Chalmers allontanarsi mentre tornava a infilarsi i guanti su quelle mani così deformi da contrastare vistosamente con tutto il resto di lei, aggraziato e assettato con tanto gusto, se proprio non si poteva parlare di fascino ammaliatore. Il sorriso di Gaunt si accentuò. Quando le sue labbra si separarono, esponendo i denti irregolari, il sorriso diventò rapace.

«Andrai bene», mormorò nel negozio deserto. «Andrai benissimo.»

Le sue labbra si arricciarono ancora di più, mostrando ora gengive così scure da apparire livide, come ecchimosi fresche, e cominciò a ridere.

5

La previsione di Polly si avverò. Prima di sera si erano fermati a *Cose Preziose* almeno per un rapido sopralluogo quasi tutte le donne di Castle Rock, quantomeno quelle che contavano, e non pochi uomini. Quasi tutti i visitatori si fecero premura di assicurare Gaunt che avevano a disposizione solo pochi secondi, poiché erano diretti e attesi ad altra destinazione.

Stephanie Bonsaint, Cynthia Rose Martin, Barbara Miller e Francine Pelletier furono le prime; Steffie, Cyndi Rose, Babs e Francie arrivarono facendo quadrato meno di dieci minuti dopo che Polly fu vista lasciare il negozio nuovo (la notizia della sua partenza si diffuse rapidamente e a tappeto grazie al telefono e a quell'efficiente telegrafo senza fili che attraversa tutti i prati dietro casa del New England).

Steffie e le sue amiche guardarono. Fecero oohh e fecero aahh. Spiegarono a Gaunt che non avrebbero potuto trattenersi a lungo perché era il loro giorno del bridge (dimenticandosi di aggiungere che la partita settimanale di solito non cominciava prima delle due del pomeriggio). Francie gli chiese da dove venisse. Gaunt rispose Akron, nell'Ohio. Steffie gli chiese se era da lungo nel settore dell'antiquariato. Gaunt le rispose che non si considerava nel settore dell'antiquariato... in senso stretto. Cyndi volle sapere se il signor Gaunt fosse da tempo nel New England. Da un po', rispose Gaunt, da un po'.

Tutte e quattro concordarono poi che il negozio era interessante (con tutte quelle cose strane!) ma che l'intervista era stata molto poco proficua. Quell'uomo teneva la bocca cucita quanto Polly Chalmers, se non di più. Dopodiché Babs sottolineò quello che tutti sapevano (o credevano di sapere): che Polly era stata la prima di tutta la città a mettere effettivamente piede nel negozio nuovo e che aveva *portato una torta*. Allora, azzardò Babs, si poteva presumere che conoscesse il signor Gaunt... da quel Tempo di Prima, il tempo che aveva trascorso Via.

Cyndi Rose aveva manifestato interesse per un vaso di Lalique e aveva domandato al signor Gaunt (che si manteneva nelle vicinanze senza incombere, notarono tutte con approvazione) a quanto lo metteva.

«Lei quanto dice?» aveva ribattuto lui sorridendo.

Rispondendo al sorriso con una certa dose di civetteria, lei aveva esclamato: «Oh... è *questo* il suo sistema, signor Gaunt?»

«Questo è», aveva confermato lui.

«Ah-ah, rischia di rimetterci, a mercanteggiare con gli yankee», lo aveva ammonito Cyndi Rose, sotto gli occhi delle amiche che seguivano lo scambio con il vivo interesse di spettatori a una partita di Wimbledon.

«Questo», aveva risposto lui, «si vedrà.» Il suo tono era ancora cordiale, ma adesso c'era una vena di sfida.

Cyndi Rose aveva riesaminato il vaso con maggiore attenzione. Steffie Bonsaint le aveva bisbigliato qualcosa all'orecchio. Cyndi Rose aveva annuito.

«Diciassette dollari», aveva detto. Per la verità non era difficile valutarlo almeno cinquanta e probabilmente in un negozio di antiquariato di Boston lo avrebbero messo in vendita a centottanta.

Gaunt aveva congiunto i polpastrelli sotto il mento in un gesto che Brian Rusk avrebbe riconosciuto. «Temo di doverne pretendere almeno quarantacinque», aveva replicato con un certo rammarico.

Gli occhi di Cyndi Rose si erano illuminati: la situazione che stava emergendo era promettente. Sulle prime il vaso di Lalique aveva generato in lei un interesse solo superficiale, più che altro come un ulteriore argomento pretestuoso con cui cercare di scoperchiare lo scrigno di segreti del misterioso signor Gaunt. Poi, guardandolo meglio, si era accorta che era davvero un oggetto raffinato e aveva pensato che avrebbe fatto la sua brava scena a casa, in soggiorno. Il motivo floreale intorno al collo del vaso era della stessa identica tinta della sua tappezzeria. Fino a quando Gaunt non aveva rilanciato in risposta alla sua offerta con un prezzo che era solo di pochi centimetri fuori della sua portata, non si era accorta di desiderare quel vaso così ardentemente.

Si era consultata con le amiche.

Gaunt le aveva osservate con un sorriso pacato.

Poi aveva tintinnato la campanella sopra la porta ed erano entrate altre due signore.

A *Cose Preziose* aveva avuto inizio la prima giornata di attività.

6

Quando il Bridge Club di Ash Street lasciò *Cose Preziose* dieci minuti più tardi, Cyndi Rose Martin teneva un sacchetto per i manici. Dentro il sacchetto c'era il vaso di Lalique, avvolto in carta velina. Lo aveva acquistato per trentun dollari più le tasse, aveva praticamente dato fondo a tutto il denaro per tutte le piccole spese, ma era così tronfia che quasi faceva le fusa.

Di solito dopo un acquisto così impulsivo era angustiata dai dubbi e da una punta di vergogna, sicura di essere stata un po' abbindolata, se non decisamente truffata, ma quel giorno non fu così. Quella era stata una trattativa dalla quale era uscita da vincitrice. Il signor Gaunt l'aveva persino esortata a tornare, dicendole che aveva un vaso gemello che gli sarebbe arrivato sul finire della settimana... forse addirittura l'indomani! Un vaso solo avrebbe fatto una gran figura sul tavolino in soggiorno, ma se li avesse avuti tutti e due, avrebbe potuto metterli alle estremità della mensola del caminetto e allora l'effetto sarebbe stato da... *togliere il fiato.*

Anche le sue tre amiche erano dell'opinione che fosse stato un affare e per quanto deluse per essere riuscite a sapere così poco sul conto del signor Gaunt, il giudizio che davano di lui era nel complesso più che lusinghiero.

«Certo che quei suoi occhi verdi sono davvero straordinari!» commentò Francie Pelletier, con un palpito di rimpianto.

«Ma erano proprio verdi?» chiese Cyndi Rose un po' sorpresa. A lei erano sembrati grigi. «Non l'avevo notato.»

7

Più tardi, quello stesso pomeriggio, Rosalie del *You Sew and Sew* approfittò della pausa del caffè per fare una scappata a *Cose Preziose* accompagnata da Nettie Cobb, la governante di Polly. C'erano altre donne che si aggiravano per il negozio e nell'angolo in fondo due liceali frugavano in uno scatolone di riviste a fumetti scambiandosi concitati commenti: era incredibile che fossero finiti tutti nello stesso posto tanti numeri di quelli di cui avevano bisogno per completare le loro rispettive collezioni. Si auguravano solo che i prezzi non fossero troppo salati. Era impossibile saperlo senza chiederlo perché non c'erano etichette sulle buste di plastica che contenevano i fumetti.

Rosalie e Nettie salutarono il signor Gaunt e il signor Gaunt chiese a Rosalie di ringraziare di nuovo Polly per la torta. I suoi occhi seguirono Nettie, che si era allontanata dopo le presentazioni e stava contemplando malinconicamente una piccola collezione di vetri Carnevale. Abbandonò Rosalie allo studio della fotografia di Elvis vicino alla scheggia di LEGNO PIETRIFICATO DALLA TERRA SANTA e si avvicinò a Nettie.

«Le piacciono i vetri Carnevale, signora.... o signorina Cobb?» domandò sommessamente.

Lei sussultò: Nettie Cobb aveva le caratteristiche somatiche e i modi quasi dolorosamente timidi di una donna fatta per trasalire al suono di una voce, per quanto amichevole e pacata, che le si rivolgesse da vicino: subito dopo reagì con un sorriso nervoso.

«Signora Cobb, signor Gaunt, anche se mio marito è scomparso ormai da tempo.»

«Sono desolato.»

«Non è il caso. È stato quattordici anni fa. È un passato ormai lontano. Sì, ne ho una piccola collezione.» Quasi fremette, come fremerebbe un topo all'avvicinarsi di un gatto. «Ma non potrei mai permettermi niente a questo livello. I suoi sono molto belli. Vien da pensare alle decorazioni che potrebbero esserci in Paradiso.»

«Senta», rispose Gaunt, «ho acquistato molti altri vetri insieme con questi e non sono così cari come teme. E gli altri che ho sono *molto* più belli. Non vorrebbe tornare domani a dare un'occhiata?»

Lei sussultò di nuovo e scivolò all'indietro di un passo, come se lui le avesse proposto di tornare l'indomani a lasciarsi pizzicare ripetutamente il sedere... magari fino a strapparle le lacrime.

«Oh, non credo... il giovedì è la giornata in cui sono più presa, sa... da Polly... il giovedì è giornata di grandi pulizie, vede...»

«È proprio sicura che non può fare un salto?» la tentò lui. «Polly mi ha detto che è stata lei a fare la torta che mi ha portato stamane...»

«Le è piaciuta?» domandò Nettie nervosa. Dagli occhi sembrava che si aspettasse di sentirsi rispondere, no, *non* mi è piaciuta, Nettie. Mi ha fatto venire i *crampi*, peggio ancora, mi ha fatto vivere sull'asse del *cesso*, perciò ti farò del male, Nettie, ti trascinerò nel retrobottega e ti torcerò i capezzoli fino a farti strillare come una iena.

«Squisita», tubò Gaunt. «Mi ha ricordato le torte che faceva mia madre... e parlo di molto, molto tempo fa.»

Aveva toccato il tasto giusto con Nettie, che molto aveva amato sua madre nonostante le percosse che le somministrava dopo le sue frequenti nottate fuori, in giro per i bar. Parve più tranquilla.

«Ah, be', allora tutto bene», commentò. «Sono molto contenta che le sia piaciuta. Naturalmente l'idea è stata di Polly. È la donna più cara al mondo.»

«Sì», convenne lui. «Ora che l'ho conosciuta, non ho difficoltà a crederlo.» Lanciò un'occhiata a Rosalie Drake, ancora intenta a perlustrare il negozio. Tornò a guardare Nettie. «Non posso fare a meno di sentirmi in debito con lei...»

«Oh, no!» proruppe Nettie di nuovo allarmata. «Lei non mi deve niente. Assolutamente niente, signor Gaunt.»

«Torni, la prego. Vedo che ha buon occhio in fatto di vetri... e ne approfitterò per restituirle il contenitore di Polly.»

«Mah... in effetti *potrei* fare una scappata durante l'intervallo...» Dagli occhi si intuiva che non riusciva a credere nemmeno lei a ciò che stava dicendo.

«Splendido», si felicitò lui e subito la lasciò, prima che potesse cambiare di nuovo idea. Raggiunse i ragazzi e s'informò sull'esito delle loro ricerche. Titubanti, loro gli mostrarono alcuni vecchi numeri dell'*Incredibile Hulk* e degli *X-Men*. Cinque minuti dopo uscivano con una fascina di fumetti fra le mani e un'espressione di gioia stupefatta sul volto.

La porta si era appena richiusa che già si riapriva. Entrarono Cora Rusk e Myra Evans. Si guardarono intorno con gli occhi scintillanti e avidi degli scoiattoli nella stagione di raccolta delle noci e puntarono con risolutezza alla bacheca con la fotografia di

Elvis. Cora e Myra si chinarono gloglottando di fervido interesse ed esponendo un paio di sederoni come mongolfiere gemelle.

Gaunt le osservò sorridendo.

La campanella della porta tintinnò di nuovo. La nuova visitatrice era corpulenta come Cora Rusk, ma se Cora era una donna grassa, questa era invece *forzuta*, nella maniera in cui appare robusto un taglialegna con il ventre gonfiato dalla birra. Portava sulla camicetta un grande distintivo bianco e rotondo. Una scritta in rosso annunciava:

UNA NOTTE AL CASINÒ - A GIOCARE PER GIOCO

Il suo viso aveva il fascino di un'asse di legno. I capelli, di un'imprecisata e amorfa sfumatura di marrone, erano quasi del tutto coperti da un fazzoletto severamente annodato sotto il mento largo. Osservò l'interno del negozio per un momento o due, facendo guizzare di qua e di là gli occhi infossati come un pistolero che fotografa mentalmente il saloon prima di spingere fino in fondo i battenti a molla e cominciare a scatenare l'inferno. Poi entrò.

Poche delle donne che si aggiravano tra le vetrinette le accordarono più di uno sguardo. Ma Nettie Cobb fissò la visitatrice con una straordinaria espressione di sgomento e odio insieme. Poi si allontanò a passetti ansiosi dai vetri colorati e il suo movimento repentino richiamò l'attenzione della nuova arrivata. Osservò Nettie con una sorta di sdegno totale, quindi la ignorò.

La campanella sopra la porta segnalò l'uscita di Nettie.

Il signor Gaunt aveva seguito tutta la scena con grande interesse.

Si avvicinò a Rosalie. «Ho paura che la signora Cobb se ne sia andata senza di lei.»

Rosalie ne fu sorpresa. «Ma perché...» cominciò, quindi i suoi occhi si posarono sulla nuova arrivata con il distintivo chiaramente piazzato fra i seni. Stava studiando il tappeto turco appeso alla parete con l'interesse assorto di una studentessa di belle arti in galleria. Teneva le mani piantate sui vasti fianchi. «*Ooh*», esclamò Rosalie. «Mi scusi, ma devo raggiungerla.»

«Non mi pare che si possa parlare di grande simpatia fra quelle due signore», insinuò il signor Gaunt.

Rosalie rispose con un sorriso distratto.

Gaunt si girò di nuovo a guardare la donna con il fazzoletto. «Chi è?»

Rosalie arricciò il naso. «Wilma Jerzyck», disse. «Mi scusi... ma non posso lasciare Nettie da sola. È così nervosa, sa...»

«Certo», annuì lui e la guardò uscire. Fra sé aggiunse: «Non lo siamo tutti?»

Poi Cora Rusk gli toccò la spalla. «A quanto viene quella foto del Re?» gli domandò.

Leland Gaunt rovesciò su di lei il suo sorriso abbagliante. «Oh, ma parliamone», rispose. «Secondo lei, quanto vale?»

3

1

Il nuovo esercizio commerciale di Castle Rock era chiuso da quasi due ore, quando Alan Pangborn percorse lentamente la Main Street in direzione del Municipio, dove avevano sede l'ufficio dello sceriffo e il dipartimento di polizia di Castle Rock. Era al volante dell'ultimo grido dell'automobile senza contrassegni: una station wagon Ford 1986. L'auto di famiglia. Era giù e mezzo sbronzo. Aveva bevuto solo tre birre, ma lo avevano preso duro.

Occhieggiò *Cose Preziose* mentre vi transitava davanti, compiacendosi, al pari di Brian Rusk, della tenda verde scuro che si protendeva in avanti fin sul ciglio del marciapiede. Se ne intendeva di meno (non avendo parenti che lavoravano per la Dick Perry Rivestimenti e Infissi a South Paris), ma riteneva lo stesso che desse un certo tocco di classe alla Main Street, dove in generale gli altri negozianti si erano accontentati di sovrapporre false facciate. Ancora non sapeva che cosa vendeva il negozio nuovo (Polly sicuramente lo sapeva già se ci era stata quella mattina come aveva in programma di fare), ma l'impressione che ne ebbe a quella prima occhiata fu di uno di quei ristorantini francesi dove si porta la ragazza dei propri sogni, prima di cercare di trasferirla in un letto a suon di paroline dolci.

Non ci pensò più appena lo ebbe oltrepassato. Segnalò la svolta a sinistra un isolato più avanti e imboccò lo stretto passaggio fra il tozzo edificio di mattoni del Municipio e quello rivestito di assi bianche del dipartimento delle Acque. Una scritta avvertiva: ACCESSO RISERVATO AI VEICOLI DI SERVIZIO.

Il Municipio aveva la forma di una L rovesciata, con una piccola area di parcheggio nel gomito. Tre rettangoli erano contrassegnati dalla scritta: UFFICIO DELLO SCERIFFO. Uno era occupato dal vecchio Maggiolino di Norris Ridgewick. Alan vi parcheggiò accanto, spense fari e motore e allungò le dita verso la maniglia.

La depressione che lo avvolgeva da quando aveva lasciato il *Blue Door* a Portland, girandogli intorno come spesso facevano i lupi nei pressi di un fuoco da bivacco nei racconti d'avventure che leggeva da ragazzo, gli piombò improvvisamente addosso con tutto il suo peso. Abbandonò la maniglia e restò seduto ad aspettare che passasse.

Aveva trascorso la giornata al Tribunale distrettuale di Portland, a deporre per l'accusa in quattro processi di fila. Il distretto comprendeva quattro contee, York, Cumberland, Oxford e Castle, e di tutti i tutori dell'ordine impiegati nella regione, Alan Pangborn era quello a cui toccava il tragitto più lungo. Di conseguenza i tre giudici distrettuali facevano del loro meglio per programmare le udienze in aula in maniera da costringerlo al viaggio non più di un paio di volte al mese. In questo modo gli era possibile trascorrere qualche tempo nella contea che aveva giurato di proteggere, invece di essere perennemente in marcia fra Castle Rock e Portland; l'aspetto negativo era però che, dopo una giornata in tribunale, si sentiva come uno studente del liceo reduce dall'aula magna dove fosse stato appena sottoposto ai test attitudinali. E ci mancava giusto che ci bevesse sopra, ma Harry Cross e George Crompton lo avevano obbligato a seguirli al *Blue Door*. E c'era una buona ragione per accettare l'invito: una serie di furti chiaramente collegati fra loro e avvenuti in tutte le loro zone di competenza. Ma il vero motivo per cui era andato era quello che hanno in comune quasi tutte le decisioni sbagliate: lì per lì gli era sembrata una buona idea.

Ora sedeva al volante di quella che era stata l'auto di famiglia a raccogliere i frutti di ciò che aveva seminato per scelta autonoma. La testa gli doleva dolcemente. Provava più che una punta di nausea. Ma la cosa peggiore era la depressione: l'aveva aggredito con ferocia.

Salve! lo salutò gioiosamente dalla roccaforte che occupava dentro la sua testa. *Eccomi qui, Alan! Che bello ritrovarti! Pensa un po', siamo qui, alla fine di una giornata lunga e faticosa, e Annie e Todd sono ancora morti! Ricordi quel sabato pomeriggio quando Todd rovesciò il frullato sul sedile anteriore? Proprio sotto dove c'è adesso la tua cartella, vero? E ricordi come l'hai sgridato? Tuoni e fulmini! Non l'hai scordato, vero? Ah sì? Oh, ma non fa niente, Alan, perché ci sono qua io a ricordartelo! E ricordartelo! E ricordartelo!*

Sollevò la cartella e fissò il sedile. Sì, la macchia c'era ancora, e sì, aveva alzato la voce con Todd. *Todd, perché devi essere sempre così maldestro?* Qualcosa del genere, senza eccedere, ma non certo il rimprovero che si farebbe a un bambino se si fosse saputo che aveva meno di un mese di vita.

Gli venne da pensare che il vero problema non fossero le birre, ma quell'automobile, che non era mai stata ripulita a dovere. Aveva passato la giornata viaggiando in compagnia dei fantasmi di sua moglie e di suo figlio.

Schiacciò il pulsante e fece abbassare lo sportellino del cruscotto per prendere il blocco dei moduli per le multe: portarlo con sé anche quando scendeva a Portland a trascorrere la giornata intera in aula di tribunale, era un'abitudine senza eccezioni. Infilando la mano urtò un oggetto che cadde sul fondo dell'abitacolo con un tonfo sommesso. Posò il blocco sulla cartella e si chinò per recuperarlo. Lo espose alla luce del lampione e lo contemplò a lungo sentendosi nuovamente invadere da dolore e nostalgia. Polly soffriva di artrite alle mani, lui, a quanto pare, ne era stato colpito al cuore, e chi avrebbe potuto dire con quale dei due la sorte era stata più malvagia?

Il barattolo era appartenuto a Todd, naturalmente, Todd, che se gli fosse stato permesso si sarebbe insediato in pianta stabile all'*Auburn Novelty Shop*. La sua era stata vera passione per le diavolerie da quattro soldi di quel paese delle meraviglie: voci d'oltretomba, polvere per sternutire, bicchieri che sbrodolano, sapone che tinge le mani di chi lo usa del colore di polvere vulcanica, escrementi di cane in plastica.

È ancora qui. Sono morti da diciannove mesi ed è ancora qui. Come diavolo ho fatto a non accorgermene? Dio mio.

Alan si rigirò il barattolo fra le mani, ricordando quanto il ragazzino aveva pregato perché gli si permettesse di comprarlo con i propri soldi, come lui fosse stato titubante e gli avesse citato uno dei moniti preferiti di suo padre: lo sciocco e il denaro non restano insieme a lungo. E anche come Annie lo avesse indotto a cedere nel suo modo dolce.

Ma sentilo, il nostro aspirante mago che parla con la voce del puritano. Che spettacolo! Secondo te da dove gli verrebbe questa insana passione per i trucchi e gli scherzi? Nessuno nella mia *famiglia ha mai appeso al muro un ritratto incorniciato di Houdini, puoi starne certo. Vorresti sostenere di non aver mai comprato uno o due bicchieri sbrodolanti nei turbolenti e scapestrati giorni della tua gioventù? Che non saresti morto dalla voglia di possedere il vecchio scherzo del serpente nel barattolo di noccioline se te lo fossi trovato davanti nello scaffale di qualche negozio?*

E lui che sbuffava e soffiava sempre più simile a un pomposo pallone gonfiato con qualche perdita di troppo, finché era stato costretto a portarsi una mano alla bocca per nascondere un sorrisetto d'imbarazzo. Ma Annie l'aveva visto. Annie vedeva tutto. Era stato il suo speciale talento... e più di una volta era stata la sua salvezza. Il suo senso dell'umorismo e la capacità di mettere le cose nella giusta prospettiva erano state doti alle quali lui non aveva mai tenuto testa. Per sensibilità gli era sempre stata superiore.

Lasciaglielo prendere, Alan, si è giovani una volta sola. E poi è divertente davvero...

Così lui glielo aveva concesso. E...

... e tre settimane dopo aveva versato il frullato sul sedile dell'automobile e quattro settimane dopo ancora era morto! Erano morti tutti e due*! Caspita! Ma pensa un po'! Come vola il tempo, Alan! Ma non temere, non ti preoccupare, perché ci sono qui io a ricordartelo! Sissignore! Continuerò a ricordartelo, perché è il mio mestiere e so farlo* bene*!*

Sul barattolo c'era un'etichetta con la scritta CRIC CROC - NOCI ASSORTITE. Alan ne svitò il tappo e balzò fuori un serpente verde lungo un metro e mezzo che andò a colpire il parabrezza e gli rimbalzò in grembo. Lo contemplò, sentì nella mente le risa del figlio morto e cominciò a piangere. Il suo pianto fu composto, silenzioso e stanco. Pareva che le sue lacrime avessero molto in comune con gli effetti molto personali dei suoi cari estinti; non si arrivava mai alla fine. Ce n'erano troppi e proprio quando si cominciava a tirare il fiato pensando di aver finalmente sgomberato tutto, se ne trovava uno nuovo. E un altro. E un altro ancora.

Perché aveva permesso a Todd di comprare quell'aggeggio maledetto? Perché era ancora nel maledetto stipetto del cruscotto? E perché poi aveva scelto di viaggiare sulla sua stramaledetta familiare?

Si tolse il fazzoletto dalla tasca posteriore e si asciugò le lacrime dal viso. Poi, lentamente, calcò il serpente (un semplice tubo di carta verde con dentro una molla metallica) nel falso barattolo di noccioline assortite. Riavvitò il coperchio e si fece saltellare il barattolo nella mano, mentre rifletteva.

Gettalo via.

Ma non credeva di poterlo fare. Non subito, almeno. Ripose nello stipetto l'ultimo scherzo che Todd aveva comprato in quello che considerava il più fantastico negozio del mondo e richiuse lo sportellino. Finalmente afferrò la maniglia, prese la cartella e scese.

Respirò a fondo l'aria della sera, sperando che gli fosse d'aiuto. Non fu così. Sentì odore di legno in decomposizione e sostanze chimiche, un olezzo sgradevole che arrivava regolarmente dalle cartiere di Rumford, una trentina di miglia a nord. Decise di chiamare Polly e chiederle se poteva andare a trovarlo. Gli sarebbe stato di qualche conforto.

Mai fu concepito pensiero più saggio! concordò energicamente la voce della depressione. *A proposito, Alan, ti ricordi com'era felice di quel serpente? Provava lo scherzo su tutti! Ha fatto quasi venire un infarto a Norris Ridgewick. E tu ne hai riso fin quasi a fartela nelle brache! Ricordi? Com'era vivace, com'era* speciale*! E Annie... ricordi come ha riso quando gliel'hai raccontato? Anche lei era vivace e speciale, vero? Naturalmente non era tanto vivace verso la fine, e neanche tanto speciale, ma tu non te ne sei nemmeno accorto più che tanto, giusto? Perché avevi i tuoi bei grattacapi personali. Quella faccenda di Thad Beaumont, per esempio. Non riuscivi più a scalzartela dalla testa. Quella brutta storia alla loro casa sul lago e poi, dopo* *che era tutto finito, Thad che si è messo a bere e ha preso a telefonarti. E poi sua moglie che l'ha piantato portandosi via i gemelli... Aggiungendovi le solite grane cittadine grandi e piccole, avevi il tuo bel da fare, no? Troppo occupato per vedere che cosa stava succedendo a casa tua. Peccato che non ti sei accorto di niente. Perché altrimenti, chissà, forse sarebbero ancora vivi! Ecco un particolare che non devi mai dimenticare, così io non mancherò di ricordartelo... e ricordartelo... e ricordartelo. D'accordo? D'accordo!*

C'era un graffio lungo più di una spanna sulla fiancata dell'automobile, appena sopra il bocchettone del serbatoio. Era stato dopo la morte di Annie e Todd? Non lo rammentava bene e in ogni caso aveva poca importanza. Lo sfiorò con la punta delle dita e si ripropose per l'ennesima volta di portare la macchina all'officina della Sunoco a farla ritoccare. Ma poi, perché darsene briga? Perché non andare da Harrie Ford a Oxford a cambiarla con un veicolo più maneggevole? Il chilometraggio era ancora relativamente modesto e probabilmente avrebbe spuntato un buon prezzo...

Ma Todd ha versato il frullato sul sedile anteriore! strillò indignata la voce della depressione. *E lo ha fatto quand'era* VIVO, *Alan, vecchio mio e Annie...*

«E piantala», mormorò.

Arrivò davanti all'ingresso e si fermò. Parcheggiata a ridosso dell'entrata, così vicino che si sarebbe ammaccata se qualcuno avesse spalancato fino in fondo la porta dell'ufficio, c'era una grande Cadillac Seville rossa. Non ebbe bisogno di controllare la targa per sapere cosa c'era scritto: KEETON 1. Passò pensieroso la mano sulla lucida carrozzeria ed entrò.

2

Sheila Brigham occupava il gabbiotto di vetro del centralino intenta a leggere *People* e a bere uno Yoo-Hoo. La sede comune dell'ufficio dello sceriffo e del dipartimento di polizia di Castle

Rock non aveva altri inquilini presenti oltre Sheila e Norris Ridgewick.

Norris sedeva a una vecchia IBM elettrica a compilare un rapporto con la disperata concentrazione in apnea che solo lui sapeva applicare ai lavori di scrittura. Osservava fissamente la macchina e tutt'a un tratto si chinava di scatto come se avesse ricevuto un pugno allo stomaco e batteva furiosamente sui tasti facendo partire una scarica di lettere. Rimaneva in quella posizione curva il tempo necessario a leggere che cosa aveva scritto e finalmente gemeva sottovoce. Si sentiva il *clic-rap! clic-rap! clic-rap!* del nastro correttore dell'IBM che cancellava gli errori commessi (usava in media un nastro alla settimana) e finalmente Norris si rialzava. C'era a questo punto una pausa gravida di riflessioni, dopodiché tutto il ciclo si ripeteva. Dopo un'ora circa di queste ripetute manovre, Norris lasciava cadere il rapporto completato nel cestino di Sheila per la corrispondenza in arrivo. Una o due volte alla settimana i suoi rapporti erano persino comprensibili.

Norris alzò la testa e sorrise ad Alan che attraversava la zona circoscritta dal piccolo recinto. «Salve, capo, come va?»

«Portland è sistemata per le prossime due o tre settimane. Successo niente da queste parti?»

«Solita roba. Sai, Alan, hai gli occhi rossi da far paura. Non è che avrai fumato di nuovo quello schifoso tabacco?»

«Ah-ha», finse di ridere acido Alan. «Sono stato a fare un paio di bicchieri con dei colleghi e poi mi sono beccato abbaglianti per trenta miglia di strada. Hai sotto mano un'aspirina?»

«Sempre», rispose Norris. «Lo sai.» L'ultimo cassetto della scrivania di Norris conteneva la sua farmacia privata. L'aprì, rovistò, estrasse un flacone gigantesco di Kaopectate al sapore di fragola, ne esaminò per qualche attimo l'etichetta, scosse la testa, lo lasciò ricadere nel cassetto e riprese a rovistare. Finalmente scovò un flacone di aspirina comune.

«Ho un lavoretto per te», annunciò Alan, facendosi cadere due compresse nella mano. Insieme con le compresse uscì un notevole quantitativo di polvere bianca, che lo spinse a chiedersi come mai l'aspirina comune producesse sempre più polvere dell'aspirina di marca. Al che si chiese se stesse cominciando a battere in testa.

«Ehm, Alan, ho altri due di questi scassamarroni da compilare e...»

«Buono là.» Alan andò al serbatoio dell'acqua e sfilò un bicchiere di carta dal cilindro montato a parete. Il serbatoio gorgogliò rumorosamente mentre riempiva il bicchiere. Ti chiedo solo di attraversare la stanza e aprire la porta dalla quale sono appena entrato io. Così semplice che lo saprebbe fare anche un bambino, giusto?»

«Cosa...?»

«Solo non ti dimenticare il blocchetto delle multe», aggiunse Alan, prima di mandar giù l'aspirina.

Norris Ridgewick fu subito all'erta. «Il tuo è lì sul tavolo, vicino alla cartella.»

«Lo so. Ed è lì che resterà, almeno per questa sera»

Norris lo fissò a lungo e finalmente chiese: «Buster?»

Alan annuì. «Già. Ha parcheggiato di nuovo nello spazio degli handicappati. Gli ho già detto l'ultima volta che aveva esaurito i preavvisi.»

Il primo consigliere di Castle Rock, Danforth Keeton III, era chiamato Buster da tutti quelli che lo conoscevano... ma i dipendenti del Municipio che tenevano al proprio posto di lavoro facevano molta attenzione a chiamarlo Dan o signor Keeton, quando si trovava nelle vicinanze. Soltanto Alan, che era un funzionario eletto, osava chiamarlo Buster in faccia, cosa che aveva fatto solo due volte, in momenti in cui era stato particolarmente furioso. Prevedeva comunque che l'avrebbe fatto di nuovo. Dan Keeton, detto «Buster», era un uomo con il quale Alan Pangborn s'infuriava facilmente.

«E *dai*!» protestò Norris. «Fallo tu, Alan.»

«Non posso. La prossima settimana ho la riunione per gli stanziamenti con il consiglio municipale.»

«Mi odia già abbastanza così», gemette Norris con aria afflitta. «Lo so.»

«Buster odia tutti salvo sua moglie e sua madre», ribatté Alan, «e sulla moglie non sono neanche tanto sicuro. Resta il fatto che l'ho avvertito almeno una mezza dozzina di volte in quest'ultimo mese che non deve parcheggiare nel nostro solo e unico spazio riservato ai portatori di handicap, e questa volta la sconterà.»

«No, sono io che rischio il posto di lavoro. Questa è una vera porcata, Alan. Dico sul serio.» Norris Ridgewick sembrava il manifesto pubblicitario di *Quando succedono cose brutte alla brava gente*.

«Rilassati», lo esortò Andy. «Tu gli metti una multa per cinque dollari sotto il tergicristallo e lui viene da me e per prima cosa mi dice di licenziarti.»

Norris mugolò di dolore.

«Io rifiuto di farlo. Allora mi dice di strappare la multa. Mi rifiuto di fare anche quello. Poi, domani a mezzogiorno, dopo che avrà avuto tutto il tempo di schiumare dalla bocca, lo accontenterò. Così alla prossima riunione per gli stanziamenti mi sarà in debito di un favore.»

«Sì, ma io che cosa ci guadagno?»

«Norris, vuoi o non vuoi quel veloradar?»

«Be'...»

«E che cosa diresti di un fax? Sono almeno due anni che si parla di installare un fax.»

Sì! esclamò con perfidia la vocetta allegra nella sua mente. *Avete cominciato a discuterne quando Annie e Todd erano ancora vivi, Alan! Ricordi? Ti ricordi di quando erano ancora vivi?*

«Non sarebbe male», commentò Norris. Allungò la mano verso il blocchetto delle multe con tristezza e rassegnazione scritte in grande sulla faccia.

«Bravo», si complimentò Andy con un entusiasmo che non provava affatto. «Sarò in ufficio per un po'.»

3

Chiuse la porta e compose il numero di Polly.

«Pronto?» rispose lei e Alan sentì immediatamente che non le avrebbe confidato della depressione che lo aveva aggredito con così omogenea totalità. Anche Polly doveva aver avuto i suoi problemi. Gli era bastata quell'unica parola per intuire il suo stato d'animo. La *r* del suo «pronto» era leggermente sdrucciolevole. Le accadeva solo quando prendeva un Percodan, o forse più di uno, e prendeva un Percodan solo quando il dolore diventava insopportabile. Anche se non lo aveva mai dichiarato apertamente, Alan aveva il sospetto che vivesse nel terrore del giorno in cui i Percodan avessero smesso di farle effetto.

«Come va, bella signora?» chiese, appoggiandosi allo schienale e posandosi una mano sopra gli occhi. L'aspirina non stava migliorando molto la situazione del suo mal di testa. Forse avrebbe fatto meglio a chiedere un Percodan a Polly.

«Bene.» Alan avvertì il modo cauto in cui parlava, passando da una parola a quella successiva come scegliendo i sassi per guadare un torrentello. «E tu? Mi sembri stanco.»

«È l'effetto che hanno su di me gli avvocati, qualche volta.» Archiviò l'idea di andare a trovarla. Lei avrebbe risposto di sì, ma certo, Alan, sarebbe stata lieta di vederlo, quasi contenta quanto lui di vedere lei, ma l'avrebbe costretta a uno sforzo ulteriore che non meritava di dover fare quella sera. «Penso che me ne andrò a casa e andrò a dormire presto. Ti spiace se non passo?»

«No, caro. Anzi, forse è addirittura meglio.»

«È una brutta sera?»

«Ho avuto momenti peggiori», rispose lei, prudente.

«Non è quello che ti ho chiesto io.»

«Non troppo brutta.»

La tua voce stessa ti dà della bugiarda, cara mia, pensò lui.

«Bene. Che cosa si sa di quella terapia agli ultrasuoni di cui mi parlavi? Hai scoperto niente?»

«Sarebbe fantastico se potessi permettermi un mese e mezzo alla Mayo Clinic, ma non posso. E non venirmi a dire che puoi tu, Alan, perché sono un po' stanca per mettermi a darti del bugiardo.»

«Mi pareva che avessi parlato del Boston Hospital...»

«L'anno prossimo», rispose Polly. «Avranno un reparto per la terapia con gli ultrasuoni solo l'anno prossimo, forse.»

Ci fu un momento di silenzio e Alan stava per salutare quando lei parlò di nuovo. Questa volta il suo tono era un po' più animato. «Questa mattina sono stata al negozio nuovo. Ho fatto fare una torta a Nettie e gliel'ho portata. Per la mia solita testardaggine, naturalmente. Le signore non portano più dolci alle inaugurazioni. È un'usanza praticamente morta e sepolta.»

«Che posto è? Che cosa vende?»

«Di tutto un po'. Se mi puntassi una pistola alla tempia direi che è un negozio di curiosità e di oggetti da collezione, ma non c'è modo di classificarlo con precisione. Dovrai andare a vedere da te.»

«Hai conosciuto il proprietario?»

«Il signor Leland Gaunt di Akron, nell'Ohio», rispose Polly e questa volta Alan percepì veramente il principio di un sorriso nella sua voce. «Farà venire più di un batticuore per tutto l'anno tra le signore bene di Castle Rock, se mi è concessa una piccola previsione.»

«A te com'è sembrato?»

Quando parlò di nuovo, il sorriso vibrò ancor più chiaramente nella sua voce. «Be', Alan, se mi permetti di essere sincera... tu sei il mio tesoro e io spero di essere il tuo, però...»

«Lo sei», la interruppe lui. Il mal di testa si stava indebolendo, ma dubitava che a produrre quel piccolo miracolo fosse l'aspirina di Norris Ridgewick.

«... però devo dire che ha fatto fare un paio di capriole anche al *mio* cuore. E avresti dovuto vedere Rosalie e Nettie quando sono tornate...»

«*Nettie?*» Staccò i piedi dalla scrivania per drizzarsi a sedere. «Ma Nettie ha paura della propria ombra!»

«Sì, ma visto che Rosalie l'aveva persuasa ad accompagnarla, e sai com'è la poveretta, non andrebbe da *nessuna parte* da sola, oggi pomeriggio quando sono tornata a casa ho chiesto a Nettie che impressione ha fatto a *lei* il signor Gaunt. Alan, ho visto quei suoi poveri occhietti appannati illuminarsi all'improvviso. 'Ha vetri Carnevale!' mi ha detto. 'Bellissimi vetri! Mi ha persino invitata a tornare domani per vederne degli altri!' Credo che fossero all'incirca quattro anni che non mi diceva tante parole tutte insieme. 'Gentile da parte sua, no, Nettie?' ho commentato io. E lei: 'Sì, e sai una cosa?' Le ho chiesto naturalmente che cosa e lei mi ha risposto: '*Può darsi che ci vada!*'»

Alan rise di gusto. «Se Nettie è disposta ad andare a trovarlo senza una dama di compagnia, allora è *molto* opportuno che gli dia una controllata. Deve essere un vero ammaliatore.»

«È strano, sai? Non è prestante, non nel senso di un divo del cinema, però ha occhi nocciola che posso definire solo *fantastici*. Gli illuminano tutto il viso.»

«Attenta, bella signora», ringhiò Alan. «Sento dei tic nel mio muscolo della gelosia.»

Lei rise debolmente. «Non credo che abbia di che preoccuparti. Però c'è un'altra cosa.»

«Cioè?»

«Rosalie mi ha riferito che in negozio è entrata Wilma Jerzyck mentre c'era ancora Nettie.»

«È successo qualcosa? Si sono prese a maleparole?»

«No. Nettie ha guardato di brutto la Jerzyck e *lei* ha, come dire, mostrato i denti a Nettie, secondo la descrizione di Rosalie, dopodiché Nettie si è affrettata a togliere le tende. Wilma ti ha per caso chiamato per il cane di Nettie, ultimamente?»

«No», rispose Alan. «Né ne avrebbe avuto motivo. Sono passata davanti alla casa di Nettie dopo le dieci di sera almeno cinque o sei volte in queste ultime sei settimane. Il cane non abbaia più. Era solo un capriccio da cucciolo, Polly. Ora è cresciuto un po' e ha una buona padrona. Sarà anche un po' scarsa di mobilio all'ultimo piano, ma Nettie ha fatto bene il suo dovere con quel cane... Com'è che l'ha chiamato?»

«Raider.»

«Wilma Jerzyck dovrà trovare qualcos'altro su cui petulare, perché Raider è fuori causa. Ma qualcosa troverà, le donne come Wilma sono piene di risorse in questo senso. Comunque il cane non c'entrava niente. Wilma è l'unica di tutto il vicinato ad aver protestato. Era Nettie il suo bersaglio. La gente come Wilma ha naso per le debolezze altrui. E a voler annusare Nettie Cobb, ce ne sono da trovare a iosa.»

«Già.» Nella voce di Polly c'erano mestizia e riflessione. «Sai che una sera Wilma Jerzyck le ha telefonato e le ha detto che se non avesse chiuso il cane sarebbe andata a casa sua a tagliargli la gola?»

«Senti», ribatté Alan con calma, «so che così ti ha raccontato Nettie, ma so anche che Wilma ha spaventato a morte Nettie e che Nettie ha avuto... dei problemi. Non dico che Wilma Jerzyck non sia capace di fare una telefonata di quel genere, perché lo è, ma *può darsi* che sia frutto della fantasia di Nettie.»

Dire che Nettie aveva avuto dei problemi era ben più che un eufemismo, ma non era il caso di aggiungere altro; sapevano entrambi di che cosa stavano parlando. Dopo anni d'inferno, sposata a un bruto che la maltrattava in tutti i modi in cui un uomo può maltrattare una donna, Nettie Cobb aveva piantato un forchettone nella gola del marito che dormiva. Aveva scontato cinque anni a Juniper Hill, un istituto per malati di mente vicino ad Augusta. Aveva cominciato a lavorare per Polly nel quadro di un programma di recupero e reintegrazione sociale. Secondo Alan non avrebbe potuto trovare compagnia migliore e la sua opinione era confermata dai costanti miglioramenti dello stato mentale di Nettie. Due anni prima Nettie si era trasferita in un'abitazione propria in Ford Street, a sei isolati dal centro cittadino.

«Sì, Nettie avrà dei problemi», gli accordò Polly, «ma la sua reazione al signor Gaunt non è meno sorprendente. Vederla in quello stato d'animo è stato davvero commovente.»

«Bisogna proprio che passi a dargli un'occhiata di persona.»

«Dimmi che cosa ne pensi. E che effetto ti fanno quegli occhi nocciola.»

«Dubito che provocheranno in me la stessa reazione che sembra abbiano avuto su di te», rispose Alan in tono asciutto.

Lei rise di nuovo, ma questa volta lui avvertì una lieve forzatura.

«Cerca di dormire un po'», le disse.

«Promesso. Grazie di aver chiamato, Alan.»

«Di niente.» Fece una pausa. «Ti amo, bella signora.»

«Grazie, Alan. Sei ricambiato. Buonanotte.»

«Buonanotte.»

Posò il ricevitore, torse lo stelo flessibile della lampada da tavolo perché proiettasse un cerchio di luce sulla parete, posò di nuovo i piedi sulla scrivania e congiunse le mani davanti al petto, come in preghiera. Tese gli indici. Sul muro, l'ombra di un coniglio drizzò le orecchie. Alan infilò i pollici fra le dita protese e l'ombra di coniglio vibrò il naso. Alan fece saltellare il coniglio facendolo uscire dalla luce del riflettore di fortuna. Quando riapparve, era diventato un elefante, che faceva dondolare pigramente la proboscide. Muoveva le mani con impensabile, fluida destrezza. Quasi non si accorgeva degli animali che creava: era una vecchia abitudine per lui, il suo modo di disegnare ghirigori su un foglio di carta.

Pensava a Polly. A Polly e alle sue povere mani. Che cosa fare con Polly?

Se fosse stata solo una questione di soldi, le avrebbe fissato una stanza alla Mayo Clinic già per l'indomani pomeriggio: firmata, imbustata e consegnata a domicilio. Lo avrebbe fatto a costo di legarla in una camicia di forza e imbottirla di sedativi per portarcela.

Ma non era una semplice questione di soldi. L'impiego degli ultrasuoni per il trattamento dell'artrite degenerativa era ancora nelle prime fasi sperimentali e poteva risultare efficace non più del vaccino Salk o un vicolo cieco come era stata la scienza della frenologia. In ogni caso era prematuro. C'erano mille probabilità contro una che fosse un buco nell'acqua. No, non era lo spreco dei quattrini a preoccuparlo, ma le speranze disilluse di Polly.

Un corvo, agile e vivo quanto quello di un cartone animato di Walt Disney, passò muovendo lentamente le ali davanti al suo diploma incorniciato dell'accademia di polizia di Albany. Le sue ali si allungarono e si trasformò in uno pterodattilo preistorico, che volò con la testa triangolare inclinata verso gli schedari nell'angolo dell'ufficio e fuori della zona illuminata.

Si aprì la porta. Fece capolino il muso afflitto da bassotto di Norris Ridgewick. «L'ho fatto, Alan», riferì, come confessando il pluriomicidio di bambini piccoli.

«Bene, Norris. E non ti capiterà niente di brutto. Te lo prometto.»

Norris lo guardò ancora per un momento con gli occhi umidi, poi annuì con fare dubbioso. Lanciò uno sguardo alla parete. «Fai Buster, Alan.»

Alan sogghignò, scosse la testa e allungò la mano verso la lampada.

«Dai», insisté Norris. «Ho dato la multa alla sua dannata auto. Ora me lo merito. Fammi Buster, Alan. *Ti prego*. Mi fa scompisciare.»

Alan allungò lo sguardo oltre la spalla di Norris, non vide nessuno e accartocciò una mano contro l'altra. Sulla parete, la zona illuminata fu attraversata dall'ombra di un uomo pingue con tanto di ballonzolar di ventre. Sostò una volta per darsi una drizzata al fondo dell'ombra dei pantaloni e riprese il cammino, con un truculento ruotare di testa da una parte all'altra.

Norris si mise a nitrire felice e beato. Le sue erano le risa di un bambino. Per un attimo Alan non poté fare a meno di ricordare Todd, ma scacciò subito il ricordo. Per quel giorno ne aveva avuto abbastanza, volendo Iddio.

«Gesù, mi fa *morire*», proruppe Norris continuando a ridere. «Sei nato troppo tardi, Alan. Avresti fatto carriera all'*Ed Sullivan Show*.»

«Coraggio», disse Alan. «Fuori di qui.»

Ancora ridendo, Norris chiuse la porta.

Alan fece attraversare la parete a Norris, smilzo e un po' vanaglorioso, poi spense la lampada e si sfilò un taccuino gualcito dalla tasca posteriore. Lo sfogliò finché trovò una pagina ancora bianca e scrisse *Cose Preziose*. Sotto aggiunse velocemente: *Leland Gaunt, Cleveland, Ohio*. Era giusto? No. Tracciò una riga su *Cleveland* e scrisse *Akron*. Forse sto battendo veramente in testa, considerò. Sulla terza riga scrisse in stampatello: *Controllare*.

Si ripose il taccuino in tasca, rifletté se andare a casa e invece accese di nuovo la lampada. Subito ricominciò la sfilata di ombre sulla parete: leoni e tigri e orsi, oddio. Come la nebbia di Sandburg, la depressione tornò furtiva su piccole zampe di felino. La voce riprese a raccontare di Annie e Todd. Dopo un po' Alan Pangborn cominciò ad ascoltarla. Lo fece contro la sua volontà... ma con crescente concentrazione.

4

Polly era distesa sul letto e quando ebbe finito di parlare con Alan si girò sul fianco sinistro per riagganciare. Il ricevitore le sfuggì di mano e cadde rumorosamente per terra. La base del Princess scivolò lentamente sul comodino, con l'evidente intenzione di andare a raggiungere il ricevitore. Allungò precipitosamente la mano e urtò per sbaglio il bordo del comodino. Una folgore mostruosa di dolore lacerò la sottile protezione che l'analgesico aveva disteso sui suoi nervi e le si catapultò nella spalla. Dovette affondare i denti nel labbro inferiore per sopprimere un grido.

La base del telefono cascò oltre il bordo del comodino e si schiantò con un unico tintinnio della soneria interna. Sentì salire verso il letto il ronzio idiota e immutevole della linea libera. Sembrava un nido di insetti trasmesso in onde corte.

Pensò di recuperare il telefono con le zampe che si teneva in quel momento sul petto, costretta non già ad afferrarlo (quella sera le sue dita non si piegavano assolutamente), bensì a *premerlo*, come suonando la fisarmonica, e all'improvviso l'impresa le apparve senza speranza, anche un'operazione così semplice come raccogliere un telefono cascato per terra, così cominciò a piangere.

Il dolore si era risvegliato dappertutto, desto e accanito, ed era come se sotto la pelle delle mani, specialmente quella con cui aveva urtato il comodino, si stessero consumando tizzoni ardenti. Sdraiata sul letto, guardando il soffitto appannato dalle lacrime, pianse.

Oh, darei qualunque cosa pur di liberarmi da questa tortura. Darei qualunque cosa, qualunque cosa.

5

Alle dieci di sera di un giorno feriale d'autunno la Main Street di Castle Rock era sprangata peggio di una cassaforte. I cerchi di luce bianca che i lampioni proiettavano sul marciapiede e sulle facciate dei negozi in fuga prospettica facevano somigliare il centro cittadino a un palcoscenico abbandonato. Ci si aspettava che da un momento all'altro apparisse una figura solitaria in giacca a code e cilindro, Fred Astaire, o magari Gene Kelly, per passare ballando da una luce all'altra, cantando lo sconforto che si prova quando si è stati piantati dalla ragazza e tutti i bar sono chiusi. Poi, dall'altra estremità della Main Street, sarebbe apparsa un'altra figura, Ginger Rogers o forse Cyd Charisse, in abito da sera. Danzando si sarebbe avvicinata a Fred (o Gene) e intanto avrebbe raccontato cantando la desolazione di una ragazza abbandonata dal fidanzato. Si sarebbero visti, avrebbero fatto una pausa molto artistica, quindi avrebbero ballato insieme davanti alla banca o magari a *You Sew and Sew*.

Sbucò invece Hugh Priest.

Non somigliava né a Fred Astaire né a Gene Kelly, non c'era una ragazza che sopraggiungeva dall'altra direzione verso un romantico e fatale incontro con lui e decisamente non ballava. Beveva, però, e aveva bevuto in continuazione al *Mellow Tiger* a partire dalle quattro del pomeriggio. A quel punto di libagioni era già un problema camminare, figuriamoci lanciarsi in eleganti coreografie. Camminava lentamente, attraversando le pozze di luce una dopo l'altra, e la sua ombra sfilava alta sulle facciate del barbiere, la *Western Auto*, il videoshop. Serpeggiava un po', con gli occhi rossicci stolidamente fissi davanti a sé, il pancione che gli tendeva il tessuto azzurro e sudaticcio della maglietta (con il disegno di una zanzara enorme sopra la scritta UCCELLO DEL MAINE) in una lunga curva cadente.

Il pick-up dell'assessorato ai lavori pubblici di Castle Rock era rimasto nello spiazzo non asfaltato dietro al *Tiger*. Hugh Priest era il non troppo orgoglioso titolare di una serie di contravvenzioni per guida in stato di ebbrezza. E a seguito dell'ultima che gli aveva fruttato la sospensione per sei mesi del privilegio di guidare, quel bastardo di Keeton, i suoi cobastardi Fullerton e Samuels e la loro covacca Williams (il quarto consigliere di Castle Rock era in effetti una consigliera), gli avevano comunicato a chiare lettere di aver esaurito la loro pazienza con lui. La prossima infrazione avrebbe provocato probabilmente la sospensione della patente a tempo indeterminato e certamente la perdita del posto di lavoro.

Ciò non aveva indotto Hugh a smettere di bere, né c'era forza al mondo capace di farlo desistere, ma lo aveva spinto a prendere con fermezza una decisione: mai più guidare da bevuto. Aveva cinquantun anni ed era un po' tardi per cambiare lavoro, specialmente con quella sfilza di segnalazioni di guida in stato di ebbrezza che lo seguiva dappertutto come un barattolo legato alla coda di un cane.

Per questo quella sera tornava a casa a piedi, una scarpinata come poche, e c'era un certo dipendente dell'assessorato ai lavori pubblici che si chiamava Bobby Dugas che avrebbe fatto bene a organizzarsi qualche giustificazione molto convincente per l'indomani, se non voleva tornarsene a casa con meno denti di quelli con cui era arrivato al lavoro.

Mentre passava davanti alla *Luncheonette* di Nan, una pioggerella impalpabile cominciò a invadere l'aria. Questo fatto non migliorò il suo umore.

A Bobby, che tutte le sere per tornare a casa passava davanti alla sua, aveva chiesto se quella sera avrebbe fatto un salto al *Tiger* per qualche cicchetto. Bobby Dugas aveva risposto, Come no, Hubert: Bobby lo chiamava sempre Hubert, che non era affatto il suo *nome*, che cazzo, e puoi scommettere che anche quella trovata ostrogota sarebbe finita una volta per tutte, e molto presto. *Come no, Hubert, sarò giù probabilmente verso le sette, come al solito.*

Così Hugh, sicuro di un passaggio a casa se non fosse stato in condizioni di guidare, si era presentato al *Tiger* poco dopo le quattro (aveva staccato un po' in anticipo, quasi un'ora e mezzo in anticipo, per la verità, ma che diavolo, tanto Deke Bradford non c'era), e si era infognato senza mezzi termini. E alle sette, indovina un po'? Neanche l'ombra di Bobby Dugas! Cippirimerlo! E poi le otto, e le nove e le nove e mezzo, e indovina *di nuovo* un po'? Idem come sopra, perdio!

Alle dieci meno venti, Henry Beaufort, barista e proprietario del *Mellow Tiger*, aveva invitato Hugh a staccare il cappello dal chiodo, a levare le tende, ad alzare i tacchi, in altre parole, a menare le tolle. Hugh ne era stato indignato. È vero che aveva preso a calci il juke-box, ma quel dannato disco di George Jones continuava a saltare.

«Che cosa avrei dovuto fare, starmene buono ad ascoltare?» aveva chiesto a Henry. «Dovresti tirar via quel disco, punto e basta. Starnazza come se stesse avendo un colpo apoplettico.»

«Vedo che non ne hai mandato giù abbastanza», aveva risposto Henry, «ma è comunque tutto quello che riuscirai a spillare da qui. Il resto dovrai tirarlo fuori dal tuo frigorifero.»

«E se rifiutassi?»

«Chiamo lo sceriffo Pangborn», lo aveva minacciato serafico Henry.

Gli altri avventori, pochi a quell'ora così tarda di un giorno feriale, osservavano lo scambio con interesse. Ci si preoccupava generalmente di essere educati con Hugh Priest, specie quando aveva alzato il gomito, ma è certo che non avrebbe mai vinto il concorso di cittadino più popolare di Castle Rock.

«Non lo farei volentieri», aveva continuato Henry, «ma lo farei, Hugh. Ne ho piene le palle di vederti prendere a calci il mio Rock-Ola.»

Hugh aveva valutato se dire: *Allora mi sa che dovrò prendere a pedate* TE *invece, rammollito figlio di un cane.* Poi aveva pensato a quel grasso bastardo di Keeton che gli consegnava una lettera di licenziamento per aver fatto il diavolo a quattro nella taverna locale. Naturalmente, se lo avessero licenziato la lettera gli sarebbe arrivata per posta, come era sempre stato, perché i porci come Keeton non si sporcavano mai le mani (né rischiavano di ritrovarsi con un paio di labbroni) facendolo di persona, ma gli era di conforto pensarlo, serviva ad abbassargli la pressione del sangue. E poi in effetti aveva un paio di confezioni da sei a casa, una in frigo e un'altra nella legnaia.

«D'accordo», aveva concluso. «Tanto l'aria che tira qui non mi piace. Dammi le chiavi.» Le aveva consegnate a Henry in via precauzionale quando si era seduto al banco sei ore e diciotto birre prima.

«Nossignore.» Henry si era asciugato le mani in una salvietta e lo aveva fissato impassibile.

«*Nossignore?* che cosa cavolo vorrebbe dire *nossignore*?»

«Vuole dire che sei troppo ubriaco per guidare. Lo so io e quando domani mattina ti sveglierai con la testa che ti rotola per il letto, lo saprai anche tu.»

«Senti», aveva cominciato paziente Hugh. «Quando ti ho dato le chiavi pensavo di essere riaccompagnato a casa. Bobby Dugas aveva detto che sarebbe sceso a farsi qualche birra. Non è colpa mia se lo stronzo non si è mai fatto vivo.»

Henry aveva sospirato. «Capisco, ma il problema non è mio. Se tiri sotto qualcuno, potrei andarci di mezzo. Dubito che conti molto per te, ma conta per me. Devo pararmi il culo. In questo mondo ciascuno para il suo perché agli altri non frega niente.»

Hugh aveva provato risentimento, autocommiserazione e uno strano senso di incipiente miseria dell'anima che gli affiorava in superficie nella mente come un liquido nauseante trapelato da un fusto di scorie tossiche seppellito da anni in profondità. Aveva guardato le sue chiavi appese dietro al banco vicino alla targa con la scritta SE NON TI PIACE LA NOSTRA CITTÀ CERCATI UN ORARIO, quindi era tornato a guardare Henry. Si era spaventato nel sentirsi sull'orlo del pianto.

Henry si era rivolto ai pochi clienti rimasti. «Ehi, nessuno di voialtri sale a Castle Hill?»

Tutti avevano abbassato gli occhi e non avevano detto niente. Uno o due avevano fatto schioccare le nocche. Charlie Fortin si era avviato verso il gabinetto con faticosa lentezza. Nessuno aveva risposto.

«Visto?» aveva detto Hugh. «Avanti, Henry, dammi le chiavi.»

Henry aveva scosso adagio la testa, irremovibile. «Se vuoi tornare qui a bere in futuro, ti fai una passeggiata.»

«E va bene!» aveva esclamato Hugh. Il suo tono era stato quello di un bambino imbronciato sull'orlo di una crisi isterica. Aveva attraversato il locale a testa bassa e a pugni stretti. Aveva aspettato che qualcuno ridesse. Quasi lo aveva sperato. Allora avrebbe fatto un po' di repulisti lì dentro, e affanculo il posto di lavoro. Ma nel silenzio generale aveva udito solo Reba McIntyre, che piagnucolava non si sa cosa sull'Alabama.

«Ti riprenderai le chiavi domani», gli aveva gridato Henry.

Hugh non aveva detto niente. Con uno sforzo sovrumano si era trattenuto dall'affondare la punta della pesante scarpa da lavoro nello stramaledetto Rock-Ola di Henry Beaufort, prima di uscire. Poi, con la testa incassata nelle spalle, era scomparso nell'oscurità.

6

La bruma si era trasformata in pioggia vera e propria e Henry aveva di che temere che prima che avesse raggiunto casa sua la precipitazione si sarebbe infittita inzuppandolo da capo a piedi. Piove sul bagnato, pensò. Procedeva senza più serpeggiare quanto prima (l'aria aperta aveva diradato un po' gli effetti della sbornia), con un gran lavorare d'occhi da una parte e dall'altra. La sua mente era turbata e gli sarebbe piaciuto che qualcuno di passaggio gli mandasse una voce. Anche un ciao sarebbe bastato. Ripensò al ragazzino che il giorno prima gli si era parato davanti al pick-up e rimpianse malignamente di non avergli fatto fare un volo da una parte all'altra della strada, a quel marmocchio. Mai e poi mai sarebbe stata colpa sua. Ai suoi tempi i bambini guardavano prima di attraversare.

Oltrepassò il lotto dove l'*Emporium Galorium* si era consumato nelle fiamme, *You Sew and Sew*, il negozio di casalinghi e ferramenta... e poi si trovò davanti a *Cose Preziose*. Lanciò un'occhiata alla vetrina, tornò a guardare su per la Main Street (solo più un miglio e mezzo e chissà che non riuscisse a farla in barba alla pioggia prima che cominciasse a scrosciare sul serio) e si arrestò bruscamente.

I piedi lo avevano portato oltre il negozio nuovo e dovette tornare indietro. Un'unica fonte luminosa diffondeva dall'alto un debole chiarore sui tre articoli in esposizione. La luce rischiarò anche il suo viso, sul quale operò una straordinaria trasformazione. A un tratto Hugh sembrò un bambinello stanco ancora in piedi ben oltre l'ora di andare a letto, un bambinello che ha appena visto che cosa desidera per Natale: che cosa deve *assolutamente* avere per Natale, perché all'improvviso non c'è altra cosa al mondo che potrebbe bastargli. L'oggetto al centro della vetrina era affiancato da due vasi a calice (erano di vetro Carnevale, la grande passione di Nettie Cobb, ma Hugh non lo sapeva, né gli sarebbe importato un bel niente se lo avesse saputo).

Era una coda di volpe.

In un lampo fu di nuovo il 1955, aveva appena preso la patente ed era al volante della Ford '53 decapottabile di suo padre. Stava andando alla partita del campionato scolastico del Maine occidentale, Castle Rock contro Oxford Hills. Era novembre, ma era una giornata fuori stagione, con una temperatura eccezionalmente alta, abbastanza perché venisse voglia di abbassare il tettuccio e coprirlo con il telo impermeabile (a essere una comitiva di ragazzi effervescenti, pronti, desiderosi e capaci di fare un gran casino, ed erano nientemeno che in sei). Peter Doyon aveva portato una fiaschetta di whisky Log Cabin, Perry Como cantava alla radio,

Hugh Priest sedeva al volante bianco e a svolazzare in cima all'antenna c'era una lunga e folta coda di volpe, proprio come quella che stava contemplando adesso nella vetrina.

Ricordava di aver ammirato quella coda di volpe svolazzante e di aver pensato che, quando avesse avuto un cabriolet tutto suo, ne avrebbe appesa una uguale.

Ricordava di aver rifiutato la fiaschetta, quando era stato il suo turno. Guidava e non si beveva quando si guidava, perché si era responsabili della vita altrui. E ricordava anche un'altra cosa: la certezza di vivere l'ora più bella del giorno più bello della sua vita.

Il ricordo lo colse di sorpresa e gli fece male con la sua vividezza di immagini e il suo assoluto realismo sensoriale: fumigante fragranza di foglie messe a bruciare, il sole di novembre che ammiccava sui catarifrangenti del guardrail... e adesso, guardando la coda di volpe nella vetrina di *Cose Preziose*, si sentì convinto che fosse stato davvero il giorno più bello della sua vita, uno degli ultimi giorni prima che l'alcol lo imprigionasse nella sua morsa flaccida e flessibile, trasformandolo nella versione opposta del re Mida: tutto quello che aveva toccato da allora in poi si trasformava in merda.

D'un tratto pensò: *potrei cambiare.*

L'idea aveva una sua lucidità esaltante.

Potrei cominciare da capo.

Ma era possibile una cosa del genere?

Sì, credo che lo sia qualche volta. Potrei comprare quella coda di volpe e legarla all'antenna della mia Buick.

Avrebbero riso, però. I ragazzi ne avrebbero riso.

Quali ragazzi? Henry Beaufort? Quel pisciolino di Bobby Dugas? E allora? Andassero a farsi fottere. Comprati quella coda di volpe, legala all'antenna e via...

Via dove?

Be', perché non alla riunione dell'A.A. di giovedì sera a South Paris, tanto per cominciare?

Per un momento fremette di emozione a quella prospettiva, come fremerebbe di emozione un ergastolano alla vista della chiave dimenticata nella serratura della sua cella da un guardiano sbadato. Per qualche istante si calò nella parte, vedendosi risalire lentamente la china del recupero, ogni giorno più sobrio, sempre più lucido e disintossicato. Basta con il *Mellow Tiger*. Peccato. Ma basta anche giornate di paga trascorse nel terrore di trovare la lettera di licenziamento nella busta insieme con l'assegno, e quello non era un peccato.

In quel momento, mentre contemplava la coda di volpe nella vetrina di *Cose Preziose*, Hugh poté vedere un futuro. Per la prima volta da anni vedeva un futuro, nel quale sventolava come un vessillo di battaglia quel sontuoso ciuffo di peli fulvi con la punta bianca.

Poi la realtà gli ripiombò addosso e la realtà puzzava di pioggia e di indumenti sporchi e bagnati. Non ci sarebbero state code di volpe per lui, non ci sarebbero state riunioni dell'A.A., non ci sarebbe stata disintossicazione, nessun futuro. Aveva *cinquantun anni dannati* e a cinquantun anni si era troppo vecchi per mettersi a sognare un futuro. A cinquantun anni si poteva solo continuare a correre per sfuggire alla valanga del proprio passato.

Tuttavia, se fosse stato orario d'apertura, un tentativo se lo sarebbe concesso. Come no. Sarebbe entrato senza tante balle e avrebbe chiesto quanto veniva quella coda di volpe in vetrina. Ma erano le dieci di sera, tutta la Main Street era chiusa a doppia mandata, peggio della cintura di castità di una pulzella timorata di Dio, e quando si fosse risvegliato l'indomani mattina, con la sensazione che qualcuno gli avesse piantato un piolo in mezzo agli occhi, non si sarebbe ricordato più niente di quella coda di volpe e della sua vibrante sfumatura fulva.

Ma si attardò ancora, facendo scorrere le dita sporche e callose sul vetro come un bambino in contemplazione della vetrina di un negozio di giocattoli. Un principio di sorriso gli sfiorava gli angoli della bocca. Era un sorriso dolce e sembrava fuori luogo sul volto di Hugh Priest. Poi, dalle parti di Castle View, un tubo di scarico scoppiettò ripetutamente, colpi secchi come spari di carabina nell'aria piovosa, e Hugh tornò in sé con un sussulto.

Merda. Ma che cosa cavolo ti salta in mente?

Si voltò e puntò nuovamente la prua verso casa, a voler chiamare casa la catapecchia di due stanze con annessa legnaia. Passando sotto alla tenda, guardò la porta... e si fermò di nuovo.

Il cartello che vi era appeso diceva naturalmente

APERTO

Come in un sogno, Hugh provò la maniglia. Il pomolo ruotò facilmente fra le sue dita. Sopra di lui tintinnò una campanella d'argento. Il trillo parve giungere da una lontananza impossibile.

In mezzo al negozio c'era un individuo. Canticchiava mentre spolverava con un piumino la superficie di una vetrinetta. Si girò verso Hugh quando echeggiò la campanella. Non sembrò per nulla sorpreso di trovare qualcuno all'ingresso del suo negozio alle dieci e dieci di un mercoledì sera. L'unico particolare che colpì Hugh in quel momento confuso furono gli occhi: erano neri come quelli di un pellerossa.

«Ha dimenticato di girare il cartello, amico», disse meccanicamente Hugh.

«Oh, no», rispose l'uomo, cordiale. «La verità è che non dormo molto bene e qualche sera mi prende il vezzo di tenere aperto fino a tardi. Non si sa mai quando potrebbe passare un possibile cliente come lei... e invaghirsi di qualcosa. Vuole entrare a dare un'occhiata in giro?»

Hugh Priest fece un passo e richiuse la porta.

7

«In vetrina...» cominciò Hugh, poi dovette interrompersi, schiarirsi la gola e ricominciare. Le parole gli uscirono in un brontolio ansioso e incomprensibile. «In vetrina c'è una coda di volpe.»

«Sì», rispose il proprietario. «Bella, vero?» Ora teneva il piumino davanti a sé e i suoi occhi neri da pellerossa osservavano Hugh con interesse da sopra il ciuffo di piume che gli nascondevano la parte inferiore del volto. Hugh non gli vedeva la bocca, ma aveva l'impressione che stesse sorridendo. Di solito si sentiva a disagio quando la gente gli si rivolgeva con un sorriso, specie le persone che non conosceva. Gli faceva venir voglia di litigare. Quella volta, al contrario, non ne era infastidito per niente. Forse perché era ancora mezzo bevuto.

«Eh sì», annuì. «È una bellezza. Mio padre aveva una decappottabile con una coda di volpe come quella appesa all'antenna, ancora ai tempi di quand'ero ragazzo. C'è molta gente in questa squallida borgata che non crederebbe mai che io sia stato ragazzo. E invece lo sono stato. Come tutti.»

«Naturalmente.» Gli occhi del negoziante rimanevano fissi in quelli di Hugh e intanto stava accadendo qualcosa di molto strano: sembrava che *crescessero*. E Hugh non era in grado di staccare i suoi da quelli di lui. Un fissarsi negli occhi troppo prolungato era un'altra delle molle che gli facevano scattare la voglia di venire alle mani, eppure, di nuovo, non ne era affatto turbato questa volta.

«Per me quella coda di volpe era la cosa più forte del mondo.»

«Naturalmente.»

«Forte. È così che si diceva ai tempi miei. Oggi ti vengono a dire che una cosa ti *tira*. E *figata*. Che cosa cavolo c'entra, dico io?»

Ma il proprietario di *Cose Preziose* restava in silenzio, fermo a fissare Hugh Priest con quei suoi occhi neri da pellerossa da sopra il mazzo di piume.

«Comunque, la voglio comprare. Me la vende?»

«Naturalmente», disse Leland Gaunt per la terza volta.

Hugh provò sollievo e un improvviso sboccio di felicità. Si sentì improvvisamente sicuro che tutto sarebbe andato per il meglio, ma proprio tutto. Era una follia assoluta; doveva soldi praticamente a tutti gli abitanti di Castle Rock e dei tre borghi circostanti, erano almeno sei mesi che rischiava quotidianamente di perdere il lavoro, la sua Buick stava attaccata insieme con lo sputo e viaggiava per misericordia di Dio, eppure l'esaltante sensazione di ottimismo era innegabile.

«Quanto?» domandò. Solo allora pensò che forse non avrebbe potuto permettersi una coda così bella e avvertì un inizio di panico. E se il prezzo fosse stato per lui irraggiungibile? Peggio ancora, se fosse riuscito a racimolare i soldi l'indomani o il giorno dopo ancora, solo per scoprire che ormai l'aveva venduta a qualcun altro?

«Dipende.»

«Dipende? Dipende da che cosa?»

«Da quanto è disposto a pagare.»

Come in un sogno Hugh si sfilò dalla tasca posteriore il vecchio Lord Buxton.

«Mettilo via, Hugh.»

Gli ho detto come mi chiamo?

Non lo ricordava, ma ripose lo stesso il portafogli.

«Svuotati le tasche. Qui, sopra questa vetrinetta.»

Hugh si rovesciò le tasche. Posò sul vetro il temperino, un resto di mentine, uno Zippo e un dollaro e mezzo circa in monete sporche di bruscoli di tabacco. Le monete tintinnarono sul vetro.

Il proprietario si chinò a esaminare il piccolo cumulo. «Mi sembra che vada bene», commentò e vi passò sopra il piumino. Quando lo sollevò, il temperino, l'accendino e le mentine c'erano ancora. Le monete erano scomparse.

Hugh osservò senza stupore. Se ne restò in silenzio come un giocattolo con le batterie scariche, mentre il negoziante andava alla vetrina e ritornava con la coda di volpe. La posò sulla vetrinetta accanto ai pochi oggetti usciti dalle tasche di Hugh.

Hugh allungò lentamente la mano e accarezzò la coda. Era fredda e vaporosa. Crepitò di serica energia statica. Accarezzarla era come accarezzare una limpida notte d'autunno.

«Bella?» chiese il negoziante.

«Bella», rispose Hugh come da lontano e fece per prenderla.

«Non farlo», lo ammonì bruscamente il negoziante e Hugh lasciò ricadere immediatamente la mano. Guardò Gaunt con un'aria così afflitta da sembrare cordoglio. «Non abbiamo ancora finito di negoziare.»

«No», mormorò Hugh. *Sono ipnotizzato,* pensò. *Che mi venga un colpo se questo tizio non mi ha ipnotizzato.* Pazienza. Perché in fondo era... era piacevole.

Si accinse a estrarre di nuovo il portafogli, muovendosi con la lentezza di un uomo sott'acqua.

«Lascialo stare, imbecille», lo apostrofò Gaunt spazientito, mentre posava il piumino.

Il braccio di Hugh ricadde per la seconda volta.

«Mi piacerebbe proprio sapere come mai c'è tanta gente convinta che tutte le risposte siano in un portafogli», si lamentò Gaunt.

«Non so», ribatté Hugh. Non ci aveva mai riflettuto. «Sembra un po' sciocco.»

«*Peggio*», sbottò Gaunt. La sua voce aveva assunto la cadenza molesta e un po' irregolare di chi è molto stanco o molto in collera e Gaunt era davvero stanco. Era stata una giornata lunga e faticosa. Molto era stato compiuto, ma il lavoro era solo agli inizi. «È *molto* peggio. È un'idiozia criminale! Sai una cosa, Hugh? Il mondo è popolato di persone bisognose che non capiscono che tutto, ma proprio *tutto*, è in vendita... basta volerne pagare il prezzo. La gente ne ciancia e basta e va fiera del suo sano cinismo. Ebbene, le loro ciance sono bubbole! Assolutamente... *bubbole*!»

«Bubbole», ripeté meccanicamente Hugh.

«Per le cose di cui la gente ha *veramente* bisogno, Hugh, il portafogli non dà risposte. Il più pingue portafogli della città non vale il sudore dell'ascella di un lavoratore. Tutte *bubbole*! E l'anima! Hugh, se mi arrivasse solo un nichelino per ogni volta che sento qualcuno dire: 'Darei l'anima per la tal cosa', ora potrei comprarmi l'Empire State Building!» Si protese verso di lui e ora distese le labbra mostrando i denti irregolari in un vasto sorriso con un che di sinistro. «Dimmi, Hugh, che cosa in nome di tutte le bestie che brulicano sottoterra dovrei pensare di cavare dall'anima tua?»

«Probabilmente niente.» La sua voce sembrava giungere da lontano. La sua voce sembrava giungere dal fondo di una grotta buia. «Non credo che sia molto in buono stato in questi giorni.»

Gaunt si rasserenò all'improvviso, rialzandosi. «Ora basta con queste menzogne e mezze verità. Hugh, conosci una donna di nome Nettie Cobb?»

«Nettie la Matta? Tutti in città conoscono Nettie la Matta. Ha ammazzato suo marito.»

«Lo so. Ora ascoltami, Hugh. Ascoltami con attenzione. Poi potrai prenderti la tua coda e andartene a casa.»

Hugh Priest ascoltò con attenzione.

Fuori pioveva più forte e si era levato il vento.

8

«Brian!» lo richiamò la signorina Ratcliffe. «Brian Rusk! Non me lo sarei mai aspettata da te! Vieni qui! Immediatamente!»

Brian sedeva nell'ultima fila dell'aula seminterrata dove si tene-

va il corso di terapia della dizione e aveva fatto qualcosa di male, di terribilmente male, a giudicare dalla voce della signorina Ratcliffe, ma non capì che cosa finché non si fu alzato. Solo allora si accorse di essere nudo. Fu travolto da un'onda orribile di vergogna, ma si sentiva anche eccitato. Quando abbassò gli occhi e vide che il suo pene cominciava a inturgidirsi, si sentì insieme spaventato ed emozionato.

«Vieni qui, ho detto!»

Avanzò lentamente, fra gli occhi strabuzzati degli altri, che erano Sally Meyers, Donny Frankel, Nonie Martin e il povero Storto Dodd.

La signorina Ratcliffe era davanti alla cattedra, con le mani sui fianchi, gli occhi che sprizzavano scintille, e una splendida, scura nube di capelli castano ramato intorno alla testa.

«Sei un bambino cattivo, Brian, un bambino molto cattivo.»

Lui annuì stupidamente, ma il suo pene stava sollevando la testa, cosicché sembrava che almeno a una parte di lui non dispiacesse essere cattivo. Sembrava per la verità che CI GODESSE, a essere cattivo.

Lei gli mise in mano un pezzo di gesso. Lui avvertì una piccola scarica elettrica quando le loro mani si toccarono. «Adesso», sentenziò severa la signorina Ratcliffe, «scriverai FINIRÒ DI PAGARE PER LA MIA FIGURINA DI SANDY KOUFAX cinquecento volte sulla lavagna.»

«Sì, signorina Ratcliffe.»

Cominciò a scrivere, reggendosi sulla punta dei piedi per arrivare alla cima della lavagna, sentendo aria tiepida sulle natiche nude. Aveva appena finito di scrivere FINIRÒ DI PAGARE quando la mano liscia e delicata della signorina Ratcliffe gli si chiuse intorno al pene duro e cominciò a tirarglielo dolcemente. Per un attimo il piacere fu così grande che pensò che sarebbe svenuto.

«Continua a scrivere», lo ammonì lei da tergo, «e io continuerò a farti questo.»

«S-signorina Ra-Ra-Ratcliffe... e i m-miei esercizi di p-p-ronuncia?» chiese Storto Dodd.

«Zitto o ti passo sopra con la macchina nel parcheggio, Storto», lo zittì la signorina Ratcliffe. «Ti farò squittire, boccia.»

Continuò ad accarezzare il pisellino di Brian, mentre parlava. E adesso Brian mugolava. Era male, lo sapeva, ma era troppo bello. Era sinceramente straordinario. Era ciò di cui aveva bisogno. Per filo e per segno.

Poi si voltò e dietro di lui non c'era la signorina Ratcliffe, bensì

Wilma Jerzyck, con la sua faccia larga, rotonda e pallida, e i suoi occhi scuri e incassati come due uvette pigiate con il pollice dentro una forma di pasta lievitata.

«Se lo riprenderà se non paghi», disse Wilma. «E non è tutto, boccia. Ti...»

9

Brian Rusk si destò con un tale sobbalzo che per poco non cascò dal letto. Aveva il corpo ricoperto di sudore, il cuore che gli batteva come un maglio e il pene come un ramoscello rigido dentro i calzoni del pigiama.

Si alzò a sedere, tremando dalla testa ai piedi. Il suo primo impulso fu di aprire la bocca e di chiamare la madre, come faceva quando era piccolo e un incubo invadeva il suo sonno. Poi ricordò di non essere più piccolo, di avere undici anni... e di aver fatto un sogno che non era esattamente di quelli che si potevano raccontare alla mamma, giusto?

Tornò a distendersi con gli occhi aperti e fissi nel buio. Lanciò un'occhiata all'orologio digitale sul comodino e vide che era passata la mezzanotte da quattro minuti. Sentiva il rumore della pioggia, ora violenta contro la finestra della sua camera, spinta da possenti e ululanti folate di vento. Sembrava quasi tormenta.

La mia figurina. La mia figurina di Sandy Koufax non c'è più.

Non era vero. Lo sapeva, ma sapeva anche che non sarebbe riuscito a riaddormentarsi prima di aver controllato che c'era ancora nell'album a fogli mobili dove teneva la sua crescente collezione di figurine Topps dal 1956. Aveva controllato prima di uscire per andare a scuola il giorno prima, aveva ricontrollato quando era tornato a casa e la sera precedente, dopo cena, aveva sospeso di fare passaggi dietro casa con Stanley Dawson per andare a controllare una volta di più. A Stanley aveva detto che doveva fare una scappata in bagno. Vi aveva dato un'ultima sbirciata prima di infilarsi a letto e spegnere la luce. Riconosceva che stava diventando un'ossessione, ma saperlo non lo dissuase dal perseverare.

Scese dal letto e non si accorse che l'aria fredda gli fece accapponare la pelle surriscaldata e avvizzire il pene. Raggiunse senza far rumore il comò. Sul lenzuolo che copriva il materasso aveva lasciato dietro di sé la forma del suo corpo stampata nel sudore. Il grosso album era sopra il comò, in una pozza di luce bianca proiettata dal lampione davanti alla finestra.

Lo prese, lo aprì e sfogliò rapidamente i fogli di plastica trasparente con le tasche in cui introdurre le figurine. Passò Mel Parnell, Whitey Ford e Warren Spahn, tutti tesori per i quali un tempo aveva straveduto, ignorandoli quasi del tutto. Visse un attimo di panico terribile quando arrivò agli ultimi fogli dell'album, quelli ancora vuoti, senza aver visto Sandy Koufax. Poi capì di aver sfogliato alcune pagine in una volta sola per la fretta eccessiva. Tornò indietro e sì, eccolo lì, quella faccia stretta, quegli occhi intensi e vagamente sorridenti che lo fissavano da sotto la visiera del berretto.

Al mio caro amico Brian, con i miei migliori auguri, Sandy Koufax.

Le sue dita percorsero le linee inclinate della dedica. Muoveva le labbra. Si sentì di nuovo in pace... o *quasi* in pace. La figurina non era ancora effettivamente di sua proprietà. Doveva considerarlo una specie di... giro di prova. C'era una cosa che doveva fare prima di diventarne il proprietario a pieno titolo. Non era molto sicuro di aver capito di che cosa si trattasse, ma sapeva che aveva a che fare con il sogno dal quale si era appena risvegliato e confidava che lo avrebbe saputo quando il momento

(*domani? oggi pomeriggio?*)

fosse giunto.

Chiuse l'album a fogli mobili, con la scritta COLLEZIONE DI BRIAN - NON TOCCARE! vergata con precisione in stampatello sulla scheda fissata alla copertina con nastro adesivo, e lo posò nuovamente sulla cassettiera. Poi tornò a letto.

Gli era rimasto un solo cruccio riguardo a quella figurina di Sandy Koufax. Aveva desiderato mostrarla a suo padre. Rincasando da *Cose Preziose*, si era figurato la scena nel momento in cui gliel'avrebbe mostrata. Lui, Brian, con la giusta dose di nonchalance: *Ehi, papà, ho pescato una 1956 oggi, al negozio nuovo. Vuoi darci un'occhiata?* Suo padre avrebbe risposto di sì, non per sincera curiosità, seguendolo nella sua stanza più che altro per far contento lui, ma come avrebbe sgranato gli occhi quando avesse visto il colpo di fortuna che gli era capitato! E quando avesse letto la dedica...!

Sì, lo avrebbe sbalordito e reso felice. Probabilmente si sarebbe meritato una pacca sulla schiena e un palmo a palmo.

Ma poi?

Poi sarebbero cominciate le domande, ecco che cosa sarebbe successo... e quello era il problema. Suo padre avrebbe voluto sapere, primo, dove aveva preso la figurina, e secondo, dove si era procurato i soldi per comprare una figurina come quella che era (a) rara, (b) in condizioni eccellenti e (c) autografata. La firma *stampata* sulla figurina diceva Sanford Koufax, che era il vero nome del mitico lanciatore di siluri, ma la firma *autografa* diceva *Sandy* Koufax e nel mondo particolare e talvolta dispendioso dei collezionisti di figurine di baseball il valore di mercato di una preziosità come quella poteva arrivare anche a centocinquanta dollari.

Brian sperimentò mentalmente una possibile risposta.

L'ho trovata al negozio nuovo, papà, a Cose Preziose. *Il proprietario mi ha fatto uno sconto* PAZZESCO*... ha detto che avrebbe invogliato la gente ad andare da lui se si fosse saputo in giro che faceva prezzi stracciati.*

Fin lì sembrava anche digeribile, ma persino un ragazzino a cui mancava ancora un anno per pagare il biglietto intero al cinema sapeva che più che tanto non sarebbe andata giù. Se affermi che qualcuno ti ha fatto fare un affare d'oro, la gente è sempre interessata. *Troppo* interessata.

Ah sì? Quanto ti ha tirato giù? Il trenta per cento? Quaranta? Te l'ha data a metà prezzo? Siamo sempre nell'ordine dei sessanta o settanta dollari, Brian, e io so che tu non hai un gruzzolo di quel livello nel salvadanaio.

Be'... per la verità è stato un po' meno ancora, papà.

Okay, sentiamo. Quanto l'hai pagata?

Be'... ottantacinque centesimi.

Ti ha venduto una figurina del 1956 di Sandy Koufax con tanto di autografo in condizioni perfette per ottantacinque centesimi???

Già, è da quel momento che sarebbero cominciate le grane vere.

Che *genere* di grane? Con precisione non lo sapeva, si sarebbe diffuso odore di bruciato, ne era certo. Di qualcosa di poco chiaro sarebbe stato accusato, da suo padre forse, ma da sua madre di sicuro.

C'era addirittura il rischio che cercassero di fargliela restituire, cosa che non avrebbe fatto mai e poi mai. Non solo era autografata, ma era addirittura dedicata *a Brian*.

Neanche a parlarne.

Diavolo, non aveva potuto nemmeno farla vedere a Stan Dawson quando era venuto a fare passaggi, e dire che moriva dalla voglia di mostrargliela: Stan se la sarebbe fatta negli slip. Ma Stan sarebbe venuto a dormire da lui venerdì sera e non gli ci voleva molto per immaginarselo a dire a suo padre: *Allora, signor Rusk, che ne dice della figurina di Sandy Koufax che ha trovato Brian? Galattica, vero?* Lo stesso valeva per gli altri suoi amici. Brian aveva scoperto una delle grandi verità della provincia: molti segreti, e per la precisione tutti i segreti veramente *importanti* non si possono confidare. Perché nel paese piccolo la gente mormora e la voce corre a velocità impensabile.

Era venuto a trovarsi in una posizione strana e scomoda: aveva messo le mani su un pezzo da museo e non poteva né mostrarlo né condividere la gioia del ritrovamento.

Il piacere della sua nuova acquisizione avrebbe dovuto esserne offuscato, e così era in certa misura, d'altra parte derivava dalla situazione che si era creata anche una speciale soddisfazione furtiva e taccagna. Più che gioire della sua figurina, se ne *gongolava*, cosicché aveva scoperto un'altra grande verità: gongolarsi in segreto assicura un particolare tipo di piacere. Era come se avesse chiuso dietro un muro un angolino della sua personalità per altro aperta e socievole e una speciale luce nera distorcesse e mettesse in risalto ciò che vi teneva nascosto.

E non vi avrebbe rinunciato.

Mai più, eh no, *negativo.*

Allora sarà meglio che finisci di pagarla, gli bisbigliò una voce dall'intimo.

Lo avrebbe fatto. Nessun problema. Non giudicava esattamente carino ciò che gli era stato richiesto di fare, ma era anche sicuro che non era niente di esecrabile. Più che altro uno... uno...

Uno scherzo, bisbigliò una voce nella sua mente e allora vide gli occhi del signor Gaunt, blu scuro, come il mare in una giornata limpida, e stranamente tranquillizzanti. *Niente di più. Solo un piccolo scherzo.*

Già, solo uno scherzo.

Nessun problema.

Si accoccolò sotto la trapunta di piuma d'oca, si girò su un fianco, chiuse gli occhi e si assopì immediatamente.

Qualcosa gli sovvenne nel momento in cui lui e suo fratello il sonno stavano per prendersi per mano. Qualcosa che aveva detto il signor Gaunt. *Il giornale locale non potrebbe nemmeno* sognarsi *di farmi una pubblicità così!* Solo che non poteva mostrare la splendida figurina che aveva acquistato. Se una considerazione così modesta era tanto ovvia a lui, un ragazzino di undici anni nemmeno sveglio abbastanza da tenersi alla larga da Hugh Priest quando attraversava la strada, possibile che non ci avesse pensato un uomo scaltro come il signor Gaunt?

Mah, forse. Ma forse no. Gli adulti non pensano come le persone normali. E poi lui aveva la figurina, no? Ed era nel suo album, là dove era giusto che fosse, no?

La risposta a entrambe le domande era sì, così Brian lasciò perdere e riprese a dormire mentre la pioggia batteva contro la sua finestra e l'inquieto vento autunnale strideva negli angoli sotto le grondaie.

4

1

ALLO spuntare dell'alba di giovedì la pioggia cessò e alle dieci e mezzo, quando Polly guardò dalla vetrina di *You Sew and Sew* e vide Nettie Cobb, la coltre di nubi cominciava a squarciarsi. Nettie aveva con sé un ombrello arrotolato e procedeva a passetti per la Main Street con la borsetta serrata sotto il braccio, come se sentisse aprirsi alle spalle le fauci di una nuova perturbazione.

«Come vanno le mani oggi, Polly?» chiese Rosalie Drake.

Polly sospirò traendo fiato. Avrebbe dovuto subire la stessa domanda, ancora più insistente, anche da Alan, nel pomeriggio: aveva promesso di raggiungerlo verso le tre per un caffè alla *Luncheonette*. Era impossibile ingannare persone che si conoscevano da tanto tempo. Si accorgevano del pallore del viso e dei segni neri sotto gli occhi. Soprattutto, si accorgevano del tormento *dentro* gli occhi.

«Molto meglio, grazie», rispose. Esagerava, e non di poco; stavano meglio, ma *molto* meglio? Bah.

«Pensavo che con la pioggia e tutto il resto...»

«È imprevedibile come e quando si mettono a farmi male. È per questo che è una malattia così esasperante. Comunque non pensarci adesso, Rosalie. Vieni, svelta, vieni a guardare dalla vetrina. Credo che stiamo per assistere a un piccolo miracolo.»

Rosalie raggiunse Polly in tempo per vedere la sagoma minuta e zampettante che, con l'ombrello ben stretto in una mano (da usare come randello, forse, a giudicare da come lo brandiva), si dirigeva verso l'ingresso di *Cose Preziose*.

«Ma è Nettie? Davvero?» domandò Rosalie quasi in un rantolo.

«Proprio lei.»

«Dio mio, ma sta entrando!»

Per un momento però parve che la previsione di Rosalie dovesse essere vanificata. Nettie si avvicinò alla porta... e si ritrasse. Trasferì l'ombrello da una mano all'altra e osservò la facciata di *Cose Preziose* come di fronte a un serpente che avrebbe potuto morderla.

«Coraggio, Nettie», la incitò sottovoce Polly. «Buttati, tesoro!»

«Deve esserci il cartello con scritto CHIUSO dietro il vetro», considerò Rosalie.

«No, ne ha un altro che dice che riceve per appuntamento il martedì e il giovedì. L'ho visto quando sono venuta in negozio stamane.»

Nettie si stava avvicinando di nuovo alla porta. Allungò la mano, ma ebbe un ripensamento.

«Gesù, se continua così mi fa *morire*», gemette Rosalie. «Mi aveva detto che forse sarebbe tornata e so quanto è patita di vetri Carnevale, ma non ho mai creduto che l'avrebbe fatto sul serio.»

«Mi ha chiesto se poteva assentarsi durante la pausa per poter fare un salto a quello che ha chiamato 'il posto nuovo' a ritirare il mio Tupperware», mormorò Polly.

Rosalie annuì. «Non si smentisce mai, la nostra Nettie. A me chiedeva il permesso per andare in gabinetto.»

«Io ho una mezza idea che sotto sotto sperasse che le dicessi di no, che c'era troppo da fare. D'altra parte voleva anche che le dicessi di sì.»

Gli occhi di Polly non abbandonavano la feroce lotta in scala ridotta che si stava svolgendo a meno di cinquanta metri, una miniguerra fra Nettie Cobb e Nettie Cobb. Se in definitiva fosse entrata, che grande passo sarebbe stato per lei!

Sentì un dolore sordo e caldo nelle mani, abbassò lo sguardo e vide che se le stava torcendo. Si costrinse ad abbandonarle lungo i fianchi.

«Non è né per il Tupperware, né per i vetri Carnevale», dichiarò Rosalie «È *lui*.»

Polly le scoccò un'occhiata.

Rosalie rise, arrossendo un poco. «Oh, non voglio dire che Nettie si è presa una cotta per lui, niente del genere, anche se ammetto che mi è sembrata un po' imbambolata quando l'ho raggiunta fuori del negozio. È stato molto gentile con lei, Polly. Ecco tutto. Sincero e gentile.»

«Molti sono gentili con lei», ribatté Polly. «Alan si spreca in questo senso e lo stesso lei ne è intimidita.»

«Il nostro signor Gaunt ha un modo molto speciale di essere gentile», disse semplicemente Rosalie e, come per riprova, videro Nettie ruotare il pomolo della porta. L'aprì, dopodiché restò dov'era sul marciapiede, con l'ombrello stretto nell'altra mano, come se avesse già prosciugato il pozzo poco profondo della sua risolutezza. In quel momento Polly fu certa che Nettie avrebbe richiuso la porta e si sarebbe allontanata di gran fretta. Artrite o no, le sue mani si chiusero in due pugni allentati.

Avanti, Nettie. Entra. Lanciati. Ritorna nel mondo.

Poi Nettie sorrise, evidentemente in risposta a qualcuno che Polly e Rosalie non potevano vedere. Abbassò la mano in cui si stringeva l'ombrello davanti al petto... ed entrò.

La porta si richiuse dietro di lei.

Polly si rivolse a Rosalie e si commosse nel vedere che aveva le lacrime agli occhi. Le due donne si guardarono per un momento, poi si abbracciarono ridendo.

«E brava la nostra Nettie!» esclamò Rosalie.

«Due punti per noi!» fece eco Polly e il sole emerse dalle nuvole nella sua testa, due ore prima che spuntasse finalmente nel cielo sopra Castle Rock.

2

Un quarto d'ora dopo Nettie Cobb sedeva in una delle lussuose poltrone a schienale alto che Gaunt aveva sistemato lungo una parete del suo negozio. Ombrello e borsetta erano per terra accanto a lei, dimenticati. Gaunt le sedeva accanto, le teneva le mani nelle mani e i suoi occhi acuminati erano fissi in quelli vaghi di lei. Sul vetro di una delle bacheche era posato un paralume in vetro Carnevale, accanto al contenitore di plastica di Polly Chalmers. Il paralume era relativamente pregiato e in un negozio d'antiquariato di Boston sarebbe stato messo in vendita per trecento dollari o più. Nettie Cobb viceversa lo aveva appena acquistato per dieci dollari e quaranta centesimi, tutto il denaro che aveva nella borsetta quando era entrata in negozio. Bello o no, in quel momento era dimenticato non meno dell'ombrello.

«Un favore», stava dicendo. Sembrava che parlasse nel sonno. Mosse leggermente le mani, in modo da accentuare la stretta su quelle del signor Gaunt. Sentendo la pressione di quelle di lui, le sfiorò la bocca un sorrisetto di piacere.

«Sì, una cosa da poco per la verità. Conosce il signor Keeton, vero?»

«Oh, sì», rispose Nettie. «Ronald e suo figlio Danforth. Li conosco tutti e due. Quale dice?»

«Il più giovane», precisò il signor Gaunt accarezzandole i palmi con i lunghi pollici. Aveva unghie giallastre e molto lunghe. «Il primo consigliere.»

«Di nascosto lo chiamano Buster», disse Nettie e ridacchiò. Era un suono aspro, un po' isterico, ma Leland Gaunt non ne fu allarmato. Al contrario, parve che quella risatina un po' stonata di Nettie gli facesse piacere. «Fin da quand'era ancora piccolo.»

«Voglio che tu finisca di pagare il paralume facendo uno scherzo a Buster.»

«Uno scherzo?» Nettie sembrò un po' preoccupata.

Gaunt sorrise. «Uno scherzo innocuo. E non saprà mai che sei stata tu. Penserà che sia stato qualcun altro.»

«Oh.» Nettie osservò il paralume in vetro Carnevale e per qualche istante un'emozione affilò il suo sguardo, avidità, forse, o più semplicemente desiderio e piacere. «Ma...»

«Andrà tutto bene, Nettie. Nessuno lo saprà mai... e il paralume sarà tuo.»

Nettie parlò lentamente e in tono riflessivo. «Mio marito mi faceva molti scherzi. Potrebbe essere divertente farne uno a qualcun altro.» Tornò a guardare Gaunt e ora il sentimento che dava intensità al suo sguardo era ansia. «Se non gli farà del *male*. Io non voglio *fargli male*. Ho fatto male a mio marito, sa?»

«Nessun male», la rassicurò Gaunt accarezzandole le mani. «Neanche un po'. Voglio solo che gli metti certe cose in casa.»

«Ma come faccio a entrare...»

«Qui.»

Le posò qualcosa nella mano. Una chiave. Lei fletté le dita.

«Quando?» chiese Nettie. I suoi occhi sognanti si erano posati di nuovo sul paralume.

«Presto.» Gaunt le abbandonò le mani e si alzò. «E ora, Nettie, bisogna che ti metta quel bel paralume in una scatola. La signora Martin verrà a dare un'occhiata a dei Lalique fra...» Controllò l'ora. «Santo cielo, fra pochi minuti! Ma non saprei nemmeno cominciare a esprimerti tutta la felicità che mi hai dato decidendo di tornare. Ormai sono poche le persone che sanno apprezzare la bellezza del vetro Carnevale... ormai siamo invasi da speculatori che hanno un registratore di cassa al posto del cuore.»

Si alzò anche Nettie e contemplò il paralume con gli occhi dolci di una donna innamorata. Il dolente nervosismo con cui si era avvicinata al negozio era scomparso del tutto. «È proprio bello, vero?»

«Molto bello», convenne caldamente il signor Gaunt. «E io non saprei dirti... non saprei nemmeno cominciare a esprimere... quanto sono felice di sapere che finirà nella casa giusta, una casa dove c'è qualcuno che non si limiterà a spolverarlo il mercoledì pomeriggio per poi romperlo in un momento di sbadataggine, dopo chissà quanti anni, e raccogliere i cocci con la scopa per vuotarli nella pattumiera senza pensarci due volte.»

«Non farei mai una cosa del genere!» proruppe Nettie.

«Lo so», ribatté il signor Gaunt. «Fa parte del tuo fascino, Netitia.»

Nettie trasalì. «Come fa a sapere come mi chiamo?»

«Predisposizione naturale. Non dimentico mai né un nome né una faccia.»

Andò nel retrobottega dietro la tenda. Quando tornò, aveva un rettangolo di cartone bianco in una mano e un grande foglio di soffice carta velina nell'altra. Posò la carta velina vicino al contenitore della torta (cominciò subito a espandersi, con una serie di piccoli crepitii e schiocchi segreti, in qualcosa che somigliava a un corsetto gigantesco) e iniziò a ripiegare il cartone in una scatola delle dimensioni giuste per il paralume. «So che sarai custode amorevole dell'articolo che hai acquistato. È per questo che te l'ho venduto.»

«Davvero? Pensavo... il signor Keeton... e lo scherzo...»

«No, no, no!» protestò il signor Gaunt, per metà ridendo e per metà offeso. «*Chiunque* può fare uno scherzo a qualcuno! A tutti piace fare scherzi! Ma poter cedere un oggetto a una persona che lo ama e ne ha bisogno... è tutt'altro paio di maniche. Certe volte Netitia, penso che *in fondo* ciò che vendo è la felicità. Cosa ne dici?»

«Be'», rispose Nettie con sincerità, «posso certamente dire che ha reso felice *me*, signor Gaunt. Molto felice.»

Lui espose i denti disordinatamente assiepati in un ampio sorriso. «Bene! Benissimo!» Spinse la carta velina nella scatola, inserì il paralume nella culla del suo crepitante biancore, ripiegò i lembi superiori della scatola e li chiuse applicandovi una striscia di nastro adesivo con leziosa abilità. «Ecco fatto! Un altro cliente soddisfatto ha trovato la sua cosa preziosa!»

Le tese la scatola. Nettie la prese e quando con le dita toccò quelle di lui avvertì un brivido di repulsione, sebbene gliele avesse strette con forza, per non dire ardore, solo pochi attimi prima. Ma l'interludio già le sembrava fumoso e irreale. Gaunt posò il Tupperware sopra la scatola bianca. Nettie vide che c'era dentro qualcosa.

«Che cos'è?»

«Un messaggio per la tua principale», spiegò Gaunt.

Subito si disegnò spavento sul volto di Nettie. «Non su di *me*?»

«Dio del cielo, no!» rispose Gaunt ridendo e Nettie si rasserenò subito. Quando rideva, era impossibile resistergli o diffidare di lui. «Tieni da conto il tuo paralume, Netitia, e vieni a trovarmi di nuovo.»

«Sì», rispose Nettie e poteva aver inteso includere nella sua affermazione entrambe le raccomandazioni di Gaunt, ma sentiva in cuor suo (quel ricettacolo segreto dove bisogni e paure si sgomitavano in continuazione come passeggeri scomodi in una carrozza sovraffollata della metropolitana) che, se pure fosse tornata, il paralume sarebbe rimasto l'unico oggetto da lei mai acquistato a *Cose Preziose*.

Ma che cosa c'era di male? Era un oggetto *stupendo*, quello che aveva sempre desiderato, l'unico di cui aveva bisogno per completare la sua modesta collezione. Valutò se confidare al signor Gaunt che forse suo marito sarebbe ancora vivo se non avesse mandato in frantumi un paralume di vetro Carnevale molto simile a quello, un fatto che era avvenuto quattordici anni prima e che era stato il colpo di grazia, quello che le aveva fatto finalmente perdere la testa. Lui le aveva spezzato più di un osso durante gli anni trascorsi insieme e lei gli aveva permesso di vivere. Alla fine aveva spezzato qualcosa che le era *veramente* prezioso e lei gli aveva tolto la vita.

Concluse che non c'era necessità di raccontarlo al signor Gaunt. Le dava l'aria di uno che probabilmente lo sapeva già.

3

«Polly! Polly, sta uscendo!»

Polly abbandonò il manichino sul quale stava lentamente puntando un orlo con gli spilli e corse alla vetrina. Al fianco di Rosalie guardò Nettie che usciva da *Cose Preziose* in condizioni a dir poco critiche. Con la borsetta sotto l'ascella e l'ombrello sotto l'altra, teneva fra le mani una scatola bianca sulla quale era posato il Tupperware che aveva contenuto la torta.

«Forse è meglio che vada a darle una mano», commentò Rosalie.

«No.» Polly la trattenne sfiorandola appena. «Meglio di no. Credo che ne sarebbe imbarazzata e innervosita.»

La guardarono risalire la via. Ora non zampettava più, come sfuggendo alle fauci di un temporale; ora pareva quasi che scivolasse sull'aria.

No, si corresse Polly. *No, non è proprio così. È più come se... galleggiasse.*

La sua mente concepì all'improvviso una di quelle strane associazioni di idee, che per lei erano quasi come le immancabili note a piè di pagina, e scoppiò a ridere.

Rosalie inarcò le sopracciglia. «Anch'io?»

«È la faccia», spiegò Polly, osservando Nettie attraversare Linden Street a lenti passi trasognati.

«Cioè?»

«È quella di una donna che si è appena fatta sbattere... e ha avuto tre orgasmi.»

Rosalie si colorì in viso, guardò di nuovo Nettie e poi si mise a strillare di ilarità. Polly le fece eco. Reggendosi a vicenda e beccheggiando pericolosamente, risero all'impazzata.

«Ohi, ohi», disse Alan Pangborn dalla soglia del negozio. «Due signore che se la ridono prima delle undici del mattino. È troppo presto per lo champagne, perciò che cosa può essere?»

«Quattro!» strepitò Rosalie fra le risa. Le lacrime le rotolavano copiose sulle guance. «Io direi quattro!»

E partirono di nuovo, dondolando abbracciate, ululando sguaiatamente, mentre Alan le guardava con le mani nelle tasche dei calzoni della divisa e la bocca atteggiata a un sorriso interrogativo.

4

Norris Ridgewick si presentò all'ufficio dello sceriffo in borghese dieci minuti prima che alla fabbrica risuonasse il fischio di mezzogiorno. Aveva il turno centrale, dalle dodici alle nove di sera, per tutto il fine settimana, e gli andava benissimo così. Che ci pensasse qualcun altro a ripulire dalle carcasse le strade principali e secondarie della contea di Castle dopo l'una di notte, quando chiudevano i bar; era in grado di farlo anche lui e lo aveva pur fatto più di una volta, ma quasi invariabilmente vomitava l'anima. Certe volte vomitava l'anima anche se le vittime si reggevano sulle loro gambe e persino saltellavano, gridando a squarciagola che non erano assolutamente tenuti a sottoporsi alla prova del palloncino, che conoscevano i loro diritti «costipazionali». Il fatto è che lo stomaco di Norris era così. Sheila Brigham si divertiva a canzonarlo, dicendogli che era come l'aiutante dello sceriffo, Andy, in *Twin Peaks*, il serial televisivo, ma Norris sapeva che non era vero. Andy si metteva a piangere quando vedeva un morto. Norris non piangeva, ma piuttosto gli vomitava addosso, come aveva quasi vomitato su Homer Gamache quella volta che lo aveva trovato riverso nel fossato vicino al cimitero, ammazzato a colpi del suo stesso braccio artificiale.

Controllò il ruolino di servizio, vide che Andy Clutterbuck e John LaPointe erano di pattuglia e che poi sarebbero stati al centralino. Per lui non c'era niente, altro fatto che gli andava benissimo così. Per completare la sua giornata, per quanto ancora ne restava, cioè, la tintoria gli aveva recapitato la sua seconda divisa... il giorno convenuto, una volta tanto. Gli avrebbe risparmiato un salto a casa per cambiarsi.

Alla busta di plastica con dentro la divisa era fissato un foglietto: «Ehi, Barney, mi devi cinque dollari e venticinque. Non cercare di fregarmi questa volta altrimenti quando il sole tramonterà ti giuro che sarai diventato un uomo più triste e più saggio». Era firmato *Clut*.

Il buonumore di Norris non fu scalfito nemmeno dalla minaccia implicita nel messaggio. Sheila Brigham era l'unica persona in ufficio a vedere in lui un personaggio da *Twin Peaks* (Norris aveva il sospetto che fosse anche l'unica persona di tutto il dipartimento, escluso lui, naturalmente, che avesse seguito lo sceneggiato). Gli altri aiutanti John LaPointe, Seat Thomas e Andy Clutterbuck, lo chiamavano Barney, dal personaggio di Don Knotts nel vecchio *Andy Griffith Show*. Era un fatto che talvolta lo irritava, ma non quel giorno. Quattro giornate di turno intermedio, e poi tre di libertà. Una settimanina con i fiocchi davanti a sé. La vita a volte sapeva essere magnanima.

Sfilò dal portafogli una banconota da cinque e una da uno, che posò sul tavolo di Clut. «Ehi, Clut, prendi la vita con più allegria», scrisse sul dorso di un modulo che firmò con uno svolazzo e lasciò vicino al denaro. Poi tolse la divisa dalla busta di plastica della tintoria e andò in bagno. Mentre si cambiava fischiettò, quindi fece vibrare compiaciuto le sopracciglia rimirandosi allo specchio. Era tirato e caricato, perdio. Tirato e caricato al cento per cento. Meglio che i cattivi di Castle Rock stessero in campana, altrimenti...

Colse un movimento dietro di sé, ma prima ancora che cominciasse a girare la testa, fu afferrato, ruotato su se stesso e mandato a sbattere contro le piastrelle vicino agli urinali. Urtò la parete con la nuca e gli volò via il berretto. Poi si ritrovò a guardare Danforth Keeton dritto nella faccia tonda e paonazza.

«Che cosa ti è saltato in mente, Ridgewick?» chiese Keeton.

Norris si era completamente dimenticato la multa che aveva infilato sotto il tergicristallo della Cadillac di Keeton la sera precedente. Ma adesso ricordò tutto.

«Lasciami andare!» disse. Aveva cercato un tono indignato, ma la sua voce era echeggiata fievole in un guaito ansioso. Si sentiva bruciare le guance. Furore o paura che fosse, e in quel momento si prendevano entrambi uno spazio dentro di lui, era arrossito come una ragazzina.

Keeton, che sopravanzava Norris in statura per più di dieci centimetri e in peso per più di cinquanta chilogrammi, gli diede una scrollatina vigorosa e lo lasciò andare. Estrasse di tasca la multa e gliela sventolò sotto il naso. «È o non è il tuo nome quello che leggo su questo pezzo di carta», ringhiò, quasi che Norris avesse già negato.

Norris Ridgewick sapeva benissimo che quella era la sua firma, con sopra un timbro, ma ancora perfettamente leggibile, e che il modulo proveniva dal suo blocchetto.

«La tua macchina era parcheggiata nel posto degli handi», disse, allontanandosi di un passo dal muro e cominciando a massaggiarsi la nuca. Immaginarsi se non gli sarebbe venuto un bernoccolo grosso così! Via via che la sorpresa iniziale si placava (e Buster gli aveva fatto perdere un paio di anni di vita, non lo poteva negare), cresceva la sua collera.

«*Dove?*»

«Il posto riservato *agli handicappati*!» gridò Norris. *E poi è stato Alan a dirmi di darti quella multa!* stava per aggiungere, ma non lo fece. Perché dare a quel flaccido maiale la soddisfazione di scaricare il barile? «Eri già stato avvertito, Bu... Danforth, lo sai!»

«*Come* mi hai chiamato?» chiese minaccioso Danforth Keeton. Su guance e pappagorgia gli erano apparse chiazze rubiconde grandi come rose centifoglie.

«Quella è una multa in regola», lo avvertì Norris, ignorando la sua domanda, «e se mi dai retta, è meglio che paghi. Ti va di lusso che non ti citi anche per aggressione a pubblico ufficiale!»

Danforth rise. L'eco delle sue risa risuonò fesso contro le pareti. «Io non vedo nessun pubblico ufficiale», lo apostrofò. «Vedo uno stronzetto travestito da bresaola.»

Norris si chinò per raccogliere il berretto. Le sue viscere erano un groviglio di paura (farsi nemico Danforth Keeton era quanto di meno indicato) e la sua collera si era consolidata in furore. Gli tremavano le mani. Si concesse ciononostante qualche attimo per sistemarsi bene in testa il berretto.

«Puoi rivolgerti ad Alan, se ci tieni...»

«Mi sto rivolgendo a *te*!»

«... ma per quanto mi riguarda non ho più niente da dire. Assicurati di pagare entro trenta giorni, Danforth, o verremo a prenderti.» Norris si elevò al colmo dell'estensione dei suoi centosessantotto centimetri di statura e aggiunse: «Sappiamo dove trovarti».

Fece un passo verso la porta. Keeton, con la faccia che ora sembrava un tramonto in un poligono nucleare, gli sbarrò la strada. Norris si fermò e gli puntò addosso l'indice.

«Se mi tocchi ti sbatto in cella, Buster. E dico sul serio.»

«Okay, okay», ribatté Keeton con la voce improvvisamente atona. «L'hai detto. Sei licenziato. Togliti quella divisa e comincia a cercarti un altro la...»

«No», tuonò una voce dietro di loro. Si girarono entrambi da quella parte. Sulla porta del bagno era apparso Alan Pangborn.

Keeton chiuse le mani in grassi pugni bianchicci. «Tu stanne fuori.»

Alan entrò lasciando che la porta si richiudesse lentamente con un sospiro alle sue spalle. «No», ripeté. «Sono stato io a ordinare a Norris di elevarti quella contravvenzione. Gli ho anche detto che ti avrei tolto la multa prima della riunione sugli stanziamenti. Sono cinque dollari, Dan, cosa diavolo ti ha preso?»

La voce di Alan era perplessa. Alan *si sentiva* perplesso. Buster non era mai stato una pasta d'uomo, nemmeno nei momenti migliori, ma una reazione così violenta era eccessiva persino per uno come lui. Dalla fine dell'estate gli era sembrato sempre così nervoso, costantemente sulle spine (spesso aveva udito la sua voce ruggire durante le riunioni del consiglio) e con una luce quasi spiritata negli occhi. Ebbe il sospetto che Keeton potesse essere malato, ma decise di rimandare a un altro momento l'esame di quella eventualità. Per ora aveva per le mani una situazione un po' delicata da risolvere.

«Non mi ha preso un bel niente», brontolò Keeton ravviandosi i capelli. Norris notò con una certa soddisfazione che anche a lui tremavano le mani. «Ma ne ho piene le scatole di babbei gonfi di arie come questo qui... Io cerco di fare molto per questa città... diavolo, *faccio* molto per questa città... e sono stufo di essere costantemente perseguitato...» Fece una breve pausa in un lavorio del pesante doppiomento e finalmente esplose: «Mi ha chiamato Buster! Sai che non lo sopporto!»

«Chiederà scusa», ribatté con calma Alan. «Vero, Norris?»

«Non so se lo farò», rispose Norris. Gli tremava la voce e gli si andavano annodando le viscere, ma era ancora furente. «So che non gli piace, ma la verità è che me l'ha strappato di bocca. Me ne stavo qui in pace a guardarmi allo specchio per vedere se avevo la cravatta diritta, quando mi afferra e mi scaglia contro il muro. Ho picchiato la testa, Alan, non so poi *cosa* mi è scappato detto.»

Gli occhi di Alan tornarono su Keeton. «È vero?»

Keeton abbassò i suoi. «Ero fuori di me», e Alan giudicò che un uomo come lui non avrebbe potuto avvicinarsi di più a una manifestazione di pentimento spontanea e indiretta. Osservò Norris per vedere se il suo vice se ne rendeva conto. Gli parve di poterglielo accreditare. Meglio così: voleva dire di aver quasi disinnescato quella scomoda bombetta puzzolente. Cominciò a rilassarsi.

«Possiamo considerare il caso chiuso?» chiese a entrambi. «Lo archiviamo perché ci serva da esperienza e ripartiamo da qui?»

«Io ci sto», rispose Norris dopo un attimo. Alan ne fu commosso. Norris era uno stecco, aveva l'abitudine di abbandonare lattine piene per metà sulle auto di servizio e i suoi rapporti erano autentici orrori... ma aveva un cuore grande così. Faceva marcia indietro, ma non perché avesse paura di Keeton. Se quel pachiderma del primo consigliere la pensava così, stava commettendo un errore madornale.

«Mi dispiace di averti chiamato Buster», disse Norris. Non gli dispiaceva affatto, ma non c'era alcun male a dirlo. Gli pareva.

Alan si girò verso il corpacciuto primo consigliere nella sgargiante giacca sportiva e camicia da golfista con il colletto aperto. «Danforth?»

«D'accordo, non è mai successo», annuì Keeton. Lo aveva detto in un tono di boriosa magnanimità, che fece provare ad Alan un immediato e ormai familiare moto di antipatia nei suoi confronti. Una voce sepolta nella profondità della sua mente, la primitiva voce da coccodrillo dell'inconscio, echeggiò nella sua testa rapida, ma forte e chiara: *Perché non ti viene un bell'infarto, Buster? Perché non fai un piacere a tutti quanti e non te ne vai all'altro mondo?*

«Va bene», concluse. «Adesso sì che ra...»

«*Se*», aggiunse Keeton alzando un dito.

Alan sollevò le sopracciglia. «Se?»

«Se facciamo qualcosa per la multa.» La porse a lui, tenuta per il margine fra due unghie, come se fosse uno straccio usato per asciugare sul pavimento qualche liquido di dubbia origine.

Alan sospirò. «Vieni in ufficio, Danforth. Ne parliamo.» Lanciò un'occhiata a Norris. «Tu sei di servizio, giusto?»

«Sì», rispose Norris. Aveva sempre un groviglio nella pancia. Tutti i suoi buoni sentimenti se n'erano andati, probabilmente fino all'indomani ed era colpa di quel flaccido maiale, mentre Alan aveva intenzione di togliergli la multa. Lui capiva, era la politica, ma non per questo doveva andargli giù.

«Vuoi aspettare?» gli domandò Alan. Era un modo diplomatico per dire: «Desideri che ne parliamo?» alla presenza di Keeton, che li fissava entrambi con occhi torvi.

«No», rispose Norris. «Ho da fare. Ci sentiamo più tardi, Alan.» Uscì dal bagno passando accanto a Keeton senza degnarlo di uno sguardo. E sebbene ne fosse del tutto ignaro, Keeton si trattenne, con uno sforzo così grande da poter essere definito quasi eroico, dall'impulso irrazionale ma potente di piantargli un piede nel sedere per aiutarlo a uscire.

Alan prese tempo a guardarsi allo specchio perché Norris potesse allontanarsi, mentre Keeton aspettava con impazienza vicino alla porta. Finalmente Alan uscì a sua volta nel recinto, con il primo consigliere alle calcagna.

Un omino azzimato in un vestito beige occupava una delle due sedie accanto alla porta del suo ufficio, ostentatamente immerso nella lettura di un libro voluminoso rilegato in pelle che poteva solo essere una Bibbia. Alan si sentì sprofondare il cuore. Si era sentito abbastanza sicuro che per quella mattina non gli sarebbe potuto accadere nient'altro di *troppo* spiacevole (mancavano solo due o tre minuti a mezzogiorno, quindi aveva avuto buoni motivi per essere ottimista), ma si era sbagliato.

Il reverendo William Rose chiuse la sua Bibbia (la cui rilegatura si accordava con la tinta dell'abito) e balzò in piedi. «Capo-oh Pangborn», esordì. Il reverendo Rose era uno di quei devoti battisti che si imbrogliano nella coda delle parole quando sono troppo eccitati. «Posso parlarle, per piacere?»

«Mi dia cinque minuti, prego, reverendo Rose. Ho una questione da risolvere.»

«È estremamente-eh importante.»

Figuriamoci, pensò Alan. «Anche questa. Cinque minuti.»

Aprì la porta e fece entrare Keeton in ufficio prima che il reverendo Willie, come si divertiva a chiamarlo padre Brigham, potesse aggiungere altro.

5

«Sarà per la Notte al Casinò», presagì Keeton dopo che Alan ebbe chiuso la porta dell'ufficio. «Segnati quello che ti dico. Padre John Brigham è una testa dura d'irlandese, ma mille volte meglio lui di quell'omuncolo. Rose è insopportabilmente presuntuoso.»

Ecco il ciuco che dà del somaro all'asino, pensò Alan.

«Accomodati, Danforth.»

Keeton accettò l'invito. Alan passò dietro la scrivania e ridusse in pezzetti la multa. Lasciò quindi cadere i pezzetti nel cestino. «Ecco fatto. Va bene?»

«Sì», rispose Keeton e fece per alzarsi.

«No, resta seduto ancora un momento.»

Le folte sopracciglia di Keeton si raggrumarono in una nube tempestosa sotto l'alta fronte rosea.

«Ti prego», aggiunse Alan. Si lasciò cadere sulla poltroncina girevole. Le sue mani si ritrovarono e cercarono di confezionare un merlo. Le colse in tempo e le intrecciò fermamente l'una nell'altra sul sottomano.

«La settimana prossima abbiamo una riunione della commissione finanze su questioni di stanziamenti da sottoporre al consiglio in febbraio...» cominciò Alan.

«Infatti», brontolò Keeton.

«... e questo è un fatto politico», proseguì Alan. «Lo riconosco io e lo riconosci tu. Ho appena stracciato una multa per sosta vietata perfettamente valida per una considerazione politica.»

Keeton fece mezzo sorriso. «Sei abbastanza vecchio del mestiere per sapere anche tu come funziona, Alan. Una mano lava l'altra.»

Alan cambiò posizione sulla poltroncina, che reagì con i suoi piccoli scricchiolii e cigolii, rumori che talvolta udiva nei suoi sogni dopo le giornate particolarmente lunghe e faticose, del tipo di quella che gli si stava prospettando.

«Già», concordò. «Una mano lava l'altra. Ma non indefinitamente.»

Le folte sopracciglia s'aggrottarono di nuovo. «E con questo che cosa vorresti dire?»

«Che c'è un posto dove la politica deve finire, anche nei piccoli centri abitati. È necessario che rammenti che io non sono un funzionario di nomina. I consiglieri controlleranno i cordoni della borsa, ma sono gli elettori a nominare me. E il compito che mi assegnano nell'eleggermi è quello di proteggerli e di tutelare e far osservare la legalità. Io ho giurato e cerco di mantener fede al mio giuramento.»

«Mi stai minacciando? Perché se è così...»

Fu in quel momento che risuonò il fischio della cartiera. Giunse smorzato lì dentro, ma Danforth Keeton sussultò lo stesso violentemente come se fosse stato punto da una vespa. Sgranò momentaneamente gli occhi e le sue mani si strinsero come artigli bianchi sui braccioli della poltrona.

Alan fu di nuovo in balia della perplessità. *È irrequieto come una giovenca in calore. Che cosa diavolo ha?*

Per la prima volta si ritrovò a domandarsi se il signor Danforth Keeton, che era primo consigliere di Castle Rock già da prima che

Alan avesse mai sentito nominare quel posto, si fosse nascosto qualche scheletro nell'armadio di casa.

«Non ti sto minacciando», rispose. Keeton cominciava a rilassarsi di nuovo, restando però vigile... come se avesse paura che il fischio della fabbrica partisse di nuovo all'improvviso giusto per spaventarlo.

«Meglio così. Perché non è solo una questione di cordoni della borsa, sceriffo Pangborn. Il consiglio municipale, insieme con i tre commissari di contea, hanno il diritto di approvare l'assunzione, ma anche il licenziamento, degli aiutanti dello sceriffo. Per non aggiungere altri diritti di conferma di cui sono sicuro che sei al corrente.»

«È sempre stato solo pro forma.»

«Così è sempre stato», convenne Keeton. Dalla tasca interna della giacca estrasse un sigaro Roi-Tan. Se lo rigirò fra le dita facendo scricchiolare il cellophane. «Ciò non significa che debba continuare a esserlo.»

Adesso chi sta minacciando chi? pensò Alan, ma tenne la bocca chiusa. Si appoggiò invece allo schienale e contemplò Keeton. Keeton sostenne il suo sguardo per qualche secondo, poi lo abbassò sul sigaro e cominciò a togliere l'involucro.

«La prossima volta che parcheggi nel posto riservato agli handicappati ti do la multa con le mie mani e ti assicuro che non te la tolgo più», sentenziò Alan. «E se mai ti dovesse capitare di mettere di nuovo le mani addosso a uno dei miei aiutanti, ti denuncio per aggressione di terzo grado. E questo succederà alla faccia di tutti i cosiddetti diritti di conferma tuoi e degli altri consiglieri. Perché alla politica io cedo il passo solo fino a un certo punto. Capito?»

Keeton continuò a fissare il sigaro per un lungo momento, come se stesse meditando. Quando rialzò la testa, i suoi occhi si erano trasformati in un paio di dure pietruzze. «Se hai voglia di scoprire quanto ho duro il fondoschiena, sceriffo Pangborn, non hai che da continuare a spingere.» Aveva la collera scritta sul volto, su questo non c'era alcun dubbio, ma Alan ebbe l'impressione di vederci anche qualcos'altro. Ritenne che fosse paura. Era qualcosa che vedeva o che fiutava? Non seppe rispondere, ma non aveva importanza. Poteva invece averne ciò di cui Keeton aveva paura. E poteva averne molta.

«Capito?» ripeté.

«Sì», rispose Keeton. Strappò il cellophane dal sigaro con un gesto repentino e lo lasciò cadere per terra. Si ficcò il sigaro in bocca e parlò tenendolo fra i denti. «E *tu* hai capito *me*?»

La poltroncina scricchiolò e cigolò sotto il peso di Alan che si spostava per protendersi di nuovo in avanti. Parlò a Keeton con franchezza. «Capisco quello che dici, ma certamente non capisco come ti stai *comportando*, Danforth. Noi due non siamo mai stati culo e camicia...»

«Puoi giurarci», lo interruppe Keeton e staccò con un morso l'estremità del sigaro. Per qualche istante Alan pensò che avrebbe sputato per terra anche quella ed era disposto a lasciargliela passare, in nome della politica, ma Keeton se la lasciò cadere dalla bocca nel palmo della mano, quindi la depositò nel portacenere pulito che c'era sulla scrivania. Lì il pezzo di sigaro rimase come uno stronzo di cagnolino.

«... ma abbiamo sempre mantenuto degli ottimi rapporti di lavoro. Mi domando il perché del tuo nuovo atteggiamento. C'è qualcosa che non va? Se c'è e posso essere d'aiuto...»

«Non c'è niente che non va», dichiarò Keeton alzandosi di scatto. Era di nuovo in collera, più che solo in collera. Alan aveva quasi l'impressione di vedere il fumo che gli usciva dalle orecchie. «È solo che sono stufo marcio di questa... *persecuzione*!»

Era la seconda volta che usava quella parola. Era una parola che Alan trovava insolita, inquietante. Anzi, trovava inquietante tutta quanta la conversazione.

«Comunque, sai dove sono», concluse.

«Ah *sì*!» replicò Keeton avviandosi verso la porta.

«E per piacere, Danforth, ricordati il posto degli handicappati.»

«Me ne *frego* del posto degli handicappati!» ruggì Keeton e uscì sbattendo la porta.

Alan restò a guardare la porta chiusa per qualche minuto con un'espressione addolorata sul volto. Poi si alzò, uscì da dietro la scrivania, raccolse la pallottolina di cellophane dal pavimento, la lasciò cadere nel cestino e andò ad aprire per far entrare Vaporetto Willie.

6

«Il signor Keeton mi è parso un po' alterato», commentò Rose. Prese compitamente posto nella stessa poltrona che aveva occupato il primo consigliere, osservò con antipatia il pezzo di sigaro nel portacenere e si sistemò accuratamente la Bibbia bianca al centro del suo poco generoso grembo.

«È un mese di continue riunioni per stabilire gli stanziamenti», spiegò genericamente Alan. «Deve essere stressante per tutti i membri del consiglio.»

«Già», annuì il reverendo Rose. «E Gesù ci disse: 'Rendere-eh a Cesare quel che è di Cesare e rendere a Dio quel che è di Dio'.»

«Molto vero», disse Alan. Desiderò a un tratto una sigaretta. Una Lucky o una Pall Mall, una di quelle che traboccano di catrame e nicotina. «E che cosa posso rendere a lei, quest'oggi, re... reverendo Rose?» Con orrore si rese conto di essere andato molto vicino a chiamarlo reverendo Willie.

Rose si tolse gli occhialetti rotondi senza montatura, ne lucidò le lenti e li inforcò di nuovo, nascondendo i due piccoli segni rossi che gli erano rimasti ai lati del naso. I suoi capelli neri, tenuti a posto da una misteriosa pomata che Alan non riusciva a identificare dall'odore, luccicavano nel chiarore fluorescente che scendeva dal soffitto.

«È per quell'abominevole iniziativa che padre John Brigham ha scelto di chiamare Notte al Casinò», attaccò finalmente il reverendo Rose. «Se rammenta, capo Pangborn, sono già stato da lei non molto tempo fa, appena ho sentito di questa sciagurata idea, per chiederle di rifiutarsi di autorizzare la serata nel rispetto-oh della decenza.»

«Reverendo Rose, se rammenta *lei*...»

Rose sollevò la mano in un gesto imperioso e si affondò l'altra nella tasca della giacca. Ne uscì con un libricino più o meno delle dimensioni di un tascabile. Con un tuffo al cuore (ma non più che tanto sorpreso), Alan vide che era l'edizione in sintesi del Codice civile e penale dello stato del Maine.

«Ora ritorno», annunciò in tono vibrante il reverendo Rose,

«a esigere che lei proibisca quest'iniziativa non solo nel rispetto della decenza, *ma in nome della legge*!»

«Reverendo Rose...»

«Questo, l'articolo 24 paragrafo 9 comma 2 del codice civile e penale dello stato del Maine», lo ammutolì il religioso. Ora aveva le guance infiammate e guardandolo Alan giunse alla conclusione che l'unico risultato che aveva ottenuto in quegli ultimi minuti era stato di sostituire un matto con un altro. «'Con l'eccezione dei casi altrimenti specificati'», declamò il reverendo Rose in quella cadenza da pulpito che la sua perlopiù adorante congrega conosceva così bene, «'i giochi d'azzardo, quali precedentemente definiti nell'articolo 23, ove le scommesse in denaro siano condizionali al gioco stesso, sono da considerarsi illegali.'» Richiuse energicamente il libricino e fissò Alan. Gli ardevano gli occhi. «*Sonò da considerarsi-ih illegali!*» ripeté stentoreo.

Alan provò l'impulso di alzare le braccia al cielo e gridare *Sia lodato-oh Gesù-uh Cristo!* Quando gli fu passato disse: «Conosco gli articoli del codice che riguardano il gioco d'azzardo, reverendo Rose. Dopo la sua prima visita li ho riletti e li ho mostrati ad Albert Martin, che svolge spesso e sovente compiti di consulenza legale qui in città. La sua opinione è che l'articolo 23 non si può applicare a iniziative come la Notte al Casinò». Dopo una pausa aggiunse: «Devo dirle che la mia opinione concorda con la sua».

«Impossibile!» esclamò Rose. «Si propongono di trasformare una casa del Signore in una tana di giocatori e lei mi viene a dire che *sarebbe legale*?»

«È legale tanto quanto le tombole che vengono organizzate presso le Figlie di Isabella fin dal 1931.»

«Questa non è una tombola-ah! Qui c'è una roulette-eh! Qui si gioca a carte per soldi! Qui rotolano...» e a questo punto la voce del reverendo Rose tremò, «*i dadi-ih!*»

Alan bloccò tempestivamente le mani che cercavano di creare un altro uccello e questa volta le inchiodò alla scrivania. «Ho incaricato Albert di scrivere una lettera esplorativa a Jim Tierney, il procuratore generale dello stato. La risposta è stata la medesima. Spiacente, reverendo Rose. So che la indigna. Io per esempio ho un problema analogo con i bambini sugli skateboard. Li metterei fuori legge, se potessi, ma non posso. In democrazia siamo costretti talvolta a tollerare cose che non ci piacciono o che disapproviamo.»

«Ma qui *si gioca d'azzardo*!» strepitò il reverendo Rose e c'era angoscia sincera nella sua voce. «Qui si *gioca per soldi*! Come può essere legale una cosa del genere, quando il codice specifica...»

«Nel modo in cui lo fanno loro non è propriamente giocare per denaro. Ciascun... partecipante... fa una donazione all'ingresso. In cambio riceve un adeguato ammontare di *fiches*. Alla fine della serata vengono distribuiti dei premi, si badi bene, non denaro, bensì *premi*. Un videoregistratore, un tostapane, un servizio da tè, cose del genere.» E un esuberante diavoletto che gli danzava nell'anima lo spinse a soggiungere: «Non escludo nemmeno che la donazione iniziale sia deducibile dalle tasse».

«È uno sconcio flagrante», sentenziò il reverendo Rose. Il rossore delle guance si era spento, ma aveva le narici dilatate.

«Questo è un giudizio morale, non legale. Si fa così in tutto il paese.»

«Sì», ammise il reverendo Rose. Si alzò, tenendo la Bibbia stretta davanti a sé come uno scudo. «Ma lo fanno i *cattolici*! I cattolici *adorano* il gioco d'azzardo. Intendo impedire questa sconcezza, capo-oh Pangborn. Con o senza il suo aiuto.»

Si alzò anche Alan. «Un paio di cosucce, reverendo Rose. Intanto sono lo sceriffo Pangborn, e non un capo di polizia e io non posso dettarle che cosa dire dal suo pulpito più di quanto possa decidere per conto di padre Brigham che genere di iniziative può organizzare nella sua chiesa o alle Figlie di Isabella o al C di C, fintantoché non ci sia un divieto esplicito di una legge di questo stato. Però *posso* raccomandarle di essere prudente e credo di *doverle* raccomandare di essere prudente.»

Rose lo fissò con freddezza. «Che cosa intende?»

«Che lei rischia di lasciarsi guidare dalle emozioni oltre i limiti del ragionevole. I manifesti che avete affisso in città vanno bene e le lettere al giornale vanno bene, ma c'è un confine del lecito che non deve varcare. Il mio consiglio è di soprassedere.»

«Quando-oh Gesù vide le prostitute e gli usurai nel Tempio-oh non consultò codici scritti, sceriffo. Quando Gesù vide quegli uomini e quelle donne di malaffare-eh profanare la casa del

Signore, non badò a confini-ih. *Nostro Signore fece ciò che sapeva-ah essere giusto!*»

«Sì», ribatté senza scomporsi Alan, «ma lei non è Lui.»

Rose lo osservò per un lungo momento, con gli occhi come fiamme ossidriche e Alan pensò: ahi ahi. Costui è matto come un cavallo.

«Buongiorno, capo Pangborn», lo salutò Rose, gelido.

Questa volta Alan non si diede il disturbo di rettificare. Annuì e gli offrì la mano, ben sapendo che non sarebbe stata accettata. Rose girò sui tacchi e uscì con passo marziale e la Bibbia ancora stretta al petto.

«Veda di chiudere un occhio, reverendo Rose, okay?» gli gridò dietro Alan.

Rose non si girò e non rispose. Uscì e sbatté la porta tanto forte da far tintinnare il vetro. Alan tornò a sedersi alla scrivania e si schiacciò la base delle palme sulle tempie.

Qualche momento dopo fece timidamente capolino Sheila Brigham. «Alan?»

«Se n'è andato?» chiese Alan senza alzare la testa.

«Il predicatore? Sì. Come una folata di vento di marzo.»

«Elvis ha lasciato l'edificio», mormorò Alan.

«Cosa?»

«Niente.» Finalmente Alan alzò la testa. «Ho bisogno di una dose di droga pesante, Sheila. Vuoi essere così gentile da guardare nell'armadio dei sequestri e vedere che cosa abbiamo?»

Sheila sorrise. «Già fatto. Temo che sia vuoto. Ti accontenteresti di una tazza di caffè?»

Lui rispose al suo sorriso. Era cominciato il pomeriggio e non poteva che essere migliore del mattino. Era *inevitabile*. «Ci sto.»

«Bravo.» Sheila chiuse la porta e Alan lasciò finalmente libere le mani. Presto uno stormo di merli invase una striscia di luce solare sulla parete opposta alla finestra.

7

Il giovedì, l'ultima ora di lezione alla scuola media di Castle Rock veniva riservata alle attività. Per meriti scolastici, Brian Rusk era esonerato dalle attività fino alla scelta degli attori per la Rappresentazione d'inverno e in quei giorni gli era concesso di lasciare la scuola in anticipo. Era un privilegio che ben compensava gli impegni supplementari del martedì.

Quel giovedì pomeriggio varcava la soglia dell'uscita laterale quasi prima che avesse finito di squillare la campanella del sesto periodo. Nello zainetto, oltre ai libri c'era anche l'impermeabile che sua madre gli aveva fatto indossare quella mattina e che adesso gli creava una ridicola gobba sulla schiena.

Filò via di gran lena, con il cuore che gli batteva forte nel petto. Aveva qualcosa

(*un favore*)

da fare. Un piccolo impegno che si era preso di cui voleva sbarazzarsi. Un impegno abbastanza divertente, in verità. Ora sapeva di che cosa si trattava. Gli era venuto in mente con chiarezza mentre vagava con la fantasia durante l'ora di matematica.

Mentre scendeva da Castle Hill, lungo la School Street, il sole sbucò da dietro le nuvole sbrindellate per la prima volta quel giorno. Guardò a sinistra e vide un ragazzo-ombra su una bici-ombra che correva accanto a lui sul marciapiede bagnato.

Avrai da sudare sette camicie per tenermi dietro, oggi, ragazzo-ombra, pensò. *Ho da andare in certi posti, certe cose da fare.*

Attraversò il quartiere commerciale senza guardare *Cose Preziose* sull'altro lato della Main Street e fermandosi agli incroci giusto il tempo per una rapida occhiata su entrambi i lati prima di lanciarsi di nuovo. Giunto all'incrocio di Pond (che era la *sua* via) e Ford Street, svoltò a destra, invece di continuare fino a casa. All'incrocio di Ford e Willow, girò a sinistra. Willow Street correva parallela a Pond Street; i cortili posteriori delle due strade finivano a ridosso l'uno dell'altro, separati il più delle volte da uno steccato.

Pete e Wilma Jerzyck abitavano in Willow Street.

Ora ci vuole un minimo di prudenza.

Ma Brian sapeva *come* essere prudente; aveva elaborato tutto mentalmente durante il tragitto da scuola ed era stato molto facile, quasi che il piano fosse già esistito da prima, insieme con la piccola mansione che doveva svolgere.

Casa Jerzyck era silenziosa e il vialetto era deserto, ma questo non significava necessariamente che non ci fossero pericoli. Brian sapeva che Wilma lavorava almeno per parte della sua giornata all'*Hemphill's Market* sulla Route 117, perché l'aveva vista a una cassa con l'inseparabile foulard legato intorno alla testa, ma questo non significava che fosse al lavoro in quel momento. La sua piccola Yugo scassata poteva essere nel box.

Risalì in bici il vialetto d'accesso, smontò e abbassò il cavalletto. Si sentiva il cuore nelle orecchie e in gola. Era come un rullare di tamburi. Fermatosi davanti alla porta, ripeté mentalmente il discorsetto che si era preparato se per caso la signora Jerzyck fosse stata in casa.

Salve, signora Jerzyck, sono Brian Rusk, quello dell'altra strada. Sono alla scuola media e presto avvieremo la campagna di abbonamenti alla rivista, per procurare divise nuove alla banda, così vado in giro a chiedere se qualcuno è interessato alle riviste. Poi torno da chi è interessato quando avrò il blocchetto delle ricevute. Ci tocca un premio, se vendiamo molti abbonamenti.

Gli era sembrata una spiegazione più che accettabile quando l'aveva escogitata e ne era ancora compiaciuto, eppure provava una grande tensione lo stesso. Rimase fermo sullo zerbino per un intero minuto ad ascoltare eventuali rumori che provenissero dall'interno: una radio, un televisore sintonizzato su uno sceneggiato (non *Santa Barbara*, però; ci volevano ancora un paio d'ore prima che andasse in onda), un aspirapolvere.

Premette il pulsante del campanello. All'interno sentì echeggiare debolmente: *bing-bong!*

Aspettò, guardandosi intorno di tanto in tanto per assicurarsi che nessuno lo avesse notato, ma sembrava che tutta Willow Street stesse dormendo profondamente e c'era una siepe davanti all'abitazione degli Jerzyck. Era un aiuto ben accetto. Quando si stava per fare

(*un favore*)

qualcosa che la gente, per esempio papà e mamma, non avrebbe approvato del tutto, una siepe era quanto di meglio si potesse chiedere al mondo.

Era trascorso mezzo minuto e non era arrivato nessuno. Finora, tutto bene... ma ancora meglio eccedere in prudenza che avere rimpianti. Suonò di nuovo, due volte, così dal ventre della casa giunse un duplice *bing bong! bing bong!*

Ancora niente.

Tutto bene, allora. Tutto benissimo. Anzi, a volerla dire giusta, era tutto sinceramente mondiale e totalmente radicale.

Sinceramente mondiale e totalmente radicale o no, Brian non poté fare a meno di darsi un'altra occhiata intorno, furtiva questa volta, mentre spingeva la bici, con il cavalletto ancora abbassato, nello spazio fra la casa e il box. In quel pertugio, che i simpatici dipendenti della Dick Perry Rivestimenti e Infissi di South Paris chiamavano portico, Brian parcheggiò di nuovo la sua bici. Poi proseguì fin dietro la casa. Il cuore gli batteva più forte che mai. Certe volte gli tremava la voce, quando il cuore gli batteva così forte. Sperava che se avesse trovato la signora Jerzyck dietro casa a interrare bulbi o qualcosa del genere, non gli sarebbe tremata troppo la voce nel recitarle il suo pistolotto sugli abbonamenti. Altrimenti avrebbe potuto sospettare che non le stesse dicendo la verità e questo avrebbe potuto condurre a un genere di guai a cui preferiva non pensare nemmeno.

Sostò poco prima dell'angolo, da lì vedeva una parte del terreno dietro alla casa, ma non tutto. E all'improvviso la sua impresa non gli parve più tanto divertente. All'improvviso gli sembrò un brutto scherzo, non peggio di così, ma certamente niente di meglio. Una voce apprensiva parlò a un tratto nella sua mente. *Perché non monti di nuovo in sella alla tua bici, Brian? Perché non te ne torni a casa? Ti fai un bel bicchiere di latte e ci ripensi per bene.*

Sì. Gli parve un'idea molto buona... e molto *saggia*. Cominciò addirittura a voltarsi... e in quel momento gli sovvenne un'immagine che era molto più perentoria della voce di poco prima. Vide una lunga automobile nera, forse una Cadillac, o una Lincoln Mark IV, che si fermava davanti a casa sua. Si aprì lo sportello e ne scese il signor Leland Gaunt. Solo che il signor Gaunt non indossava più una giacca da camera come quella che portava Sherlock Holmes in certi racconti. Il signor Gaunt, che attraversava ora quello scorcio della fantasia di Brian, indossava un impressionante abito nero, l'abito di un impresario di onoranze funebri e la sua espressione non era più amichevole. I suoi occhi blu scuro erano ancora più scuri per la collera e le sue labbra erano rovesciate a mostrare i denti storti... ma non in un sorriso. Le sue gambe lunghe e magre sforbiciarono per il vialetto fino alla porta d'ingresso di casa Rusk e l'uomo-ombra attaccato ai suoi talloni sembrava il carnefice di un film dell'orrore. Quando fosse arrivato alla porta non si sarebbe fermato per suonare, oh no, sarebbe entrato senza complimenti. Se sua madre avesse cercato di ostacolarlo l'avrebbe spinta via. Se suo padre avesse cercato di ostacolarlo, lo avrebbe atterrato. E se Sean, suo fratellino, avesse cercato di ostacolarlo, lo avrebbe scagliato da una parte all'altra della casa, come un mediano che passa direttamente in touch-down. Sarebbe salito per le scale tuonando il suo nome e le rose della tappezzeria sarebbero appassite sotto l'ombra del carnefice.

E mi troverebbe, pensò Brian. La sua faccia, mentre sostava immobile di fianco alla casa dei Jerzyck, era la rappresentazione stessa dello sgomento. *Non servirebbe a niente che cercassi di nascondermi. Non servirebbe a niente che scappassi fino a* BOMBAY. *Mi troverebbe. E allora...*

Cercò di cancellare l'immagine, spegnerla, ma non ci riuscì. Vide gli occhi del signor Gaunt ingigantirsi, trasformarsi in baratri blu che sprofondavano in un'orrida eternità violacea. Vide le lunghe mani del signor Gaunt, con quelle strane dita lunghe uguali, trasformarsi in artigli scendendo sulle sue spalle. Si sentì formicolare la pelle a quel contatto ripugnante. Sentì il signor Gaunt che urlava: *Tu hai qualcosa di mio, Brian, e non l'hai pagato!*

Lo restituirò! rispose strillando a quel volto infuocato e distorto. *La prego, oh, la supplico, glielo restituisco, non mi faccia del male!*

Brian tornò in sé, imbambolato come quando era uscito da *Cose Preziose*, martedì pomeriggio. Ma la sensazione questa volta non era altrettanto piacevole.

Il fatto è che *non voleva* restituire la figurina di Sandy Koufax. Non voleva farlo, perché era *sua.*

8

Myra Evans entrò nell'ombra della tenda davanti a *Cose Preziose* nel preciso istante in cui il figlio della sua migliore amica metteva finalmente piede nel cortile di Wilma Jerzyck. Lo sguardo di Myra, prima alle spalle e poi lungo la Main Street, fu ancora più furtivo di quello che Brian aveva lanciato giù per Willow Street.

Se Cora, che era veramente la sua migliore amica, avesse saputo che era lì, e peggio ancora *perché* era lì, probabilmente non le avrebbe più rivolto la parola. Perché anche *Cora* voleva la foto.

Non t'angustiare, pensò. Le sovvennero due proverbi, entrambi adatti alla situazione. *Chi è primo al mulino, primo macina* era uno. *L'ignaro non si dà pena* era l'altro.

Ciononostante Myra aveva inforcato un paio di occhialoni da sole Foster Grant, prima di scendere in centro. *La prudenza non è mai troppa* era un altro sano principio.

Si avvicinò lentamente alla porta e lesse il cartello che vi era appeso:

MARTEDÌ E GIOVEDÌ SOLO PER APPUNTAMENTO

Myra non aveva preso un appuntamento. Era scesa al negozio d'impulso, sospinta da una telefonata di Cora di non più di venti minuti prima.

«Ci ho pensato tutto il giorno! Devo assolutamente averla, Myra. Avrei dovuto comprarla mercoledì, ma avevo solo quattro dollari in borsa e non credo che avrebbe accettato un assegno. Sai com'è *imbarazzante* quando ti dicono di no. Da allora non sono più riuscita a darmi pace. Mi prenderei a schiaffi. Pensa che la notte scorsa non ho nemmeno *chiuso occhio*. So che lo troverai sciocco, ma è così.»

Myra non lo trovava per niente sciocco e sapeva che era vero, perché anche lei non aveva praticamente chiuso occhio per tutta la notte. E Cora sbagliava a dare per scontato che quella fotografia dovesse essere sua solo perché era stata lei la prima a vederla, come se quel particolare fortuito la investisse di chissà quale diritto divino.

«E poi non credo che sia stata lei la prima a vederla», mormorò Myra indispettita. «Credo di essere stata *io* la prima.»

Chi avesse visto per prima quella fotografia assolutamente deliziosa, era in ogni caso irrilevante. Non era invece irrilevante come si sentiva Myra al pensiero di andare a trovare Cora e vedere la fotografia di Elvis appesa sopra il caminetto, esattamente in mezzo tra il piatto con il ritratto di Elvis e il boccale da birra di porcellana con la faccia di Elvis. Quando ci pensava, le viscere le risalivano fin sotto il cuore e restavano sospese lì, tutte annodate come uno straccio inzuppato. Era la stessa sensazione che aveva provato durante la prima settimana della guerra contro l'Iraq.

Non era *giusto*. Cora aveva un mucchio di souvenir di Elvis, lo aveva persino visto in concerto una volta. Era stato al Civic Center di Portland, un anno circa prima che il Re fosse chiamato in cielo a far compagnia alla madre amata.

«Quella foto spetta a me», brontolò e, facendo appello a tutto il suo coraggio, bussò alla porta.

Si aprì quasi prima che riabbassasse la mano e un uomo dalle spalle strette per poco non la travolse mentre usciva.

«Scusi», borbottò senza alzare la testa e Myra ebbe appena il tempo di riconoscere il signor Constantine, il farmacista della *LaVerdiere's Super Drug*. Lo guardò attraversare frettolosamente la strada e inoltrarsi nel parco, con un pacchetto fra le mani, senza mai girarsi né a destra né a sinistra.

Quando si voltò, sulla soglia c'era il signor Gaunt, a sorriderle con i suoi gioiosi occhi castani.

«Non ho un appuntamento...» cominciò titubante. Brian Rusk, che nella sua breve vita si era ormai abituato a sentire Myra pronunciarsi su ogni cosa in un tono di perentoria autorevolezza, mai e poi mai avrebbe riconosciuto quella voce.

«Ce l'ha adesso, cara signora», rispose il signor Gaunt, sorridendo e facendosi da parte. «Bentornata! Entri liberamente e lasci un po' della felicità che ha portato con sé!»

Dopo un'ultima occhiata all'intorno che non rivelò persone di sua conoscenza, Myra Evans si infilò in *Cose Preziose*.

La porta si richiuse dietro di lei.

Una mano dalle dita lunghe, bianca come la mano di un cadavere, si alzò nella penombra, trovò l'anello che vi pendeva al centro e calò la tenda sul vetro della porta.

9

Brian si accorse di aver trattenuto il fiato solo quando lo liberò in un lungo sospiro sibilante.

Non c'era nessuno dietro la casa.

Incoraggiata senza dubbio dalla situazione meteorologica in miglioramento, Wilma aveva steso il bucato prima di uscire. I panni sventolavano su tre corde nel sole e nella brezza rinfrescante. Brian andò a sbirciare dalla porta posteriore, schermandosi i lati del viso con le mani per proteggere gli occhi dal riverbero. Penetrò con lo sguardo in una cucina deserta. Pensò di bussare e concluse che era solo un altro espediente per non fare quello che era venuto a fare. Non c'era nessuno. Tanto valeva portare a termine il suo compito e prendere velocemente il largo.

Ridiscese adagio i gradini. Le corde per il bucato, con il loro carico di camicie, calzoni, biancheria intima, lenzuola e federe, erano a sinistra. A destra c'era un orticello dal quale erano state raccolte tutte le verdure, con l'unica eccezione di poche, gracili zucche. In fondo c'era uno steccato di assi di pino. Brian sapeva che dall'altra parte dello steccato c'era la casa degli Haverhill, la quarta dopo la sua.

La pioggia intensa della notte precedente aveva trasformato l'orto in un pantano; quasi tutte le zucche rimaste erano semisommerse nelle pozzanghere. Brian si chinò, raccolse dall'orto due manciate di fango scuro e si avvicinò ai panni stesi con rivoli di acqua marrone che gli scivolavano tra le dita.

La corda più vicina all'orto era occupata per intero dalle lenzuola. Erano ancora umide, ma si andavano asciugando rapidamente nel venticello. Sbatacchiavano pigramente. Erano di un candore immacolato e abbacinante.

Avanti, bisbigliò nella sua mente la voce del signor Gaunt. *Dacci dentro, Brian, fai come Sandy Koufax. Dacci dentro!*

Brian sollevò le mani portandosele dietro le spalle, con le palme rivolte al cielo. Non fu del tutto sorpreso di avere di nuovo un'erezione, come durante il sogno. Era contento di non aver avuto fifa. Sarebbe stato *divertente*.

Fece scattare le mani in avanti. Il fango gli si staccò dalle palme in due colaticci allungati che si aprirono a ventaglio prima di colpire le lenzuola gonfiate dal vento. Vi lasciarono sopra parabole di schizzi colanti.

Tornò nell'orto, si riempì nuovamente le mani, scagliò il fango sulle lenzuola, tornò indietro, ne prese dell'altro e lanciò di nuovo. Lo prese velocemente una frenesia. Andava febbrile avanti e indietro, all'orto a prendere fango, alle lenzuola per gettarlo.

Avrebbe continuato così anche per tutto il pomeriggio, se qualcuno non si fosse messo a gridare. Sulle prime pensò che stessero gridando a *lui*. S'acquattò, lasciandosi sfuggire uno squittio di terrore. Poi si accorse che era solo la signora Haverhill che chiamava il suo cane, dietro lo steccato.

Era comunque opportuno che si dileguasse. Alla svelta.

Si concesse tuttavia un momento per contemplare il suo operato e avvertì un brivido passeggero di vergogna e disagio.

Le lenzuola avevano protetto gli indumenti, ma erano luride da far paura. Erano rimasti solo pochi tratti isolati a mostrare il loro originale lindore.

Si guardò le mani che erano imbrattate di fango. Poi scappò dietro l'angolo della casa, dove c'era un rubinetto che non era ancora stato chiuso per l'inverno. Quando ruotò la manopola, ne scaturì un getto di acqua fredda. Vi mise sotto le mani e se le sfregò con vigore. Continuò a strofinarsele finché non ebbe sciacquato tutto il fango, incluso quello che gli era finito sotto le unghie, e non si lasciò intimorire nemmeno dal doloroso torpore che gli invadeva le dita. Si lavò persino i polsini della camicia.

Chiuse il rubinetto, tornò alla bici, sollevò il cavalletto e la spinse giù per il sentiero. Passò un brutto momento quando vide sopraggiungere una piccola utilitaria gialla, ma era una Civic e non una Yugo. Transitò davanti alla casa senza rallentare e la persona al volante non si accorse nemmeno del bambino che con le mani rosse e semiassiderate spingeva la bicicletta giù per il vialetto dei Jerzyck, il bambino con la faccia che sembrava un manifesto con scritta un'unica parola a lettere cubitali: COLPEVOLE!

Passata la macchina, Brian montò in sella e cominciò a pedalare a rotta di collo. Non smise prima di aver imboccato il vialetto di casa sua. A quel punto il torpore gli stava abbandonando le mani, che però gli prudevano e bruciavano... ed erano ancora rosse.

Quando entrò, sua madre gridò: «Sei tu, Brian?» dal soggiorno.

«Sì, ma'.» Quello che aveva fatto nel cortile dei Jerzyck era già qualcosa che poteva essere stato anche solo un sogno. Il bambino che si trovava in quella sana cucina soleggiata, il bambino che stava andando adesso al frigorifero a prendere il latte, non poteva certo essere lo stesso bambino che aveva affondato le mani fino ai polsi nel fango dell'orto di Wilma Jerzyck e poi aveva scagliato quel fango sulle lenzuola pulite di Wilma Jerzyck, e non una volta, ma due, tre, infinite volte.

Impossibile.

Si riempì un bicchiere di latte e mentre lo faceva si studiò le mani. Erano pulite. Rosse, ma pulite. Ripose il latte. Il suo cuore aveva ripreso un ritmo normale.

«Com'è andata a scuola, oggi, Brian?» giunse fino a lui la voce di Cora.

«Bene.»

«Vuoi venire a vedere un po' di tele con me? Tra poco comincia *Santa Barbara*. E c'è Hershey.»

«Va bene, ma prima salgo in camera un attimo.»

«Non lasciare il bicchiere del latte di sopra! Va a male e puzza e l'odore non viene più via nella lavastoviglie.»

«Lo riporto giù, ma'.»

«Ricordati.»

Brian salì e rimase mezz'ora seduto al suo tavolo perso nella contemplazione della figurina di Sandy Koufax. Quando entrò Sean a chiedergli se aveva voglia di scendere all'angolo con lui, Brian chiuse precipitosamente l'album delle figurine di baseball e disse a Sean di uscire dalla sua stanza e di non tornare finché non avesse imparato a bussare a una porta quando la trovava chiusa. Sentì Sean che piangeva in corridoio e non provò per lui alcuna compassione.

Un minimo di buona creanza era pur giusto pretenderla da *chiunque*, oibò.

10

Alla prigione di contea c'è grande festa
C'è la Galera Band che suona e pesta
La musica esplode e tutti a scodinzolare
Se sono forti, quegli avanzi di galera a cantare

Il Re è a gambe divaricate, gli occhi azzurri che scintillano, gli orli dei calzoni a zampa d'elefante della tuta bianca che tremano. I lustrini ammiccano e lampeggiano nei fasci di luce dei riflettori sovrastanti. Una frangia di capelli neri con riflessi azzurri gli copre la fronte. Ha il microfono contro la bocca, ma non tanto vicino da impedire a Myra di vedere la curva imbronciata del labbro superiore.

Myra vede tutto. Myra è in prima fila.

E all'improvviso, nel pieno della sezione ritmica, lui tende la mano, la tende a LEI, *come Bruce Springsteen (che non sarà mai il Re in un milione di anni per quanto si sforzi) porge la mano a quella ragazza nel video «Dancing in the Dark».*

Per un momento è troppo sbigottita, non riesce nemmeno a muoversi, e le mani la spingono da dietro e la SUA *mano le si è chiusa sul polso la* SUA *mano la sta issando sul palcoscenico. Sente il suo* ODORE, *un misto di sudore, English Leather e pelle pulita, surriscaldata.*

Non più di un attimo dopo Myra Evans è fra le braccia di Elvis Presley.

Il raso della tuta è liscio sotto le sue mani. Le braccia che la cingono sono muscolose. Quel viso, il SUO *viso, il viso del Re, è a pochi centimetri dal suo. Sta ballando con lei, sono una coppia, Myra Josephine Evans di Castle Rock, Maine ed Elvis Aron Presley, di Memphis, Tennessee! Si strusciano avanti e indietro per quel vasto palcoscenico davanti a quattromila fan urlanti mentre i*

Jordanaires martellano quel trascinante vecchio refrain degli anni Cinquanta: «Let's rock... everybody let's rock...»

Le anche del Re si muovono contro le sue; sente contro il ventre l'accentrarsi della tensione al vertice del suo inguine. Poi lui le fa fare una piroetta, la sottana si solleva in un cerchio, esponendole le gambe su fino al pizzo delle mutandine Victoria's Secret, la mano di lei ruota in quella di lui come un asse nel mozzo; poi lui l'attira di nuovo a sé e la sua mano le scivola lungo la schiena fin sulla curva delle natiche, gliele stringe, serrandosela addosso. Per un momento guarda la folla e laggiù, appena sotto e oltre il riverbero delle luci della ribalta, vede Cora Rusk. La faccia di Cora è accesa di odio e verde d'invidia.

Elvis la costringe a girarsi verso di lui e nel suo sciropposo accento meridionale le dice: «Non dovremmo fissarci negli occhi, bellezza?»

Prima che possa rispondere, le sue labbra carnose sono sopra quelle di lei; il suo aroma e la sua sensuale presenza riempiono il mondo e all'improvviso ha la sua lingua in bocca: il Re del rock'n'roll la sta baciando davanti a Cora e a tutto quanto il mondo! Lui la stringe di nuovo e nell'attacco sincopato dei fiati, Myra sente un ardore d'estasi che comincia a propagarlesi nei lombi. Oh, non era mai stato così, nemmeno a Castle Lake con Ace Merrill tanti anni fa. Vorrebbe gridare, ma ha la bocca invasa dalla sua lingua e può solo affondare le unghie nel raso liscio che gli ricopre la schiena, macinando con il bacino mentre i fiati si scatenano in My Way.

11

Da una delle eleganti poltrone disposte lungo la parete, il signor Gaunt osservava con clinico distacco l'orgasmo di Myra Evans. Myra era in preda alle convulsioni come se fosse stata colpita da un attacco di epilessia, con la fotografia di Elvis stretta ferocemente tra le mani, gli occhi chiusi, un affannoso gonfiarsi e sgonfiarsi del petto, i muscoli delle gambe che si tendevano e allentavano, si tendevano e allentavano. L'accurata messa in piega si era scomposta e ora i capelli le pendevano infiacchiti intorno alla testa in un caschetto non troppo attraente. Le colava di sudore il doppio mento come accadeva a Elvis nelle faticose esibizioni dei suoi ultimi concerti.

«Ooohhh!» gemette Myra, tremolante come gelatina. «Oooohh! Ooohhh mio *Dio!* Ooooooooh mio *Diiiiiiiiio!* OOOOOOHHHHHH...»

Il signor Gaunt si pizzicò distrattamente la piega dei calzoni scuri fra pollice e indice, la scrollò restituendole l'affilata verticalità di una lama di rasoio, quindi si sporse in avanti e strappò la fotografia dalle mani di Myra. Gli occhi di lei, colmi di costernazione, si spalancarono all'istante. Annaspò nel tentativo di recuperare la fotografia, ma era già fuori portata della sua mano. Fece per alzarsi.

«Seduta», disse il signor Gaunt.

Myra rimase dov'era, come se nell'atto di muoversi fosse stata trasformata in pietra.

«Se tieni a rivedere questa foto, Myra, *sta'... seduta.*»

Restò seduta a fissarlo in uno stato di angoscia ottusa. Grandi macchie di sudore le si andavano dilatando da sotto le ascelle e lungo i lati del seno.

«La prego», mormorò. Le parole le uscirono di bocca rauche e polverose come uno sbuffo di vento nel deserto. Protese le mani.

«Fai un'offerta», la invitò Gaunt.

Myra rifletté. Mosse ansiosamente gli occhi nel volto sudato. Il suo pomo d'Adamo salì e ridiscese.

«Quaranta dollari!» esclamò.

Lui rise e scosse la testa.

«Cinquanta!»

«Ridicolo. Si vede che non tieni poi tanto a questa foto, Myra.»

«Sì!» Cominciavano ad affiorarle le lacrime agli occhi. Le rotolarono per le guance mescolandosi con il sudore. «Sì, ci *teeengo*!»

«Va bene. Ci tieni. Ma una volta assodato che ti piace, fino a che punto ti è *preziosa*, Myra? Fino a che punto ne hai *bisogno*?»

«Sessanta! È tutto quello che ho! Fino all'ultimo centesimo!»

«Myra, ti sembro un bambino?»

«No...»

«Eppure ho paura di sì. Io sono un uomo anziano, più vecchio di quanto tu creda, perché porto bene i miei anni, so di poterlo affermare senza imbarazzo, ma ho davvero il sospetto di sembrare un bambino a te. Un bambino disposto a credere che una donna che abita in un appartamento su due piani nuovo di zecca a meno di tre isolati da Castle View abbia a sua personale disposizione solo sessanta dollari.»

«Lei non capisce! Mio marito...»

Il signor Gaunt si alzò. Il cortese negoziante che si era fatto da parte nel darle il benvenuto non era più presente. «Tu non avevi un appuntamento, vero, Myra? No. Ti ho ricevuta perché sono di buon cuore, ma adesso temo di doverti chiedere di andartene.»

«Settanta, settanta dollari!»

«Tu offendi la mia intelligenza. Esci, ti prego.»

Myra cadde in ginocchio davanti a lui. Piangeva in singhiozzi resi rochi dal panico. Così prostrata, gli si abbarbicò alle gambe. «La prego, la scongiuro! Signor Gaunt! Devo avere quella foto! Non posso farne a meno! Mi... ah, non mi crederebbe *mai* se le dicessi che cosa mi fa!»

Gaunt guardò il ritratto di Elvis e sul volto gli affiorò per qualche attimo una smorfia di ribrezzo. «Non credo di aver voglia di saperlo», ribatté. «È qualcosa che... fa sudare troppo.»

«Ma se la pagassi più di settanta dollari, dovrei compilare un assegno. Chuck lo verrebbe a sapere. Mi chiederebbe per che cosa ho speso quei soldi. E se glielo dicessi, mi... mi...»

«Quello non è un problema mio», la interruppe Gaunt. «Io faccio il negoziante, non il consulente matrimoniale.» La guardava dall'alto parlando al suo caschetto di capelli sudati. «Sono sicuro che qualcun altro, per esempio la signora Rusk, potrà permettersi questo ritratto del compianto signor Presley, che è sicuramente un pezzo da collezione.»

Al nome di Cora, Myra sollevò la testa di scatto. I suoi occhi erano punte ardenti al centro di profonde orbite scure. Un ringhio fece balenare i suoi denti. In quell'attimo parve invasa dalla follia.

«Lo venderebbe a *lei*?» sibilò.

«Credo nel mercato libero», rispose il signor Gaunt. «È ciò che fa grande il nostro paese. Ti sarei sinceramente grato se mi lasciassi andare, Myra. Le tue mani *grondano* letteralmente di sudore. Dovrò mandare questi calzoni in tintoria e anche così non sono sicuro...»

«Ottanta. Ottanta dollari!»

«Te la venderò per esattamente il doppio», replicò il signor Gaunt. «Centosessanta dollari.» Sorrise e mostrò i suoi denti storti. «E siamo intesi che... accetto senza riserve un tuo assegno personale.»

Myra levò un ululato di disperazione. «Non posso! Chuck mi *ucciderebbe*!»

«Forse, ma moriresti per un amore travolgente, non è vero?»

«Cento», piagnucolò Myra, aggrappandosi di nuovo alle sue gambe e impedendogli di allontanarsi. «La scongiuro, cento dollari.»

«Centoquaranta», rimbeccò Gaunt. «Più giù di così non posso andare. È la mia ultima offerta.»

«Va bene», ansimò Myra. «Va bene, va bene, accetto...»

«E naturalmente dovrai aggiungerci un pompino», disse Gaunt con un sogghigno.

Myra alzò gli occhi verso di lui con la bocca aperta in una O perfetta. «Che cosa ha detto?» sussurrò.

«*Succhiamelo!*» le urlò lui. «*Pompamelo!* Apri quella tua goduriosa bocca metallizzata e *ingoia questa bega!*»

«Oh, mio Dio», guaì Myra.

«Come vuoi», ribatté il signor Gaunt cominciando a voltarsi.

Lei lo ghermì prima che potesse abbandonarla. Prese ad armeggiare goffamente sulla patta dei suoi calzoni con le mani tremanti.

Lui la lasciò trafficare per qualche momento con un'espressione divertita, poi la colpì sulle mani perché si ritraesse. «Lascia stare», le disse. «Il sesso orale mi dà l'amnesia.»

«Cosa...»

«Lascia *perdere*, Myra.» Le gettò la fotografia. Lei vi si buttò sopra, l'afferrò al volo e subito se la strinse al petto. «Un'altra cosa c'è, però.»

«Cosa?» mormorò lei.

«Conosci il gestore del bar sull'altro lato del Tin Bridge?»

Myra stava già per scuotere la testa, con gli occhi che le si riempivano di nuovo di paura, quando capì a chi alludeva. «Henry Beaufort?»

«Sì. Credo che sia anche il proprietario di quel locale, quello che si chiama *Mellow Tiger*. Un nome interessante.»

«Non posso proprio dire di conoscerlo, ma so chi è», precisò lei.

In vita sua non aveva mai messo piede al *Mellow Tiger*, ma conosceva come tutti il proprietario e gestore del locale.

«Beaufort, sì. Voglio che tu faccia un piccolo scherzo al signor Beaufort.»

«Che... che genere di scherzo?»

Gaunt prese Myra per una mano appiccicosa di sudore e l'aiutò a drizzarsi in piedi.

«Di questo potremo discutere mentre prepari l'assegno, Myra.» Poi sorrise e allora il suo volto si illuminò di nuovo di tutto il suo fascino. I suoi occhi castani ammiccarono di mille scintille. «A proposito, vuoi una confezione regalo per la tua foto?»

5

1

ALLA *Luncheonette* Alan prese posto davanti a Polly e subito si accorse che il dolore era ancora forte, abbastanza da averla costretta a prendere un Percodan nel pomeriggio, fatto alquanto raro. Lo capì ancor prima che lei aprisse bocca: era qualcosa che le vedeva negli occhi. Una specie di luccicore. Aveva imparato a riconoscerlo... ma non ad apprezzarlo. Difficilmente sarebbe mai arrivato a tanto. Si domandò una volta di più se avesse già cominciato a diventare dipendente dal farmaco. Nel caso di Polly doveva supporre che la dipendenza fosse uno dei tanti effetti collaterali, un fenomeno da aspettarsi, di cui prendere nota, ma solo per sublimarlo nel contesto del problema principale, cioè, volendola mettere in parole semplici, il fatto che dovesse convivere con un dolore che probabilmente lui non avrebbe mai compreso.

Nella sua voce non emerse nulla di queste riflessioni quando le chiese: «Come va, bella signora?»

Lei sorrise. «È stata una giornata interessante. *Moooolto... inderezzante,* come diceva quel tizio in TV.»

«Andiamo, non sei abbastanza vecchia da potertelo ricordare.»

«Lo sono, lo sono. Alan, chi è quello?»

Lui si girò nella direzione dello sguardo di lei in tempo per scorgere una donna che stava passando davanti all'ampia vetrata con un pacchetto rettangolare fra le mani. Teneva gli occhi fissi davanti a sé e un passante che proveniva dalla direzione opposta dovette scartare precipitosamente per evitare una collisione. Alan passò rapidamente in rassegna l'imponente archivio di nomi e volti che conservava nella mente e ne uscì con quello che Norris, appassionato di gergo poliziesco, avrebbe senza dubbio definito «un parziale».

«Evans. Mabel o Mavis o qualcosa del genere. È la moglie di Chuck Evans.»

«Sembra che si sia appena fatta qualche tiro di ottima panamense rossa», commentò Polly. «La invidio.»

A servirli si presentò Nan Roberts in persona. Era un Soldato Battista di Cristo e quel giorno portava un piccolo distintivo giallo sopra il seno sinistro. Era il terzo che Alan vedeva quel pomeriggio e già aveva capito che ne avrebbe visti in gran numero nelle settimane seguenti. Vi si vedeva una macchinetta mangiasoldi in campo nero, sotto una striscia diagonale rossa. Non c'erano scritte, ma quale fosse l'opinione di chi lo portava riguardo alla Notte al Casinò risultava perfettamente esplicita anche senza.

Nan era una donna di mezza età con un seno straripante e un bel faccino dolce che ti faceva pensare alla mamma e alla torta di mele. La torta di mele di Nan, come sapevano Alan e tutti i suoi aiutanti, era anche molto buona, specialmente con una bella mescolata di gelato alla vaniglia che vi si fondeva sopra. Era facile lasciarsi ingannare dal suo aspetto esteriore, ma un buon numero di operatori commerciali, soprattutto nel settore immobiliare, aveva scoperto la verità a proprie spese. Dietro il visino serafico c'era una laboriosa mente elettronica e sotto al petto materno c'era una pila di libri contabili al posto del cuore. Nan possedeva una notevole fetta di Castle Rock, inclusi almeno cinque immobili commerciali in Main Street, e ora che Pop Merrill era sottoterra, secondo Alan era diventata la persona più facoltosa in città.

Gli ricordava una tenutaria di una casa d'appuntamenti che aveva arrestato a Utica. La donna gli aveva offerto dei soldi e quando lui aveva rifiutato, aveva cercato senza mezze misure di rompergli la testa con una gabbia da uccelli. Nella circostanza l'inquilino, un pappagallo spennacchiato che ogni tanto gracchiava

«Mi sono scopato la tua mamma, Frank» in un tono crucciato e pensieroso, si trovava «in casa». Qualche volta, vedendo accentuarsi la ruga verticale tra gli occhi di Nan Roberts, Alan pensava che sarebbe stata capacissima di fare altrettanto. E trovava perfettamente naturale che Nan, sebbene attualmente si occupasse quasi esclusivamente della cassa, si scomodasse per servire di persona lo sceriffo della contea. Era quel tocco personale che ha sempre tanta importanza.

«Salve, Alan», lo salutò, «è un'eternità che non ti fai vedere! Dove sei stato?»

«Qua e là», rispose lui. «Sono sempre in giro, Nan.»

«Be', vedi di non scordare i vecchi amici, mentre gironzoli», gli raccomandò, rivolgendogli il suo solare sorriso materno. Bisognava frequentarla per un po', considerò Alan, prima di cominciare a notare quanto raramente quel sorriso le saliva fino agli occhi. «Vieni a trovarci di tanto in tanto.»

«Ma guarda! Eccomi qui!» ribatté Alan.

Nan rise così forte e di gusto che gli uomini al banco, soprattutto boscaioli, girarono brevemente la testa. E più tardi, pensò Alan, avrebbero raccontato agli amici di aver visto Nan Roberts e lo sceriffo che se la ridevano insieme, da veri amiconi.

«Caffè, Alan?»

«Sì, grazie.»

«E una fetta di torta? Fatta in casa. Mele della fattoria McSherry su a Sweden raccolte ieri.» Almeno non cerca di darti a bere che le ha raccolte con le sue mani, rifletté Alan.

«No, grazie.»

«Sicuro? E tu, Polly?»

Polly scosse la testa.

Nan andò a prendere il caffè. «Non ti è molto simpatica, vero?» gli domandò Polly a bassa voce.

Alan meditò sulla domanda, un po' sorpreso: simpatie e antipatie non trovavano largo spazio nei suoi pensieri. «Nan? Non ho niente contro di lei. È solo che mi piace conoscere la gente per quello che realmente è, se mi è possibile.»

«E per quello che realmente vogliono?»

«Questo è troppo difficile», rise lui. «Mi accontento di sapere che cosa si propongono.»

Polly sorrise (lui adorava farla sorridere) e disse: «Finiremo per farti diventare un filosofo yankee, Alan Pangborn».

Lui le sfiorò affettuosamente il dorso della mano inguantata e contraccambiò il sorriso.

Nan tornò con il caffè nero in una pesante tazza bianca e se ne andò subito. Bisogna almeno concederle, pensò Alan, che sa quando è tempo di chiudere i convenevoli e l'arrosto non fa più sangue. Altrettanto non si poteva dire di tutti coloro che erano animati da ambizioni e interessi pari ai suoi.

«Allora», cominciò Alan dopo il primo sorso di caffè. «Sentiamo la storia della tua interessantissima giornata.»

Polly gli raccontò di quando lei e Rosalie Drake avevano visto Nettie Cobb in preda a un'angosciante indecisione davanti a *Cose Preziose* e di come aveva finalmente trovato il coraggio per entrare.

«Fantastico», commentò lui con sincero entusiasmo.

«Sì, ma non è tutto. Quando è uscita, aveva *comprato* qualcosa! Non l'avevo mai vista così allegra e così... esuberante come oggi. Ecco la parola giusta, *esuberante*. Sai anche tu com'è mogia di solito.»

Alan annuì.

«Ebbene, aveva le guance come boccioli di rosa e i capelli un po' scompigliati e l'ho sentita persino ridere, una o due volte.»

«Sei sicura che la transazione sia stata solamente d'affari?» chiese lui roteando gli occhi.

«Non essere sciocco.» Polly finse di volergli schiaffeggiare la mano, cosa che Alan sapeva non avrebbe mai fatto, nemmeno per scherzo, non con le mani ridotte in quelle condizioni. «Comunque, ha aspettato fuori che tu te ne andassi, lo sapevo che lo avrebbe fatto, poi è entrata a farci vedere che cosa aveva acquistato. Sai quella sua piccola collezione di vetro Carnevale?»

«No. Ci sono certe cose di questa città che mi sono sfuggite, che tu ci creda o no.»

«Avrà cinque o sei pezzi. Li ha quasi tutti ereditati da sua madre. Una volta mi ha detto che erano di più, ma che alcuni si sono rotti. In ogni caso i pochi oggetti che le sono rimasti le stanno molto a cuore e quel tizio le ha venduto il più squisito paralume di vetro Carnevale che abbia visto in tanti anni. Lì per lì ho pensato che fosse un Tiffany. Naturalmente non è possibile, Nettie non potrebbe mai permettersi un autentico Tiffany, ma è lo stesso un gran bell'oggetto.»

«Quanto ha pagato?»

«Non gliel'ho chiesto. Ma scommetto che se teneva i suoi risparmi per le follie in una calza, da oggi pomeriggio è piatta.»

Alan corrugò la fronte. «Sei certa che non si sia fatta raggirare?»

«Assolutamente. Nettie sarà svanita per certe cose, ma è un'esperta di vetro Carnevale. Ha detto che è stato un affare e vuol dire che probabilmente è così. L'ha resa *così* felice, Alan.»

«Be', splendido. *Quello Giusto.*»

«Scusa?»

«È il nome di un negozio che c'era a Utica», spiegò lui. «Molto tempo fa. Io ero ancora bambino. *Quello Giusto.*»

«E tu hai trovato il *tuo* giusto?» lo canzonò lei.

«Non so. Non ci sono mai entrato.»

«Pare però che il nostro signor Gaunt abbia quello giusto per me», aggiunse lei.

«In che senso?»

«Nettie mi ha riportato il contenitore della torta e dentro c'era un messaggio da parte del signor Gaunt.» Spinse la borsetta verso di lui. «Dai un'occhiata. Adesso come adesso non mi sento di affrontare la chiusura.»

Lui ignorò per un momento la borsetta. «Come va, Polly?»

«Male», rispose semplicemente lei. «È stato anche peggio, ma non ti caccerò palle: non è mai stato *molto* peggio. È tutta la settimana, da quando è cambiato il tempo.»

«Andrai a farti vedere dal dottor Van Allen?»

Lei sospirò. «Non ancora. Presto dovrebbe esserci un miglioramento. Tutte le volte che il dolore è diventato così intenso, proprio quando giungevo al punto di credere di impazzire da un momento all'altro, mi dava tregua. Finora è andata sempre così. Immagino che una volta o l'altra la tregua non arriverà. Se lunedì non sarà successo ancora niente, andrò a farmi vedere. Ma sai bene anche tu che non può fare altro che darmi nuove prescrizioni e io preferirei non diventare una tossicodipendente se appena è possibile, Alan.»

«Ma...»

«Basta così», lo fermò lei in tono affettuoso. «D'accordo?»

«D'accordo», si arrese lui malvolentieri.

«Leggi il messaggio. È carino... e ha stile.»

Alan aprì la borsetta e sopra il borsellino vide una busta lunga e stretta. La prese. La carta era morbida e spessa. In una scrittura così perfettamente all'antica da sembrare copiata da un diario d'altri tempi, portava la scritta *Gent. Sig.ra Polly Chalmers*.

«Quello stile è *calligrafico*», spiegò Polly divertita. «Credo che abbiano smesso di insegnarlo non molto dopo l'era dei dinosauri.»

Dalla busta Alan sfilò un unico foglio di carta per corrispondenza con bordo a sbavatura. Al centro, in alto, era stampato:

COSE PREZIOSE
Castle Rock, Maine
Leland Gaunt, titolare

Lo stile del messaggio non era ricercato come quello della busta, ma nell'estetica e nel linguaggio conservava un piacevole sapore demodé.

Cara Polly,
grazie ancora una volta per la torta al cioccolato. È il mio dolce preferito ed era squisita! Desidero anche ringraziarti per la premura e la gentilezza: immagino che ti rendessi conto di quanto ero nervoso il giorno dell'inaugurazione, considerato poi che siamo fuori stagione.
Ho un articolo, non ancora in negozio, ma in arrivo con una spedizione aerea, che credo possa interessarti non poco. Non voglio dire di più, preferisco che lo veda con i tuoi occhi. È puro bric-à-brac, per la verità, ma mi è venuto in mente appena sei andata via e in tanti anni è raro che l'intuito mi abbia tradito. Aspetto che mi consegnino il carico venerdì o sabato. Se hai occasione, perché non passi domenica pomeriggio? Sarò in negozio tutto il giorno a inventariare la merce e sarò felice di mostrarti quell'oggetto. Ora come ora non voglio aggiungere altro. Se ho visto giusto sarà l'oggetto a spiegarsi da sé. Ma concedimi almeno di sdebitarmi della tua gentilezza con una tazza di tè!

Spero che Nettie sia contenta del suo nuovo paralume. È una gran cara donna e mi è sembrato che ne fosse molto soddisfatta.

Cordialmente,

Leland Gaunt

«Misterioso!» commentò Alan ripiegando il foglio per infilarlo nella busta che ripose nella borsetta di Polly. «Hai intenzione di darci una controllata, come diciamo noi della pula?»

«Davanti a un'esca come quella e dopo aver visto il paralume di Nettie, come potrei rifiutare? Sì, credo che farò un salto... se le mani saranno migliorate. Vuoi venire con me, Alan? Forse ha qualcosa anche per te.»

«Forse. Ma forse mi farò fare compagnia dai Patriots. Prima o poi dovranno pur vincere una partita.»

«Hai l'aria stanca, Alan. Hai le occhiaie.»

«È stata una giornata storta. È cominciata con una faticosa opera di conciliazione fra il primo consigliere e uno dei miei aiutanti che stavano per farsi a polpette nei servizi dei maschietti.»

«Ma che cosa stai dicendo?» ribatté lei preoccupata.

Alan le raccontò dello scontro che era avvenuto tra Keeton e Norris Ridgewick, concludendo con le sue personali perplessità sul comportamento di Keeton: il suo ripetuto ricorso alla parola *persecuzione* gli era tornato alla mente più di una volta. Dopo che ebbe finito, Polly rimase a lungo in silenzio.

«Allora?» la incitò lui. «Che ne pensi?»

«Penso che dovranno passare ancora molti anni prima che tu sappia di Castle Rock tutto quello che dovresti sapere. Probabilmente lo stesso vale anche per me. Sono stata via per molto tempo e non parlo di dove sono stata e di come ho risolto il mio 'problemino' e credo che siano molti in città a non fidarsi di me. Ma tu sei uno che guarda e ascolta, Alan, e che ricorda. Quando sono tornata alla Rocca, sai che effetto mi ha fatto?»

Alan scosse la testa, incuriosito. Polly non era donna da indulgere al passato, nemmeno con lui.

«È stato come sintonizzarmi su uno sceneggiato che avevo smesso di seguire da tempo. Anche se hai perso due anni di puntate, riconosci subito tutti i personaggi e i loro problemi, perché in realtà non sono mai cambiati. Tornarci dentro è come infilare i piedi in un paio di vecchie scarpe comode.»

«Che cosa stai cercando di dirmi?»

«Che qui c'è molto materiale da sceneggiato di cui non sei ancora al corrente. Sapevi per esempio che lo zio di Danforth Keeton era a Juniper Hill all'epoca in cui era ricoverata anche Nettie?»

«No.»

Lei annuì. «Verso i quarant'anni cominciò a dar segno di problemi mentali. Mia madre diceva che Bill Keeton era schizofrenico. Non so se è il termine giusto per i suoi disturbi o se è solo una parola che mia madre sentiva spesso alla TV, certo è che *qualcosa* nella sua testa non funzionava. Ricordo di averlo visto io stessa afferrare all'improvviso qualcuno che passava per la strada e cominciare a strapazzarlo per una cosa o un'altra, il debito pubblico, John Kennedy comunista, di tutto. Io ero molto piccola ma ti posso dire che mi faceva una gran paura, Alan.»

«È più che comprensibile.»

«Alle volte camminava per la strada parlando fra sé a testa bassa, in un tono di voce che era abbastanza forte da farsi sentire da lontano, ma borbottando lo stesso. Mia madre mi diceva che non dovevo mai rivolgergli la parola quando si comportava così, nemmeno se ci si ritrovava ad andare insieme in chiesa. Alla fine cercò di sparare a sua moglie. Così mi hanno raccontato, però sai anche tu come si deformano i pettegolezzi via via che passa il tempo. Forse non aveva fatto più che puntarle addosso la pistola d'ordinanza. Qualunque sciocchezza abbia fatto è stata comunque sufficiente a farlo finire nella prigione della contea. Poi ci fu una perizia psichiatrica in base alla quale fu infine parcheggiato a Juniper Hill.»

«È ancora lì?»

«È morto ormai. Dopo il ricovero le sue condizioni mentali sono degenerate velocemente. Quando finalmente se n'è andato, era in uno stato catatonico. O così mi hanno detto.»

«Gesù.»

«Ma non è tutto. Ronnie Keeton, padre di Danforth e fratello di Bill Keeton, è rimasto per quattro anni nel reparto di patologia mentale all'ospedale dei reduci a Togus verso la metà degli anni Settanta. Ora è ricoverato in casa di cura. Alzheimer. E c'è stata una prozia o cugina, non ricordo bene quale, che negli anni Cinquanta si uccise dopo uno scandalo. Non saprei dire con sicurezza di che cosa si fosse trattato, ma una volta ho sentito dire che le piacevano un po' di più le donne che gli uomini.»

«Mi stai dicendo che è una tara di famiglia?»

«No», rispose lei. «Non c'è una morale in quanto ti ho raccontato, non c'è un tema ricorrente. C'è solo che conosco un po' dei retroscena di questa città di cui tu sei all'oscuro. Conosco un po' di quelle storie che non si raccontano nel discorso del Quattro Luglio al parco cittadino e te le riferisco senza commenti. Trarre conclusioni è compito della polizia.»

Pronunciò quell'ultima frase in un tono così solenne che Alan rise sommessamente... però si sentiva lo stesso a disagio. La follia è un male ereditario? Alle lezioni di psicologia al liceo gli era stato insegnato che si trattava solo di un vecchio pregiudizio. Anni dopo, all'accademia di polizia di Albany, un esperto aveva affermato nel corso di una conferenza che almeno in certi casi era vero, che certe patologie mentali percorrevano gli alberi genealogici non meno di certe caratteristiche fisiche come gli occhi azzurri o una iperfunzionalità articolare. Uno degli esempi che aveva usato era l'alcolismo. Aveva accennato anche alla schizofrenia? Non lo ricordava. Erano passati troppi anni dai giorni dell'accademia.

«Sarà bene che senta un po' in giro che cosa si sa di Buster», concluse Alan con un sospiro stanco. «Ti dirò, Polly, che l'idea che il primo consigliere di Castle Rock possa trasformarsi in una bomba a mano non mi esalta per niente.»

«Vorrei ben vedere, ma probabilmente sono preoccupazioni infondate. Ho solo pensato che dovessi saperlo. La gente qui è disposta a rispondere alle domande... *se* sai che domande rivolgerle. Altrimenti si divertiranno a guardarti brancolare inutilmente senza dirti niente.»

Alan sorrise. Era vero. «Ma non hai sentito ancora tutto, Polly. Dopo che se n'è andato Buster, ho ricevuto una visita del reverendo Willie. Mi ha...»

«Ssst!» gli intimò Polly, così bruscamente che Alan fu zittito dalla sorpresa. Polly si guardò intorno e parve assicurarsi che nessuno avesse teso troppo l'orecchio, prima di riprendere a parlare. «Certe volte mi fai proprio disperare, Alan. Se non impari a usare un po' di discrezione, fra due anni ti segheranno, quando ci sarà da eleggere il nuovo sceriffo... e ti ritroverai a chiederti stupidamente che cosa diavolo può essere successo. Devi stare più attento. Se Danforth Keeton è una bomba a mano, quello è un missile terra-terra.»

Alan si sporse in avanti. «Altro che missile», obiettò, «è una piccola testa di cazzo, tanto pomposo quanto ipocrita, ecco che cos'è.»

«La Notte al Casinò?»

Lui annuì.

Lei posò le mani su quelle di lui. «Hai tutta la mia solidarietà. E dire che da fuori sembra un borgo così letargico, il nostro, vero?»

«Solitamente lo è.»

«Se n'è andato via infuriato?»

«Oh, sì. È stata la mia seconda conversazione con il nostro caro reverendo sulla legalità della Notte al Casinò. Prevedo di doverne affrontare molte altre prima che i cattolici consumino finalmente il loro peccaminoso reato e questa storia sia chiusa una volta per sempre.»

«È *davvero* un piccolo rompiscatole ipocrita?» chiese Polly abbassando ancora di più la voce. La sua espressione era seria, ma le scintillavano gli occhi.

«Sì. Adesso ci sono anche i bottoni. Una nuova trovata.»

«I bottoni?»

«Quei distintivi dove, al posto della faccina sorridente, ci sono macchinette mangiasoldi con una barra trasversale. Ne ha uno anche Nan. Mi domando chi abbia avuto l'idea.»

«Don Hemphill, probabilmente. Non solo è un bravo battista, ma è anche membro del comitato repubblicano del nostro stato. Don sa una cosuccia o tre in fatto di campagne promozionali, ma scommetto che sta scoprendo che è molto più difficile influenzare l'opinione pubblica in materia religiosa.» Gli accarezzò la mano. «Non te la prendere troppo, Alan. Sii paziente. Aspetta. Questo è il tema principale della vita alla Rocca: non prendersela, portare pazienza e aspettare che quel tanto di sporco che capita di tanto in tanto venga fuori da solo. Giusto?»

Alan le sorrise, le girò le mani e gliele afferrò... ma delicatamente, molto delicatamente. «Giusto», convenne. «Hai voglia di compagnia, questa sera, bella signora?»

«Oh, Alan, non so...»

«Niente sculacciate e solletico», la rassicurò lui. «Accendiamo il fuoco e ce ne stiamo seduti al calduccio, così potrai tirarmi fuori qualche altro scheletro dal guardaroba cittadino per tenermi allegro.»

Polly sorrise debolmente. «Alan, credo che in questi ultimi sei o sette mesi hai già esaminato tutti gli scheletri di cui sono a conoscenza io, non escluso quello che mi appartiene. Se vuoi ampliare la tua cultura su Castle Rock, dovresti stringere amicizia o con il vecchio Lenny Partridge... o con *lei*.» Indicò Nan con un cenno del capo, poi abbassò un tantino la voce. «La differenza tra Lenny e Nan», spiegò, «è che Lenny si accontenta di sapere, mentre Nan Roberts sfrutta quello che sa.»

«Vale a dire?»

«Vale a dire che la signora in questione non ha pagato l'intero valore di mercato per *tutte* le proprietà di cui è entrata in possesso», rispose Polly.

Alan la osservò in silenzio. Non l'aveva mai vista in quello stato d'animo, introspettiva, loquace e allo stesso tempo depressa. Per la prima volta da quando era diventato suo amico e poi suo amante si domandò se stesse ascoltando lei... o le medicine che prendeva.

«Credo che per questa sera ti convenga starmi lontano», dichiarò Polly all'improvviso. «Non sono di buona compagnia quando mi sento così. Te lo leggo in faccia.»

«Polly, questo non è vero.»

«Andrò a casa e mi farò un bel bagno caldo. Non berrò altro caffè. Staccherò il telefono, andrò a letto presto e ci sono buone probabilità che domani mattina, svegliandomi, mi sentirò come rinata. Allora potremo forse... sai a che cosa alludo. Niente sculacciate e molto solletico.»

«Sono preoccupato per te», disse lui.

Le mani di Polly si mossero dolcemente fra le sue. «Lo so», gli rispose. «Non serve, ma te ne sono grata, Alan. Più di quanto tu possa immaginare.»

2

Hugh Priest rallentò passando davanti al *Mellow Tiger* di ritorno a casa dall'autoparco di Castle Rock... poi accelerò di nuovo. Lasciò la Buick nel vialetto d'accesso ed entrò in casa.

Nella sua abitazione c'erano due locali, quello in cui dormiva e quello in cui faceva tutto il resto. Al centro di questa seconda stanza c'era un tavolo di formica scortecciata sul quale si era accumulata una catasta di vaschette di alluminio per cibi congelati, in molte delle quali c'erano mozziconi schiacciati in resti coagulati di condimenti vari. Andò direttamente al ripostiglio, si alzò sulla punta dei piedi e tastò la mensola più alta. Per un attimo pensò che la coda di volpe fosse scomparsa, che qualcuno si fosse introdotto in casa e gliel'avesse rubata, e subito il panico gli esplose nel ventre come una bolla arroventata. Poi le sue dita affondarono nella serica morbidezza del pelo e allora sprigionò in un lungo sospiro il fiato che aveva trattenuto.

Per quasi tutta la giornata non aveva fatto che pensare alla coda di volpe, a come l'avrebbe legata all'antenna della Buick, all'effetto che avrebbe fatto sventolando allegramente nel vento. Quasi l'avrebbe appesa quel giorno stesso, ma pioveva ancora e non gli andava che l'acqua la trasformasse in un flaccido fagotto impiccato all'antenna come una carogna. Ora la prelevò dal ripostiglio e uscì accarezzandone il pelo folto e allontanando meccanicamente con un calcio un barattolo vuoto finitogli tra i piedi. Dio, che sensazione paradisiaca!

Entrò nella rimessa, che dal 1984 circa era troppo piena di rottami assortiti perché potesse ospitare la sua automobile, e dopo qualche ricerca trovò un solido pezzo di fil di ferro. Aveva già stabilito il programma: prima avrebbe legato la coda di volpe all'antenna, poi avrebbe mangiato qualcosa e finalmente sarebbe partito in macchina alla volta di South Paris. Gli affiliati all'A.A. si riunivano alle sette all'American Legion Hall. Forse era troppo tardi per cominciare una nuova vita... ma non era troppo tardi per accertarsene.

Confezionò un piccolo nodo scorsoio che strinse intorno all'estremità più grossa della coda. Poi, quando cominciò ad avvolgere l'altro capo del fil di ferro all'antenna, le sue dita, che all'inizio si erano mosse con agilità e sicurezza, cominciarono a rallentare. Sentì defluire la risolutezza che lo aveva animato fino a quel momento e sentì il dubbio che cominciava a riempire il vuoto che andava lasciando.

Si vide nell'atto di parcheggiare davanti all'American Legion, e fin lì tutto bene. Si vide entrare con gli altri partecipanti alla riunione e anche *quello* andava bene. Poi però vide un ragazzetto, come quel moccioso che l'altro giorno gli si era parato senza guardare davanti al camioncino, che passava davanti alla Legion Hall mentre lui era dentro a dire davanti a tutti che si chiamava Hugh P. e che non sapeva resistere all'alcol. Qualcosa attira l'attenzione del bambino, una macchia fulva nel crudo chiarore azzurrognolo dell'illuminazione del parcheggio. Il bambino si avvicina alla sua Buick e osserva la coda di volpe... prima la tocca, poi l'accarezza. Si guarda intorno, non vede nessuno e dà uno strattone alla coda, spezzando il fil di ferro. Hugh vide quel bambino scendere alla sala locale di videogame e dire a uno dei suoi amici: *Ehi, guarda che cosa ho ciulato al parcheggio della Legion. Forte, eh?*

Hugh si sentì invadere il petto da una spira di collera mista a frustrazione, come se non fosse stata solo una fantasticheria, ma un fatto avvenuto. Accarezzò la coda di volpe, poi si guardò intorno nella luce morente del pomeriggio, come aspettandosi di vedere una turba di mocciosi svelti di mano, che già si andava raccogliendo sul lato opposto di Castle Hill Road, in attesa che rientrasse in casa a schiaffare in forno un paio di pietanze surgelate per poter correre a fregargli la coda di volpe.

No. Meglio non andare. I bambini d'oggi non hanno più rispetto. Ruberebbero qualsiasi cosa, solo per il gusto di rubare. La tengono per un giorno o due, poi ne vengono a noia e buttano la refurtiva in qualche fosso o nell'erba di un prato. L'immagine, ed era un'immagine molto nitida, quasi una visione, della sua amata coda abbandonata fra i rifiuti ai bordi di una strada, a insozzarsi nella pioggia, a scolorirsi fra scatole di Big Mac e lattine di birra, lo colmò di furente dolore.

Sarebbe stato *pazzesco* correre un rischio come quello.

Srotolò il fil di ferro con cui aveva legato la coda all'antenna e tornò in casa a riporre la coda sulla mensola più alta del ripostiglio. Questa volta chiuse anche la porta, maledicendo la serratura difettosa.

Devo comprarne una nuova, pensò. *Forzare questa sarebbe uno scherzo per quei piccoli delinquenti. Oggigiorno non c'è più rispetto per l'autorità.*

Andò al frigorifero, prese una lattina di birra, la osservò per qualche istante e la rimise dov'era. Una birra, ma neanche quattro o cinque, non sarebbe bastata a rimetterlo in sesto. Non nelle condizioni di cupa angoscia in cui si sentiva in quel momento. Aprì l'antina di uno dei mobiletti della cucina, rovistò dietro a una catasta di pentole e tegami comprati di saldo ai grandi magazzini e trovò una bottiglia mezzo piena di Black Velvet che conservava per i casi di emergenza. Ne riempì per metà un vasetto per confetture, rifletté per un momento, quindi ne versò di nuovo fino all'orlo. Bevve un paio di sorsi, aspettò di sentire il calore che gli esplodeva nel ventre e riempì di nuovo il vasetto. Cominciava già a sentirsi un po' meglio, un po' più calmo. Lanciò un'occhiata alla porta del ripostiglio e sorrise. Lassù era al sicuro e ancora più al sicuro sarebbe stata appena si fosse procurato un solido lucchetto Kreig alla *Western Auto*. Al sicuro. Era bello essere finalmente in possesso di qualcosa che si era molto desiderato, ma era ancora più bello quando quella cosa era al sicuro. Il piacere maggiore stava nella sicurezza.

Poi il sorriso vacillò.

È per questo che l'hai comprata? Per tenerla sul ripiano più alto dietro a una porta chiusa con un lucchetto?

Bevve di nuovo, lentamente. Va bene, pensò, forse non è poi così bello, ma è sempre meglio che farsela fregare da un ladruncolo.

«Del resto non siamo più nel 1955», disse a voce alta. «I tempi sono cambiati.»

Annuì come per una sottolineatura, ma il dubbio restava. A

che cosa gli serviva una coda di volpe chiusa là dentro? A che cosa serviva a lui o ad altri?

Due o tre sorsi fugarono il dubbio. Altri due o tre sorsi e la decisione di rimettere la coda al sicuro nel ripostiglio diventò la più razionale e saggia di questo mondo. Decise di rimandare la cena; una decisione così sensata meritava di essere annaffiata con un altro sorsetto o due.

Riempì nuovamente il vasetto, si sedette su una sedia da cucina con le gambe di metallo e accese una sigaretta. Mentre se ne stava seduto lì a bere e a far cadere la cenere in una delle vaschette di alluminio, si dimenticò della coda di volpe e cominciò a pensare a Nettie Cobb. Nettie la Matta. Doveva fare uno scherzo a Nettie la Matta. Forse la settimana entrante, forse quella dopo... ma più probabilmente quest'altra. Il signor Gaunt gli aveva detto di essere uno a cui non piace sprecare il tempo e Hugh si sentiva disposto a credergli sulla parola.

La prospettiva lo rallegrava.

Avrebbe rotto la monotonia.

Bevve, fumò, e quando finalmente, poco prima delle dieci, perse i sensi fra le lenzuola luride del lettuccio nell'altra stanza, lo fece con un sorriso sulle labbra.

3

Il turno di Wilma Jerzyck all'*Hemphill's Market* finì in coincidenza con la chiusura del negozio alle sette. Fermò la macchina davanti a casa alle sette e un quarto. Dalle tende accostate alla finestra del soggiorno trapelava una luce tenue. Entrò e fiutò l'aria. Il profumo era di maccheroni e formaggio. Bene... almeno finora.

Pete era sdraiato sul divano senza le scarpe a guardare la *Ruota della fortuna* con il *Press Herald* di Portland in grembo.

«Ho trovato il tuo messaggio», le disse, alzandosi velocemente a sedere e mettendo da parte il giornale. «Ho messo la teglia in forno. Sarà pronta alle sette e mezzo.»

La osservò con gli occhi castani vibranti di ansia premurosa con il forte impulso ad assecondare che hanno molti cani, Pete Jerzyck aveva imparato precocemente e bene. Aveva anche lui i suoi momenti di sbadataggine, ma era passato molto tempo dall'ultima volta in cui entrando l'aveva trovato sul divano con le scarpe ai piedi e più tempo ancora dall'ultima volta che aveva osato accendere la pipa in casa; e sarebbe stata una giornata di neve in pieno agosto quando si fosse dimenticato di riabbassare l'asse del water dopo aver orinato.

«Hai ritirato il bucato?»

Sorpresa e senso di colpa gli si mescolarono sulla faccia larga e sincera. «Oddio! Mi sono messo a leggere il giornale e me ne sono dimenticato. Vado subito.» Stava già recuperando precipitosamente le scarpe.

«Non fa niente», ribatté lei, avviandosi verso la cucina.

«Wilma, lo ritiro io!»

«Lascia stare», rispose lei in un tono di amorevole comprensione. «Non voglio che tu debba rinunciare al tuo giornale o a Vanna White solo perché io sono stata in piedi a una cassa per sei ore. Stattene comodo, Pete. Riposati.»

Non ebbe bisogno di girarsi per controllare la sua reazione; dopo sette anni di matrimonio, era sinceramente convinta che Pete Michael Jerzyck non avesse più sorprese per lei. La sua espressione sarebbe stata un misto di afflizione e debole mortificazione. Sarebbe rimasto fermo dov'era per qualche momento, dopo la sua uscita, con l'aria di un uomo reduce dal gabinetto che non ricorda bene se si è pulito o no fra le chiappe, quindi sarebbe andato ad apparecchiare e a togliere la teglia dal forno.

Le avrebbe rivolto molte domande sul suo lavoro al negozio, avrebbe ascoltato con attenzione tutte le risposte e non l'avrebbe mai interrotta con i particolari della sua giornata alla Williams-Brown, la grande agenzia immobiliare di Oxford presso la quale lavorava. E a Wilma andava a pennello così, visto che considerava il mercato immobiliare l'argomento più noioso del mondo. Dopo cena, avrebbe rigovernato senza bisogno che fosse lei a chiederglielo, e *lei* avrebbe letto il giornale. Tutti questi servizi sarebbero stati da lui svolti per via di quell'unico piccolo impegno a cui era venuto meno. Mentre a lei non dispiaceva affatto ritirare il bucato steso, assaporava anzi con letizia il contatto e la fragranza di indumenti che avevano trascorso un beato pomeriggio ad asciugare nel sole: ma non aveva la benché minima intenzione di confidarlo a Pete. Era un suo piccolo segreto.

Ne aveva molti, di piccoli segreti come quello, e li serbava per sé per il medesimo motivo: in guerra si tien caro ogni minimo vantaggio. Certe sere, quando rincasava, le era necessaria un'ora di schermaglie, se non due, prima di costringere Pete a una ritirata in piena regola, sostituendo sulla sua segreta carta topografica della battaglia gli spilli bianchi di lui con quelli rossi delle proprie unità d'assalto. La scaramuccia di quella sera era stata vinta in meno di due minuti dopo che aveva varcato la soglia di casa e poteva esserne più che soddisfatta.

Wilma era convinta in cuor suo che il matrimonio fosse un'interminabile avventura nel mondo dell'aggressione e in una campagna così lunga, dove non si potevano prendere prigionieri, non si poteva dare quartiere, non c'era scampolo di vita coniugale che fosse risparmiata, era prevedibile che le vittorie così facili diventassero prima o poi insipide. Ma quel momento non era ancora giunto, così Wilma uscì per andare a ritirare i panni stesi, con la cesta sotto il braccio sinistro e il cuore leggero sotto la curva del seno.

Aveva attraversato per metà il cortile, quando si fermò perplessa. Dove diavolo erano le lenzuola?

Avrebbe dovuto vederle subito, grandi rettangoli bianchi a dondolare nell'oscurità, invece non c'erano. Erano volate via? Ridicolo! Nel pomeriggio aveva soffiato un venticello, sì, ma era stato poco più di un alito. Possibile che gliele avessero rubate?

Ma in quel mentre un soffio attraversò l'aria e udì un ampio, pigro fruscio. Ah, le lenzuola c'erano ancora... *da qualche parte*. La figlia maggiore di una cattolica nidiata di tredici bambini sapeva bene che rumore faceva un lenzuolo che svolazzava appeso alla corda del bucato. Tuttavia, sebbene l'avesse riconosciuto, non le sembrava del tutto giusto. Era troppo pesante.

Avanzò di un altro passo. Il suo viso, sul quale non si spegneva mai l'ombra incipiente di chi si aspetta un guaio a ogni piè sospinto, si rabbuiò all'istante. Ora scorgeva le lenzuola... o per meglio dire delle forme che *avrebbero dovuto* essere le lenzuola. Ma erano *scure*.

Fece un altro piccolo passo e un altro sbuffo di vento attraversò il cortile. Questa volta le forme si gonfiarono venendole incontro e prima che potesse alzare la mano, fu colpita da qualcosa di pesante e viscido. Un grumo colloidale le si appiccicò a una guancia; qualcosa di denso e vischioso le si premette contro e fu come se stesse cercando di afferrarla una mano fredda e attaccaticcia.

Non era nella sua indole reagire gridando quando veniva colta alla sprovvista, ma gridò questa volta, lasciando cadere la cesta. Udì di nuovo il flaccido fruscio e cercò di sottrarsi all'ombra che incombeva davanti a lei con un movimento repentino che la mandò a urtare involontariamente la cesta di vimini con la caviglia sinistra. Cadde su un ginocchio ed evitò di ruzzolare del tutto solo per un concorso di buona sorte e riflessi tempestivi.

Qualcosa di bagnato e pesante le si strusciò sulla schiena e un liquido denso le colò per il collo. Gridò di nuovo e si allontanò freneticamente dal bucato appeso. Qualche ciocca di capelli sfuggita al fazzoletto che portava legato intorno alla testa prese a farle solletico sulle guance. Era una sensazione che detestava... ma detestava molto di più la carezza umidiccia e glutinosa del lembo scuro che pendeva dalla sua corda del bucato.

Si spalancò la porta della cucina e nel cortile echeggiò la voce allarmata di Pete: «Wilma? Wilma, stai bene?»

Alle sue spalle si ripeté lo sbatacchiare, quel rumore da brividi simile a un ridacchiare di corde vocali intasate di sporcizia. Nel cortile accanto si scatenarono gli insopportabili latrati striduli e isterici del bastardino degli Haverhill, cosa che non migliorò in alcun modo lo stato d'animo di Wilma.

Si rialzò da terra e vide Pete che scendeva titubante i gradini della porta di servizio. «Wilma? Sei caduta? Stai bene?»

«Sì!» urlò infuriata. «Sì, sono caduta! Sì, sto bene! E accendi quella maledetta luce!»

«Ti sei fatta...»

«Ti ho detto di accendere quella maledetta LUCE*!»* sbraitò lei e si passò la mano sulla giacca, per ritrovarsela coperta di una sostanza molle e fredda. Ormai era così adirata da vedere le proprie pulsazioni nella forma di brillanti punticini di luce davanti agli occhi... e adirata soprattutto con se stessa, per essersi lasciata spaventare. Anche per un solo secondo.

Bau! Bau! Bau!

L'odioso bastardo dei vicini pareva impazzito. Dio, se detestava i cani, specialmente quelli che abbaiavano.

La sagoma di Pete batté in ritirata risalendo i gradini della porta della cucina. Infilò la mano nell'interno e un attimo dopo una luce intensa rischiarò tutto il cortile.

Wilma abbassò gli occhi su di sé e vide un'ampia macchia bruna sulla giacca da mezza stagione che aveva appena comprato. Si sfregò furiosamente la faccia, si guardò la mano nella luce artificiale e vide che era diventata marrone anche quella. Avvertì il lento colare sciropposo di una misteriosa sostanza al centro della schiena.

«Fango!» Era stupefatta d'incredulità, al punto da non rendersi conto di aver parlato a voce alta. Chi poteva averle fatto una cosa del genere? Chi poteva aver *osato*?

«Che cosa hai detto, cara?» chiese Pete. Stava andando verso di lei, ma al suono della sua voce si era fermato a distanza di sicurezza. La faccia di Wilma si contorceva in un modo che Pete Jerzyck giudicò estremamente pericoloso: era come se appena sotto la pelle si fossero dischiuse le uova di una covata di serpenti.

«*Fango!*» strillò Wilma, tendendo le mani verso di lui... *contro* di lui. Piccoli grumi scuri le partirono dai polpastrelli. «*Fango, ho detto! Fango!*»

Pete guardò dietro di lei e finalmente capì. Restò a bocca aperta. Wilma restò su se stessa nella direzione del suo sguardo. La forte lampada montata sopra la transenna della porta della cucina illuminava con spietata crudeltà le due corde del bucato e l'orto, rivelando tutto quello che c'era da rivelare. Le lenzuola che aveva appeso pulite penzolavano ora dalle mollette fiacche e impiastrate. Non erano solo schizzate di fango: ne erano ricoperte, *pitturate*.

Nell'orto Wilma individuò le buche profonde da cui erano state scavate le zolle gonfie di acqua. Nell'erba trovò la striscia di steli ripiegati dove l'infangatore era andato avanti e indietro, a rifornirsi all'orto, da una parte, a scagliare i suoi ordigni sui panni stesi, dall'altra.

«Dio del *cielo*!» tuonò.

«Wilma... vieni dentro, cara. Ti...» Pete s'interruppe, brancolò, poi parve illuminarsi quando finalmente gli venne un'idea. «Ti faccio un tè.»

«Tè un *cazzo*!» strepitò Wilma al culmine definitivo del suo registro locale e dalla casa accanto il cane degli Haverhill ci si buttò anima e corpo, *baubaubaubau*, oh, se odiava i cani. L'avrebbe fatta impazzire, quella fottuta *bestiaccia*!

Il furore traboccò, e si lanciò sulle lenzuola, le artigliò, cominciò a strapparle dalla corda. Sotto la tensione, la funicella vibrò come una corda di chitarra. Le lenzuola che vi erano appese cascarono afflosciandosi con un rumore simile a un denso sciacquio. A pugni chiusi, con gli occhi strizzati come quelli di un neonato quando dà fiato a tutte le sue trombe, Wilma spiccò un gran balzo da rana e vi piombò sopra. L'ammasso emise un sospiro stanco mitragliandole le calze di nailon di goccioline di fango. Fu il tocco finale. Wilma spalancò la bocca e *garrì* tutta la sua ira. Ah, ma avrebbe trovato il colpevole. Sicuro-sicuro-sicuro. Puoi starne certo. E quando lo avesse trovato...

«Tutto bene laggiù, signora Jerzyck?» Era la voce trepidante della signora Haverhill.

«*Sì, maledizione, stiamo bevendo un cordiale e guardando la tele. Vuol far star zitto quel suo cagnetto?*» strillò Wilma.

Scese dall'ammasso delle lenzuola infangate e si allontanò ansimando, con i capelli che le pendevano intorno al viso infuocato. Se li ficcò rabbiosamente sotto il fazzoletto. Quel cane insopportabile l'avrebbe fatta impazzire. Insopportabile cane latrante...

I suoi pensieri si spezzarono con uno schiocco che quasi riverberò nell'aria.

Cani.

Fottuti cani che abbaiano sempre.

Chi abitava appena dietro l'angolo, in Ford Street?

Correzione: quale scimunita svitata con un fottuto cane rompiscatole di nome Raider abitava appena dietro l'angolo?

Ma Nettie Cobb, naturalmente.

Il suo cane aveva abbaiato per tutta la primavera, quei latrati striduli da cucciolo che ti si infilano nei nervi, e alla fine Wilma aveva chiamato Nettie e le aveva detto che se non era capace di far star zitto il suo cane, doveva sbarazzarsene. Una settimana dopo, quando ancora non c'era stato alcun miglioramento (nessuno comunque che Wilma fosse disposta ad ammettere), aveva chiamato di nuovo Nettie e le aveva detto che se non avesse fatto star zitto il cane, lei avrebbe chiamato la polizia. La sera seguente, quando l'odiosa bestiaccia aveva cominciato come sempre il suo concerto, aveva mantenuto la promessa.

Passata una settimana circa, Nettie era scesa al negozio (a differenza di Wilma, Nettie era evidentemente una di quelle persone che avevano bisogno di riflettere per qualche tempo, se non proprio rimuginare, prima di passare all'azione). Si mise in coda alla cassa di Wilma senza comprare niente. Arrivato il suo turno, in una vocina sfiatata e cigolante le aveva detto: «Smetti di importunare me e il mio Raider, Wilma Jerzyck. È un bravo cagnolino ed è meglio che smetti di importunarci».

Wilma, sempre pronta a dar battaglia, non si era minimamente scomposta per essere stata affrontata sul posto di lavoro. Anzi, ci aveva provato gusto. «Signora mia, ti assicuro che tu non conosci neanche lontanamente il significato di importunare. Ma se non fai star zitto quella tua dannata bestia, lo imparerai.»

Nettie Cobb era pallida come un cencio, ma aveva squadrato le spalle e stretto la borsetta fra le mani con tanta forza che le erano usciti i tendini negli avambracci scarni dai polsi, su fino ai gomiti. «Ti ho avvertita», aveva aggiunto, prima di eclissarsi frettolosamente.

«Oh, povera me, credo di essermela fatta nelle mutande!» le aveva gridato dietro Wilma con pesante sarcasmo (il sapore della battaglia la metteva sempre di buonumore), ma Nettie non si era mai girata e aveva invece continuato ad allontanarsi, accelerando l'andatura.

Dopodiché il cane l'aveva piantata. Wilma ne era rimasta alquanto delusa, perché la primavera era stata delle più noiose. Pete non dava segni di ribellione e Wilma era scivolata in uno stato di malinconia da fine inverno dalla quale pareva che non potessero rianimarla nemmeno le gemme sui rami degli alberi e il verde dell'erba novella. Ciò di cui aveva veramente bisogno per insaporire e speziare la sua vita era una bella faida. Finché c'era stato il cane di Nettie Cobb se l'era cavata egregiamente, ma ora che il cucciolo aveva preso a comportarsi a dovere, sembrava proprio che sarebbe stata costretta a cercare altrove un diversivo.

Poi, una notte di maggio, il cane aveva ripreso ad abbaiare. Erano passati solo pochi minuti che Wilma era già al telefono a chiamare Nettie; aveva sottolineato il suo numero nell'elenco nell'eventualità che le venisse offerta un'occasione del genere.

Non perse tempo in convenevoli e andò subito al dunque. «Sono Wilma Jerzyck, cara. Ti ho chiamata per dirti che se non fai star zitto quel cane, lo zittisco io.»

«Ha già smesso!» aveva esclamato Nettie. «L'ho portato in casa appena sono tornata a casa e l'ho sentito. Lascia in pace me e Raider! Ti ho avvertita! Se non lo fai, avrai da pentirtene!»

«Ricorda quello che ti ho detto», l'aveva ammonita Wilma. «Ne ho abbastanza. La prossima volta che spalanca le fauci, non sprecherò energie per sporgere reclamo alla polizia. Vengo lì e gli taglio la gola.»

Aveva riappeso prima che Nettie potesse rispondere. La regola cardinale degli scontri con il nemico (parenti, vicini, coniugi) era che l'aggressore *doveva* avere l'ultima parola.

Da allora il cane non aveva più aperto muso. Be', forse lo aveva fatto, ma lei non se n'era accorta; fin dal principio il fastidio era stato più che relativo, e da qualche tempo Wilma aveva comunque inaugurato un duello molto più soddisfacente con la donna che dirigeva il salone di bellezza a Castle View. Si era quasi totalmente dimenticata di Nettie e Raider.

Ma forse Nettie non si era dimenticata di *lei*. Wilma l'aveva rivista solo il giorno prima, nel negozio nuovo. E se gli sguardi potessero uccidere, aveva pensato Wilma, sarei morta stecchita in quel preciso istante.

Ora, davanti all'insopportabile spettacolo delle sue lenzuola lorde di fango, ricordò l'espressione di paura e sfida che aveva visto apparire sul viso di quella matta e la smorfia che le aveva rivolto arricciando le labbra e mostrandole i denti per un secondo. Era un'espressione d'odio che Wilma conosceva bene e che aveva visto solo il giorno prima sul volto di Nettie Cobb.

Ti ho avvertita... avrai da pentirtene.

«Vieni dentro, Wilma», la chiamò Pete. Le posò con circospezione una mano sulla spalla.

Lei se la scrollò subito di dosso. «Lasciami stare.»

Pete indietreggiò di un passo. Dava l'impressione di morire

dalla voglia di torcersi le mani, ma di non avere il coraggio di farlo.

Forse si era dimenticata anche lei, pensò Wilma. *Almeno fino a quando mi ha vista ieri, in quel negozio nuovo. O forse stava già covando qualcosa*

(*Ti ho avvertita*)

da tempo in quel minestrone che si ritrova al posto del cervello, e l'avermi rivista l'ha spinta a entrare in azione.

Qualcosa in quegli ultimi momenti era scattato nella sua mente, dandole la certezza che fosse stata Nettie: con chi altro si era guardata in cagnesco negli ultimi giorni? C'erano altre persone in città a cui non era molto simpatica, ma una porcheria come quella, una rappresaglia così proditoria, ben si adattava al modo in cui l'aveva guardata Nettie il giorno prima. Quella smorfia di paura

(*avrai da pentirtene*)

e odio. Era sembrata un cane anche lei, in quel momento, uno di quelli che trovano il coraggio di morsicare solo quando la loro vittima è girata dall'altra parte.

Sì, era stata Nettie Cobb, senza dubbio. Più ci pensava, più se ne convinceva. E la sua azione era imperdonabile. Non perché le lenzuola erano rovinate, non perché era stata un'opera da vigliacco, nemmeno perché era il gesto di qualcuno con le rotelle fuori posto.

Era imperdonabile perché Wilma si era spaventata.

Solo per un secondo, è vero, il breve secondo durante il quale la cosa viscida e scura era uscita all'improvviso dal buio e le aveva aderito alla faccia, come la gelida carezza della mano di un mostro... ma anche un solo secondo di paura era un secondo di troppo.

«Wilma?» s'azzardò Pete quando lei girò la sua faccia piatta verso di lui. Non gli piaceva l'espressione che gli mostrava la lampada sopra la porta della cucina tutta piani lucidi e bianchi e avvallamenti neri e irregolari. Non gli piaceva lo sguardo opaco dei suoi occhi. «Cara? Ti senti bene?»

Wilma gli passò accanto senza badargli. Pete si affrettò a mettersi sulla sua scia.

4

Quando squillò il telefono, Nettie era seduta in soggiorno con Raider ai piedi e il nuovo paralume in grembo. Trasalì e strinse più forte il paralume, guardando l'apparecchio con paura e diffidenza. Ebbe la fugace certezza, sciocca, naturalmente, ma erano pensieri ricorrenti dei quali era incapace di liberarsi, che fosse una Voce dell'Autorità Costituita che la chiamava per ordinarle di restituire il bel paralume, perché apparteneva a qualcun altro, perché un oggetto così raffinato non poteva in ogni caso essere allegato alla sua piccola collezione, l'idea stessa era ridicola.

Raider alzò per un attimo gli occhi verso di lei, come a chiederle se intendesse rispondere o no, poi si posò nuovamente il muso sulle zampe.

Nettie mise da parte con cura il paralume e sollevò il ricevitore. Probabilmente era solo Polly che le chiedeva se per piacere poteva passare all'*Hemphill's Market* a prenderle qualcosa per cena prima di andare a casa sua l'indomani mattina.

«Pronto, qui casa Cobb», annunciò con sostenuta vivacità. Per tutta la vita aveva avuto il terrore della Voce di un'Autorità Costituita e aveva scoperto che il miglior modo per contrastare quella paura era parlare in un tono altrettanto autorevole. La paura restava, però sotto controllo.

«So che cosa hai fatto, maledetta balorda!» le sbraitò una voce nell'orecchio. Fu un colpo improvviso e micidiale come una coltellata.

Le si bloccò la respirazione come se il fiato le fosse rimasto impigliato nei rovi; un'espressione d'orrore intrappolato le paralizzò i lineamenti del viso e il cuore le si arrampicò nel petto cercando di infilarlesi in gola. Raider sollevò di nuovo il muso con aria interrogativa. «Chi... chi... chi?»

«Sai benissimo chi», gracchiò la voce e in effetti era vero. Nettie sapeva che quella era la voce di Wilma Jerzyck. La voce di quella donna così incredibilmente cattiva.

«Non stava abbaiando!» protestò e la *sua* voce suonò acuta e sottile e tesa, come se avesse appena inalato tutto il contenuto di un palloncino gonfio di elio. «È cresciuto e non abbaia più! È qui ai miei piedi!»

«Ti sei divertita a inondarmi di fango le lenzuola, bastarda scervellata?» Wilma era furente. Quella disgraziata aveva la faccia tosta di fingere che c'entrasse ancora il *cane*.

«Lenzuola? Quali lenzuola? Io... io...» Gli occhi di Nettie si posarono sul paralume in vetro Carnevale e fu come se in esso ritrovasse il coraggio. «Lasciami in pace! Sei tu che sei senza cervello, non io!»

«Questa me la paghi. Nessuno può venire a casa mia a gettare fango sulle mie lenzuola approfittando della mia assenza. Nessuno. NESSUNO. Capito? Riesce a entrarti in quel colabrodo di cranio che ti ritrovi? Non saprai dove e non saprai quando, e soprattutto non saprai *come*, ma... me la... PAGHERAI. Mi hai sentita?»

Nettie si teneva il ricevitore inchiodato all'orecchio. Era sbiancata in volto, salvo che per una striscia rossa che le attraversava la fronte a metà strada fra l'arcata sopracciliare e l'attaccatura dei capelli. Teneva i denti serrati e gonfiava e sgonfiava le guance come mantici, ansimando dagli angoli della bocca.

«Lasciami stare o te ne pentirai!» le strillò in quella voce sfibrata e acuta che sembrava alimentata dall'elio. Ora Raider si era alzato e drizzava le orecchie, con gli occhi luminosi di ansia. Aveva percepito la minaccia. Abbaiò una volta sola, come un severo richiamo all'ordine. Nettie non lo udì. «Molto te ne pentirai! Io... io *conosco* delle persone! Persone autorevoli! Le conosco *molto bene*! Non subirò passivamente le tue angherie!»

Parlando lentamente in un tono basso, convinto e gonfio di furore, Wilma disse: «Pestare i piedi a me è lo sbaglio più grosso che tu abbia mai commesso. Non mi vedrai arrivare».

Si udì uno scatto.

«Non t'azzardare», gemette Nettie. Ora piangeva lacrime di terrore e di collera, tanto abissale quanto impotente. «Non t'azzardare, donna malvagia! Io... io...»

Ci fu un secondo scatto. A esso seguì il ronzio della linea libera.

Nettie riagganciò e rimase seduta eretta per quasi tre minuti, con lo sguardo fisso nel vuoto. Poi si mise a singhiozzare. Raider abbaiò di nuovo e si alzò con le zampe anteriori sul bordo della sua poltrona. Nettie lo abbracciò e pianse nel suo pelo. Raider le leccò il collo.

«Non le permetterò di farti del male, Raider», gemette. Inalò il suo dolce e lindo tepore canino, cercando di trovarvi conforto. «Non lascerò che quella donna cattiva ti faccia del male. Lei non è una Persona Autorevole, è solo una vecchia cattiva e se cercherà di fare del male a te... o a me... avrà da pentirsene.»

Finalmente si rialzò, trovò un fazzoletto di carta infilato a fianco del cuscino della poltrona e se ne servì per asciugarsi gli occhi. Era terrorizzata... ma sentiva anche i fremiti crepitanti della collera. Era la stessa sensazione che l'aveva invasa prima di togliere il forchettone dal cassetto sotto il lavello e conficcarlo nella gola di suo marito.

Sollevò dal tavolo il paralume e lo cullò dolcemente. «Se tenterà qualcosa, avrà da pentirsene amaramente», disse.

Restò seduta così, con Raider ai piedi e il paralume in grembo per molto, molto tempo.

5

Norris Ridgewick percorse lentamente la Main Street sull'auto di pattuglia, scrutando gli edifici. Il suo turno di servizio stava per finire ed era contento. Ricordava ancora come si sentiva bene quella mattina, prima che quell'idiota gli saltasse addosso; ricordava quando si era contemplato nello specchio dei servizi e si era aggiustato il cappello constatando con soddisfazione di apparire tirato e caricato. Ricordava tutto, ma il ricordo gli sembrava molto vecchio e virato in seppia, come una fotografia del secolo scorso. Dal momento in cui quell'idiota di Keeton gli aveva messo le mani addosso a ora, niente era andato più per il verso giusto.

Aveva pranzato al *Cluck-Cluck Tonite*, il posto del pollo arrosto sulla Route 119. Normalmente ci si mangiava abbastanza bene, invece questa volta il pasto gli aveva provocato un'indigestione con annesse acidità di stomaco e diarrea. Verso le tre era finito su un chiodo sulla Municipale N. 7 vicino alla vecchia casa Camber e aveva dovuto sostituire la ruota. Si era ripulito le dita sulla camicia della divisa fresca di tintoria senza rendersi conto di che cosa stava facendo, perché aveva bisogno di avere i polpastrelli asciutti per garantirsi una miglior presa sui dadi allentati, e si era stampato addosso quattro orrende strisce di grasso. Mentre si guardava costernato, un accesso di crampi gli aveva liquefatto di nuovo le budella ed aveva dovuto precipitarsi nei cespugli. C'era stato da vedere se sarebbe riuscito a calarsi le brache prima di riempirle. La gara era stata vinta da Norris... ma poco gli era piaciuto l'aspetto della macchia di cespugli in cui aveva scelto di acquattarsi. Gli era sembrato che fosse sommacco velenoso e da com'era andata la giornata fino a quel momento, probabilmente aveva visto giusto.

Transitò lentamente davanti alle costruzioni che costituivano il centro di Castle Rock: la Norway Bank and Trust, la *Western Auto*, la *Luncheonette*, il buco nero dove fino a non molto tempo prima c'era stato il potpourri Palace di Pop Merrill, il *You Sew and Sew*, *Cose Preziose*, il negozio di ferramenta e casalinghi...

Norris frenò di colpo. Aveva visto qualcosa di incredibile nella vetrina di *Cose Preziose*. L'impressione, almeno, era stata di qualcosa di incredibile.

Controllò lo specchietto retrovisore, ma Main Street era deserta. Il semaforo in fondo al quartiere commerciale si spense all'improvviso e rimase buio per qualche secondo, mentre all'interno i relais si programmavano. Poi cominciò a lampeggiare la luce gialla al centro. Dunque erano le nove. Le nove in punto.

Norris risalì a marcia indietro e accostò al marciapiede. Diede un'occhiata alla radio di bordo, pensò di segnalare il 10-22, agente che abbandona il veicolo, e decise di non farlo. Del resto aveva in mente di dare solo un rapido sguardo alla vetrina. Aumentò un po' il volume della radio e abbassò il finestrino prima di scendere. Sarebbe bastato.

Non hai visto quello che hai creduto di vedere, rifletté mentre si avvicinava al negozio tirandosi su i calzoni. *Impossibile. Oggi è giornata di delusioni, non di grandi scoperte. Quella che hai visto tu era una comune vecchia Zebco da mulinello...*

Ma non era così. La canna da pesca che era stata collocata con gusto nella vetrina di *Cose Preziose* in un piccolo allestimento che comprendeva una rete e un paio di stivali di gomma color giallo vivo, non era sicuramente una Zebco. Era una Bazun. Non ne aveva più vista una da quando era morto suo padre, sedici anni prima. All'epoca Norris era quattordicenne e amava la Bazun per due motivi: ciò che era e ciò che rappresentava.

Che cos'era? Nient'altro che il massimo concepibile e immaginabile per la pesca in acque dolci.

Che cosa rappresentava? I bei tempi. Molto semplice. I bei tempi che un ragazzino pelle ossa di nome Norris Ridgewick aveva trascorso con il suo vecchio. Bei tempi a camminare nel bosco lungo qualche torrente fuori città, bei tempi sulla loro barchetta, nelle acque di Castle Lake nel circostante biancore della nebbia che saliva dal lago in vaporose spirali e li racchiudeva in un loro piccolo mondo privato, un mondo fatto solo per gli uomini. In qualche altro mondo le mamme si accingevano a preparare la prima colazione e anche quello era un bel mondo, ma non altrettanto bello. Nessun mondo era stato bello come quello, né prima né poi.

Dopo il fatale attacco coronarico di suo padre, la Bazun era scomparsa. L'aveva cercata nella rimessa dopo il funerale e non l'aveva più trovata. Aveva perlustrato la cantina, era andato persino a guardare nell'armadio della camera da letto dei suoi (pur sapendo che piuttosto che lasciargli parcheggiare lì la sua canna da pesca, sua madre avrebbe concesso a Henry Ridgewick di metterci anche un elefante), ma la Bazun non c'era più. Il suo maggior indiziato era sempre stato lo zio Phil. Più di una volta si era fatto coraggio con l'intenzione di chiederglielo, ma ogni volta che si era presentata l'occasione, si era perso d'animo.

Ora, mentre contemplava quella canna che avrebbe potuto benissimo essere la stessa, riuscì per la prima volta in tutta la giornata a dimenticarsi di Buster Keeton. Fu sopraffatto da un ricordo semplice e perfetto: suo padre seduto a poppa con la cassetta fra i piedi che gli tendeva la Bazun per potersi versare un caffè dal grande thermos rosso con le strisce grigie. Sentì di nuovo l'aroma del caffè, caldo e corroborante, e il profumo del dopobarba di suo padre: Southern Gentleman, si chiamava.

A un tratto l'antico rimpianto lo accolse nel suo grigio abbraccio ed ebbe nostalgia di suo padre. Dopo tanti anni l'antico dolore per la sua scomparsa gli rodeva di nuovo le ossa, vivo e famelico come era stato il giorno in cui la mamma era tornata a casa dall'ospedale e lo aveva preso per le mani e gli aveva detto: «Dovremo essere molto forti ora, Norris».

Il faretto che illuminava dall'alto la vetrina faceva luccicare le cromature del mulinello e i bagliori riaccesero dentro di lui il fuoco dell'antico amore. Guardando la Bazun nella vetrina, Norris pensò all'aroma del caffè fresco che usciva dal grande thermos rosso con le strisce grigie e alla distesa placida delle acque del lago. Nella mente sentì di nuovo il ruvido contatto dell'impugnatura di sughero e alzò adagio una mano per asciugarsi gli occhi.

«Agente?» lo chiamò una voce sommessa.

Norris si lasciò sfuggire un gridolino, allontanandosi con un balzo dalla vetrina. Visse un attimo orribile in cui temette di riempirsi infine i pantaloni dopo tanti sforzi, conclusione perfetta di una perfetta giornata. Poi il crampo passò e si girò. Sulla soglia del negozio c'era un uomo alto con una giacca di tweed. Gli sorrideva.

«L'ho spaventata? Ne sono mortificato.»

«No», rispose Norris e riuscì a confezionare un sorriso a sua volta. Il cuore gli batteva ancora come un martello pneumatico. «Be'... forse un po' sì. Stavo guardando quella canna e pensavo al passato.»

«Mi è arrivata solo oggi», lo informò il negoziante. «È vecchia, ma in ottime condizioni. È una Bazun, sa? Una marca non molto nota, ma molto ben considerata tra i pescatori più professionali. È...»

«... giapponese», finì per lui Norris. «Lo so. Mio padre ne aveva una.»

«Sul serio?» Il sorriso del negoziante si ampliò. I denti che rivelò erano storti, ma Norris trovò il suo sorriso accattivante lo stesso. «Singolare coincidenza, vero?»

«Vero», annuì Norris.

«Io sono Leland Gaunt. Questo è il mio negozio.» Gli tese la mano.

Una repulsione passeggera attraversò Norris dalla testa ai piedi nel momento in cui quelle lunghe dita si chiusero sulla sua mano. La stretta di Gaunt fu questione di un attimo, tuttavia, e quando lo lasciò andare, la brutta sensazione si era già dissolta. Norris concluse che era colpa della pancia, ancora sottosopra per quei molluschi andati a male che aveva mangiato a pranzo. La prossima volta che fosse passato di là, avrebbe mangiato pollo e solo pollo, che dopotutto era la specialità della casa.

«Potrei farle un prezzo davvero speciale per quella canna», disse il signor Gaunt. «Perché non entra, agente Ridgewick. Parliamone.»

Norris restò momentaneamente interdetto. Era sicuro di non avergli detto come si chiamava. Aprì la bocca per chiedergli come facesse a conoscere il suo nome. Poi la richiuse. Lo portava scritto su una targhetta sopra il distintivo. Tutto spiegato.

«Per la verità non dovrei», esitò indicando l'auto di pattuglia con il pollice. Sentiva la radio, che stava trasmettendo solo energia statica; per tutta la sera non aveva ricevuto una sola chiamata. «Sono di servizio, sa? Oddio, smonto alle nove, ma tecnicamente finché non restituisco la macchina...»

«È questione di non più di un minuto», lo imbonì Gaunt. I suoi occhi osservavano Norris allegramente. «Quando decido di aprire una trattativa con qualcuno, agente Ridgewick, non perdo tempo. Specialmente quando la persona in questione gira per le strade di notte per proteggere me e la mia attività commerciale.»

Norris pensò di far notare a Gaunt che le nove di sera non erano esattamente notte e che in un posticino sonnacchioso come Castle Rock proteggere i negozi non richiedeva una gran fatica, poi tornò a guardare la Bazun e fu invaso di nuovo da quella nostalgia, così sorprendentemente forte e vivida. S'immaginò di uscire sul lago con una canna come quella il prossimo fine settimana, uscire di buonora con una scatola di vermi e un bel thermos di caffè fresco comprato da Nan. Sarebbe stato quasi come andare di nuovo a pescare con il suo vecchio.

«Be'...»

«Coraggio, entri», lo esortò Gaunt. «Se io posso piazzare qualcosa dopo l'orario di chiusura, lei potrà permettersi un piccolo acquisto in orario di servizio. E poi, agente Ridgewick, non credo che qualcuno svaligerà la banca questa sera, dico bene?»

Norris si girò verso la banca, la cui facciata gli apparve prima gialla e poi nera, nel ritmico balbettio del semaforo a intermittenza, e rise. «Ne dubito.»

«Allora?»

«Va bene», si arrese Norris. «Ma se non ci mettiamo d'accordo in un paio di minuti, dovrò proprio scappare.»

Leland Gaunt gemette e rise contemporaneamente. «Temo di aver sentito il rumore delle mie tasche che vengono rovesciate», commentò. «Si accomodi, agente Ridgewick. Un paio di minuti basteranno.»

«Certo che mi piacerebbe avere quella canna», sbottò Norris. Era una pessima maniera per dare avvio a un negoziato e se ne rendeva conto, ma non seppe resistere.

«Ed è giusto così», fece eco il signor Gaunt. «Le offrirò il miglior affare di tutta la sua vita, agente Ridgewick.»

Fece entrare Norris in *Cose Preziose* e chiuse la porta.

6

1

WILMA Jerzyck non conosceva suo marito Pete bene quanto credeva.

Quella sera di giovedì si coricò progettando di recarsi di buon'ora da Nettie Cobb l'indomani mattina e Risolvere la Faccenda. Le sue brighe frequenti si spegnevano talvolta di morte naturale, ma nei casi in cui giungevano a maturazione, era Wilma a scegliere le armi e il luogo del duello. Se la prima regola della sua vita ispirata allo scontro eterno era *avere sempre l'ultima parola*, la seconda era *fare sempre la prima mossa quando c'è da passare dalle parole ai fatti.* Fare la prima mossa era ciò che intendeva con Risolvere la Faccenda e aveva intenzione di risolvere Nettie al più presto. Confidò a Pete che non le sarebbe dispiaciuto verificare quante volte poteva far ruotare la testa di quella balorda prima che le si staccasse dal gambo.

Era sicura che sarebbe rimasta sveglia per quasi tutta la notte a sfrigolare di rabbia, tesa come una corda di violino; non sarebbe stata la prima volta. Scivolò viceversa nel sonno meno di dieci minuti dopo essersi sdraiata e quando si svegliò si ritrovò tonificata e stranamente calma. Venerdì mattina, seduta al tavolo della cucina in vestaglia, ragionò che forse era troppo presto per Risolvere la Faccenda in Via Permanente. La sera precedente aveva messo addosso a Nettie una paura con i fiocchi; per quanto fuori di sé, non lo era stata al punto da non accorgersene. Solo una persona sorda come una campana non lo avrebbe capito.

Perché non lasciare che Miss Turbe Mentali 1991 se ne stesse a cuocere a fuoco lento per un po'? Che fosse *lei* a restare sveglia di notte a chiedersi da quale direzione le sarebbe piombata addosso l'Ira di Wilma. Avrebbe potuto passare davanti a casa sua due o tre volte, farle qualche altra telefonatina. Mentre sorseggiava il caffè (Pete sedeva davanti a lei e la osservava con apprensione da sopra la pagina sportiva del giornale), giunse alla conclusione che se Nettie era matta come tutti sostenevano, forse non avrebbe dovuto darsi la fatica di Risolvere la Faccenda. Poteva essere una di quelle rare occasioni in cui la Faccenda si Risolveva da Sé. Trovò l'ipotesi così appagante da consentire addirittura a Pete di baciarla al momento di prendere la cartella e prepararsi a uscire.

La possibilità che quel topolino spaventato che aveva per marito l'avesse drogata non le era passata nemmeno per l'anticamera del cervello. Eppure era esattamente ciò che Pete Jerzyck aveva fatto e nemmeno per la prima volta.

Wilma sapeva di aver intimidito il marito, ma non fino a che punto. Pete non viveva solo nella soggezione, bensì nel timore reverenziale, come si suppone che gli indigeni di certi climi tropicali vivessero nel timore superstizioso e reverenziale del Sommo Dio Monte Tonante, capace di restarsene in assorto silenzio per l'arco intero della loro vita serena, o addirittura per generazioni, prima di esplodere all'improvviso in una micidiale colata di lava incandescente.

Quegli indigeni, veri o presunti, avevano senza dubbio dei riti propiziatori. Servivano a poco quando la montagna si svegliava e vomitava tuoni e fiumi di fuoco sui loro villaggi, ma contribuivano sicuramente alla pace interiore quando la montagna dormiva. In mancanza di più spirituali liturgie con cui manifestare la sua adorazione per Wilma, Pete Jerzyck aveva dovuto adattarsi a qualcosa di più prosaico. Prescrizioni mediche di certi farmaci invece di piccole sfoglie per la Comunione, per esempio.

Aveva preso appuntamento con Ray Van Allen, l'unico medico di famiglia di Castle Rock, e gli aveva spiegato che sentiva il bisogno di qualcosa per lenire una costante sensazione di ansia.

Sosteneva ritmi di lavoro impressionanti, aveva detto a Ray e da quando gli avevano aumentato il target gli era sempre più difficile lasciare in ufficio i problemi derivanti dal lavoro. Alla fine aveva concluso che era ora di rivolgersi a un medico, nella speranza che potesse prescrivergli qualcosa che gli rendesse la vita meno stressante.

Ray Van Allen non sapeva niente delle pressioni a cui erano sottoposti gli operatori nel settore immobiliare, ma non aveva difficoltà a immaginarsi quale stress dovesse subire l'uomo che divideva la sua vita con Wilma. Aveva il sospetto che Pete Jerzyck avrebbe sofferto assai meno di ansia se fosse rimasto sempre in ufficio, ma naturalmente non erano affari suoi. Scrisse una prescrizione di Xanax, gli recitò le solite precauzioni e gli augurò buona fortuna e assistenza di Dio. Giudicava che siccome Pete doveva percorrere la strada della vita in coppia con quella particolare puledra, avrebbe avuto un gran bisogno di entrambe.

Pete usava il Xanax, ma non ne abusava. Né lo aveva detto a Wilma: le avrebbe preso un colpo se avesse saputo che USAVA DROGHE. Conservava prudentemente il flacone nella cartella, che conteneva documenti per i quali Wilma non aveva il minimo interesse. Prendeva cinque o sei pillole al mese, soprattutto nei giorni che precedevano immediatamente le mestruazioni di Wilma.

Poi, l'estate precedente, Wilma era finita ai ferri corti con Henrietta Longman, proprietaria e direttrice di *The Beauty Rest*, su a Castle Hill. Il casus belli era stata una permanente sbagliata. Dopo il diverbio iniziale, c'era stato un alterco il giorno dopo all'*Hemphill's Market* e quindi una piazzata in Main Street una settimana più tardi. Quella volta per poco non erano venute alle mani.

Nelle ore successive Wilma aveva camminato avanti e indietro per la casa come una leonessa in gabbia, giurando che gliele avrebbe *suonate*, a quella troia, l'avrebbe fatta finire in ospedale. «Altro che salone di bellezza le ci vorrà, quando avrò finito con lei», aveva sibilato a denti stretti. «Puoi contarci. Vado su domani. Vado su a Risolvere la Faccenda.»

Pete si era reso conto con crescente costernazione che non si stava semplicemente sfogando, ma che le sue intenzioni erano più che serie. C'era da aver paura al pensiero di che cosa sarebbe stata capace. Aveva avuto visioni di Wilma che affondava la testa di Henrietta in un tino di liquido corrosivo che l'avrebbe lasciata calva per il resto dei suoi giorni.

Aveva sperato che la notte la portasse a più miti consigli, ma l'indomani mattina Wilma si era svegliata ancora più furibonda del giorno prima. Lui l'aveva dato per impossibile, ma evidentemente si era sbagliato. I cerchi neri che aveva intorno agli occhi erano la dimostrazione della notte insonne che aveva trascorso.

«Wilma», le aveva detto timorosamente, «non credo che sia una buona idea visitare *The Beauty Rest* proprio oggi. Sono sicuro che se ti dai tempo per riflettere...»

«Ho riflettuto questa notte», aveva risposto Wilma, alzando su di lui quel terribile sguardo opaco, «e ho concluso che quando avrò finito con lei, avrà smesso per sempre di bruciare la radice dei capelli delle sue clienti. Quando avrò finito con lei avrà bisogno di un cane per ciechi anche per andare al gabinetto. E se tu cerchi di metterti in mezzo, Pete, potrai comprarti un cane della stessa cucciolata di pastori tedeschi.»

Disperato, in mancanza di risorse più affidabili con cui cercare di scongiurare l'imminente catastrofe, Pete Jerzyck aveva preso il flacone dalla tasca interna della cartella e aveva lasciato cadere una compressa di Xanax nel caffè di Wilma. Poi era andato in ufficio.

In un senso molto pratico, quella era stata la Prima Comunione di Pete Jerzyck.

Aveva sofferto per tutta la giornata ed era tornato a casa terrorizzato dall'idea di ciò che avrebbe potuto trovare (Henrietta Longman morta e Wilma in galera era la sua fantasia più ricorrente). Con grande sollievo aveva trovato Wilma in cucina. Cantava.

Pete aveva preso fiato, aveva abbassato la sua guardia emotiva e le aveva domandato come era andata con la Longman.

«Apre solo a mezzogiorno e nell'attesa la rabbia mi è passata un po'», aveva raccontato Wilma. «Sono salita da lei lo stesso, perché mi ero ripromessa di farlo. Ebbene, vuoi sapere una cosa? Mi ha offerto uno sherry e mi ha detto che voleva darmi indietro i soldi!»

«Fantastico!» aveva esclamato Pete tutto felice... e così era finito il caso Henrietta. Per qualche giorno aveva aspettato che riaffiorasse l'ira di Wilma, ma non era successo niente, almeno non in quella direzione.

Aveva allora valutato se suggerire a Wilma di rivolgersi al dottor Van Allen per farsi prescrivere dei tranquillanti di persona, ma aveva scartato l'idea dopo lunga e accurata meditazione. Wilma lo avrebbe scagliato contro il soffitto (e forse lo avrebbe addirittura catapultato in orbita) se le avesse consigliato di PRENDERE DROGHE. PRENDERE DROGHE era da tossici e i tranquillanti erano per i tossici rammolliti. *Lei* affrontava la vita di petto, grazie tante. Inoltre, aveva concluso malvolentieri Pete, la verità era troppo evidente perché valesse la pena di sforzarsi di negarla: a Wilma *piaceva* essere infuriata. Solo quando vedeva rosso era realizzata, permeata di sacri intenti.

E lui le voleva bene, come gli indigeni di quell'ipotetica isola tropicale amavano senza dubbio il loro Sommo Dio Monte Tonante. La soggezione e il timore reverenziale alimentavano il suo amore; lei era WILMA, una forza a sé stante, e lui tentava di farla desistere dai suoi propositi solo quando aveva paura che si facesse del male... cosa che, tramite le mistiche transustanziazioni dell'amore, avrebbe recato dolore anche a lui.

Dopo quella prima volta, le aveva somministrato dello Xanax solo in due altre occasioni. La terza, che corrispondeva per ora al più grave spavento della sua vita, era stata la Notte delle Lenzuola Infangate. Si era adoperato in ogni modo per convincerla a bere un tè e quando finalmente lei aveva accettato (dopo la breve ma molto soddisfacente conversazione con Nettie Cobb la Matta), gliene aveva preparato uno particolarmente forte, nel quale aveva lasciato cadere non una, bensì due compresse di Xanax. E l'indomani mattina si era alquanto compiaciuto di constatare il calo vertiginoso della temperatura emotiva che le aveva indotto. Queste erano le cose che Wilma Jerzyck, sicura com'era di dominare in tutto e per tutto la mente del marito, non sapeva; erano anche le cose che venerdì mattina le impedirono di sfondare la porta di Nettie a bordo della sua Yugo e strapparle i capelli a uno a uno (o quantomeno provarci).

2

Non che Wilma avesse scordato Nettie o l'avesse perdonata, o fosse stata colpita da un dubbio anche fugace su chi avesse vandalizzato le sue lenzuola; nessuna medicina al mondo avrebbe ottenuto tanto.

Pete era uscito da poco per recarsi al lavoro, quando Wilma montò in macchina e scese adagio per Willow Street (sul paraurti posteriore della sua piccola Yugo gialla c'era un adesivo che proclamava al mondo intero: SE NON TI PIACE COME GUIDO CHIAMA IL NUMERO VERDE-FOTTITI). Svoltò a destra in Ford Street e rallentò a passo d'uomo quando fu a pochi metri dalla bella casetta di Nettie Cobb. Le sembrò di veder muoversi una tenda e lo giudicò un inizio promettente... ma solo un inizio.

Fece il giro dell'isolato (passando davanti a casa Rusk in Pond Street senza nemmeno guardarla), oltrepassò la propria abitazione in Willow e imboccò Ford Street per la seconda volta. Quando fu vicina alla casa di Nettie diede due colpi di clacson, quindi parcheggiò davanti all'ingresso lasciando il motore acceso.

La tenda si mosse di nuovo. Questa volta non ebbe dubbi. Nettie la spiava. Se la immaginò dietro la tenda a tremare di senso di colpa e terrore e scoprì che quell'immagine le dava anche più piacere di quella con cui era andata a letto la sera precedente, la scena in cui ruotava la crapa della balorda fino a farla girare vorticosamente come la testa della bambina in *L'esorcista*.

«Cucù, ti vedo», brontolò vedendo la tenda ricadere. «Non credere di farmela.»

Fece un altro giro dell'isolato e si fermò davanti alla casa di Nettie una seconda volta, suonando il clacson per avvertire la preda del suo arrivo. Questa volta rimase seduta lì davanti per quasi cinque minuti. Vide la tenda muoversi di nuovo. Finalmente ritenne l'operazione conclusa e se ne andò soddisfatta.

Quella balorda passerà il resto della giornata sul chi va là, pensò mentre fermava la Yugo davanti a casa e scendeva. *Non si azzarderà a mettere il naso fuori della porta.*

Entrò in casa, leggera nel passo e nel cuore, e s'insediò sul divano con un catalogo. Poco dopo ordinava allegramente tre nuove parure di lenzuola bianche, gialle e fantasia.

3

Raider sedeva al centro del tappeto in soggiorno a guardare la sua padrona. A un certo punto mandò un guaito incerto, come per ricordare a Nettie che era una giornata lavorativa ed era già in ritardo di mezz'ora. Era il giorno in cui doveva passare l'aspirapolvere al primo piano a casa di Polly ed era atteso l'uomo dei telefoni con gli apparecchi nuovi, quelli con i grandi tasti che bastava sfiorare, progettati per venire incontro alle persone colpite da forme artritiche gravi come quella di Polly.

Ma come poteva uscire?

Nei paraggi era in agguato quella polacca fuori di testa a bordo della sua macchinina.

Nettie era in poltrona, con il paralume in grembo. Se lo era sistemato sulle ginocchia da quando la polacca fuori di testa era passata davanti a casa sua la prima volta. Poi era tornata, si era fermata e aveva suonato il clacson. Quando se n'era andata, Nettie aveva pensato che fosse finita, invece no, era apparsa per la terza volta. Allora era stata sicura che la polacca fuori di testa avrebbe cercato di entrare. Si era seduta in poltrona, aveva stretto il paralume da una parte e Raider dall'altra e si era domandata che cosa avrebbe potuto fare se la polacca fuori di testa avesse veramente cercato di introdursi in casa, come avrebbe potuto difendersi. Non lo sapeva.

Alla fine aveva trovato il coraggio di andare a sbirciare di nuovo dalla finestra e aveva scoperto che la polacca fuori di testa non c'era più. L'immediato senso di sollievo era stato subito soffocato dal terrore. Aveva pensato che la polacca fuori di testa incrociasse per le vie cittadine in attesa che lei uscisse di casa, ma ancora di più la spaventava la possibilità che la polacca fuori di testa facesse irruzione durante la sua assenza.

Avrebbe visto il suo bel paralume e glielo avrebbe ridotto in briciole.

Raider guaì di nuovo.

«Lo so», gli disse e fu quasi un gemito. «Lo so.»

Doveva andare. Aveva delle responsabilità e sapeva quali erano e nei confronti di chi. Polly Chalmers era stata buona con lei. Era stata una lettera di Polly a farla uscire per sempre da Juniper Hill ed era stata Polly a controfirmare in banca la richiesta di mutuo per la sua casa. Non fosse stato per Polly, ora abiterebbe in una camera in affitto dall'altra parte del Tin Bridge.

Ma se fosse uscita e la polacca fuori di testa fosse entrata in casa?

Raider non era in grado di proteggere il suo paralume; era un cagnolino coraggioso, ma era un cagnolino. La polacca fuori di testa avrebbe potuto fargli del male se avesse cercato di fermarla. Nettie sentì che la sua mente cominciava a cedere, presa nella morsa dell'orribile dilemma. Gemette di nuovo.

Ma a un tratto le venne un'idea.

Si alzò con il paralume fra le braccia e attraversò il soggiorno, che era immerso nella penombra per via delle tende accostate. Passò per la cucina e aprì la porta nell'angolo in fondo. Da lì si accedeva a un ripostiglio costruito a ridosso di quel lato della casa. Nell'oscurità incombevano le ombre della catasta di legna da ardere e di un gran numero di oggetti disparati.

Dal soffitto scendeva un pezzo di cavo elettrico al quale era appesa un'unica lampadina. Non c'erano né interruttore né catenella: si accendeva la lampadina avvitandola nel portalampada. Alzò la mano... ed esitò. Se quella polacca fuori di testa era in agguato dietro casa, avrebbe visto accendersi la luce. E se avesse visto accendersi la luce avrebbe saputo esattamente dove cercare il paralume, no?

«Ah no, non ti sarà così facile», mormorò e s'inoltrò nel ripostiglio aiutandosi con la mano per trovare la strada fino alla legna. Sentì sotto le dita prima l'armadio e poi la vecchia libreria di sua madre. «Eh no, Wilma Jerzyck. Non sono una *stupida*, sai? Ti conviene prenderne nota.»

Tenendosi il paralume contro il ventre con la sinistra, strappò con la destra il groviglio di vecchie ragnatele polverose davanti all'unica finestrella. Poi scrutò fuori, facendo guizzare gli occhi da un angolo all'altro. Rimase così per quasi un minuto. Non vide muoversi niente. A un certo momento pensò di aver visto la polacca fuori di testa accovacciata nell'angolo estremo del cortile, ma un esame più attento la persuase che si trattava solo di un gioco delle ombre proiettate dalla quercia dei Fearon. I rami più bassi dell'albero sporgevano nel suo cortile. Si muovevano un po' nella brezza ed è per quello che in una zona d'ombra là in fondo le era sembrato per un momento di riconoscere una donna fuori di testa (una *polacca* fuori di testa, per essere precisi).

Dietro di lei Raider guaì di nuovo. Si girò e lo vide fermo sulla soglia del ripostiglio, una silhouette nera con la testa inclinata.

«Lo so», gli disse. «Lo so, ragazzo mio, ma gliela faremo in barba. Lei crede che io sia stupida e io le dimostrerò quanto si sbaglia.»

Tornò indietro a tastoni. La sua vista si stava abituando all'oscurità e concluse che non avrebbe avuto bisogno di avvitare la lampadina. Si alzò sulla punta dei piedi e fece scorrere le dita sopra l'armadio finché trovò la chiave con cui si aprivano e chiudevano le ante sulla sinistra. Quella dei cassetti era andata persa da anni, ma non era importante: aveva la chiave che le serviva.

Aprì l'armadio e vi ripose il paralume fra riccioli di polvere ed escrementi di topo.

«Meriterebbe un posto migliore, lo so anch'io», mormorò a Raider. «Ma è *al sicuro*, ed è questo che conta, soprattutto.»

Infilò nuovamente la chiave nella serratura, la girò, quindi provò la resistenza dell'antina. Era solida, forte come un muro, e all'improvviso sentì di essersi tolta un enorme peso dal cuore. Provò di nuovo l'antina dell'armadio, annuì compiaciuta e si lasciò cadere la chiave nella tasca della vestaglia. A casa di Polly se la sarebbe appesa al collo con un pezzo di spago. Lo avrebbe fatto appena arrivata.

«Là!» disse a Raider che aveva cominciato a scodinzolare. Forse sentiva che la crisi era passata. «Questa è fatta, ragazzo mio, e adesso al lavoro! Sono in ritardo!»

Si stava infilando il soprabito, quando cominciò a squillare il telefono. Fece due passi e si fermò.

Raider mandò un unico latrato severo e guardò la sua padrona.

Ti sei dimenticata che cosa devi fare quando squilla il telefono? le chiedeva con gli occhi. Lo so persino io e sono solo il *cane*!

«Non rispondo», mormorò Nettie.

So che cosa hai fatto, balorda maledetta, so cosa hai fatto, so cos'hai fatto e... te la... farò PAGARE!

«Non rispondo. Vado al lavoro. È lei che è matta, non io. Io non le ho mai fatto niente! *Niente di niente!*»

Raider abbaiò di solidarietà.

Il telefono smise di squillare.

Nettie si rilassò... ma il cuore le batteva ancora forte.

«Fai il bravo», raccomandò a Raider accarezzándolo. «Tornerò tardi, perché vado a lavorare in ritardo, ma ti voglio bene e se lo ricorderai, sarai un bravo cagnolino per tutto il giorno.»

Era una formuletta riservata all'uscita per andare al lavoro che Raider conosceva bene, perciò rispose agitando la coda. Nettie aprì la porta e prima di uscire guardò attentamente a destra e a sinistra. Passò un brutto momento quando vide una macchia brillante di giallo, ma non era l'auto della polacca fuori di testa; il bambino dei Pollard aveva semplicemente abbandonato il triciclo sul marciapiede.

Chiuse la porta a chiave, poi girò dietro la casa per assicurarsi che fosse chiusa anche la porta esterna del ripostiglio. Lo era. Si avviò quindi con il braccio infilato nel manico della borsetta e gli occhi che perlustravano i dintorni nel caso dovesse apparire la macchina della polacca fuori di testa (mentre cercava di decidere se le conveniva nascondersi dietro una siepe o affrontarla direttamente). Era arrivata quasi in fondo all'isolato quando le sovvenne che non aveva controllato la porta d'ingresso con la dovuta attenzione. Diede un'occhiata ansiosa all'orologio e tornò sui suoi passi. Controllò la porta. Era saldamente chiusa a chiave. Mandò un sospiro di sollievo e decise che già che c'era le conveniva controllare anche la legnaia.

«La prudenza non è mai troppa», borbottò sottovoce girando per la seconda volta intorno alla casa.

La sua mano si paralizzò nel momento in cui cominciava a tirare la maniglia della legnaia.

In casa il telefono aveva ripreso a squillare.

«È pazza», gemette. «Io non ho fatto *niente*!»

La legnaia era ben chiusa, ma Nettie rimase lì finché il telefono non smise di suonare. Poi ripartì per recarsi al lavoro, con la borsetta appesa al braccio.

4

Questa volta percorse quasi per intero il secondo isolato prima di essere nuovamente assalita dalla convinzione di non aver controllato a fondo la porta d'ingresso. Il dubbio cominciò a tormentarla. Sapeva di aver chiuso a chiave, ma aveva paura di non averlo fatto.

Indugiò nell'indecisione accanto alla cassetta blu della posta all'angolo di Ford Street e Deaconess Way. Si era quasi risolta a incamminarsi di nuovo, quando vide un'automobile gialla attraversare l'incrocio a un isolato di distanza. Non era la macchina della polacca fuori di testa, era una Ford, ma lo considerò di cattivo auspicio. Tornò indietro in gran fretta e controllò di nuovo entrambe le porte. Erano sprangate. Giunse in fondo al vialetto prima di pensare che sarebbe stato opportuno ricontrollare anche l'armadio e assicurarsi di averlo chiuso a chiave.

Sapeva di averlo fatto, ma aveva paura di non averlo fatto.

Aprì la porta d'ingresso ed entrò in casa. Raider le saltò addosso, scodinzolando all'impazzata e lei lo coccolò per un momento, ma non più di un momento. Doveva chiudere a chiave la porta d'ingresso, perché c'era sempre il rischio che arrivasse la polacca fuori di testa. Di punto in bianco.

Spinse la porta facendola sbattere, inserì la sicura e andò al ripostiglio. Naturalmente le ante dell'armadio erano chiuse a chiave. Si trattenne per un minuto in cucina. Già cominciava a preoccuparsi, già cominciava a pensare di aver commesso un errore e che le ante dell'armadio *non fossero* chiuse veramente a chiave. Forse non aveva tirato abbastanza energicamente e ora non poteva essere sicura al cento per cento. Forse erano solo incastrate.

Rientrò nel ripostiglio per controllare di nuovo e mentre stava controllando, il telefono cominciò a squillare. Rientrò precipitosamente in casa con la chiave dell'armadio stretta nella mano sudata. Si sbucciò uno stinco sul poggiapiedi e gridò di dolore.

Quando finalmente arrivò in soggiorno, il telefono era di nuovo muto.

«Non posso andare al lavoro oggi», mormorò. «Devo... devo...»

(*fare la guardia*)

Ecco, proprio così. Doveva fare la guardia.

Sollevò il ricevitore e compose rapidamente il numero prima che la sua mente riprendesse a rodere se stessa, come Raider morsicava i suoi giocattoli di cuoio.

«Pronto?» disse la voce di Polly. «Qui *You Sew and Sew.*»

«Ciao, Polly. Sono io.»

«Nettie! È successo qualcosa?»

«No, niente, ma ti sto chiamando da casa, Polly. Ho lo stomaco in disordine.» Ormai non era neanche una bugia. «Mi chiedevo se potevo prendermi la giornata. So che devo passare l'aspirapolvere di sopra... e deve venire quello dei telefoni... ma...»

«Nessun problema», rispose prontamente Polly. «Quello dei telefoni viene solo alle due e oggi avevo comunque intenzione di lasciare il negozio presto. Le mani mi fanno ancora troppo male e non posso lavorare più che tanto. Lo riceverò io.»

«Se avessi veramente bisogno di me, posso sempre...»

«No, credimi», la rassicurò affettuosamente Polly e Nettie si sentì gli occhi bruciare di lacrime. Polly era così buona.

«Senti fitte molto dolorose, Nettie? Vuoi che ti chiami il dottor Van Allen?»

«No... è una specie di crampo. Mi passerà. Se ti servo nel pomeriggio, vengo.»

«Sciocchezze», ribatté Polly. «Da quando hai cominciato a lavorare per me, non mi hai mai chiesto un giorno di libertà. Ficcati a letto e mettiti a nanna. E ti avverto. Se ti vedo arrivare, ti rispedisco a casa.»

«Grazie, Polly», disse Nettie. Era sull'orlo del pianto. «Sei così buona con me.»

«Te lo meriti. Ora devo andare, Nettie, ho clienti. Mettiti a letto. Ti chiamo oggi pomeriggio per sentire come va.»

«Grazie.»

«Di niente. Ciao ciao.»

«A risentirci», concluse Nettie e riappese.

Andò subito alla finestra e scostò la tenda. La strada era deserta... per ora. Tornò al ripostiglio, usò la chiave per aprire l'armadio e prelevò il paralume. Appena lo ebbe tra le braccia fu invasa da un senso di calma e serenità. Andò in cucina, lo lavò con acqua tiepida e qualche goccia di detersivo, lo sciacquò e lo asciugò con cura. Da un cassetto della cucina prese il coltello per la carne. Con il coltello e il paralume andò in soggiorno e si sedette nella penombra. Restò seduta così per tutta la mattina, eretta nella sua poltrona, con il paralume in grembo e il coltello per la carne stretto nella destra.

Il telefono squillò due volte.

Non rispose.

7

1

VENERDÌ, undici ottobre, fu un gran giorno per il nuovo negozio di Castle Rock, specialmente quando il mattino cedette il passo al pomeriggio e la gente cominciò a incassare la paga settimanale. I soldi tra le mani erano un incentivo a spendere, al quale si aggiungevano i giudizi positivi diffusi da coloro che erano passati a dare un'occhiata mercoledì. C'erano naturalmente coloro che non ritenevano degni di fede le opinioni di persone così rozze da andare a visitare un negozio nuovo *il giorno stesso dell'apertura*, ma costituivano una minoranza, e la campanella d'argento sulla porta di *Cose Preziose* tintinnò allegramente per tutta la giornata.

Nei giorni trascorsi, altri articoli erano stati tolti dagli imballaggi, ovvero recapitati al negoziante; per la verità era difficile per coloro che s'interessavano di queste cose credere che fosse arrivato un carico, perché nessuno aveva visto un camion, ma si trattava comunque di un dettaglio di scarsa rilevanza. Fatto sta che quel venerdì la scelta a *Cose Preziose* era decisamente più vasta e questo sì che era importante.

Bambole, per esempio. E rompicapi in tasselli di legno di squisita fattura, alcuni a doppia faccia. C'era un gioco degli scacchi che non aveva uguali: i pezzi erano ricavati da cristallo minerale scolpito in animali africani da un'anonima mano primitiva ma dotata di straordinaria maestria: giraffe per alfieri, rinoceronti con la testa minacciosamente abbassata per torri, sciacalli per pedoni, re leoni e sinuose regine leopardo. C'era una collana di perle nere che sicuramente costava una fortuna (quanto esattamente nessuno osò chiederlo, perlomeno non *quel* giorno), ma di tale bellezza che quasi c'era da star male a rimirarla e non pochi dei visitatori tornarono a casa vittime di un inspiegabile senso di malinconia e turbamento, con l'immagine di quelle perle impresse nel buio appena dietro gli occhi, nero su nero. E non tutti erano donne.

C'erano un paio di fantocci ballerini. C'era un carillon antico e intagliato; il signor Gaunt disse di essere sicuro che suonava una melodia insolita, sollevando il coperchio, ma che non ricordava più perché la scatola era chiusa a chiave. Un eventuale acquirente avrebbe dovuto trovare qualcuno che gliene costruisse una; aggiunse che esisteva ancora qualche artigiano anziano in grado di farlo. Più di un visitatore gli domandò se sarebbe stato possibile restituire il carillon nel caso in cui, aperta finalmente la scatola, l'acquirente avesse scoperto che la melodia non era di suo gusto. Il signor Gaunt aveva sorriso indicando un nuovo avviso appeso alla parete. Diceva:

NON SI CONCEDONO RIMBORSI O CAMBI MERCE
CAVEAT EMPTOR!

«Che cosa vuol dire?» domandò Lucille Dunham. Lucille faceva la cameriera da Nan e aveva approfittato della pausa per andare al negozio con l'amica Rose Ellen Myers.

«Vuole dire che se compri la gatta nel sacco tu ti tieni la gatta e lui ha messo nel sacco te», le spiegò Rose Ellen. Si accorse che Gaunt l'aveva sentita (e avrebbe giurato di averlo visto dall'altra parte del negozio solo pochi attimi prima) e arrossì violentemente.

Il signor Gaunt tuttavia rise per nulla scomposto. «Giusto», confermò. «È *esattamente* ciò che vuol dire!»

E un'antica rivoltella a canna lunga in un astuccio con un cartellino sul quale era scritto NED BUNTLINE SPECIALE; un burattino con i capelli rossi di legno e le lentiggini e un gran sorriso amichevole (PROTOTIPO DI HOWDY DOODY, precisava il cartellino); scatole di carta per corrispondenza, molto elegante ma niente di straordinario; una collezione di cartoline antiche; coordinati di penna e matita; fazzoletti di lino; animali di peluche. Pareva che ci fosse qualcosa per ogni gusto e, sebbene fosse impossibile trovare un solo prezzo esposto, per ogni tasca.

Gli affari andarono più che bene al signor Gaunt, quel giorno. La gran parte degli articoli che vendette erano belli, ma certamente non pezzi rari. Concluse tuttavia un certo numero di transazioni «speciali», e tutte queste vendite ebbero luogo durante brevi periodi di morta, in cui in negozio si trovava un unico cliente.

«Quando gli affari battono la fiacca, divento irrequieto», confidò a Sally Ratcliffe, l'insegnante di dizione di Brian Rusk, con il suo accattivante sorriso. «E quando sono irrequieto, qualche volta divento imprudente. Male per il venditore, ma *ghiottissima* occasione per il compratore.»

La signorina Ratcliffe era una pia fedele della Chiesa Battista Unita del reverendo Rose, aveva conosciuto in chiesa il fidanzato Lester Pratt e oltre al distintivo contro la Notte al Casinò, ne portava un altro con la scritta: IO SONO DI QUELLI CHE SI SONO SALVATI! E TU? La scheggia indicata come LEGNO PIETRIFICATO DALLA TERRA SANTA attirò immediatamente il suo interesse, perciò non ebbe obiezioni quando il signor Gaunt la tolse dalla bacheca e gliela mise in mano. L'acquistò per diciassette dollari e la promessa di fare un piccolo scherzo innocuo a Frank Jewett, il preside della scuola media. Lasciò il negozio cinque minuti dopo esservi entrata, con un'aria svagata e sognante. Il signor Gaunt le aveva offerto di confezionarle un pacchetto per il suo nuovo acquisto, ma la signorina Ratcliffe aveva rifiutato, dicendogli che desiderava tenerlo in mano. Guardandola uscire, sarebbe stato arduo stabilire se i suoi piedi toccavano il marciapiede o lo sfioravano soltanto.

2

La campanella d'argento trillò.

Entrò Cora Rusk, decisa più che mai a comprare la fotografia del Re e grande fu la sua costernazione quando il signor Gaunt la informò di averla già venduta. Cora volle sapere chi l'aveva comprata. «Spiacente», rispose il signor Gaunt, «ma la signora non era di queste parti. La sua automobile aveva una targa dell'Oklahoma.»

«Be', che mi *squartino*!» proruppe Cora fra la stizza e autentico smarrimento. Non si era accorta di quanto ardentemente desiderasse quella foto finché il signor Gaunt non le aveva detto che non c'era più.

Al momento erano presenti in negozio anche Henry Gendron e sua moglie, Yvette, e il signor Gaunt chiese cortesemente a Cora di concedergli un minuto per potersi occupare di loro. Riteneva di avere qualcosa, aggiunse, che avrebbe trovato di uguale se non maggior interesse. Dopo aver venduto ai Gendron un orsacchiotto, regalo per la loro figliola, e averli congedati, invitò Cora a portare pazienza per qualche istante ancora, mentre andava a cercare nel retrobottega. Cora aspettò, ma senza curiosità né ottimismo. Le pesava addosso la cappa di una profonda amarezza. Aveva visto centinaia di fotografie del Re, forse *migliaia*, e ne possedeva lei stessa una mezza dozzina, ma quella era... chissà come speciale. Odiava la sconosciuta dell'Oklahoma.

Poi il signor Gaunt tornò con un piccolo astuccio da occhiali in pelle di lucertola. L'aprì e mostrò a Cora un paio di occhiali da pilota d'aviazione con le lenti color grigio fumo. Le si fermò il fiato in gola e la sua mano destra salì al collo tremante.

«Sono...» cominciò, ma non riuscì a proseguire.

«Gli occhiali da sole del Re», disse in tono solenne il signor Gaunt. «Ne aveva sessanta, ma mi dicono che questi fossero i suoi preferiti.»

Cora comprò gli occhiali da sole per diciannove dollari e cinquanta centesimi.

«Vorrei anche una piccola informazione.» Il signor Gaunt la fissava con uno scintillio negli occhi. «Vogliamo chiamarlo un piccolo sovrapprezzo?»

«Informazione?» domandò dubbiosa Cora. «Che genere di informazione?»

«Guarda fuori della vetrina, Cora.»

Cora lo accontentò, ma le sue mani non abbandonarono mai gli occhiali scuri. Sull'altro lato della strada, davanti al *Clip Joint* era parcheggiata un'auto di pattuglia della polizia di Castle Rock, la Unit 1. Sul marciapiede, Alan Pangborn era in conversazione con Bill Fullerton.

«Vedi quell'uomo?» chiese Gaunt.

«Chi? Bill Ful...»

«No, sciocca», l'apostrofò Gaunt. «L'altro.»

«Lo sceriffo Pangborn?»

«Sì.»

«Lo vedo.» Cora si sentiva intorpidita. La voce di Gaunt le giungeva come da una grande distanza. Non riusciva a smettere di pensare al suo acquisto, quel favoloso paio di occhiali da sole. Voleva correre a casa e metterseli... ma naturalmente non poteva andarsene finché non le fosse stato concesso, perché l'affare non sarebbe stato concluso finché il signor Gaunt non avesse *detto* che l'affare era concluso.

«Ha l'aspetto di uno di quelli che noi del settore definiamo un osso duro», commentò il signor Gaunt. «Tu che cosa pensi di lui, Cora?«

«È in gamba», rispose Cora. «Non sarà mai uno sceriffo come è stato George Bannerman, dice sempre mio marito, ma è sveglio e ci sa fare.»

«Davvero?» Nella voce di Gaunt era riapparsa una cadenza indolente e un po' petulante. I suoi occhi erano socchiusi in due strette feritoie, fisse su Alan Pangborn. «Vuoi che ti confidi un piccolo segreto, Cora? Non mi vanno molto a genio le persone che sanno troppo il fatto loro e *odio* gli ossi duri. Anzi, *detesto* gli ossi duri. Non mi fido delle persone che vogliono sempre guardare sopra e sotto e dentro a una cosa prima di comprarla, ti pare?»

Cora non disse niente. Guardava senza vedere fuori della finestra, con l'astuccio e gli occhiali da sole del Re stretti nella sinistra.

«Se volessi che qualcuno tenesse d'occhio il nostro brillante sceriffo Pangborn, Cora, tu chi proporresti?»

«Polly Chalmers», rispose Cora meccanicamente. «Va molto d'accordo con lui.»

Gaunt scosse subito la testa. I suoi occhi non lasciarono per un istante lo sceriffo che ora tornava alla sua macchina, lanciava un rapido sguardo a *Cose Preziose*, montava a bordo e ripartiva. «Non va bene.»

«Sheila Brigham?» suggerì Cora titubante. «È la centralinista che lavora all'ufficio dello sceriffo.»

«Non male, ma non va bene neanche lei. Un altro osso duro. Ce ne sono alcuni in ogni città, Cora, un fatto triste, ma inevitabile.»

Cora meditò nell'ipnotica penombra della sua mente. «Eddie Warburton?» propose infine. «È il capocustode del Municipio.»

Il volto di Gaunt s'illuminò. «Il portiere!» esclamò. «Sì! Eccellente! hai fatto centro! Veramente *perfetto*!» Si sporse da dietro il banco e le stampò un bacio sulla guancia.

Lei si ritrasse con una smorfia e prese immediatamente a strofinarsi con vigore il punto in cui era stata baciata. Soffocò un conato in fondo alla gola, ma Gaunt parve non accorgersene. Il suo volto era inghirlandato da un sorriso solare.

Cora se ne andò (e ancora si massaggiava la guancia con il dorso della mano) nel momento in cui entravano Stephanie Bonsaint e Cyndi Rose Martin dell'Ash Street Bridge Club. Per la gran fretta, ci mancò poco che Cora travolgesse Steffie Bonsaint; il bisogno di correre a casa era diventato ottenebrante, correre a casa e provare quegli occhiali. Prima però voleva lavarsi la faccia e cancellarsi di dosso quel bacio schifoso. Se lo sentiva bruciare nella pelle come una febbre.

Sopra la porta tintinnò la campanella d'argento.

3

Mentre Steffie era davanti alla finestra assorta nelle mutevoli composizioni del vecchio caleidoscopio che aveva trovato in negozio, Cyndi Rose ricordò al signor Gaunt che cosa le aveva detto mercoledì, che cioè aveva forse un vaso di Lalique compagno di quello che aveva già comprato.

«Be'», rispose il signor Gaunt, con un sorriso complice, «è possibile. Potrebbe fare in modo che restiamo soli per un minuto o due?»

Cyndi Rose chiese a Steffie di precederla alla *Luncheonette* e ordinarle il caffè; l'avrebbe raggiunta al più presto. Steffie andò, ma con un'espressione perplessa sul viso.

Il signor Gaunt scomparve nel retrobottega e riapparve con un vaso di Lalique. Non era solo compagno del primo: era un gemello identico.

«Quanto?» volle sapere Cyndi Rose e accarezzò la dolce curva del vaso con un dito che non era del tutto fermo. Ricordò con una punta di rammarico la sua soddisfazione per il buon affare di mercoledì: evidentemente Gaunt l'aveva solo presa all'amo e adesso aveva cominciato a salpare la lenza. *Quel* vaso non le sarebbe stato offerto a trentun dollari. Questa volta l'avrebbe spellata viva. Ma lo voleva lo stesso per appaiare quello che aveva già collocato sulla mensola del caminetto in soggiorno; lo voleva disperatamente.

Quasi non credette alle sue orecchie nell'udire la risposta di Leland Gaunt. «Poiché questa è la mia prima settimana, perché non facciamo due al prezzo di uno? È tuo, mia cara. Goditelo.»

Cyndi Rose fu scossa da un fremito così violento che per poco non si lasciò sfuggire il vaso quando lui glielo mise in mano.

«Ma... mi pareva che avesse detto...»

«Infatti», confermò lui e all'improvviso lei non riuscì più a staccare gli occhi dai suoi. *Francie si è sbagliata,* pensò e la sua constatazione fu sottesa da un accenno di inspiegabile preoccupazione. *Non sono affatto verdi. Sono grigi. Grigio scuro.* «C'è un'altra cosuccia, però.»

«Ah sì?»

«Sì. Conosci un aiutante dello sceriffo che si chiama Norris Ridgewick?»

La campanella d'argento trillò.

Everett Frankel, l'assistente che lavorava alle dipendenze del dottor Van Allen, comprò la pipa che Brian Rusk aveva notato in occasione della sua anteprima per dodici dollari e uno scherzo ai danni di Sally Ratcliffe. Il povero Storto Dodd, il balbuziente che il giovedì pomeriggio frequentava il corso di terapia della dizione con Brian, comprò una teiera di peltro per il compleanno di sua madre. Gli costò settantun centesimi... e la promessa, resa spontaneamente, di giocare un tiro birbone a Lester Pratt, il fidanzato di Sally. Il signor Gaunt gli assicurò che gli avrebbe fornito i pochi oggetti di cui aveva bisogno per lo scherzo quando fosse venuto il momento e Storto rispose che andava be-be-benissimo. June Gavincaux, moglie del più prospero allevatore della zona, acquistò un vaso di cloisonné per novantasette dollari e la promessa di fare uno scherzo a padre Brigham di Nostra Signora delle Acque Serene. Non molto tempo dopo il signor Gaunt si accordò perché uno scherzo analogo fosse giocato al reverendo Willie.

Fu una giornata intensa e proficua e quando appese finalmente il cartello di CHIUSO e abbassò la tendina, Gaunt era stanco e soddisfatto. Gli affari erano andati a gonfie vele e aveva persino avuto l'occasione di prendere una prima misura per assicurarsi di non essere intralciato dallo sceriffo Pangborn. Tutto per il meglio. L'apertura era sempre la fase più appagante della sua attività, ma era anche sempre faticosa e talvolta rischiosa. Poteva sbagliarsi sul conto di Pangborn, naturalmente, ma aveva imparato a fidarsi del suo sesto senso e Pangborn gli aveva dato l'impressione di essere persona dalla quale conveniva stare alla larga... almeno finché non fosse stato pronto ad affrontarlo alle proprie condizioni. Gaunt prevedeva una settimana molto piena e confidava che ci sarebbero stati i fuochi artificiali prima che si chiudesse.

In grande quantità.

4

Erano le sei e un quarto di venerdì sera quando Alan imboccò il vialetto della casa di Polly e spense il motore. Lei lo aspettava sulla soglia e lo accolse con un bacio caloroso. Alan vide che si era messa i guanti anche per quella breve sortita nell'aria fredda e se ne dispiacque.

«Non fare quella faccia», lo rimproverò lei. «Questa sera va un po' meglio. Hai portato il pollo?»

Lui le mostrò i sacchetti bianchi macchiati di unto. «Per servirla, bella signora.»

Lei reagì con un piccolo inchino. «Altrettanto.»

Gli prese i sacchetti e lo condusse in cucina. Alan allontanò una seggiola dal tavolo, la rigirò e vi si sedette a cavalcioni al contrario. La guardò sfilarsi i guanti e sistemare il pollo su un piatto di vetro. Lo aveva comprato al *Cluk-Cluk Tonite*. Il nome era un'onomatopeia tanto rustica quanto spregevole, ma il pollo era buono (altra storia valeva per i molluschi, a sentir Norris). L'unico problema con i cibi pronti da asportare, quando si viveva a venti miglia di distanza, era il fattore raffreddamento... ed era per quello, riteneva, che fossero stati inventati i forni a microonde. Pensava anzi che le uniche tre valide funzioni di un forno a microonde erano riscaldare il caffè, fare popcorn e rendere appetibili pietanze già cotte acquistate in posti come *Cluk-Cluk Tonite*.

«Dici sul serio che va meglio?» chiese mentre Polly infilava il pollo nel forno e schiacciava i tasti giusti. Non era il caso di essere più specifici, perché tanto sapevano benissimo tutti e due qual era l'argomento della domanda.

«Un pochino», confessò lei, «ma sono più che sicura che andrà *molto* meglio tra poco. Comincio a sentire un formicolio di calore nelle palme e di solito è così che comincia il miglioramento.»

Alzò le mani. Aveva sempre provato un doloroso imbarazzo per quelle mani deformi e certamente non sarebbe mai riuscita a superarlo, tuttavia aveva quasi finito per l'accettare l'interesse di Alan come parte dell'affetto che provava per lei. Alan giudicò che fossero ancora troppo rigide, come se calzasse guanti invisibili, guanti confezionati da un guantaio rozzo e brutale, che poi glieli aveva infilati e fissati per sempre ai polsi con punti metallici.

«Hai dovuto prendere delle pillole, oggi?»

«Solo una. Stamane.»

Per la verità ne aveva prese tre, due di mattina e una nelle prime ore del pomeriggio, e il dolore non era molto migliorato rispetto al giorno prima. Temeva che il formicolio di cui aveva parlato fosse soprattutto un'invenzione della sua intima speranza. Non le piaceva mentire ad Alan; credeva che le bugie e l'amore raramente potessero convivere e mai per troppo tempo. Ma era vissuta da sola a lungo e non era ancora riuscita a superare del tutto il terrore che le incutevano le sue implacabili premure. Si fidava di lui, ma aveva paura di fargli sapere troppo.

I suoi inviti a rivolgersi alla Mayo Clinic si erano fatti via via più insistenti e sapeva che se si fosse reso veramente conto di quanto si era aggravato questa volta il suo male, le sue esortazioni sarebbero diventate asfissianti. Non voleva che le sue maledette *mani* diventassero la componente principale del loro amore... e aveva anche paura di che cosa sarebbe potuto risultare dagli esami in un posto come la Mayo. Poteva sopportare di vivere con il dolore; non era altrettanto sicura di poter sopportare di vivere senza speranza.

«Vorresti togliere le patate dal forno?» chiese. «Voglio dare un colpo di telefono a Nettie prima che ci mettiamo a mangiare.»

«Che cos'ha Nettie?»

«Mal di pancia. Oggi non è venuta. Voglio assicurarmi che non sia un'influenza intestinale. Rosalie dice che ne gira parecchia e Nettie ha un sacro terrore dei dottori.»

E Alan, che di ciò e di come Polly Chalmers pensava sapeva più di quanto lei immaginasse, commentò fra sé: *senti chi parla, tesoro,* guardandola andare al telefono. Era un poliziotto e non sapeva mettere da parte l'abitudine all'osservazione quando non era in servizio; gli veniva automatica, tanto che non ci provava più. Se fosse stato un po' più attento negli ultimi mesi di vita di Annie, forse lei e Todd sarebbero stati ancora vivi.

Aveva notato i guanti quando Polly lo aveva ricevuto alla porta. Aveva notato che se li era sfilati tirandoli con i denti e non con le dita. L'aveva osservata posare il pollo sul piatto e aveva notato la piccola smorfia che le aveva indurito le labbra quando aveva sollevato il piatto per metterlo nel forno a microonde. Erano brutti segni. Si alzò per affacciarsi in soggiorno dalla cucina e vedere con quale disinvoltura o circospezione avrebbe usato il telefono. Era uno degli indici principali con cui misurava il grado della sua sofferenza. E questa volta poté finalmente notare un segno rassicurante... o così almeno volle intenderlo lui.

Polly compose velocemente il numero di Nettie e poiché si trovava sull'altro lato della stanza, Alan non poté vedere che quell'apparecchio, e anche tutti gli altri, erano stati sostituiti nel pomeriggio con un modello con particolari tasti più grandi del normale. Tornò in cucina tenendo l'orecchio teso al soggiorno.

«Pronto, Nettie? ...Stavo per rinunciare. Ti ho svegliata? ...Sì... Già... Be', come va? Ah, meno male. Ti ho pensata... no, per la cena è tutto a posto, Alan ha comprato un pollo arrosto in quel posto di Oxford... Sì, senza dubbio.»

Alan prese un piatto da portata da un pensile e pensò: *Sta mentendo. Non conta niente come tiene il telefono. Le sue mani sono tali e quali come sono state da un anno a questa parte e forse peggio.*

Il fatto che gli mentisse non lo preoccupava più che tanto, confortato com'era da un'opinione assai più indulgente di quella di Polly sugli emendamenti alla verità. Prendiamo il figlio, per esempio. Lo aveva dato alla luce nei primi mesi del 1971, sette mesi circa dopo aver lasciato Castle Rock su un autobus Greyhound. A lui aveva detto che il figlio, un maschietto che aveva chiamato Kelton, era deceduto a Denver a tre mesi di età, colpito da morte neonatale improvvisa, l'incubo più terribile di una giovane madre. Era una storia perfettamente plausibile e Alan non aveva alcun dubbio che Kelton Chalmers fosse morto. C'era un solo piccolo problema con la versione di Polly: non rispondeva a verità. Alan era poliziotto e sapeva riconoscere una bugia quando ne sentiva una.

(*eccetto quando a dirtela era Annie*)

Già, pensò. Eccetto quando a mentire era Annie. Eccezione debitamente annotata e allegata agli atti.

Che cosa gli aveva fatto capire che Polly mentiva? Il rapido battere delle palpebre sul suo sguardo un po' troppo sgranato e un po' troppo diretto? Il modo in cui aveva continuato a tirarsi il lobo dell'orecchio con la mano sinistra? L'accavallare e disaccavallare delle gambe, quel segnale scherzoso con cui i bambini sono soliti indicare che quello che stanno dicendo è un'invenzione?

Tutte quelle cose e nessuna di esse. Era stato soprattutto il campanello d'allarme che aveva suonato dentro di lui, come quello di un metal detector all'aeroporto quando passa qualcuno con una piastra metallica nel cranio.

La bugia non lo aveva né indispettito, né preoccupato. C'erano persone che mentivano per profitto, persone che mentivano per non soffrire, persone che mentivano semplicemente perché dire la verità era per loro un fatto del tutto estraneo... e poi c'erano persone che mentivano perché aspettavano il momento opportuno per dire la verità. Pensava che la menzogna di Polly su Kelton fosse di quest'ultimo tipo e si era disposto pazientemente all'attesa. A suo tempo, gli avrebbe rivelato i suoi segreti. Non c'era fretta.

Non c'è fretta: il pensiero stesso gli sembrava un lusso.

Anche la sua voce, calda e calma e misteriosamente del tono giusto, come la sentiva giungere dal soggiorno, gli sembrava un lusso. Non aveva ancora consumato del tutto il senso di colpa che provava per essere lì e sapere dov'erano riposti tutti i piatti e gli utensili, sapere in quale cassetto della camera da letto teneva i suoi collant o esattamente dov'erano le linee dell'abbronzatura estiva sul suo corpo, ma nulla di tutto quello contava quando udiva la sua voce. A quel punto si arrendeva davanti a un unico fatto indiscutibile, un fatto semplice che prevaleva su tutti gli altri: il suono della sua voce stava diventando il suono del... focolare domestico.

«Posso venire più tardi, Nettie... Ah, davvero? ...Be', il riposo è probabilmente la terapia migliore... *Domani?*»

Polly rise. Il suo era un riso libero e corroborante, che gli metteva sempre addosso il buonumore, come se all'improvviso il mondo intero fosse stato riformato. Pensò che avrebbe aspettato anche un'eternità prima di conoscere i suoi segreti, se in cambio avesse potuto ascoltarla ridere così di tanto in tanto.

«Mio Dio, no! Domani è *sabato*! Voglio passare tutta la giornata a letto, a rotolare nel peccato!»

Alan sorrise. Aprì il cassetto sotto i fornelli, trovò un paio di manopole e aprì il forno tradizionale. Una patata, due patate, tre patate, quattro. In nome di Dio, come avrebbero potuto far fuori in due quattro grosse patate al forno? Ma naturalmente aveva sempre saputo che ne avrebbe trovate troppe, perché era così che cucinava Polly. Doveva esserci un altro segreto nascosto in quelle quattro grosse patate e un giorno, quando avesse saputo tutti i perché, o quasi tutti, o anche solo alcuni, si sarebbe sbarazzato forse di quel senso di colpa ed estraneità.

Tolse le patate dal forno. Pochi istanti dopo quello a microonde segnalò il raggiungimento della temperatura desiderata.

«Ora devo andare, Nettie...»

«È tutto sotto controllo!» gridò Alan. «Sono un poliziotto, signora!»

«... ma tu chiamami se hai bisogno di qualcosa. Sei sicura di star bene adesso? ...E me lo diresti se non fosse così, vero, Nettie? ...Okay... Cosa? ...No, tanto per dire... Anche a te... Buonanotte, Nettie.»

Quando tornò in cucina, Alan aveva posato il piatto del pollo sul tavolo ed era occupato a prepararle una patata.

«Alan, tesoro! Non c'era bisogno che lo facessi!»

«Fa tutto parte del servizio, bella signora.» Un'altra cosa che aveva capito era che, quando il male di Polly era in una fase acuta, la vita per lei si trasformava in una serie di piccoli, odiosi combattimenti; le comuni attività di una vita comune diventavano altrettanti ostacoli da sormontare con estenuante fatica, e il prezzo da pagare per un insuccesso era l'imbarazzo oltre al dolore. Caricare la lavastoviglie. Mettere legna nel caminetto. Manovrare coltello e forchetta per liberare la polpa di una patata al forno dalla buccia.

«Siediti», la invitò. «Chiocciamo.»

Lei scoppiò a ridere e poi lo abbracciò. Gli strinse la schiena con gli avambracci invece che con le mani, notò il vigile osservatore dentro di lui. Ma il lato meno distaccato della sua personalità prese nota del modo in cui il suo corpo snello gli si schiacciava contro e del piacevole aroma del suo shampoo.

«Sei l'uomo più caro del mondo», gli mormorò Polly.

Alan la baciò, dapprima con delicatezza, poi con maggior energia. Le sue mani scivolarono dalla schiena alla curva delle sue natiche. I vecchi jeans erano lisci e morbidi come panno.

«Giù le mani, maschione», lo redarguì lei dopo qualche attimo. «Adesso il pollo, le coccole dopo.»

«È un invito?» Se il dolore alle mani non era veramente migliorato, pensò, avrebbe ritrattato.

Ma lei rispose: «Ufficiale», e Alan si sedette soddisfatto. Provvisoriamente.

5

«Aspetti Al a casa per il fine settimana?» domandò Polly mentre rigovernavano. Il figlio superstite di Alan frequentava la Milton Academy, a sud di Boston.

«No», rispose Alan, che stava liberando i piatti dagli ossicini rimasti.

«Pensavo», cominciò Polly in un tono un po' troppo indifferente, «che visto che lunedì la scuola è chiusa per il ponte del Columbus Day...»

«Va a casa di Dorf a Cape Cod», spiegò Alan. «Dorf sarebbe Carl Dorfman, il suo compagno di stanza. Ha chiamato martedì e mi ha chiesto se poteva andare a casa sua per il ponte. Gli ho detto di sì.»

Lei gli toccò il braccio e Alan si girò a guardarla. «Fino a che punto è colpa mia, Alan?»

«Fino a che punto è colpa tua di *cosa*?» ribatté lui, sinceramente sorpreso.

«Sai a che cosa alludo. Tu sei un bravo padre e non sei stupido. Quante volte è stato a casa Alan da quando è ricominciata la scuola?»

A un tratto Alan capì dove voleva andare a parare e le sorrise sollevato. «Una volta sola», rispose, «ed è stato perché aveva bisogno di parlare a Jimmy Catlin, il suo vecchio socio dei computer ai tempi del ginnasio. Alcuni dei suoi programmi migliori girano sul nuovo Commodore 64 che gli ho regalato per il suo compleanno.»

«Visto? È questo il punto, Alan. Per lui io sono un'estranea che cerca troppo presto di occupare il posto lasciato da sua madre e...»

«Santo cielo», la interruppe Alan. «E da quando ti sei messa in testa che Alan veda in te la Matrigna Cattiva?»

Polly aggrottò la fronte. «Spero che mi perdonerai se non trovo l'idea così divertente.»

Lui la prese dolcemente per le braccia e le baciò l'angolo della bocca. «Io non la trovo affatto divertente. Sai, solo poco fa stavo pensando che ci sono momenti in cui mi sento un poco strano, a stare con te. Mi sembra troppo presto. Non è così, ma è una sensazione che mi prende qualche volta. Capisci?»

Lei annuì. Le rughe sulla sua fronte si allentarono, ma non scomparvero del tutto. «Certo. Nei film e negli sceneggiati i personaggi di solito si struggono drammaticamente un po' più a lungo.»

«Hai messo il dito nella piaga. Nei film si fa sempre un gran tormentarsi e i lutti durano una mezza eternità. Perché il lutto è un fatto troppo reale. Il dolore per la perdita di una persona che ti era cara...» Le lasciò andare le braccia, prese un piatto e cominciò ad asciugarlo. «... è *brutale*.»

«Sì.»

«Così certe volte mi sento un po' colpevole, ecco.» Avvertì una punta di amaro divertimento dal tono difensivo che aveva sentito vibrare nella propria voce. «In parte perché sembra troppo presto, anche se non è vero, e in parte perché sembra che me la sia cavata troppo facilmente, anche se non è vero. Quest'idea che dovrei soffrire ancora crogiolandomi nel mio cordoglio è ancora una costante, non lo posso negare, ma è giusto anche che aggiunga che so che è una fesseria... perché so che nel segreto del mio cuore non ho affatto smesso di soffrire.»

«Si vede che sei umano», commentò lei sottovoce. «Che esotica bizzarria ed eccitante perversione.»

«Già, deve essere così. Quanto ad Al, se la vive a modo suo. Ed è un buon modo, abbastanza perché possa sentirmi fiero di lui. Sente ancora la mancanza di sua madre, ma se *soffre* ancora, e su questo non posso dichiararmi del tutto sicuro, allora è per Todd. Ma la tua idea secondo cui starebbe lontano perché giudica male te... o noi... è follia pura.»

«Ne sono felice. Non sai che sollievo mi hai dato. Però mi sembra lo stesso...»

«Non del tutto giusto, è così?»

Lei annuì.

«Ti capisco. Ma il comportamento di un ragazzo, anche quando è normale al novantotto virgola sei, non sembra mai del tutto giusto agli occhi di un adulto. Ci dimentichiamo come le loro ferite guariscono in fretta, certe volte, e quasi sempre ci dimentichiamo come cambiano in fretta. Al si sta allontanando. Da me, dai suoi vecchi amici come Jimmy Catlin, anche dalla Rocca nel suo insieme. Si sta allontanando, nient'altro. Come un razzo quando si accendono i motori del terzo stadio. È una cosa che i ragazzi fanno sempre e immagino che sia sempre una triste sorpresa per i loro genitori.»

«Però mi sembra così presto», mormorò Polly. «Diciassette anni mi sembra presto per cominciare a distaccarsi.»

«Ed è presto», convenne Alan. Parlava in un tono che era vicino all'irritazione. «Ha perso la madre e il fratello in uno stupido incidente. La sua vita è andata in pezzi, è andata in pezzi la mia, e ci siamo ritrovati insieme nella maniera in cui immagino che padri e figli facciano quasi sempre in situazioni di questo genere, per vedere cioè se insieme è possibile reincollare un buon numero di cocci. Ce la siamo cavata, mi pare, ma sarei uno stupido se non mi rendessi conto che le cose sono cambiate. La mia vita è qui, Polly, alla Rocca. La sua no, non più. Ho pensato che forse lo sarebbe stata di nuovo, ma l'espressione che gli ho visto negli occhi quando gli ho suggerito di trasferirsi al liceo di Castle Rock quest'autunno, mi ha subito purgato da ogni illusione. Non gli piace tornare qui perché ci sono troppi ricordi. Credo che cambierà, con il tempo, e ora come ora non ho intenzione di fargli fretta io. Ma non ha niente a che fare con te e me. Okay?»

«Okay. Alan?»

«Mmm?»

«Hai nostalgia di lui, vero?»

«Sì», ammise semplicemente Alan. «Ogni giorno.» Fu sconcertato nel sentirsi improvvisamente sull'orlo del pianto. Si girò ad aprire un'antina a caso, cercando di dominarsi. Il miglior stratagemma sarebbe stato di cambiare al più presto argomento. «Come sta Nettie?» chiese e fu contento di sentire che la sua voce era normale.

«Dice che questa sera sta meglio, ma ci ha messo un secolo per rispondere al telefono. Me la sono persino immaginata riversa al suolo, priva di sensi.»

«Probabilmente dormiva.»

«Ha detto di no e in effetti non mi ha dato l'impressione che stesse dormendo. Sai come parla la gente quando viene svegliata dal telefono.»

Alan annuì. Era un'altra routine da poliziotto. Si era trovato all'uno e all'altro capo del filo di un gran numero di telefonate che avevano colto qualcuno nel sonno.

«Ha detto che era nella legnaia a far ordine nella vecchia roba di sua madre, ma...»

«Se è un virus intestinale, probabilmente l'hai beccata mentre era seduta sul trono e non ha voluto ammetterlo», insinuò Alan realisticamente.

Polly rifletté su quell'ipotesi e scoppiò a ridere. «Scommetto che hai ragione. Pur di non dirmelo, Nettie avrebbe inventato qualunque scusa.»

«Appunto», disse Alan. Scrutò per un istante l'acqua nel lavello, poi tolse il tappo. «Abbiamo lavato tutto, tesoro.»

«Grazie, Alan.» Lo ricompensò con un bacino sulla guancia.

«Oh, ma guarda che cos'ho trovato», sbottò Alan. Le passò una mano dietro l'orecchio e fece apparire una moneta da cinquanta centesimi. «Te ne tieni sempre qualcuna di scorta qui dietro, bella signora?»

«Come hai fatto?» chiese lei, guardando affascinata il mezzo dollaro.

«Fatto che cosa?» ribatté lui. Muovendo in successione le nocche della mano destra, fece viaggiare la moneta dando l'impressione che fosse animata di energia propria. Poi la strinse fra anulare e mignolo e voltò la mano. Quando la girò di nuovo, la moneta non c'era più. «Credi che dovrei scappare per andare a lavorare al circo?» le domandò.

Polly sorrise. «No, resta qui con me. Alan, credi che sia sciocco da parte mia preoccuparmi tanto per Nettie?»

«Tutt'altro», rispose Alan. S'infilò nella tasca dei calzoni la mano sinistra, quella in cui aveva trasferito la moneta, la estrasse vuota e afferrò un canovaccio. «L'hai tirata fuori dalla clinica dei matti, le hai dato un lavoro e l'hai aiutata a comprarsi una casa. Ti senti responsabile e immagino che in certa misura tu lo sia. Se non ti preoccupassi per lei, credo che comincerei a preoccuparmi io per te.»

Polly prese l'ultimo bicchiere dallo scolatoio. Alan vide l'improvvisa espressione di sgomento sul suo viso e capì che non sarebbe riuscita a tenerlo in mano, anche se era quasi asciutto. Reagì con tempestività, flettendo le ginocchia e allungando la mano. Il movimento fu così aggraziato che a Polly sembrò quasi un passo di danza. Il bicchiere cadde e gli finì dritto nella mano, ferma con il palmo all'insù a meno di mezzo metro dal pavimento.

Il dolore che l'aveva tormentata per tutta la sera e l'annesso timore che Alan ne intuisse la gravità furono improvvisamente travolti da un'onda di desiderio così violenta e inaspettata da spaventarla più che sorprenderla. E nel dire desiderio c'era un eccesso di pudore, non è vero? L'emozione che provava era molto più semplice, precisa e senza sfumature come un colore primario. Era libidine.

«Ti muovi come un gatto», commentò mentre lui si rialzava. La sua voce era arrochita, un po' impastata. Rivedeva nella mente la sinuosa agilità con cui aveva piegato le gambe, la tensione dei muscoli lunghi nelle sue cosce. La curva armoniosa di un polpaccio. «Come fa un uomo grande e grosso come te a muoversi così velocemente?»

«Non so», rispose lui e la guardò con stupore e perplessità. «Che cosa c'è, Polly? Sei strana. Ti senti svenire?»

«Mi sento venire», disse lei.

La voglia prese anche lui, allora. Così, di slancio, al di là del bene e del male. «Vediamo se è vero», mormorò e si mosse con quella grazia e quella velocità che nessuno gli avrebbe accreditato vedendolo camminare per la Main Street. «Sono proprio curioso.» Posò il bicchiere con la sinistra e le infilò la destra fra le gambe senza darle il tempo di capire che cosa aveva in mente.

«Alan, che cosa stai fa...» Poi, quando il suo pollice le schiacciò il clitoride con delicata decisione *facendo* si trasformò in fa-*aaaaah!*-cendo. Alan la sollevò senza il minimo sforzo.

Lei gli passò le mani intorno al collo e fece attenzione anche in un momento di passione come quello a cingerlo con gli avambracci; le sue mani sporgevano dietro di lui come rigidi mazzetti di bastoncini, ma erano l'unica parte irrigidita del suo corpo. Tutto il resto si stava sciogliendo.

«Alan, mettimi *giù*!»

«Non credo», rispose lui, sollevandola più in alto. Sentendola scivolare, la trattenne con l'altra mano fra le scapole e a un tratto lei cominciò a dondolare avanti e indietro sull'altra mano, quella che le teneva fra le gambe, come una bambina su un cavallo a dondolo e lui *accompagnava* i suoi movimenti e lei si sentiva come se viaggiasse su una favolosa altalena con i piedi nel vento e i capelli nelle stelle.

«Alan...»

«Tieniti forte, bella signora», disse lui e cominciò a *ridere*, come se non avesse fra le mani più che un batuffolo di piume. Lei si abbandonò all'indietro, non sentì più la mano con cui lui la reggeva, nell'eccitazione crescente, ma sapeva che non l'avrebbe lasciata cadere; poi lui la spinse di nuovo contro di sé e con una mano le accarezzava la schiena e con il pollice dell'altra le faceva altre cose, cose che lei non aveva mai nemmeno *considerato*, e lei riprese a dondolare, invocando il suo nome come in un delirio.

L'orgasmo la colpì come un dolce proiettile esplosivo, sfrecciando dal centro in direzioni opposte. Le sue gambe dondolavano a una spanna dal pavimento della cucina (le volò via un mocassino che atterrò in soggiorno), la sua testa ricadde all'indietro, cosicché i capelli neri gli lambirono il braccio in una piccola cascata solleticante, e quando fu al culmine del piacere, lui le baciò la sottile ruga bianca della gola.

Finalmente la posò... poi si affrettò a trattenerla perché le cedettero le ginocchia.

«Oh, mio Dio», sospirò lei, cominciando a ridere debolmente. «Oh, mio *Dio*, Alan. Questi jeans non li laverò mai più.»

Divertito da quel commento, Alan scoppiò in una sonora risata. Si lasciò andare su una seggiola con le gambe stese in avanti e rise a crepapelle, tenendosi la pancia. Polly gli si avvicinò e lui l'afferrò, se l'attirò per qualche secondo sulle ginocchia, quindi si alzò prendendola fra le braccia.

Polly fremette di nuovo in una vertigine di emozioni e desiderio, ma ora le sue sensazioni erano più chiare, meglio definite. *Ora*, pensò, *ora è davvero desiderio. Desidero immensamente quest'uomo*.

«Portami di sopra», disse. «E se non ce la fai ad arrivare in camera, portami al divano. E se non ce la fai fino al divano, prendimi qui, sul pavimento della cucina.»

«Credo di farcela almeno fino al soggiorno», ribatté lui. «Come vanno le mani, bella signora?»

«Quali mani?» chiese lei svagata e chiuse gli occhi. Si concentrò sulla limpida gioia di quel momento, muovendosi nel tempo e nello spazio tra le sue braccia, muovendosi nel buio avvolta dalla sua forza. Gli premette la faccia contro il torace e quando lui l'adagiò sul divano, gli si aggrappò per trascinarlo giù con sé... e questa volta lo fece con le mani.

6

Restarono sul divano per quasi un'ora e poi sotto la doccia per chissà quanto... finché l'acqua cominciò a raffreddarsi e li indusse comunque alla fuga. Poi lei lo portò a letto con sé, dove si coricò troppo sfinita e troppo appagata per riuscire a far altro che rannicchiarsi.

Aveva avuto in mente di fare l'amore con lui quella sera, ma più per alleviare le sue preoccupazioni che per un reale desiderio da parte sua. Certamente non si era aspettata niente di così travolgente... ma ne era contenta. Sentiva che il dolore stava già cominciando a impadronirsi di nuovo delle sue mani, ma quella notte non avrebbe avuto bisogno di un Percodan per dormire.

«Sei un amatore fantastico, Alan.»

«Anche tu.»

«Siamo pari», mormorò lei e gli appoggiò la testa al petto. Sentiva il suo cuore battere tranquillo, come a dire *Bah, roba del genere è ordinaria amministrazione nel turno di notte per me e il mio principale*. Ripensò (e non senza un'eco della furiosa passione di poco prima) a com'era veloce, a com'era forte... ma soprattutto a com'era veloce. Lo conosceva fin da quando Annie aveva cominciato a lavorare da lei, stava con lui da almeno cinque mesi, eppure prima di quella sera non aveva mai saputo quanto fulmineamente sapesse muoversi. Era stato come la versione completa dei suoi trucchi con le monete, i trucchi con le carte e le ombre degli animali che erano la passione dei bambini di Castle Rock, i quali lo obbligavano a esibirsi ogni volta che lo incontravano. Era inquietante... ma era anche meraviglioso.

Ora sentiva che cominciava ad assopirsi. Avrebbe dovuto chiedergli se aveva intenzione di restare per la notte e raccomandargli di mettere la macchina nel box, se si fosse trattenuto (Castle Rock era un piccolo borgo con un gran brulicar di lingue), ma non ne trovò le energie. Alan ci avrebbe pensato da sé. Cominciava a convincersi che Alan non tralasciasse mai niente.

«Nessun'altra sparata da parte di Buster o del reverendo Willie?» domandò pigramente.

Alan sorrise. «Calma su entrambi i fronti, almeno per adesso. Il signor Keeton e il reverendo Rose mi sono più simpatici quanto meno li vedo, e da questo punto di vista oggi è stata una giornata stupenda.»

«Meglio così», borbottò lei.

«Sì, ma ho qualcos'altro di più interessante.»

«Cosa?»

«Norris è di nuovo di buonumore. Ha comprato una canna con mulinello dal tuo amico Gaunt e non fa che parlare di andare a pescare questo fine settimana. Io dico che si congelerà le chiappe, quel poco di chiappe che ha attaccate al fondo della schiena, ma se Norris è felice, sono felice anch'io. Sono stato male per lui quando Keeton gli ha tagliato i panni addosso, ieri. La gente lo prende in giro perché è magro come un grissino e un po' frivolo, invece in questi ultimi tre anni è decisamente maturato sul piano professionale e ora è un ottimo tutore dell'ordine per una cittadina di provincia come la nostra. E ha il suo amor proprio come tutti noi. Non è colpa sua se sembra il fratellastro di Don Knotts.»

«Mmmm...»

Scivolava. Scivolava in una dolce tenebra dove non c'era dolore. Polly si lasciò andare e, mentre il sonno l'avviluppava, sul suo viso apparve una piccola espressione furbesca di soddisfazione.

7

Per Alan il sonno fu una conquista più ardua.

La vocina interiore si faceva sentire di nuovo, ma il suo tono non era più falsamente scanzonato. Questa volta era lamentosa, dubbiosa, quasi smarrita. *Dove siamo, Alan?* domandò. *Non è la stanza sbagliata, questa? Il letto sbagliato? La donna sbagliata? Non ci capisco più niente.*

Scoprì a un tratto di provare pietà per quella voce. Non era autocommiserazione, perché mai come ora gli era sembrata tanto diversa dalla sua. Rifletté che quella voce desiderava parlare non più di quanto lui, l'Alan cioè che esisteva nel presente e l'Alan che faceva progetti per il futuro, avesse desiderio di udirla. Era la voce del dovere, la voce del cordoglio. Ed era ancora la voce del rimorso.

Poco più di due anni prima Annie Pangborn aveva cominciato a soffrire di mal di testa. Non erano gravi, almeno a sentire lei; era restia a parlarne quanto Polly con la sua artrite. Poi, una mattina, mentre si faceva la barba, doveva essere nei primissimi mesi del 1990, aveva notato che qualcuno si era dimenticato di riavvitare il tappo del flacone-famiglia di Anacin 3 abbandonato sul lavandino. Nel momento in cui stava per chiudere il flacone, si era bloccato. Sul finire della settimana precedente aveva preso due aspirine da quel flacone che ne conteneva duecentoventicinque e ricordava che era ancora quasi pieno. Ora era quasi vuoto. Si era sciacquato la crema da barba dalla faccia e si era recato al *You Sew and Sew*, dove Annie lavorava da quando Polly Chalmers aveva aperto il negozio. Aveva portato sua moglie a bere un caffè... e rispondere a qualche domanda. Le aveva chiesto dell'aspirina. Ricordava di essere stato un po' spaventato,

(*solo un po'*, concordò amaramente la voce interiore)

ma solo un po', perché *nessuno* prende centonovanta compresse di aspirina in un'unica settimana. *Nessuno*. Annie gli aveva dato dello sciocco. Stava pulendo il bagno, aveva spiegato, e aveva urtato il flacone passando lo straccio sul mobiletto accanto al lavandino. Il tappo non era ben avvitato e molte delle compresse erano rotolate fuori e avevano cominciato a sciogliersi nel lavandino, perciò le aveva buttate via.

Aveva detto.

Ma lui era un poliziotto e anche quando non era in servizio non sapeva mettere da parte quell'automatica abitudine all'osservazione che faceva parte del suo mestiere. Non sapeva spegnere la sua personale macchina della verità. Osservando le persone mentre rispondevano alle domande, osservandole davvero *attentamente*, quasi sempre si poteva stabilire quando mentivano. Una volta aveva interrogato un uomo che segnalava ogni menzogna stuzzicandosi un canino superiore con l'unghia del pollice. La bocca articolava le bugie mentre il corpo evidentemente era destinato a mostrare la verità. Così aveva allungato la mano sul tavolo alla *Luncheonette* dove erano andati a bere il caffè, aveva afferrato quelle di Annie e l'aveva pregata di dirgli la verità. E quando dopo un momento d'esitazione lei aveva risposto che sì, i dolori alla testa erano effettivamente un po' più forti e sì, aveva effettivamente preso qualche aspirina in più, ma no, non tutte quelle che mancavano dal flacone, perché il flacone era *veramente* caduto nel lavandino, le aveva creduto. Era caduto nel più vecchio tranello del manuale del bugiardo matricolato, quella che i truffatori di professione chiamano avanti tutta-indietro mezza: se cacci una balla e mangiano la foglia, fai marcia indietro e racconta una *mezza* verità. Se l'avesse osservata più attentamente, si sarebbe accorto che anche la seconda volta non era del tutto sincera con lui. L'avrebbe costretta ad ammettere una cosa che gli sembrava quasi impossibile, ma che ora sapeva con assoluta certezza: le sue emicranie erano tanto forti da spingerla a prendere come minimo venti aspirine al giorno. E se avesse confessato di essere ridotta a tanto, nel giro di due giorni l'avrebbe fatta ricevere nello studio di un neurologo di Portland o Boston. Ma era sua moglie e in quei giorni il suo spirito di osservazione era sopito, quando non era in servizio.

Così si era accontentato di fissarle un appuntamento con Ray Van Allen e lei era andata a farsi vedere dal medico di famiglia. Ray non aveva trovato niente e Alan non gliene aveva mai fatto una colpa. Ray l'aveva sottoposta alle solite prove dei riflessi, l'aveva guardata negli occhi con il fedele oftalmoscopio, aveva verificato che non vedesse doppio e le aveva prescritto una radiografia all'Oxford Regional. Non aveva però ordinato una TAC e quando Annie gli aveva detto che il mal di testa se n'era andato, Ray le aveva creduto. Alan sospettava che avesse avuto ragione di crederle. Sapeva che i medici sono sensibili al linguaggio corporale delle menzogne quasi quanto i poliziotti. I pazienti sono inclini a mentire più o meno come gli indiziati e per lo stesso motivo: semplice paura. E quando Ray aveva visitato Annie non era fuori servizio, perciò era possibile che fra il momento in cui lui aveva fatto la sua scoperta e il momento in cui Annie era andata dal dottor Van Allen, i mal di testa fossero effettivamente passati. *Probabilmente* erano passati. In una lunga conversazione davanti a un paio di bicchieri di brandy nell'abitazione del medico a Castle View, Ray gli aveva spiegato in seguito che nei casi in cui il tumore è localizzato in alto sul tronco cerebrale, spesso i sintomi vanno e vengono. «Le crisi acute sono spesso associate ai tumori del tronco», aveva detto. «Se ci fosse stata una crisi acuta, forse...» E si era stretto nelle spalle. Già. Forse. E forse un uomo di nome Thad Beaumont era un corresponsabile non indiziato della morte di sua moglie e di suo figlio, ma non trovava nel cuore imputazioni neanche contro di lui.

Non tutte le cose che accadono nelle cittadine di provincia sono note agli abitanti, per quanto fini d'orecchio o energici e alacri di lingua. A Castle Rock si sapeva di Frank Dodd, l'agente che in preda alla follia aveva ucciso quelle donne ai tempi dello sceriffo Bannerman; e sapevano di Cujo, il San Bernardo che era stato colpito dalla rabbia sulla Municipale N. 3, e sapevano che la casa sul lago di Thad Beaumont, romanziere e Celebrità locale, era stata distrutta da un incendio nell'estate 1989; ma non conoscevano le circostanze di quell'incendio, né sapevano che Beaumont era perseguitato da un uomo che non era in realtà affatto un uomo, bensì una creatura per la quale forse non esiste una definizione. Alan Pangborn invece sapeva tutte queste cose e i suoi sonni ne erano ancora turbati di tanto in tanto. Erano fatti che appartenevano tutti alla storia del passato, all'epoca in cui si era accorto appieno delle sofferenze di Annie... un passato che però non finiva mai di passare. Grazie alle telefonate che gli faceva Thad quando si ubriacava, era diventato suo malgrado testimone dello sfascio del suo matrimonio e della progressiva erosione del suo equilibrio mentale. E contemporaneamente di quella del *proprio* equilibrio. Nella sala d'aspetto di qualche medico aveva letto un articolo sui buchi neri, grandi spazi vuoti sparsi nell'universo che presentava un fenomeno come di gorgo di antimateria, per cui risucchiavano voracemente tutto quello che capitava loro a tiro. Fra l'estate e l'autunno del 1989 il caso Beaumont era diventato il buco nero personale di Alan. C'erano giorni in cui metteva in dubbio i concetti più elementari della realtà e si domandava se fosse successo davvero. C'erano notti in cui restava sveglio finché l'alba tingeva di luce il cielo orientale per la paura di addormentarsi, la paura del sogno: una Toronado nera che gli piombava addosso, una Toronado nera con un mostro in putrefazione al volante e, sul paraurti posteriore, un adesivo con la scritta: GRAN FIGLIO DI PUTTANA. In quei giorni la vista di un singolo passerotto appollaiato sulla ringhiera della veranda o sceso a saltellare sul prato gli faceva venir voglia di mettersi a urlare. Se lo avessero interrogato in proposito, avrebbe risposto: «Quando cominciò il male di Annie ero distratto». Ma non era distrazione: nei recessi della sua mente era impegnato a combattere una battaglia disperata contro la follia. GRAN FIGLIO DI PUTTANA! Come vedeva riapparire nitida quella scritta. Come ne era vessato. Dalla scritta e dai passeri.

Era distratto anche quel giorno di marzo, quando Annie e Todd erano saliti sulla vecchia Scout che serviva per le commissioni in zona, ed erano partiti alla volta dell'*Hemphill's Market*. Quante volte aveva riesaminato il comportamento di Annie quella mattina senza riuscire a individuare niente di insolito, niente di fuori dell'ordinario. Lui era nello studio, quando erano usciti. Aveva guardato dalla finestra accanto al tavolo e li aveva salutati. Todd aveva agitato una mano prima di salire in macchina. Era stata l'ultima volta che li aveva visti vivi. Dopo tre miglia sulla Route 117 e a meno di un miglio dal supermercato, la Scout era uscita di strada ad alta velocità ed era andata a schiantarsi contro un albero. Dall'esame dei rottami, la polizia statale aveva dedotto che Annie, che era sempre stata un'automobilista più che prudente, viaggiava a più di cento all'ora. Todd aveva la cintura agganciata. Annie no. Era morta probabilmente nell'attimo stesso in cui aveva attraversato il parabrezza, lasciando dietro di sé una gamba e mezzo braccio. Todd forse era ancora vivo quando era esploso il serbatoio. Questo lo angosciava soprattutto. Che il figlio decenne, che teneva una parodia di rubrica astrologica sul giornale della scuola e stravedeva per la Little League, potesse essere stato ancora in vita, che potesse essere arso vivo mentre tentava di slacciare la cintura di sicurezza.

C'era stata un'autopsia. L'autopsia aveva rivelato il tumore cerebrale. Van Allen gli aveva detto che era piccolo, non più grande di un grappolo di noccioline. Non aveva aggiunto che sarebbe stato possibile asportarlo se fosse stato diagnosticato, ma ad Alan erano bastati il suo volto contrito e gli occhi abbassati per saperlo. Secondo Van Allen aveva avuto finalmente quella crisi acuta che, se si fosse verificata prima, avrebbe rivelato loro la vera origine dei suoi mal di testa. Probabilmente le aveva irrigidito improvvisamente il corpo come una forte scarica elettrica, in conseguenza della quale aveva affondato il pedale dell'acceleratore e perso il controllo dell'automobile. Non aveva dato spontaneamente quelle spiegazioni ad Alan; se ne aveva parlato era solo perché Alan lo aveva interrogato senza pietà e perché si era reso conto che, a costo di aggiungere sofferenza a sofferenza, avrebbe preteso la verità, per quanto lui o chiunque non fosse stato quel giorno a bordo della Scout, fosse stato in grado di ricostruirla. «Ti prego», aveva detto Van Allen sfiorandogli la mano in un breve gesto di solidarietà. «È stato un terribile incidente, ma non è stato altro che un incidente. Devi rassegnarti. Hai un altro figlio, che ora ha bisogno di te quanto tu di lui. Devi fartene una ragione. E continuare nella tua vita.» Ci aveva provato. L'orrore irrazionale della vicenda di Thad Beaumont, quella vicenda pazzesca degli

(*passeri i passeri volano di nuovo*)

uccelli, aveva cominciato a spegnersi e lui si era sinceramente sforzato di ricostruire la sua vita: vedovo, poliziotto di provincia, padre di un adolescente che cresceva troppo in fretta e troppo in fretta si staccava da lui... non per via di Polly, ma per l'incidente, per quell'orribile, sconvolgente trauma: *figliolo, è successo qualcosa di molto brutto, ora dovrai farti forza...* Poi naturalmente aveva cominciato a piangere e di lì a non molto si era messo a piangere anche Al.

Nonostante tutto avevano lavorato insieme alla ricostruzione e *ancora* ci stavano lavorando. Andava meglio ora... ma due fatti rimanevano dolorosamente radicati nella sua memoria.

Uno era quell'enorme flacone di aspirina quasi vuoto dopo una sola settimana.

L'altro era che Annie non si era allacciata la cintura.

Ma Annie metteva *sempre* la cintura.

Dopo tre settimane di notti insonni aveva preso appuntamento con un neurologo di Portland senza poter evitare, mentre lo faceva, di pensare a stalle chiuse dopo che i buoi erano scappati. C'era andato perché uno specialista aveva forse le risposte agli interrogativi che lo perseguitavano e perché non ne poteva più di strappare parole di bocca a Ray Van Allen con le tenaglie. Il neurologo si chiamava Scopes e per la prima volta in vita sua si era nascosto dietro la propria qualifica professionale: aveva detto a Scopes che le sue domande erano in relazione a un'indagine in corso. Il neurologo aveva confermato i sospetti fondamentali di

Alan: sì, le persone colpite da tumore cerebrale subivano talvolta crisi di irrazionalità e in certi casi manifestavano all'improvviso una tendenza suicida. Quando una persona affetta da tumore cerebrale si toglieva la vita, aveva spiegato Scopes, spesso lo faceva d'impulso, dopo una riflessione della durata di non più di un minuto o persino di pochi secondi. Era possibile che il suicida decidesse di portare qualcuno con sé? aveva domandato Alan.

Scopes era seduto alla sua scrivania, reclinato all'indietro nella poltrona, con le dita intrecciate dietro il collo, perciò non poteva vedere le mani di Alan, così strette fra le ginocchia che le nocche erano diventate bianche. Oh sì, aveva risposto Scopes. Non era insolito in casi di quel genere; i tumori al tronco cerebrale provocavano spesso comportamenti che agli occhi del profano sembravano da psicopatico. Una delle conclusioni a cui talvolta arrivava il malato era che le sue sofferenze fossero comuni alle persone amate o addirittura a tutta la razza umana, un'altra era che i suoi cari non avrebbero desiderato vivere dopo la sua morte. Scopes aveva ricordato Charles Whitman, l'Eagle Scout che si era arrampicato in cima alla Texas Tower e aveva ucciso più di venti persone prima di togliersi la vita, e una supplente delle elementari nell'Illinois, che aveva ucciso alcuni dei suoi alunni prima di tornare a casa e spararsi un colpo alla testa. In entrambi i casi l'autopsia aveva rivelato tumori cerebrali. Era una variante, ma non ricorrente in tutti i casi e nemmeno particolarmente frequente. I tumori cerebrali producevano talvolta sintomi strani, anche bizzarri, ma altre volte non ne presentavano affatto. Era impossibile essere certi.

Impossibile. Quindi lascia perdere.

Saggio consiglio, ma difficile da mettere in pratica. Per quel flacone di aspirina. Per quella cintura di sicurezza.

Era soprattutto la cintura ad angustiarlo, come una piccola nuvola nera che gli vagava in continuazione nella mente. Annie non guidava *mai* senza allacciarsi la cintura, nemmeno se doveva scendere in fondo all'isolato e tornare indietro. Eppure Todd aveva allacciato la sua come sempre. Aveva qualche significato? Se dopo essere partita da casa per l'ultima volta Annie aveva deciso di togliersi la vita e di portare Todd con sé, non avrebbe forse insistito perché anche il figlio si slacciasse la cintura? Per quanto sconvolta, depressa e confusa, non avrebbe voluto che Todd soffrisse, no?

Impossibile essere sicuri. Lascia perdere.

Eppure ancora adesso, sdraiato nel letto di Polly con Polly che gli dormiva accanto, era un consiglio al quale non riusciva ad arrendersi. La sua mente ricominciava ad arrovellarsi, come un cucciolo che riprende a tormentare con i dentini aguzzi un vecchio pezzo di cuoio tutto smangiucchiato.

A quel punto gli si riproponeva sempre un'immagine, una scena da incubo che l'aveva infine spinto a cercare consolazione tra le braccia di Polly Chalmers, perché Polly era la donna con cui Annie aveva stretto l'amicizia più intima in città e considerato il problema di Beaumont e il duro impegno con cui aveva dovuto occuparsi di quel caso a rischio del suo stesso equilibrio psichico, negli ultimi mesi della sua vita, Polly le era probabilmente stata accanto molto più di lui.

L'immagine era quella di Annie che si slacciava la cintura di sicurezza, calcava il piede sul pedale dell'acceleratore e staccava le mani dal volante. Le staccava dal volante perché aveva qualcos'altro da fare in quegli ultimi secondi.

Le staccava dal volante per poter slacciare la cintura a Todd.

Quella era l'immagine: la Scout lanciata a più di cento all'ora che improvvisamente sterzava a destra, verso gli alberi, sotto un bianco cielo di marzo che prometteva pioggia, mentre Annie armeggiava con la fibbia della cintura di Todd e Todd che, gridando di terrore, tentava disperatamente di allontanare le sue mani. Vedeva il viso amato di Annie trasformato in un'orrenda maschera di strega, vedeva il volto di Todd contratto dall'orrore. Certe volte si svegliava nel cuore della notte, rivestito da un appiccicoso camice di sudore, con la voce di Todd che gli echeggiava nelle orecchie: *Gli alberi, mamma! Attenta! Gli ALBERI!*

Così un giorno, all'ora di chiusura, era andato da Polly e le aveva chiesto se accettava un invito a casa a bere qualcosa, o se la proposta le creava imbarazzo, se avrebbe potuto andare lui da lei.

Seduto in cucina (*la cucina giusta* sottolineò la voce interiore) con una tazza di tè per lei e un caffè per sé, aveva cominciato a parlare del suo incubo, lentamente, sconnessamente.

«Ho bisogno di sapere, se mi è possibile, se aveva momenti di depressione o irrazionalità di cui non era a conoscenza o di cui non mi sia accorto», aveva spiegato. «Ho bisogno di sapere se...» Si era interrotto, momentaneamente alla deriva. Sapeva come avrebbe dovuto esprimersi, ma gli diventava sempre più difficile pronunciare le parole giuste. Era come se il canale di comunicazione tra la sua mente infelice e confusa e la sua bocca si andasse restringendo e stesse per ostruirsi una volta per sempre.

Con un grande sforzo aveva ripreso a parlare.

«Ho bisogno di sapere se aveva tendenze suicide. Perché, vedi, non è morta solo Annie. Con lei è morto Todd. E se ci sono stati dei segni che non ho aiutato... notato, voglio dire, *notato*... ecco allora sono responsabile anche della sua morte. Ed è una cosa che devo sapere.»

Si era fermato lì, con il cuore che gli batteva cupo nel petto. Si era passato una mano sulla fronte ed era rimasto un po' sorpreso di trovarsela umida di sudore.

«Alan», aveva mormorato lei e gli aveva posato una mano sulla sua. Aveva fissato gli occhi celesti in quelli di lui. «Se avessi visto segni di quel genere e non lo avessi detto a nessuno, io sarei ancora più colpevole di quanto mi sembra voglia essere tu.»

Lui era rimasto interdetto, lo ricordava bene. Polly poteva aver visto nel comportamento di Annie qualcosa che a lui era sfuggito; era arrivato fin lì nel suo rimuginare. Solo allora però si soffermava a considerare l'assunto secondo il quale notando un comportamento strano ci si investiva della responsabilità di occuparsene direttamente.

«Non hai visto niente?» le aveva chiesto.

«No. Non ho fatto che pensarci e ripensarci. Non intendo minimizzare il tuo dolore, ma non sei il solo ad avere questi dubbi e non sei neanche il solo a essersi fatto il suo bravo esame di coscienza dopo l'incidente. Ci ho riflettuto per settimane fino a rintronarmi, ricostruendo momenti e conversazioni alla luce di quanto è risultato dall'autopsia. Lo sto facendo di nuovo adesso, alla luce di quello che tu mi hai raccontato del flacone di aspirine. E sai che cosa scopro?»

«Che cosa?»

«Niente.» Lo aveva detto con una mancanza di enfasi che aveva reso ancor più convincente la sua risposta. «Niente di niente. Qualche volta mi era sembrata un po' pallida. Ricordo un paio di occasioni in cui l'ho sentita parlare fra sé mentre faceva l'orlo a una sottana o misurava un pezzo di stoffa. Ma non c'è mai stato niente di più strano di così e Dio sa quante volte ho parlato da sola anch'io. Tu no?»

Alan aveva annuito.

«È sempre stata più o meno com'era quando l'ho conosciuta. Allegra, socievole, premurosa... una cara amica.»

«Ma...»

La mano di lei lo teneva ancora per il polso; la sua stretta si accentuò. «No, Alan. Niente ma. Non si dà pace neanche Ray Van Allen, sai? Rimpianti del lunedì mattina, come si suol dire. Ma tu ritieni forse responsabile *lui*? Ritieni che *Ray* abbia colpa per non aver capito che era un tumore?»

«No, ma...»

«E io? Lavoravo con lei tutti i giorni, quasi sempre insieme; insieme bevevamo il caffè alle dieci, insieme pranzavamo a mezzogiorno e di nuovo insieme per il caffè delle tre. Si parlava molto schiettamente dopo che abbiamo imparato a conoscerci bene, Alan. So che tu la rendevi felice, come amico e come amante, e so che adorava i ragazzi. Ma se si sentiva spinta al suicidio in conseguenza del suo male... questo non lo so. Perciò ti chiedo: ritieni responsabile *me*?» E i suoi limpidi occhi celesti si erano fissati con franchezza e curiosità in quelli di lui.

«No, ma...»

La mano strinse di nuovo quella di lui, con delicato affetto ma anche con autorevolezza.

«Ho qualcosa da chiederti. È importante, perciò fai attenzione.»

Lui aveva annuito.

«Ray era il suo medico e se qualcosa c'era lui non l'ha visto. Io ero sua amica, e se qualcosa c'era, non l'ho visto. Tu eri suo marito, e se c'era qualcosa, neanche *tu* hai visto. E tu pensi che sia tutto, che con questo sei arrivato fino in fondo, ma non è così.»

«Non capisco dove vuoi arrivare.»

«C'era qualcun altro che le era vicino», aveva detto Polly. «Qualcuno che probabilmente lo era più di tutti noi.»

«A chi vuoi...»

«Alan, che cosa ha detto *Todd*?»

Lui aveva potuto solo guardarla, senza capire. Era stato come se lei avesse pronunciato una parola in una lingua straniera.

«*Todd*», aveva ripetuto, quasi spazientita. «Tuo figlio, Alan. Quello che ti tiene sveglio di notte. È *lui*, no? Non è lei.»

«Sì», aveva ammesso. «È lui.» La sua voce era risuonata acuta e insicura, molto diversa dalla sua voce normale, e aveva sentito qualcosa cominciare a muoversi dentro, qualcosa di grande e fondamentale. Ora, sdraiato nel letto di Polly, ricordava quel momento al tavolo della sua cucina con chiarezza quasi soprannaturale: la sua mano che gli teneva il polso in una lama obliqua di sole pomeridiano, i peli come una spruzzata di fili dorati; i suoi occhi chiari; la sua dolce pervicacia.

«Ha costretto Todd a salire in macchina, Alan? Todd scalpitava? Strillava? Cercava di ribellarsi?»

«No, assolutamente no, ma era sua ma...»

«Chi ha avuto l'idea che Todd andasse con lei a fare la spesa? Lo aveva suggerito lei o era stato lui? Te lo ricordi?»

Lui aveva cominciato a dire di no, ma a un tratto aveva rammentato. Le loro voci che gli giungevano dal soggiorno alla scrivania, dove era occupato a esaminare i mandati.

Devo fare una scappata al mercato, Todd. Vuoi venire anche tu?

Posso vedere i video nuovi?

Penso di sì. Chiedi a papà se vuole niente.

«L'idea è stata di Annie», aveva risposto a Polly.

«Ne sei sicuro?»

«Sì. Ma glielo ha *chiesto*. Non glielo ha *ordinato*.»

Quella cosa dentro di lui, quella cosa fondamentale, si muoveva ancora. Stava per cadere, aveva pensato, e quando fosse accaduto sarebbe stato un vero sconquasso, perché le sue radici erano conficcate in profondità e a largo raggio.

«Todd aveva paura di lei?»

Ora Polly lo stava quasi sottoponendo a un interrogatorio, come aveva fatto lui con Ray Van Allen, eppure si ritrovava a subire impotente il suo esame. Né era sicuro di volervisi sottrarre. C'era qualcosa, lo sentiva, qualcosa che nelle lunghe notti di veglia non gli era mai venuta in mente. Qualcosa che viveva ancora.

«Todd paura di Annie? Oh, no!»

«Neanche negli ultimi mesi?»

«No.»

«Nelle ultime settimane?»

«Polly, non ero in condizione di accorgermi. C'era ancora quella brutta storia di Thad Beaumont, lo scrittore, quella vicenda pazzesca...»

«Mi stai dicendo che eri così preso da non accorgerti nemmeno di Annie e Todd quando li avevi vicino, o che non trascorrevi molto tempo a casa?»

«No... sì... voglio dire, ma *certo* che ero a casa, però...»

Era stata una strana sensazione, quella di trovarsi nei panni dell'interrogato, mitragliato da quella rapida sequela di domande. Era stato come se Polly lo avesse narcotizzato con della Novocaina, per poi cominciare a usarlo come un sacco in una palestra di pugilato. E quella cosa fondamentale, qualunque cosa fosse, era ancora in movimento, scivolava ancora verso il ciglio dopo il quale la forza di gravità avrebbe smesso di sostenerla e avrebbe cominciato a risucchiarla.

«C'è mai stata una volta in cui Todd è venuto da te e ti ha detto: 'Ho paura della mamma'?»

«No...»

«È mai venuto da te e ti ha detto: 'Papà, penso che la mamma voglia uccidersi e abbia intenzione di uccidere anche me'?»

«Polly, ma è ridicolo! Io non...»

«Lo ha fatto?»

«*No!*»

«Ha mai affermato anche solo che si comportava o parlava in una maniera strana?»

«No...»

«E Al era in collegio, giusto?»

«Ma che cosa c'entra...»

«Le era rimasto un figlio solo a casa. Quando tu eri fuori, al lavoro, in quella casa c'erano solo loro due. Lei cenava con lui, lo aiutava con i compiti, guardava la televisione con lui...»

«Gli leggeva i libri...» aveva aggiunto Alan e la sua voce era risuonata confusa, strana, quasi non l'aveva riconosciuta lui stesso.

«Annie era probabilmente la prima persona che Todd vedeva ogni mattina e l'ultima persona che vedeva la sera», aveva continuato Polly. E gli teneva il polso. E lo guardava diritto negli occhi. «Se c'era qualcuno nelle condizioni di accorgersi di un presagio, era la persona che è morta con lei. *E quella persona non ha mai dato l'allarme.*»

In quel momento la cosa che aveva dentro era precipitata. I suoi lineamenti si erano contratti, l'aveva sentito arrivare: era stato come se una mano delicata ma insistente avesse staccato a uno a uno gli ancoraggi fissati in punti diversi del suo cuore. Un'ondata di calore gli aveva invaso la gola cercando di serrargliela. Calore gli aveva inondato il volto. Gli occhi gli si erano riempiti di lacrime. Polly Chalmers si era raddoppiata, triplicata, e finalmente si era scomposta in prismi di luce. Il suo torace si era gonfiato, ma i polmoni non avevano trovato aria di cui riempirsi. La sua mano si era rovesciata con l'impressionante velocità di cui era capace e aveva ghermito quella di lei... doveva averle provocato un dolore terribile, eppure Polly non aveva fiatato.

«*Mi manca!*» aveva gridato a Polly e un singulto possente e doloroso gli aveva spezzato le parole in due rantoli angosciati. «*Mi mancano tutti e due, ah, Dio, come mi mancano!*»

«Lo so», aveva risposto con calma Polly. «Lo so. Questa è l'unica verità, non è vero? Quanto senti la loro mancanza.»

E lui aveva cominciato a piangere. Al aveva pianto tutte le notti per due settimane e Alan era stato lì a tenerlo fra le braccia e a offrirgli tutto il conforto di cui era capace, ma i suoi occhi erano rimasti asciutti. Piangeva adesso. I singhiozzi lo scuotevano come volevano, senza che avesse modo di fermarli o assecondarli. Non aveva trovato la maniera di contenere la sua disperazione e aveva trovato finalmente, con un senso di sollievo profondo e incoerente, di non aver alcun desiderio di farlo.

Muovendosi alla cieca, aveva spinto lontano da sé la tazza e l'aveva sentita infrangersi sul pavimento in qualche altro mondo. Aveva appoggiato al tavolo la testa bollente e pulsante, se l'era coperta con le braccia e aveva pianto.

A un certo punto aveva sentito Polly che gli sollevava la testa con le sue mani fresche, le sue buone mani deformi, per appoggiarsela in grembo. Lo aveva tenuto così e lui aveva pianto per molto, molto tempo.

8

Il braccio di Polly gli stava scivolando dal torace. Glielo spostò con delicatezza sapendo che se le avesse urtato la mano anche lievemente, l'avrebbe svegliata. Osservando il soffitto si domandò se Polly quel giorno lo avesse volutamente istigato a sfogare il suo cordoglio. Era propenso a credere di sì, perché sapeva o intuiva che aveva bisogno di esprimere il suo dolore molto più di quanto gli fosse necessario trovare risposte che quasi certamente non c'erano comunque.

Quello era stato l'inizio fra loro, anche se non lo aveva riconosciuto come tale; gli era sembrato piuttosto la fine di qualcosa. Da quel giorno fino a quando aveva finalmente trovato il coraggio di invitarla a cena, aveva ricordato spesso l'espressione dei suoi occhi celesti e la sensazione della sua mano sul polso. Aveva pensato alla dolce ma inarrestabile costanza con cui lo aveva obbligato a riflessioni che fino allora aveva ignorato o sorvolato. E durante quel periodo aveva dovuto vedersela con sentimenti del tutto nuovi riguardo alla morte di Annie; rimosso il blocco che si era creato fra lui e il suo dolore, quei nuovi sentimenti lo avevano travolto come un fiume in piena. Il primo e più angosciante fra tutti era stato la collera terribile che aveva provato contro di lei per aver nascosto un male che si sarebbe potuto curare e guarire... e per aver portato con sé il figlio quel giorno. Ne aveva discusso con Polly a *Le Betulle* in una sera fredda e piovosa dell'aprile scorso.

«Hai smesso di pensare al suicidio e hai cominciato a pensare all'omicidio», aveva detto lei. «È per questo che sei in collera, Alan.»

Lui aveva scosso la testa e aveva cominciato a parlare, ma lei si era protesa per posargli per un momento contro le labbra un dito storpiato dall'artrite. Zitto, tu. Il suo gesto lo aveva tanto sorpreso che si era zittito davvero.

«Sì», aveva ribadito lei. «Non ti sottoporrò a un interrogatorio questa volta, Alan. È troppo tempo che non esco a cena con un uomo e sono troppo contenta per mettermi a giocare al pubblico ministero. Ma la gente non se la prende con il prossimo, non quanto stai facendo tu, almeno, perché è rimasto vittima di un incidente, a meno che qualcuno si sia reso responsabile di una grave imprudenza. Se Annie e Todd fossero morti perché si erano rotti i freni della Scout, potresti incolpare te stesso per non averli fatti controllare o potresti citare Sonny Jackett per non aver fatto un lavoro attento l'ultima volta che hai portato l'auto a controllare, ma non incolperesti *lei*. Non è vero?»

«Immagino di sì.»

«Io non lo immagino, lo *so*. Forse è stato davvero un incidente, Alan. Tu sai che è possibile che abbia avuto un attacco acuto del suo male mentre guidava, perché così ti ha detto il dottor Van Allen. Ma hai mai pensato che potrebbe aver sterzato bruscamente per evitare un cervo? Che potrebbe essere accaduto qualcosa di semplice e banale, ma purtroppo fatale?»

Ci aveva pensato. Un cervo, un uccello, persino un veicolo proveniente dalla direzione opposta che improvvisamente aveva sbandato verso di lei.

«Sì, ma la cintura...»

«E dimenticati quella maledetta cintura!» aveva inveito lei con tale impeto da richiamare brevemente l'attenzione di alcuni degli altri commensali. «Forse aveva mal di testa e quell'unica volta era tanto forte da farle dimenticare di mettere la cintura, ma questo ancora non significa che sia volutamente uscita di strada. E un mal di testa, uno di quelli più forti, spiegherebbe come mai la cintura di Todd era allacciata. Ma ancora non è questo il punto.»

«Qual è, allora?»

«È che ci sono troppi forse dietro la tua collera. E anche se fosse andata come hai ipotizzato nei tuoi sospetti peggiori, non potresti mai esserne certo, giusto?»

«Sì.»

«E anche se potessi accertare qualcosa...» Lo aveva fissato negli occhi. Fra di loro, sul tavolo, c'era una candela. Alla luce della fiamma il colore dei suoi occhi era di un azzurro più scuro e in entrambi aveva visto guizzare una minuscola scintilla. «Ebbene, anche un tumore cerebrale è un incidente. Qui non ci sono colpevoli, Alan, perché manca... come lo chiamate voi? Un capo d'accusa. Finché non l'avrai accettato, non ci sarà alcuna possibilità.»

«In che senso?»

«Nel *nostro* senso», aveva risposto lei con calma. «Mi piaci molto, Alan, e non sono troppo vecchia per correre i miei rischi, ma sono abbastanza vecchia per aver avuto qualche triste esperienza su dove possono condurmi le mie emozioni quando ne perdo il controllo. E mi impedirò di allentare anche minimamente le briglie finché non imparerai a lasciar riposare in pace Annie e Todd.»

Lui l'aveva guardata senza parole. Lei lo contemplava seria dall'altra parte del tavolo nella vecchia locanda di campagna, con la debole luce arancione della candela che le si arrampicava per la curva dolce della guancia fino all'estremità dell'arcata sopraccigliare. Fuori il vento aveva suonato una prolungata nota di trombone lungo le gronde.

«Ho parlato troppo?» aveva chiesto Polly. «Se è così, vorrei che mi riaccompagnassi a casa, Alan. Odio sentirmi in imbarazzo quasi quanto odio non parlare fuori dei denti.»

Lui le aveva sfiorato la mano. «No, non hai parlato troppo. Mi piace ascoltarti, Polly.»

Allora lei aveva sorriso e tutto il volto le si era illuminato. «Vuol dire che avrai la tua possibilità», aveva concluso.

Così era cominciata. Non si erano sentiti in colpa di frequentarsi, ma avevano riconosciuto entrambi l'opportunità di una certa prudenza, non solo perché era una piccola cittadina dove lui rivestiva una carica elettiva e lei aveva bisogno della buona disposizione della comunità per il bene della sua attività commerciale, ma perché entrambi riconoscevano la possibilità che il senso di colpa affiorasse. Evidentemente nessuno dei due era troppo vecchio per correre un rischio, ma tutti e due erano un po' troppo vecchi per essere avventati. Era necessaria la cautela.

Poi, in maggio, erano stati a letto insieme per la prima volta e lei gli aveva raccontato di tutti gli anni fra Allora e Ora... la storia che lui non credeva fino in fondo, quella che era convinto che le avrebbe sentito raccontare di nuovo una seconda volta, senza guardarlo negli occhi e senza continuare a pizzicarsi il lobo sinistro. Si rendeva conto di quanto le fosse stato difficile raccontargli anche quel poco e avrebbe aspettato pazientemente di conoscere il resto. Doveva farlo. Perché era necessaria la cautela. Era abbastanza, più che abbastanza, innamorarsi di lei nel lento consumarsi dell'estate del Maine intorno a loro.

Ora, mentre contemplava il soffitto della sua camera nell'oscurità, si domandò se fosse maturato il momento di tornare a parlare di matrimonio. Lo aveva già fatto una volta, in agosto, e lei aveva risposto con il dito anche in quell'occasione. Zitto, tu. Probabilmente...

Ma il corso dei pensieri coscienti cominciò a vagare e scivolò senz'altro nel sonno.

9

Nel sogno faceva compere in un mastodontico supermercato, inoltrandosi per una corsia così lunga che in lontananza si riduceva a un punticino. C'era tutto, tutto quello che aveva sempre desiderato e non aveva mai potuto permettersi, un orologio barometrico, un autentico fedora di feltro della Abercrombie & Fitch, una cinepresa otto millimetri Bell and Howell, e centinaia di altri articoli... ma c'era qualcuno dietro di lui, qualcuno appena dietro le spalle dove non poteva vedere.

«Quaggiù noi chiamiamo questa roba ripieno per gonzi, vecchio brocco», sussurrò una voce.

Era una voce che conosceva. Apparteneva a quel gran figlio di puttana guidatore di Toronado che si chiamava George Stark.

«Questo negozio noi lo chiamiamo *Terminopoli*», disse la voce, «perché è dove terminano tutti i beni e i servizi.»

Alan vide un grosso serpente, simile a un pitone con la testa di crotalo, sbucare da un vasto assortimento di computer dell'Apple, dove su un cartello era scritto: OMAGGI GRATUITI. Si girò per scappare, ma una mano senza rughe sul palmo lo afferrò per un braccio e lo trattenne.

«Coraggio», lo incitò la voce suadente. «Prendi quello che vuoi, brocco. Prendi *tutto* quello che vuoi... e paga.»

Ma ogni articolo che esaminava si trasformava nei resti carbonizzati e liquefatti della cintura di sicurezza di suo figlio.

8

1

DANFORTH Keeton non aveva un tumore cerebrale, però aveva un mal di testa da spaccare le pietre. Era nel suo ufficio di buon'ora quel sabato mattina e sulla scrivania, accanto alla pila dei registri tributari rilegati in rosso relativi agli anni che andavano dal 1982 al 1989, c'era un mazzo di corrispondenza, lettere dell'Ufficio delle Imposte del Maine e fotocopie delle lettere che aveva scritto lui in risposta.

Il cappio cominciava a stringerglisi intorno al collo, lo sapeva, ma non poteva farci niente.

Keeton si era recato a Lewiston nel pomeriggio di venerdì, era tornato alla Rocca verso le dodici e mezzo e aveva trascorso il resto della nottata passeggiando irrequieto per lo studio mentre la moglie al piano di sopra dormiva il sonno profondo dei tranquillanti. Si era trovato a posare sempre più spesso lo sguardo sulla porta del piccolo armadio a muro nell'angolo dello studio. C'era un ripiano in quell'armadio, dov'erano conservati i pullover. Per la maggior parte i pullover erano vecchi e mangiati dalle tarme. Sotto i pullover c'era un astuccio di legno intagliato che aveva costruito suo padre molto prima che la malattia scendesse sopra di lui come un'ombra, spogliandolo di tutto il suo considerevole talento e di tutti i ricordi. Nell'astuccio c'era una rivoltella.

Keeton si era ritrovato a pensare a quella rivoltella sempre più insistentemente. Non per sé, no, almeno non per cominciare, ma per Loro sì. I Persecutori.

Alle sei meno un quarto era uscito di casa e aveva percorso le strade silenziose dell'alba fino al Municipio. Eddie Warburton, con una scopa in mano e una Chesterfield in bocca (il medaglione di san Cristoforo in oro massiccio che aveva acquistato il giorno prima a *Cose Preziose* era al sicuro sotto la camicia blu di batista), lo aveva seguito con lo sguardo. Keeton era salito al primo piano per le scale senza che fra i due fosse scambiata una sola parola. Eddie si era abituato a vedere Keeton apparire alle ore più strane da un anno a quella parte e Keeton da tempo aveva cessato di vedere Eddie.

Ora Keeton raccolse le carte, dominò l'impulso di farle a pezzi e gettarle dappertutto e cominciò a passarle in rassegna. Le missive dell'Ufficio delle Imposte da una parte, le sue risposte dall'altra. Teneva quelle lettere nell'ultimo cassetto dello schedario, quello di cui solo lui possedeva la chiave.

In calce a quasi tutte le lettere c'era questa annotazione: DK/sl. DK stava naturalmente per Danforth Keeton, mentre sl erano le iniziali di Shirley Laurence, la sua segretaria, che trascriveva la sua corrispondenza sotto dettatura e poi la batteva a macchina. Shirley tuttavia non aveva battuto a macchina nessuna delle sue risposte all'Ufficio delle Imposte, nonostante le iniziali.

Era saggio tenere certe cose per sé.

Una frase gli balzò agli occhi, mentre faceva scorrere le lettere: «... e abbiamo notato qualche discordanza nel rimborso trimestrale a conguaglio per l'anno fiscale 1989...»

La mise subito da parte.

Un'altra: «... e nell'esaminare un campione delle domande d'integrazione salariale per l'ultimo trimestre del 1987, sono sorte gravi perplessità riguardo...»

Nello schedario.

E ancora: «... e ci sembra che la sua richiesta di un rinvio sia al momento prematura...»

Le frasi gli sfrecciavano sfocate davanti agli occhi in una trottola da capogiro, dandogli l'impressione di trovarsi su una giostra fuori controllo.

«... chiarimenti su questi stanziamenti per vivai botanici...»

«... non risulta presso i nostri uffici che il Municipio abbia inoltrato...»

«... l'assegnazione della quota di finanziamento statale non è stata adeguatamente documentata...»

«... le ricevute mancanti dei pagamenti effettuati in conto spese devono essere...»

«... le note personali per pagamenti di cassa non sono sufficienti per...»

«... potrebbe essere necessaria una documentazione completa delle spese...»

E ora l'ultima, quella arrivata il giorno prima, quella che lo aveva spinto a Lewiston, dove aveva giurato che non avrebbe mai più rimesso piede durante la stagione del trotto.

Keeton fissò il foglio senza riuscire a metterlo a fuoco. Colpi violenti alla testa lo stavano frastornando; una grossa goccia di sudore gli rotolò lentamente lungo la spina dorsale. Aveva profondi segni neri di esaurimento fisico sotto gli occhi. Una piaga gli infiammava un angolo della bocca.

UFFICIO DELLE IMPOSTE
Palazzo del Governo
Augusta, Maine 04330

L'intestazione, sotto al sigillo statale, lo investì come uno squillo di trombe in piena faccia e l'introduzione, gelida e formale, suonò come una minaccia:

Al consiglio di Castle Rock.

Nient'altro. Niente più «Caro Dan» o «Egregio signor Keeton». Niente più auguri alla sua famiglia in chiusura. La lettera era gelida e crudele come un colpo di pugnale.

Volevano esaminare i registri del Municipio.

Tutti i registri del Municipio.

I registri tributari, i registri delle entrare erariali dei fondi statali e federali, i registri delle spese dell'amministrazione locale, i registri dei costi per la manutenzione della rete viaria, il bilancio del dipartimento locale di polizia, il bilancio del dipartimento parchi, persino i libri contabili relativi al vivaio sperimentale sponsorizzato dallo stato.

Volevano vedere tutto e volevano vederlo il 17 ottobre, vale a dire di lì a cinque giorni.

Loro.

La lettera era firmata dal tesoriere statale, dal revisore dei conti statale e, fatto ancor più sinistro, dal procuratore generale, il massimo esponente della gerarchia giudiziaria del Maine. Ed erano tutte firme personali, non timbri.

«*Loro*», sibilò Keeton. Agitò la lettera stretta nel pugno facendola frusciare nell'aria. Le mostrò i denti. «*Looooooro!*»

Sbatté la lettera sopra le altre. Chiuse la cartelletta. Sull'etichetta c'era scritto a macchina: CORRISPONDENZA, UFFICIO DELLE IMPOSTE DEL MAINE. Keeton fissò per qualche istante la cartelletta chiusa, poi prese la penna dal suo sostegno (il completo da scrivania era un regalo dei Jaycees della contea di Castle) e vergò rabbiosamente le parole: UFFICIO DELLE CACCHE DEL MAINE! in grandi lettere tremolanti. Osservò per un momento la sua opera, poi subito sotto scrisse ancora: UFFICIO DEI COGLIONI DEL MAINE! Strinse la penna nel pugno brandendola come un coltello, poi la scagliò dall'altra parte della stanza. Finì in un angolo in un tintinnio sommesso.

Keeton chiuse l'altra cartelletta, quella che conteneva le copie delle lettere che aveva scritto lui (e alle quali aggiungeva sempre le iniziali minuscole della sua segretaria), lettere che aveva concepito durante lunghe notti senza sonno, lettere che si erano in definitiva dimostrate inutili. Una vena gli pulsava regolare al centro della fronte.

Si alzò, andò allo schedario con le due cartellette, le infilò nell'ultimo cassetto e chiuse energicamente quest'ultimo, assicurandosi poi che la serratura fosse scattata. Andò quindi alla finestra e si mise a contemplare la città addormentata, respirando a fondo e cercando di calmarsi.

L'avevano preso di mira. I Persecutori. Si domandò per la millesima volta chi Li avesse messi sulle sue tracce. Se avesse trovato il colpevole, quel lurido Capo persecutore, avrebbe recuperato la rivoltella dal suo nascondiglio nell'astuccio sotto i pullover mangiucchiati dalle tarme e lo avrebbe spedito al Creatore. Ma non tutto in una volta, oh no. Lo avrebbe bucherellato piano piano, quel lurido bastardo, e intanto gli avrebbe fatto cantare l'inno nazionale.

Gli venne in mente quell'aiuto sceriffo pelle e ossa, Ridgewick. Possibile che fosse stato lui? Non gli sembrava abbastanza sveglio... ma l'aspetto talvolta inganna. Pangborn aveva detto che Ridgewick gli aveva dato la multa dietro suo ordine, ma non era necessariamente vero. E al gabinetto quando Ridgewick lo aveva chiamato Buster, aveva un'espressione di scherno e disprezzo negli occhi, come di uno che la sapeva lunga. Ridgewick era già in uniforme quando erano arrivate le prime lettere dell'Ufficio delle Imposte? Era sicuro di sì, ma più tardi avrebbe controllato il suo stato di servizio, giusto per togliersi il dubbio.

E Pangborn? Lui era certamente abbastanza sveglio, e più certamente ancora odiava Danforth Keeton (come tutti *loro*, no? Loro lo odiavano senza eccezioni, vero?) e Pangborn conosceva molta gente ad Augusta. Conosceva bene Loro. Diavolo, ma se praticamente non passava giorno senza che si sentisse per telefono con Loro! Le sue bollette del telefono erano stratosferiche.

Ma non potevano essere stati in combutta? Pangborn e Ridgewick? Insieme?

«Il Ranger Solitario e il suo fedele compagno pellerossa, Tonto», disse Keeton a bassa voce e fece un sorriso malefico. «Se sei stato tu, Pangborn, te ne pentirai, e se siete stati voi due insieme, ve ne pentirete *insieme*.» Le sue mani si chiusero adagio. «Non sopporterò per sempre questa persecuzione.»

Le unghie fresche di manicure gli penetrarono nelle palme. Non si accorse del sangue quando cominciò ad affiorare. Forse Ridgewick. Forse Pangborn, forse Melissa Clutterbuck, quella frigida cornacchia che faceva la tesoriera, forse Bill Fullerton, il secondo consigliere (sapeva con certezza che Fullerton voleva il suo posto e non sarebbe stato tranquillo finché non glielo avesse soffiato)...

Forse *tutti*.

Tutti insieme.

Mandò un sospiro prolungato e dolente, facendo apparire un fiore di condensa sul vetro rinforzato con il fil di ferro della finestra del suo ufficio. La domanda era: che cosa fare? Fra ora e il 17 del mese, che cosa avrebbe *fatto*?

La risposta era semplice: non lo sapeva.

2

La vita del giovane Danforth Keeton era stata precisamente divisa in bianchi e neri, situazione nella quale si era trovato perfettamente a suo agio. Aveva frequentato il liceo di Castle Rock e aveva cominciato a lavorare a mezza giornata alla concessionaria d'auto di famiglia quando aveva solo quattordici anni, a lavare le macchine che uscivano per i giri promozionali e a dare la cera ai modelli in esposizione. La *Keeton Chevrolet* era una delle più antiche concessionarie della Chevrolet in tutto il New England e pietra di volta della struttura economica della famiglia Keeton la quale era stata una struttura decisamente solida, almeno fino a non molto tempo prima.

Durante i quattro anni di liceo, era stato Buster praticamente per tutti. Aveva seguito i corsi di scienze commerciali mantenendo costantemente un rendimento medio-alto, aveva diretto quasi da solo il consiglio studentesco e aveva proseguito gli studi al Traynor Business College di Boston. Al Traynor aveva collezionato sempre pieni voti, laureandosi con tre semestri d'anticipo. Tornato alla Rocca aveva chiarito fin dal principio che di Buster non avrebbe mai più voluto sentir parlare.

La vita era stata rosea per lui fino al giorno della sua gita con Steve Frazier a Lewiston, nove o dieci anni prima. Lì erano cominciati i guai; lì la sua vita di soli bianchi e neri si era riempita di sfumature di grigio sempre più numerose.

Non aveva mai giocato d'azzardo, né come Buster ai tempi del liceo né come Dan al college, né come il signor Keeton della *Keeton Chevrolet* e del consiglio municipale. Per quel che gli risultava, nessuno in tutta la sua famiglia aveva mai avuto il vizio del gioco; non ricordava nemmeno un episodio di innocenti passatempi come un nichelino per la carta più alta o il lancio delle monete contro il muro. Non era un tabù familiare, non esistevano divieti espliciti, ma semplicemente non si faceva e basta. Keeton non aveva mai scommesso niente su niente fino a quella prima gita alle corse di Lewiston con Steve Frazier. Non aveva mai puntato su nient'altro, né ne aveva sentita la necessità. L'ippodromo di Lewiston era già una rovina sufficiente.

All'epoca era terzo consigliere. Steve Frazier, nella tomba ormai da almeno cinque anni, era il primo consigliere di Castle Rock. Keeton e Frazier erano andati «alla città» (le sortite a Lewiston venivano sempre definite così) in compagnia di Butch Nedeau, il soprintendente ai servizi sociali della contea alla Rocca, e Harry Samuels, che era ancora consigliere e probabilmente consigliere sarebbe morto. L'occasione era stata offerta da una conferenza che aveva riunito tutti i funzionari di contea dello stato, avendo per tema i nuovi provvedimenti legislativi sulla ripartizione delle entrate tributarie... ed era stata la ripartizione delle entrate tributarie alla fonte dei suoi problemi più gravi, naturalmente. Senza quei fondi, Keeton sarebbe stato costretto a scavarsi la fossa con vanga e piccone. Grazie a essi, l'aveva fatto più comodamente con un bulldozer finanziario.

La conferenza durava due giorni. Nella sera intermedia, Steve aveva proposto un giro di giostra nella grande città. Butch e Harry avevano declinato. Neanche Keeton aveva una gran voglia di trascorrere la serata con Steve Frazier, un fanfarone adiposo con una massa di lardo al posto del cervello. Però ci era andato. Avrebbe accettato probabilmente anche se Steve avesse suggerito un giro turistico nei più profondi gironi dell'inferno, perché dopotutto Steve era il primo consigliere. Harry Samuels si sarebbe accontentato di tirare la carretta come secondo, terzo o quarto consigliere per il resto dei suoi giorni, mentre Butch Nedeau aveva già lasciato intendere che quello sarebbe stato il suo ultimo mandato... ma Danforth Keeton era ambizioso e Frazier, grasso fanfarone o no, era il suo trampolino di lancio.

Così erano usciti e avevano fatto la prima tappa allo *Holly*. PESCA UN JOLLY ALLO HOLLY! c'era scritto sulla porta e Frazier ne aveva fatto man bassa, bevendo scotch con acqua come se si fossero dimenticati di versargli lo scotch nel bicchiere e fischiando d'ammirazione alle spogliarelliste, che erano perlopiù flaccide e perlopiù attempate e sempre lente. Keeton aveva avuto il sospetto che fossero quasi tutte fatte. Ricordava di aver pensato con rammarico che la serata prometteva di andare per le lunghe.

Poi erano andati all'ippodromo e tutto era cambiato.

Erano arrivati in tempo per la quinta corsa e Frazier aveva

sopraffatto le sue proteste, spingendolo ai botteghini come un cane pastore con un agnello che si è allontanato dal gregge.

«Steve, io non ci capisco niente di questa roba...»

«Non c'è niente da capire», gli aveva risposto Frazier tutto felice, soffiandogli addosso una ventata di scotch. «Questa sera abbiamo la fortuna dalla nostra, Buster, me lo sento.»

Era ignaro di tecniche della scommessa, e la lingua di Frazier sempre in movimento gli impediva di ascoltare che cosa dicevano gli altri scommettitori in fila davanti a lui, quando arrivavano allo sportello dei due dollari.

Quando fu il suo turno, aveva spinto in avanti un biglietto da cinque e aveva detto: «Numero quattro».

«Vincente o piazzato?» domandò il cassiere e lì per lì non aveva saputo che cosa rispondere. Alle spalle del cassiere vedeva una scena stupefacente: tre impiegati che contavano e dividevano in mazzette delle autentiche montagne di banconote, una quantità di denaro contante come Keeton non aveva mai visto tutto raccolto in un posto solo.

«Vincente o piazzato?» aveva ripetuto spazientito il cassiere. «Si sbrighi, amico. Qui non siamo alla biblioteca pubblica.»

«Vincente», aveva risposto Keeton. Non aveva la più pallida idea di che cosa fosse un «piazzato», ma capiva bene «vincente».

Il cassiere gli aveva consegnato un biglietto e tre dollari di resto, un pezzo da uno e uno da due. Keeton si era perso nella contemplazione della banconota da due dollari, mentre Frazier scommetteva. Sapeva che *esistevano*, naturalmente, ma non gli pareva di averne mai *vista* una. Vi era raffigurato Thomas Jefferson. Interessante. Anzi, tutto l'ambiente era interessante, l'odore dei cavalli, il popcorn, le noccioline, la gente concitata, l'atmosfera febbrile. Quel luogo era *animato* in una maniera speciale che aveva sentito di riconoscere e alla quale aveva reagito all'istante. La stessa animazione aveva avvertito anche dentro di sé, sì, molte volte, ma mai ne aveva trovato rispondenza nel mondo esterno. Danforth «Buster» Keeton, che raramente si sentiva partecipe, mai fino in fondo, si era sentito parte di quel mondo. Parte autentica.

«Mille volte meglio dell'*Holly*», aveva commentato quando Frazier lo aveva raggiunto.

«Sì, le corse hanno il loro fascino», aveva risposto Frazier. «Non sostituiranno mai le World Series, ma tant'è. Vieni, andiamo allo steccato. Su che cavallo hai scommesso?»

Keeton non se lo ricordava più e aveva dovuto controllare il biglietto. «Numero quattro.»

«Piazzato?»

«Ehm... vincente.»

Frazier aveva scosso la testa in un gesto di bonaria commiserazione e gli aveva calato una manata sulla spalla. «Puntare al vincente è da boccaloni, Buster. È da boccaloni anche quando il totalizzatore sostiene il contrario, ma imparerai.»

E naturalmente così era successo.

Una campana aveva fatto vibrare l'aria con un *Drrrrriinnnn!* assordante e Keeton aveva spiccato un salto involontario. Una voce aveva tuonato: «*E sono PARTITI!*» dagli altoparlanti dell'ippodromo. Dalla folla degli spettatori si era alzato un boato e Keeton si era sentito percorrere da un fremito di elettricità. Poi c'era stata l'eco sorda e tamburellante degli zoccoli sulla pista. Frazier aveva preso Keeton per un braccio e aveva usato l'altra mano per aprirsi una strada nella folla fino allo steccato. Erano sbucati dalla ressa a meno di venti metri dall'arrivo.

Intanto l'annunciatore aveva cominciato a commentare la gara. Il numero sette, My Lass, in testa alla prima curva con il numero otto, Broken Field, secondo, e il numero uno, How Do?, terzo. Il numero quattro si chiamava Absolutely, il nome più imbecille che Keeton avesse mai sentito assegnare a un cavallo, ed era in sesta posizione. Non era stato per niente turbato, ipnotizzato com'era dai cavalli lanciati, i loro mantelli che luccicavano nelle luci dei proiettori, i lampi delle ruote dei sulky impegnati nella curva, i colori vivaci delle casacche di seta indossate dai fantini.

All'imboccatura del controrettifilo, Broken Field aveva cominciato a contendere il comando a My Lass. My Lass aveva rotto e Broken Field gli era sfrecciato accanto. Contemporaneamente Absolutely aveva iniziato una rimonta all'esterno. Keeton se n'era accorto prima che la voce incorporea dell'annunciatore ne desse la notizia sbraitando attraverso gli altoparlanti. Non si era nemmeno accorto delle gomitate di Frazier, non lo aveva nemmeno sentito gridare: «Quello è il tuo, Buster, è il tuo! *E può farcela!*»

Quando i cavalli si erano affacciati sul rettifilo finale, lanciati verso il punto in cui si trovavano Keeton e Frazier, tutta la folla si era messa a urlare all'impazzata. Keeton si era sentito percorrere di nuovo da una scudisciata di elettricità, non più una scintilla questa volta, ma un autentico fulmine. Poi si era messo a gridare con gli altri; l'indomani sarebbe stato così roco da riuscire a malapena a bisbigliare.

«Absolutely!» urlava. *«Vai Absolutely, vai bastarda,* CORRI!*»*

«Trotta», lo aveva corretto Frazier piangendo per il gran ridere. «Vai bastardo e *trotta*. È così che devi dire, Buster.»

Keeton non gli aveva badato, era in un altro mondo, stava inviando onde cerebrali ad Absolutely, le trasmetteva telepaticamente energie fisiche attraverso l'aria.

«Ora sono Broken Field e How Do?, How Do?, e Broken Field», aveva intonato l'annunciatore come una voce divina che calava sul mondo dai cieli, «e Absolutely sta riguadagnando mentre i cavalli si presentano all'ultimo ottavo...»

I cavalli stavano sopraggiungendo in una nuvola di polvere. Absolutely trottava con il collo inarcato e la testa protesa in avanti, sollevando e riabbassando le zampe come pistoni; aveva superato How Do? e Broken Field, la cui azione si andava indebolendo a vista d'occhio, proprio all'altezza del punto in cui si trovavano Keeton e Frazier. Era ancora in progressione, quando aveva tagliato la linea del traguardo.

Quando erano apparsi i numeri sul totalizzatore, Keeton aveva dovuto chiedere a Frazier di tradurglieli in qualcosa di comprensibile per lui. Frazier aveva esaminato il suo biglietto, quindi aveva alzato gli occhi al tabellone. Aveva fischiato sommessamente.

«Mi sono rifatto della mia giocata?» aveva chiesto ansioso Keeton.

«Hai fatto di più, Buster. «Absolutely andava trenta a uno.»

Al momento di lasciare l'ippodromo quella sera, Keeton aveva incassato vincite per più di trecento dollari. Così era nata la sua ossessione.

3

Prese il soprabito dall'attaccapanni a stelo nell'angolo dell'ufficio, lo indossò, ma si fermò quando stava per uscire, con la mano sul pomolo della porta. Si girò a guardare lo specchio montato sulla parete opposta alla finestra. Lo osservò per un lungo momento come se si aspettasse di vederlo muoversi, quindi attraversò la stanza. Aveva sentito di quella Loro tecnica di usare gli specchi: non era nato ieri.

Gli schiacciò il naso contro, ignorando l'immagine che gli restituiva della sua pelle pallida degli occhi iniettati di sangue. Si applicò le mani a coppa ai lati degli zigomi, per bloccare i riflessi e socchiuse gli occhi, cercando di individuare una telecamera dall'altra parte. Cercando di individuare Loro.

Non vide niente.

Dopo un po' si ritrasse, ripulì alla bell'e meglio la macchia che aveva lasciato sul vetro con la manica del soprabito e uscì. Ancora niente, ma ciò non significava che non fossero in procinto di arrivare a sostituire il vecchio specchio con uno finto. Spiare era uno dei tanti strumenti dell'arte della Persecuzione. D'ora in poi avrebbe dovuto controllare lo specchio quotidianamente.

«E lo farò», disse al pianerottolo deserto. «Lo farò. Statene certi.»

Eddie Warburton stava passando lo straccio sul pavimento dell'atrio e non alzò nemmeno la testa quando Keeton passò e uscì in strada.

La sua automobile era parcheggiata sul retro, ma non aveva voglia di guidare. Si sentiva troppo confuso, se ci avesse provato avrebbe probabilmente conficcato il muso della Caddy nella vetrina di qualche negozio. Né, sguazzando nella palude della sua mente ottenebrata, si accorse che invece di dirigersi verso casa aveva preso per la direzione diametralmente opposta. Erano le sette e un quarto di sabato mattina ed era l'unica persona in tutto il quartiere commerciale di Castle Rock.

La sua mente tornò a quella prima notte all'ippodromo di Lewiston. Era stato come se lo guidasse una mano misteriosa impedendogli di sbagliare. Steve Frazier aveva perso trenta dollari e dopo la nona corsa aveva dichiarato che voleva andarsene. Keeton aveva risposto che sarebbe rimasto ancora un po'. Non si era curato più di lui, non si era accorto quasi che Frazier lo aveva salutato. Ricordava però di essersi molto rallegrato di non avere più qualcuno sempre appiccicato addosso a ripetergli Buster qui e Buster là. Detestava quel soprannome e naturalmente Steve lo sapeva ed era per quello che lo chiamava sempre così.

La settimana successiva era tornato, questa volta da solo, e aveva perso sessanta dei dollari delle vincite precedenti. Non se ne era minimamente preoccupato. Anche se tornava spesso con la mente alla scena di quelle montagne di banconote, non era proprio per i soldi; i soldi erano solo il simbolo che portavi via con te, qualcosa che serviva a dimostrare che c'eri stato, che eri stato, anche se per breve tempo, protagonista del grande spettacolo. Lo aveva catturato piuttosto l'emozione travolgente che s'impadroniva della folla quando suonava la campana dello starter, i cancelli si aprivano con il loro pesante tonfo metallico e l'annunciatore gridava: «*Sono PAAAARTTIIIITI!*» Lo avevano catturato il boato degli spettatori quando i cavalli sbucavano dalla curva e si scatenavano sul controrettifilo, le isteriche esortazioni da raduno religioso che si levavano dalle tribune quando uscivano dalla quarta curva e divoravano come forsennati il rettifilo d'arrivo. Era fuoco vivo. Oh, come bruciava. Era così ardente che...

... che era pericoloso.

Keeton aveva deciso che era meglio starne lontano. Aveva progettato con cura le tappe della sua carriera. Intendeva diventare primo cittadino di Castle Rock quando Steve Frazier avesse finalmente tirato le cuoia e dopo sei o sette anni aveva in programma di candidarsi alla Camera dei Rappresentanti dello stato. E poi, chissà... un incarico a livello federale non era fuori portata per un uomo ambizioso, capace... e sano di mente.

Ecco qual era il *vero* trabocchetto alle corse. Dapprincipio non l'aveva riconosciuto, ma non ci aveva messo molto. L'ippodromo era un posto dove la gente pagava, comprava un biglietto... e rinunciava per qualche ora alla propria sanità mentale. E Keeton aveva visto troppa follia in famiglia perché potesse accettare serenamente l'attrazione che l'ippodromo di Lewiston esercitava su di lui. Era un baratro dai bordi cedevoli, una tagliola con i denti nascosti, un fucile carico con la sicura tolta. Quando ci andava, non riusciva più a staccarsene finché non erano arrivati al traguardo i cavalli dell'ultima corsa. Lo sapeva. Ci aveva provato. Una volta era arrivato quasi alle tornelle prima che qualcosa che si annidava sul fondo del cervello, qualcosa di potente, enigmatico e serpigno, aveva rialzato la testa, assunto il controllo e obbligato i suoi piedi a tornare indietro. Keeton aveva avuto terrore di risvegliare del tutto quel rettile. Meglio che dormisse.

Per tre anni aveva continuato così, poi, nel 1984, Steve Frazier si era ritirato e Keeton era stato eletto primo consigliere. Lì erano cominciati i suoi guai seri.

Era andato alle corse a celebrare la vittoria e, già che celebrava, aveva deciso di buttarvisi a pesce. Aveva scavalcato di slancio gli sportelli dei due e dei cinque dollari ed era andato direttamente a quello da dieci. Quella sera aveva perso centosessanta dollari, più di quanto potesse perdere senza girarsi indietro (l'indomani aveva detto a sua moglie che erano stati quaranta), ma non più di quanto si potesse *permettere*. Assolutamente no.

Era tornato una settimana più tardi con l'intenzione di rifarsi e pareggiare i conti. E ci era quasi riuscito. *Quasi*: è sull'avverbio che cascava l'asino. Come quella volta che era arrivato quasi alle tornelle. La settimana dopo aveva perso duecentodieci dollari. Myrtle non avrebbe potuto non notare l'ammanco, così aveva preso qualche spicciolo in prestito dalla cassa municipale per le piccole spese, giusto per ridurre la batosta a dimensioni più accettabili. Cento dollari. Noccioline, in fondo.

Passata quella boa, la brutta strada da inclinata era diventata scoscesa. Il baratro aveva i bordi cedevoli e quando le zolle cominciavano a disfarsi sotto i piedi, il destino era segnato. Si potevano consumare tutte le proprie energie aggrappandosi e rallentando la caduta... ma così si poteva al massimo protrarre l'agonia.

Se c'era stato un punto senza ritorno, va cercato nell'estate 1989. D'estate si correva tutte le sere e Keeton era stato puntualmente presente per la seconda metà di luglio e tutto agosto. Per un po' Myrtle aveva sospettato che le corse fossero una scusa e che in realtà se l'intendesse con un'altra donna. E c'era proprio da ridere, ma da ridere a crepapelle. Keeton non sarebbe riuscito a farselo drizzare nemmeno se Diana in persona fosse scesa dalla luna sul suo carro con solo i calzari addosso e appeso al collo un cartello con scritto SCOPAMI DANFORTH. L'angoscia per il buco che aveva scavato nei fondi pubblici della sua città gli aveva fatto avvizzire il pisello alle dimensioni di un chewing-gum.

Quando Myrtle si era finalmente convinta della verità, che si trattava in fondo solo di corse di cavalli, ne era stata alquanto risollevata. Le corse lo tenevano fuori di casa, dove aveva la tendenza a essere fastidiosamente dispotico, e non perdeva tanto da doversene preoccupare, aveva ragionato, dato che le fluttuazioni del conto in banca erano relativamente modeste. Danforth aveva semplicemente trovato un hobby con cui distrarsi nella sua mezza età.

Solo corse di cavalli, dopotutto, pensava Keeton camminando per la Main Street con le mani affondate nelle tasche del soprabito. Fece una strana risata distorta che avrebbe fatto girare più di una testa se non fosse stato solo. Myrtle teneva d'occhio il conto in banca. Il pensiero che avesse saccheggiato i biglietti di grosso taglio che erano i loro risparmi di una vita non l'aveva neppure sfiorata. Ugualmente la consapevolezza che la *Keeton Chevrolet* stava giungendo ai limiti dell'estinzione apparteneva a lui soltanto.

Lei teneva i conti di casa.

Lui era un pubblico amministratore.

In fatto di peculati, un pubblico amministratore è nella posizione ottimale... ma alla lunga i nodi vengono al pettine. Il pettine di Keeton aveva cominciato a incepparsi nell'autunno 1990. Aveva retto come meglio poteva nella speranza di rifarsi alle corse, ma poi aveva conosciuto un allibratore che gli permetteva di fare scommesse più sostanziose dei massimi legalmente consentiti all'ippodromo.

La sua fortuna però non era cambiata.

Finalmente, quell'estate, la persecuzione aveva preso dichiaratamente il via. Prima Loro avevano solo scherzato, ma ora si facevano sotto per il colpo di grazia e il Giorno del Giudizio era a meno di una settimana.

Li fermo io, pensò Keeton. *Non sono ancora battuto. Mi restano uno o due assi nella manica.*

Il guaio è che non sapeva nemmeno lui che assi fossero.

Non importa. Un sistema c'è. So che un sistema...

Lì i suoi pensieri cessarono. Era fermo davanti al negozio nuovo, *Cose Preziose*, e ciò che stava guardando nella vetrina scacciò dalla sua mente qualunque altra considerazione per un istante o due.

Era un parallelepipedo di cartone. Una scatola dai colori sgargianti, con sopra un disegno. Un gioco da tavolo, con tutta probabilità. Ma era un gioco da tavolo che riguardava le corse dei cavalli e avrebbe potuto giurare che il disegno, nel quale si vedevano due trottatori che protendevano contemporaneamente il muso sulla linea del traguardo, raffigurava l'ippodromo di Lewiston. Se quella sullo sfondo non era la tribuna centrale, lui non era Danforth Keeton.

Il gioco si chiamava BIGLIETTO VINCENTE.

Keeton rimase immobile per quasi cinque minuti, ipnotizzato come un bambino davanti a un plastico di trenini elettrici. Poi, piano piano, avanzò verso l'ingresso per vedere se il negozio aveva un orario d'apertura per il sabato. All'interno della porta era appeso un cartello, che però portava scritto solo una parola e la parola era naturalmente

APERTO

Keeton lo contemplò per un momento pensando, come già Brian Rusk, che fosse stato dimenticato per sbaglio. I negozi della Main Street di Castle Rock non aprivano alle sette del mattino, meno che mai di sabato. Provò lo stesso il pomolo. Ruotò docilmente fra le sue dita.

Quando aprì la porta, sopra di lui trillò una campanella d'argento.

4

«Non è proprio un gioco», spiegava cinque minuti dopo Leland Gaunt, «su questo sbaglia.»

Keeton sedeva su un'elegante poltrona a schienale alto dove prima di lui durante la settimana avevano trovato posto Nettie

Cobb, Cyndi Rose Martin, Eddie Warburton, Everett Frankel, Myra Evans e molti altri abitanti di Castle Rock. Beveva dell'ottimo caffè giamaicano. Gaunt, che aveva trovato maledettamente simpatico per essere un indigeno delle pianure, aveva tanto insistito. Ora Gaunt stava recuperando con cautela la scatola dalla vetrina. Indossava una giacca da camera color vinaccia, azzimato da morire, senza un capello fuori posto. Aveva spiegato a Keeton che spesso apriva alle ore più strane perché soffriva d'insonnia.

«Fin da quando ero giovane», aveva specificato con un ridacchiare sommesso, «e parlo di molti anni fa.» Ma a Keeton sembrava fresco come una rosa, salvo gli occhi: erano così iniettati di sangue da fargli sospettare che il rosso fosse il loro colore naturale.

Posò una scatola su un tavolino vicino a lui.

«È stata la scatola ad attirarmi», confessò Keeton. «La scena sembra molto quella dell'ippodromo di Lewiston. Io ci vado di tanto in tanto.»

«Le piace scommettere, vero?» s'informò Gaunt con un sorriso. Keeton stava per rispondere che non scommetteva mai, ma cambiò idea. Il sorriso non era solo amichevole; era un sorriso di commiserazione e a un tratto sentì di essere alla presenza di una vittima come lui. Il che stava a dimostrare quanto stesse cominciando a perdere il filo, perché quando aveva stretto la mano a Gaunt, aveva provato un'ondata di ribrezzo così subitanea e totale da sembrargli uno spasmo muscolare. Per quel breve istante si era convinto di aver trovato il suo Capo Persecutore. Avrebbe dovuto starci più attento: non era il caso di diventare maniacale.

«Avessi saputo starci lontano», disse.

«Lo stesso vale anche per me, purtroppo», annuì Gaunt. I suoi occhi arrossati si fissarono in quelli di Keeton e per un attimo fra i due ci fu comprensione perfetta... o così parve a Keeton. «Sono stato a quasi tutti gli ippodromi dall'Atlantico al Pacifico e sono sicuro che il massimo è il Longacre Park di San Diego. Non c'è più, naturalmente, adesso c'è un quartiere residenziale.»

«Oh», commentò Keeton.

«Ma le faccio vedere una cosa. Credo che la troverà interessante.»

Tolse il coperchio dalla scatola e ne estrasse una pista di latta su una tavoletta lunga circa un metro e larga mezzo. Keeton ricordò i giocattoli che aveva avuto da bambino, quelli a buon mercato che fabbricavano in Giappone dopo la guerra. La pista riproduceva in scala un percorso di due miglia. In essa c'erano otto strette fessure e dietro la linea di partenza erano allineati otto cavallucci di latta. Ciascun cavalluccio era fissato a un piccolo piolo di latta che sporgeva da una fessura ed era saldato al ventre dell'animale.

«Caspita», esclamò Keeton e sorrise. Erano settimane che non sorrideva più e si sentì la faccia strana nel farlo.

«Ancora non ha visto niente, come si suol dire», ribatté Gaunt ricambiando il sorriso. «Questo piccolo gioiello risale agli anni Trenta, millenovecentotrentacinque al massimo, signor Keeton. È un vero pezzo di antiquariato. Ma non era un semplice giocattolo per i venditori di dritte dell'epoca.»

«No?»

«No. Sa che cos'è una tavoletta ouija?»

«Certo. Fai delle domande e la tavoletta ti compita risposte dal mondo degli spiriti.»

«Esatto. Bene! Ai tempi della Depressione c'erano molti esperti di corse di cavalli secondo i quali il Biglietto Vincente era la tavoletta ouija dello scommettitore.»

I suoi occhi incontrarono di nuovo quelli di Keeton, amichevoli, ridenti, e Keeton fu incapace di distogliere lo sguardo quanto era stato impossibilitato ad abbandonare l'ippodromo prima dell'ultima corsa, quell'unica volta in cui ci aveva provato.

«Sciocco, no?»

«Già», convenne Keeton. Ma non gli sembrava per niente sciocco. Gli sembrava perfettamente... perfettamente...

Perfettamente ragionevole.

Gaunt frugò nella scatola e ne pescò fuori una piccola chiave di latta. «Ogni volta vince un cavallo diverso. Immagino che dentro ci sia un meccanismo che garantisce la casualità, rudimentale ma abbastanza ben progettato. Osservi ora.»

Inserì la chiave in una toppa sul lato della base sulla quale c'erano i cavallucci e la girò. Si udì un debole sferragliare, clic e clac e cloc, rumori di un meccanismo che veniva caricato. Quando la chiave giunse alla fine della corsa, Gaunt la sfilò.

«Chi sceglie?» chiese.

«Il cinque», rispose Keeton. Si sporse in avanti e il cuore gli cominciava ad accelerare. Era ridicolo e forse anche la prova definitiva di un piacere diventato ormai una mania, eppure sentiva l'antica emozione che gli cresceva dentro.

«Molto bene, io prendo il sei. Vogliamo fare una puntatina, giusto per dare sapore alla prova?»

«Sicuro! Quanto?»

«Niente soldi», dichiarò Gaunt. «L'epoca in cui scommettevo denaro si è conclusa molto tempo fa, signor Keeton. Sono le scommesse meno interessanti. Facciamo così, se vince il suo cavallo, io faccio un piccolo favore a lei. A sua scelta. Se vince il mio, sarà lei a fare un favore a me.»

«E se ne vince un altro, le scommesse non sono valide?»

«Perfetto. Pronto?»

«Prontissimo», rispose Keeton già concentrato e si protese ancora più vicino alla pista di latta. Si teneva le mani serrate fra le cosce grasse.

Accanto alla linea di partenza sporgeva una piccola leva metallica. «Partiti», mormorò Gaunt spingendo la leva.

Gli ingranaggi dentro la base cominciarono a lavorare. I cavalli abbandonarono la linea di partenza, percorrendo le rispettive corsie. Cominciarono lentamente, dondolando avanti e indietro nelle fessure e procedendo a piccoli strappi via via che la molla (una o più di una, collegate in serie) si espandeva nella base, ma quando furono in prossimità della prima curva cominciarono ad acquistare velocità.

Il numero due si mise al comando, seguito dal sette; gli altri erano ancora raggruppati.

«Avanti, cinque!» bisbigliò Keeton. «Avanti, tira, bastardo!»

Come se avesse udito il suo incitamento, il cavallino di metallo si staccò dal gruppo. A metà gara aveva raggiunto il numero sette. Il sei, quello scelto da Gaunt, aveva cominciato a sua volta a dare segni di vivacità.

Biglietto Vincente vibrava e traballava sul tavolino. Sulla pista la faccia di Keeton era sospesa come una grande luna crepata. Una goccia di sudore cadde sul minuscolo fantino che pilotava il numero tre; se fosse stato un essere umano, si sarebbe ritrovato fradicio con tutta la montatura.

Alla terza curva il sette allungò e prese il due, ma il cinque di

Keeton viaggiava con le ali ai garretti e con il sei di Gaunt aggrappato alla coda. Quei quattro cavalli uscirono dalla curva insieme con un notevole vantaggio sugli altri, vibrando all'impazzata nelle loro fessure.

«*Vai stupido bastardo!*» gridò Keeton. Si era dimenticato che erano solo pezzetti di latta ritagliati in figurine solo lontanamente somiglianti a cavalli. Si era dimenticato di essere in un negozio di un uomo che non aveva mai visto in vita sua. Era succubo dell'antica emozione. Ne era scosso come un topo fra le zanne di un terrier. «*Vai e uccidi! Spingi, bastardo, SPINGI! Falli FUORI!*»

Ora i cinque lottavano per prendere la testa... e staccavano definitivamente gli altri. Con il cavallo di Gaunt che cominciava ad affiancarlo, quello di Keeton tagliò il traguardo per primo.

La carica si stava esaurendo, ma prima che la molla si fermasse quasi tutti i cavalli tornarono sulla linea di partenza. Con un dito Gaunt spinse i ritardatari per allinearli con gli altri per la prossima gara.

«Cavoli!» sospirò Keeton asciugandosi la fronte. Si sentiva esausto... ma si sentiva anche bene come non gli succedeva più da molto, molto tempo. «Fantastico!»

«Decisamente notevole», annuì Gaunt.

«Sapevano costruire gingilli interessanti in passato, vero?»

«Più che vero», concordò Gaunt e sorrise. «E a quanto sembra le devo un favore, signor Keeton.»

«Oh, lasci perdere, era solo pro forma.»

«Ah, no. Un gentiluomo paga sempre i suoi debiti di gioco. Mi dia solo uno o due giorni d'anticipo quando intende incassare il suo pagherò, come si suol dire.»

Quando intende incassare il suo pagherò.

La realtà gli crollò addosso. Pagherò! *Loro* avevano i suoi! *Loro!* Giovedì *Loro* gli avrebbero presentato i pagherò con cui lo tenevano in pugno. E poi... che cosa poi?

Gli ballarono davanti agli occhi terribili titoli di giornale.

«Le piacerebbe sapere come usavano questo giocattolo i seri scommettitori degli anni Trenta?» domandò Gaunt con soave malizia.

«Certo», rispose Keeton, ma non gli interessava, non molto... almeno fino a quando alzò gli occhi. Allora incontrò di nuovo quelli di Gaunt. Ne furono di nuovo catturati, e l'idea di usare quel gioco da bambini per azzeccare i vincenti gli parve di nuovo perfettamente sensata.

«Allora», cominciò Gaunt, «prendevano un quotidiano pubblicato quel giorno o la gazzetta delle corse e svolgevano tutte le corse in programma, una per una. Su questa pista. A ciascun cavallo di ciascuna corsa, davano un nome preso dal giornale e questo lo facevano toccando i cavallini e pronunciando contemporaneamente il nome a voce alta. Poi caricavano e li facevano partire. Scorrevano così tutto il programma della giornata, otto, dieci, dodici corse, poi andavano all'ippodromo e scommettevano sui cavalli che avevano vinto a casa.

«Funzionava?» chiese Keeton. Gli pareva che la voce gli arrivasse da un altro luogo. Un luogo lontano. Gli pareva di nuotare negli occhi di Leland Gaunt. Di nuotare su una schiuma rossa. La sensazione era strana ma sicuramente molto piacevole.

«Sembra di sì», rispose Gaunt. «Probabilmente è solo una stupida superstizione, ma... le piacerebbe comprare questo giocattolo e provare da sé?»

«Sì.»

«Lei è un uomo che ha maledettamente bisogno di un Biglietto Vincente, vero?»

«E più di uno. Ne ho bisogno di un blocchetto intero. Quanto?»

Leland Gaunt rise. «Oh no, non posso permetterle di fregarmi così! Non quando sono già in debito con lei! Facciamo così, apra il portafogli e mi dia la prima banconota che ci trova dentro. Sono sicuro che sarà quella giusta.»

Così Keeton aprì il portafogli e sfilò una banconota senza staccare gli occhi dal volto di Gaunt e naturalmente era una banconota da due dollari, come quella che aveva segnato l'inizio di tutti i suoi guai.

5

Gaunt la fece sparire come in un trucco di prestidigitazione e disse: «Però c'è anche un'altra cosuccia».

«Cosa?»

Gaunt si sporse verso di lui. Guardò Keeton con un'espressione molto seria e gli toccò il ginocchio. «Signor Keeton, lei sa di... Loro?»

A Keeton si bloccò la respirazione, come viene a mancare il fiato a un dormiente quando si trova nelle spire di un brutto sogno. «Sì», mormorò. «Dio mio, se lo so.»

«Questa città ne è piena», riprese allora Gaunt nello stesso tono sommesso e confidenziale di prima. «Assolutamente *infestata*. Ho aperto da meno di una settimana e già lo so. Credo che possano avermi preso di mira. Anzi, ne sono sicuro. Potrei aver bisogno del suo aiuto.»

«Sì», rispose Keeton. Ora parlava con maggiore energia. «Buon Dio avrà tutto l'aiuto di cui ha bisogno!»

«Ora, lei mi ha appena conosciuto e non mi deve assolutamente niente...»

Keeton, che già considerava Gaunt l'amico più intimo che avesse avuto negli ultimi dieci anni, aprì la bocca per protestare. Gaunt alzò la mano e le sue proteste morirono sul nascere.

«... e non ha nessuna prova che io le abbia venduto qualcosa che funziona davvero e non un sacco di sogni... di quelli che si trasformano in incubi appena cerca di evocarli. Sono sicuro che ora lei crede a tutto quello che le ho detto. Se mi è concesso parlar chiaro, ho il dono della persuasione, senza false modestie. Ma io credo fermamente nei clienti soddisfatti, signor Keeton e *solo* nei clienti soddisfatti. Sono in affari da molti anni e ho costruito la mia reputazione sui clienti soddisfatti. Perciò lei prenda il giocattolo. Se funziona, bene. Se non le serve a niente lo regali all'Esercito della Salvezza o lo butti nell'immondizia. Di quanto è fuori? Un paio di dollari?»

«Un paio di dollari», ammise Keeton imbambolato.

«Ma se *dovesse* funzionare e se lei si sbarazzerà di questi effimeri crucci finanziari, torni a trovarmi. Ci siederemo a bere un buon caffè, come abbiamo fatto stamattina e parleremo di Loro.»

«Ormai non basta più restituire i soldi», obiettò Keeton con la cadenza chiara ma disarticolata di chi parla nel sonno. «Ho lasciato troppe tracce perché possa cancellarle tutte in cinque giorni.»

«Molte cose possono cambiare in cinque giorni», dichiarò il

signor Gaunt. Si alzò muovendosi con grazia felina. «Ha una giornata impegnativa davanti a sé... e anch'io.»

«Ma Loro», protestò Keeton. «Cosa facciamo con Loro?»

Gaunt posò sul braccio di Keeton una delle sue lunghe mani raggelanti e nonostante il torpore Keeton si sentì raggrumare lo stomaco a quel contatto. «Ci occuperemo di Loro in un secondo tempo», disse Gaunt. «Non si dia pensiero.»

6

«John!» esclamò Alan quando John LaPointe entrò nell'ufficio dello sceriffo dalla porta sul vicolo. «Che piacere vederti!»

Erano le dieci e mezzo di sabato mattina e l'ufficio dello sceriffo di Castle Rock era più deserto che mai. Norris era andato non so dove a pescare, e Seaton Thomas era a Sanford, a trovare le sue due sorelle nubili. Sheila Brigham era a Nostra Signora delle Acque Serene, in canonica, ad aiutare il fratello a redigere l'ennesima lettera al giornale in cui veniva illustrata la natura essenzialmente innocente della Notte al Casinò. Padre Brigham desiderava anche che la lettera esprimesse la sua convinzione che William Rose fosse più pazzo di un bue con una vespa infilata su per il buco del culo. Era una cosa che naturalmente non si poteva dire a chiare lettere, non su un giornale di famiglia, ma padre John e sorella Sheila si stavano adoperando al meglio per rendere l'idea. Andy Clutterbuck era in servizio, o così presumeva Alan; non aveva mai chiamato da quando lui era arrivato in ufficio circa un'ora prima. Fino all'arrivo di John, l'unica altra persona presente nell'edificio era stata Eddie Warburton, che trafficava nell'angolo al serbatoio dell'acqua.

«Che cosa bolle in pentola?» domandò John, sedendosi sullo spigolo della scrivania.

«Di sabato mattina? Praticamente niente. Però guarda qui.» Alan si sbottonò il polsino destro della camicia cachi e si spinse la manica all'indietro. «Ti prego di notare che la mia mano non lascia mai il polso.»

«Noterò», promise John. Si tolse di tasca un Juicy Fruit, lo scartò e se lo ficcò in bocca.

Alan gli mostrò il palmo aperto della destra, girò la mano per mostrargli il dorso, poi chiuse il pugno. S'infilò nel pugno l'indice sinistro e ne tirò fuori un'orecchietta di seta. Poi fece guizzare le sopracciglia. «Niente male, eh?»

«Se quello è il foulard di Sheila, non sarà molto felice di trovarlo tutto stropicciato e puzzolente del tuo sudore», commentò John. Sembrava meno che sbalordito.

«Non è colpa mia se l'ha lasciato sul tavolo», ribatté Alan. «E poi i maghi non sudano. Adesso attento e... abracadabra!» Tirò il foulard di Sheila fuori del pugno e lo abbandonò a mezz'aria, dove si gonfiò e ricadde pigramente a coprire la macchina per scrivere di Norris come una grande farfalla di mille colori. Alan guardò John e sospirò. «Scarso, vero?»

«È un bel trucchetto», rispose John, «ma l'ho già visto una o due volte. O vogliamo fare trenta o quaranta.»

«Tu che ne pensi, Eddie?» chiese Alan. «Non è male per un mezzo sceriffo di provincia, ti pare?»

Eddie non alzò praticamente gli occhi dal serbatoio, che stava rabboccando con alcuni bottiglioni di plastica con la scritta ACQUA DI SORGENTE. «Non ho visto. Spiacente.»

«Fate schifo, tutti e due», concluse Alan. «Ma sto lavorando a una variazione, John. Ti giuro che ci resterai di sasso.»

«Già già. Alan, vuoi ancora che controlli i gabinetti a quel nuovo ristorante sulla River Road?»

«Lo voglio», confermò Alan.

«Perché le porcate toccano sempre a me? Perché non puoi dire a Norris...»

«Norris ha controllato i cessi del campeggio per tutto luglio e agosto», lo interruppe Alan. «In giugno ci sono stato io. Piantala di caragnare, Johnny. Tocca a te. E voglio che mi prendi anche dei campioni dell'acqua. Prendi un paio di quei sacchetti speciali che hanno mandato su da Augusta. Ce ne sono ancora un po' nell'armadietto in corridoio. Mi pare di averli visti dietro alla scatola di cracker di Norris.»

«Va bene», si arrese John. «Ci vado. Ma a rischio di darti l'impressione di caragnare di nuovo, controllare che l'acqua sia potabile è responsabilità del proprietario del ristorante. Ho verificato.»

«Ma certo», replicò Alan, «ma qui stiamo parlando di Timmy Gagnon, Johnny. E tu che cosa ne deduci?»

«Ne deduco che non comprerei un hamburger al nuovo *Riverside B-B-Q Delish*, nemmeno se stessi morendo di fame.»

«Esatto!» esclamò Alan. Si alzò e sferrò una pacca a John. «Non mi dispiacerebbe far chiudere i battenti a quel piccolo figlio di puttana prima che la popolazione di cani e gatti randagi di Castle Rock cominci a ridursi.»

«Questa è un po' macabra, Alan.»

«Nossignore, questo è Timmy Gagnon tradotto in fatti appurabili. Procurati i campioni d'acqua questa mattina e io li spedirò alla Sanità di Augusta prima di andarmene questa sera.»

«Che cos'hai da fare stamane?»

Alan si riabbottonò il polsino. «Ora come ora vado a *Cose Preziose*», rispose. «Voglio conoscere il signor Leland Gaunt. Ha fatto colpo su Polly e, da quello che sento in città, non è l'unica ad averlo preso bene. Tu l'hai conosciuto?»

«Non ancora», disse John. Si avviarono alla porta. «Però sono passato un paio di volte davanti al negozio. Strano miscuglio, quello che ha in vetrina.»

Si lasciarono alle spalle Eddie, che ora stava lucidando il grande contenitore di vetro con uno straccio che si era tolto dalla tasca posteriore. Non alzò gli occhi su Alan e John quando gli passarono accanto. Sembrava perso in un suo universo privato. Ma appena la porta sul retro si fu richiusa, corse al centralino e sollevò il ricevitore.

7

«Va bene... sì, sì, ho capito.»

In piedi vicino al registratore di cassa, Leland Gaunt teneva all'orecchio un Cobra senza filo. Aveva sulle labbra un sorriso sottile come il primo spicchio di luna crescente.

«Grazie, Eddie. Grazie mille.»

Andò alla tenda che celava il retrobottega. Vi si infilò dietro solo per metà e si chinò. Quando riemerse, aveva in mano un cartello.

«Ora puoi andare a casa... sì... puoi star tranquillo che non dimenticherò. Non dimentico mai una faccia o un servizio, Eddie, ed è una delle ragioni per cui mi irrita molto che mi vengano rammentati. A risentirci.»

Schiacciò il tasto che interrompeva la comunicazione senza aspettare una risposta, abbassò l'antenna e si lasciò scivolare il portatile nella tasca della giacca da camera. Il vetro della porta era oscurato dalla tendina. Infilò la mano fra tenda e vetro e tolse il cartello con la scritta

APERTO

Lo sostituì con quello che aveva preso da dietro la tenda, quindi andò alla vetrina ad assistere all'arrivo di Alan Pangborn. Pangborn guardò per qualche tempo nella vetrina dalla quale Gaunt lo stava osservando prima di avvicinarsi alla porta; per qualche secondo schiacciò addirittura il naso contro il vetro facendosi scudo con le mani ai lati del viso. Sebbene Gaunt fosse davanti a lui a braccia conserte, lo sceriffo non lo vide.

Il signor Gaunt trovò il volto di Pangborn odioso a prima vista. Non ne fu molto sorpreso. Era ancor più bravo a leggere una faccia che a ricordarla e le parole che leggeva su quella dello sceriffo erano a grandi lettere e pericolose.

L'espressione di Pangborn cambiò all'improvviso, sgranò un po' gli occhi e la linea della bocca prima rilassata si serrò in una fessura sottile. Gaunt trasalì in un impensabile moto di paura. *Mi vede!* pensò, sebbene fosse ovviamente impossibile. Lo sceriffo indietreggiò di un passo... e cominciò a ridere. Gaunt capì al volo che cosa era accaduto, ma ciò non attenuò minimamente l'antipatia istantanea che aveva provato nei suoi confronti.

«Vattene, sceriffo», bisbigliò. «Vattene e lasciami in pace.»

8

Alan indugiò davanti alla vetrina a domandarsi il perché di tanto scalpore. La sera precedente, prima di andare da Polly, aveva parlato con Rosalie Drake, a sentire la quale *Cose Preziose* era la risposta del New England settentrionale a *Tiffany*, eppure il servizio in porcellana esposto in vetrina non era certo cosa da alzarsi di notte e scriverne a casa: la qualità era casomai da fondo di magazzino. Alcuni piatti erano sbrecciati, uno era persino attraversato da una crepa da parte a parte.

Oh be', pensò, il mondo è bello perché è vario. Quel servizio avrà probabilmente cento anni, varrà una fortuna, e io sono troppo stupido per rendermene conto.

Si portò le mani ai lati del viso per cercare di vedere dietro alla merce esposta, ma non c'era niente da guardare, le luci erano spente e il negozio era deserto.

Poi ebbe l'impressione di scorgere qualcuno, un qualcuno strano, trasparente, che lo osservava con spettrale e malevolo interesse. Indietreggiò di un passo prima di rendersi conto che era la propria immagine riflessa. Allora rise, imbarazzato per l'errore commesso.

Andò alla porta. La tendina era calata; a una ventosa trasparente era appeso un cartello scritto a mano.

SONO A PORTLAND
A RICEVERE UN CARICO
CHIEDO SCUSA
confido che torniate

Alan estrasse il portafogli, ne tolse un biglietto da visita e sul retro vergò un breve messaggio.

Egregio signor Gaunt,
sono passato sabato mattina per salutarla e darle il benvenuto in città. Spiacente di non averla trovata. Spero che si trovi bene a Castle Rock! Passerò di nuovo lunedì. Potremmo bere un caffè

insieme. Se c'è qualcosa che posso fare per lei, i miei numeri di casa e dell'ufficio sono dietro.

Alan Pangborn

Si chinò, fece scivolare il biglietto sotto la porta e si rialzò. Guardò ancora per un momento la vetrina, domandandosi chi mai avrebbe potuto desiderare un servizio di piatti così ordinario. Lo colse allora una strana sensazione di disagio, la sensazione di essere osservato. Si girò, ma non vide che Lester Pratt. Lester stava appendendo a un palo del telefono uno di quei dannati manifesti e non guardava nella sua direzione. Si strinse nelle spalle e si incamminò in direzione del Municipio. Avrebbe conosciuto Leland Gaunt lunedì, niente di male. Lunedì andava benissimo.

9

Il signor Gaunt lo guardò finché scomparve, poi andò alla porta a raccogliere il biglietto da visita che Alan gli aveva fatto passare sotto. Lesse attentamente entrambi i lati e cominciò a sorridere. Dunque lo sceriffo intendeva ripassare lunedì. Bene, perché il signor Gaunt aveva una mezza idea che ora di lunedì lo sceriffo della contea di Castle avrebbe avuto ben altre castagne da togliere dal fuoco. Una caterva di castagne. E aveva di che rallegrarsene, perché aveva già conosciuto uomini come Pangborn ed erano uomini da cui guardarsi, almeno per il tempo necessario ad avviare la propria attività e a prendere dimestichezza con la clientela. Gli uomini come Pangborn vedevano troppo.

«Ti è successo qualcosa, sceriffo», mormorò Gaunt. «Qualcosa che ti ha reso ancor più pericoloso di quanto dovresti. Anche questo l'hai scritto in faccia. Che cosa è stato, mi domando? Qualcosa che hai fatto, qualcosa che hai visto o tutti e due?»

Contemplava la strada dalla vetrina con le labbra che lentamente si dischiudevano sui grandi denti irregolari. Parlava a voce bassa, nel tono confidenziale di chi è da molto tempo l'interlocutore di se stesso.

«Mi risulta che tu sia una specie di prestidigitatore da salotto, mio caro amico in divisa. Ti piacciono i trucchi. Vorrà dire che te ne mostrerò alcuni nuovi, prima di lasciare la città. Sono sicuro che ti sbalordirò.»

Serrò il pugno sul biglietto da visita di Alan, prima ripiegandolo e poi accartocciandolo. Quando fu completamente scomparso, fra medio e anulare si sprigionò una fiammella azzurra. Riaprì la mano e tra i fili di fumo che si alzavano dal palmo non c'era più traccia del biglietto da visita, nemmeno la minima scaglia di cenere.

«Abracadabra», disse Gaunt sommessamente. Poi rovesciò la testa all'indietro e scoppiò a ridere.

10

Per la terza volta quel giorno Myrtle Keeton andò alla porta dello studio di suo marito e tese l'orecchio. Alle nove del mattino, quando si era alzata, Danforth era già chiuso lì dentro con la porta sprangata. Ora, all'una del pomeriggio, era *ancora* lì dentro con la porta sprangata. Quando gli aveva chiesto se voleva mangiare qualcosa, aveva risposto in un brontolio che lo lasciasse stare perché era occupato.

Sollevò la mano per bussare di nuovo... ma si arrestò. Inclinò leggermente la testa su un lato. Da dietro la porta arrivava un rumore, un miscuglio di tintinnii e ronzii, che le ricordava i rumorini che aveva fatto l'orologio a cucù di sua madre per tutta la settimana prima di guastarsi del tutto.

Bussò piano. «Danforth?»

«Vattene!» La sua voce era agitata, ma Myrtle non seppe decidere se era eccitazione o paura.

«Danforth, stai bene?»

«Sì, dannazione! Vai via! Fra poco esco!»

Tintinnii e ronzii. Ronzii e tintinnii. Pareva una manciata di ghiaia in un'impastatrice. La spaventava un po'. Si augurò che Danforth non stesse avendo una crisi di nervi, chiuso là dentro. Da qualche tempo si comportava in maniera così *strana*.

«Danforth, vuoi che vada dal panettiere a prendere delle ciambelle?»

«Sì!» gridò lui. «Sì! Sì! Ciambelle! Carta igienica! Un intervento estetico al naso! Vai dove ti pare! Prendi cosa ti pare! *Solo lasciami in pace!*»

Myrtle restò alla porta ancora un momento, preoccupata, indecisa se bussare di nuovo, ma poi desistette. Non era più sicura di voler sapere che cosa stesse facendo Danforth nello studio. Non era più sicura nemmeno di desiderare che aprisse la porta.

Calzò le scarpe e il cappotto autunnale (c'era il sole, ma faceva freddo) e uscì. Scese in macchina al *Country Oven* in fondo alla Main Street e comprò una mezza dozzina di ciambelle, glassate di miele per lei e con cioccolato e noce di cocco per Danforth. Sperava di risollevargli il morale: un po' di cioccolata lo risollevava sempre a *lei.*

Sulla via del ritorno le accadde di gettare lo sguardo nella vetrina di *Cose Preziose*. Vide qualcosa che le fece piantare precipitosamente entrambi i piedi sul pedale del freno. Se avesse avuto dietro qualcuno, sarebbe stata sicuramente tamponata.

Aveva visto la più *deliziosa* bambola del mondo.

Naturalmente la tendina era di nuovo sollevata e il cartello che pendeva dalla ventosa di plastica trasparente portava di nuovo la scritta

APERTO

Naturalmente.

11

Polly Chalmers trascorse quel sabato pomeriggio in un modo per lei quantomai inusuale, non facendo cioè assolutamente niente. Sedette alla finestra sulla sedia a dondolo con le mani giunte in grembo, a osservare il traffico sporadico nella strada lì davanti. Alan le aveva telefonato prima di uscire di pattuglia, le aveva detto di non aver trovato Leland Gaunt, le aveva chiesto se stava bene e se aveva bisogno di qualcosa. Gli aveva risposto che stava bene e che non aveva bisogno di niente, grazie. Entrambe le affermazioni erano false; non stava bene per niente e c'erano alcune cose di cui aveva bisogno. In cima alla lista una cura per l'artrite.

No, Polly, tu in realtà hai bisogno di un po' di coraggio, quel tanto che serve per guardare in faccia l'uomo che ami e dirgli: Alan, ho limato i fatti qua e là sugli anni che ho passato lontano da Castle Rock e ti ho raccontato una balla bella e buona su quello che è successo a mio figlio. Ora vorrei chiederti perdono e raccontarti la verità.

Sembrava facile traducendolo in parole sincere nel segreto della propria mente, ma diventava maledettamente difficile guardando negli occhi l'uomo che amava, o cercando la chiave con cui aprire il cuore senza lacerarselo.

Dolore e menzogne; menzogne e dolore. I due argomenti sui quali sembrava che da qualche tempo si imperniasse la sua vita intera.

Come stai oggi, Polly?

Bene, Alan. Sto bene.

Invece era terrorizzata. Non che le sue mani la stessero straziando in quel preciso istante, d'altra parte quasi desiderava che le facessero male, perché il dolore, terribile com'era quando finalmente arrivava, era sempre meglio dell'attesa.

Poco dopo mezzogiorno aveva avvertito nelle mani un caldo formicolio, quasi una vibrazione. Aveva dato origine ad anelli di calore intorno alle nocche e alla base del pollice. Lo sentiva in agguato in fondo alle unghie, in piccoli archi tesi come tetri sorrisi. Le era già successo due volte e sapeva che cosa l'aspettava. Avrebbe avuto quella che sua zia Betty, che aveva sofferto dello stesso tipo di artrite, era solita chiamare una brutta botta. «Quando sento le mani che cominciano a formicolarmi come se ci passasse dentro l'elettricità, so che è ora di chiudere i boccaporti», diceva Betty e ora Polly stava cercando di chiudere i suoi con scarsissimo successo.

Fuori due ragazzi scesero al centro della strada, lanciandosi l'un l'altro un pallone da football. Quello sulla destra, il più giovane dei figli Lawes, si spostò per ricevere un passaggio alto. La palla gli rimbalzò sulle dita e finì sul prato di Polly. Lui la vide che guardava dalla finestra mentre andava a recuperarla e le indirizzò un gesto di saluto. Polly alzò la sua mano per ricambiarlo... e sentì il dolore ardere imbronciato, come lo sfolgorare improvviso di un letto di braci in un colpo di vento. Si placò subito e rimase solo quello strano formicolio. La sensazione era la stessa che si sente talvolta nell'aria prima di una violenta tempesta elettrica.

Il dolore sarebbe sbocciato a tempo debito, non poteva farci niente. Le bugie che aveva raccontato ad Alan su Kelton, invece... quella era un'altra storia. E non era, la sua, una verità così clamorosa, così vergognosa... e del resto Alan già sospettava o addirittura sapeva che gli aveva mentito. Sì, glielo aveva letto in faccia. Allora perché era così difficile? Perché?

In parte per via dell'artrite, probabilmente, e in parte per la medicina alla quale ricorreva in dosi sempre maggiori: insieme erano due fatti che concorrevano a confonderla, a farle apparire fuori squadra anche l'angolo più nitido e preciso. Poi c'era il dolore di Alan e c'era l'aperta sincerità con cui lo aveva manifestato. Si era offerto a lei senza riserve.

Il suo stato d'animo all'indomani dello sconcertante incidente che era costato la vita ad Annie e Todd era stato contraddittorio e autolesionistico, avvolto da uno spiacevole (e preoccupante) involucro di emozioni negative, eppure aveva avuto lo stesso la forza di confessarle tutto. Lo aveva fatto perché voleva scoprire se lei conosceva qualcosa di Annie che lui non sapeva... ma lo aveva fatto anche perché la sincerità e l'onestà erano parte della sua natura. Aveva paura di ciò che lui avrebbe potuto pensare quando avesse scoperto che la sincerità per lei non era una costante, che non solo le mani, ma anche il suo cuore era stato colpito da un gelo precoce.

L'agitazione le fece cercare una posizione diversa sulla sedia a dondolo.

Devo dirglielo, prima o poi *devo* farlo. E niente ancora spiegava perché le fosse così difficile, niente poteva spiegare perché avesse deciso di nascondersi dietro alle menzogne. Di certo non aveva ucciso suo figlio...

Sospirò e fu quasi un singhiozzo. Cambiò nuovamente posizione. Cercò i ragazzi che giocavano con il pallone, ma non c'erano più. Posò la testa contro lo schienale e chiuse gli occhi.

12

Non era stata la prima ragazza a ritrovarsi incinta come risultato di un incontro di lotta libera in tarda serata, né la prima a litigare di conseguenza aspramente con genitori e altri parenti. Avrebbero voluto che sposasse Paul «Duke» Sheehan, il giovane che l'aveva messa incinta. Aveva risposto che non avrebbe sposato Duke neanche se fosse stato l'ultimo ragazzo sulla faccia della terra. Era vero, ma ciò che l'orgoglio non le aveva concesso di aggiungere era che Duke non voleva sposare *lei*: il suo migliore amico l'aveva informata che stava già facendo febbrili preparativi per arruolarsi nella Marina appena compiuti i diciotto anni... data alla quale mancavano meno di sei settimane.

«Vediamo di chiarire», aveva detto Newton Chalmers, facendo così crollare l'ultimo ponte traballante che c'era ancora tra padre e figlia. «Andava bene per scoparci, ma non andava bene per sposarlo, è più o meno così?»

A quel punto aveva cercato di scappare fuori casa, ma era stata trattenuta da sua madre. Se non lo avesse sposato, aveva spiegato Lorraine Chalmers, parlando in quel tono così pacato e dolcemente ragionevole che la portava sempre sull'orlo di una crisi isterica quand'era adolescente, sarebbero stati costretti a spedirla dalla zia Sarah nel Minnesota. Si sarebbe trattenuta a Saint Cloud fino alla nascita del bambino, quindi avrebbe trovato una famiglia che lo adottasse.

«So perché volete che me ne vada», aveva risposto lei. «È per zia Evelyn, vero? Avete paura che vi tagli fuori dal testamento se viene a sapere che aspetto un bambino. È solo una questione di soldi, vero? Di me non ve ne frega niente. Non ve ne frega un *cazzo* di...»

Il tono dolcemente ragionevole di Lorraine Chalmers aveva sempre celato un'aggressività da aspide. Aveva fatto crollare l'ultimo traballante ponte che ancora esisteva fra sé e sua figlia, schioccandole uno schiaffo pesante sulla faccia.

Così Polly era scappata. Era successo molto, molto tempo prima, nel luglio 1970.

Era finita a Denver, dove aveva lavorato fino alla nascita del bambino in una struttura assistenziale gratuita che i pazienti chiamavano Parco dell'Ago. Aveva avuto tutte le intenzione di farlo adottare, ma qualcosa l'aveva spinta a cambiare idea, forse solo la sensazione che aveva provato quando l'infermiera glielo aveva posato fra le braccia dopo il parto.

Lo aveva chiamato Kelton, dal nome del nonno paterno. La decisione di tenere il bambino l'aveva tenuta alquanto sulle spine, perché le piaceva considerarsi una ragazza pratica, con la testa sulle spalle, e niente di quello che le era accaduto da un anno a quella parte corrispondeva all'immagine che si era fatta di se stessa. Prima la ragazza pratica con la testa sulle spalle si era fatta mettere incinta da nubile in un'epoca in cui le ragazze pratiche e con la testa sulle spalle non facevano mai cose del genere. Poi la ragazza pratica e con la testa sulle spalle era scappata di casa e aveva messo al mondo un bambino in una città dove non era mai stata prima e di cui non sapeva niente. E per chiudere in bellezza, la ragazza tanto pratica e con la testa tanto sulle spalle aveva deciso di tenere il figlio e condurlo con sé in un futuro che non vedeva e che non riusciva nemmeno a intuire.

Almeno non aveva tenuto il bambino per ripicca o per un falso senso di sfida. Nessuno avrebbe potuto imputarglielo. Era stata molto più semplicemente colta alla sprovvista dall'amore, quel sentimento che era il più semplice e il più forte fra tutti e quello che soprattutto non perdona.

Si era trasferita. Anzi si *erano* trasferiti. Aveva lavorato come e dove le riusciva e da un lavoro manuale all'altro era arrivata a San Francisco, la sua meta prestabilita fin dall'inizio. Nell'estate 1971 San Francisco era una specie di Xanadu hippie, un vasto mercato collinare di accessori per paradisi artificiali, affollato di freak e folkie e yippie e band con nomi come Moby Grape e gli Ascensori del Tredicesimo Piano.

Secondo una canzone di Scott McKenzie su San Francisco, popolare durante uno di quegli anni, l'estate in quella città era un «love-in», un'adunata di hippie nel segno dell'amore. Polly Chalmers, che dell'hippie non aveva mai avuto nemmeno una vaga parvenza, si era persa il love-in. Lo stabile in cui abitava con Kelton aveva le cassette della posta scassate ed era pieno di tossici che portavano il simbolo della pace appeso al collo e, più spesso che no, nascondevano coltelli a serramanico nei lerci e laceri stivali da motociclista. I visitatori più frequenti del quartiere erano gli ufficiali giudiziari, gli incaricati ai sequestri presso clienti morosi e gli sbirri. Un mucchio di sbirri, e non gli davi del maiale in faccia; anche gli sbirri si erano persi il love-in e si vedeva che non gli era andata giù.

Polly aveva fatto domanda di assistenza sociale per scoprire che non risiedeva in California da un numero sufficiente di anni per averne diritto. Probabilmente ora era diverso, ma nel 1971 tirare a campare a San Francisco era dura per una ragazza madre né più e né meno che altrove. Si era allora rivolta al servizio assistenziale per i bambini bisognosi e aveva aspettato, sperato, di ottenere un aiuto almeno da lì. Kelton non aveva mai patito la fame, ma lei se l'era vista brutta, smunta ragazza che spesso aveva fame e sempre aveva paura, una ragazza che ben poche delle persone che la conoscevano ora avrebbero riconosciuto. I ricordi di quei tre primi anni sulla West Coast, ricordi riposti sul fondo della mente come vecchi vestiti in un solaio, erano distorti e grotteschi, immagini di un incubo.

E questo non spiegava in gran parte la sua riluttanza a raccontare ad Alan di quegli anni? Il suo non era il semplice desiderio di lasciarli nel buio dove li aveva accatastati? Non era stata lei la sola ad aver sofferto le angoscianti conseguenze del suo orgoglio, del suo caparbio rifiuto di chiedere, e della crudele ipocrisia dei tempi, quando si proclamava il trionfo dell'amore libero e contemporaneamente si marchiavano le madri nubili come creature non appartenenti alla società normale; no, c'era anche Kelton. Kelton era stato fra le sue braccia ma nelle mani del destino, mentre arrancava rabbiosamente nell'abbrutimento della sua inutile crociata.

Il fatto orribile è che la sua situazione aveva cominciato lentamente a migliorare. Nella primavera del 1972 aveva finalmente acquisito il diritto agli aiuti statali e le era giunta comunicazione che il mese seguente le sarebbe arrivato il primo assegno. Stava facendo progetti di trasloco in un'abitazione appena un pochino più decente, quando c'era stato l'incendio.

La telefonata le era arrivata al ristorantino dove lavorava e nei suoi sogni rivedeva Norville, il cuoco che in quei giorni cercava in tutte le maniere di tuffarlesi nelle mutande, che si girava verso di lei e le tendeva il ricevitore del telefono. Si girava ripetutamente, come in un replay difettoso e ripeteva sempre le stesse parole: *Polly, è la polizia. Vogliono parlare con te. Polly, è la polizia. Vogliono parlare con te.*

Volevano veramente parlare con lei perché avevano appena trascinato fuori dai resti del terzo piano, ancora intasato di fumo, i corpi di una giovane donna e di un bambino piccolo. Erano carbonizzati e irriconoscibili. Sapevano chi era il bambino; se Polly non era al lavoro avrebbero saputo anche chi era la donna.

Per tre mesi dopo la morte di Kelton aveva continuato a lavorare. La sua solitudine era così profonda da farla camminare sull'orlo della follia, così totale e intensa da ridurla a un torpore nel quale non si rendeva più nemmeno conto di quanto soffrisse. Finalmente aveva scritto a casa per riferire semplicemente ai genitori che si trovava a San Francisco, che aveva avuto un maschio e che il bambino non era più con lei. Non avrebbe dato altri particolari nemmeno se minacciata con un attizzatoio rovente. In quei giorni non aveva in mente di tornare a casa, se non forse nell'inconscio, ma aveva cominciato a intuire che se non avesse riallacciato almeno alcuni dei suoi vecchi legami, una parte preziosa di sé si sarebbe spenta lentamente, come muore un albero vigoroso dalle estremità dei rami verso il midollo del tronco quando resta per troppo tempo senz'acqua.

Sua madre aveva risposto immediatamente alla casella postale che Polly le aveva comunicato come recapito, supplicandola di tornare a Castle Rock... di tornare a casa. Aveva incluso un vaglia postale di settecento dollari. Faceva molto caldo nell'appartamento in cui era andata ad abitare dopo la morte di Kelton e, mentre preparava i bagagli, si era concessa una pausa per bere un bicchiere d'acqua fredda. Mentre si dissetava si era resa conto che si stava preparando a tornare a casa solo perché sua madre glielo aveva chiesto, quasi implorandola. Invero lei non ci aveva pensato affatto, il che era quasi sicuramente un errore. Era stata l'abitudine a non guardare prima di spiccare il salto a metterla nei guai, non il codino di Duke Sheehan.

Così si era seduta sul letto a una piazza di donna sola e aveva riflettuto. Aveva riflettuto a lungo e senza distrarsi. Alla fine aveva annullato il vaglia e aveva scritto una lettera a sua madre. Era meno di una pagina, ma le ci erano volute quasi quattro ore per scriverla nella maniera giusta.

Voglio tornare, o almeno provarci, ma non voglio che ci mettiamo a rivangare tutti i vecchi ossi per ricominciare a masticarli come e peggio di prima, aveva scritto. *Non so se quello che voglio in realtà, rifarmi una vita in un posto vecchio, sia possibile per qualcuno, ma voglio tentare. Perciò ho un'idea. Scriviamoci per un po'. Tu e io e io e papà. Ho visto che è più difficile mettere rancori e risentimenti sulla carta, perciò parliamoci così per un po', prima di parlarci di persona.*

Avevano parlato in quel modo per quasi sei mesi, fino a un giorno del gennaio 1973, quando il signore e la signora Chalmers si erano presentati alla sua porta, con i bagagli in mano. Avevano preso alloggio al *Mark Hopkins Hotel*, avevano detto, e non sarebbero tornati a Castle Rock senza di lei.

Polly aveva riflettuto, passando attraverso un'intera gamma di emozioni: collera per la loro prepotenza, mesto divertimento per l'affetto e l'ingenuità che c'era nella loro prepotenza, panico alla prospettiva di dover ora rispondere alle domande che aveva così abilmente aggirato nelle sue lettere.

Aveva promesso di uscire a cena con loro, niente di più: qualunque altra decisione avrebbe dovuto aspettare. Suo padre aveva risposto di aver preso la camera all'albergo per una sola notte. È meglio che avverti che ti tratterrai più a lungo, aveva ribattuto lei.

Aveva voluto parlare con loro il più possibile prima di giungere a una decisione finale, come una versione più intima del periodo di prova in forma epistolare, ma avevano avuto a disposizione quell'unica prima serata. Era stata quella l'ultima volta in cui aveva visto suo padre forte e in buona salute, e l'aveva trascorsa quasi tutta fumando di collera nei suoi confronti.

Le vecchie incomprensioni che si potevano schivare così facilmente per lettera erano riaffiorate ancor prima che avessero vuotato il bicchiere di vino dell'aperitivo. Qualche lampo fugace, per cominciare, ma suo padre aveva continuato a bere e alla lunga era scoppiata la tempesta. Era stato lui ad accendere la scintilla affermando che ritenevano entrambi che Polly avesse imparato la lezione ed era tempo di seppellire le asce di guerra. La signora Chalmers aveva soffiato sulle fiamme ritrovando il suo tono pacato e così dolcemente ragionevole. Dov'è il piccolo, cara? *Questo* almeno potrai dircelo. Immagino che l'avrai dato alle suore.

Polly conosceva quelle voci e il significato che si nascondeva in quelle parole, per lunga esperienza acquisita. Suo padre esprimeva il bisogno di riprendere il controllo: a ogni costo la situazione *doveva* essere messa sotto controllo. Sua madre manifestava amore e premura nell'unico modo che conosceva, pretendendo informazioni. Entrambe quelle voci, così familiari, così amate e contemporaneamente disprezzate, avevano riacceso in lei il furore antico.

Avevano abbandonato il ristorante a metà della cena e il giorno dopo il signore e la signora Chalmers erano tornati nel Maine da soli.

Dopo tre mesi di sospensione, gli scambi epistolari erano ricominciati, seppure esitanti. Era stata la madre di Polly a scrivere per prima, scusandosi per la disastrosa serata. Le suppliche perché tornasse a casa non c'erano più. Polly ne era rimasta sorpresa... e una parte di lei che quasi non conosceva nemmeno aveva cominciato a fremere di ansia. Aveva la sensazione che sua madre la stesse infine ripudiando. Date le circostanze, il suo timore era sciocco e autolesionista, ma la ragione non poté in alcun modo influenzare emozioni così elementari.

Devo credere che tu sia abbastanza matura da saper prendere le decisioni più opportune, aveva scritto a Polly. *È difficile da accettare per me e tuo padre perché noi ti vediamo ancora come la nostra figlioletta. Credo che lo abbia spaventato vederti così bella e così adulta. E non devi fargliene colpa eccessiva per come si è comportato. Non sta molto bene, ha di nuovo problemi allo stomaco. Il dottore dice che è solo la cistifellea e che quando finalmente si deciderà a farsi operare starà di nuovo bene, ma io sono in ansia per lui.*

Polly aveva risposto nello stesso tono conciliante. Le era stato più facile ora che aveva archiviato a tempo indeterminato i progetti di un ritorno nel Maine. Poi, sul finire del 1975, era arrivato il telegramma. Era conciso e brutale: PAPÀ HA IL CANCRO. STA MORENDO. PREGOTI TORNARE CASA. AFFETTO, MAMMA.

Era ancora vivo quando Polly lo aveva raggiunto all'ospedale di Bridgton, stordita dal cambio di fuso orario e dall'afflusso turbinoso dei ricordi che le evocavano i luoghi del suo lontano passato. A ogni curva della strada dal Portland Jetport a Castle Rock trasaliva ripetendo mentalmente sempre la stessa frase: *L'ultima volta che l'ho visto, ero una bambina!*

Newton Chalmers era in una camera privata, in uno stato di semincoscienza, con tubicini che gli penetravano nelle narici e misteriosi macchinari raccolti tutt'attorno al suo capezzale in un assedio famelico. Era morto tre giorni dopo. Aveva avuto l'intenzione di tornare immediatamente in California, che considerava ormai la sua nuova patria, ma quattro giorni dopo i funerali del padre, sua madre aveva subito un grave attacco cardiaco.

Polly si era trasferita in casa. Aveva accudito alla madre per i successivi tre mesi e mezzo e tutte le notti tornava il momento in cui sognava Norville, il cuoco di *Yor Best Diner*. Norville si girava verso di lei in quei sogni, si girava e rigirava, e le tendeva il telefono stretto nella destra, quella con l'aquila e le parole PIUTTOSTO LA MORTE CHE IL DISONORE tatuate sul dorso. *Polly, è la polizia,* diceva Norville. *Vogliono parlare con te. Polly, è la polizia. Vogliono parlare con te.*

Sua madre aveva lasciato il letto, si reggeva di nuovo sulle proprie gambe e parlava di vendere la casa e di trasferirsi in California con lei (una cosa che non avrebbe mai fatto, ma Polly non aveva mai voluto disilluderla: ormai era più vecchia e un po' più indulgente), quando era stata colpita dal secondo attacco cardiaco. Era andata così che, in un rigido pomeriggio del marzo 1976, Polly si era trovata all'Homeland Cemetery, accanto alla prozia Evelyn, a contemplare una bara posata su due cinghie di fianco alla tomba di suo padre.

La salma del padre era rimasta per tutto l'inverno nella cripta del cimitero, in attesa che la terra si ammorbidisse abbastanza affinché lo si potesse tumulare. Per una di quelle coincidenze grottesche che nessun romanziere decoroso oserebbe inventare, la tumulazione del marito aveva avuto luogo solo un giorno prima della morte della moglie. Le zolle erbose non erano ancora state risistemate sull'ultima dimora di Newton Chalmers; la terra era ancora nuda e la tomba appariva oscena nella sua nudità. Gli occhi di Polly continuavano a vagare dalla bara della madre alla tomba del padre. *Sembra quasi che aspettasse che gli dessero una sepoltura dignitosa,* pensava.

Terminata la breve funzione, zia Evvie l'aveva presa in disparte. L'ultima parente di Polly ancora in vita si era fermata vicino al carro funebre dell'*Hay & Peabody*, uno stecchino di donna con addosso un cappotto nero da uomo e ai piedi un paio di galosce rosse stranamente allegre. Aveva una Herbert Tareyton infilata nell'angolo della bocca. Aveva acceso uno zolfanello con l'unghia del pollice, mentre Polly le si avvicinava e se l'era portato alla punta della sigaretta. Aveva tirato una boccata profonda e aveva soffiato il fumo nella fredda aria primaverile. Teneva il bastone da passeggio (un comune bastone di frassino; dovevano trascorrere ancora tre anni prima che le venisse consegnato il Bastone del *Post* di Boston che spetta al cittadino più anziano) piantato tra i piedi.

Ora, dondolandosi lentamente su quella sedia che avrebbe certo meritato l'approvazione della vecchia, Polly calcolò che in quella primavera zia Evvie doveva avere ottantotto anni: ottantotto anni e fumava ancora come un camino! Né era sembrata a Polly molto diversa di come la ricordava dai tempi in cui era bambina, in attesa della caramella che la zia pescava dalla scorta apparentemente inesauribile che teneva nella tasca del grembiule. Molte cose erano cambiate negli anni della sua assenza, ma zia Evvie non era fra quelle.

«Dunque, con questo abbiamo chiuso», aveva esordito con quella sua voce arrochita dalle sigarette. «Sono sotto terra, Polly. Tutti e due, padre e madre.»

A quel punto Polly era scoppiata in lacrime, un fiume di lacrime straziate. Aveva creduto che zia Evvie volesse cercare di consolarla e già le si accapponava la pelle all'idea di essere toccata dalla vecchia: *non voleva* essere consolata.

E aveva sbagliato a preoccuparsi. Evelyn Chalmers non aveva mai creduto nel dare conforto alle persone colpite da un lutto; era accaduto a Polly in seguito di sospettare che ritenesse l'idea stessa di conforto un'illusione. Fatto sta che rimase in silenzio con il bastone piantato tra le galosce rosse, a fumare in attesa che il pianto di Polly si placasse.

Conclusa quest'altra fase, zia Evvie aveva chiesto: «Il tuo marmocchio, quello per cui si sono dati tanta pena, è morto, vero?»

E per quanto gelosamente avesse custodito il suo segreto con tutti, Polly si era ritrovata ad annuire suo malgrado. «Si chiamava Kelton.»

«Un nome passabile», aveva commentato zia Evvie. Aveva tirato fumo dalla sigaretta e l'aveva soffiato adagio dalla bocca per risucchiarselo dalle narici, in quel giochetto che Lorraine Chalmers chiamava «pompa doppia», arricciando il naso di disgusto quando lo diceva. «L'ho capito la prima volta che sei venuta a trovarmi quando sei tornata a casa. Te l'ho letto negli occhi.»

«C'è stato un incendio», aveva spiegato Polly, alzando finalmente gli occhi verso i suoi. Aveva un fazzoletto di carta, ma era troppo inzuppato perché potesse essere ancora utile; se l'infilò nella tasca del cappotto e usò invece i pugni, strofinandoseli contro gli occhi come una bambina che si è sbucciata il ginocchio cadendo dal triciclo. «È stata probabilmente una trascuratezza della ragazza che avevo preso come baby sitter.»

«Già», aveva brontolato zia Evvie. «Ma vuoi conoscere un segreto, Trisha?»

Polly aveva fatto cenno di sì, tentando un sorriso. Il suo vero nome era Patricia, ma era sempre stata Polly per tutti fin da piccola. Per tutti eccetto che per zia Evvie.

«Baby Kelton è morto... ma tu no.» La zia aveva gettato la sigaretta e le aveva battuto l'indice ossuto sul petto. «Tu no, mia cara. Dunque, come intendi regolarti?»

Polly aveva riflettuto. «Tornerò in California», aveva risposto alla fine. «Più di così non so.»

«Sì, per cominciare va bene, ma non basta.» Dopodiché zia Evvie aveva detto qualcosa di molto simile a quello che avrebbe detto lei stessa qualche anno più tardi, a cena a *Le Betulle* con Alan Pangborn: «Non sei tu la colpevole qui, Trisha. A questo sei arrivata?»

«Non... non ne sono sicura.»

«Allora vuol dire di no. Finché non te lo sarai messo in testa, non avrà importanza dove andrai o cosa farai. Non avrai nessuna possibilità.»

«Quale possibilità?» aveva chiesto lei disorientata.

«La *tua* possibilità. La tua possibilità di vivere la tua vita. Ora come ora hai l'aspetto di una donna che vede i fantasmi. Non tutti credono nei fantasmi, ma io sì. Sai che cosa sono, Trisha?»

Lei aveva scosso lentamente la testa.

«Uomini e donne che non sanno lasciarsi il passato alle spalle», aveva dichiarato zia Evvie. «Ecco che cosa sono i fantasmi. Non *loro*.» Aveva disteso il braccio in direzione della bara posata sulle cinghie vicino alla tomba ancora imprevedibilmente fresca di piccone e vanga. «I morti sono morti. Noi li seppelliamo e restano sepolti.»

«Io sento...»

«Sì», l'aveva interrotta zia Evvie. «Lo so. Ma non lo fanno. Non lo fanno tua madre e mio nipote. Non lo fa il tuo marmocchio, quello che è morto mentre eri Via. Mi capisci?»

Aveva capito. Non tutto, forse, ma qualcosa sì.

«Hai ragione a non voler restare qui, Polly, non adesso quantomeno, non subito. Torna dov'eri. O vai in qualche posto nuovo, a Salt Lake, Honolulu, Baghdad, dove vuoi. Non conta, perché prima o poi tornerai qui. Lo so. Questo posto appartiene a te e tu gli appartieni. Sta scritto su tutte le rughe che hai sulla faccia, nel modo di camminare, nel modo di parlare, persino nel modo che hai di aggrottare le sopracciglia quando guardi in faccia una persona che non hai mai visto prima. Castle Rock è stata costruita per te e tu sei fatta per lei. Perciò non c'è fretta. 'Vai dove preferisci', come dice il Buon Libro. Ma vacci *viva*, Trisha. Non fare il fantasma. Se diventi un fantasma, allora forse è meglio che non torni più.»

Poi la vecchia si era guardata intorno accigliata, ruotando lentamente la testa, con il bastone piantato fra i piedi.

«Questa dannata città ne ha già abbastanza di fantasmi», aveva aggiunto.

«Ci proverò, zia Evvie.»

«Sì, so che lo farai. Provarci è insito nel tuo carattere.» L'aveva fissata attentamente. «Eri una bella bambina ed eri una brava bambina, ma non sei mai stata una bambina fortunata. Ebbene, la fortuna è per gli stolti. Non hanno altro in cui sperare, poveri diavoli. Mi fa piacere che tu sia ancora bella e brava ed è questa la cosa importante. Credo che ce la farai.» Poi, in tono sbrigativo, quasi con arroganza: «Ti voglio bene, Trisha Chalmers, te ne ho sempre voluto».

«Anch'io ti voglio bene, zia Evvie.»

Dopodiché, in quel modo titubante che hanno un vecchio e un giovane di dimostrarsi affetto, si erano abbracciate. Polly le aveva sentito addosso il vecchio aroma del bouquet profumato, un afflato di viole, e non aveva potuto trattenere le lacrime.

Quando si era ritratta, zia Evvie si stava infilando una mano nella tasca del cappotto. Polly credette che stesse per estrarre un fazzoletto e con non poca meraviglia aveva pensato che finalmente, dopo tanti anni, avrebbe visto la vecchia piangere. Ma non era andata così. Invece di un fazzoletto, zia Evvie si tolse di tasca una caramella dura incartata, come ai tempi in cui Polly era una bambina con le trecce che le scendevano sul davanti della blusa alla marinara.

«Un bonbon, cara?» aveva chiesto allegramente.

13

L'imbrunire aveva cominciato a indebolire la luce del giorno.

Polly si raddrizzò sulla sedia a dondolo e si accorse di essersi quasi assopita. Urtò una mano e una scarica dolorosa le risalì il braccio per qualche istante prima di recedere al formicolio premonitore. Sarebbe stata dura, i sintomi c'erano tutti. Quella notte o l'indomani sarebbe stata brutta davvero.

Lascia perdere quello che non puoi cambiare, Polly. C'è almeno una cosa che puoi *cambiare,* devi *cambiare. Devi raccontare ad Alan la verità su Kelton. Devi scacciare quel fantasma dal tuo cuore.*

Ma subito un'altra voce protestò, una voce stentorea, rabbiosa e spaventata. Era solo la voce dell'orgoglio, probabilmente, ma fu impressionata dall'impeto con cui esigeva che non venissero esumati quei fatti antichi, appartenenti a un'altra vita... che nulla ne fosse rivelato né ad Alan, né ad altri. Che soprattutto la breve vita e la morte sventurata del suo bambino non fossero gettate in pasto alle lunghe lingue pettegole della città.

Che stupidaggine è questa, Trisha? echeggiò nella sua mente la voce di zia Evvie, spentasi così carica di anni sull'ultima pompa doppia delle sue amate Herbert Tareyton. *Che cosa importa se Alan scopre com'è morto veramente Kelton? Che cosa importa se lo vengono a sapere tutte le vecchie cornacchie della città, da Lenny Partridge a Myrtle Keeton? Come fai a pensare che ci sia qualcuno a cui importi un fico secco del tuo marmocchio, povera illusa? Stai peccando di presunzione, è acqua strapassata, non meriterebbe mai una seconda tazza di caffè da Nan.*

Forse... ma Kelton era stato *suo*, dannazione, *suo*. Nella vita e nella morte, era stato suo. E anche *lei* era appartenuta a se stessa, non a sua madre, non a suo padre, nemmeno a Duke Sheehan. *Era appartenuta a sé soltanto.* La ragazza sola e spaventata che tutte le sere nel lavello arrugginito della cucina si lavava le mutandine perché ne aveva solo tre paia, quella ragazza spaventata con un eritema sempre in agguato all'angolo del labbro o di una narice, la ragazza che certe volte si sedeva alla finestra affacciata sul cavedio e si posava la fronte febbricitante sul braccio per piangere, quella ragazza era appartenuta solo a se stessa. I ricordi del buio della notte, con Kelton che poppava a un piccolo seno, mentre lei leggeva un tascabile di John D. MacDonald e le sirene s'intrecciavano ululando per le vie strette e ripide della città, quei ricordi erano *suoi*. Le lacrime che aveva versato, i silenzi che aveva sopportato, i lunghi pomeriggi nebbiosi al ristorante a cercare di sfuggire agli insinuanti tentacoli di Norville Bates, la vergogna con cui aveva finalmente negoziato una pace difficile, l'indipendenza e la dignità per le quali aveva combattuto così duramente e inutilmente... tutto questo era *suo* e non poteva cederlo alla città.

Polly, qui la città non c'entra niente e lo sai benissimo. Qui la questione è che cosa spetta ad Alan di diritto.

Scosse la testa senza rendersi conto del gesto involontario con cui manifestava la sua contrarietà. Evidentemente aveva vegliato per troppe interminabili notti perché potesse ora mettere docilmente in mostra le sue proprietà più intime. A tempo debito avrebbe raccontato tutto ad Alan, in fondo non aveva avuto intenzione di prolungare la sua reticenza fino a quel punto, ma il momento giusto non era ancora arrivato, specialmente quando le mani le annunciavano che nei prossimi giorni non le avrebbero dato modo di pensare a molto altro che a loro.

Squillò il telefono. Era sicuramente Alan che era rientrato dal giro di ronda e chiamava per sentire come stava. Si alzò per andare a rispondere. Sollevò con cautela il ricevitore, usando entrambe le mani, pronta a dirgli le cose che credeva che volesse sentire. Cercò di intromettersi la voce della zia Evvie accusandola di comportarsi male, in maniera infantile, autocompiacente e forse persino pericolosa. Polly la zittì con brutale fermezza.

«Pronto?» disse spigliata. «Oh, ciao, Alan! Come va? Sono contenta.»

Ascoltò e sorrise. Se si fosse guardata nello specchio del corridoio avrebbe visto una donna che sembrava nell'atto di urlare... ma non guardò.

«Bene, Alan», disse. «Sto bene.»

14

Era quasi ora di correre all'ippodromo.

Quasi.

«Dai», bisbigliò Danforth Keeton. Il sudore gli colava sulla faccia come olio. «Dai, dai, *dai!*»

Era curvo su Biglietto Vincente. Aveva sgombrato completamente la scrivania per far posto alla tavoletta e ci aveva dedicato quasi tutta la giornata. Aveva cominciato prendendo a riferimento *Quarant'anni di derby nel Kentucky*, scelto dalla sua collezione di libri sull'ippica. Aveva replicato una ventina di derby, assegnando ai cavallucci di Biglietto Vincente i nomi dei cavalli partecipanti, secondo le istruzioni ricevute dal signor Gaunt, e i cavallucci di latta ribattezzati con i nomi dei cavalli che avevano vinto le gare erano puntualmente arrivati primi. Prova dopo prova, il gioco si rivelava infallibile. Era stupefacente, tanto che erano arrivate le quattro prima che si accorgesse di aver sprecato la giornata a riprodurre corse del passato quando ce n'erano dieci nuove di zecca ancora da svolgere all'ippodromo di Lewiston, quella stessa sera.

C'era da fare un pacco di soldi.

Nell'ultima ora accanto a Biglietto Vincente aveva tenuto il *Daily Sun* di Lewiston aperto alla pagina delle corse. A destra aveva sistemato un foglietto strappato dal taccuino. Sul foglietto, nella scrittura larga e frettolosa di Keeton, era stato compilato l'elenco seguente:

1.a corsa BAZOOKA JOAN
2.a corsa FILLY DELFIA
3.a corsa TAMMY'S WONDER
4.a corsa I'M AMAZED
5.a corsa BY GEORGE
6.a corsa PUCKY BOY
7.a corsa CASCO THUNDER
8.a corsa DELIGHTFUL SON
9.a corsa TIKO-TIKO

Erano solo le cinque del pomeriggio e Danforth Keeton stava già dando il via all'ultima corsa della serata. I cavallini percorsero dondolando l'anello della pista. Uno acquisì un vantaggio di sei lunghezze e tagliò il traguardo con ampio margine sugli altri partecipanti.

Keeton afferrò il giornale e studiò di nuovo il programma delle corse della serata. Il suo volto era così fulgido che sembrava ispirato da un'illuminazione divina. «Malabar!» sussurrò e agitò i pugni nell'aria. La matita che teneva stretta fra due dita picchiettò il vuoto come l'ago di una macchina per cucire impazzita. «È Malabar! Trenta a uno! Trenta a uno *come minimo*! Malabar, perdio!»

Trascrisse il nome sul foglietto ansimando spasmodicamente. Cinque minuti dopo Biglietto Vincente era chiuso a chiave nell'armadio a muro dello studio e Danforth Keeton era in viaggio per Lewiston sulla Cadillac.

9

1

ALLE dieci meno un quarto di domenica mattina, Nettie Cobb indossò il soprabito e lo abbottonò velocemente. Stampata sul volto aveva un'espressione di convinta risolutezza. Era in cucina. Raider era seduto per terra e la guardava come a chiederle se davvero questa volta fosse decisa ad andare fino in fondo.

«Sì, sono decisa», gli disse.

Raider sbatté la coda sul pavimento, come per dire che sapeva che la sua padrona ne era capace.

«Ho preparato delle belle lasagne per Polly e adesso vado a portargliele. Il paralume è chiuso a chiave nella credenza e *so* di aver chiuso con la chiave, non sarò costretta a continuare a tornare indietro per controllare, perché lo so *di certo*. Quella polacca fuori di testa non mi terrà prigioniera in casa mia. Se l'incontro per la strada, la sistemo io! L'ho avvertita!»

Doveva uscire. Doveva farlo, se ne rendeva conto. Da due giorni era bloccata ed era arrivata alla conclusione che più avesse rimandato, più difficile sarebbe stato. Più a lungo fosse rimasta seduta in soggiorno con le tende pesanti abbassate, più arduo le sarebbe diventato risollevarle. Sentiva l'antico, tenebroso terrore che le s'insinuava nei pensieri.

Si era svegliata di buon'ora (alle cinque) e aveva preparato un bel piatto di lasagne per Polly, proprio come piacevano a lei, con una gran quantità di spinaci e funghi. I funghi erano in scatola, perché il giorno prima non aveva avuto il coraggio di uscire a fare la spesa, ma le lasagne erano risultate ottime lo stesso. Ora la teglia era pronta per il trasporto, coperta da un foglio di alluminio.

La prese e attraversò risoluta il soggiorno. «Fai il bravo, Raider. Tornerò fra un'ora. Se Polly mi offre il caffè, può darsi che tardi un po'. Ma andrà tutto bene. Non ho niente di cui preoccuparmi. Io non ho fatto niente alle lenzuola di quella polacca fuori di testa e se mi molesta, le do il fatto suo.»

Raider mandò un secco latrato per dimostrare che aveva capito e ci credeva.

Nettie aprì la porta, sbirciò fuori, non vide niente. Ford Street era deserta come solo una via di provincia può esserlo nelle prime ore di una domenica mattina. In lontananza una campana chiamava ai doveri liturgici i battisti del reverendo Rose e un'altra convocava i cattolici di padre Brigham.

Facendo appello a tutto il suo coraggio, Nettie uscì nel sole della domenica, posò la teglia di lasagne sul gradino, tirò a sé la porta e la chiuse con la chiave. Poi strinse la chiave di casa fra le dita e si graffiò l'avambraccio, procurandosi una sottile linea rossa.

Mentre si chinava per raccogliere la teglia pensò: *Adesso, quando sarai per la strada, prima ancora di essere arrivata all'angolo, comincerai a dubitare di aver chiuso con la chiave. Invece l'hai fatto. Hai posato le lasagne per avere le mani libere. E se ancora non ci crederai, guardati il braccio e ricordati di essertelo graffiato con la chiave di casa...* dopo *aver usato quella stessa chiave per chiudere la porta. Ricordatelo, Nettie, e vedrai che andrà tutto bene quando sarai assalita dai dubbi.*

Era un bellissimo pensiero e quella di graffiarsi il braccio con la chiave era stata una bellissima idea. Il segno rosso era qualcosa di *concreto*, di conseguenza per la prima volta da due giorni a quella parte (e altrettante notti trascorse quasi del tutto da sveglia), si sentì meglio davvero. Si avviò a un'andatura vivace, a testa alta, con le labbra compresse quasi a farle sparire. Quando fu al marciapiede controllò da una parte e dall'altra che non fosse in vista la macchinina gialla della polacca fuori di testa. In tal caso aveva intenzione di affrontarla e dire chiaro e tondo che voleva essere lasciata in pace. Nessuna traccia, però. L'unico veicolo era un vecchio camioncino arancione parcheggiato a qualche metro da casa sua, con nessuno a bordo.

Bene.

Nettie s'incamminò verso l'abitazione di Polly Chalmers e quando i dubbi l'assalirono ricordò che il paralume in vetro Carnevale era chiuso a chiave, Raider era di guardia e la porta d'ingresso era sprangata. Si soffermò in particolare su quest'ultima verità. La porta d'ingresso era chiusa con la chiave e le bastava guardarsi il segno rosso sul braccio per averne conferma.

Così proseguì con passo sicuro e a testa alta, e quando arrivò all'angolo, lo svoltò senza girarsi indietro.

2

Appena la svitata fu scomparsa dietro l'angolo, Hugh Priest si rialzò dal sedile anteriore del pick-up arancione che aveva prelevato dall'autoparco deserto alle sette del mattino (si era sdraiato nell'attimo in cui aveva visto Nettie la Matta uscire di casa). Inserì la folle e lasciò che il veicolo scendesse lentamente e silenziosamente per il dolce pendio verso la casa di Nettie Cobb.

3

Il campanello della porta ripescò Polly da una sorta di pantano psichico che non era esattamente sonno, ma una forma di stordimento assediato dai sogni. Si alzò a sedere nel letto e si accorse che indossava la vestaglia. Quando se l'era messa? Sulle prime non riuscì a ricordare e ne fu spaventata. Poi arrivò. Il dolore che aspettava si era presentato puntuale, senza dubbio la crisi più atroce che avesse sperimentato in vita sua. L'aveva destata alle cinque. Era andata in bagno a orinare e aveva scoperto di non essere più in grado nemmeno di strappare un foglio di carta igienica dal rotolo per asciugarsi. Allora aveva preso una pillola, aveva indossato la vestaglia e si era seduta alla finestra della camera da letto ad aspettare che il farmaco facesse effetto. A un certo punto doveva aver sentito che stava per addormentarsi ed era tornata a letto.

Si sentiva le mani come rozze figure di ceramica cotte nel forno fino al limite di rottura. Il dolore era insieme caldo e freddo, nella profondità delle carni come un complicato reticolo di fil di ferro avvelenato. Sollevò le mani in un gesto disperato, mani da spaventapasseri, orribili mani deformi, e da basso echeggiarono di nuovo le note del campanello. Si lasciò sfuggire un gridolino sommesso.

Uscì sul pianerottolo con le mani protese davanti a sé come fanno i cagnolini con le zampe anteriori quando vogliono invocare una chicca. «Chi è?» chiese a voce alta. Era rauca, impastata di sonno. Si sentiva la lingua ruvida come un pezzo di fustagno.

«Sono Nettie! Tutto bene, Polly?»

Nettie. Dio del cielo, che cosa ci faceva lì Nettie allo spuntar dell'alba di una domenica mattina?

«Sì, tutto bene!» rispose. «Devo mettermi addosso qualcosa! Apri con la tua chiave, cara!»

Quando sentì il rumore della chiave di Nettie nella serratura, Polly tornò precipitosamente in camera. Lanciò un'occhiata all'orologio sul comodino e vide che l'alba doveva essere spuntata già da qualche ora. Naturalmente non era tornata sui suoi passi per indossare qualcos'altro sulla vestaglia che per ricevere Nettie era più che decorosa; aveva invece bisogno di un'altra pillola. Mai e poi mai in vita sua aveva avuto tanto bisogno di una pillola come in quel momento.

Fu quando cercò di prenderla che si rese conto della gravità del suo stato. Le pillole, che in realtà erano capsule, erano in un piattino di vetro sulla mensola del caminetto ornamentale. Riuscì a mettere la mano nel piattino, ma si ritrovò nell'impossibilità di flettere le dita per prendere una capsula. Le sue mani erano come le tenaglie di un robot bloccatesi per mancanza di lubrificante.

Si sforzò, si concentrò, ordinò alle dita di chiudersi su una capsula. Ottenne solo una lieve vibrazione e una fiammata di dolore lancinante. Nient'altro. Soffocò un gemito di sofferenza e frustrazione.

«Polly?» La voce di Nettie, che ora giungeva dai piedi delle scale, era preoccupata. La gente a Castle Rock la considerava forse debole di testa, rifletté Polly, ma quanto alle vicissitudini della sua infermità, Nettie era tutt'altro che svagata. Frequentava quella casa da troppo tempo per lasciarsi ingannare... e le voleva troppo bene. «Polly, sei sicura che non ci sono problemi?»

«Scendo subito, cara!» gridò, sforzandosi di mettere animo nella voce. E mentre toglieva la mano dal piattino e vi chinava sopra la testa pensò: *Dio, ti supplico, che non venga su adesso. Che non veda che cosa sto facendo.*

Abbassò la faccia sul piattino come un cane che si accinge a bere dalla ciotola e sporse la lingua. Dolore, vergogna, orrore, e soprattutto una cupa depressione, tutte le sfumature del viola e del grigio l'avvolsero nel momento in cui schiacciò la lingua su una delle capsule aspettando che vi si incollasse. La risucchiò in bocca, ora non più un cane ma un formichiere che ingerisce un boccone succulento, e deglutì.

Mentre la capsula le scivolava per l'esofago, pensò di nuovo: *Darei qualsiasi cosa per liberarmene. Qualsiasi cosa.*

4

Hugh Priest sognava ormai di rado: di quei tempi più che addormentarsi cadeva privo di sensi. La notte prima tuttavia aveva sognato ed era stato puro materiale da manicomio. Il sogno gli aveva spiegato tutto quello che aveva bisogno di sapere e tutto quello che doveva fare.

Aveva sognato di essere seduto al tavolo della cucina a bere una birra, guardando uno spettacolo a quiz che si chiamava *L'affare del secolo*. Tutti gli articoli messi in palio erano oggetti che aveva visto in quel negozio, *Cose Preziose*. E tutti i concorrenti sanguinavano dalle orecchie e dagli angoli degli occhi. Ridevano, ma la loro espressione era di terrore.

A un tratto una voce ovattata aveva cominciato a chiamare: «Hugh! Hugh! Fammi uscire, Hugh!»

Veniva dal ripostiglio. Era andato ad aprirlo, pronto a tramortire chiunque vi si fosse nascosto. Ma non c'era nessuno, solo la solita confusione di scarpe e stivali, sciarpe, cappotti e materiale da pesca. Nonché le due carabine.

«Hugh!»

Aveva alzato la testa perché la voce veniva dalla mensola.

Era la coda di volpe. La coda di volpe parlava. E Hugh aveva riconosciuto subito la voce. Era la voce di Leland Gaunt. Aveva preso la coda, assaporandone come sempre la sontuosa morbidezza, una sensazione che era un po' come la seta e un po' come la lana e in realtà come niente altro che il suo misterioso se stesso.

«Grazie, Hugh», aveva detto la coda di volpe. «Là dentro si soffoca. E hai lasciato sulla mensola una vecchia pipa. Non ti dico come puzza. Puh!»

«Vuoi andare da qualche altra parte?» aveva chiesto lui. Si sentiva un po' stupido a parlare a una coda di volpe, anche se era solo un sogno.

«No, mi sto abituando, però ho da parlarti. Hai da fare una cosa, ricordi? Hai promesso.»

«Nettie la Matta», aveva annuito lui. «Devo fare uno scherzo a Nettie la Matta.»

«Infatti», aveva risposto la coda, «e devi farlo appena ti svegli. Perciò ascolta.»

Hugh aveva ascoltato.

La coda di volpe gli aveva detto che a casa di Nettie ci sarebbe stato solo il cane, ma ora che era arrivato effettivamente a destinazione, decise che era prudente bussare. Lo fece. Sentì all'interno un rumore di unghie in corsa sul parquet. Bussò di nuovo, per essere sicuro. Da dietro la porta giunse un latrato severo.

«Raider?» chiamò. La coda di volpe gli aveva detto che così si chiamava il cane. Hugh pensava che fosse un bel nome, anche se la tizia che ne aveva avuto l'idea era suonata come una campana.

Ci fu un secondo latrato, questa volta meno severo.

Hugh si tolse un mazzo di chiavi dal taschino della giacca da caccia a scacchi e lo esaminò. Erano secoli che aveva quelle chiavi, di molte delle quali non ricordava più quale fosse la relativa toppa. Quattro di esse, però, erano universali, facilmente riconoscibili dalla maggior lunghezza, ed erano quelle che gli servivano.

Si guardò intorno una volta, constatò che la strada era deserta come quando era arrivato, e cominciò a provare le chiavi a una a una.

5

Alla vista del volto bianco, provato e tumefatto di Polly, Nettie dimenticò all'istante tutte le paure che durante il tragitto l'avevano tormentata come i denti affilati di un roditore. Non ebbe nemmeno bisogno di guardarle le mani, che ancora teneva sollevate all'altezza della vita (quando era in quelle condizioni, se le lasciava pendere il dolore diventava insopportabile), per sapere come stava.

Le lasagne furono abbandonate senza complimenti su un tavolino ai piedi delle scale. Se la teglia fosse caduta per terra, Nettie non se ne sarebbe nemmeno curata. La donna che Castle Rock si era abituata a veder girare nervosa per le vie cittadine, con l'aria di svicolare dopo aver commesso qualcosa di riprovevole, anche quando si stava semplicemente recando all'ufficio postale, non c'era più. Questa era una Nettie diversa, la Nettie di Polly Chalmers.

«Vieni», ordinò. «In soggiorno. Ti prendo i guanti termici.»

«Nettie, va bene così», protestò debolmente Polly. «Ho appena preso una pillola e sono sicura che fra qualche minuto...»

Ma Nettie l'aveva cinta con un braccio e la sospingeva verso il soggiorno. «Che cosa hai fatto? Ci hai dormito sopra, per caso?»

«No, mi sarei svegliata. È solo...» Rise. Fu un debole verso smarrito. «È solo dolore. Sapevo che oggi sarebbe stata brutta, ma non me l'aspettavo così. E i guanti termici non servono.»

«Qualche volta aiutano, lo sai anche tu che qualche volta aiutano. Ecco, mettiti lì.»

Il tono di Nettie non ammetteva repliche. Restò piantata accanto a lei finché non la vide seduta in poltrona. Poi andò in bagno a prendere i guanti termici. Polly vi aveva rinunciato da un anno, ma evidentemente Nettie conservava per loro una fiducia che aveva del superstizioso. La sua versione personale del brodo di pollo, li aveva definiti una volta Alan, e ne avevano riso insieme.

Polly sedette con le mani sui braccioli della poltrona come pezzi di legno e posò uno sguardo nostalgico sul divano sul quale aveva fatto l'amore con Alan venerdì sera. Quella volta le mani non le avevano fatto male per niente e già le sembrava che fossero passati mille anni. Rifletté che il piacere, per quanto intenso, era un fenomeno spettrale, effimero. Forse l'amore faceva girare il mondo, ma era convinta che fossero le grida dei feriti gravi e degli afflitti a far ruotare l'universo sulla smisurata asta di vetro del suo asse.

Oh, stupido divano, pensò. *Oh, stupido divano vuoto, a che cosa mi servi ora?*

Tornò Nettie con i guanti termici. Somigliavano a manopole imbottite da cucina, collegate con un cavo elettrico. Un lungo filo usciva dal dorso del guanto sinistro e terminava con una spina. Polly ne aveva vista la pubblicità nientemeno che su *La brava casalinga*. Aveva telefonato alla Fondazione Nazionale Artrite e aveva accertato che in certi casi i guanti offrivano un sollievo temporaneo. Quando aveva mostrato la pubblicità al dottor Van Allen, il medico aveva aggiunto la postilla che da due anni ormai si sentiva ripetere come un vecchio disco rotto: «Be', male non farà».

«Nettie, sono sicura che fra pochi minuti...»

«... ti sentirai meglio», finì Nettie. «Sì, naturalmente. E forse questi serviranno. Alza le mani, Polly.»

Polly si arrese e sollevò le mani. Nettie aprì i guanti e glieli fece scivolare sulle dita con la delicatezza di un artificiere che disinnesca una bomba. La sua fu una manovra affettuosa, abile e compassionevole. Polly non credeva che i guanti termici sarebbero serviti a niente... ma le affettuose premure di Nettie cominciavano già a fare effetto.

Nettie s'inginocchiò per infilare la spina nella presa vicino alla poltrona. I guanti cominciarono a ronzare debolmente e Polly si sentì accarezzare le dita dalle prime propaggini di calore.

«Tu sei troppo buona con me», commentò Polly a bassa voce. «Lo sai?»

«Non è possibile», rispose Nettie. «E non lo sarà mai.» La sua voce suonò un po' roca, negli occhi era comparsa un'umida lucentezza. «Polly, non ho diritto di impicciarmi negli affari tuoi, ma non resisto più a stare zitta. Devi fare qualcosa per queste povere mani. Assolutamente. Non puoi andare avanti così.»

«Lo so, cara. Lo so.» Polly fece uno sforzo sovrumano per inerpicarsi su per il muro di depressione che le era cresciuto dentro. «Perché sei venuta, Nettie? Non sarà stato sicuramente solo per tostarmi le mani.»

Nettie si rianimò. «Ti ho fatto le lasagne!»

«Davvero? Oh, Nettie, non avresti dovuto!»

«No? Non è così che la penso io. Io penso che tu non sarai in grado di cucinare né oggi, né domani. Te le metto in frigo.»

«Grazie. Grazie di cuore.»

«Sono contenta di avertele fatte. Doppiamente contenta ora che ti ho vista.» Si girò prima di uscire in corridoio. Un raggio di sole le rischiarò il viso e in quel momento Polly si sarebbe forse accorta di quanto era stanca e tirata, se solo le sue sofferenze non fossero state così intense. «Non ti muovere, sai?» le intimò Nettie.

Polly scoppiò a ridere, cogliendo di sorpresa persino se stessa. «E come faccio? Sono in trappola!»

Dalla cucina giunse il rumore dello sportello del frigorifero che si apriva e richiudeva. Nettie aveva messo via le lasagne. «Caffè?» propose gridando. «Ti va? Ti faccio compagnia se lo vuoi.»

«Sì», rispose Polly, «buona idea.» Ora il ronzio dei guanti era più forte, erano molto caldi, e forse perché a qualcosa in effetti servivano, o forse perché la capsula appena presa era più efficace di quella che aveva mandato giù alle cinque, il dolore diventava più sopportabile. Probabilmente era un effetto combinato, pensò. «Ma se devi tornare a casa, Nettie...»

Nettie apparve sulla soglia. Aveva indossato il grembiule e reggeva nella mano la vecchia caffettiera. Si rifiutava di usare quella nuova della Toshiba... e Polly doveva ammettere che il caffè che usciva dall'antiquata macchinetta di Nettie era migliore.

«Non ho da andare da nessuna parte», le disse. «E poi la casa è tutta chiusa a chiave e c'è Raider a fare la guardia.»

«Certo», annuì Polly sorridendo. Conosceva molto bene Raider. Pesava tutto insieme una decina di chili e si rotolava sulla schiena per farsi grattare la pancia appena si presentava qualcuno, portalettere, esattore, venditore a domicilio.

«Credo che comunque mi lascerà in pace», proseguì Nettie. «L'ho avvertita. Non l'ho più vista in giro e non si è più fatta viva, quindi devo credere che finalmente se lo è messo in testa, che faccio sul serio.»

«Hai avvertito chi? Di che cosa?» domandò Polly, ma Nettie era già scomparsa e lei era veramente inchiodata alla poltrona per via dei guanti elettrici. Quando Nettie tornò con il caffè, il Percodan aveva cominciato ad annebbiarle la mente e si era completamente dimenticata delle strane allusioni della governante... cosa in ogni caso non molto sorprendente, dato che i commenti di Nettie erano molto spesso enigmatici.

Nettie versò panna liquida e zucchero nel caffè di Polly e glielo tese in maniera che potesse sorseggiare dalla tazza. Chiacchierarono del più e del meno e naturalmente la conversazione scivolò di lì a non molto sul negozio nuovo. Nettie tornò a parlare del paralume che si era comprata, non però con quell'affannosa dovizia di particolari che Polly si sarebbe aspettata, visto la straordinarietà di un simile evento nella sua vita. Ascoltandola, le tornò tuttavia alla mente il messaggio che il signor Gaunt le aveva messo nel contenitore della torta.

«Quasi dimenticavo... Il signor Gaunt mi ha chiesto di passare da lui oggi pomeriggio. Dice di avere un articolo che potrebbe interessarmi.»

«Non ci andrai, vero? Non con le mani in quello stato!»

«Non so. Ora vanno molto meglio. Credo che i guanti abbiano funzionato davvero questa volta, almeno un po'. E *qualcosa* dovrò pur fare!» Guardava Nettie con un'espressione un tantino supplichevole.

«Be'... in effetti...» Nettie ebbe un'idea improvvisa. «Senti, potrei passarci di ritorno a casa e chiedergli se può venire lui da te!»

«Oh, no, Nettie, è fuori strada!»

«Solo un isolato o due.» Nettie le indirizzò un'occhiata vagamente maliziosa e non poco accattivante. «Poi potrebbe avere qualcos'altro in vetro Carnevale. Non ho abbastanza soldi per permettermi un altro acquisto, ma questo *lui* non lo sa. E guardare non costa nulla, giusto?»

«Ma chiedergli di venire qui...»

«Gli spiegherò la situazione», concluse Nettie convinta, mentre cominciava a raccogliere le tazze sul vassoio. «Si sa che i venditori vanno spesso a fare dimostrazione a domicilio, quando hanno qualcosa di valido da vendere.»

Polly la osservò divertita e intenerita. «Sai, sei diversa quando sei qui, Nettie.»

Nettie fu sorpresa dalle sue parole. «Sì?»

«Sì.»

«In che senso?»

«In un senso buono. Lascia stare. Se non avrò una ricaduta, credo che avrò voglia di uscire oggi pomeriggio. Ma se ti capitasse di passare dal negozio...»

«Ci passerò.» Ora negli occhi di Nettie brillava una luce di malcelato fervore. Ora che aveva avuto l'idea, ne era rapita. Essersi occupata di Polly era stato un autentico tonico per i suoi nervi.

«... e *dovesse* esserci, dagli il mio numero di telefono e chiedigli di chiamarmi per piacere se gli è arrivato l'articolo che voleva mostrarmi. Saresti così gentile?»

«Senz'altro!» esclamò Nettie. Si alzò per riportare in cucina il vassoio. Riappese il grembiule al gancio nella dispensa e tornò in soggiorno per togliere a Polly i guanti termici. Aveva già il soprabito addosso. Polly la ringraziò di nuovo e non solo per le lasagne. Le mani le facevano ancora un male maledetto, ma non più insopportabile come prima. E riusciva persino a muovere le dita.

«Non devi ringraziarmi di niente», si schermì Nettie. «E sai una cosa? Si *vede* che stai meglio. Stai riprendendo colore. Mi sono presa uno spavento, quando sono arrivata... C'è nient'altro che posso fare per te prima di andarmene?»

«No, non credo.» Polly si protese per afferrare goffamente la mano di Nettie nella sua, ancora arrossata e molto calda. «Non sai come sono felice che tu sia venuta, cara.»

Nelle rare occasioni in cui Nettie sorrideva, lo faceva con tutto il viso; era come vedere il sole che sbuca dalle nuvole nel cielo coperto. «Ti voglio bene, Polly.»

Commossa, Polly rispose: «Anch'io voglio bene a te, Nettie».

Nettie se ne andò. Fu l'ultima volta che Polly la vide viva.

6

La serratura montata sulla porta d'ingresso di Nettie Cobb era un congegno complesso quanto il coperchio di una scatola di cioccolatini; la terza chiave universale provata da Hugh fece scattare il meccanismo dopo pochi armeggii. La porta si aprì.

Nell'atrio era seduto un cagnolino dal pelo giallo con il petto bianco. Pronunciò il suo singolo latrato severo in risposta alla luce del sole che cadde intorno a lui e alla grande ombra di Hugh che cadde su di lui.

«Tu devi essere Raider», mormorò Hugh, infilandosi la mano in tasca.

Il cane abbaiò di nuovo e prontamente si rovesciò sulla schiena, con le quattro zampe spalancate e inerti.

«Oh, ma che carino!» si complimentò Hugh. Raider sbatté sul pavimento di legno il mozzicone di coda, presumibilmente per dichiararsi concorde. Hugh chiuse la porta e si acquattò di fianco al cane. Con una mano gli grattò il lato destro del torace, in quel punto magico che è misteriosamente collegato alla zampa posteriore destra, cosicché la zampa prende ad annaspare concitatamente. Con l'altra estrasse dalla tasca il coltellino militare svizzero.

«Ma che bravo, vero che sei bravo?» cantilenò.

Smise di grattare il cane e dalla tasca della camicia prese un foglietto. Su di esso, nella sua faticosa scrittura da scolaretto, aveva trascritto il messaggio che gli aveva dettato la coda di volpe. Si era seduto al tavolo della cucina e lo aveva scritto ancor prima di vestirsi, in modo da non dimenticarne neanche una parola.

Nessuno sporca di fango le mie lenzuole pulite.
Ti ho detto che l'avresti pagata!

Aprì il cavatappi contenuto in una delle fessure del grosso temperino e lo passò attraverso il foglietto. Poi girò lateralmente l'utensile e lo impugnò in maniera che il cavatappi gli sporgesse fra medio e anulare. Riprese a grattare Raider, che durante la manovra era rimasto sdraiato sulla schiena a osservarlo allegramente. Era proprio carino, pensò.

«Ma sì! Sei o non sei il più bravo cagnolino del mondo? Sei o non sei il cagnolino di papà?» lo vezzeggiò grattandolo. Ora Raider agitava entrambe le zampe posteriori e sembrava che pedalasse alla rovescia una bicicletta invisibile. «Ma sì che lo sei! Ma sì che lo sei! E sai che cos'ho io? Ho una coda di volpe! Sissignore!»

Hugh tenne il cavatappi con il biglietto infilato nella spirale sopra il ciuffo bianco del petto di Raider.

«E sai un'altra cosa? *Me la tengo!*»

Calò con forza la mano destra. La sinistra, quella con la quale grattava Raider, ora inchiodava il cane a terra mentre dava tre giri violenti al cavatappi. Un fiotto di sangue caldo gli inondò le mani. Il cane fremette per un istante, poi più niente. Non avrebbe fatto più sentire il suo latrato inoffensivo e severo.

Hugh si rialzò con il cuore che gli tuonava nel petto. All'improvviso stava molto male per ciò che aveva fatto, gli pareva quasi di avere la febbre. Forse era matta e forse no, ma era sola al mondo e lui le aveva ammazzato probabilmente l'unico vero amico che aveva.

Si asciugò il sangue sulla camicia. La macchia era quasi invisibile contro il colore scuro della lana. Non riusciva a staccare gli occhi dal cane. Era stato lui a farlo. Sì, lo aveva fatto e lo sapeva, ma non riusciva a crederci. Aveva agito come in trance, mosso da una volontà non sua.

La voce interiore, quella che ogni tanto gli parlava delle riunioni dell'A.A., si fece udire all'improvviso in quel momento: *Sì, e immagino che a forza di insistere, arriverai anche a crederci, ma la verità è un'altra. Tu non eri affatto in trance, sapevi perfettamente che cosa stavi facendo.*

E perché.

Il panico cominciò a impadronirsi di lui. Doveva andarsene da lì. Indietreggiò lentamente, poi urtò la porta chiusa con un grido roco. Armeggiò dietro di sé in cerca del pomolo senza pensare alle impronte digitali che seminava dappertutto. Lo trovò, lo ruotò, aprì la porta e scivolò fuori della casa di Nettie la Matta. Si guardò intorno concitatamente, quasi aspettandosi di trovare schierata lì davanti mezza popolazione a fissarlo con solenni occhi d'accusa. Non vide nessuno, salvo un bambino che risaliva la strada pedalando. Dal cestino della bicicletta sporgeva messo di traverso un contenitore termico Playmate. Il ragazzino non lo degnò nemmeno di un'occhiata, passandogli davanti, e quando se ne fu andato, rimasero solo le campane della chiesa... quella che questa volta chiamava a raccolta i metodisti.

Si avviò di buon passo. Ordinò a se stesso di non correre, ma prima di raggiungere il pick-up già stava trottando lo stesso. Aprì lo sportello, si sedette al volante e cercò di inserire la chiave dell'accensione nel cruscotto. Lo fece tre o quattro volte e ogni volta quella bastarda di chiave mancava la fessura. Dovette reggersi la mano destra con la sinistra prima di riuscirci. Aveva la fronte imperlata di sudore. Aveva sofferto sbornie monumentali, eppure non era mai stato così male: era come se fosse stato colpito da un attacco di malaria.

Il camioncino si mise in moto con un ruggito e un rutto di fumo azzurrognolo. Gli scivolò il piede dal pedale della frizione. Il veicolo si staccò dal ciglio del marciapiede in due sussulti scomposti e rumorosi, poi il motore si spense. Respirando affannosamente dalla bocca aperta, Hugh lo avviò di nuovo e partì a tutta birra.

Quando arrivò all'autoparco (era ancora deserto come i monti della luna) e lasciò il pick-up del Municipio per rientrare in possesso della sua vecchia Buick ammaccata, già si era dimenticato tutto di Raider e della cosa orribile che aveva fatto con il cavatappi. Aveva qualcos'altro a cui pensare, qualcosa di molto più importante. Mentre correva a riportare il pick-up all'autoparco, una spaventosa certezza aveva cominciato a stritolargli il cuore: qualcuno era stato a casa sua approfittando della sua assenza, e quel qualcuno gli aveva rubato la coda di volpe.

Filò a casa a cento all'ora e slittò in una frenata che bloccò la Buick a dieci centimetri dalla veranda pencolante in una grandinata di ghiaia e una nuvola di polvere. Salì precipitosamente gli scalini, corse dentro, arrivò al ripostiglio e spalancò la porta. Si alzò sulla punta dei piedi e cominciò a esplorare la mensola con le mani rese febbrili dal panico.

Dapprincipio i polpastrelli sentirono solo legno grezzo e allora Hugh liberò un singhiozzo di orrore e collera. Poi la mano sinistra affondò nel pelo folto che non era né seta né lana e un grande senso di pace e appagamento gli calò dalla punta delle dita fino alla punta dei piedi. Era come cibo per l'affamato, riposo per lo spossato... chinino per il malato di malaria. Finalmente il rullo di tamburi che gli scuoteva il petto cominciò a placarsi. Prelevò la coda dal nascondiglio e si sedette al tavolo della cucina. Si adagiò la coda sulle cosce e cominciò ad accarezzarla con entrambe le mani.

Rimase seduto così per più di tre ore.

7

Il bambino che Hugh aveva visto ma non aveva riconosciuto, quello che transitava in bicicletta, era Brian Rusk. Anche Brian aveva fatto il suo sogno la notte precedente e anche Brian di conseguenza aveva la sua commissione da compiere quella mattina.

Nel sogno stava per cominciare la settima partita delle World Series, un'edizione antica, dell'era di Elvis, che metteva in cartellone la mitica rivalità di tutti i tempi, la più leggendaria delle sfide della storia del baseball, i Dodgers verso gli Yankees. Nella fossa, a scaldarsi per il Da Bums c'era Sandy Koufax. Fra un lancio e l'altro, parlava a Brian Rusk, che gli era vicino. Sandy Koufax gli aveva spiegato esattamente che cosa doveva fare. Era stato molto chiaro, con tanto di puntini sulle i e trattini sulle t. Nessun problema.

Il problema era un altro: Brian non lo voleva fare.

Si sentiva una pappamolla a discutere con una leggenda del baseball come Sandy Koufax, però ci aveva provato lo stesso. «Lei non capisce, signor Koufax», aveva detto. «Io dovevo fare uno scherzo a Wilma Jerzyck e l'ho fatto. *L'ho già fatto!*»

«E allora?» aveva ribattuto Sandy Koufax. «Che cosa c'entra, mascotte?»

«Be', erano i patti. Ottantacinque centesimi e uno scherzo.»

«Ne sei proprio sicuro, mascotte? Uno scherzo solo? È così? Ti aveva detto qualcosa come 'non più di uno scherzo'? Una formula legalmente precisa che non dia adito a dubbi?»

Brian non ricordava bene, ma sentiva crescere dentro di sé la spiacevole sensazione di essere stato giocato. Anzi, non solo giocato: *preso in trappola*. Come un topo con un pezzetto di formaggio.

«Lascia che ti schiarisca le idee, mascotte. L'accordo...»

Si era interrotto e con un grugnito sommesso aveva lanciato una palla particolarmente violenta e veloce. La palla si era schiacciata nel guantone del ricevitore con un colpo secco come uno sparo di fucile. Dal guanto si era levato uno sbuffo di polvere e in quel momento Brian si era reso conto con costernazione di conoscere gli occhi blu che lo guardavano da dietro la maschera del ricevitore. Erano gli occhi del signor Gaunt.

Sandy Koufax aveva intercettato il rilancio del signor Gaunt, poi gli aveva rivolto uno sguardo vitreo, come se i suoi occhi fossero cocci di vetro marrone. «L'accordo è quello che stabilisco *io*, mascotte.» Nel sogno Brian si era accorto che gli occhi di Sandy Koufax non erano affatto marroni, erano blu, fatto assolutamente logico, visto che Sandy Koufax era *anche* il signor Gaunt.

«Ma...»

Koufax/Gaunt aveva alzato la mano inguantata. «Se c'è una cosa che è meglio che tu sappia da subito, mascotte, è che *detesto* quella parola. Mi fa venire il latte ai gomiti. È una parola da mezza sega e mi dà il voltastomaco. E sai perché, mascotte? Perché *ma* sta per mamma e sta per uno che non sa affrontare la vita da solo.»

Il giocatore che indossava la vecchia divisa dei Dodgers di Brooklyn, si era nascosto la palla nel guanto e si era girato del tutto verso di lui. Sì, era proprio il signor Gaunt, e Brian si era sentito stringere il cuore in una gelida morsa di terrore. «È vero che ho detto che volevo che facessi uno scherzo a Wilma, Brian, ma non ho mai detto che era *il solo e unico* scherzo che volevo che le facessi. Sei stato tu a pensarlo, non io a dirlo, mascotte. Mi credi o vuoi riascoltare la registrazione?»

«Le credo», aveva risposto Brian. Era pericolosamente vicino a una crisi di balbuzie. «Le credo, ma...»

«Che cosa ti ho appena spiegato, mascotte?»

Brian aveva abbassato la testa deglutendo a vuoto.

«Hai molto da imparare su come si conduce una trattativa d'affari», aveva detto Koufax/Gaunt. «Tu e tutta la gente di Castle Rock. Ed è appunto uno dei motivi per cui sono venuto: tenere un seminario sull'arte del mercanteggiamento. C'era uno in città, un certo Merrill, che ne sapeva qualcosa, ma si è trasferito ai grandi magazzini del Padre Eterno.» Aveva sogghignato, mostrando nel volto malinconico e magro di Sandy Koufax i denti grandi e irregolari di Leland Gaunt. «E sul concetto di 'affare', Brian, ho da tenerti una lezione molto seria.»

«Ma...» La parola era sfuggita di bocca a Brian prima che riuscisse a trattenersi.

«Niente ma», aveva tagliato corto Koufax/Gaunt. Da sotto la visiera del berretto da baseball lo aveva osservato con un'espressione solenne. «Il signor Gaunt è il miglior giudice. Sei capace di ripetere, Brian?»

Brian aveva messo al lavoro le corde vocali, ma non aveva emesso alcun suono. Si sentiva sgorgare calde lacrime dietro gli occhi.

Una mano grande e fredda gli era scesa sulla spalla. E aveva strizzato. «*Dillo!*»

«Il signor Gaunt...» Brian aveva dovuto deglutire di nuovo per far posto alle parole. «Il signor Gaunt è il miglior giudice.»

«Bravo, mascotte. Proprio così. E questo vuol dire che farai quello che ti dico io, altrimenti...»

Brian aveva dato fondo a tutto il suo coraggio per un ultimo sforzo.

«E se mi rifiutassi? E se dicessi che non ci sto perché non avevo capito le... come diavolo si chiamano... le condizioni?»

Koufax/Gaunt si era trasferito la palla dal guanto all'altra mano e vi aveva chiuso sopra le dita. Dalle cuciture trasudarono goccioline di sangue.

«Non ti puoi rifiutare, Brian», aveva mormorato serafico. «Non più. Siamo alla settima partita delle World Series. Tutte le galline sono tornate al pollaio ed è tempo di cacare o covare. Guardati in giro. Coraggio.»

Brian aveva ubbidito e con orrore aveva visto che l'Ebbets Field traboccava di gente, con gli spettatori che si assiepavano persino sulle scale... *e li conosceva tutti.* Aveva visto i suoi genitori con il fratellino Sean nel palco del commissario sportivo dietro alla casa base. La sua classe di terapia della dizione, con la signorina Ratcliffe a un'estremità e quel bamboccione del suo amico Lester Pratt all'altra, era schierata lungo la linea della prima base, a bere Royal Crown Cola e a mangiare hotdog. Sugli spalti c'era tutto l'ufficio dello sceriffo di Castle Rock, a bere birra da bicchieri di carta sui quali erano raffigurate le concorrenti di quell'anno al titolo di Miss Oro del Reno. C'erano tutta la sua classe di catechismo, i consiglieri della città, Myra e Chuck Evans, le sue zie, gli zii e i cugini. Laggiù, dietro alla terza base, c'era Sonny Jackett, e quando Koufax/Gaunt aveva lanciato la palla sanguinante facendola schioccare di nuovo come un colpo di fucile nel guanto del ricevitore, Brian aveva visto che la faccia dietro la maschera apparteneva ora a Hugh Priest.

«Ti passo sopra, boccia», aveva gridato Hugh rilanciando la palla. «Ti faccio squittire.»

«Vedi, mascotte, non è più solo questione di una figurina», aveva ripreso Koufax/Gaunt. «Lo sai anche tu, vero? Quando hai imbrattato di fango le lenzuola di Wilma Jerzyck, hai dato inizio a qualcosa. Come quando si dà inizio a una valanga lanciando un urlo troppo forte in una giornata invernale con la temperatura più alta del solito. La tua scelta non è difficile. Puoi stare al gioco... o tirarti indietro e finire diritto sotto terra.»

Nel sogno Brian aveva finalmente cominciato a piangere. Capiva, capiva fin troppo bene ora che era troppo tardi perché servisse a qualcosa.

Gaunt strizzò la palla. Ne sgorgò altro sangue e i suoi polpastrelli affondarono nella superficie bianca e carnosa. «Se non vuoi che tutti a Castle Rock sappiano che sei stato tu a cominciare la valanga, Brian, è meglio che fai come ti dico.»

Brian aveva pianto più forte.

«Quando tratti con me», aveva dichiarato Gaunt, raccogliendosi in se stesso per lanciare, «devi tenere bene a mente due cose: il signor Gaunt è il miglior giudice... e la trattativa non è conclusa finché a dirlo non è il signor Gaunt.»

Aveva lanciato con quella distensione sinuosa e repentina che rendeva così dura la vita ai battitori quando era in campo lui (tale era l'umile opinione del padre di Brian) e quando la palla aveva colpito il guanto di Hugh Priest, quella volta era esplosa. Nel luminoso sole d'autunno si era aperto uno schizzo di sangue e peli e brandelli di carne. E Brian si era svegliato piangendo nel guanciale.

8

Ora andava a eseguire il compito che gli aveva assegnato il signor Gaunt. Era stato abbastanza semplice allontanarsi; aveva detto a papà e mamma che quella mattina non si sentiva di andare in chiesa perché aveva mal di pancia (non era nemmeno una bugia). Usciti loro aveva cominciato i preparativi.

Era dura pedalare e ancora più dura mantenere la bicicletta in equilibrio, per via del contenitore termico nel cestino. Era molto pesante e ora che arrivò a casa Jerzyck era tutto sudato e senza fiato. Non ebbe esitazioni, questa volta, non suonò il campanello, non preparò alcuna giustificazione. Non c'era nessuno. Sandy Koufax/Leland Gaunt lo aveva informato nel sogno che i Jerzyck avrebbero fatto tardi, perché dopo la messa delle undici si sarebbero trattenuti a discutere dell'imminente Notte al Casinò per poi andare in visita presso amici. Brian gli aveva creduto. Attualmente desiderava ora farla finita al più presto possibile con quella brutta storia, per correre a casa, parcheggiare la bici e passare il resto della giornata a letto.

Con entrambe le mani sollevò il contenitore dal cestino della bicicletta e lo posò nell'erba. Era dietro la siepe, dove non poteva vederlo nessuno. Quello che stava per fare era rumoroso, ma Koufax/Gaunt gli aveva assicurato che non c'era alcun pericolo. Gli aveva spiegato che quasi tutti gli abitanti di Willow Street erano cattolici e quasi tutti quelli che non seguivano la messa delle undici erano già stati in chiesa alle otto per partire subito dopo per le rispettive escursioni domenicali. Brian non sapeva se era vero o no, ma due cose aveva ben chiare nella mente: il signor Gaunt era il miglior giudice e la trattativa non era chiusa finché non fosse stato il signor Gaunt a dirlo.

Tale era l'accordo.

Brian aprì il contenitore. Dentro c'erano una decina di pietre, tutte più o meno grandi come una palla da baseball. Su ciascuna era avvolta una pagina strappata dal suo quaderno di scuola, trattenuta con uno o due elastici. Su ciascuna pagina, in grande, c'era scritto questo semplice messaggio:

TI HO DETTO DI LASCIARMI IN PACE.
QUESTO È L'ULTIMO AVVERTIMENTO.

Prese una pietra e risalì il prato fino a meno di tre metri dalla grande vetrata del soggiorno dei Jerzyck, di quelle che negli anni Sessanta si chiamavano «finestre panoramiche», ai tempi cioè in cui era stata costruita la casa. Si raccolse, esitò per non più di un momento, quindi lasciò partire il tiro come Sandy Koufax davanti al primo battitore del settimo game delle World Series. Ci fu uno schianto pauroso e per niente musicale, seguito dal tonfo del sasso che cadeva in soggiorno e rotolava sul pavimento.

Il rumore ebbe uno strano effetto su di lui. La paura lo abbandonò e si dissolse con essa il disagio per quella nuova mansione che, nemmeno con il più volonteroso sforzo dell'immaginazione, si sarebbe potuta includere fra quelli che venivano genericamente considerati scherzi. Il rumore del vetro infranto lo eccitò... gli diede in effetti sensazioni analoghe a quelle che provava quando fantasticava sulla signorina Ratcliffe. Quelle fantasie erano sciocche, ora se ne rendeva conto, ma non c'era niente di stupido in ciò che stava facendo *adesso*. Quella era *realtà*.

E poi aveva scoperto di volere ora la figurina di Sandy Koufax più che mai. Aveva scoperto un altro aspetto fondamentale sul possesso e il peculiare stato psicologico che alimenta: più si è costretti a faticare per qualcosa che si possiede, più si desidera tenere quella cosa.

Brian prelevò altri due sassi e si avvicinò alla finestra sfondata. Guardò dentro e vide quello che aveva lanciato prima. Era sulla soglia della porta che divideva il soggiorno dalla cucina. La sua presenza era alquanto improbabile, come uno stivale di gomma su un altare di chiesa o una rosa sull'avantreno di un trattore. Uno degli elastici che tratteneva il foglio era saltato, ma l'altro svolgeva ancora la sua funzione. Lo sguardo di Brian si spostò sulla sinistra. Si ritrovò a rimirarsi nello schermo del Sony.

Brian portò il braccio all'indietro e lanciò. Il sasso prese lo schermo in pieno. Ci fu un colpo sordo, un lampo di luce e una pioggia di vetri si sparse sulla moquette. Il televisore vacillò sul sostegno, ma non cadde. «*Secondo strike*», mormorò Brian. Poi si lasciò andare in una risata strozzata.

Scagliò l'altro sasso a un gruppo di comuni oggetti di ceramica sul tavolino vicino al divano, ma sbagliò mira. Il sasso rimbalzò sulla parete, staccando un calcinaccio.

Brian sollevò il contenitore prendendolo per la maniglia e girò intorno alla casa. Distrusse due finestre laterali. Sul retro piazzò un sasso grosso come una forma di pane attraverso il vetro della metà superiore della porta della cucina, quindi ne fiondò una serie attraverso l'apertura che si era procurato. Uno sgretolò il Cuisinart, un altro polverizzò il vetro frontale del RadarRange e finì dentro al forno a microonde. «*Terzo strike!* Tornatene a casa, pivello!» gridò Brian e cominciò a ridere e rise così forte che per poco non si bagnò le mutande.

Passato l'accesso di ilarità, finì il giro della casa. Ora il contenitore Playmate era più leggero, lo trasportava facilmente con una mano sola. Usò le ultime tre pietre per fracassare i vetri della cantina che intravide tra i fiori autunnali di Wilma e, per buona misura, strappò anche qualche manciata di quelli. Dopodiché chiuse il contenitore, tornò alla bici, sistemò il Playmate nel cestino e montò in sella per tornare a casa.

I Mislaburski abitavano accanto ai Jerzyck. Mentre Brian sbucava pedalando dal vialetto privato dei Jerzyck, la signora Mislaburski aprì la porta di casa sua e uscì sulla soglia. Indossava una veste da casa di un verde accecante e aveva i capelli raccolti in un fazzolettone rosso. Sembrava una pubblicità di Natale all'inferno.

«Che succede laggiù, ragazzo?» s'informò in tono brusco.

«Non so bene. Credo che il signore e la signora Jerzyck stiano litigando», rispose Brian senza fermarsi. «Ero passato a chiedere se avevano bisogno di qualcuno che spalasse la neve davanti a casa quest'inverno, ma ho deciso che tornerò un'altra volta.»

La signora Mislaburski lanciò un breve sguardo minaccioso verso la casa dei Jerzyk. Grazie alla siepe da dove si trovava vedeva solo il primo piano. «Se fossi in te non tornerei affatto», gli consigliò. «Quella donna mi ricorda quei pesciolini che hanno in Sud America, quelli che si divorano una vacca intera.»

«I piranha», ribatté Brian.

«Sì, quelli.»

Brian continuò a pedalare. Si stava ora allontanando dalla donna con la veste verde e il fazzoletto rosso. Il cuore viaggiava di gran carriera con lui, ma non tamburellava né palpitava o niente del genere. Per metà era sicuro che stesse ancora sognando. Non si sentiva affatto se stesso, non somigliava neppure al Brian Rusk primo della classe, al Brian Rusk membro del consiglio studentesco e della lega scolastica dei bravi cittadini, al Brian Rusk che prendeva sempre dieci in condotta.

«Un giorno o l'altro ucciderà qualcuno!» gli gridò indignata la signora Mislaburski. «Segnati le mie parole!»

Brian bisbigliò: «Non ne sarei per niente sorpreso».

Passò davvero il resto della giornata a letto. In circostanze normali, Cora ne sarebbe stata preoccupata, forse abbastanza da accompagnare Brian dal medico, quel giorno viceversa non si accorse nemmeno che suo figlio non si sentiva bene. Era per via dei fantastici occhiali scuri che le aveva venduto il signor Gaunt. Ne era estasiata.

Brian si alzò verso le sei, un quarto d'ora prima che suo padre rincasasse da una giornata di pesca al lago con due amici. Prese una Pepsi dal frigorifero e la bevve in piedi, davanti ai fornelli. Si sentiva molto meglio.

Riteneva di aver probabilmente esaurito gli impegni contratti nell'accordo stipulato con il signor Gaunt.

Aveva anche concluso che il signor Gaunt era davvero il miglior giudice.

9

Senza la più vaga premonizione della brutta sorpresa che l'attendeva a casa, Nettie Cobb scendeva per la Main Street alla volta di *Cose Preziose* in uno stato d'animo di animata serenità. L'intuito le diceva che avrebbe trovato il negozio aperto anche di domenica mattina e non fu delusa.

«Signora Cobb!» l'accolse Leland Gaunt. «Che piacere rivederla.»

«Il piacere è anche mio, signor Gaunt», rispose ed era sincera.

Il signor Gaunt le si fece incontro con la mano protesa, ma Nettie schivò il contatto. Era un comportamento disdicevole, molto poco educato, ma non poteva farci niente. E per fortuna sembrò che il signor Gaunt capisse. Sorrise e cambiò rotta per andare a chiudere invece la porta alle sue spalle. Girò il cartello da APERTO a CHIUSO con la velocità di un giocatore professionista che fa scomparire un asso.

«Si accomodi, signora Cobb! Prego! Si sieda!»

«Oh, be', va bene... ma sono passata solo per dirle che Polly... Polly è...» Si sentiva strana. Non male, non proprio, ma strana. La testa un po' vaga. Si sedette con una certa goffaggine in una delle lussuose poltrone. Poi il signor Gaunt fu davanti a lei, gli occhi fissi nei suoi e il mondo sembrò ritrovare in lui il suo baricentro e si fermò di nuovo.

«Polly non sta molto bene, vero?» chiese il signor Gaunt.

«Già», annuì Nettie, grata del soccorso ricevuto. «Sono le mani, sa? Ha...»

«L'artrite, sì, terribile, che peccato, le fregature della vita, ce n'è sempre una e poi tutt'a un tratto, ciao ciao. Latte amaro beve l'ignaro. Lo so, Nettie.» Gli occhi del signor Gaunt crescevano di nuovo. «Ma non c'è bisogno che la chiami o che vada a trovarla. Ora il dolore sta passando.»

«Davvero?» ribatté Nettie imbambolata.

«Ma certo! Le mani le fanno ancora male, naturalmente, ed è un bene, ma non tanto male da impedirle di venire, e questo è ancora meglio. Non sei d'accordo, Nettie?»

«Sì», rispose debolmente lei, ma non sapeva di che cosa stessero parlando.

«Tu», riprese il signor Gaunt con la sua voce più soave e gioiosa, «hai una gran giornata davanti a te, Nettie.»

«Ah sì?» Era una novità per lei; la sua intenzione era stata di trascorrere il pomeriggio nella sua poltrona preferita in soggiorno, a lavorare a maglia guardando la TV con Raider ai piedi.

«Sì. Una *grande* giornata. Perciò voglio che te ne stai seduta qui a riposare per un momento, mentre io vado a prendere una cosa. D'accordo?»

«Sì...»

«Bene. E chiudi gli occhi, già che ci sei. Fatti un riposino come si deve, Nettie!»

Ubbidiente, Nettie chiuse gli occhi. Dopo un tempo indeterminato, il signor Gaunt le ordinò di riaprirli. Nettie ubbidì e provò una fitta di delusione. Quando ti si dice di chiudere gli occhi, spesso è perché vogliono farti una bella sorpresa. Un regalino. Così aveva sperato anche lei, riaprendo gli occhi, pensando che il signor Gaunt fosse andato a prenderle un altro paralume di vetro Carnevale, invece aveva in mano solo un blocco di piccoli fogli di color rosa. Ciascun foglio era intestato dalla scritta

VERBALE D'ACCERTAMENTO D'INFRAZIONE

«Oh», esclamò sommessamente lei. «Pensavo che fosse vetro Carnevale!»

«Non credo che tu abbia bisogno di altro vetro Carnevale, Nettie.»

«No?» La fitta di delusione tornò. Questa volta fu più forte.

«No. Triste, ma vero. Però immagino che ricorderai di aver promesso di fare qualcosa per me.» Il signor Gaunt le si sedette accanto. «Te lo ricordi, vero?»

«Sì. Vuole che faccia uno scherzo a Buster. Vuole che gli metta delle carte in casa.»

«Brava, Nettie, molto brava. Hai ancora la chiave che ti ho dato?»

Adagio, come in un movimento di nuoto sincronizzato, Nettie estrasse la chiave dalla tasca destra. La mostrò al signor Gaunt.

«Bravissima!» si complimentò lui con slancio. «Ora mettila via, Nettie. Rimettila al sicuro.»

Così lei fece.

«Ora, qui ci sono le carte.» Le posò in una mano il blocco di fogli rosa. Nell'altra le mise un rocchetto di nastro adesivo. Ora Nettie sentiva campanelli d'allarme che le suonavano nella testa, ma lontano, appena udibili.

«Spero che non mi porterà via troppo tempo. Non posso restare fuori a lungo perché devo dare da mangiare a Raider. È il mio cagnolino.»

«Io so tutto di Raider», rispose il signor Gaunt e le offrì un ampio sorriso. «Ma ho idea che oggi non abbia molto appetito. E penso che potrai smettere di preoccuparti che sporchi il pavimento in cucina.»

«Ma...»

Lui le toccò le labbra con una delle sue lunghe dita e lei provò nausea immediata.

«No», gemette schiacciandosi contro lo schienale della poltrona. «No, è orribile.»

«Così mi dicono», ammise il signor Gaunt. «Perciò se non vuoi che ti faccia delle cose orribili, Nettie, non ripetermi mai più quell'orribile parolina.»

«Quale?»

«*Ma*. È una parola che disapprovo. Anzi, posso onestamente affermare che la *detesto*. Nel migliore dei mondi possibili, non ci sarebbe bisogno di una parolina così odiosa. Voglio che tu dica qualcos'altro per me, Nettie, voglio che tu dica parole che mi piacciono. Parole che *adoro*.»

«Quali?»

«Il signor Gaunt è il miglior giudice. Di' così.»

«Il signor Gaunt è il miglior giudice», ripeté lei e appena ebbe pronunciato quelle parole capì com'erano assolutamente e totalmente vere.

«Il signor Gaunt è *sempre* il miglior giudice.»

«Il signor Gaunt è *sempre* il miglior giudice.»

«Giusto! Come papà!» esclamò il signor Gaunt e rise e fu un suono sinistro, un rumore di faglie che si muovono nelle viscere della terra, e intanto il colore dei suoi occhi passò velocemente dal blu al verde, al marrone e al nero. «Ora, Nettie, devi ascoltarmi attentamente. Hai da fare questa commissioncella per me, poi potrai tornartene a casa. Capisci?»

Nettie capiva.

E ascoltò molto attentamente.

10

1

SOUTH Paris è una piccola e squallida cittadina industriale diciotto miglia a est di Castle Rock. Non è l'unico insignificante borgo del Maine con il nome di una città o di una nazione europea; c'è una Madrid (i locali pronunciano *Mad* come «matto» e poi *drid*), ci sono una Sweden, un'Etna, una Calais (pronunciata in maniera da far rima con Dallas), una Cambridge e una Frankfort. Forse c'è qualcuno che sa come o perché tanti posticini fuori mano si siano ritrovati a portare nomi così esotici, ma io no.

Quello che so io è che una ventina di anni fa un ottimo chef francese decise in primo luogo di lasciare New York e aprire un proprio ristorante nella Regione dei Laghi del Maine, e *in secondo luogo* che per un'iniziativa come quella non c'era posto migliore di una cittadina di nome South Paris. Non si lasciò dissuadere nemmeno dal tanfo delle cartiere. Ne risultò un locale di ristorazione chiamato *Maurice*. È lì ancora oggi, sulla Route 117, vicino alla ferrovia e dirimpetto a McDonald's. È al *Maurice* che Danforth «Buster» Keeton condusse sua moglie a pranzo domenica, tredici ottobre.

Myrtle trascorse buona parte di quella domenica in un torpore estatico e non grazie ai manicaretti del ristorante. Da alcuni mesi (quasi un anno, per la verità) la vita con Danforth era diventata un tormento. La ignorava quasi del tutto, salvo quando la prendeva a urlacci. La sua stima di sé, che non era mai stata alta, era precipitata a profondità ancora sconosciute. Sapeva meglio di qualunque altra donna che i maltrattamenti non devono essere necessariamente amministrati con le mani, perché abbiano effetto. Uomini e donne sapevano ugualmente ferire con la lingua e bisogna dire che Danforth Keeton era un vero maestro con quel particolare strumento; le aveva inflitto mille tagli invisibili con i lati affilati della sua nel corso di quell'ultimo anno.

Non sapeva delle corse, credeva davvero che andasse all'ippodromo soprattutto a guardare. Non sapeva nemmeno dei fondi sottratti. Sapeva che alcuni esponenti della famiglia di Danforth avevano dato segni di squilibrio mentale, ma non aveva mai collegato la loro instabilità con il comportamento di suo marito. Danforth non beveva troppo, non si dimenticava di vestirsi prima di uscire di casa la mattina, non parlava con persone assenti, cosicché ne deduceva che fosse equilibrato. Ne conseguiva in altre parole che era in lei che qualcosa non andava; che a un certo punto quel qualcosa aveva semplicemente spinto Danforth a smettere di volerle bene.

Da sei mesi cercava di rassegnarsi alla lugubre prospettiva di altri trenta o quarant'anni al fianco di quell'uomo che era progressivamente passato nei suoi confronti dalla collera al gelido sarcasmo e alla totale indifferenza. Per quel che lo riguardava, avrebbe potuto essere un mobile fra i tanti sparsi per la casa... a meno che naturalmente gli finisse tra i piedi. Le dava della stupida, quando succedeva, cioè quando la cena non era pronta per lui quando lui era pronto per cenare, quando il pavimento del suo studio gli sembrava sporco, persino quando trovava le pagine del giornale ricomposte nell'ordine sbagliato al momento di sedersi al tavolo della prima colazione. Allora le diceva che se le fosse cascato il culo, non avrebbe saputo dove cercarlo. Le diceva che se avesse avuto polvere nera al posto del cervello, non sarebbe stata capace di soffiarsi il naso senza un detonatore. Dapprincipio aveva cercato di difendersi da quegli attacchi, ma lui spazzava via le sue difese come fossero le mura di un castello di cartone. Se si lasciava prendere dall'ira per le sue reazioni, lui la soverchiava con un'esplosione di cieco furore che la riempiva di terrore. Così aveva rinunciato a contrastarlo ed era discesa invece nelle spire di un cupo disorientamento. Ormai si limitava a sorridere docilmente in risposta alle sue crisi di collera, promettendo di fare meglio e andandosene in camera, dove si gettava sul letto e piangeva e si domandava che cosa le fosse successo e invocava-invocava-*invocava* un'amica con cui confidarsi.

Parlava invece alle bambole. Aveva cominciato a collezionarle durante i primi anni di matrimonio e le aveva sempre conservate nelle rispettive scatole, in soffitta. Da qualche mese, tuttavia, le aveva trasferite nella stanza del cucito e talvolta, dopo aver versato la quotidiana dose di lacrime, era là che si rifugiava e giocava con loro. *Loro* non alzavano mai la voce. *Loro* non la ignoravano mai. *Loro* non le chiedevano mai come avesse fatto a diventare così stupida, se le veniva naturale o aveva preso lezioni.

E ieri, nel negozio nuovo, aveva trovato la più bella di tutte.

E oggi tutto era cambiato.

A partire da quella mattina, per la precisione.

Di nascosto, sotto il tavolo, si diede un pizzicotto (non per la prima volta) per assicurarsi che non stesse sognando. Ma dopo il pizzicotto era ancora lì, al ristorante, seduta in un fascio di brillante luce solare, e davanti a lei c'era ancora Danforth, a mangiare di buon appetito, con il volto trasformato da un sorriso che dopo tanto tempo le era diventato quasi sconosciuto.

Non sapeva che cosa avesse provocato il cambiamento e non aveva il coraggio di chiederglielo. Sapeva che la sera prima era stato all'ippodromo di Lewiston, dove andava praticamente tutte le sere (presumibilmente perché le persone che incontrava là erano più importanti di quelle che incontrava tutti i giorni a Castle Rock, a cominciare da sua moglie), e quando si era svegliata quella mattina, si era aspettata di ritrovarsi sola nel letto (con l'altra metà nemmeno in disordine, a significare che aveva trascorso il resto della notte a dormire nella poltrona dello studio) e di sentir salire dal pianterreno la sua solita mistura di brontolii e invettive.

Invece Danforth era nel letto con lei, con il pigiama a strisce rosse che gli aveva regalato per Natale. Era la prima volta che glielo vedeva addosso, la prima volta che, per quel che ne sapeva, lo toglieva dalla scatola della confezione. Era sveglio. Si era girato su un fianco e già stava sorridendo. Lì per lì il sorriso l'aveva spaventata. Aveva temuto che si stesse preparando a ucciderla.

Poi le aveva toccato il seno e strizzato l'occhio. «Ti va, Myrt? O è troppo presto per te?»

Così avevano fatto l'amore, per la prima volta in più di cinque mesi avevano fatto l'amore, e lui era stato assolutamente *magnifico*, e adesso erano lì, a pranzare al *Maurice* nelle prime ore della domenica pomeriggio come una coppia di giovani innamorati. Non sapeva che cosa potesse aver provocato quella prodigiosa trasformazione in suo marito e non le importava niente. Voleva solo godersela e sperare che durasse.

«Tutto bene, Myrt?» chiese Keeton, rialzando lo sguardo dal piatto e pulendosi vigorosamente la bocca con il tovagliolo.

Timidamente, lei allungò il braccio per sfiorargli la mano. «Tutto benissimo. Tutto me... meraviglioso.»

Dovette ritirare la mano per portarsi precipitosamente il tovagliolo agli occhi.

2

Keeton masticava beatamente la sua burbugnona, o come cavolo la chiamavano quei dannati mangiatori di rane di francesi. La ragione della sua felicità era semplice. Tutti i cavalli che aveva scelto nel pomeriggio con l'aiuto di Biglietto Vincente avevano pagato. Anche Malabar, quello che davano trenta a uno nella decima corsa. Più che al volante della sua macchina, era tornato a Castle Rock come se stesse pilotando un jet privato a bassa quota, con più di diciottomila dollari che gli gonfiavano le tasche del soprabito. Probabilmente il suo allibratore si stava ancora chiedendo dove fossero finiti i soldi. Keeton lo ricordava bene: li aveva riposti al sicuro in fondo all'armadio a muro nello studio. Erano in una busta. La busta era nella scatola di Biglietto Vincente, insieme con il gioco prezioso.

Aveva dormito bene per la prima volta dopo mesi, e quando si era svegliato aveva avuto un barlume di idea sull'accertamento imminente. Un barlume non era molto, d'accordo, ma era sempre meglio del gorgo buio che aveva continuato a tuonargli nelle orecchie da quando era arrivata quell'orribile lettera. A quanto pareva, per rimettergli in funzione il cervello era bastata una sola notte vincente alle corse.

Non avrebbe potuto restituire tutto il maltolto prima che cadesse la scure, questo era chiaro. L'ippodromo di Lewiston era l'unico che avesse un programma serale durante l'autunno, tanto per cominciare, e il giro delle scommesse era a un livello troppo modesto. Avrebbe potuto tentare alle varie sagre della contea, racimolando qualche migliaio in più, ma non sarebbero certamente bastati. Né poteva rischiare molte serate come quella, nemmeno a Lewiston. Il suo allibratore avrebbe cominciato a insospettirsi e prima o poi si sarebbe rifiutato di accettare le puntate.

Riteneva però di poter restituire una parte consistente dell'ammanco e contemporaneamente minimizzare le *dimensioni* della voragine che aveva scavato. Avrebbe potuto inventarsi una balla plausibile. Un investimento a prova di bomba che aveva fatto fiasco. Un terribile errore, ma per il quale si assumeva tutte le sue responsabilità e al quale aveva già cominciato a porre rimedio. Avrebbe potuto far notare che un uomo veramente senza scrupoli, trovandosi in una posizione come quella, avrebbe potuto approfittare della moratoria per grattare anche il fondo delle casse cittadine e scappare poi in qualche posto (qualche posto *al sole* con molte palme e molte spiagge bianche e molte ragazze in tanga) dove l'estradizione fosse difficile se non impossibile.

Avrebbe potuto reagire con l'indignazione del Messia e invitare chi fosse senza peccato a scagliare la prima pietra. Questo avrebbe dovuto indurli alla riflessione. Se fra loro c'era un irreprensibile che mai, nemmeno una volta, aveva infilato le dita nella torta statale, era disposto a mangiargli i boxer. Crudi e senza sale.

Sarebbero stati costretti a dargli tempo. Ora che poteva accantonare l'isteria e valutare con equità la situazione, era quasi sicuro che lo avrebbero fatto. In fondo erano tutti politici. Non potevano sapere che gli organi d'informazione avrebbero avuto ancora pece e piume a sufficienza per tutti loro, presunti custodi del bene collettivo, dopo che avessero finito con Dan Keeton. Non potevano non sapere quali interrogativi sarebbero affiorati sulla scia di un'inchiesta se non addirittura (che Dio lo scampasse) di un processo per peculato. Interrogativi come da quanto tempo, in anni fiscali, di grazia, signori, il signor Keeton aveva agito indisturbato? Ovvero come mai l'Ufficio delle Imposte dello stato ci avesse messo tanto a sentire odore di bruciato? Interrogativi che avrebbero sgomentato uomini ambiziosi come loro.

Riteneva di potersela sbrogliare. Nessuna garanzia, ma una possibilità c'era.

Tutto grazie al signor Leland Gaunt.

L'adorabile Leland Gaunt.

«Danforth?» lo chiamò timidamente Myrt.

Rialzò gli occhi. «Sì?»

«Erano anni che non passavo una giornata così bella. Volevo che lo sapessi. Quanto ti sono grata per questa bella giornata. Con te.»

«Oh!» fece lui. Gli era appena successo un fatto molto strano. Per un attimo non era riuscito a ricordare il nome della donna che gli sedeva davanti. «Myrt, cara, è molto bella anche per me.»

«Andrai alle corse questa sera?»

«No. Credo che questa sera resterò a casa.»

«Sono contenta.» Myrt era per la verità così contenta, che dovette asciugarsi di nuovo gli occhi con il tovagliolo.

Lui le sorrise, non era il sorriso dolce di una volta, quello che l'aveva catturata e sedotta in un lontano passato, ma ci andava vicino. «Ehi, Myrt! È il dessert che vai cercando?»

Lei fece una risatina e sbatté il tovagliolo nell'aria. «Sfrontato!»

3

La casa dei Keeton era un ranch a piani sfalsati a Castle View. Era una lunga camminata tutta in salita dalla casa di Nettie Cobb, e quando arrivò a destinazione aveva le gambe stanche e molto freddo. Aveva incrociato solo tre o quattro passanti, nessuno dei quali l'aveva guardata; erano intabarrati nei loro indumenti pesanti con il bavero alzato perché aveva cominciato a soffiare un vento forte e tagliente. Mentre imboccava il vialetto dei Keeton, il supplemento pubblicitario di un *Telegram* della domenica si alzò dalla strada e decollò nel duro cielo blu come uno strano volatile. Il signor Gaunt le aveva detto che Buster e Myrtle non sarebbero stati in casa e il signor Gaunt era il miglior giudice. Il portellone della rimessa era sollevato e quel transatlantico di Cadillac a bordo della quale girava Buster non c'era.

Nettie si fermò davanti alla porta d'ingresso e si tolse dalla tasca del cappotto il blocco e il nastro adesivo. Avrebbe preferito di gran lunga essere a casa sua con il film della domenica alla TV e Raider ai piedi. E lì sarebbe stata appena avesse completato l'incarico. Forse non si sarebbe data nemmeno il disturbo di lavorare a maglia. Forse se ne sarebbe stata seduta con il suo paralume di vetro Carnevale in grembo. Strappò il primo foglietto rosa e lo fissò sopra la targhetta vicino al pulsante del campanello, quella lavorata a sbalzo con scritto KEETON e NIENTE PIAZZISTI, PREGO. Ripose blocco e nastro adesivo nella tasca sinistra, pescò la chiave dal fondo della destra e la infilò nella serratura. Prima di girarla, esaminò brevemente il foglietto rosa che aveva appena fissato allo stipite.

Infreddolita e stanca com'era, non poté *fare a meno* di sorridere. Era davvero uno scherzo divertente, specialmente considerato come guidava Buster. Era sorprendente che non avesse ancora ucciso nessuno. Non invidiava però l'uomo a cui apparteneva la firma in calce al verbale. Buster sapeva essere peggio che vendicativo. Anche da bambino non aveva mai digerito uno scherzo.

Girò la chiave. La serratura si aprì senza difficoltà. Nettie entrò.

4

«Un altro caffè?» propose Keeton.

«Non per me», rispose Myrtle. «Sono piena come un tacchino di Natale.» Sorrise.

«Allora andiamo a casa. Voglio vedere i Patriots alla TV.»

Controllò l'orologio. «Se ci sbrighiamo, credo di potercela fare per il calcio d'avvio.»

Myrtle annuì, più felice che mai. La TV era in soggiorno e se Dan intendeva assistere alla partita, non avrebbe passato il pomeriggio chiuso nello studio. «Sbrighiamoci, allora», lo esortò.

Keeton alzò un dito autorevole. «Cameriera? Il conto, prego.»

5

Nettie aveva smesso di voler correre a casa sua. Le piaceva essere in quella di Buster e Myrtle.

Per cominciare era calda. In secondo luogo, trovarsi lì le dava un inaspettato senso di potere, come se spiasse dietro le quinte della vita di due esseri umani. Cominciò salendo al piano di sopra a guardare in tutte le stanze. Ce n'erano molte, considerato che non avevano figli, ma come si compiaceva di ripetere sempre sua madre, chi più ha, più ottiene.

Aprì i cassetti di Myrtle e investigò la sua biancheria intima. C'erano capi di seta, articoli di qualità, ma Nettie giudicò vecchi la gran parte degli indumenti migliori. Lo stesso valeva per gli abiti appesi dalla sua parte nel guardaroba. Andò in bagno, dove inventariò le pillole nel mobiletto dei medicinali, e da lì nella stanza del cucito, dove ammirò le bambole. Bella casa, davvero invidiabile, peccato che l'uomo che ci abitasse fosse un pezzo di merda.

Controllò l'ora e giudicò che fosse tempo di affiggere i foglietti rosa. E lo avrebbe fatto.

Appena avesse finito il giro turistico del pianterreno.

6

«Danforth, non stai correndo un po' troppo?» domandò Myrtle in ansia mentre superavano un arrancante camion di pasta di legno. Un'automobile che sopraggiungeva in senso opposto protestò con un prolungato colpo di clacson mentre Keeton rientrava nella sua corsia.

«Voglio vedere il calcio d'avvio», disse lui, svoltando a sinistra in Maple Sugar Road e passando davanti a un cartello che indicava CASTLE ROCK 8 MIGLIA.

7

Nettie accese il televisore (i Keeton avevano un grande Mitsubishi a colori) e guardò qualche sequenza del superfilm della domenica. Vi recitavano Ava Gardner e Gregory Peck. Gregory doveva essere innamorato di Ava, ma non si capiva bene; poteva darsi anche che fosse innamorato dell'altra donna. C'era stato un conflitto nucleare. Gregory Peck comandava un sottomarino. La storia non interessava molto Nettie, che quindi spense il televisore, fissò un foglietto rosa allo schermo e andò in cucina. Guardò che cosa c'era negli armadietti (i piatti erano Corelle Ware, molto belli, ma pentole e tegami non erano degni di menzione), poi esaminò il frigorifero. Arricciò il naso. Troppi avanzi. I troppi avanzi erano segno sicuro di una casa decisamente trasandata. Non che Buster se ne potesse accorgere, su quello avrebbe scommesso le scarpe. Gli uomini come Buster Keeton non erano capaci di orientarsi in una cucina nemmeno con una carta geografica e un cane guida.

Consultò di nuovo l'orologio e trasalì. Aveva sprecato un mucchio di tempo ad aggirarsi per la casa. *Troppo* tempo. Prese allora a strappare frettolosamente i foglietti rosa dal blocco, attaccandoli qua e là, al frigorifero, ai fornelli, al telefono a muro vicino alla porta di comunicazione con la rimessa, alla credenza in sala da pranzo. E più frettolosamente lavorava, più cresceva il suo nervosismo.

8

Nettie si era appena messa all'opera, quando la Cadillac rossa di Keeton attraversò il Tin Bridge e cominciò a risalire Watermill Lane verso Castle View.

«Danforth?» sbottò Myrtle. «Potresti lasciarmi giù a casa di Amanda Williams? So che è un po' fuori strada, ma ha il mio caquelon per la fondue. Pensavo...» Di nuovo le si accese e spense sul volto un timido sorriso. «Pensavo di prepararti... *prepararci*... qualcosa di speciale. Per la partita di football. Se vuoi essere così gentile.»

Lui aprì la bocca per dirle che la casa dei Williams era *maledettamente* fuori strada, che la partita stava per cominciare e che avrebbe potuto recuperare il suo dannato caquelon l'indomani. E poi a lui il formaggio caldo e fuso faceva schifo. Era una broda probabilmente pullulante di batteri.

Ci ripensò. Tolto lui, il consiglio municipale era costituito da due bastardi scimuniti e una scimunita di megera. La megera era Mandy Williams. Venerdì si era adoperato non poco per incontrare Bill Fullerton, il barbiere, e Harry Samuels, l'unico impresario di onoranze funebri della città. Si era anche adoperato non poco perché gli incontri apparissero casuali quando non lo erano affatto: c'era sempre la possibilità che l'Ufficio delle Imposte avesse cominciato a inviare lettere anche a Loro. Aveva potuto appurare che non era accaduto niente di grave, non ancora, ma quella megera della Williams venerdì non era in città.

«Va bene», rispose e aggiunse: «Puoi chiederle se qualcuno ha richiamato la sua attenzione su questioni di carattere amministrativo, questioni per le quali è opportuno che mi metta in contatto con lei?»

«Ma tesoro, sai che non sono capace di tenere a mente...»

«Questo lo so, ma puoi sempre *chiedere*, no? Non sarai così stupida da non saper *chiedere*, no?»

«No», si affrettò a rispondere lei con un filo di voce.

Lui le batté affettuosamente la mano. «Scusa.»

Myrtle lo guardò sbigottita. Si era *scusato* con lei. Doveva averlo fatto una o due volte in tanti anni di vita coniugale, ma non ricordava quando.

«Chiedile solo se si sono fatti vivi con lei dagli uffici statali di recente», spiegò. «Se l'hanno seccata con qualcuna delle loro trovate burocratiche, i regolamenti di servitù, quel maledetto sistema fognario... questioni fiscali, magari. Entrerei a chiederglielo io stesso, ma non voglio perdermi il calcio d'inizio.»

«Va bene, Dan.»

La casa dei Williams era a metà della salita. Keeton entrò con la Cadillac nel vialetto d'accesso e si fermò dietro all'automobile della collega. Era straniera, naturalmente, una Volvo. La megera era probabilmente una comunista travestita, o una lesbica, o l'uno e l'altro.

Mentre apriva lo sportello per scendere, Myrtle gli rivolse di nuovo quel sorriso fugace e timido.

«Sarò a casa fra mezz'ora.»

«Benissimo. Non dimenticarti di chiederle se ci sono novità di lavoro», le rammentò ancora una volta. E se dalle parole con cui Myrt gli avrebbe riferito ciò che aveva detto Amanda Williams, per quanto confuso sarebbe stato il suo rapporto, gli avesse fatto provare anche il minimo formicolio alla base della nuca, avrebbe controllato di persona... l'indomani. Non quel pomeriggio stesso. Quel pomeriggio era *tutto per lui.* Stava troppo bene per aver voglia anche solo di *guardare* Amanda Williams; figurarsi se le avrebbe rivolto la parola.

Quasi non aspettò nemmeno che Myrtle richiudesse lo sportello prima di inserire la marcia indietro per ridiscendere nella strada.

9

Nettie aveva appena fissato l'ultimo foglietto rosa alla porta dell'armadio a muro nello studio di Keeton, quando un'automobile imboccò il vialetto. Uno squittio strozzato le sfuggì dal fondo della gola. Per un momento rimase paralizzata dov'era. Un filo di orina calda e pungente le inzuppò le mutandine.

Scoperta! urlò una voce nella sua mente mentre ascoltava il brontolio ben registrato del potente motore della Cadillac. *Mi ha scoperta! O Dio misericordioso mi ha scoperta! Mi ucciderà!*

Parlò in risposta la voce del signor Gaunt. Ora non era amichevole, era gelida e autoritaria e le giungeva da un punto al centro del cervello. *Probabilmente ti uccide sì, se ti scopre, Nettie. E se ti fai prendere dal panico, ti scopre di sicuro. La risposta è semplice: niente panico. Esci da questa stanza. Subito. Senza correre, ma senza perder tempo. E senza far rumore.*

Camminò più in fretta che poteva sulle gambe rigide come pezzi di legno, attraversando il tappeto turco di seconda mano sul pavimento dello studio. «Il signor Gaunt è il miglior giudice», mormorava in una litania sommessa mentre entrava in soggiorno. C'erano foglietti di carta rosa su ogni superficie disponibile. Ce n'era persino uno che pendeva dal lampadario centrale all'estremità di una lunga striscia di nastro adesivo.

Ora il motore dell'automobile era accompagnato da un'eco sorda. Buster era entrato nella rimessa.

Vai, Nettie! Vattene! È la tua unica occasione!

Attraversò di corsa il soggiorno, inciampò in un poggiapiedi e finì lunga e distesa. Picchiò con la testa contro il pavimento e sicuramente sarebbe rimasta tramortita se il colpo non fosse stato attutito da un tappetino. Nel suo campo visivo s'intrecciarono una moltitudine di piccole sfere luminose. Si rialzò annaspando, senza sapere che le sanguinava la fronte, e prese ad armeggiare alla porta d'ingresso mentre nella rimessa si spegneva il motore. Si lanciò uno sguardo atterrito alle spalle in direzione della cucina. Da dove si trovava scorgeva la porta di comunicazione con il box, quella dalla quale sarebbe entrato lui. Vi aveva affisso un foglietto rosa.

Sentì il pomolo che girava nella mano, ma la porta non si apriva. Sembrava incastrata.

Dalla rimessa giunse il tonfo dello sportello della Cadillac. Poi il rumore del portellone che scendeva nelle guide sotto la spinta del motore elettrico. Udì i suoi passi sul cemento. Lo sentì fischiettare.

Gli occhi di Nettie, parzialmente oscurati dal sangue che le colava dalla ferita alla fronte, si fissarono freneticamente sul pomolo. Fu allora che si accorse che la levetta della sicura era abbassata. Per quello la porta non si apriva. Doveva averla inserita lei quando era entrata, perché non ricordava di averlo fatto. La risollevò, aprì la porta e varcò la soglia.

Meno di un secondo dopo la porta di comunicazione con la rimessa si apriva in cucina. Danforth Keeton entrò in casa sbottonandosi il soprabito. Si fermò. Il fischiettio gli morì sulle labbra. Rimase così, con le mani bloccate nell'atto di slacciarsi uno dei bottoni più bassi, le labbra raggrinzite nel fischio ammutolito, e si guardò intorno. Allora cominciò a strabuzzare gli occhi.

Se fosse andato subito alla finestra del soggiorno, avrebbe visto Nettie che correva come una pazza sul prato di casa sua, in uno svolazzare di lembi di cappotto sbottonato come le ali di un pipistrello. Forse non l'avrebbe riconosciuta, ma sicuramente avrebbe notato che era una donna e il fatto avrebbe potuto cambiare di non poco il corso dei successivi eventi. La vista di tutte quelle multe lo aveva invece inchiodato dove si trovava e nell'orrore che lo aveva pietrificato la sua mente fu capace di produrre due parole e due parole soltanto. Presero a lampeggiare dentro la sua testa come una gigantesca insegna al neon a lettere scarlatte: *I PERSECUTORI! I PERSECUTORI! I PERSECUTORI!*

10

Nettie arrivò al marciapiede e scese da Castle View con le ali ai piedi. I tacchi dei suoi mocassini battevano sul fondo stradale cavandone un rullio spasmodico e le orecchie la convinsero che a correre per la strada non ci fossero solo i suoi piedi: Buster si era lanciato all'inseguimento, ce l'aveva dietro, e quando l'avesse raggiunta avrebbe potuto farle del male... ma non era quello a spaventarla di più. Non era quello perché avrebbe potuto farle ben altro che del male. Buster era un notabile della città e se avesse decretato che doveva tornare a Juniper Hill, ce l'avrebbero mandata. Perciò Nettie correva. Il sangue le colava dalla fronte negli occhi e per un momento vide il mondo attraverso lenti color rosso pallido, come se le belle palazzine di Castle

View avessero cominciato a trasudare sangue. Si asciugò il velo con la manica del cappotto e continuò a correre.

Per la strada non c'era nessuno e quasi tutti gli occhi, che in quel primo pomeriggio di domenica erano occupati a fare qualcosa dentro casa, erano comunque fissi sulle fasi della partita Patriots-Jets. Nettie fu vista da una sola persona.

Tansy Williams, appena rientrata da due giorni a Portland dove con la mamma era andata a trovare il nonno, guardava dalla finestra del soggiorno mentre succhiava un leccalecca e si stringeva sotto il braccio sinistro Owen, il suo orsacchiotto. Fu allora che vide Nettie passare con le ali ai piedi.

«Mamma, è appena passata una signora di corsa», riferì Tansy.

Amanda Williams era in cucina con Myrtle Keeton. Ciascuna aveva la sua brava tazza di caffè. Il caquelon per la fondue era sul tavolo. Myrtle aveva appena domandato se c'erano questioni amministrative dell'ultim'ora di cui Dan dovesse essere messo al corrente e Amanda aveva considerato la domanda molto strana. Se Buster voleva sapere qualcosa, perché non era venuto di persona? Anzi, perché mai una domanda del genere di domenica pomeriggio?

«Cara, mamma sta parlando con la signora Keeton.»

«Era sporca di sangue», riferì ancora Tansy.

Amanda sorrise a Myrtle. «Avevo *detto* a Buddy che se voleva noleggiare *Attrazione fatale*, poi sarebbe stato meglio che lo guardasse quando Tansy era già a letto.»

Intanto Nettie continuava a correre. Quando arrivò all'incrocio di Castle View con Laurel, si fermò per darsi tregua. Lì c'era la Biblioteca Pubblica e un muro di pietra che ne delimitava il prato in una lunga curva. Vi si appoggiò contro, ansimando e singhiozzando nel vento che le strattonava il cappotto. Si teneva le mani premute sul fianco sinistro, dove avvertiva una fitta dolorosa.

Si girò a guardare la strada in salita e vide che era deserta. Dunque Buster non l'aveva inseguita, era stato solo un brutto scherzo della sua immaginazione. Dopo qualche attimo fu in grado di rovistare nelle tasche del cappotto e trovare un fazzoletto di carta con cui ripulirsi un po' del sangue che le macchiava la faccia. Scoprì allora di non avere più la chiave della casa di Buster. Forse le era caduta di tasca mentre correva per la strada, ma riteneva più probabile che l'avesse dimenticata nella serratura della porta d'ingresso. Ma che importanza aveva? Era riuscita a dileguarsi prima che Buster la vedesse e solo quello contava. Ringraziò il Signore che la voce del signor Gaunt le avesse parlato tempestivamente, dimenticandosi che, non fosse stato per il signor Gaunt, non avrebbe mai nemmeno messo piede in casa di Buster.

Osservò la macchia di sangue sul fazzoletto e concluse che probabilmente il taglio non era poi così grave. L'emorragia stava già diminuendo. Stava passando anche la fitta al fianco. Si staccò dal muro e riprese la via di casa a testa bassa, perché il taglio non si vedesse.

Ecco che cosa doveva pensare, a casa sua, alla sua casa e al suo stupendo paralume di vetro Carnevale. Casa sua e il superfilm della domenica. Casa sua e Raider. A casa con la porta sprangata e gli scuri abbassati e il televisore acceso e Raider che dormiva ai suoi piedi, quella brutta storia le sarebbe sembrata solo un sogno orribile, di quelli che faceva a Juniper Hill, dopo che aveva ammazzato suo marito.

A casa.

Accelerò il passo. Era quasi arrivata.

11

Pete e Wilma Jerzyck consumarono una colazione leggera con i Pulaski dopo la messa e dopo aver mangiato Pete e Jake Pulaski si piazzarono davanti alla TV a guardare i Patriots fare un po' di culo ai newyorkesi. Wilma non si interessava minimamente di football e, se vogliamo raccontarla tutta, neanche di baseball, basket o hockey. L'unico sport professionista che seguiva era il wrestling e, sebbene Pete ne fosse all'oscuro, lo avrebbe piantato in asso seduta stante per Chief Jay Strongbow.

Aiutò Frieda con i piatti, poi annunciò che sarebbe tornata a casa a vedere la fine del superfilm della domenica che era *L'ultima spiaggia* con Gregory Peck. Avvertì Pete che prendeva la macchina.

«Va bene», rispose lui senza staccare gli occhi dallo schermo. «Faccio volentieri due passi.»

«E ne hai bisogno», mormorò lei senza farsi sentire.

In verità Wilma era di buonumore e il motivo principale riguardava la Notte al Casinò. Padre John non stava facendo marcia indietro come lei si era aspettata e in particolare gli era piaciuto quella mattina durante il sermone, che s'intitolava «Che ciascuno badi all'orto di casa sua». Il suo tono era stato mite come sempre, ma non aveva riscontrato niente di mite nei suoi occhi azzurri e nel mento proteso in avanti. Né tutte le sue immaginose metafore sul giardinaggio avevano celato a lei o ad altri il limpido significato delle sue parole: se i battisti avessero continuato a ficcare il loro naso collettivo nell'orto dei cattolici, si sarebbero ritrovati con il loro culo collettivo viola di pedate.

L'idea di prendere a calci in culo il prossimo (particolarmente su questa scala) metteva sempre Wilma di buonumore.

E la prospettiva di prendere il prossimo a calci in culo non era il solo aspetto piacevole della domenica di Wilma. Una volta tanto non era stata costretta a cucinare un pranzo domenicale completo. E Pete era parcheggiato fuori tiro con Jake e Frieda. Con un po' di fortuna, Pete avrebbe trascorso tutto il pomeriggio a guardare uomini che cercavano di spappolarsi la milza a vicenda, mentre lei si sarebbe guardata in santa pace il suo film. Ma prima aveva in mente di dare un colpo di telefono alla sua vecchia amica Nettie. Riteneva di averle già fatto venire i capelli bianchi, a Nettie la Matta, e fin lì andava bene... per cominciare. Ma *solo* per cominciare. Nettie aveva ancora da pagare per quelle lenzuola infangate che lo sapesse o no. Era dunque ora di rifarsi viva con Miss Turbe Mentali 1991. Wilma pregustava con voluttà la prospettiva e corse a casa pigiando a tavoletta.

12

Muovendosi come in sogno, Danforth Keeton andò al frigorifero e staccò meccanicamente il foglietto rosa fissato con il nastro adesivo allo sportello. In cima, in lettere maiuscole nere, c'era la scritta

VERBALE D'ACCERTAMENTO DI INFRAZIONE

Sotto quelle parole c'era il seguente messaggio:

PRIMO AVVERTIMENTO. *Pregasi leggere attentamente!*
Lei è stato visto contravvenire a una o più norme del codice stradale. Il pubblico ufficiale che ha rilevato l'infrazione ha scelto questa volta di «limitarsi a un avvertimento», ma ha registrato marca, modello e numero di targa del suo veicolo e la prossima volta sarà multato. È pregato di ricordare che le leggi che regolano il traffico valgono per TUTTI.
Guidare con prudenza!
Chi va piano va sano e va lontano!
Il suo dipartimento di polizia locale la ringrazia!

Sotto la ramanzina c'erano degli spazi da riempire contrassegnati con MARCA, MODELLO e TARGA. I primi due spazi erano stati riempiti con Cadillac e Seville. E nitidamente stampato nello spazio riservato alla TARGA c'era scritto:

BUSTER 1

Il resto del foglietto era occupato da un elenco delle più comuni violazioni al codice della strada, come mancata segnalazione di cambio di direzione, mancato rispetto dello stop e sosta in zona vietata. Nessuna delle infrazioni era vistata. In fondo le parole ALTRE VIOLAZIONI erano seguite da due righe da riempire. ALTRE VIOLAZIONI era l'unica voce vistata. Le righe a disposizione dell'agente per descrivere l'infrazione erano state riempite in un preciso stampatello. La scritta era:

ESSERE IL PIÙ GRANDE STRONZO DI CASTLE ROCK

L'ultima riga era quella riservata al nome dell'UFFICIALE PUBBLICO NOTIFICANTE. Lì c'era il timbro con la firma di Norris Ridgewick.

Piano, molto piano, Keeton serrò il pugno sul foglietto rosa. Crepitò accartocciandosi nelle sue dita. Finalmente scomparve sotto le grosse nocche di Keeton. Fermo al centro della cucina, osservò a uno a uno tutti gli altri foglietti rosa. Una vena gli pulsava ritmicamente al centro della fronte.

«Io l'ammazzo», sibilò. «Giuro davanti a Dio e a tutti i santi che ammazzo quell'imitazione di mollusco.»

13

Quando Nettie arrivò a casa era solo l'una e venti, ma si sentiva come se fosse rimasta lontano per mesi, per non dire anni. Mentre percorreva il sentiero di cemento, il terrore le scivolò dalle spalle come se un invisibile fardello di pietra si fosse improvvisamente liquefatto. Le doleva ancora la testa per la caduta, ma considerava quel dolore un prezzo davvero piccolo da pagare se in cambio le era stato concesso di arrivare sana e salva a casa sua senza essere stata scoperta.

Non aveva perso anche la chiave di casa sua, che era nella tasca del vestito. La recuperò e la infilò nella toppa. «Raider!» chiamò mentre la girava. «Raider, sono tornata!»

Aprì la porta.

«Dov'è il bel bambino di mamma sua, eh? Dov'è? Abbiamo famona?» Il corridoio era al buio e non vide subito la piccola sagoma riversa al suolo. Sfilò la chiave dalla serratura ed entrò. «Il bimbo di mamma sua ha famona famissima? Così *taaaaaanta* famona...»

Urtò con il piede qualcosa di rigido e cedevole insieme e la voce le si arrestò in gola. Abbassò lo sguardo e vide Raider.

Prima cercò di convincersi che non stava vedendo ciò che le *dicevano* gli occhi, no, no, no. Quello sul pavimento non era Raider, con qualcosa che gli sporgeva dal petto. Come poteva essere?

Chiuse la porta e pestò freneticamente il palmo della mano sul muro alla ricerca dell'interruttore. Finalmente la lampadina si accese e allora vide. Sul pavimento c'era Raider. Giaceva sulla schiena, come si metteva quando voleva essere grattato, e dal corpo gli usciva un oggetto rosso che sembrava... sembrava...

Lanciò un grido acuto e lamentoso, così acuto che fu come il ronzio sibilante di una zanzara mastodontica. Poi cadde in ginocchio accanto al cane.

«Raider! Oh, Gesù misericordioso! O mio Dio, Raider, non sei morto, vero? Non sei morto?»

La mano, la sua fredda, freddissima mano, annaspò sull'oggetto rosso che sporgeva dal petto di Raider come poco prima sul muro alla ricerca dell'interruttore. Finalmente lo prese e lo tirò con una forza attinta dai pozzi profondi del suo orrore e dolore. Il cavatappi uscì con un flaccido rumore di strappo, portandosi dietro pezzetti di carne, grumi di sangue e un intrico di peli. Lasciò nel petto uno squarcio scuro e frastagliato.

Nettie strillò. Lasciò cadere il coltellino e raccolse fra le braccia il corpicino irrigidito.

«Raider!» gridò. *«Oh, mio povero cagnolino! No! Oh, no!»* Lo cullò tenendolo stretto al seno, cercando di rianimarlo con il suo calore, ma sembrava che non avesse calore da dare. Era fredda. Fredda.

Qualche tempo dopo posò nuovamente sul pavimento il corpicino e tastò all'intorno con la punta delle dita finché trovò il coltellino multiuso con il cavatappi assassino che sporgeva dal manico. Lo raccolse meccanicamente, ma si risvegliò in parte dallo stordimento quando vide che nella spirale era stato infilato un foglietto. Lo tolse con le dita intorpidite e se lo avvicinò agli occhi. La carta era indurita dal sangue del suo povero cagnolino, ma le parole del messaggio erano ancora leggibili:

Nessuno sporca di fango le mie lenzuola pulite.
Ti ho detto che l'avresti pagata!

L'orrore sfumò lentamente negli occhi di Nettie. Fu sostituito da una luce di sinistra intelligenza che ammiccò come argento brunito. Le guance, divenute pallide come latte quando aveva capito infine che cosa era successo, cominciarono a riprendere colorito. Le labbra si dischiusero lentamente. Scoprì i denti in una smorfia rivolta al messaggio che teneva fra le mani. Le uscirono di bocca due parole, roche e arroventate: *«Porca... assassina!»*

Accartocciò il biglietto e lo scagliò contro il muro. La pallottolina di carta rimbalzò e finì vicino al corpo di Raider. Nettie spiccò un balzo, la raccolse e ci sputò sopra. Poi la scagliò di nuovo. Si rialzò e lentamente percorse il corridoio verso la cucina, aprendo le mani e chiudendole in pugni stretti, per poi riaprirle e chiuderle di nuovo.

14

Wilma Jerzyck fermò la piccola Yugo gialla davanti a casa, scese e raggiunse frettolosamente la porta d'ingresso, frugando nella borsetta in cerca della chiave. Canticchiava sotto voce *Love Makes the World Go Round*. Trovò la chiave, la inserì nella serratura... e fu attirata da un movimento colto con la coda dell'occhio. Guardò a destra e rimase a bocca aperta.

Le tende del soggiorno sventolavano nel vivace vento pomeridiano. Sventolavano fuori della casa. E la *ragione* per cui sventolavano fuori della casa era che la grande finestra panoramica, che era costata ai Clooney quattrocento dollari quando quell'idiota del loro figlio l'aveva infranta con una palla da baseball tre anni prima, era fracassata. Lunghe schegge di vetro s'allungavano dal telaio verso il foro al centro.

«Ma che cazzo...?» esclamò Wilma e ruotò la chiave così rabbiosamente che per poco non la spezzò.

Corse dentro, afferrò il bordo della porta con l'intenzione di sbattersela alle spalle e rimase impietrita. Per la prima volta nella sua vita di adulta Wilma Wadlowski Jerzyck era così stupefatta da non riuscire più a muoversi.

Il soggiorno era devastato. Il televisore, il loro prezioso televisore a grande schermo, con ancora undici rate da pagare, era sfondato. Le sue nere viscere fumavano ancora. Il tubo catodico era ridotto a una miriade di frammenti che luccicavano sulla moquette. Nella parete opposta c'era un buco enorme. Per terra, sotto il buco, giaceva un pacchetto di dimensioni ragguardevoli, con la sagoma di una forma di pane. Ce n'era un altro sulla soglia della porta che dava in cucina.

Chiuse la porta d'ingresso e vi si avvicinò. Una voce interiore non del tutto coerente l'ammonì alla massima prudenza: poteva essere una bomba. Passando vicino al televisore, sentì un odore caldo e sgradevole, un incrocio fra rivestimento isolante bruciato e pancetta carbonizzata.

Si accosciò davanti al pacchetto e vide che non era affatto un pacchetto, non nel senso comune del termine. Era una pietra avvolta in un foglio di quaderno a righe, trattenuto con un elastico. Tolse la carta dal sasso e lesse il messaggio.

TI HO DETTO DI LASCIARMI IN PACE.
QUESTO È L'ULTIMO AVVERTIMENTO.

Dopo averlo letto due volte, guardò l'altro sasso. Andò a sfilare il foglio di carta che lo avvolgeva. Stessa carta, stesso messaggio. Si rialzò, con un foglio stropicciato per mano, continuando a spostare lo sguardo dall'uno all'altro, muovendo gli occhi come la spettatrice di una accanita partita a ping pong. Finalmente pronunciò tre parole: «Nettie. Quella troia».

Andò in cucina e trasse fiato tra i denti in un sibilo roco. Si tagliò la mano con un coccio di vetro recuperando il sasso finito nel forno a microonde. Si sfilò distrattamente la scheggia dal palmo prima di rimuovere il foglio di carta avvolto sul sasso con l'elastico. Il messaggio era quello di sempre.

Passò rapidamente per tutte le stanze del pianterreno e trovò altri danni. Raccolse tutti i messaggi. Erano tutti uguali. Tornò in cucina. Contemplò incredula la distruzione.

«Nettie», disse di nuovo.

Finalmente l'iceberg di traumatico sbigottimento che l'aveva imprigionata cominciò a sciogliersi. La prima emozione da cui riaversi non era furore, bensì incredulità. Gesù, pensava, quella donna doveva essere davvero matta. Non poteva essere altrimenti, se credeva di poter fare una cosa simile a lei, *a lei!*, e vedere di nuovo sorgere il sole. Con chi credeva di avere a che fare, con Mariuccia di Coglionazzo?

La sua mano si serrò sui fogli in uno spasmo. Si chinò in avanti e si strofinò sull'ampio deretano il mazzo di pagine spiegazzate che le sporgeva dal pugno.

«Mi ci pulisco il culo, con il tuo ultimo avvertimento!» proruppe e gettò via i fogli.

Si guardò di nuovo intorno con gli occhi meravigliati di un bambino. Un buco nel forno a microonde. Una vistosa ammaccatura nel frigorifero Amana. Cocci di vetro dappertutto. Nell'altra stanza il televisore, costato quasi milleseicento dollari, puzzava come un frullatore pieno di sterco semicotto di cane. E chi era stato? Chi?

Ma Nettie Cobb, naturalmente. Miss Turbe Mentali 1991.

Wilma cominciò a sorridere.

Chi non la conosceva, lo avrebbe scambiato forse per un sorriso dolce, un sorriso buono, un sorriso di amore e socievolezza. Gli occhi le brillavano di un'emozione potente; l'ignaro avrebbe potuto scambiarla per esaltazione. Ma se avesse visto la sua faccia in quel momento Peter Jerzyck, che la conosceva meglio di chiunque altro, se la sarebbe data a gambe.

«No», mormorò Wilma in un tono di voce dolce, quasi carezzevole. «Oh, no, bimba mia. Tu non capisci. Tu non capisci che cosa vuol dire fare la stronza con Wilma. Tu non hai la più pallida *idea* di che cosa vuol dire fare la stronza con Wilma Wadlowski Jerzyck.»

Il sorriso si dilatò.

«Ma capirai.»

Sulla parete vicino al forno a microonde erano montate due sbarrette calamitate. Quasi tutti i coltelli che vi erano appesi erano caduti in seguito allo scossone provocato dal sasso che Brian aveva scagliato nel RadarRange; erano ammassati disordinatamente sul piano di lavoro. Wilma scelse quello più lungo, un coltello da carni Kingsford con il manico di osso bianco, e passò lentamente il palmo ferito sul filo della lama, sporcandola di sangue.

«Ti insegnerò tutto quello che devi sapere.»

Con il coltello in pugno, Wilma attraversò il soggiorno, facendo scricchiolare sotto i tacchi bassi delle scarpe nere della domenica la miriade di frammenti di vetro della finestra e del tubo catodico. Uscì senza chiudere la porta e attraversò il prato in direzione di Ford Street.

15

Nel momento in cui Wilma sceglieva il coltello fra quelli caduti sul piano di lavoro, Nettie Cobb prendeva una mannaia da un cassetto della cucina. Sapeva che era affilata, perché neanche un mese prima l'aveva fatta arrotare da Bill Fullerton, giù al negozio di barbiere.

Ruotò su se stessa e percorse lentamente il corridoio verso la porta d'ingresso. Si fermò e s'inginocchiò per un momento accanto a Raider, il suo povero cagnolino che non aveva mai fatto del male a nessuno. «L'avevo avvertita», mormorò mentre accarezzava il pelo di Raider. «L'avevo avvertita, avevo dato ogni possibilità a quella polacca fuori di testa. Ogni possibilità di questo mondo. Mio povero cagnolino. Aspettami. Aspettami perché sarò presto da te.»

Si rialzò e uscì di casa, badando alla porta non più di quanto avesse fatto Wilma. I problemi di sicurezza avevano cessato d'interessarla. Sostò per qualche attimo sul primo gradino a respirare a fondo, poi attraversò il prato in direzione di Willow Street.

16

Danforth Keeton corse nello studio e spalancò l'armadio a muro. Vi s'infilò carponi arrivando fino in fondo. Per un terribile istante temette che il gioco non ci fosse più, che quel ficcanaso figlio di troia di vicesceriffo glielo avesse fregato, portandosi via con sé anche il suo futuro. Poi le sue mani urtarono la scatola e sollevò precipitosamente il coperchio. La pista di latta era ancora al suo posto. E sotto la base c'era ancora la busta. La piegò da una parte e dall'altra, ascoltò il sommesso crepitio delle banconote all'interno e la ripose nel nascondiglio.

Corse alla finestra per assicurarsi che non stesse arrivando Myrtle. Non doveva vedere quei verbali. Doveva farli sparire tutti quanti prima che rientrasse sua moglie, ma quanti erano? Cento? Si guardò freneticamente intorno nello studio e ne vide affissi dappertutto. Mille? Sì, forse. Forse un migliaio. Anche duemila non era da escludere.

Attraversò di corsa il soggiorno (sfiorò con la testa il foglietto appeso al lampadario, facendolo dondolare) e bloccò la serratura della porta d'ingresso. Poi ricordò che sicuramente Myrtle aveva la sua chiave e inserì il chiavistello... e anche la catena, tanto per non sbagliare. Se fosse arrivata prima che lui avesse finito di far sparire i verbali, avrebbe dovuto aspettare, perché non l'avrebbe fatta entrare finché l'ultimo di quei dannati avvisi persecutori non fosse bruciato nella stufa a legna della cucina. Dal primo... all'ultimo.

Strappò quello che pendeva dal lampadario. Il nastro adesivo gli si appiccicò alla guancia e se ne liberò con un gemito di collera. C'era una sola parola nello spazio riservato a ALTRE VIOLAZIONI:

PECULATO

Corse alla lampada a stelo vicino alla sua poltrona. Strappò il verbale appeso al paralume.

ALTRE VIOLAZIONI:
APPROPRIAZIONE INDEBITA DI PUBBLICO DENARO

Il televisore:

COITO EQUINO

Il diploma di cittadino emerito del Lions Club, incorniciato sopra il caminetto:

INCHIAPPETTAMENTO DI TUA MADRE

La porta della cucina:

SCIALACQUAMENTO COATTO DI DENARO
ALL'IPPODROMO DI LEWISTON

La porta di comunicazione con la rimessa:

PARANOIA PSICOTICA DA NARCOTOSSICO

Li raccolse precipitosamente, con gli occhi fuori delle orbite nella faccia pingue, i radi capelli drizzati e arruffati. Presto prese ad ansimare e tossire, e sulle guance gli si diffuse un pericoloso color rosso violaceo. Sembrava un bambino grasso con la faccia da adulto impegnato in una singolare caccia al tesoro d'importanza vitale.

Staccò un verbale dal mobile del servizio da tavola:

FURTO DI FONDI PER LA PENSIONE
PER GIOCARE AI CAVALLI

Corse nello studio con una pila di foglietti stretti nella destra da cui sporgevano svolazzando segmenti di nastro adesivo, e cominciò a strapparne altri. In quella stanza l'imputazione riguardava un unico reato e con orribile precisione:

PECULATO
FURTO
RUBERIA
PECULATO
FRODE
MALVERSAZIONE
APPROPRIAZIONE INDEBITA
PECULATO

E più di tutte sempre quella parola, come un dito indice puntato in un gesto d'accusa:

ALTRE VIOLAZIONI: PECULATO

Gli parve di udire un rumore all'esterno e corse di nuovo alla finestra. Forse era Myrtle. Forse era Norris Ridgewick, venuto a gongolarsi e a deriderlo. Se era lui, avrebbe preso la pistola e gli avrebbe sparato. Ma non alla testa, no. Troppo comodo, alla testa, troppo veloce, per una carogna come Ridgewick. Gli avrebbe sparato al ventre e lo avrebbe lasciato morire urlando sul prato davanti a casa.

Ma era solo la Scout dei Garson, che scendeva da Castle View verso il centro cittadino. Scott Garson era il banchiere più importante di Castle Rock. Qualche volta Keeton e sua moglie cenavano con i Garson, perché erano gente simpatica e perché Scott aveva un certo peso politico. Che cosa avrebbe pensato se avesse visto quei verbali? Che cosa avrebbe pensato di quella parola, PECULATO, che riappariva a ripetizione sui foglietti rosa, strillando come una donna violentata nel cuore della notte?

Tornò di corsa in soggiorno, affannato. Ne aveva dimenticato qualcuno? Gli pareva di no. Li aveva tolti tutti, almeno dal pianterreno...

No! Eccone un altro! Fissato al montante della ringhiera della scala! E se non se ne fosse accorto? Dio del cielo!

Si precipitò a strapparlo via.

MARCA: MERDILLAC
MODELLO: VECCHIO E STANCO
TARGA: TESTA DI CAZZO 1
ALTRE VIOLAZIONI: FROCERIA FINANZIARIA

Altri? Ce n'erano altri? Keeton prese d'infilata tutti i locali del pianterreno. Gli era uscita la camicia dai pantaloni e il pancione peloso gli traballava oltre la fibbia della cintura. Non ne vide altri... almeno non da basso.

Dopo un'ultima occhiata frettolosa dalla finestra per assicurarsi che Myrt non fosse in vista, salì furiosamente le scale con il cuore che gli tuonava nel petto.

17

Wilma e Nettie s'incontrarono all'angolo di Willow e Ford Street. Lì si fermarono e si fissarono come pistoleri in un western all'italiana. Il vento faceva svolazzare i lembi dei loro cappotti. Il sole compariva e scompariva in una corsa di nuvole; le loro ombre andavano e venivano come visitatori incostanti.

Non c'era traffico e movimento in nessuna delle due strade, né c'erano passanti sui marciapiedi. Quel piccolo angolo di pomeriggio autunnale era tutto per loro.

«Hai ucciso il mio cane, disgraziata!»

«Mi hai sfasciato il televisore! Mi hai distrutto le finestre! Mi hai fracassato il *forno a microonde*, pazza bastarda!»

«Ti avevo avvertita!»

«Ficcatelo su per lo scarico, il tuo avvertimento!»

«T'ammazzo!»

«Fai un passo e sta' sicura che *qualcuno* muore ammazzato, qui, ma non sarò io!»

Wilma pronunciò quelle parole con un improvviso senso di allarme e un inaspettato stupore; l'espressione di Nettie le aveva fatto intuire che forse stavano per scatenarsi in qualcosa di un po' più serio di un accapigliamento. Intanto, che cosa ci faceva Nettie lì? Dov'era andato a finire l'elemento sorpresa? Come mai la situazione era precipitata così repentinamente? Ma quel tanto di cosacco che le scorreva nelle vene trovò quelle domande del tutto irrilevanti. C'era da combattere adesso e tutto il resto non contava niente.

Nettie partì all'attacco alzando la mannaia. Scoprì i denti in una smorfia intorno all'ululato che le uscì dal fondo della gola.

Wilma si acquattò, con la lama del coltello pronta a colpire. Quando Nettie fu a tiro, affondò la lama. L'acciaio penetrò nelle viscere di Nettie e risalì, squarciandole lo stomaco, dal quale proruppe un fiotto denso e puzzolente. Per un attimo Wilma si sentì invadere dall'orrore per ciò che aveva fatto (c'era davvero Wilma Jerzyck dall'altra parte del coltello sepolto nel ventre di Nettie?) e i muscoli delle sue braccia si rilassarono. La punta del coltello si fermò prima che raggiungesse il cuore di Nettie, che in quegli attimi pompava furiosamente.

«AAAAAAH VIGLIACCA!» gridò Nettie e calò la mannaia. La lama scomparve fino all'impugnatura nella spalla di Wilma, spaccandole la clavicola con uno schiocco sordo.

Il dolore, un'ottenebrante legnata di dolore, spazzò dalla mente di Wilma ogni capacità di raziocinio. Rimase solo il suo sangue cosacco impazzito. Ritirò il coltello.

Nettie sfilò la mannaia dalla spalla di Wilma. Dovette tirare con entrambe le mani e quando finalmente riuscì a disincagliare la lama dall'osso, dallo squarcio insanguinato che aveva nel vestito traboccò un gomitolo di viscidi intestini che le rimase appeso davanti alla pancia come un sacchetto luccicante.

Le due donne si spostarono lateralmente in direzioni opposte, adagio, calcando impronte nel proprio sangue. Nettie sentì il mondo che cominciava a pulsare in grandi cicli rallentati; le cose si scolorivano in un biancore sfocato e poi piano piano i colori ridiventavano intensi. Si sentiva il cuore nelle orecchie, colpi possenti e stanchi. Sapeva di essere ferita, ma non provava dolore. Pensava che Wilma non l'avesse più che sfiorata al fianco.

Wilma sapeva di aver ricevuto una ferita grave. Non poteva più alzare il braccio destro e dietro la schiena il vestito era inzuppato di sangue. Non aveva però la minima intenzione di cercare di fuggire. Non era mai fuggita in vita sua e non avrebbe cominciato ora.

Dall'altro lato della strada giunse un debole richiamo. *«Ehi! Che cosa state facendo laggiù? Smettetela! Finitela subito o chiamo la polizia!»*

Wilma girò la testa in quella direzione. Nell'attimo in cui fu distratta dalla voce, Nettie vibrò un colpo di mannaia facendole compiere un breve arco orizzontale. La lama affondò nella curva dell'anca di Wilma e le colpì l'osso del bacino, incrinandoglielo. La ferita spruzzò sangue a ventaglio. Wilma urlò e vacillò all'indietro, fendendo l'aria davanti a sé con il coltello. Inciampò nei propri piedi e cadde pesantemente sul marciapiede.

«Ehi! Ehi!» Era una donna anziana uscita sulla soglia di casa tenendosi uno scialle color topo stretto sulla gola. Gli occhiali le ingrandivano gli occhi in liquidi laghi di terrore. Nella sua chiara e lacerante voce di donna anziana strepitò: *«Aiuto! Polizia! Si uccidono! SI UCCCIIIIIIDONO!»*

Fu ignorata dalle due donne all'angolo di Willow e Ford Street.

Wilma era caduta in un ammasso sanguinante sotto al cartello dello stop e quando Nettie avanzò barcollando, si issò a sedere contro il paletto e si preparò il coltello in grembo, con la lama all'insù.

«Vieni avanti, schifosa», ringhiò. «Vieni a prendermi, se ne hai il coraggio.»

Nettie andò e mentre camminava muoveva freneticamente le labbra. Il gomitolo di budella le dondolava davanti al vestito come un feto abortito. Urtò con il piede destro in quello sinistro di Wilma e cadde in avanti. S'infilò nel coltello da cucina che la penetrò appena sotto lo sterno. Grugnì in un fiotto di sangue, sollevò la mannaia e la calò. La lama spaccò il cranio di Wilma Jerzyck con un unico, sordo *cionk!* Wilma cominciò a contorcersi sotto il corpo di Nettie. A ogni sussulto e divincolamento il coltello da cucina penetrava più a fondo.

«Ucciso... il mio... *cagnolino*», rantolò Nettie, spruzzando a ogni parola una pioggerella di sangue sulla faccia di Wilma. Poi rabbrividì dalla testa ai piedi e si accasciò. Nel cadere batté la testa nel paletto dello stop, facendolo risuonare.

Una convulsione mosse la gamba di Wilma. La scarpa nera della domenica volò via dal piede e finì in un cumulo di foglie, con il tacco basso rivolto alle nuvole agitate. Le dita del piede si fletterono una volta... una volta ancora... poi si rilassarono.

Le due donne rimasero immobili abbarbicate l'una all'altra come amanti, mentre il loro sangue tingeva le foglie color cannella sotto il ciglio del pavimento.

«SI UCCIIIIIIIDONO!» strillò di nuovo l'anziana signora dall'altra parte della strada, poi trasalì e cadde svenuta all'indietro nell'atrio di casa sua.

Ora altri abitanti del vicinato correvano alle finestre e alle porte, chiedendosi l'un l'altro che cosa fosse accaduto, uscendo sui gradini e nei prati, avvicinandosi alla scena con diffidenza e retrocedendo subito con le mani alla bocca, appena non solo capivano che cosa era successo, ma ne vedevano le raccapriccianti conseguenze.

Alla fine qualcuno chiamò l'ufficio dello sceriffo.

18

Polly Chalmers stava percorrendo lentamente la Main Street diretta a *Cose Preziose* con le mani malate protette dal paio di guanti più caldo che avesse in casa, quando sentì la prima sirena. Si fermò e guardò una delle tre Plymouth marrone della contea sfrecciare nell'incrocio di Main con Laurel Street, con grande lampeggiare delle luci sul tetto. Filava già a più di ottanta e stava ancora accelerando. Subito dopo passò una seconda auto di pattuglia.

Le guardò scomparire con un'espressione perplessa. Sirene e macchine della polizia lanciate erano una rarità alla Rocca. Si domandava che cosa potesse essere accaduto, certamente qualcosa di un po' più serio di un gatto che non riusciva a ridiscendere da un albero. Alan l'avrebbe messa al corrente quando le avesse telefonato verso sera.

Tornò a guardare giù per la strada e scorse Leland Gaunt sulla soglia del suo negozio. Anche lui aveva osservato con una certa curiosità il passaggio delle automobili della polizia. Polly trovò così risposta ad almeno uno dei suoi interrogativi: Gaunt era in negozio. Nettie non le aveva mai telefonato. Non ne era stata sorpresa più che tanto, per la verità: la superficie della mente di Nettie era scivolosa e le cose non vi soggiornavano a lungo.

Il signor Gaunt si girò verso di lei e la vide arrivare. Il suo volto fu subito illuminato da un sorriso.

«Signora Chalmers! Sono felice che sia potuta passare!»

Il sorriso con cui rispose lei fu stentato. Il dolore, che durante la mattina si era placato un po', stava riprendendo vigore, trapassandole le mani con il suo reticolo di sottili e crudeli fili di ferro. «Mi pare che eravamo d'accordo di darci del tu.»

«Polly, allora. Entra, accomodati, sono proprio contento di vederti. Che cos'è tutta quella baraonda?»

«Non lo so», rispose lei. Gaunt le tenne la porta aperta. «Immagino che qualcuno si sia fatto male e debbano trasportarlo in ospedale. Il servizio di pronto soccorso a Norway è molto lento di fine settimana. D'altra parte perché hanno pensato di mandare *due* macchine...»

Il signor Gaunt chiuse la porta. La campanella tintinnò. La tendina al vetro della porta era abbassata e ora che il sole era girato dall'altra parte il negozio era nella penombra... ma, pensò Polly, se mai la penombra poteva essere gradevole, quella di *Cose Preziose* lo era. Una piccola lampada da lettura disegnava un cerchio dorato sul banco vicino all'antiquato registratore di cassa del signor Gaunt. Nella luce c'era un libro aperto. Era *L'isola del tesoro* di Robert Louis Stevenson.

Il signor Gaunt la osservava attentamente e Polly non poté fare a meno di sorridere di nuovo all'espressione preoccupata che gli vide negli occhi.

«Le mani mi hanno fatto veramente vedere le stelle in questi ultimi giorni», spiegò. «Immagino di non essere proprio una Demi Moore.»

«Io vedo una donna molto stanca e sofferente», ribatté lui.

Il sorriso sul volto di Polly vacillò. C'erano comprensione e sincera compassione nella voce di Gaunt e per un attimo Polly temette di scoppiare in lacrime. Il pensiero che tenne a bada le lacrime fu dei più strani: *Le sue mani. Se piango, vorrà consolarmi. Mi toccherà con quelle mani.*

Rianimò il sorriso.

«Sopravviverò come sempre. Dimmi... è passata Nettie Cobb per caso?»

«Oggi?» Il signor Gaunt sollevò le sopracciglia. «No, oggi no. Se fosse venuta, le avrei mostrato il nuovo pezzo in vetro Carnevale che mi è arrivato ieri. Non è bello come quello che le ho venduto la settimana scorsa, ma ho pensato che potesse interessarle. Perché me lo chiedi?»

«Oh, così», rispose Polly. «Aveva detto che forse passava, ma Nettie... Nettie spesso si dimentica le cose.»

«Mi dà l'impressione di una donna che ha avuto una vita difficile», commentò in tono grave il signor Gaunt.

«Sì. È così, in effetti.» Polly pronunciò quelle ultime parole lentamente e meccanicamente. Le sembrava di non poter più distogliere gli occhi da quelli di lui. Poi sfiorò con una mano il bordo di una vetrinetta e questo spezzò il momentaneo incantesimo. Le sfuggì un gridolino di dolore.

«Stai male?»

«No, niente di grave», si schermì Polly, ma mentiva, perché la fitta era stata quantomai seria.

Il signor Gaunt lo capì immediatamente. «Tu non stai bene», concluse convinto. «Perciò ti risparmierò i convenevoli. L'articolo di cui ti ho scritto è arrivato. Ora te lo do e ti spedisco a casa.»

«Me lo *dai*?»

«Oh, non te lo offro in regalo», precisò lui passando dietro alla cassa. «Non ci conosciamo ancora fino a questo punto, giusto?»

Polly sorrise. Era chiaramente un uomo gentile, un uomo che, com'era naturale, desiderava rispondere con un gesto carino alla prima persona che a Castle Rock gli aveva rivolto un gesto cortese. Ma lei faticava a reggere il gioco, faticava persino a seguire la conversazione. Il dolore alle mani era mostruoso. Ora rimpiangeva di essere andata a trovarlo e, cortese o no, desiderava solo scappare da lì, correre a casa e prendere una capsula di antidolorifico.

«Questo è il genere di articolo che il venditore *deve* lasciar provare, se è una persona onesta.» Si tolse di tasca un mazzo di chiavi, ne selezionò una e aprì il cassetto sotto il registratore di cassa. «Tu lo provi per un paio di giorni e se poi scopri che non ti serve a niente, e devo aggiungere che probabilmente andrà così, me lo restituisci. Altrimenti, nel caso che ti dia sollievo, vorrà dire che discuteremo del prezzo.» Le sorrise. «E per te il prezzo sarà stracciato, te l'assicuro.»

Lei lo osservò perplessa. Sollievo? Di che cosa stava parlando?

Dal cassetto prese una scatoletta bianca e la posò sul banco. Sollevò il coperchio con quelle sue mani strane, dalle dita così lunghe, e dal cuscinetto di ovatta dentro la scatola tolse un piccolo oggetto d'argento appeso a una catenella. Sembrava una collana con un ciondolo, ma l'oggetto che dondolò nell'aria quando il signor Gaunt alzò la catenella somigliava a un uovo da tè, o a un ditale da cucito un po' troppo grande.

«Questo è egiziano, Polly. Molto antico. Non quanto le piramidi, non scherziamo, ma molto antico lo stesso. Dentro c'è qualcosa, un'erba o che so io.» Mosse le dita e l'uovo da tè (posto che lo fosse) oscillò in fondo alla catenella. Qualcosa si spostò all'interno, con un rumore polveroso e frusciante. Polly lo trovò vagamente spiacevole.

«Si chiama *azka*, o forse *azakah*», la informò lui. «È un amuleto che dovrebbe tener lontano il dolore fisico.»

Polly cercò di sorridere. Voleva essere gentile, *ma andiamo!...* aveva fatto tutta quella strada per quello sciocco *gingillo*? Non aveva nemmeno un valore estetico. Era brutto, a voler parlar chiaro.

«Davvero non credo...»

«Nemmeno io», la precedette lui, «ma le situazioni disperate spesso richiedono contromisure disperate. Ti assicuro che è autentico, almeno nel senso che non è stato fabbricato a Taiwan. È un autentico oggetto di artigianato egizio, non esattamente una reliquia, ma sicuramente un'opera d'artigianato, del periodo del Tardo Declino. È accompagnato da un certificato di provenienza in cui si dice che è uno strumento di *benka-litis*, ovvero magia bianca. Voglio che tu lo prenda e te lo metta addosso. So che sembra stupido e probabilmente lo è, ma succedono in cielo e in terra cose più strane di quanto alcuni di noi sappiano immaginare, persino nei più arditi slanci della fantasia.»

«Ma tu ci credi davvero?» chiese Polly.

«Sì. Ho visto cose nella mia vita che fanno apparire del tutto normale un ciondolo o amuleto con proprietà taumaturgiche.» Una luce gli guizzò per un attimo negli occhi nocciola. «*Molte* cose del genere. Gli angoli disparati del mondo sono pieni di cianfrusaglie favolose, Polly. Ma non perdiamoci in altre storie adesso, il nostro argomento sei *tu* adesso.

«Già l'altro giorno, quando ho idea che il dolore non fosse forte come in questo momento, mi sono reso conto abbastanza bene di quanto penosa sia diventata la tua situazione. Allora mi è venuto in mente questo piccolo... articolo... e ho ritenuto che valesse la pena provare. Del resto, che cos'hai da perdere? Niente di quello che hai provato finora ha funzionato, vero?»

«Apprezzo molto il pensiero, signor Gaunt, davvero, ma...»

«Leland. Non ci si dà del tu?»

«Sì, certo. Apprezzo il pensiero, *Leland*, ma temo di non essere superstiziosa.»

Alzò lo sguardo e vide che i brillanti occhi color nocciola la fissavano.

«Non ha importanza che lo sia *tu*, Polly... Perché l'amuleto lo è.» Mosse le dita. L'*azka* dondolò dolcemente in fondo alla catenella.

Polly aprì di nuovo la bocca ma questa volta non ne uscirono parole. Ricordava un giorno della primavera precedente. All'ora di tornare a casa Nettie aveva dimenticato da lei la sua copia di *Inside View*. Sfogliando pigramente la rivista e dando una scorsa a servizi su neonati licantropi a Cleveland e una formazione geologica sulla luna con la faccia di JFK, lo sguardo le era caduto sulla pubblicità di una «meridiana miracolosa degli antichi». Avrebbe dovuto guarire da emicranie, gastriti e artrite.

La pubblicità era dominata da un disegno in bianco e nero. Vi si vedeva un uomo con una barba lunga e un copricapo da mago (Nostradamus o Gandalf, aveva supposto Polly) che teneva sopra il corpo di un uomo su una sedia a rotelle un piccolo oggetto simile a una trottolina. La trottola proiettava un cono radioso sull'infermo e anche se il testo non arrivava a tanto a chiare lettere, lasciava comunque intendere che il paziente sarebbe stato in grado di ballare il boogie-woogie per una notte intera di lì a un paio di giorni al massimo. Era ridicolo, naturalmente, frottole buone per persone superstiziose con la mente provata, se non distrutta del tutto, dalla tortura incessante del dolore e della malattia, ciononostante...

Era rimasta a osservare quella pubblicità per un tempo interminabile e, per quanto ridicolo fosse, per poco non aveva composto il numero di telefono per le ordinazioni che c'era in fondo alla pagina. Perché prima o poi...

«Prima o poi una persona che soffre ha il dovere di esplorare anche i sentieri più improbabili, se esiste la minima possibilità che uno di essi porti al sollievo», disse il signor Gaunt. «Non è così?»

«Io non... non...»

«Trapianti di midollo... crioterapie... guanti termici... persino applicazioni di radiazioni... niente ha funzionato con te, no?»

«Come fai a saperlo?»

«Un buon commerciante si preoccupa di conoscere i bisogni della sua clientela», rispose il signor Gaunt nel suo dolce tono ipnotico. Le si avvicinò, reggendo la catenella aperta con le dita delle mani. Polly si ritrasse davanti a quelle lunghe dita coriacee.

«Non aver paura, cara signora. Non ti sfiorerò nemmeno un capello. Ora se stai calma... e buona...»

E Polly diventò calma. Diventò buona. Rimase immobile con le mani (sempre infilate nei guanti di lana) modestamente incrociate davanti a sé e lasciò che il signor Gaunt le passasse la catenella intorno alla testa. Lo fece con la delicatezza di un padre che posa sulla figlia il velo da sposa. Polly si sentiva lontana dal signor Gaunt, da *Cose Preziose*, da Castle Rock, persino da se stessa. Le sembrava di essere su un altopiano polveroso, sotto un cielo sconfinato, a centinaia di miglia dall'essere umano più vicino.

L'*azka* ricadde con un tintinnio sommesso sulla cerniera del giaccone di pelle.

«Mettitela dentro la giacca. E quando sei a casa, mettitela sotto la camicetta. Deve essere portata a contatto di pelle, per avere il massimo dell'effetto.»

«Non posso mettermela nella giacca», rispose Polly come se parlasse nel sonno. «La cerniera... non posso aprire la cerniera.»

«No? Prova.»

Così Polly si sfilò un guanto e provò. Con sua grande sorpresa scoprì di essere in grado di flettere il pollice e l'indice della destra quanto bastava per stringere il cursore e tirarlo verso il basso.

«Visto?»

La pallina d'argento le ricadde contro la camicetta. Le sembrava molto pesante e la sensazione non era precisamente delle più piacevoli. Si domandò vagamente che cosa contenesse, che cosa avesse prodotto quel fruscio polveroso. Un'erba non meglio definita, aveva detto lui, ma il rumore non era quello di foglioline e nemmeno di una polvere; era sembrato piuttosto che qualcosa nel ciondolo si fosse spostato per proprio conto.

Il signor Gaunt pareva sensibile al suo disagio. «Ti abituerai e molto prima di quanto pensi. Credimi.»

Fuori, a mille miglia, sentì altre sirene. Le sembrarono spiriti tormentati.

Il signor Gaunt si girò e quando il suo sguardo si staccò dal viso di Polly, subito lei sentì che cominciava a ritrovare presenza di spirito. Era un po' disorientata, ma anche tonificata, come se si fosse svegliata da un sonnellino breve ma riposante. Non provava più il senso di scomodità e irrequietezza di poco prima.

«Mi fanno ancora male le mani», disse ed era vero... ma le facevano male come prima? Una certa misura di sollievo l'aveva ottenuta, ma poteva anche trattarsi di semplice suggestione: aveva l'impressione che Gaunt l'avesse più o meno ipnotizzata per convincerla ad accettare l'*azka*. Ma forse era solo il tepore che c'era nel negozio dopo il freddo della passeggiata.

«Dubito molto che l'effetto promesso sia istantaneo», obiettò il signor Gaunt, asciutto. «Dagli tempo, vuoi, Polly?»

Lei si strinse nelle spalle. «Va bene.»

In fondo, che cosa aveva da perdere, come aveva ben sottolineato lui? La pallina era troppo piccola perché facesse gonfiore sotto la blusa o il pullover. Non avrebbe dovuto dare giustificazioni se nessuno avesse saputo che se la portava addosso, quindi non era il caso di darsi troppo pensiero. Naturalmente Rosalie Drake si sarebbe incuriosita e sicuramente Alan, che era superstizioso quanto un ceppo di legno, ne avrebbe riso. Quanto a Nettie... be', Nettie sarebbe rimasta senza parole se avesse saputo che Polly portava indosso un autentico amuleto, come quelli che si vendevano dalle pagine della sua amata *Inside View*.

«Non dovresti togliertelo mai, nemmeno sotto la doccia», spiegò il signor Gaunt. «Non ce n'è bisogno. È vero argento e non arrugginisce.»

«E se lo tolgo?»

Lui si tossì delicatamente nella mano, come per mostrare imbarazzo. «Gli effetti benefici dell'*azka* sono cumulativi. Chi lo porta comincia a star meglio oggi, migliora ancora domani e così via. Così mi hanno detto.»

Chi? si chiese lei.

«Però se il paziente se lo toglie, torna nelle precedenti condizioni di sofferenza non lentamente ma tutto in una volta, dopodiché deve aspettare giorni se non settimane per recuperare il terreno perduto.»

Polly rise un po'. Non poté trattenersi e fu contenta quando Leland Gaunt si unì a lei.

«So che viene da storcere il naso a queste storie», si scusò, «ma desidero solo aiutare se solo posso. Mi credi?»

«Sì», rispose lei, «e ti ringrazio.»

Ma mentre si lasciava accompagnare alla porta, si ritrovò a fare qualche altra considerazione. C'era quella sorta di trance in cui era scivolata quando lui le aveva messo la catenella intorno al collo, per esempio. Poi c'era il ribrezzo che provava quando la toccava. Erano aspetti che contrastavano decisamente con i sentimenti di amicizia, riguardo e compassione che trapelavano da lui come un'aura quasi visibile.

Ma l'aveva davvero ipnotizzata? Era un'idea balzana... no? Cercò di ricordare esattamente come si era sentita quando avevano discusso dell'*azka*, ma non ci riuscì. Se aveva fatto una cosa del genere, era stato senza dubbio un caso, e lei lo aveva aiutato. Più probabilmente aveva avuto uno di quei momenti di stordimento che le procurava talvolta il Percodan in dosi troppo elevate. Era quello che soprattutto le dispiaceva di quel farmaco. Anzi no, c'era qualcos'altro che le dispiaceva di più: ciò che veramente detestava di quelle pillole è che non funzionavano più sempre come avrebbero dovuto.

«Ti accompagnerei a casa in macchina, se sapessi guidare», disse il signor Gaunt, «ma temo di non aver mai imparato.»

«Non c'è problema. Apprezzo comunque il pensiero.»

«Ringraziami se funziona», ribatté lui. «E buona giornata, Polly.»

Altre sirene ferirono l'aria. Erano sul lato est della città, dalle parti delle vie Elm, Willow, Pond e Ford. Polly svoltò in quella direzione. C'era qualcosa nel suono delle sirene, specialmente in un pomeriggio così quieto, che evocava pensieri vagamente minacciosi, non proprio vere immagini, di una sciagura imminente. Il suono cominciò a indebolirsi in lontananza, esaurendosi come una molla invisibile che si va scaricando nell'aria tersa dell'autunno.

Si girò per parlarne con il signor Gaunt, ma la porta era chiusa. Fra la tendina abbassata e il vetro, il cartello con la scritta

CHIUSO

dondolava dolcemente appeso al suo pezzo di spago. Gaunt era rientrato nel negozio mentre lei era girata dall'altra parte muovendosi così silenziosamente che non lo aveva udito.

S'incamminò lentamente verso casa. Prima che arrivasse in

fondo alla Main Street, le rombò accanto un'altra auto di pattuglia, questa volta della polizia statale.

19

«Danforth?»

Myrtle Keeton varcò la soglia di casa ed entrò in soggiorno. Si sistemò il caquelon della fondue in equilibrio sotto il braccio sinistro mentre trafficava per togliere la chiave che Danforth aveva dimenticato nella serratura.

«Danforth, sono a casa!»

Non ebbe risposta e la televisione non era accesa. Era strano, considerata l'ansia con cui aveva voluto rincasare in tempo per il calcio d'avvio. Si domandò se potesse aver deciso di andare da qualche altra parte a guardare la partita, magari dai Garson, ma il portellone della rimessa era abbassato, il che significava che l'automobile era a casa. E Danforth non andava mai a piedi da nessuna parte, se non quando era inevitabile, specialmente se la strada da percorrere era in salita.

«Danforth? Ci sei?»

Ancora nessuna risposta. In sala da pranzo c'era una sedia rovesciata. Perplessa, posò il caquelon sul tavolo e rialzò la sedia. Le vagarono per la mente le prime fibre di preoccupazione, sottili come fili di ragnatela. La porta dello studio era chiusa. Quando ci arrivò, posò la testa contro il legno e tese l'orecchio. Era sicura di udire il debole cigolio della poltrona.

«Danforth? Sei lì dentro?»

Nessuna risposta... ma le parve di sentir tossire. La preoccupazione diventò apprensione. Danforth era da qualche tempo in uno stato di notevole tensione (era l'unico fra tutti i consiglieri a lavorare davvero sodo) ed era ingrassato più di quanto il suo organismo potesse tollerare senza conseguenze negative. Se avesse avuto un infarto? Se fosse stato là dentro, riverso al suolo? Se il rumore che aveva sentito non fosse stato un colpo di tosse, ma un rantolo disperato?

Le belle ore trascorse insieme davano un'orribile plausibilità a quel pensiero: prima la ritrovata felicità coniugale, poi la spaventosa sventura. Allungò la mano... e la ritrasse. Invece di aprire la porta si prese a pizzicotti nervosi la pelle flaccida sotto la gola. Le erano bastate poche cocenti disavventure per imparare che non bisognava disturbare Danforth nello studio senza bussare... e che non si entrava mai e poi mai e poi *mai* nel suo *sancta sanctorum* senza essere invitati.

Sì, ma se fosse stato vittima di un infarto... o... o...

Ripensò alla sedia rovesciata e rabbrividì di rinnovato spavento.

Se fosse tornato a casa e avesse sorpreso un ladro? E se il ladro lo avesse colpito alla testa, facendogli perdere i sensi, e lo avesse trascinato nello studio?

Batté rapidamente le nocche sull'uscio. «Danforth? Stai bene?»

Nessuna risposta. Nessun rumore in tutta la casa oltre al solenne tic-toc dell'orologio a cassalunga in soggiorno e... sì, ne era sicura: il cigolio della poltroncina nello studio di Danforth.

Le dita si allungarono di nuovo verso il pomo.

«Danforth, stai...»

La punta delle dita già toccava il pomo della porta, quando le giunse il ruggito facendole spiccare un balzo all'indietro con un grido sottile.

«Lasciami stare! Sei capace di lasciarmi stare, maledetta rompiscatole?»

Myrtle gemette. Il cuore le pulsava all'impazzata nella gola. Non era solo per la sorpresa, ma per il furore e l'odio sviscerato che c'era nella sua voce. Dopo la mattinata calma e piacevole che avevano trascorso, non avrebbe potuto farle più male se le avesse accarezzato una guancia con una manciata di lamette.

«Danforth... pensavo che potessi...» La sua voce era ridotta a un guaito così fievole che quasi non la udiva lei stessa.

«Lasciami in pace!» Adesso era appena dietro la porta, a giudicare dalla potenza della voce.

Oh, Dio mio, grida come se fosse impazzito. È possibile? Come *può essere? Che cosa è successo dopo che mi ha lasciata da Amanda?*

Ma non c'erano risposte a quelle domande. C'era solo dolore. Così salì a nascondersi di sopra, prese la sua splendida bambola nuova dal ripostiglio nella stanza del cucito e andò in camera da letto. Si sfilò le scarpe e si sdraiò nella sua metà del letto con la bambola fra le braccia.

In lontananza s'intrecciavano nell'aria ululati di sirena. Non vi prestò attenzione.

La loro camera era più accogliente che mai a quell'ora del giorno, in ottobre, piena di luce solare. Myrtle non se ne accorse. Vedeva solo tenebre. Sentiva solo disperazione, una disperazione profonda e totale che nemmeno la sua favolosa bambola poteva alleviare. Era una disperazione che le colmava la gola e le bloccava il respiro.

Oh, com'era stata felice quel giorno, così felice! Anche *lui* era stato felice, ne era sicura. E adesso era peggio di prima. Molto peggio.

Che cosa era successo?

Oh, Dio, che cosa era successo e chi ne era responsabile?

Stringeva la bambola e guardava il soffitto e dopo un po' cominciò a piangere in grandi singhiozzi raspanti che le facevano sussultare il corpo.

11

1

A MEZZANOTTE meno un quarto di quella lunga, lunga domenica d'ottobre, si aprì una porta al seminterrato del reparto riservato all'autorità statale del Kennebec Valley Hospital ed entrò lo sceriffo Alan Pangborn. Camminava adagio, a testa china. I piedi, nelle calzature elasticizzate messegli a disposizione dall'ospedale, frusciavano sul linoleum. Mentre la porta si richiudeva alle sue spalle, si poté leggere la scritta:

OBITORIO
VIETATO L'INGRESSO AI NON AUTORIZZATI

In fondo al corridoio un inserviente in tuta grigia lucidava il pavimento facendo compiere larghi archi alla pulitrice. Mentre andava verso di lui, Alan si tolse la cuffia. Si sollevò il camice verde e s'infilò il copricapo nella tasca posteriore dei blu jeans. Il ronzio sommesso della lucidatrice gli faceva venir sonno. Un ospedale di Augusta era l'ultimo posto al mondo in cui avrebbe desiderato trovarsi quella sera.

L'inserviente lo guardò arrivare e spense la lucidatrice.

«Non ha una bella cera, amico», lo apostrofò.

«C'è poco da meravigliarsi. Ha una sigaretta?»

L'inserviente si tolse dal taschino un pacchetto di Lucky Strike e ne fece scivolare fuori una per Alan. «Però non si può fumare qui», gli fece notare. Indicò con la testa la porta dell'obitorio. «Il dottor Ryan tirerebbe giù il soffitto.»

Alan annuì. «Dove?»

L'inserviente lo accompagnò a un corridoio perpendicolare a quello in cui si trovavano e gli indicò una porta qualche metro più giù. «Da lì si esce nel vicolo di fianco all'ospedale. Ci metta un cuneo o qualcosa, però, se no dovrà fare tutto il giro per rientrare dall'ingresso principale. Ha da accendere?»

Alan si avviò per il corridoio. «Ho l'accendino. E grazie per la cicca.»

«Mi han detto che c'è un doppio di là, stasera», gli gridò dietro l'inserviente.

«Già», confermò Alan senza girarsi.

«Le autopsie sono sempre una brutta gatta, vero?»

«Sì», rispose Alan.

Alle sue spalle ricominciò il ronzio ovattato della pulitrice. Erano brutte gatte davvero. Le autopsie di Nettie Cobb e Wilma Jerzyck erano state la ventitreesima e la ventiquattresima della sua carriera, ed erano state tutte orribili, ma quelle due superavano di gran lunga tutte le altre.

La porta che gli aveva mostrato l'inserviente era un'uscita di sicurezza di quelle che si aprivano spingendo una barra antipanico. Si guardò intorno alla ricerca di qualcosa con cui impedire alla porta di richiudersi. Non trovò niente. Si sfilò il camice verde, lo raggomitolò e aprì la porta. Entrò l'aria fredda della notte, ma incredibilmente rinfrescante dopo l'odore di aria viziata e alcol dell'obitorio e dell'annessa sala per le autopsie. Sistemò il camice contro lo stipite e uscì. Accompagnò la porta, si assicurò che il fagotto impedisse alla serratura di scattare e non ci pensò più. Si appoggiò alla parete in calcestruzzo accanto al filo di luce che usciva dalla porta accostata e accese la sua sigaretta.

La prima boccata gli diede le vertigini. Erano quasi due anni che cercava di smettere e continuava ad andarci vicino senza riuscirci. Prima o poi capitava un fattaccio. Era a un tempo la maledizione e la benedizione del poliziotto; prima o poi un fattaccio capitava.

Alzò lo sguardo alle stelle, che di solito gli ispiravano un senso di serenità, e non ne trovò molte: le lampade ad alta intensità intorno all'ospedale le rendevano in gran parte invisibili. Individuò l'Orsa Maggiore, Orione, e un punticino rossiccio che probabilmente era Marte. Nient'altro.

Marte, pensò. *Ecco che cos'è stato. È così che è andata. I signori della guerra di Marte sono atterrati a Castle Rock verso mezzogiorno e le prime persone che hanno incontrato erano Nettie e quella mezza strega della Jerzyck. I signori della guerra le hanno morsicate infettandole di rabbia. Non c'è altra spiegazione.*

Pensò di tornare dentro e riferirlo a Henry Ryan, capo patologo legale dello stato del Maine. *È stato un caso di intervento alieno, dottore. Caso risolto.* Dubitava che Ryan l'avrebbe trovato divertente. Era stata una serataccia anche per lui.

Tirò una lunga boccata dalla sigaretta. Il sapore era favoloso, con o senza vertigini, e gli parve di capire perfettamente perché fumare fosse ormai proibito in tutti gli ospedali d'America. John Calvin aveva perfettamente ragione: non è possibile che qualcosa che ti faccia sentire così non sia nocivo. Nel frattempo sparami un paio d'etti di nicotina, capo. È troppo godurioso.

Pensò distrattamente a come sarebbe stato bello comprare una stecca intera di quelle stesse Lucky Strike e appiccarvi fuoco con una fiamma ossidrica. Pensò come sarebbe stato bello prendersi una sbornia. Sarebbe stato giusto il momento peggiore per ubriacarsi e in questo si riproponeva un'altra legge inflessibile della vita: *Quando hai veramente bisogno di ubriacarti, è sempre quando non te lo puoi assolutamente permettere.* Gli venne da chiedersi se gli alcolisti di questo mondo non fossero in realtà gli unici ad aver azzeccato la giusta gerarchia delle priorità della vita.

Il filo di luce ai suoi piedi si allargò in una striscia. Alan voltò la testa. Norris Ridgewick uscì per appoggiarsi al muro accanto a lui. Aveva ancora in testa la cuffia verde, ma era storta, e dietro la schiena i lacci gli pendevano sui lembi del camice aperto. Il suo colorito era lo stesso del camice.

«Gesù, Alan.»

«Era la prima volta, vero?»

«No, ho assistito a un'autopsia quand'ero a North Wyndham. Un caso di soffocamento da fumo. Ma queste... Gesù, Alan.»

«Già», annuì lo sceriffo e soffiò il fumo che aveva nei polmoni. «Gesù.»

«Hai un'altra sigaretta?»

«No, mi spiace. Ho spillato questa all'inserviente.» Osservò il suo aiutante con una punta di curiosità. «Non sapevo che fumassi, Norris.»

«Infatti. Ma pensavo di cominciare.»

Alan rise sommessamente.

«Non vedo l'ora di andare a pescare, domani. O sono sospese le giornate di libertà finché non avremo chiarito questo pasticcio?»

Alan rifletté per un attimo, poi scosse la testa. Non era poi così necessario ricorrere ai signori della guerra provenienti da Marte; la meccanica della tragedia appariva abbastanza semplice. In un certo senso era per quello che il fatto era tanto orribile. Non vedeva motivo di negare a Norris la sua giornata di libertà.

«Meno male», rispose Norris e aggiunse: «Ma vengo in ufficio se vuoi, Alan. Non c'è problema».

«Non dovrebbe essere necessario, Norris. Si sono messi in contatto con me John e Clut. Clut è andato a sentire Pete Jerzyck con quelli dell'ufficio investigativo e John è andato con gli investigatori a parlare con le persone vicine a Nettie. Poi li ho sentiti. È tutto molto chiaro. Difficile da mandar giù, ma chiaro.»

E lo era... eppure c'era qualcosa che lo angustiava lo stesso. Sotto sotto, in profondità, era molto angustiato.

«Allora, che cosa è successo? Cioè, capisco che quella Jerzyck se l'andava cercando da anni, ma pensavo che quando qualcuno si fosse deciso a darle la lezione che meritava, si sarebbe tutto concluso con un occhio nero o un braccio rotto... non un *macello*. Credi che abbia avuto la sfortuna di scegliere la persona sbagliata?»

«Direi che hai messo più o meno il dito sulla piaga», rispose Alan. «Wilma non avrebbe potuto scegliere persona peggiore in tutta Castle Rock, con cui scatenare una faida.»

«Faida?»

«In primavera Polly ha regalato a Nettie un cucciolo. All'inizio abbaiava un po' e Wilma ha piantato un mucchio di grane per questo.»

«Davvero? Non ricordo un reclamo scritto.»

«Ha presentato un solo esposto ufficiale e me ne sono occupato io personalmente. Me l'aveva chiesto Polly. Si sentiva un po' responsabile, visto che era stata lei a regalare il cucciolo a Nettie. Nettie aveva promesso di tenerlo il più possibile in casa e per me la questione era conclusa lì.

«Il cane aveva smesso di abbaiare, ma a quanto pare Wilma ha continuato a tormentare Nettie. Polly dice che Nettie attraversava la strada quando la vedeva arrivare, anche quando Wilma era ancora a due isolati di distanza. Probabilmente di nascosto faceva il segno delle corna, quando le capitava di vederla. Poi, la scorsa settimana, è partita al contrattacco. È andata a casa di Wilma scegliendo un'ora in cui sapeva di non trovare né lei né Pete perché erano al lavoro, e le ha infangato le lenzuola appese ad asciugare con del fango preso dall'orto.»

Norris mandò un fischio sommesso. «E abbiamo fatto sparire anche *quella* denuncia, Alan?»

Alan scosse la testa. «Da quel momento fino a oggi pomeriggio è stato tutto fra loro due soltanto.»

«E Pete Jerzyck?»

«Norris, *conosci* Pete?»

«Be'...» cominciò Norris e s'interruppe. Pensò a Pete. Pensò a Wilma. Pensò ai due insieme. Lentamente cominciò ad annuire. «Aveva paura che Wilma se lo divorasse vivo se avesse cercato di mettersi in mezzo... perciò se n'è stato buono, in silenzio, è così?»

«All'incirca. È possibile che sia riuscito a evitare il peggio per qualche tempo. Secondo quanto mi ha riferito Clut, Pete ha detto a quelli della squadra investigativa che Wilma voleva precipitarsi a casa di Nettie appena viste le lenzuola. Era pronta per un pandemonio. A quanto pare ha telefonato a Nettie e le ha detto che le avrebbe strappato la testa per cacarle nel collo.»

Norris annuì. Fra l'autopsia di Wilma e quella di Nettie aveva chiamato il centralino di Castle Rock e chiesto l'elenco di tutti gli atti d'ufficio che riguardavano le due donne. Nel caso di Nettie c'era stato un unico episodio: aveva dato fuori di testa e aveva ammazzato il marito. Fine della storia. Nessun eccesso né prima né dopo, compresi gli ultimi anni dopo il suo ritorno in città. Con Wilma era tutt'altro paio di maniche. Non aveva mai ucciso nessuno, ma la lista delle querele che la riguardavano, quelle presentate da lei e quelle presentate contro di lei, era lunga e risaliva ai tempi di quello che all'epoca era il Ginnasio di Castle Rock, quando aveva tirato un pugno in un occhio a una supplente che l'aveva punita per cattiva condotta. In due occasioni, donne spaventate, che avevano avuto la sventura di finire più o meno volontariamente nel libro nero di Wilma, avevano chiesto la protezione della polizia. Il suo nome appariva anche in tre denunce per aggressione. Nessuna querela o denuncia aveva mai avuto un seguito, ma non c'era da riflettere molto per rendersi conto che nessuna persona sana di mente avrebbe volutamente preso di mira Wilma Jerzyck.

«Quelle due erano come il diavolo e l'acqua santa», mormorò Norris.

«L'hai detto.»

«Pete era riuscito a dissuadere Wilma la prima volta che ha cercato di andare a casa di Nettie?»

«Non è stato tanto ingenuo da provarci. Ha detto a Clut di averle sciolto due Xanax in una tazza di tè e di essere riuscito a sbollirla. Ha addirittura dichiarato di aver creduto che le fosse passata.»

«Tu gli credi, Alan?»

«Sì, per quanto mi sia possibile credere a una persona senza guardarla in faccia, quanto meno.»

«Che cos'è quella roba che le ha messo nel tè? Droga?»

«Un tranquillante. Jerzyck ha riferito agli investigatori che l'aveva già utilizzato un paio di volte in precedenza, quando l'aveva vista scaldarsi troppo, e che era bastato a calmarla. Pensava di avercela fatta anche questa volta.»

«E si sbagliava.»

«Io credo che abbia funzionato all'inizio. È un fatto che Wilma non si è precipitata da Nettie ad azzannarle il sedere. Ma sono più che sicuro che abbia continuato a tormentarla, secondo lo stesso schema adottato quando litigavano solo per il cane. Telefonate, passaggi in automobile, cose di questo genere. Nettie era ipersensibile da questo punto di vista, avrebbe sicuramente accusato il colpo. John LaPointe e quelli della squadra investigativa che gli ho affibbiato sono stati a trovare Polly verso le sette. Polly ha detto di essere certa che Nettie era preoccupata per qualcosa. Era stata da lei questa mattina e si era lasciata scappare qualcosa che Polly lì per lì non ha capito.» Alan sospirò. «Adesso starà rimpiangendo di non aver ascoltato più attentamente.»

«Come la sta prendendo Polly?»

«Abbastanza bene, direi.» Le aveva parlato due volte, la prima da una casa vicina al luogo della tragedia e la seconda dall'ospedale, poco dopo esserci arrivato con Norris. In entrambe le occasioni la sua voce era stata calma e controllata, anche se sotto l'atteggiamento volutamente composto aveva avvertito smarrimento e lacrime. Non era rimasta sorpresa più che tanto quando aveva scoperto già dalla prima telefonata che Polly sapeva quasi tutto quello che era successo; le notizie, specialmente quelle brutte, viaggiano veloci in provincia.

«Che cosa ha fatto scoppiare il bubbone?»

Alan rimase momentaneamente interdetto, poi guardò Norris e si rese conto dalla sua espressione che ancora non conosceva tutta la storia. Lui aveva ottenuto un rapporto più o meno completo da John LaPointe nell'intervallo fra le due autopsie, mentre Norris era a un altro telefono con Sheila Brigham, a compilare gli elenchi delle querele.

«Una delle due deve aver deciso di andare fino in fondo», rispose, «e io sono incline a puntare su Wilma, anche se i particolari sono ancora incerti. Pare che questa mattina Wilma sia stata a casa di Nettie mentre Nettie era andata a trovare Polly. Nettie deve essere uscita senza chiudere a chiave, a meno che sia stato il vento a spalancare la porta che non aveva chiuso abbastanza bene. Sai com'era forte oggi.»

«Già.»

«Quindi è possibile che l'intenzione fosse di limitarsi a uno dei suoi passaggi in macchina davanti a casa, tanto per tenerla sulle spine, che abbia visto la porta aperta e abbia deciso di trasformare la minaccia in qualcosa di più concreto. Forse non è andata esattamente così, ma è una ricostruzione che più o meno mi soddisfa.»

Non aveva ancora finito di pronunciare quelle parole, che già riconosceva la menzogna. Non lo soddisfaceva affatto, ecco il problema. *Avrebbe dovuto* soddisfarlo, *voleva* esserne soddisfatto, ma non era così. A farlo impazzire era l'impossibilità di trovare una *ragione* che spiegasse la sua intima sensazione che le cose non fossero andate così. L'unico elemento in cui riconosceva una nota stonata era nell'assunto che Nettie fosse stata tanto sbadata non solo da non chiudere la porta con la chiave, ma persino al punto di non far scattare bene la serratura, considerata la sua paranoia nei confronti di Wilma Jerzyck; ma era un terreno troppo arido per potervi coltivare un sospetto. Era troppo arido perché Nettie non aveva tutte le rotelle a posto, perciò ogni congettura sul suo conto era puramente ipotetica. Tuttavia...

«Che cosa ha fatto Wilma?» chiese Norris. «Le ha messo a soqquadro la casa?»

«Le ha ammazzato il cane.»

«*Cosa?*»

«Mi hai sentito.»

«Gesù! Che *carogna*!»

«Che lo fosse, lo sapevamo già, no?»

«Sì, però...»

Di nuovo. Arrivava persino da Norris Ridgewick, che in fatto di compilare almeno il venti per cento dei suoi rapporti alla rovescia era, dopo tanti anni, un'assoluta garanzia: *Sì, però...*

«L'ha fatto con un coltello svizzero. Ha usato il cavatappi e ci ha infilato sopra un messaggio che dice che è la vendetta per le lenzuola sporcate di fango da Nettie. E Nettie è andata a casa di Wilma con un carico di sassi, sui quali aveva avvolto dei messaggi tenuti con degli elastici. I messaggi dicevano che i sassi erano il suo ultimo avvertimento. Le ha sfondato tutte le finestre del pianterreno.»

«Madre di Dio», mormorò Norris, non senza una punta di ammirazione.

«I Jerzyck sono usciti verso le dieci e mezzo per la messa delle undici. Dopo la messa hanno pranzato con i Pulaski. Pete Jerzyck è rimasto a guardare la partita con Jake Pulaski, così questa volta non ha potuto tentare di calmare Wilma nemmeno se avesse voluto.»

«Si sono incontrate per la strada per caso?»

«Ne dubito. Io credo che Wilma sia tornata a casa, abbia trovato il disastro e abbia telefonato a Nettie per una resa dei conti.»

«Un duello?»

«Sì.»

Norris sibilò, poi rimase in silenzio per qualche momento, con le mani giunte dietro la schiena e gli occhi fissi nell'oscurità. «Alan, ma perché dobbiamo essere presenti a queste dannate autopsie?» chiese finalmente.

«Protocollo, immagino», rispose Alan. Ma c'era di più... almeno per lui. Quando un caso ti angustia, quando ti dà le sensazioni sbagliate (come accadeva a lui quella volta), c'è sempre la possibilità di vedere qualcosa che ti rimette in moto gli ingranaggi del cervello. C'è la speranza di vedere un appiglio a cui aggrapparsi.

«Be', allora io dico che è ora che la contea assuma un funzionario di protocollo», brontolò Norris e Alan rise.

Non rideva dentro, però, e non solo perché prevedeva che quella tragedia avrebbe gettato Polly nella disperazione per qualche giorno. Qualcosa non andava. Tutto sembrava quadrare in superficie, ma laggiù dove si muove l'istinto (e talvolta si nasconde), gli sembrava ancora più plausibile l'ipotesi dei marziani.

Ehi, piantala! Non l'hai appena ricostruito dalla a alla zeta per Norris nel breve tempo di una sigaretta?

Sì, ma il guaio era proprio lì. Era concepibile che due donne, anche se una era mezzo suonata e l'altra peggio di un vaso di fiele, s'incontrassero su un angolo di strada a farsi a pezzi come due balordi imbottiti di droga per motivi così banali?

Non lo sapeva. E *siccome* non lo sapeva, gettò via la sigaretta e ricominciò mentalmente da capo.

2

Per Alan era cominciata con una telefonata di Andy Clutterbuck. Alan aveva appena spento il televisore sul quale aveva seguito la partita Patriots-Jets (i Patriots erano già sotto di un touchdown e un calcio piazzato e il secondo quarto era iniziato da meno di tre minuti) e si stava infilando il giaccone, quando aveva squillato il telefono. Aveva pensato di scendere a *Cose Preziose* per tentare di vedere il signor Gaunt. Inoltre era possibile che vi trovasse anche Polly. La telefonata di Clut aveva cambiato tutto.

Clut aveva riferito che, di ritorno dalla pausa per il pranzo, aveva trovato Eddie Warburton che stava riappendendo il telefono. Nella zona delle «strade degli alberi» era scoppiata una rissa. A quanto pareva due donne si stavano accapigliando. Eddie gli aveva consigliato di chiamare lo sceriffo e metterlo al corrente.

«Che cosa diavolo ci fa Eddie Warburton al telefono dello sceriffo?» aveva chiesto Alan seccato.

«Mah, dato che al centralino non c'era nessuno, deve aver pensato...»

«E chi gli ha detto di *pensare*, maledizione? Sa benissimo anche lui qual è la procedura: se non c'è nessuno al centralino, le chiamate in arrivo le prende il Bastardo.»

«Non so perché ha risposto lui al telefono», aveva ribattuto Clut con malcelata impazienza, «ma non credo che sia fondamentale in questo momento. La seconda chiamata sull'incidente è arrivata cinque minuti fa, mentre parlavo con Eddie. Una vecchia. Non mi ha dato il nome. O era troppo sconvolta per pensarci o non voleva, non so. Fatto sta che dice che è successo qualcosa di molto grave all'angolo di Ford e Willow Street. Ci sono di mezzo due donne. La vecchia ha parlato di coltelli. Dice che sono ancora lì.»

«Si azzuffano ancora?»

«No. Sono a terra tutte e due. La battaglia è finita.»

«Bene.» La mente di Alan aveva preso a correre più veloce, come un convoglio espresso che prende l'abbrivo. «Hai registrato la chiamata, Clut?»

«Puoi starne certo.»

«Bravo. Oggi c'è Seaton in servizio, giusto? Mandacelo subito.»

«Già fatto.»

«Sei un tesoro. Ora chiama la polizia statale.»

«Vuoi un'unità dell'investigativa?»

«Non ancora. Per adesso dai l'allarme. Ci vediamo sul posto, Clut.»

Quando era arrivato sul luogo della tragedia e si era reso conto dell'enormità dell'accaduto, aveva chiamato via radio la caserma della polizia statale a Oxford chiedendo che mandassero immediatamente un'unità della squadra investigativa... due, se possibile. Clut e Seaton Thomas erano davanti alle vittime con le braccia spalancate a invitare la gente a tornare alle loro case. Era sopraggiunto Norris, aveva dato un'occhiata e aveva prelevato dal bagagliaio della macchina un rotolo di nastro adesivo giallo con la scritta POLIZIA NON ATTRAVERSARE. Sul rotolo c'era un denso strato di polvere e più tardi Norris avrebbe confidato ad Alan che era così vecchio, che aveva temuto che non attaccasse più.

Ma l'adesivo era ancora buono. Norris aveva fatto passare il nastro intorno ai tronchi di alcune querce, formando un ampio triangolo intorno alle due donne che sembravano abbracciate ai piedi del cartello dello stop. Gli spettatori non erano tornati alle loro case, ma erano indietreggiati almeno ai limiti delle rispettive proprietà. Ce n'erano una cinquantina e il numero andava aumentando, via via che s'intrecciavano le telefonate e altri vicini accorrevano sul posto. Andy Clutterbuck e Seaton Thomas avevano i nervi così a fior di pelle, che c'era da temere che da un momento all'altro estraessero le pistole per sparare colpi di avvertimento in aria. Alan solidarizzava con il loro stato d'animo.

Nel Maine le indagini sugli omicidi vengono condotte dal dipartimento Investigazioni criminali della polizia statale e per gli agenti ordinari (che sono la stragrande maggioranza) il momento più delicato viene fra la scoperta del crimine e l'arrivo della squadra investigativa. I poliziotti locali e gli aiutanti di contea sanno benissimo che quello è l'intervallo in cui più spesso si inquinano prove e indizi. Sanno anche che tutto quello che fanno durante quel lasso di tempo verrà passato attentamente al vaglio dai profeti del giorno dopo, quasi tutti appartenenti alla magistratura e all'ufficio del procuratore generale, secondo i quali gli agenti ordinari, anche i dipendenti di un ufficio di sceriffo di contea, sono un branco di incompetenti con mani come prosciutti e la grazia di un elefante.

E poi quello schieramento silenzioso dall'altra parte della strada metteva addosso i brividi. Ricordavano ad Alan gli zombie del centro commerciale in *Zombi*.

Dal sedile posteriore della sua auto aveva preso il megafono a batterie e aveva ordinato ai curiosi di tornarsene in casa, immediatamente.

Lentamente avevano cominciato a ubbidire. Aveva quindi rispolverato mentalmente il protocollo e chiamato il centralino. A dare una mano vi si era installata Sandra McMillan. Non era una con la testa sulle spalle come Sheila Brigham, ma si doveva fare buon viso a cattivo gioco... e Alan confidava che Sheila avrebbe avuto notizia dell'accaduto e si sarebbe fatta viva di lì a non molto. Se non fosse stata richiamata dal senso del dovere, l'avrebbe attratta la curiosità.

A Sandy aveva chiesto di rintracciare Ray Van Allen. Ray era il facente funzioni di medico legale di Castle Rock (nonché coroner della contea) e Alan desiderava, se possibile, che fosse già sul posto all'arrivo degli investigatori.

«Roger, sceriffo», aveva risposto Sandy, calatasi orgogliosamente nel ruolo. «Detto fatto.»

Allora Alan era tornato dai suoi ragazzi. «Chi di voi ha accertato che le donne sono morte?»

Clut e Seat Thomas si erano scambiati un'occhiata fra lo stupito e l'imbarazzato e Alan aveva provato una stretta al cuore. Un punto a favore dei profeti del giorno dopo... ma forse no. La prima unità investigativa non era ancora arrivata, anche se sentiva altre sirene in lontananza. Era passato sotto il nastro e si era avvicinato al cartello dello stop, camminando sulla punta dei piedi come un bambino che cerca di sgattaiolare fuori casa dopo il coprifuoco.

Il sangue versato era raccolto quasi tutto fra le vittime e nel canalino di scolo ostruito di foglie accanto a loro, ma la zona circostante era punteggiata per un tratto più o meno circolare da un gran numero di goccioline; era quello che i ragazzi della Scientifica chiamavano retrospruzzo. Alan si era abbassato su un ginocchio fuori del circolo e aveva allungato la mano, scoprendo così di poter raggiungere i cadaveri (non aveva alcun dubbio che lo fossero) sporgendosi fino ai limiti dell'equilibrio con il braccio proteso.

Si era girato verso Seat, Norris e Clut. Avevano fatto capannello e lo fissavano con gli occhi sgranati.

«Fotografatemi», aveva ordinato.

Clut e Seaton avevano continuato a guardarlo come se avesse dato l'ordine in cinese, mentre Norris era corso all'automobile di Alan a rovistare nel bagagliaio, dal quale aveva pescato una vecchia Polaroid, una delle due che usavano per scattare fotografie sul luogo dei crimini. Alan si era ripromesso di chiedere di avere almeno un'altra macchina fotografica durante la seduta del consiglio per gli stanziamenti. Ma in quel momento l'imminente riunione in Municipio era quantomai lontana dalla sua mente.

Norris era andato prontamente a piazzarsi in una posizione

favorevole e aveva fatto scattare l'otturatore. Si era udito il ronzio del meccanismo elettrico.

«Meglio che ne prendi un'altra per sicurezza», aveva consigliato Alan. «Anche i corpi. Piuttosto morto, che sentirmi dire che ho inquinato le prove.» Non si era vergognato più che tanto del tono lagnoso che aveva assunto la sua voce.

Norris aveva scattato un'altra fotografia documentando la posizione di Alan al di fuori del cerchio sporco di sangue e quella dei cadaveri ai piedi del cartello. Poi Alan si era proteso di nuovo con molta cautela e aveva posato le dita sul collo insanguinato della donna che si trovava di sopra. Naturalmente non aveva avvertito pulsazioni, ma la lieve pressione delle dita era bastata a farle scivolare la testa dal paletto. Alan aveva riconosciuto Nettie all'istante e subito il suo pensiero era andato a Polly.

Oh, Gesù, aveva pensato con una fitta di dolore. Poi aveva accertato la morte di Wilma, a dispetto della mannaia che aveva conficcata nel cranio. Aveva guance e fronte cosparse di goccioline di sangue. Sembravano tatuaggi di qualche rito pagano.

Si era rialzato ed era tornato dai suoi uomini fuori della zona delimitata dal nastro. Non riusciva a smettere di pensare a Polly e sapeva di sbagliare. Doveva togliersela dalla mente, altrimenti avrebbe sicuramente commesso qualche sbadataggine che gli sarebbe stata fatale. Si era augurato che nessuno dei curiosi avesse già identificato Nettie, perché in quel caso Polly avrebbe saputo della tragedia prima che potesse mettersi in contatto con lei. E Dio volesse che non le venisse in mente di recarsi di persona sul luogo della tragedia.

Non puoi stare a preoccuparti di questioni di contorno in questo momento, si era ammonito. *Hai per le mani un duplice omicidio, a quel che sembra.*

«Tira fuori il taccuino», aveva ordinato a Norris. «Mi fai da segretario.»

«Dio del cielo, Alan, lo sai che scrivo da cani!»

«Scrivi e sta' zitto.»

Norris aveva passato la Polaroid a Clut e aveva estratto il taccuino dalla tasca posteriore. Per la fretta, con il taccuino gli era uscito dalla tasca anche un blocco di verbali d'infrazioni stradali, con il suo nome timbrato in calce su tutti i moduli. Il blocchetto era caduto sul marciapiede e Norris si era chinato per raccoglierlo e rimetterselo meccanicamente in tasca.

«Prendi nota che la testa della donna di sopra, individuata come Vittima numero uno, era appoggiata al paletto del cartello di stop. L'ho involontariamente spostata per controllare se c'erano pulsazioni.»

Com'è facile scivolare nel gergo della polizia, aveva pensato Alan, *dove le macchine diventano «veicoli» e i criminali diventano «responsabili» e i morti ammazzati diventano «vittime». Che comodo vetro protettivo è il gergo della polizia.*

Aveva chiesto a Clut di fotografare la seconda disposizione dei cadaveri, rallegrandosi in cuor suo di aver fatto documentare a Norris la posizione originaria, prima di toccare le donne.

Clut aveva fotografato.

Alan si era rivolto di nuovo a Norris. «Voglio che annoti anche che quando la testa della Vittima uno si è mossa, ho potuto identificare nel cadavere Netitia Cobb.»

Seaton aveva sussultato sbalordito. «Vuoi dire che è *Nettie*?»

«Sì. È quel che voglio dire.»

Norris aveva trascritto i dati sul taccuino. Poi aveva chiesto: «Adesso che facciamo, Alan?»

«Aspettiamo gli investigatori della statale e cerchiamo di farci vedere svegli e attivi quando arriveranno», aveva risposto.

L'unità della squadra investigativa era arrivata meno di tre minuti dopo a bordo di due auto, seguite dalla sgangherata Subaru Brat di Ray Van Allen. Cinque minuti dopo era arrivata una squadra della Scientifica su una station wagon blu. Dopodiché tutti i funzionari della polizia statale avevano acceso un sigaro. Alan sapeva che lo avrebbero fatto. I cadaveri erano freschi ed erano all'aperto, ma il rito dei sigari era irrinunciabile.

Quindi aveva avuto inizio la fase spiacevole nota in gergo come «rilevamento». Si era protratta fin dopo il tramonto. Alan aveva già lavorato spesso con Henry Payton, comandante della caserma di Oxford (e pertanto responsabile di quella indagine e degli uomini della squadra investigativa a essa assegnati) e non aveva mai scorto in lui il più debole barlume di fantasia. Henry affrontava i sopralluoghi con la mentalità di un ragioniere, ma di un ragioniere zelante e coscienzioso. Proprio perché era lui a dirigere le operazioni, Alan si era sentito abbastanza tranquillo da potersi assentare per telefonare a Polly.

Al suo ritorno, gli uomini della Scientifica stavano chiudendo le mani delle vittime in capaci sacchetti di plastica. Wilma Jerzyck aveva perso una scarpa e anche il piede scalzo era stato protetto con un sacchetto. Erano state scattate quasi trecento fotografie, mentre erano arrivati altri agenti della statale. Alcuni avevano costituito un cordone per tenere a bada i curiosi che cominciavano a cercare di avvicinarsi di nuovo, mentre altri avevano dirottato cronisti e cameramen in Municipio. Un disegnatore della polizia aveva tracciato velocemente uno schema della scena della tragedia su un foglio di carta millimetrata.

Finalmente ci si era potuti occupare dei cadaveri, non prima però che fosse condotta a termine un'ultima operazione. Payton aveva consegnato ad Alan un paio di guanti chirurgici usa e getta e un sacchetto di plastica. «Mannaia o coltello?»

«Io prendo la mannaia», aveva risposto Alan. Era il compito più raccapricciante, perché l'arma era ancora lorda del cervello di Wilma Jerzyck, ma non se l'era sentita di toccare Nettie. Le aveva voluto bene.

Dopo che coltello e mannaia erano stati rimossi, etichettati, chiusi nei sacchetti e spediti ad Augusta, le due squadre di investigatori avevano esaminato attentamente tutta la zona intorno ai cadaveri, ancora stretti nel loro ultimo abbraccio sulla pozza di sangue che si era asciugata in una sostanza simile a lacca. Quando Ray Van Allen aveva finalmente permesso che venissero caricati sull'ambulanza, la scena era stata illuminata dagli abbaglianti delle auto della polizia e gli agenti avevano dovuto per prima cosa separare Wilma da Nettie.

Durante quasi tutta l'operazione, la brava gente di Castle Rock era rimasta a guardare in silenzio, tutti immobili come pietre.

Mentre si concludeva la delicata coreografia del sopralluogo, Henry Payton si era avvicinato ad Alan. «Brutta maniera di trascorrere una domenica pomeriggio», aveva commentato.

Alan aveva annuito.

«Peccato che ti si sia mossa la testa. Hai avuto sfortuna.»

Alan aveva annuito di nuovo.

«Non credo però che nessuno ti romperà le scatole. Hai almeno una buona foto della posizione iniziale?»

Si era girato verso Norris, che parlava con Clut e John LaPointe, appena arrivato. «Buon per te che non abbia messo un dito sull'obiettivo.»

«Norris sa il fatto suo.»

«Appunto. Giusto il suo. Comunque mi sembra tutto abbastanza chiaro.»

Alan era d'accordo. Quello era il problema; era arrivato a quella conclusione molto prima che lui e Norris finissero quella faticosa domenica in un vicolo dietro al Kennebec Valley Hospital. Era tutto *troppo* chiaro, forse.

«Pensi di assistere al tagliuzzamento?» aveva chiesto Henry.

«Sì. Lo farà Ryan?»

«Così pare.»

«Penso che porterò Norris con me. I corpi andranno prima a Oxford, vero?»

«Sì. Li registrano lì.»

«Se Norris e io partiamo subito, potremmo essere ad Augusta prima che arrivi l'ambulanza.»

Henry Payton aveva annuito. «Perché no? Direi che qui abbiamo chiuso.»

«Vorrei mandare uno dei miei con ciascuna delle tue squadre investigative. Come osservatori. Qualche problema?»

Payton aveva riflettuto. «No. Ma chi manterrà l'ordine? Il vecchio Seat Thomas?»

Alan aveva sentito dentro di sé una sferzata un po' troppo violenta perché potesse essere solo irritazione. Era stata una giornataccia e non aveva più voglia di ascoltare i sarcasmi di Henry sui suoi uomini... d'altra parte doveva tenerselo buono per evitare di essere escluso da quella che era tecnicamente un'indagine riservata alla polizia statale, così si era morsicato la lingua.

«Dai, Henry, è domenica sera, persino il *Mellow Tiger* è chiuso.»

«Perché t'interessa tanto seguire questo caso, Alan? C'è qualcosa che ti puzza? Mi pare di aver capito che non correva buon sangue fra quelle due e che quella di sopra aveva già fatto fuori qualcuno. Nientemeno che il marito.»

«No, non c'è niente che puzza», aveva risposto Alan dopo aver meditato per qualche istante. «Niente che sia a mia conoscenza. È solo che...»

«Non ti quaglia fino in fondo, giusto?»

«Mettiamola così.»

«Va bene. Basta che i tuoi sappiano che sono lì per ascoltare e nient'altro.»

Alan aveva abbozzato un sorriso. Gli era venuta voglia di rispondere a Payton che se avesse ordinato a Clut e a John LaPointe di fare domande, probabilmente li avrebbe messi in fuga. «Si terranno la bocca cucita», aveva detto. «Puoi contarci.»

3

E adesso erano lì insieme, lui e Norris Ridgewick, dopo la più lunga domenica a memoria d'uomo. Ma il giorno aveva almeno un aspetto in comune con la vita di Nettie e Wilma: era finito.

«Pensavi di fermarti in un motel, questa notte?» chiese Norris con un velo di preoccupazione. Alan intuì che cosa stava pensando: la battuta di pesca che aveva programmato per l'indomani.

«Mai più.» Si chinò e raccolse il camice con cui aveva mantenuto la porta aperta. «Meniamo le tolle.»

«Ottima idea», si felicitò Norris, dando un primo segno di ripresa da quando lo aveva incontrato sul luogo della tragedia. Cinque minuti dopo erano sulla Route 43 diretti a Castle Rock, con i fasci degli abbaglianti che bucavano l'oscurità ventosa della notte. Quando giunsero a destinazione, era lunedì da quasi tre ore.

4

Alan parcheggiò dietro al Municipio e scese. La sua station wagon era dall'altra parte dello spiazzo di fianco al vecchio Maggiolino di Norris.

«Vai diritto a casa?» chiese a Norris.

Norris rispose con un sorrisetto imbarazzato e abbassò gli occhi. «Appena mi sono cambiato.»

«Norris, quante volte ti ho già detto che non voglio che usi il gabinetto come spogliatoio?»

«E dai, Alan, non è che lo faccio sempre.» Sapevano tutti e due che era esattamente quel che faceva.

Alan sospirò. «Lasciamo perdere. Non è stata una bella giornata neanche per te. Scusa.»

Norris alzò le spalle. «È un omicidio e non ne capitano spesso da queste parti. Quando succede, ci si dà tutti una mano come meglio si può.»

«Di' a Sandy o Sheila di segnarti le ore di straordinario, se una delle due è ancora in ufficio.»

«Per dare a Buster qualche altro buon motivo per caragnare?» Norris rise con una certa amarezza. «Credo che passerò. Questa volta offro io, Alan.»

«Ti ha rotto le scatole?» Da un paio di giorni a quella parte Alan si era completamente scordato del primo consigliere.

«No, ma dovresti vedere che occhi mi fa quando ci incrociamo per la strada. Se gli sguardi potessero uccidere, sarei bell'e che imbalsamato come Nettie e Wilma.»

«Vuol dire che segnerò io stesso lo straordinario domani mattina.»

«Se c'è su il tuo nome, nessun problema», gli accordò Norris, dirigendosi all'ingresso riservato ai pubblici ufficiali. «Buonanotte, Alan.»

«Buona pesca a te.»

Norris si rasserenò all'istante. «Grazie. Dovresti proprio vedere che canna mi sono preso giù al negozio nuovo, Alan. È un vero gioiello.»

Alan sorrise. «Ne sono certo. Bisogna proprio che riesca a trovare un momento per fare un salto da quel tizio. Sembra che abbia qualcosa per tutti, qui in città, quindi perché non dovrebbe avere qualcosa anche per me?»

«Perché no?» annuì Norris. «Ha roba di ogni genere. C'è da non crederci.»

«Buonanotte, Norris e grazie di nuovo.»

«Non c'è di che.» Ma Norris era chiaramente compiaciuto.

Alan salì in macchina, uscì dal parcheggio e imboccò la Main Street. Si mise automaticamente a controllare i negozi, senza nemmeno accorgersi di farlo, ma registrando lo stesso d'istinto tutto quello che vedeva. Una delle cose che notò fu che c'era una luce accesa nell'alloggio sopra a *Cose Preziose*. Era parecchio tardi perché ci fosse qualcuno ancora in piedi, in un posticino di provincia come quello. Forse il signor Leland Gaunt soffriva d'insonnia. Pensando a lui, si ricordò che aveva ancora da fargli visita; d'altra parte, concluse tra sé, avrebbe dovuto rimandare ancora fino a quando avesse potuto ritenere chiuso del tutto il triste caso di Nettie e Wilma.

Arrivò all'angolo della Main con Laurel Street, segnalò la svolta a sinistra e si bloccò nel bel mezzo dell'incrocio, prendendo invece a destra. Pessima idea, tornare a casa: non c'era posto più freddo e deserto di quello, ora che il figlio se la spassava a Cape Cod in buona compagnia. C'erano troppe porte chiuse con dietro troppi ricordi in agguato, in quella casa. E dall'altra parte della città c'era una donna che forse in quel momento aveva maledettamente bisogno di qualcuno. Quasi altrettanto maledettamente, forse, di quanto lui sentiva bisogno di lei.

Cinque minuti dopo Alan abbassava i fari e percorreva silenziosamente il vialetto davanti alla casa di Polly. La porta sarebbe stata chiusa a chiave, ma lui sapeva sotto quale angolo di gradino guardare.

5

«Che cosa fai ancora qui, Sandy?» domandò Norris mentre entrava allentandosi il nodo della cravatta.

Sandra McMillan, una bionda in via di canizie che da quasi vent'anni sostituiva Sheila al centralino dell'ufficio dello sceriffo, si stava infilando il cappotto. Aveva l'aria molto stanca.

«Sheila aveva dei biglietti per Bill Cosby a Portland», rispose a Norris. «Ha detto che sarebbe rimasta al suo posto, ma io l'ho cacciata via, l'ho praticamente buttata fuori. Capisci? Quante probabilità ci sono che Bill Cosby torni nel Maine?»

Quante probabilità ci sono che due donne decidano di farsi a pezzi per via di un cane che quasi sicuramente era stato prelevato al canile della contea? pensò Norris... ma non lo disse. «Non molte, immagino.»

«Praticamente nessuna.» Sandy fece un sospiro profondo. «Ti confiderò un segreto, però. Adesso che è tutto finito, quasi mi dispiace di non aver lasciato il posto a Sheila, quando si è offerta. È stata una serata così *pazzesca*. Credo che tutte le emittenti televisive dello stato abbiano chiamato almeno nove volte e fino alle undici o giù di lì mi sembrava di essere ai grandi magazzini la sera della vigilia di Natale.»

«Tornatene pure a casa tranquilla, adesso. Hai il mio permesso. Hai inserito il Bastardo?»

Il Bastardo era la macchina che trasmetteva le chiamate a casa di Alan quando il centralino non era in servizio. Se da Alan nessuno rispondeva dopo il quarto squillo, il Bastardo avvertiva chi stava chiamando che doveva comporre il numero della polizia statale a Oxford. Era un sistema di fortuna che non avrebbe funzionato in una grande città, ma per la contea di Castle, ultima per popolazione fra tutte le sedici contee del Maine, andava benissimo.

«Sì.»

«Bene. Ho una mezza idea che Alan non sia andato diretto a casa.»

Sandy sollevò le sopracciglia in un'espressione d'intesa.

«Sentito niente dal tenente Payton?» s'informò Norris.

«No.» Dopo una pausa, Sandy chiese: «È stato brutto, Norris? Intendo... giù all'ospedale?»

«Orribile e non avrebbe potuto essere altrimenti.» I suoi indumenti borghesi erano ordinatamente sistemati su un appendiabiti agganciato alla maniglia di uno schedario. Staccò l'appendiabiti e si avviò con passo stanco ai servizi. Da almeno tre anni aveva preso l'abitudine di cambiarsi in sede, anche se gli accadeva di rado di farlo a un'ora così impossibile. «Vai a casa, Sandy. Chiudo io quando ho finito.»

In bagno, agganciò l'appendiabiti alla porta della toilette. Si stava sbottonando la camicia della divisa quando sentì bussare delicatamente.

«Norris?» lo chiamò Sandy.

«Credo di esserci solo io», le rispose.

«Quasi dimenticavo. Qualcuno ha lasciato un regalo per te. È sulla tua scrivania.»

Norris si fermò con le mani sulla fibbia della cintura. «Un regalo? Da parte di chi?»

«Non lo so. Qui era un vero manicomio. Però c'è un biglietto. E anche un fiocco. Deve essere la tua amante segreta.»

«La mia amante è così segreta che non la conosco nemmeno io», ribatté Norris con sincero rammarico. Si sfilò i calzoni e li appese a cavallo della porta della toilette mentre infilava i jeans.

In corridoio, Sandy McMillan sorrise con un tocco di malignità. «È passato il signor Keeton questa sera», disse. «Forse l'ha lasciato lui. Forse è un dono di pace.»

Norris rise. «Figurati.»

«Comunque, domani spero che vorrai dirmi che cos'è. Muoio dalla voglia di sapere che cos'è. È un gran bel pacchetto. Buonanotte, Norris.»

«'Notte.»

Chi può avermi lasciato un regalo? si domandava mentre recuperava i calzoni della divisa e li scrollava per ripiegarli accuratamente lungo la piega.

6

Sandy uscì alzandosi il bavero del cappotto. La notte era molto fredda e le ricordò che l'inverno era alle porte. Fra le molte persone che aveva visto quella sera, c'era Cyndi Rose Martin, la moglie dell'avvocato. Era arrivata nel tardo pomeriggio, ma Sandy non aveva nemmeno pensato di riferirlo a Norris, il quale non frequentava l'ambiente socialmente e professionalmente più rarefatto dei Martin. Cyndi Rose stava cercando suo marito, la qual cosa era parsa abbastanza logica a Sandy (anche se nel bailamme di quella sera probabilmente non avrebbe trovato strano nemmeno se le avesse detto che stava cercando Mikhail Baryshnikov), perché Albert Martin svolgeva incarichi legali anche per la città.

Sandy le aveva risposto di non aver visto il signor Martin quella sera, ma aveva permesso a Cyndi Rose di controllare se per caso fosse al piano di sopra con il signor Keeton. Cyndi Rose aveva accettato, già che era arrivata fin lì. A quel punto della conversazione, il centralino era di nuovo acceso come un albero di Natale e Sandy non aveva visto Cyndi Rose estrarre dalla voluminosa borsetta il pacchetto confezionato in un vivace foglio di carta da regalo con tanto di fiocco in velluto blu e posarlo sulla scrivania di Norris Ridgewick. Il suo bel visino era illuminato da un sorriso, mentre lasciava il regalo, ma il sorriso in sé non era per niente bello. Era viceversa alquanto crudele.

7

Norris sentì la porta d'ingresso che si richiudeva e, più sommesso, il rumore di un motore che veniva avviato. S'infilò la camicia nei jeans, calzò i mocassini e sistemò con cura la divisa sull'appendiabiti. Annusò l'attaccatura delle maniche della camicia e concluse che non c'era bisogno che la mandasse in tintoria ancora per un giorno. Se ne rallegrò: un soldo risparmiato era un soldo guadagnato.

Uscì dal bagno e agganciò l'appendiabiti allo stesso schedario dove non avrebbe potuto fare a meno di vederlo al momento di lasciare l'ufficio. Era importante, perché Alan andava fuori dai gangheri quando se lo dimenticava: diceva che così l'ufficio dello sceriffo sembrava una lavanderia a gettoni.

Andò alla scrivania. Qualcuno aveva veramente lasciato un regalo per lui: era una scatola in un foglio metallizzato celeste, con un nastro di velluto blu che esplodeva in un gran fiocco. Sotto il fiocco era infilata una busta rettangolare bianca. Ora molto incuriosito, Norris sfilò la busta e la strappò. All'interno c'era un biglietto. Scritto a tutte maiuscole, lesse un messaggio breve ed enigmatico:

!!!!!PER NON DIMENTICARE!!!!!

Corrugò la fronte. Le uniche due persone che gli venivano in mente sempre pronte a ricordargli qualcosa erano Alan e sua madre... e sua madre era morta da cinque anni. Prese il pacchetto, spezzò il nastro e posò da parte il fiocco. Poi tolse la carta, dalla quale emerse una comune scatola di cartone bianca. Era lunga una trentina di centimetri, larga dieci e alta dieci. Il coperchio era trattenuto con del nastro adesivo.

Norris spezzò il nastro e aprì la scatola. Sull'oggetto che vi era contenuto c'era uno strato di carta velina bianca, abbastanza sottile da lasciar intuire una superficie liscia, percorsa da alcune modanature in rilievo, ma non tanto da permettergli di vedere che cos'era il suo regalo.

Mise dentro la mano per togliere la carta velina e urtò qualcosa di duro con l'indice, una linguetta di metallo sporgente. Allora una pesante morsa d'acciaio si serrò sulla carta velina e anche su tre dita di Norris Ridgewick. Una fitta dolorosa gli risalì il braccio. Gridò, barcollando all'indietro e afferrandosi il polso destro con la mano sinistra. La scatola bianca cadde per terra. La carta velina si raggrinzì crepitando.

Ah, se faceva male, quel bastardo! Strappò via la carta velina che pendeva in una spirale stropicciata. Ne uscì una grossa trappola per topi Victory. Qualcuno l'aveva caricata e sistemata nella scatola nascondendola sotto la carta velina, per poi confezionare il pacchetto con un bel foglio di carta celeste. Ora la trappola gli mordeva le carni di tre dita della mano destra. Gli aveva staccato di netto l'unghia dell'indice, riducendogli il polpastrello a un grumo sanguinante di carne viva.

«Porca troia!» imprecò Norris. Sconvolto da dolore e costernazione, invece di sollevare la sbarra d'acciaio, sbatté la trappola contro la scrivania di John LaPointe, con l'unico risultato di urtare le dita imprigionate contro lo spigolo metallico e rinnovare la scudisciata di dolore in tutto il braccio. Urlò di nuovo e finalmente sollevò la barra della trappola liberandosene e lasciandola cadere

per terra. La barra scattò di nuovo contro la tavoletta di legno mentre cadeva.

Per qualche attimo rimase dove si trovava a tremare, poi si precipitò in bagno, fece scorrere l'acqua fredda e vi infilò sotto la mano destra. Gli pulsava di un dolore lancinante simile a quello di un dente del giudizio incuneato. Era davanti al lavandino con le labbra contratte in una smorfia a guardare sottili filamenti di sangue avvitarsi prima di essere risucchiati dallo scarico e a ripensare a quello che aveva detto Sandy: *È passato il signor Keeton... Forse è un dono di pace.*

E il biglietto: PER NON DIMENTICARE.

Sì, non c'era alcun dubbio, era stato Buster, era nel suo stile, era ovvio.

«Figlio di puttana», gemette.

L'acqua fredda gli stava togliendo sensibilità alle dita, attenuando i terribili colpi di martello, ma sapeva che il dolore sarebbe riesploso in tutta la sua furia prima che giungesse a casa. L'aspirina gli sarebbe stata di qualche aiuto, ma riteneva lo stesso di potersi scordare di dormire decentemente. E addio anche la pesca dell'indomani.

Ah no, io ci vado lo stesso, che cazzo, vado a pescare anche se questa mano fottuta mi si dovesse staccare dal braccio. Lo avevo deciso e non vedevo l'ora di andarci e non sarà quel prodotto di troia di Danforth Buster Keeton a impedirmelo.

Chiuse l'acqua e usò una salvietta di carta per tamponarsi delicatamente la mano.

Nessuna delle dita rimaste intrappolate era rotta, almeno non gli sembrava, ma nonostante l'acqua fredda cominciavano già a gonfiarsi. La sbarra della trappola gli aveva lasciato un'incisione viola che gli attraversava le dita fra la prima e la seconda nocca. La carne scoperta, dove aveva perso l'unghia dell'indice, trasudava perline di sangue e già sentiva che le pulsazioni di dolore si andavano rianimando.

Tornò nel recinto e osservò la trappola caduta vicino alla scrivania di John. La raccolse e andò al proprio tavolo. Posò la trappola nella scatola e la chiuse nel primo cassetto. Da quello più basso prese l'aspirina e si lasciò cadere in bocca tre compresse. Poi recuperò la carta velina, la carta da regalo, il nastro e il fiocco.

Buttò tutto nel cestino della carta straccia, sistemandoci sopra fogli di carta appallottolati.

Non aveva intenzione di riferire né ad Alan né ad altri del brutto scherzo che gli aveva giocato Buster. Ne avrebbero riso, ma Norris sapeva che cosa avrebbero pensato: *Solo Norris Ridgewick sarebbe potuto cadere in un tranello così. Infilare la mano in una trappola per topi armata! Roba da matti.*

Deve essere la tua amante segreta... il signor Keeton è stato qui questa sera... forse è un dono di pace.

«Ci penso io», mormorò tetro. Si teneva la mano ferita contro il petto. «A modo mio e quando lo deciderò io.»

Fu assalito all'improvviso da un'altra eventualità, molto più inquietante: e se Buster non si fosse accontentato della trappola per topi che dopotutto avrebbe potuto non funzionare? Se fosse stato a casa sua? A casa c'era la sua Bazun, e non era nemmeno sotto chiave; l'aveva semplicemente posata nell'angolo della legnaia, accanto al cestino.

E se Buster lo sapeva e avesse deciso di spezzargliela in due?

«Se l'ha fatto, io spezzo in due *lui*», proclamò Norris. Aveva emesso la sua sentenza in un ringhio furioso che Henry Payton (ma neanche molti dei suoi altri colleghi tra le forze dell'ordine, se è per questo) avrebbe mai riconosciuto. Si dimenticò di chiudere a chiave quando lasciò l'ufficio. Si dimenticò persino per qualche tempo del dolore alla mano. Pensava solo a tornare a casa. Doveva tornare a casa e accertarsi che la Bazun fosse ancora intatta.

8

Quando Alan entrò silenzioso nella stanza, la sagoma sotto le coperte non si mosse. Pensò che Polly stesse dormendo, probabilmente con l'aiuto di un Percodan. Si spogliò senza far rumore e s'infilò nel letto accanto a lei. Quando appoggiò la testa al guanciale, vide che aveva gli occhi aperti e lo stava osservando. Trasalì così violentemente da sobbalzare.

«Chi è il forestiero nel letto di questa fanciulla?» gli domandò sottovoce.

«Sono solo io», rispose Alan con un sorriso. «In pena per averti svegliato, fanciulla.»

«Ero sveglia», disse lei e gli passò le braccia intorno al collo. Lui la cinse per la vita. L'accogliente tepore che il suo corpo aveva accumulato sotto le coltri gli trasmise un senso di intimo piacere: era come trovarsi accanto a una fornace spenta da qualche ora. Avvertì qualcosa di duro contro il petto, ma non fece in tempo a rendersi conto che portava qualcosa sotto la camicia da notte di cotone, perché Polly si mosse e l'oggetto misterioso le scivolò fra il seno sinistro e l'ascella, appeso alla sua sottile catena d'argento.

«Stai bene?» le chiese.

Lei gli premette la guancia contro la guancia, continuando a stringerlo. Alan sentiva le sue dita intrecciate dietro il collo. «No», rispose. La sillaba tremò in un sospiro, dopo il quale Polly cominciò a singhiozzare.

Alan la tenne contro di sé mentre piangeva e le accarezzò i capelli.

«Perché non mi ha detto che cosa le stava facendo quella donna, Alan?» chiese finalmente Polly. Si staccò di pochi centimetri da lui. Ora gli occhi di Alan si erano abituati all'oscurità e le vedeva il volto: occhi scuri, capelli scuri, pelle bianca.

«Non lo so.»

«Se me l'avesse detto, sarei intervenuta io! Sarei andata io stessa a trovare Wilma Jerzyck e... e...»

Non era il momento di spiegarle che a quanto risultava Nettie era stata al gioco con ferocia quasi pari a quella di Wilma; né era il momento di dirle che veniva sempre il giorno in cui le Nettie Cobb di questo mondo, e anche le Wilma Jerzyck, si guastavano in maniera irreparabile.

«Sono le tre e mezzo di notte», mormorò. «Non è l'ora adatta per gli avrei dovuto e avrei potuto.» Esitò prima di proseguire. «Secondo John LaPointe, stamattina Nettie ti aveva detto qualcosa a proposito di Wilma. Ieri mattina, ormai. Che cos'era?»

Polly rifletté. «Be', non sapevo che fosse a proposito di Wilma. Al momento non lo avevo capito. Nettie mi aveva portato delle lasagne e le mani... le mani mi facevano un male cane. Se n'è accorta subito. Nettie è... era... sarà anche stata... Gesù, non so nemmeno io... svagata su molte cose, ma a lei non potevo nascondere niente.»

«Ti voleva molto bene», convenne Alan e Polly non seppe trattenersi dal singhiozzare di nuovo. Lui sapeva che l'avrebbe fatta piangere, ma sapeva che certe lacrime vanno versate a dispetto dell'ora, e finché non te ne sei liberato, ti ribolliscono e bruciano dentro.

Qualche minuto dopo Polly poté riprendere. Mentre parlava, le sue mani tornarono a scivolare dietro il collo di Alan.

«Ha tirato fuori quegli stupidi guanti termici... anche se questa volta a qualcosa sono serviti, almeno a far passare il momento critico. Poi ha fatto il caffè. Le ho chiesto se non avesse niente da fare a casa e mi ha risposto di no. Ha detto che c'era di guardia Raider e poi qualcosa come: 'Credo che mi lascerà in pace, comunque non si è più fatta viva, perciò immagino che abbia finalmente ricevuto il messaggio'. Non sono le parole esatte, Alan, ma il senso era quello.»

«Verso che ora è venuta?»

«Poco dopo le dieci, diciamo verso le dieci e un quarto. Perché, Alan, ha importanza?»

Quando si era coricato, Alan aveva pensato di addormentarsi non più di dieci secondi dopo aver appoggiato la testa. Ora era di nuovo perfettamente sveglio, occupato a pensare intensamente.

«No», rispose dopo un momento. «Non credo che abbia molta importanza, ma mi pare di capire che Nettie stesse pensando a Wilma.»

«Non riesco a crederci. Sembrava tanto migliorata... davvero. Ricordi quando ti ho raccontato di giovedì scorso, quando ha trovato il coraggio di andare a *Cose Preziose*, tutta sola?»

«Sì.»

Polly lo lasciò andare e si girò nervosamente sulla schiena. Alan udì un lieve rumore metallico e di nuovo non ci fece molto caso. La sua mente stava ancora esaminando ciò che Polly gli aveva appena riferito, rigirandoselo da una parte e dall'altra come un gioielliere che studia una pietra sospetta.

«Dovrò occuparmi del funerale», mormorò Polly. «Nettie ha dei parenti a Yarmouth, non so bene di che grado, gente che comunque non ha mai voluto avere niente a che fare con lei quand'era viva; figurati che voglia avranno adesso che è morta. Ma dovrò mettermi in contatto con loro domani mattina. Potrò entrare in casa di Nettie, Alan? Credo che abbia un'agenda.»

«Ti ci accompagno io. Non potrai portar via niente, almeno finché il dottor Ryan non avrà firmato il referto ufficiale dell'autopsia, ma non c'è niente di male se ti lascio trascrivere qualche numero di telefono.»

«Grazie.»

Ad Alan sovvenne un pensiero improvviso. «Polly, a che ora è uscita di qui Nettie?»

«Alle undici meno un quarto, direi. Al più tardi saranno state le undici. Non si è trattenuta per un'ora intera. Perché?»

«Niente.» Un rapido calcolo gli aveva fatto sorgere un dubbio: se Nettie si fosse trattenuta più a lungo da Polly, non avrebbe avuto forse il tempo di tornare a casa, trovare il cane morto, raccogliere i sassi, scrivere i messaggi, avvolgerli sui sassi, recarsi a casa di Wilma e fracassarle le finestre. Ma se Nettie era uscita da lì alle undici meno un quarto, avrebbe avuto a disposizione più di due ore. Più del necessario.

Ehi, Alan! si fece udire la vocina, quella falsamente gioiosa che normalmente limitava le sue elucubrazioni ad Annie e Todd. *Da quando in qua cerchi di ingarbugliarti da solo, vecchio mio?*

Alan non seppe rispondere. E c'era qualcos'altro che non sapeva: come aveva fatto Nettie a trasportare a casa di Wilma quel pesante carico di pietre? Non aveva la patente e non avrebbe mai saputo da che parte cominciare a condurre un'automobile.

Tutte stronzate, vecchio mio, lo rampognò la voce. *Ha scritto i messaggi a casa sua, probabilmente in corridoio, a pochi passi dal cadavere del suo cane, e ha preso gli elastici da un cassetto della cucina. Non c'era alcun bisogno che trasportasse i sassi: ce n'erano in abbondanza nell'orto di Wilma. Giusto?*

Giusto. Eppure non riusciva a togliersi dalla mente che i sassi fossero stati portati con i messaggi già avvolti e stretti con l'elastico. Non aveva alcun motivo concreto per crederlo, però gli sembrava giusto così, quello che ti aspetteresti da un bambino o da una persona con il cervello di un bambino.

Una persona come Nettie Cobb.

Piantala... molla!

Ma non poteva.

Polly gli sfiorò la guancia. «Sono così contenta che tu sia venuto, Alan. Deve essere stata una giornata orribile anche per te.»

«Ne ho avute di migliori, ma è finita. E faresti bene a lasciar perdere anche tu e a riposarti un po'. Domani avrai molto da fare. Vuoi che ti prenda una pillola?»

«No, almeno le mani mi hanno fatto soffrire meno del solito. Alan...» S'interruppe, ma si agitò sotto le coperte.

«Che cosa?»

«Niente. Non è importante. Credo di poter dormire ora che ci sei tu. Buonanotte.»

«Buonanotte, cara.»

Si staccò da lui, si tirò sotto il mento il lembo della coperta e non si mosse più. Per qualche attimo Alan pensò a come lo aveva stretto, con le dita delle mani intrecciate dietro il collo. Se era in grado di fletterle fino a quel punto, allora stava davvero meglio. Era una bella cosa, forse la migliore che gli fosse accaduta da quando Clut gli aveva telefonato durante la partita. Se solo avesse potuto *continuare* ad andar meglio.

Polly aveva il setto nasale lievemente deviato e cominciò a russare sommessamente, un rumore che Alan trovava veramente piacevole. Era bello dividere il letto con un'altra persona, una persona reale che faceva rumori reali... e qualche volta fregava la coperta. Sorrise nel buio.

Poi la sua mente tornò al duplice omicidio e il sorriso gli morì sulle labbra.

Credo che mi lascerà in pace, comunque non si è più fatta viva, perciò immagino che abbia finalmente ricevuto il messaggio.

Non si è più fatta viva.

Immagino che abbia finalmente ricevuto il messaggio.

Un caso come quello non richiedeva di essere risolto; persino Seat Thomas sarebbe stato in grado di ricostruire esattamente che cosa era avvenuto dopo una sola occhiata al luogo della tragedia attraverso le sue lenti trifocali. Avevano usato utensili da cucina invece di pistole da duello all'alba, ma il risultato era il medesimo: due cadaveri all'obitorio con i tagli a Y dell'autopsia. Restava da spiegarsi perché fosse accaduto. A lui restavano alcune domande, alcuni vaghi crucci, ma senza dubbio si sarebbero dispersi prima che Wilma e Nettie fossero state sotto terra.

Al momento i crucci erano più assillanti e alcuni di essi
(*immagino che finalmente abbia ricevuto il messaggio*)
avevano anche un nome.

Per Alan un fatto criminoso era come un giardino circondato da un alto muro. Bisognava entrare, perciò si andava alla ricerca del cancello. Certe volte ce n'era più d'uno, ma l'esperienza gli aveva insegnato che almeno uno c'era sempre, non poteva essere altrimenti. Se no, come poteva essere entrato il giardiniere a seminare la prima volta? Era un cancello ampio, con una freccia che lo indicava e un'insegna al neon con la scritta lampeggiante SI ENTRA DA QUI; oppure era angusto e così ricoperto di rampicanti che bisognava faticare non poco prima di scovarlo, ma c'era sempre, e se cercavi abbastanza e non avevi paura di graffiarti le mani strappando vegetazione, non potevi non trovarlo.

Certe volte il cancello era una prova trovata sul luogo del delitto. Certe altre era un testimone. Talvolta era un'ipotesi che si basava su fatti e logica. Le ipotesi che aveva formulato in quel caso erano: uno, che Wilma aveva messo in atto una prolungata strategia di persecuzione e tormenti; due, che per una volta era andata ad aizzare il cane sbagliato; tre, che Nettie era andata in corto circuito di nuovo come già le era successo quando aveva ucciso il marito. Ma...

Non si è più fatta viva.

Se davvero Nettie aveva detto così, che cosa cambiava? Quante ipotesi andavano a farsi benedire, dopo quell'affermazione? Alan non seppe rispondere.

Con gli occhi fissi nell'oscurità della camera da letto di Polly, si domandò se avrebbe mai trovato il cancello.

Forse Polly non aveva sentito bene le parole di Nettie.

Tecnicamente era possibile, ma Alan non lo credeva. Le azioni di Nettie suffragavano ciò che Polly affermava di aver udito almeno fino a un certo punto. Venerdì Nettie non era andata a lavorare da Polly, sostenendo di non sentirsi bene. Forse era vero o forse aveva solo paura di Wilma. Era ragionevole presumerlo; sapevano da Pete Jerzyck che, dopo aver scoperto il disastro delle lenzuola, Wilma aveva minacciato Nettie per telefono almeno in un'occasione. Potevano esserci state altre minacce il giorno dopo all'insaputa di Pete. Ma domenica mattina Nettie si era presentata da Polly con un piatto pronto in regalo. Lo avrebbe fatto con Wilma che soffiava ancora sul fuoco? Alan ne dubitava.

Poi c'era la questione dei sassi scagliati nelle finestre di Wilma. Su ciascuno c'era un foglietto con il medesimo messaggio: TI HO DETTO DI LASCIARMI IN PACE. QUESTO È IL TUO ULTIMO AVVERTIMENTO. Un avvertimento significa normalmente che al mittente viene concesso del tempo perché cambi idea o atteggiamento, ma il tempo per Wilma e Nettie era scaduto. Si erano incontrate a un angolo di strada solo due ore dopo il lancio dei sassi.

Riteneva di poter superare quell'ostacolo se ci fosse stato costretto. Era presumibile che Nettie avesse perso la testa dopo aver trovato il cane. Lo stesso valeva per Wilma, quando era rincasata e aveva trovato la casa devastata. Perché scoccasse l'ultima scintilla, sarebbe stata sufficiente una sola telefonata. Una delle due l'aveva fatta... poi c'era stata l'esplosione.

Alan si girò sul fianco e rimpianse che non fosse come ai vecchi tempi, quando era ancora possibile ottenere la documentazione delle telefonate locali. Se avesse potuto accertare il fatto che Wilma e Nettie si erano parlate per telefono prima dell'incontro finale, si sarebbe sentito molto meglio. Tuttavia, dando per scontata la telefonata, restava il problema dei messaggi.

Deve essere andata così, pensò. *Nettie torna a casa dopo essere andata a trovare Polly e trova il cane morto in corridoio. Legge il messaggio infilato nel cavatappi. Poi scrive un suo messaggio su quindici o sedici foglietti e se li ficca in tasca. Prende anche una manciata di elastici. Quando arriva da Wilma, gira dietro la casa. Impila una quindicina di pietre e vi avvolge intorno i foglietti con gli elastici. Deve averlo fatto prima di cominciare il lancio: le ci sarebbe voluto troppo tempo se avesse dovuto fermarsi nel bel mezzo dei festeggiamenti, per raccogliere altri sassi e fissarvi intorno altri messaggi. Portata a termine l'impresa, torna a casa a piangere ancora un po' sul cagnolino morto.*

Non gli piaceva.

Gli faceva proprio schifo.

Presupponeva una sequenza di pensieri e azioni che non trovavano riscontro in ciò che sapeva di Nettie Cobb. L'assassinio di suo marito era stato la conseguenza di una prolungata serie di prevaricazioni, ma il delitto in sé era stato un atto impulsivo commesso da una donna che aveva perso il lume della ragione. Se la documentazione conservata nella vecchia pratica di George Bannerman rispondeva a verità, Nettie non aveva sicuramente scritto messaggi di avvertimento ad Albion Cobb.

D'acchito la vedeva molto più semplice: Nettie torna a casa dopo essere stata da Polly. Trova il cane morto. Prende una mannaia in cucina ed esce subito per andare a fare fette di deretano polacco.

Ma se era andata così, chi aveva fracassato le finestre di Wilma Jerzyck?

«E poi i tempi sono così *strampalati*», borbottò e si rigirò irrequieto sull'altro fianco.

John LaPointe aveva pazientemente seguito gli investigatori che avevano trascorso la domenica pomeriggio e la sera a ricostruire i movimenti di Nettie, almeno per quanto era stato possibile. Era andata a casa di Polly con le lasagne. Aveva detto a Polly che probabilmente sarebbe passata dal negozio nuovo, *Cose Preziose*, sulla via di casa, per parlare al proprietario, Leland Gaunt, se ve lo avesse trovato: il signor Gaunt aveva invitato per quel pomeriggio Polly a prendere visione di un articolo e Nettie aveva il compito di informare il signor Gaunt che probabilmente Polly sarebbe andata all'appuntamento, anche se le mani le facevano molto male.

Se Nettie era stata a *Cose Preziose*, se Nettie aveva trascorso qualche tempo al negozio, a guardare qua e là, a conversare con il nuovo negoziante che secondo tutti era così fascinoso e che Alan ancora non era riuscito a conoscere, veniva a mancare il tempo materiale perché potesse essere stata da Wilma e si riapriva l'ipotesi di un vandalo misterioso. Ma non era andata così. Il negozio era chiuso. Gaunt aveva affermato a Polly, che più tardi in effetti era stata da lui, e agli investigatori della statale che non aveva visto tracce di Nettie dal giorno in cui aveva comprato il paralume di vetro Carnevale. In ogni caso, aveva trascorso la mattinata nel retrobottega, ad ascoltare musica classica catalogando gli articoli. Se qualcuno avesse bussato, probabilmente non l'avrebbe udito. Dunque Nettie doveva essere andata subito a casa, avendo così tutto il tempo di compiere quell'incursione che trovava tanto improbabile.

L'occasione per Wilma Jerzyck doveva contare su un lasso di tempo ancora più ridotto. Suo marito teneva in cantina dell'attrezzatura per lavorare il legno ed era rimasto da basso quella domenica mattina dalle otto fin dopo le dieci. Si era accorto che era venuto tardi, aveva spiegato, così aveva chiuso baracca e burattini ed era corso di sopra a prepararsi per la messa delle undici. Secondo le sue dichiarazioni, quando era entrato in camera Wilma era sotto la doccia e Alan non aveva motivo di dubitare della testimonianza del neovedovo.

Doveva essere andata così: Wilma esce di casa per un passaggio intimidatorio in macchina verso le nove e trentacinque, nove e quaranta. Pete è in cantina, a costruire casette per uccelli o altro del genere, e non sa nemmeno che sua moglie è uscita. Wilma arriva a casa di Nettie verso le dieci meno un quarto, pochi minuti dopo che Nettie è uscita per recarsi da Polly, e vede la porta aperta. Per Wilma è un invito in inchiostro dorato. Smonta dalla macchina, entra in casa, uccide il cane e scrive d'impulso il messaggio. Se ne va senza che alcuno dei vicini ricordi di aver visto la sua Yugo gialla: è un peccato, ma non è certo una prova che non sia stata lì. D'altra parte quasi tutti i vicini non erano in casa, ma in chiesa o fuori città in gita o in visita ad amici e parenti.

Wilma torna a casa sua, sale in camera mentre Pete sta riponendo pialla o sega elettrica, e si sveste. Quando Pete entra in camera per lavarsi la segatura dalle mani prima di mettersi in giacca e cravatta, Wilma è appena entrata nella doccia; anzi, probabilmente ha un lato ancora asciutto.

Che Pete Jerzyck avesse trovato la moglie sotto la doccia era l'unico fatto che Alan trovava perfettamente logico in quel gran pasticcio. Il cavatappi con cui era stato ucciso il cane era un'arma sicuramente letale, ma decisamente corta. Doveva aver avuto bisogno di lavarsi il sangue da mani e braccia.

Wilma aveva mancato per pochi istanti Nettie da una parte e il marito dall'altra. Era possibile? Sì. Solo per il rotto della cuffia, ma *era* possibile.

Quindi lascia perdere, Alan. Lascia perdere e mettiti a dormire.

Ma non poteva, perché ancora non quadrava. Non quadrava *per niente*.

Cambiò fianco per la terza volta. Dal pianterreno giunsero i rintocchi ovattati dell'orologio in soggiorno che batteva le quattro. Non stava cavando un ragno dal buco eppure non riusciva a staccare.

Cercò di immaginarsi Nettie pazientemente seduta al tavolo della cucina a scrivere QUESTO È IL TUO ULTIMO AVVERTIMENTO su una quindicina di fogli, mentre il suo amato cagnolino giaceva morto a pochi metri da lei. Per quanto si sforzasse, proprio non ci riusciva. Quello che sulle prime gli era sembrato un cancello nel muro che racchiudeva il giardino, gli appariva sempre di più come un abile affresco di un cancello su una parete alta e uniforme. Un *trompe l'oeil*.

Era plausibile che Nettie si fosse recata a casa di Wilma in Willow Street a sfondarle le finestre? Non lo sapeva, sapeva *però* che Nettie Cobb rappresentava ancora motivo di interesse a Castle Rock: era la matta che aveva ammazzato il marito e aveva quindi trascorso tutti quegli anni a Juniper Hill. Nelle rare occasioni in cui deviava da quelle che erano riconosciute come le sue abitudini quotidiane, veniva notata. Se domenica mattina fosse andata in Willow Street (forse borbottando fra sé e sé e quasi certamente piangendo), qualcuno l'avrebbe vista. Per l'indomani si ripromise di bussare alle porte delle abitazioni che c'erano fra le due case e interrogarne gli occupanti.

Cominciò finalmente ad assopirsi. L'immagine che lo seguì fino all'ultimo fu una catasta di pietre incartocciate da fogli di quaderno trattenuti con un elastico. E pensò di nuovo: *Se non è stata Nettie a lanciarle, allora chi è stato?*

9

Mentre la notte fra domenica e lunedì scivolava verso l'alba e l'inizio di una nuova e interessante settimana, dalla siepe che circondava la canonica battista emerse un giovane di nome Ricky

Bissonette. In quella linda casetta, il reverendo William Rose dormiva il sonno del giusto e del virtuoso.

Ricky, diciannove anni e un po' a corto di materia grigia, lavorava al distributore Sunoco di Sonny. Aveva chiuso da ore, ma si era attardato in ufficio in attesa che fosse abbastanza tardi (o abbastanza presto) per poter andare a fare un piccolo scherzo al reverendo Rose. Venerdì pomeriggio Ricky si era fermato al negozio nuovo e aveva attaccato bottone con il proprietario, un vecchio molto interessante. Una cosa tira l'altra e a un certo punto Ricky si era accorto che stava confidando al signor Gaunt il suo desiderio più grande e più segreto. Aveva fatto il nome di una giovane modella e attrice, una modella e attrice *molto* giovane, e aveva confessato al signor Gaunt che avrebbe dato praticamente qualsiasi cosa pur di avere qualche fotografia di quella giovane senza vestiti.

«Guardi, ho qualcosa che potrebbe fare al caso suo», aveva risposto il signor Gaunt. Si era guardato intorno come per assicurarsi che nel negozio non ci fosse nessun altro oltre loro, poi era andato a girare il cartello appeso alla porta da APERTO a CHIUSO. Era tornato al suo posto vicino al registratore di cassa, aveva rovistato sotto il banco e aveva tirato fuori una grande busta anonima. «Dia un'occhiata a queste, signor Bissonette», lo aveva esortato, ammiccando subito dopo con l'espressione di un laido uomo di mondo. «Credo che resterà stupito. Forse persino incredulo.»

Diciamo pure che era rimasto esterrefatto. Era la modella-attrice per la quale Ricky sbavava (non avrebbe potuto non esserlo!) ed era molto più che nuda. In alcune delle fotografie era con un noto attore. In altre era con *due* noti attori, uno dei quali vecchio abbastanza da poter essere suo nonno. E in altre ancora...

Ma prima che potesse vedere le altre (e dovevano essercene una cinquantina, tutte a colori su carta lucida di grande formato), il signor Gaunt gliele aveva sfilate di mano.

«Quella è...!» aveva esclamato Ricky, facendo un nome ben noto ai lettori di rotocalchi patinati e agli spettatori di patinati talk-show.

«Oh, no», aveva negato il signor Gaunt, mentre i suoi occhi color di giada dicevano oh, sì. «Sono sicuro che non può essere... ma la somiglianza è straordinaria, vero? Naturalmente la vendita di foto di questo genere è illegale. A parte l'argomento sessuale, la ragazza non può avere un giorno più di quindici anni *chiunque* sia. Però potrei lasciarmi persuadere a trattarle lo stesso, signor Bissonette. La febbre che mi anima non è malaria, ma commercio. Dunque! Vogliamo discutere il prezzo?»

Ne avevano discusso. Alla fine Ricky Bissonette aveva acquistato settantadue foto pornografiche per trentasei dollari... e quel piccolo scherzo.

Attraversò di corsa il prato della canonica a testa bassa, sostò per un istante nell'ombra della veranda per accertarsi di non essere osservato e salì i gradini. Dalla tasca posteriore estrasse un comune cartoncino bianco, aprì la fessura per la corrispondenza e ve lo infilò. Accompagnò quindi l'aletta d'ottone con la punta delle dita perché non facesse rumore. Volteggiò oltre la balaustra della veranda e riattraversò il prato veloce come il vento. Aveva grandi progetti per quelle due o tre ore di oscurità che ancora restavano prima della mattina di lunedì; includevano settantadue fotografie e un flacone di unguento Jergens.

Come una falena bianca, il cartoncino fluttuò cadendo dalla fessura sulla scolorita passatoia nell'anticamera della canonica. Si posò con il lato scritto all'insù:

> Come va Stupido Batista Cacasorci.
> Ti scriviamo per dirti che ti conviene piantarla di parlare contro la nostra Notte al Casinò. Voliamo solo divertirci un po' e a te non ti diamo nessun fastidio. Certi di noi Cattolici Leali siamo stufi delle tue Cazzate Batiste. Sappiamo che tutti Voi Batisti siete comunque solo un branco di Leccafiche. Adesso sta bene atento, reverendo Vaporretto Willy. Se non tieni il Naso di Cazzo fuori degli affari Nostri, impuzziamo Te e i tuoi Compari Facce di Culo fino a farvi *Puzzare per Sempre!*
> Lasciaci in pacie Stupido Batista Cacasorci altrimenti sarai UN FIGLIO DI TROIA MOLTO INFELICIE. «Solo un avvertimento» da
>
> I PREOCCUPATI CATTOLICI
> DI CASTLE ROCK

Il reverendo Rose scoprì il messaggio quando scese in accappatoio a prendere il giornale. La sua reazione è forse più facile da immaginare che da descrivere.

10

Leland Gaunt era alla finestra del tinello sopra *Cose Preziose* con le mani dietro la schiena a contemplare Castle Rock.

L'appartamento di quattro locali alle sue spalle avrebbe fatto inarcare parecchie sopracciglia in città, perché non conteneva niente, assolutamente niente. Non un letto, non un elettrodomestico, non una seggiola. Gli armadi a muro erano aperti e vuoti. Qualche batuffolo di polvere rotolava pigramente su pavimenti privi di tappeti, spinti da una lieve corrente che soffiava nella casa all'altezza delle caviglie. L'unico elemento di arredamento era appeso alle finestre: brutte tendine a scacchi. Era l'unica cosa che contava, perché erano l'unica cosa che si vedesse dalla strada.

In quel momento la città dormiva e i negozi erano al buio, le abitazioni erano al buio, e l'unico movimento in tutta Main Street era il semaforo lampeggiante all'incrocio con Laurel, con i suoi sonnolenti ammiccamenti gialli. Leland Gaunt contemplava la città con occhi affettuosi. Non era ancora la sua città, ma lo sarebbe stata di lì a non molto. Si era già assicurato una prelazione. Loro non lo sapevano... ma avrebbero saputo. Eh, sì.

L'inaugurazione era andata molto, molto bene.

Il signor Gaunt si considerava come un elettricista dell'anima umana. In una cittadina come Castle Rock, le scatole dei fusibili erano tutte allineate e facilmente accessibili. Non c'era che da aprirle... e cominciare a fare collegamenti. Si collegava una Wilma Jerzyck a una Nettie Cobb con i cavi di altre due scatole, mettiamo per esempio quelle di un ragazzino come Brian Rusk e di un ubriacone come Hugh Priest. Poi si collegavano altre persone nella stessa maniera, un Buster Keeton a un Norris Ridgewick, un Frank Jewett a un George Nelson, una Sally Ratcliffe a un Lester Pratt.

A un certo punto si collaudava uno di quei favolosi collegamenti per assicurarsi che tutto funzionasse (come aveva fatto quel giorno), quindi non c'era che da mettersi comodi e spedire una scarica nei circuiti di tanto in tanto per mantenere vivo l'interesse. Per mantenere la situazione in caldo. Ma soprattutto ci si metteva comodi ad aspettare che tutto fosse pronto... e poi si dava corrente.

Tutta la corrente.

Tutta in una volta.

Era necessaria solo la capacità di comprensione della natura umana e...

«Naturalmente è *in realtà* una questione di domanda e offerta», considerò a voce alta Leland Gaunt, mentre contemplava la città addormentata.

E perché? Be'... perché sì, in fondo. Perché sì.

La gente pensava sempre in termini di anime, e naturalmente di quelle ne avrebbe prese quante più possibile quando avesse chiuso il negozio; erano per Leland Gaunt come i trofei per il cacciatore, il pesce impagliato per il pescatore. Da ogni punto di vista pratico avevano scarso valore, per lui, di questi tempi. Tuttavia, ne rastrellava lo stesso più che poteva; se non lo avesse fatto, non sarebbe stato al gioco.

In verità lo stimolo gli veniva soprattutto dal divertimento, non dalle anime. Puro e semplice divertimento. Diventava l'unico scopo dopo qualche tempo perché quando gli anni sono lunghi si cerca svago come e dove si può.

Il signor Gaunt si staccò le mani da dietro la schiena, quelle mani che provocavano il ribrezzo in tutte le persone tanto sfortunate da provarne il crepitante contatto, e se le strinse con forza, le nocche della destra schiacciate nel palmo della sinistra, le nocche della sinistra schiacciate nel palmo della destra. Le sue unghie erano lunghe e spesse e gialle. Erano anche molto affilate e dopo un attimo o due tagliarono la pelle delle dita, facendone scaturire sangue denso di un rosso nerastro.

Brian Rusk gridò nel sonno.

Myra Evans si ficcò le mani tra le cosce e cominciò a masturbarsi furiosamente: nel suo sogno, il Re faceva l'amore con lei.

Danforth Keeton sognò di essere sdraiato al centro del rettifilo d'arrivo all'ippodromo di Lewiston e si coprì la faccia con le mani sentendo sopraggiungere i cavalli.

Sally Ratcliffe sognò di aprire lo sportello della Mustang di Lester Pratt e trovarla piena di serpenti.

Hugh Priest urlò così forte da svegliarsi da un sogno in cui Henry Beaufort, il barista del *Mellow Tiger*, versava benzina per accendini sulla sua coda di volpe e vi appiccava fuoco.

Everett Frankel, l'assistente di Ray Van Allen, sognò di infilarsi in bocca la pipa nuova solo per scoprire che il bocchino si era trasformato in una lama di rasoio che gli aveva tranciato la lingua.

Polly Chalmers cominciò a gemere sommessamente e nel piccolo talismano d'argento che portava al collo qualcosa si mosse con un fruscio simile al frullare di piccole ali polverose. E sparse un aroma sottile... come un tremore di viole.

Leland Gaunt allentò lentamente la stretta. I suoi grandi denti storti erano denudati in un sorriso che era insieme allegro e spaventosamente brutto. In tutta Castle Rock i sogni si dispersero e i sonni irrequieti ridiventarono tranquilli.

Per ora.

Presto si sarebbe levato il sole. Non molto tempo dopo avrebbe avuto inizio un nuovo giorno, con tutte le sue sorprese e i suoi prodigi. Riteneva che fosse tempo di assumere un aiuto... che non sarebbe stato immune al processo che aveva messo in moto. Cielo, no!

Così si sarebbe rovinato la festa.

Fermo alla finestra del tinello, Leland Gaunt contemplava la città sottostante, offerta e indifesa, in tutta quella adorabile oscurità.

Parte seconda

La vendita del secolo

12

1

LUNEDÌ, quattordici ottobre, Columbus Day si presentò all'insegna del bel tempo e dell'alta temperatura a Castle Rock. Gli abitanti brontolarono per il caldo e, ritrovandosi in gruppo al parco, da Nan o sulle panchine davanti al Municipio, tutti dichiaravano che non era naturale. Probabilmente era colpa di quei farabutti di iracheni, o del buco nello strato dell'ozono di cui si faceva un gran parlare alla TV. Alcuni fra i più anziani affermavano che quando erano giovani *loro*, non succedeva mai che ci fossero venti gradi alle sette del mattino nella seconda settimana di ottobre.

Ovviamente non era vero ed erano ben pochi fra loro a non saperlo; ogni due o tre anni accadeva che un'«estate indiana» si prendesse un po' più libertà del solito, cosicché per quattro o cinque giorni sembrava di essere a metà luglio. Poi un bel mattino ci si svegliava con i brividi addosso e la sensazione di aver preso l'influenza, e affacciandosi alla finestra si trovava il prato davanti a casa duro di brina e qualche fiocco di neve a far mulinello nell'aria gelida. Tutto questo lo sapevano, ma il tempo era un argomento di conversazione troppo ghiotto perché a qualcuno venisse in mente di guastarlo confessandolo. Nessuno aveva voglia di mettersi a discutere; le discussioni non erano una buona idea quando prendeva a fare così caldo fuori stagione, perché gli animi manifestavano la tendenza a surriscaldarsi e se gli abitanti di Castle Rock avevano bisogno di un monito sulle possibili conseguenze di uno scontro fra animi surriscaldati, non avevano che da andare a dare un'occhiata all'incrocio fra Willow e Ford Street.

«Quelle due se la sono andata a cercare», proclamò Lenny Partridge, residente più anziano e primo pettegolo di Castle Rock, dai gradini del piccolo tribunale della contea che occupava l'ala ovest del Municipio. «Pazze tutte e due come zoccole in un caca-toio di campagna. Quella Cobb ha fatto fuori il marito con un forchettone, sapete?» Si spostò il cinto sotto i calzoni larghi. «L'ha inforcato come un maiale, l'ha. Porca vacca! Ce n'è di mentecatte!» Guardò il cielo e aggiunse: «Con questo caldo finisce che scoppia qualche altra guerra. Non sarà la prima volta. Lo sceriffo Pangborn farebbe bene a ordinare a Henry Beaufort di tenere il *Tiger* chiuso finché il tempo non torna normale».

«A me va a fagiolo, vecchio», rispose Charlie Fortin. «Mi compro la birra al supermercato per un giorno o due e me la bevo a casa.»

La battuta gli meritò una risata dai pochi altri presenti e un cipiglio da parte di Lenny Partridge. Poi il capannello si sciolse, perché per la maggior parte avevano da lavorare, anche se era festa. Già i primi vecchi camion stavano lasciando il parcheggio davanti alla *Luncheonette* per dirigere verso le zone di carico del legname a Sweden e a Nodd's Ridge e intorno a Castle Lake.

2

Danforth «Buster» Keeton era nello studio in mutande. Le mutande erano flaccide. Non era più uscito da quella stanza dalla domenica sera, quando si era recato al Municipio a prendere la pratica dell'Ufficio delle Imposte. Il primo consigliere di Castle Rock stava lubrificando la sua Colt per la terza volta. A un certo punto durante la mattinata aveva deciso di caricarla. Poi aveva deciso di uccidere sua moglie. Poi aveva deciso di scendere in Municipio, trovare quel bastardo di Ridgewick (non sapeva che fosse la sua giornata di libertà) e uccidere *lui*. Alla fine aveva deciso di chiudersi a chiave in ufficio e ammazzarsi. Aveva concluso che l'unico modo per sottrarsi ai Persecutori una volta per tutte era prendendo quelle contromisure. Era stato uno sciocco a pensare di cavarsela altrimenti. Nemmeno un gioco da tavolo che magicamente indicava i vincenti delle corse di cavalli era in grado di fermare Loro. Oh, no. Aveva imparato quella lezione il giorno prima, quando era tornato a casa e l'aveva trovata tappezzata con quegli spaventosi foglietti rosa.

Squillò il telefono sulla scrivania. Colto di sorpresa, Keeton schiacciò il grilletto della Colt. Si udì uno scatto secco. Se avesse caricato la pistola, avrebbe piantato un proiettile nella porta dello studio.

Sollevò rabbiosamente il ricevitore. «Volete lasciarmi in pace almeno per un po'?» urlò nel microfono.

La voce pacata che gli rispose lo zittì all'istante. Era la voce del signor Gaunt, che si versò sull'anima infiammata di Keeton come un unguento balsamico.

«Com'è andata con il giocattolo che le ho venduto, signor Keeton?»

«Ha funzionato!» esclamò Keeton. La sua voce era giubilante. Si dimenticò almeno per quel momento di aver programmato un'impegnativa mattinata di omicidi e suicidi. «Ho vinto con tutte le corse, perdio!»

«Ah, me ne rallegro», si complimentò il signor Gaunt.

Il volto di Keeton si rannuvolò di nuovo e la sua voce si contrasse in un mormorio. «Poi... ieri... quando sono tornato a casa...» Non riuscì ad andare avanti. Un attimo dopo scoprì, stupefatto e ancor più allietato, di non esservi costretto.

«Ha scoperto che Loro erano stati a casa sua?» chiese il signor Gaunt.

«Sì! *Sì!* Ma come ha fatto a...»

«Sono in ogni angolo di questa città», spiegò il signor Gaunt. «Gliel'ho già detto l'ultima volta che ci siamo visti, non è vero?»

«Sì! E...» Keeton s'interruppe all'improvviso. La sua faccia s'accartocciò in una smorfia di ansia. «Potrebbero aver messo sotto controllo questa linea, se ne rende conto, signor Gaunt? *Forse stanno ascoltando la nostra conversazione in questo preciso istante!*»

Il signor Gaunt non si scompose. «Potrebbero, ma non è così. La prego di non considerarmi un ingenuo, signor Keeton. Ho già avuto a che fare con Loro. Più di una volta.»

«Ne sono certo», ribatté Keeton. Stava scoprendo che la gioia che gli aveva dato Biglietto Vincente era poca cosa a paragone dell'immenso piacere di trovare, dopo qualcosa come secoli di dura lotta e tenebre, un'anima gemella. «Ma...»

«Ho un apparecchietto elettronico collegato al mio telefono», continuò il signor Gaunt con la su voce calma e suadente. «Se la linea fosse controllata, si accenderebbe una spia. Sto osservando quella spia in questo momento, signor Keeton, ed è spenta. Spenta come certi cuori di questa città.»

«Allora lei sa, vero?» domandò Danforth Keeton con un tremito accorato nella voce. Sentiva che avrebbe potuto piangere.

«Sì. E ho chiamato per raccomandarle di non fare niente di avventato, signor Keeton.» Il tono della voce era diventato soporifero. Ascoltandolo Keeton sentì la mente diventare leggera e cominciare a librarsi nell'aria come un palloncino. «Loro non chiederebbero di meglio. Si rende conto che cosa succederebbe se morisse?»

«No», mormorò Keeton. Stava guardando dalla finestra. Il suo sguardo era vacuo e trasognato.

«Darebbero una festa!» sibilò per telefono il signor Gaunt. «Si ubriacherebbero nell'ufficio Pangborn! Scenderebbero in massa all'Homeland Cemetery a orinare sulla sua tomba!»

«Lo sceriffo Pangborn?» domandò Keeton dubbioso.

«Non penserà davvero che a un tirapiedi come Ridgewick sia concesso di agire in un caso come questo senza ordini precisi dai suoi superiori, spero?»

«No, naturalmente no.» Cominciava a vederci più chiaro. Loro. Erano sempre stati Loro, una vessante nuvola nera tutt'intorno a lui, di cui non gli rimaneva in mente niente, quando tentava di afferrarla. Ora cominciava finalmente a capire che Loro avevano volti e nomi. Erano forse addirittura vulnerabili. Saperlo gli era di immenso sollievo.

«Pangborn, Fullerton, Samuels e la Williams, e anche sua moglie. Ci sono dentro tutti, signor Keeton, ma ho il sospetto... sì, un sospetto molto forte, che lo sceriffo Pangborn sia il capo. Se ho visto giusto, sarebbe ben lieto se lei uccidesse uno o due dei suoi scagnozzi, per poi togliersi la vita. Diciamocelo, c'è motivo di credere che sia proprio l'esito al quale ha lavorato per tanto tempo. Ma lei lo deluderà, signor Keeton, non è vero?»

«Sìììì!» bisbigliò con impeto Keeton. «Che cosa devo fare?»

«Per oggi niente. Si comporti normalmente. Vada alle corse questa sera, se ne ha voglia, e si goda il suo giocattolo. Se si mostra a Loro serenamente occupato nelle faccende di tutti i giorni, li disorienterà. Seminerà confusione e incertezza tra le file del nemico.»

«Confusione e incertezza», borbottò Keeton. Gli sembravano le parole più belle che avesse mai udito.

«Sì. Sto mettendo a punto i miei piani personali e quando sarà il momento la metterò al corrente.»

«Promesso?»

«Ma sicuro, signor Keeton. Lei è molto importante per me. Anzi, sono disposto a spingermi ad affermare che non potrei fare a meno di lei.»

Il signor Gaunt riattaccò. Keeton ripose la pistola e il corredo per la manutenzione. Poi salì al piano di sopra, buttò nella cesta degli indumenti sporchi quelli che aveva insozzato, fece la doccia e si vestì. Quando ridiscese, Myrtle tremò appena lo vide comparire, ma Keeton le parlò con affetto e la baciò sulla guancia. Myrtle cominciò a rilassarsi. Pareva che la crisi fosse passata.

3

Everett Frankel era un armadio dai capelli rossi che sembrava irlandese quanto la contea di Cork... e non c'era molto da meravigliarsi, visto che era proprio da Cork che provenivano gli antenati di sua madre. Era assistente di Ray Van Allen da quattro anni, da quando cioè aveva lasciato la Marina. Quel lunedì mattina si era presentato all'ambulatorio di Castle Rock alle otto meno un quarto e Nancy Ramage, la capoinfermiera, gli aveva chiesto se poteva recarsi immediatamente alla fattoria Burgmeyer. Durante la notte

Helen Burgmeyer aveva avuto una crisi che presentava i sintomi di un attacco di epilessia. Se la diagnosi di Everett lo avesse confermato, avrebbe dovuto trasportarla in città sulla sua automobile in maniera che il medico, che sarebbe arrivato di lì a poco, la potesse esaminare per decidere se aveva bisogno di essere trasferita in ospedale per gli esami.

Normalmente Everett avrebbe accolto male la prospettiva di una visita a domicilio di primo mattino, specialmente così fuori mano in mezzo alla campagna, ma considerata la temperatura eccezionalmente alta, vi si dispose di buon grado.

E poi c'era la pipa.

Appena a bordo della sua Plymouth, abbassò lo sportellino del cruscotto e la prese. Era una Meerschaum, con un fornello largo e profondo. Era stata creata dalle mani di un mastro artigiano, quella pipa; intorno al fornello s'intrecciavano uccelli in volo e fiori e rampicanti in un disegno che sembrava cambiare a seconda dell'angolazione dalla quale lo si guardava. Aveva lasciato la pipa nel vano del cruscotto non solo perché in ambulatorio era proibito fumare, ma perché non gli andava l'idea che la gente lo vedesse e con gente intendeva in particolare quella ficcanaso di Nancy Ramage. Prima avrebbero voluto sapere dove l'aveva presa, poi avrebbero preteso di sapere quanto l'aveva pagata.

E qualcuno avrebbe potuto invidiargliela al punto da tramare di fregargliela.

S'infilò il cannello fra i denti e di nuovo si meravigliò di quanto se la sentisse comoda, di quanto perfettamente fosse *al suo posto*. Inclinò lo specchietto retrovisore per rimirarsi e approvò senza riserve ciò che vide. Gli sembrava che la pipa gli desse un'aria più matura, lo facesse apparire più saggio e attraente. E quando aveva la pipa stretta fra i denti, con il fornello rivolto all'insù di quel tanto giusto che era segno di disinvoltura e mai di arroganza, *si sentiva* più maturo, più saggio, più attraente.

Scese per la Main Street con l'intenzione di attraversare il Tin Bridge che metteva in comunicazione il centro cittadino con la campagna, ma rallentò arrivando all'altezza di *Cose Preziose*. La tenda verde davanti all'ingresso lo attirava come un amo innescato. A un tratto fermarsi al negozio gli parve molto importante, per non dire imperativo.

Parcheggiò, fece per scendere e ricordò di avere la pipa ancora stretta fra i denti. Se la tolse di bocca (con una lieve fitta di rimpianto) e la chiuse a chiave nel cruscotto. Aveva già compiuto i primi passi sul marciapiede, quando ci ripensò e tornò alla Plymouth a bloccare anche gli sportelli. Con una bella pipa come quella, meglio non correre rischi. Chiunque avrebbe potuto sentire la tentazione di rubare una pipa come quella. Chiunque.

Davanti al negozio, si fermò deluso a pochi metri dalla porta d'ingresso. Al vetro era appeso un cartello.

COLUMBUS DAY CHIUSO

avvertiva.

Stava per arrendersi, quando la porta si aprì. Sulla soglia c'era il signor Gaunt, splendente e con un tocco di elegante nonchalance, in giacca fulva con le toppe ai gomiti e calzoni grigio antracite.

«Si accomodi, signor Frankel», lo invitò. «Sono felice che sia potuto passare.»

«Per la verità sto andando fuori città a visitare una paziente e ho pensato di fermarmi un momento per farle sapere quanto sono contento della mia pipa. Ne avevo sempre desiderata una così.»

Raggiante, il signor Gaunt rispose: «Lo so».

«Però ho visto che il negozio è chiuso, perciò non voglio disturbarla...»

«Non sono mai chiuso per i miei clienti privilegiati, signor Frankel, fra i quali c'è anche lei. In posizione di rilievo, dovrei aggiungere. Entri.» E tese la mano.

Everett rabbrividì. Leland Gaunt rise allegramente della sua reazione e si fece da parte per lasciar passare il giovane assistente.

«Davvero non posso trattenermi...» cominciò Everett, ma i piedi lo conducevano per volontà propria nella luce tenue del negozio.

«Si capisce», annuì il signor Gaunt. «È dovere del guaritore compiere il suo pellegrinaggio fermandosi a spezzare le catene della malattia che imprigionano il corpo e...» Balzò fuori il suo sorriso, sopracciglia alzate e una calca di denti serrati. «... e a scacciare quei demoni che imprigionano lo spirito. Dico bene?»

«Immagino di sì», rispose Everett. Con un certo disagio guardò il signor Gaunt chiudere la porta. Si augurò che la sua pipa fosse al

sicuro. Accadeva che qualcuno rubasse dalle automobili. Talvolta accadeva anche in pieno giorno.

«Non abbia paura per la sua pipa», lo tranquillizzò il signor Gaunt. Si tolse di tasca una busta comune con sopra scritta una parola sola. La parola era *Amore*. «Ricorda di avermi promesso un piccolo scherzo, dottor Frankel?»

«Io non sono dott...»

Le sopracciglia del signor Gaunt s'aggrottarono in un'espressione che chiuse la bocca a Everett. Indietreggiò addirittura di mezzo passo.

«Si ricorda o no?» domandò brusco il signor Gaunt. «Le conviene rispondere alla svelta, giovanotto. Non sono più tanto sicuro come poco fa sulla sorte di quella pipa.»

«Ricordo!» proruppe Everett, palpitante di ansia improvvisa. «Sally Ratcliffe! L'insegnante di dizione!»

Il cespuglio di sopracciglia che si era creato sopra il naso del signor Gaunt si ridistese di qualche centimetro. Anche il batticuore di Everett Frankel si calmò. «Infatti. Ed è venuto il momento di fare quel piccolo scherzo, dottore. Prenda qui.»

Gli tese la busta. Everett la prese, attento a non sfiorare nemmeno le dita del signor Gaunt. «Oggi è giorno di vacanza, ma la nostra giovane signorina Ratcliffe è nel suo ufficio alle elementari ad aggiornare i registri», disse il signor Gaunt. «So che non è sulla strada per la fattoria Burgmeyer...»

«Come fa a sapere tutte queste cose?» domandò Everett stupefatto.

Il signor Gaunt fece un gesto spazientito. «... ma troverà il tempo di fare un salto sulla via del ritorno, giusto?»

«Suppongo...»

«E poiché gli estranei che si aggirano in una scuola elementare destano un certo sospetto anche quando non ci sono bambini, giustificherà la sua presenza andando a trovare l'infermiera della scuola, giusto?»

«Posto che ci sia», rispose Everett. «Anzi, dovrei andarci davvero, perché...»

«... non ha ancora prelevato l'elenco dei vaccinati dell'asilo», finì per lui il signor Gaunt. «Benissimo. Per la verità l'infermiera non ci sarà, ma questo lei non lo sa, giusto? Metta la testa nel suo ufficio il

tempo di accertarlo, e poi se ne vada. Ma prima di entrare, o appena uscito, voglio che lasci quella busta nell'automobile che la signorina Ratcliffe ha preso in prestito dal suo ragazzo. Voglio che la metta sotto il sedile del guidatore... ma non *tutta* sotto. Voglio che la lasci sporgere un angolino.»

Everett sapeva benissimo chi era «il ragazzo della signorina Ratcliffe»: l'istruttore di educazione fisica al liceo. Potendo scegliere, avrebbe preferito fare uno scherzo a Lester Pratt che alla sua fidanzata. Pratt era un robusto giovane battista che girava quasi sempre con magliette blu e pantaloni di tuta blu con una banda bianca sui lati. Era di quelli che secernevano dai pori in quantità apparentemente uguale (e copiosa) sudore e Gesù. A Everett non andava molto a genio. Si domandò se Lester fosse già stato a letto con Sally, che era sicuramente un bocconcino. Lo riteneva poco probabile. Pensò anche che quando Lester si scaldava esagerando nelle effusioni sul dondolo in veranda, probabilmente Sally gli faceva fare delle flessioni o una mezza dozzina di scatti intorno alla casa.

«Sally gira di nuovo con la Prattmobile?»

«Per l'appunto», rispose il signor Gaunt un po' irritato. «Ora ha finito di fare lo spiritoso, dottor Frankel?»

«Sì», mormorò lui. Stava provando inaspettatamente un grande sollievo, perché per la verità era stato un po' in ansia per lo «scherzo» che voleva fargli fare il signor Gaunt. Ora si rendeva conto di essersi preoccupato inutilmente. Il signor Gaunt non gli aveva chiesto di infilarle un petardo in una scarpa o di riempirle di lassativo il frullato o altro del genere. Che male poteva fare una busta?

Riapparve, solare e splendente, il sorriso del signor Gaunt. «Molto bene», concluse. Si fece avanti ed Everett vide con orrore che sembrava intenzionato a passargli un braccio intorno alle spalle.

Indietreggiò frettolosamente. In tal modo, il signor Gaunt ne approfittò per dirigerlo verso la porta.

«Si goda quella pipa», gli disse aprendola. «Le ho detto che è appartenuta a Sir Arthur Conan Doyle, il creatore del grande Sherlock Holmes?»

«No!» esclamò Everett Frankel.

«Certo che no», ribatté il signor Gaunt con un sorriso sornione. «Sarebbe stata una bugia... e io non mento mai in affari, dottor Frankel. Non dimentichi la sua piccola commissione.»

«Stia tranquillo.»

«Allora le auguro una buona giornata.»

«Altrettanto a...»

Ma Everett non aveva più un interlocutore. La porta con la tendina abbassata era già chiusa.

La contemplò per qualche attimo, poi tornò lentamente alla Plymouth. Se gli avessero chiesto un resoconto alla lettera di quello che aveva detto al signor Gaunt e quello che il signor Gaunt aveva detto a lui, non avrebbe fatto una gran bella figura, perché ne conservava già un ricordo molto vago. Era come se avesse respirato una boccata di leggero anestetico.

Appena seduto di nuovo al volante, la prima cosa che fece fu di aprire il vano del cruscotto, riporvi la busta con scritto *Amore* e prendere la pipa. Un particolare che ricordava era che il signor Gaunt l'aveva preso in giro, sostenendo che quella pipa era appartenuta a Conan Doyle. E lui quasi ci cascava. Che scemo! Bastava mettersela in bocca e chiudere i denti sul cannello per avere la risposta giusta. Il vero proprietario era stato Herman Göring.

Avviò il motore e ripartì. Durante il tragitto alla fattoria Burgmeyer dovette accostare non più di due volte per fermarsi ad ammirare il bell'aspetto che gli rendeva la pipa.

4

Lo studio dentistico di Albert Gendron era al Castle Building, una brutta costruzione in mattoni di fronte al Municipio e al tozzo blocco di cemento che ospitava il dipartimento delle Acque della contea di Castle. Era dal 1924 che il Castle Building proiettava la sua ombra sul Castle Stream e il Tin Bridge e attualmente vi avevano sede tre dei cinque avvocati della contea, un optometrista, un otorino, alcuni agenti immobiliari indipendenti, un consulente finanziario, un servizio di segreteria telefonica gestito da una sola donna, e un corniciaio. Un'altra mezza dozzina di uffici era vacante.

Albert, che già dai tempi di padre O'Neal era sempre stato una delle più gagliarde colonne di Nostra Signora delle Acque Serene, era ormai avanti negli anni, i capelli una volta neri erano sale e pepe, le larghe spalle si incurvavano come non avveniva ai tempi della gioventù, ma era pur sempre un uomo imponente di quasi due metri di statura e centotrenta chilogrammi di peso, che facevano di lui l'uomo più grosso della città, se non di tutta la contea.

Salì lentamente le strette scale fino al terzo e ultimo piano, sostando sui pianerottoli a riprendere fiato, memore del soffio cardiaco di cui lo aveva messo in guardia il dottor Van Allen. A metà dell'ultima rampa scorse un foglio di carta fissato al riquadro di vetro smerigliato della porta del suo ufficio, proprio sopra la scritta ALBERT GENDRON M.D.

Riuscì a leggere l'intestazione del messaggio quand'era ancora a cinque gradini dal pianerottolo e il suo cuore cominciò a battere più forte, soffio o non soffio. Non era colpa dell'affaticamento, però: era collera.

PESCIOFAGI DEL VENERDÌ! era scritto in testa al foglio in grandi lettere rosse di pennarello.

Albert strappò il foglio e lo lesse velocemente. Mentre leggeva respirava con il naso, soffiando e traendo così rumorosamente da sembrare un toro sul punto di caricare.

PESCIOFAGI DEL VENERDÌ!

Abbiamo cercato di ragionare con te: «Che ascolti chi ha orecchie per intendere». Non è servito a niente. AVETE IMBOCCATO LA STRADA DELLA PERDIZIONE E DALLE VOSTRE AZIONI SARETE RICONOSCIUTI. Abbiamo tollerato la vostra idolatria papista e persino la vostra blasfema adorazione della Meretrice di Babilonia. Ma ora avete superato il segno. NON SI GIOCHERÀ AI DADI CON IL DIAVOLO A CASTLE ROCK!

I cristiani virtuosi sentono odore di FUMO E ZOLFO a Castle Rock, quest'autunno. Se voi non potete è perché avete il naso intasato dai vostri peccati e dalla vostra corruzione. UDITE IL NOSTRO AVVERTIMENTO E ASCOLTATELO: ABBANDONATE IL VOSTRO PROGETTO DI TRASFORMARE QUESTA CITTÀ IN UNA TANA DI LADRI E GIOCATO-

RI, ALTRIMENTI SENTIRETE *voi* L'ODORE DEL FUMO! SENTIRETE *voi* L'ODORE DI ZOLFO!

«I malvagi saranno spediti all'inferno e con loro tutti coloro che hanno dimenticato Dio.» Salmo 9, 17.

UDITE E ASCOLTATE, O LE NOSTRE GRIDA DI PROTESTA SI LEVERANNO FINO AL CIELO.

I PREOCCUPATI BATTISTI
DI CASTLE ROCK

«Merda secca», mormorò Albert accartocciando il biglietto in una mano grande come un badile. «A quell'idiota omuncolo battista ha dato finalmente di volta il cervello.»

La prima iniziativa che prese appena aperto lo studio fu chiamare padre John per informarlo che da lì alla Notte del Casinò il gioco sarebbe diventato più pesante.

«Non temere, Albert», rispose con calma padre Brigham. «Se l'idiota ci pesta i piedi, scoprirà quanto li abbiamo duri, noi mangiatori di pesce al venerdì... ho ragione?»

«Più che ragione, padre», confermò Albert. Teneva ancora in mano il messaggio accartocciato. Lo guardò e un sorrisetto maligno affiorò sotto i baffi da tricheco. «Più che ragione.»

5

Alle dieci e un quarto di quella mattina il display digitale della banca segnava venticinque gradi a Castle Rock. Dall'altra parte del Tin Bridge, la normale intensità della luce solare produsse un forte scintillio, una stella in pieno giorno nel punto in cui la Route 117 compariva sulla curva dell'orizzonte e scendeva verso la città. Alan era nel suo ufficio a leggere i rapporti sul caso Cobb-Jerzyck e non vide il lampo di sole su un oggetto di metallo o di vetro, ma non se ne sarebbe curato nemmeno se lo avesse visto: in fondo non era che un'automobile in arrivo. Ciononostante il lampo improvviso scaturito da vetri e cromature, che scendeva verso il ponte a più di cento all'ora, annunciava l'arrivo di una parte significativa del destino di Alan Pangborn... e di quello di tutta la città.

A *Cose Preziose*, il cartello con la scritta

COLUMBUS DAY CHIUSO

fu prelevato da una mano dalle dita lunghe che usciva dalla manica di una giacca sportiva color fulvo chiaro. Al suo posto fu appeso un altro cartello. Su questo c'era scritto

CERCASI AIUTO

6

Sul ponte, la macchina filava ancora a settanta in una zona in cui il limite era di quaranta. Era un bolide che avrebbe suscitato lo scalpore e l'invidia degli studenti del liceo: una Dodge Challenger verde con la parte posteriore del telaio sollevata in modo che il muso puntasse verso la strada. Attraverso i vetri affumicati dei finestrini si sporgeva appena il roll-bar che attraversava il tetto fra i sedili anteriore e posteriore. Dietro era tappezzata di adesivi: HEARST, FUELLY, FRAM, QUAKER STATE, GOODYEAR WIDE OVALS, RAM CHARGER. I tubi di scarico borbottavano soddisfatti, ben nutriti dal carburante ad alto numero di ottani che, a nord di Portland, si poteva acquistare solo all'Oxford Plains Speedway.

Rallentò di poco all'incrocio della Main con Laurel Street, poi s'infilò in uno degli spazi a lisca di pesce davanti al *Clip Joint* con uno stridio sommesso di copertoni. Al momento in negozio non c'era nessuno a tagliarsi i capelli; Bill Fullerton e il suo vicebarbiere Henry Gendron sedevano nelle poltrone dei clienti sotto le vecchie pubblicità di Brylcreem e Wildroot Creme Oil. Si erano divisi il giornale. Quando il guidatore diede gas facendo crepitare e scoppiettare lo scarico, alzarono la testa insieme.

«Tipica bara su quattro ruote», commentò Henry.

Bill annuì e si tirò il labbro inferiore fra pollice e indice. «Sottoscrivo.»

Attesero insieme speranzosi mentre il motore si spegneva e si apriva lo sportello del posto di guida. Dal ventre scuro della Challenger sbucò un piede in un logoro stivaletto nero. Al piede seguì una gamba fasciata in tela di jeans scolorita. Un attimo dopo il guidatore uscì del tutto nella calura fuori stagione e si tolse gli occhiali da sole per appenderseli nella V della camicia, per guardarsi attorno con una pigra espressione di disprezzo.

«Ohi, ohi», fece Henry. «Ho paura che una pecora nera sia tornata all'ovile.»

Con la pagina sportiva in grembo, Bill Fullerton contemplava l'apparizione a bocca aperta. «Asso Merrill», mormorò. «Com'è vero che sono qui a dirlo.»

«Che diavolo ci fa qui?» sbottò indignato Henry. «Credevo che fosse a Mechanic Falls a far venire gli incubi a *loro*.»

«Chissà...» ribatté Bill, tirandosi di nuovo il labbro inferiore. «Ma guardalo! Grigio come un ratto e probabilmente due volte più cattivo! Quanti anni ha, Henry?»

Henry si strinse nelle spalle. «Più di quaranta e meno di cinquanta, mi risulta. Ma che ci frega di quanti anni ha? A me sembra un piantagrane tale e quale prima.»

Come se lo avesse udito, Asso si girò verso la vetrata e alzò la mano in un lento saluto sarcastico. I due barbieri trasalirono e si agitarono scandalizzati, come una coppia di vecchie zitelle che si accorgono all'improvviso che il fischio insolente che arriva dalla porta della sala da biliardo è diretto a loro.

Asso si affondò le mani nelle tasche dei Low Riders e s'incamminò: il ritratto di un uomo che ha tutto il tempo di questo mondo e conosce tutto il repertorio da duro nell'universo noto.

«Credi che dovresti avvertire lo sceriffo Pangborn?» chiese Henry.

Bill Fullerton si tirò di nuovo il labbro inferiore. Poi scosse la testa. «Non ci vorrà molto perché sappia da sé che è tornato Asso», rispose. «Non c'è bisogno che glielo dica io. E nemmeno tu.»

Restarono in silenzio a osservare Asso che risaliva Main Street finché uscì dal loro campo di visuale.

7

Nessuno avrebbe indovinato, guardando Asso Merrill percorrere con bullesca indolenza la Main Street, che era un uomo afflitto da un problema disperato. Era un problema in cui in certa misura si sarebbe potuto identificare Buster Keeton, nel senso che Asso doveva a certi individui una grossa somma di denaro. Ben più di ottantamila dollari, per la precisione. Ma alla peggio, i creditori di Buster avrebbero potuto farlo finire in prigione, mentre nel caso di Asso, se non si fosse procurato alla svelta i quattrini, diciamo entro il primo di novembre, i *suoi* creditori lo avrebbero probabilmente fatto finire sotto terra.

Le persone che Asso Merrill aveva terrorizzato in passato, come Teddy Duchamp, Chris Chambers e Vernio Tessio, lo avrebbero riconosciuto all'istante malgrado i capelli grigi. Forse non sarebbe stato così negli anni in cui Asso aveva lavorato al locale stabilimento tessile, chiuso ormai da cinque anni. A quei tempi i suoi vizi erano stati la birra e i furtarelli. Si era molto appesantito a causa del primo e si era attirato addosso un notevole interesse da parte del compianto sceriffo George Bannerman a causa del secondo. Dopodiché Asso aveva scoperto la cocaina.

Aveva lasciato il posto allo stabilimento, aveva perso più di venti chili restando costantemente su (ma *molto* su) di giri e si era diplomato in furto di primo grado, grazie a quella prodigiosa sostanza. La sua situazione economica aveva cominciato a oscillare in quella maniera grandiosa che sperimentano solo i broker ad alto livello nel mercato azionario e in quello della coca. Gli capitava di cominciare il mese completamente al verde e di finirlo con cinquanta o sessantamila dollari nascosti sotto le radici del melo morto, vicino al posto dove abitava in Cranberry Bog Road. Un giorno si concedeva una cena francese di sette portate da *Maurice*; il giorno dopo si doveva magari accontentare di un barattolo di maccheroni al formaggio Kraft nella cucina del suo trailer. Tutto dipendeva dal mercato e dalle scorte, perché Asso, come quasi tutti i trafficanti di cocaina, era il miglior cliente di se stesso.

Un paio d'anni dopo che era emerso totalmente rinnovato (alto, magro, brizzolato e con un paio di scimmie sulla groppa) dal guscio di lardo che si era fatto crescere addosso da quando aveva divorziato dagli studi, aveva conosciuto della gente del Connecticut. Questa gente trafficava in armi da fuoco oltre che in coca. Asso si era affiatato all'istante; come lui, i fratelli Corson erano i migliori clienti di se stessi. Gli avevano offerto quella che potremmo definire un'esclusiva di grosso calibro per la zona centrale del Maine e Asso aveva accettato con gioia. Era stata una pura decisione d'affari non più di quanto fosse stata una pura decisione d'affari cominciare a trafficare coca. Se c'era una cosa al mondo che Asso amava più delle auto e della coca erano le armi.

In uno dei momenti in cui si era trovato a corto di fondi, era andato a trovare lo zio, che prestava denaro a usura a mezza popolazione di Castle Rock ed era considerato più che ben imbottito. Asso aveva ritenuto di avere tutte le carte in regola per un prestito: era giovane (be'... quarantotto anni... *relativamente* giovane), aveva delle prospettive ed era un consanguineo.

Suo zio tuttavia la vedeva in maniera radicalmente opposta.

«Niente da fare», gli aveva risposto Reginald Marion «Pop» Merrill. «So da dove ti vengono i soldi, quando ne hai, intendo. Ti vengono da quella merda bianca.»

«Ma zio Reginald...»

«Niente zio Reginald con me», aveva tagliato corto Pop. «Hai il naso bianco in questo preciso istante. Sei avventato. La gente che usa quella merda bianca e la smercia diventa *sempre* avventata. E la gente avventata finisce in galera. Quando ha fortuna. Quando non ne ha, finisce a fertilizzare un pezzo di palude lunga un paio di metri e profonda uno. E io non posso incassare quanto mi è dovuto se i miei debitori sono morti o scontano una pena in carcere. Quello che intendo dire è che non ti darei nemmeno il sudore del mio buco del culo.»

Quel particolare momento di difficoltà si era concretizzato poco dopo l'entrata in carica di Alan Pangborn come sceriffo della contea di Castle. E la prima operazione importante di Alan era stata quando aveva sorpreso Asso e due suoi amici nell'atto di cercare di forzare la cassaforte nell'ufficio di Henry Beaufort al *Mellow Tiger*. Era stata un'operazione in piena regola, un'operazione da manuale, e Asso si era ritrovato a Shawshank meno di quattro mesi dopo che lo zio lo aveva messo in guardia. L'accusa di tentata rapina era caduta durante il patteggiamento, ma Asso si era buscato lo stesso una bella dose di detenzione per violazione di domicilio con effrazione.

Era uscito nella primavera 1989 e si era trasferito a Mechanic Falls. Aveva una prospettiva di lavoro; Oxford Plains Speedway partecipava a un programma statale di riabilitazione da effettuare prima della scarcerazione effettiva e John «Asso» Merrill aveva trovato un posto come addetto alla manutenzione e aiuto meccanico.

Un gran numero dei suoi vecchi amici erano ancora in circolazione, per non parlare di molti degli antichi clienti, e in breve tempo Asso era di nuovo in affari e soffriva di nuovo di emorragie dal naso.

Aveva conservato il suo posto all'autodromo fino a quando si era ufficialmente esaurita la sentenza e il giorno stesso aveva mollato. Aveva ricevuto una telefonata dei Fratelli Volanti Corson da Danbury, nel Connecticut, e presto commerciava di nuovo in armi da fuoco oltre che in polvere boliviana.

Evidentemente il mercato aveva preso quota mentre lui era al fresco, perché invece di pistole, carabine e fucili a ripetizione, si era ritrovato a trattare adesso soprattutto armi automatiche e semiautomatiche. Il culmine era stato nel giugno di quell'anno, quando aveva venduto un missile Thunderbolt a un tizio con un accento sudamericano. Il tipo aveva nascosto il Thunderbolt nella stiva della sua barca e lo aveva quindi pagato con diciassettemila dollari in biglietti da cento nuovi di zecca, con numeri di serie non sequenziali.

«A che serve un aggeggio del genere?» aveva domandato Asso affascinato.

«A qualsiasi cosa, *señor*», aveva risposto senza sorridere il suo acquirente.

Poi, in luglio, gli era cascato il mondo addosso. Ancora non capiva come potesse essere accaduto, salvo rimpiangere di non essere rimasto con i Fratelli Volanti Corson a lavorare nella coca e nelle armi da fuoco. Aveva accettato un carico di un chilo di colombiana da un tizio di Portland, finanziando l'affare con l'aiuto di Mike e Dave Corson. Avevano sputato ottantacinquemila dollari, ma per quella partita in particolare avevano calcolato di poter ricavare il doppio del prezzo d'acquisto per l'alto grado di purezza risultato dai test. Asso si rendeva conto che ottantacinquemila era una cifra che strabordava di gran lunga dal suo normale giro d'affari, ma si sentiva in gran forma e pronto a fare carriera. «Nessun problema!» era uno dei suoi slogan preferiti, in quei giorni. Tutto era cambiato da allora. Tutto era cambiato di molto.

I cambiamenti erano cominciati quando Dave Corson aveva telefonato da Danbury, nel Connecticut, per chiedergli che cosa gli era saltato in mente di far passare del bicarbonato di sodio per cocaina. Evidentemente il tizio di Portland era riuscito a farlo fesso, con o senza test, e quando Dave Corson aveva cominciato a fiutare l'inganno, aveva smesso di essere amichevole come prima. Anzi, aveva cominciato a essere decisamente *ostile*.

Asso avrebbe potuto tentare di dileguarsi, viceversa aveva preso in mano tutto il coraggio (che non era poca cosa, nonostante la mezza età) ed era andato a trovare i Fratelli Volanti Corson. Aveva dato loro la sua versione dei fatti. Aveva reso le sue giustificazioni a bordo di un Dodge con la moquette, un letto ad acqua riscaldato e uno specchio montato sul soffitto. Era stato molto convincente. *Doveva* essere molto convincente, perché il camper era stato parcheggiato in fondo a una sterrata qualche miglio a ovest di Danbury, perché al volante era seduto un nero che chiamavano Timmy Tutto Troppo, e perché i Fratelli Volanti Corson, Mike e Dave, gli sedevano ai lati, ciascuno armato di un H & K senza rinculo.

Mentre parlava, si era ritrovato a ricordare che cosa gli aveva detto suo zio prima del colpo fallito al *Mellow Tiger*. *La gente avventata finisce in galera. Quando ha fortuna. Quando non ne ha, finisce a fertilizzare un pezzo di palude lunga un paio di metri e profonda uno.* Ebbene, Pop aveva detto il vero nella prima metà e Asso intendeva esercitare tutta la sua capacità di persuasione per evitare che si avverasse la seconda. Non erano previsti i programmi di riabilitazione dopo la palude.

Era stato molto persuasivo. E a un certo punto aveva pronunciato due parole magiche: Ducky Morin.

«Hai comprato quella porcheria da *Ducky*?» era sbottato Mike Corson, strabuzzando gli occhi iniettati di sangue. «Sei sicuro che era lui?»

«Certo che sono sicuro», aveva risposto Asso. «Perché?»

I Fratelli Volanti Corson si erano scambiati un'occhiata e avevano cominciato a ridere. Asso non sapeva perché stessero ridendo, ma era contento che lo stessero facendo. Gli sembrava un buon segno.

«Com'era?» aveva voluto sapere Dave Corson.

«È un tizio alto... ma non come lui...» aveva precisato Asso indicando con il pollice l'autista che, armato di Walkman, dondolava a un ritmo rock che sentiva solo lui. «Però era alto. È francocanadese. Si sente da come parla. Ha un orecchino d'oro.»

«È lui, il vecchio Daffy Duck», confermò Mike Corson.

«Se devo essere sincero, sono stupito che nessuno gli abbia ancora fatto la festa», aveva commentato Dave Corson. Si era girato verso il fratello Mike e avevano scosso la testa insieme, in un gesto di incredulità totalmente condivisa.

«Io credevo che fosse a posto», aveva protestato Asso. «Ducky aveva *sempre* giocato pulito.»

«Ma tu te ne sei stato un po' in vacanza, vero?» gli aveva rammentato Mike Corson.

«Una piccola vacanza all'Hotel Bella Inferriata», aveva sottolineato Dave Corson.

«Deve essere stato mentre tu eri dentro che Ducky ha scoperto il free-base», aveva continuato Mike. «Ed è stato quando il cervello ha cominciato a fargli cilecca.»

«Ora Ducky fa un giochetto nuovo», aveva spiegato Dave. «Conosci il gioco delle tre tavolette, Asso?»

Asso ci aveva pensato un po', poi aveva scosso la testa.

«Ma sì che lo conosci», aveva insistito Dave. «Perché è per questo che ti trovi a culo nudo. Ducky ti ha mostrato un mucchio di bustine di polvere bianca. Uno era pieno di coca buona. Gli altri erano pieni di merda. Come te, Asso.»

«L'abbiamo analizzata!» si era difeso Asso. Io ho scelto una bustina a caso e l'abbiamo analizzata!»

Mike e Dave si erano scambiati uno sguardo di tetra ironia.

«L'hanno analizzata», aveva detto Dave Corson.

«Ha preso una bustina a caso», aveva detto Mike Corson.

Avevano rivolto gli occhi al soffitto e si erano guardati nello specchio.

«Allora?» aveva chiesto Asso, spostando la testa dall'uno all'altro. Era contento che sapessero chi era Ducky ed era *anche* contento che credessero che non aveva avuto intenzione di fregarli, ma era lo stesso irritato. Lo stavano trattando come uno scimunito e Asso Merrill non si faceva trattare da imbecille da nessuno.

«Allora *cosa*?» aveva ribattuto Mike Corson. «Se non avessi creduto di essere stato tu a scegliere la bustina, l'affare non si sarebbe fatto, giusto? Ducky è come un mago che ripete sempre il vecchio trucchetto della carta da gioco. 'Scegli una carta, una carta qualsiasi.' L'hai mai sentito, Testa di Casso?» Alla faccia dei fucili, ad Asso si erano arruffati i peli delle spalle. «Non mi chiamare così.»

«Noi ti chiamiamo come ci pare», aveva dichiarato Dave. «Ci devi ottantacinque bigliettoni, Asso, e come garanzia su quei soldi finora abbiamo avuto solo un carico di bicarbonato di sodio Arm & Hammer del valore sì e no di un dollaro e cinquanta. Noi Ti chiamiamo Cacasso e Culaspasso, se ci va.»

I fratelli si erano scambiati un'occhiata. Fra loro era passata una mutua comunicazione. Dave si era alzato e aveva battuto un dito sulla spalla di Timmy Tutto Troppo. Aveva consegnato a Tutto Troppo il suo fucile. Poi Dave e Mike erano scesi e si erano appartati in conciliabolo vicino a una macchia di summaco ai bordi di un campo coltivato. Asso non poteva sapere che cosa stessero confabulando, ma sapeva perfettamente che cosa stava succedendo: si stava decidendo la sua sorte.

Sedeva sulla sponda del letto ad acqua a sudare come un maiale, in attesa che risalissero. Timmy Tutto Troppo era scompostamente seduto al posto di Mike Corson e teneva l'H & K puntato su di lui, mentre scuoteva la testa a ritmo con la musica. Molto fievoli, Asso sentiva le voci di Marvin Gaye e Tammi Terrell uscire dalle cuffie. Marvin e Tammi, che andavano fortissimo in quei giorni, cantavano *My Mistake*.

Poi Mike e Dave erano tornati.

«Ti diamo tre mesi per saldarci», lo aveva informato Mike. Asso si era afflosciato sotto un'ondata di sollievo. «Ora come ora vogliamo i nostri quattrini più di quanto abbiamo voglia di spellarti come meriti. C'è anche un'altra cosa.»

«Vogliamo dare una lezione a Ducky Morin», aveva detto Dave. «Ha rotto le palle abbastanza.»

«Sta rovinando la reputazione di tutti quelli del giro», aveva aggiunto Mike.

«Noi pensiamo che tu possa trovarlo», aveva ripreso Dave. «Noi pensiamo che farà un ragionamento. Testa di Casso una volta, Testa di Casso per sempre.»

«Hai commenti da fare, Testa di Casso?» gli aveva domandato Mike.

Asso non aveva commenti. Era già felice di sapere che avrebbe visto il prossimo fine settimana.

«Il primo di novembre è la data di scadenza», aveva concluso Dave. «Tu ci porti i nostri soldi entro il primo di novembre e poi andremo tutti insieme a caccia di Ducky. Se non arrivi puntuale, vedremo quanti pezzi possiamo tagliarti via prima che tiri finalmente le cuoia.»

8

Quando era scoppiato il pasticcio, Asso aveva presso di sé una decina circa di armi di grosso calibro automatiche e semiautomatiche. Aveva impiegato quasi tutto il periodo di moratoria cercando di trasformare quelle armi in denaro contante. Dopodiché avrebbe trasformato il denaro in coca, e non c'era merce migliore da avere a disposizione quando avevi bisogno di rastrellare alla svelta una grossa somma di denaro.

Ma il mercato delle armi era nella zona delle calme. Aveva venduto metà delle scorte, nessuno dei pezzi più pesanti, e si era fermato lì. Nella seconda settimana di settembre aveva conosciuto un personaggio che gli era sembrato promettente al *Piece of Work Pub* a Lewiston. Gli aveva fatto intendere in ogni maniera possibile e immaginabile di essere disposto a comprare almeno sei e forse addirittura dieci armi automatiche se insieme con i pezzi fosse stato in grado di fornirgli il nome di un affidabile mercante di munizioni. Asso ne aveva uno: i Fratelli Volanti

Corson erano i più affidabili commercianti di munizioni di sua conoscenza.

Prima di portare l'affare a termine, si era ritirato nello squallido bagnetto del locale per farsi un paio di fili. Era pervaso da quel felice fermento interiore che ha stregato alcuni presidenti americani; credeva di aver visto la luce in fondo al tunnel.

Aveva posato sul serbatoio del water lo specchietto che portava sempre nel taschino della camicia e vi stava versando sopra la coca, quando dall'orinale più vicino al box in cui si trovava gli aveva parlato una voce anonima. Non aveva mai scoperto a chi apparteneva la voce; sapeva solo che lo sconosciuto poteva avergli risparmiato qualcosa come quindici anni in un penitenziario federale.

«Il tizio con cui stai parlando ha un microfono addosso», aveva detto la voce dall'orinale e quando aveva lasciato il bagno, Asso era uscito dalla porta di servizio.

9

Dopo quel salvataggio in extremis (non aveva mai avuto il sospetto che l'invisibile informatore avesse avuto semplicemente voglia di divertirsi ai suoi danni) lo aveva colto una strana forma di paralisi. L'aveva preso una paura viscerale che gli impediva di azzardarsi a comprare più che qualche piccola dose per uso personale. Non aveva mai provato una simile sensazione di blocco totale. La detestava, ma non sapeva come uscirne. La prima cosa che faceva ogni mattina era guardare il calendario. Gli sembrava che novembre gli stesse piombando addosso.

Poi, quella mattina, si era svegliato prima dell'alba con la mente illuminata da una strana luce blu: doveva tornare a casa. Doveva tornare a Castle Rock. Là c'era la risposta ai suoi guai. Tornare a casa gli era sembrato giusto e indispensabile, in quel momento, ma anche se fosse stato un errore, il cambiamento d'aria avrebbe forse spezzato l'incantesimo che lo attanagliava.

A Mechanic Falls era semplicemente John Merrill, ex detenuto che abitava in una baracca con fogli di plastica alle finestre e pezzi di cartone nel telaio della porta. A Castle Rock era sempre stato Asso Merrill, l'orco che aveva dominato gli incubi di un'intera generazione di bambini. A Mechanic Falls era un accattone, un bianco straccione con una Dodge truccata ma senza un box in cui ricoverarla. A Castle Rock era stato almeno per qualche tempo qualcosa come un re.

Così era tornato e adesso era qui, ma che fare dunque?

Non ne aveva idea. La città gli sembrava più piccola, più bigia e più vuota di come la ricordava. Era presumibile che Pangborn fosse in giro come al solito, ma non sarebbe passato molto tempo prima che Bill Fullerton lo chiamasse all'autoradio per avvertirlo che era tornato in città. Allora Pangborn l'avrebbe scovato e gli avrebbe chiesto che cosa si era messo in mente di fare lì. Gli avrebbe chiesto se aveva un lavoro. Non l'aveva. E non poteva nemmeno sostenere di essere tornato per far visita allo zio perché Pop era in negozio quando era scoppiato l'incendio che lo aveva raso al suolo. Va bene, Asso, avrebbe detto Pangborn, allora perché non salti a bordo del tuo bolide e non te la squagli?

E che cosa avrebbe risposto, allora?

Non ne aveva idea. Sapeva solo che quel lampo di luce azzurra che lo aveva svegliato non aveva ancora smesso di brillare dentro di lui.

Notò che l'appezzamento di terreno su cui era sorto l'*Emporium Galorium* era ancora vuoto. Nient'altro che erbacce, qualche resto carbonizzato di assi di legno e immondizie da strada. Cocci di vetro riflettevano il sole in staffilate di luce rovente che faceva lacrimare gli occhi. Non c'era niente da guardare, ma Asso aveva voglia di guardare lo stesso. Scese dal marciapiede per attraversare la strada e quand'era quasi arrivato dall'altra parte, la sua attenzione fu richiamata dalla tenda verde.

COSE PREZIOSE

diceva l'ampio orlo che pendeva sul davanti. E che nome era mai quello per un negozio? Asso si avvicinò incuriosito. Il sopralluogo al lotto vacante dove suo zio aveva gestito la sua trappola per turisti sprovveduti poteva anche aspettare: difficile che qualcuno lo trasferisse altrove.

Il primo particolare su cui cadde il suo sguardo fu il cartello con la scritta

CERCASI AIUTO

Ne registrò il significato solo superficialmente. Non sapeva perché fosse tornato a Castle Rock, ma sicuramente non per fare il commesso.

C'erano alcuni articoli che avevano l'aria di essere di valore in vetrina, roba del genere che si sarebbe portato via se l'avesse trovata in casa di qualche riccastro durante una scorribanda notturna. Un gioco degli scacchi che per pezzi aveva animali della giungla scolpiti nel legno. Una collana di perle nere che a prima vista sembrava dovesse valere una fortuna, ma era con tutta probabilità artificiale. Impossibile che in quella mezza fogna di provincia ci fosse qualcuno in grado di comprarsi un filo di perle nere autentiche. Però il lavoro era ben fatto, sembravano vere almeno a lui e...

Asso socchiuse gli occhi fissando il libro esposto dietro la collana. Era stato sistemato in verticale, così chi si fosse fermato a contemplare la vetrina ne avrebbe vista facilmente la copertina, con i profili di due uomini ritratti nottetempo in cima a un costone. Uno aveva un piccone e l'altro una pala. E stavano scavando insieme. Il titolo del libro era *Tesori scomparsi e sepolti nel New England*. Subito sotto c'era il nome dell'autore in piccole lettere bianche.

Era Reginald Merrill.

Asso andò alla porta a provare la maniglia. Ruotò docilmente sotto le dita. La campanella tintinnò. Asso Merrill entrò in *Cose Preziose*.

10

«No», disse Asso guardando il libro che il signor Gaunt aveva prelevato dalla vetrina e gli aveva messo in mano. «Non è quello che voglio io. Deve aver preso quello sbagliato.»

«È l'unico libro esposto, glielo posso assicurare», obiettò il signor Gaunt un po' sconcertato. «Guardi anche lei, se non mi crede.»

Per un attimo Asso fu sul punto di farlo, ma poi si arrese con un piccolo sospiro esasperato. «No, non importa.»

Il libro che gli aveva proposto il negoziante era *L'isola del tesoro* di Robert Louis Stevenson. Che cos'era accaduto gli era abbastanza chiaro: fissato com'era nella mente sullo zio Pop, si era confuso. L'errore principale tuttavia era stato di tornare a Castle Rock. Che cosa cazzo gli era venuto in mente?

«Senta, questo suo negozio è davvero molto interessante, ma devo proprio andare. Ci vediamo un'altra volta, signor...»

«Gaunt», lo soccorse il negoziante tendendogli la mano. «Leland Gaunt.»

Asso accettò la stretta e la sua mano fu fagocitata da quella del negoziante. Al momento del contatto si sentì scuotere da un'energia travolgente e la sua mente s'illuminò di nuovo di quel lampo blu e questa volta fu un bagliore accecante.

Ritrasse la mano, stordito e con le ginocchia tremanti.

«Che cosa è stato?» mormorò.

«Credo che si chiami 'stimolo dell'attenzione'», rispose il signor Gaunt con pacata compostezza. «Lei *vuole* prestarmi attenzione, signor Merrill.»

«Come fa a sapere come mi chiamo, io non gliel'ho detto.»

«Oh, ma io so chi è *lei*», ribatté il signor Gaunt con una risatina. «La stavo aspettando.»

«Com'è possibile che mi stesse aspettando? Non sapevo nemmeno io che stavo venendo qui prima di montare in macchina.»

«Mi scusi un attimo, prego.»

Gaunt tornò alla vetrina, si chinò a raccogliere un cartello appoggiato alla parete. Poi si sporse, tolse

CERCASI AIUTO

e lo sostituì con

COLUMBUS DAY CHIUSO

«Perché l'ha fatto?» Asso si sentiva come se avesse inciampato in una recinzione metallica percorsa da una moderata carica elettrica.

«È buona norma per noi negozianti togliere un cartello di offerta di lavoro quando è stata trovata la persona che si cercava», spiegò il signor Gaunt con una certa severità nella voce. «La mia attività a Castle Rock si è sviluppata in modo molto soddisfacente e adesso ho bisogno di una schiena muscolosa e un paio di mani in più. Mi stanco facilmente di questi tempi.»

«Ehi, ma io non...»

«Ho bisogno anche di un autista», lo interruppe il signor Gaunt. «Mi pare che guidare sia la tua specialità principale. Come primo compito, Asso, andrai a Boston. Ho un'automobile in un'autorimessa in quella città. Ti divertirai... è una Tucker.»

«Una Tucker?» In quel momento Asso si dimenticò che non era tornato a Castle Rock per fare il commesso... e nemmeno l'autista, se è per questo. «Vuol dire come quella del film?»

«Non proprio», rispose il signor Gaunt. Passò dietro al banco dove c'era il suo antiquato registratore di cassa, si tolse una chiave di tasca e aprì il cassetto sottostante. Ne estrasse due piccole buste. Ne posò una sul banco e tese l'altra ad Asso. «Ha avuto alcune modifiche. Tieni. Sono le chiavi.»

«Ehi, un momento! Le ho detto...»

Gli occhi del signor Gaunt avevano un colore strano che Asso non riusciva a determinare, ma quando li vide incupirsi e poi balenare, si sentì di nuovo il latte alle ginocchia.

«Sei in un brutto pasticcio, Asso, ma se non la pianti di comportarti come uno struzzo con la testa infilata nella sabbia, credo che mi passerà la voglia di darti una mano. I commessi di negozio si svendono un tanto al chilo. Lo so, credimi. Ne ho assunti a centinaia in tanti anni di attività, forse migliaia. Perciò piantala di blaterare e *prendi le chiavi*.»

Asso prese la piccola busta. Nel momento in cui i suoi polpastrelli toccarono quelli del signor Gaunt, la testa gli fu attraversata di nuovo da quella scura fiammata. Gemette.

«Andrai con la tua macchina all'indirizzo che ti do io», lo istruì il signor Gaunt, «e la lascerai nel posto che adesso è occupato dalla mia. Ti aspetto al più tardi per mezzanotte, ma penso che sarai di ritorno molto prima.»

«La mia automobile è molto più veloce di quel che sembra.»

Sorrise, mostrando tutti quei denti.

Asso tentò di nuovo. «Senta, signor...»

«Gaunt.»

Asso annuì, scuotendo la testa su e giù come un burattino manovrato da un apprendista. «In altre circostanze, sarei disposto ad accettare. Lei è... una persona interessante.» Non era la parola che aveva voluto, ma lì per lì la sua lingua non seppe spremersi fuori di meglio. «Però ha ragione, sono effettivamente in un brutto guaio, e se non trovo una grossa somma di denaro entro le prossime due settimane...»

«E il libro?» ribatté lui. C'era riprovazione e divertimento nella sua voce. «Non è per quello che sei entrato?»

«Non è lo stesso...»

Scoprì di averlo ancora nell'altra mano e lo guardò di nuovo. La figura era la stessa, ma il titolo era ridiventato quello che aveva letto in vetrina: *Tesori scomparsi e sepolti nel New England* di Reginald Merrill.

«Ma che storia è questa?» sbottò disorientato. Ma a un tratto aveva capito. Non era affatto a Castle Rock, era a casa sua a Mechanic Falls, sdraiato nella sua cuccia maleodorante, e stava sognando.

«A me sembra un libro, non una storia», lo apostrofò il signor Gaunt. «E il suo zio defunto non si chiamava Reginald Merrill? Strana coincidenza.»

«In tutta la sua vita mio zio non ha mai scritto altro che ricevute e cambiali», dichiarò Asso nella cadenza lenta e impastata di una persona mezzo addormentata. Rialzò gli occhi su Gaunt e scoprì di non poterli più staccare dai suoi. E quelli di Gaunt continuavano a cambiare colore. Blu... grigio... nocciola... castano... nero.

«È sempre possibile che il nome in copertina sia uno pseudonimo», gli fece notare il signor Gaunt. «Forse l'ho scritto io.»

«Lei?»

Il signor Gaunt si unì le dita a guglia sotto il mento. «Forse non è nemmeno un libro. Forse tutte le cose molto speciali che vendo non sono come sembrano. Forse sono oggetti amorfi che hanno un'unica proprietà straordinaria, quella cioè di assumere la forma degli oggetti che animano i sogni di uomini e donne.» Fece una pausa, poi aggiunse in tono riflessivo: «Forse sono sogni anche i miei articoli».

«Non ci capisco niente.»

Il signor Gaunt sorrise. «Lo so. Non fa niente. Se tuo zio avesse scritto un libro, Asso, non sarebbe stato probabilmente su tesori sepolti? Non diresti che i tesori, sepolti nel terreno o nelle tasche dei suoi simili, era un argomento che gli stava molto a cuore?»

«Gli piacevano i quattrini, sì», ammise Asso corrucciato.

«E che fine hanno fatto?» esclamò il signor Gaunt. «Te ne ha lasciati? Sicuramente sì. Non sei forse tu l'unico parente ancora vivo?»

«Non mi ha lasciato nemmeno un fottuto centesimo!» gridò infuriato Asso. «Tutti in città sostenevano che quel vecchio farabutto conservava ancora il primo centesimo che aveva guadagnato, ma, quando è morto, sul suo conto in banca c'erano meno di quattromila dollari, che se ne sono andati tutti per metterlo sotto terra e ripagare i danni dell'incendio. E quando hanno aperto la sua cassetta di sicurezza, sa che cosa hanno trovato?»

«Sì», rispose il signor Gaunt e anche se la sua bocca era seria, atteggiata persino a una pietosa comprensione, i suoi occhi stavano ridendo. «Bollini premio. Sei libretti di Plaid e quattordici di Gold Bond.»

«Proprio così!» esclamò Asso. Fissò con ferocia la copertina di *Tesori scomparsi e sepolti nel New England*. Il disagio e lo smarrimento di poco prima erano stati momentaneamente sopraffatti dall'ira. «E sa una cosa? I Gold Bond non si possono più nemmeno utilizzare! La ditta ha chiuso. A Castle Rock avevano tutti paura di lui, persino *io* ne ero un po' intimorito, e tutti pensavano che fosse ricco sfondato quanto era tirchio, invece è morto in bolletta.»

«Forse non si fidava delle banche», osservò il signor Gaunt. «Forse ha seppellito il suo tesoro. Non credi che sia possibile, Asso?»

Asso aprì la bocca. La chiuse. L'aprì. La chiuse di nuovo.

«Piantala», gli intimò il signor Gaunt. «Sembri un pesce fuor d'acqua.»

Asso tornò a guardare il libro che teneva in mano. Lo posò sul banco per sfogliarne le pagine, piene di scrittura piccola e fitta. E ne scivolò fuori qualcosa. Era un largo pezzo frastagliato di carta marrone, ripiegato alla meglio, che riconobbe all'istante: era stato strappato da un sacchetto dell'*Hemphill's Market*. Quante volte da ragazzo aveva visto lo zio strappare un pezzo di carta come quello da uno dei sacchetti del supermercato che teneva sotto il suo antico Tokeheim, il registratore di cassa che c'era nella sua bottega? Quante volte lo aveva visto compilare somme su quei pezzi di carta... o scriverci una cambiale?

Lo dispiegò con le mani che tremavano.

Era una mappa, quel tanto si capiva, ma sulle prime non riuscì a decifrarla: stava osservando una gran confusione di linee e croci e ghirigori.

«Che cazzo sarebbe?»

«Hai solo bisogno di trovare un po' di concentrazione», commentò il signor Gaunt. «Questa può tornarti utile.»

Asso rialzò la testa. Su una vetrinetta accanto alla cassa, il signor Gaunt aveva posato uno specchietto con una bella cornice in argento lavorato. Ora aprì l'altra busta che aveva prelevato dal cassetto e versò sullo specchio una dose generosa di cocaina. L'occhio non inesperto di Asso giudicò subito che dovesse essere di qualità eccellente; il faretto che illuminava la bacheca faceva brulicare la polvere candida di una miriade di minuscole scintille.

«Gesù!» Il naso aveva cominciato a formicolargli di pregustazione. «È colombiana?»

«No, è un ibrido speciale», rivelò il signor Gaunt. «Viene dalle pianure di Leng.» Dalla tasca interna della giacca si sfilò un tagliacarte d'oro e cominciò a suddividere il mucchietto di polvere in lunghi fili compatti.

«Dove sarebbe?»

«Di là dalle montagne e lontano», rispose il signor Gaunt senza alzare gli occhi. «Non fare domande, Asso. La gente che ha grossi debiti fa bene a godersi quanto di buono la vita gli offre gratuitamente.»

Ripose il tagliacarte e dalla stessa tasca estrasse una piccola cannuccia di vetro, che offrì ad Asso. «A te.»

La cannuccia era incredibilmente pesante. Doveva essere di cristallo, non di vetro comune. Asso si chinò sullo specchietto, ma all'ultimo istante esitò. E se il vecchio fosse appestato di AIDS o di qualche altra porcheria?

Non fare domande, Asso. La gente che ha grossi debiti fa bene a godersi quanto di buono la vita gli offre gratuitamente.

«Amen», disse Asso a voce alta e sniffò. La testa gli si riempì di quel vago sapore di banana e limone che è una caratteristica della cocaina di prima scelta. Era dolce e pastoso, ma anche potente. Cominciò a battergli forte il cuore. Contemporaneamente i suoi pensieri diventarono perfettamente nitidi, cominciarono a brillare come se fossero rifiniti con cromature appena lucidate. Gli tornò alla mente una frase che gli era stata detta non molto tempo dopo che aveva avuto inizio la sua relazione d'amore con quella sostanza: *Le cose hanno più nomi quando sei fatto. Molti di più.*

All'epoca non aveva capito, ma gli sembrò di capire adesso.

Offrì la cannuccia a Gaunt, ma il negoziante scosse la testa. «Mai prima delle cinque», dichiarò. «Ma tu non fare complimenti, Asso.»

«Grazie.»

Guardò di nuovo la mappa e scoprì che adesso l'interpretava senza alcuna difficoltà. Le due linee parallele con in mezzo una X rappresentavano evidentemente il Tin Bridge e, una volta capito quello, tutto il resto diventava un giochetto da ragazzi. Il ghirigoro che passava attraverso le linee e attraverso la X salendo verso il margine superiore del pezzo di carta era la Route 117. Il circoletto con dietro il cerchio più grande non poteva rappresentare che la fattoria Gavineaux, con il circolo grande in corrispondenza delle stalle. Quadrava. Era tutto chiaro e limpido e scintillante come il friabile mucchietto di coca che quell'imprevedibile negoziante aveva versato dalla sua piccola busta.

Asso si chinò di nuovo sullo specchietto. «Spara quando sei pronto», mormorò e tirò altri due fili. Bang! Zap! «Cristo, è una vera bomba», rantolò.

«Sicuro», convenne il signor Gaunt, serio.

Asso si voltò di scatto, improvvisamente convinto che lo stesse canzonando, ma l'espressione del signor Gaunt era calma e composta. Asso tornò a esaminare la mappa.

Questa volta la sua attenzione si concentrò sulle croci. Ce n'erano sette... anzi, per la verità erano otto. Una era sul terreno morto e paludoso che era appartenuto al vecchio Treblehorn... il quale Treblehorn era morto ormai da anni, ma non era circolata forse la voce secondo cui suo zio Reginald aveva ottenuto la gran parte di quel terreno come restituzione di un prestito?

Ce n'era un'altra ai bordi della zona protetta sull'altro versante di Castle View, se ricordava bene la sua geografia. Ce n'erano due sulla Strada Municipale N. 3, vicino a un circoletto che era probabilmente la Seven Oaks Farm di Joe Camber. Altre due erano sui terreni di proprietà di Diamond Match, sul lato occidentale del Castle Lake.

Asso fissò Gaunt con gli occhi sgranati e rossi di sangue. «Ha seppellito i suoi soldi? È questo che vogliono dire le croci? *Sono i posti in cui ha seppellito i suoi soldi?*»

Il signor Gaunt alzò elegantemente le spalle. «Io sicuramente non lo so. Sembra logico, ma la logica spesso ha poco a che vedere con il comportamento della gente.»

«Però può essere», insisté Asso. L'eccitazione e la dose massiccia di cocaina gli stavano mettendo la frenesia addosso; nei grossi muscoli delle braccia e dell'addome si sentiva esplodere gomitoli di rigido fil di rame e un cupo rossore aveva colorito la carnagione giallastra del suo viso butterato dall'acne giovanile. «*Potrebbe* essere! Tutti i posti dove ci sono quelle croci... *potrebbero essere proprietà di Pop!* Vede anche lei? Potrebbe aver vincolato, o come cavolo si dice, tutti quegli appezzamenti di terreno perché nessuno possa mai comprarli... così nessuno avrebbe potuto scoprire che cosa ci ha nascosto...»

Finì la coca che ancora c'era sullo specchietto e si appoggiò al banco. Gli occhi sporgenti e iniettati di sangue gli vibravano nelle orbite.

«Potrei ritrovarmi non solo fuori da un brutto guaio», concluse in un bisbiglio tremante. «Potrei ritrovarmi fottutamente *ricco*.»

«Già», concordò il signor Gaunt, «direi che c'è una buona possibilità. Ma ricordati che cosa c'è scritto lì, Asso.» Indicò l'avviso che aveva appeso alla parete:

NON SI CONCEDONO RIMBORSI O CAMBI MERCE

CAVEAT EMPTOR!

Asso lesse il cartello. «Che cosa vuol dire?«

«Vuol dire che tu non sei il primo ad aver pensato di aver trovato in un vecchio libro la chiave per entrare in possesso di grandi ricchezze», rispose il signor Gaunt. «Vuol dire anche che ho ancora bisogno di un commesso e di un autista.»

Asso lo fissò quasi stupefatto. Poi rise. «Sta scherzando?» Additò la mappa. «Ho da scavare mezzo mondo!»

Il signor Gaunt sospirò in un gesto di rammarico, ripiegò il foglio di carta marrone, lo ripose nel libro e posò il libro nel cassetto sotto il registratore di cassa. Tutto questo eseguì con incredibile sveltezza.

«Ehi!» protestò Asso. «Che cosa sta facendo?»

«Mi è appena venuto in mente che ho promesso quel libro a un altro cliente, signor Merrill. Desolato. E poi il negozio oggi è chiuso. Si festeggia Cristoforo Colombo, sa?»

«Un momento!»

«Ovviamente se avesse ritenuto di accettare l'offerta di lavoro, sono sicuro che avremmo potuto trovare una via d'uscita. Ma vedo che è molto occupato. Senza dubbio vorrà assicurarsi che i suoi affari siano tutti sistemati prima che i Fratelli Corson la riducano a un affettato misto.»

Asso aveva ricominciato ad aprire e richiudere la bocca. Cercava di ricordare dov'erano ubicate le piccole croci, ma non ci riusciva. Nella mente in ebollizione le croci si erano fuse tutte in una più grande e solida... di quelle che si vedono nei cimiteri.

«D'accordo!» proruppe. «D'accordo, prendo quel cazzo di lavoro.»

«In tal caso credo che il libro possa essere in vendita», ribatté il signor Gaunt. Lo estrasse dal cassetto e ne controllò il risguardo. «Fa un dollaro e mezzo.» La ressa dei suoi denti apparve in un ampio sorriso famelico. «Che vuol dire un dollaro e trentacinque con lo sconto per i dipendenti.»

Asso si sfilò il portafogli dalla tasca posteriore, lo lasciò cadere e per poco non picchiò la testa contro lo spigolo della vetrinetta quando si chinò per raccoglierlo.

«Ma ho bisogno di un po' di tempo libero», chiese al signor Gaunt.

«Certo.»

«Perché davvero ho da scavare.»

«Si capisce.»

«Ho poco tempo.»

«Molto saggio da parte tua tenerne conto.»

«Facciamo quando rientro da Boston?»

«Non sarai stanco?»

«Signor Gaunt, non posso permettermi di essere stanco.»

«Su questo posso forse darti una mano io», disse il signor Gaunt. Il suo sorriso si dilatò e da esso si proiettarono fuori i denti come quelli di un teschio. «Nel senso che potrei farti trovare un po' di tiramisù.»

«Cosa?» domandò Asso sgranando gli occhi. «Cos'ha detto?»

«Prego?»

«Niente», rispose Asso. «Non importa.»

«Benissimo. Hai ancora le chiavi che ti ho dato?»

Asso si stupì di ritrovarsi la busta con le chiavi nella tasca posteriore.

«Perfetto.» Il signor Gaunt batté un dollaro e trentacinque sul vecchio registratore di cassa, prese il biglietto da cinque che Asso aveva lasciato sul banco e gli diede i tre dollari e sessantacinque di resto. Asso contemplò i soldi come se li vedesse in sogno.

«Ora», riprese il signor Gaunt, «ti darò qualche indicazione, Asso. E ricordati che cosa ti ho detto. Ti voglio indietro per mezzanotte. Se non sei qui entro mezzanotte, io sarò molto infelice. Quando sono infelice, certe volte perdo le staffe. Non ti conviene essere nei paraggi quando succede.»

«Hulkeggia?» scherzò Asso.

Il signor Gaunt alzò lo sguardo su di lui con una ghignante ferocia che lo indusse a retrocedere di un passo. «Sì», annuì. «Proprio così, Asso. Hulkeggio. Proprio così. E adesso stai attento.»

Asso fece attenzione.

11

Mancava un quarto alle undici e Alan si stava preparando a scendere da Nan per un rapido caffè, quando lo chiamò Sheila Brigham all'interfono. Lo avvertì che c'era in linea Sonny Jackett. Pretendeva di parlare con Alan e nessun altro.

Alan sollevò il ricevitore. «Pronto, Sonny? Che cosa posso fare per te?»

«Be'», esordì Sonny nel suo strascicato accento del basso Est, «mi spiace mollarti un'altra patata bollente sul piatto dopo la razione doppia che ti sei buscato ieri, sceriffo, ma ho paura che sia tornato in città un tuo vecchio amico.»

«Vale a dire?»

«Asso Merrill. Ho visto la sua macchina parcheggiata poco più avanti.»

Merda, ci mancava giusto lui, pensò Alan. «L'hai visto?»

«No, ma con l'auto non ci si può sbagliare. Una Dodge Challenger verde vomito, di quelle che i ragazzi chiamano ramrod. L'ho vista su al Plains.»

«Grazie, Sonny.»

«Non c'è di che. Che cosa sarà venuto a fare a Castle Rock quel piantagrane, Alan?»

«Non lo so», rispose Alan e mentre riattaccava pensò: *Ma mi conviene scoprirlo al più presto.*

12

C'era un posto libero vicino alla Challenger verde. Alan vi infilò l'auto di pattuglia 1 e scese. Dietro la vetrata del barbiere scorse Bill Fullerton e Henry Gendron che lo osservavano con vivo interesse negli occhi e li salutò con la mano. Henry puntò il dito dall'altra parte della strada. Alan annuì e l'attraversò. Un giorno Wilma Jerzyck e Nettie Cobb si ammazzano a vicenda e il giorno dopo riappare Asso Merrill, rifletté. La città si sta trasformando in un Circo Barnum & Bailey.

Mentre saliva sul marciapiede opposto, vide Asso che sbucava dall'ombra sotto la tenda verde di *Cose Preziose*. Aveva qualcosa in mano. Sulle prime non capì che cosa fosse, ma quando Asso gli fu più vicino, concluse che aveva capito perfettamente, ma più semplicemente non era stato capace di *crederlo*. Asso Merrill non era il tipo che ci si aspettava di incontrare con un libro in mano.

Si ritrovarono insieme davanti al tratto di erbacce cresciute là dove in passato era sorto l'*Emporium Galorium*.

«Salve, Asso.»

Asso non sembrava minimamente sorpreso di vederlo. Si staccò gli occhiali scuri dalla V della camicia, li scrollò per distenderne le stanghette e li inforcò. «Bene, bene, bene. Come girano, sceriffo?»

«Che ci fai a Castle Rock, Asso?» domandò Alan in tono neutro.

Asso si mise a rimirare il cielo con esagerato interesse. Le lenti dei suoi Ray-Ban ammiccarono nel sole. «Bella giornata per una gita», rispose. «Estiva.»

«Molto bella», disse Alan. «Hai una patente valida, Asso?»

Asso gli rivolse un'espressione di rimprovero. «Guiderei se non l'avessi? Sarebbe illegale, no?»

«Non mi sembra una risposta.»

«Ho fatto l'esame appena ho ricevuto il foglio rosa. Sono in regola. Che gliene pare, sceriffo? È una risposta accettabile?»

«Forse mi conviene controllare di persona.» Alan tese la mano.

«Ah, mi sembra di capire che non si fida!» esclamò Asso. Il tono era ancora quello scherzoso e ironico di prima, ma Alan avvertì la collera sottostante.

«Diciamo che sono un discendente di san Tommaso.»

Asso trasferì il libro nella mano sinistra per potersi sfilare il portafogli dalla tasca posteriore destra e Alan ne approfittò per dare un'occhiata al titolo. Era *L'isola del tesoro* di Robert Louis Stevenson.

Controllò la patente. Era firmata e valida.

«Il libretto di circolazione è nel cruscotto, se vuole riattraversare la strada per controllare anche quello», gli fece sapere Asso.

Ora Alan distingueva ancor più chiaramente la collera nella sua voce. E anche l'antica tracotanza.

«Penso che per il libretto mi fiderò della tua parola, Asso. Perché non mi racconti che cosa sei venuto a fare qui?»

«Sono venuto a guardare *quello*», rispose Asso indicando il lotto vacante. «Non so perché, ma è così. Non mi crederà, ma si dà il caso che sia vero.» Per quanto strano, Alan sentì di potergli credere.

«Vedo che hai anche comprato un libro.»

«So leggere», replicò Asso. «Ma immagino che non crederà neanche a questo.»

«Bene, bene.» Alan s'infilò il pollice nella cintura e lo squadrò. «Guardare hai guardato, e il libro l'hai comprato.»

«Oh-ho, è un poeta e non lo sa.»

«Già, forse. Grazie di avermelo fatto scoprire, Asso. Ora immagino che lascerai serenamente la città, vero?»

«E se non lo facessi? Certo, troverebbe qualcosa per schiaffarmi dentro. La voce 'riabilitazione' non c'è nel suo vocabolario, sceriffo Pangborn?»

«C'è, ma la definizione non è Asso Merrill.»

«Non le conviene mettersi a spingere.»

«Non lo sto facendo. Quando comincerò, te ne accorgerai.»

Asso si tolse gli occhiali. «Voialtri non mollate mai, vero? Neanche... per... il cazzo... che... mollate.»

Alan non disse niente.

Dopo un momento, Asso parve ritrovare la misura. Inforcò nuovamente i Ray-Ban. «Comunque mi sa che me ne andrò davvero», disse. «Ho da fare altrove.»

«Mi fa piacere. Mani occupate sono mani felici.»

«Ma se mi andrà di tornare, tornerò. Ha sentito?»

«Ti sento, Asso, e voglio dirti che non mi sembra per niente saggio. Tu hai sentito *me*?»

«Non mi fa paura.»

«Se non te ne faccio, sei ancora più stupido di quel che credevo.»

Asso lo fissò per un momento attraverso le lenti scure degli occhiali, poi rise. Fu un suono che stridette nelle orecchie di Alan, una risata strana e stonata, di quelle che hanno un fondo sinistro. Restò a guardare Asso che attraversava la strada con il suo antiquato incedere da bullo, apriva lo sportello del suo bolide e saliva a bordo. Pochi attimi dopo il motore ruggì. La scarica dei tubi di scappamento fermò alcuni passanti che si girarono a guardare.

Quella marmitta è illegale, pensò Alan. *Detonante. Potrei dargli la multa.*

A che scopo, però? Aveva problemi più importanti di cui occuparsi che Asso Merrill, il quale comunque stava lasciando la città. Per sempre, si augurava.

Osservò la Challenger verde fare un'inversione di marcia vietata in Main Street e partire in direzione del Castle Stream. Poi si girò a contemplare con aria pensierosa la tenda verde. Asso era tornato alla città natale e aveva comprato un libro. *L'isola del tesoro*, per la precisione. L'aveva acquistato a *Cose Preziose*.

Pensavo che oggi il negozio fosse chiuso, rifletté. *Non c'era scritto così sul cartello?*

Coprì la breve distanza che lo divideva dalla tenda verde. No, non si era sbagliato. Sul cartello in vetrina c'era scritto:

COLUMBUS DAY CHIUSO

Se aveva ricevuto Asso, forse avrebbe ricevuto anche lui, così alzò il pugno con l'intenzione di bussare. Prima di poterlo abbassare, si mise a suonare il cercapersone che portava appeso alla cintura. Schiacciò il pulsante che spegneva quell'aggeggio odioso e sostò indeciso davanti alla porta del negozio ancora per qualche istante... ma per la verità non c'erano dubbi su che cosa doveva fare. Un avvocato o un dirigente poteva anche permettersi di ignorare il proprio cercapersone per qualche minuto, ma non poteva avere incertezza sulle sue priorità uno sceriffo di contea, che tra l'altro veniva eletto e non nominato.

Scese fino al ciglio del marciapiede, dove si fermò e si girò di scatto. Si sentiva un po' come il giocatore che fa il semaforo nel gioco di Semaforo Rosso, quello che ha il compito di sorprendere gli altri giocatori in movimento per rispedirli all'inizio del percorso. Gli era tornata più forte che mai la sensazione di essere osservato. Era sicuro che avrebbe visto un tremito della tendina abbassata sul vetro della porta.

Invece niente. Il negozio continuò a sonnecchiare nell'innaturale calura di quella giornata d'ottobre e se non avesse visto con i propri occhi Asso che usciva dal negozio, avrebbe giurato che dentro non c'era nessuno.

Raggiunse la sua automobile, s'infilò dentro dal finestrino e staccò il microfono mettendosi in comunicazione con l'ufficio.

«Ha chiamato Henry Payton», lo informò Sheila. «Ha già avuto da Henry Ryan i rapporti preliminari su Nettie Cobb e Wilma Jerzyck... passo?»

«Ci sono. Passo.»

«Henry dice che se vuoi i punti salienti, lo trovi da adesso fino a mezzogiorno. Passo.»

«Okay. Sono in Main Street. Arrivo subito. Passo.»

«Alan?»

«Sì?»

«Henry ha chiesto anche se intendiamo procurarci un fax prima della fine del secolo, così può mandarci le copie dei rapporti invece di dover continuamente telefonare per leggertele a voce alta. Passo.»

«Digli di scrivere una lettera al primo consigliere», ribatté Alan scorbutico. «Non sono io a scrivere le voci del bilancio e lo sa benissimo anche lui.»

«Ti ho solo riferito quello che ha detto *lui*. Non vedo perché ti scaldi tanto. Passo.»

Alan ebbe però l'impressione che Sheila fosse alquanto irascibile a sua volta. «Chiudo», rispose.

Montò in macchina e riappese il microfono. Il grande display digitale della banca annunciava che erano le dieci e cinquanta e che la temperatura aveva toccato i ventisette gradi. *Giusto di questo abbiamo bisogno,* pensò. *Tutti in città soffrivano di un attacco di surriscaldamento d'animo.*

Tornò lentamente al Municipio, perso nelle sue meditazioni. Non riusciva a scrollarsi di dosso la sensazione che a Castle Rock stesse accadendo qualcosa, che qualcosa fosse sul punto di sfuggire a ogni controllo. Era sciocco, naturalmente, una follia, ma non riusciva a liberarsene.

13

1

Le scuole della città erano chiuse per la giornata di festa, ma Brian Rusk non ci sarebbe andato nemmeno se fossero state aperte.

Brian stava poco bene.

La sua non era una malattia fisica, non aveva morbillo o scarlattina o addirittura la caccarella, la più umiliante e debilitante di tutte. Non era nemmeno una malattia mentale, di preciso: c'entrava la testa, questo sì, ma più come un effetto secondario. La parte di lui che si era ammalata era in un luogo più intimo, una parte fondamentale che nessun ago di siringa o microscopio avrebbe potuto raggiungere. Brian era sempre stato un ragazzo dal carattere solare, ma quel sole era scomparso, nascosto da una pesante coltre di nubi che non aveva ancora finito di addensarsi.

Le nubi avevano cominciato a raccogliersi il pomeriggio in cui aveva scagliato fango sulle lenzuola di Wilma Jerzyck, si erano infittite quando il signor Gaunt gli era apparso in sogno con la divisa dei Dodger per ricordargli che non aveva ancora finito di pagare per la sua figurina di Sandy Koufax... ma la coltre non era diventata compatta fino a quando, quella mattina, era sceso a far colazione.

Al tavolo della cucina, con il *Press-Herald* di Portland aperto davanti a sé, c'era suo padre con la tuta grigia che indossava sul lavoro alla Dick Perry Rivestimenti e Infissi a South Paris.

«Squadra di rammolliti», bofonchiò da dietro le ali del giornale. «Quando diavolo si decideranno i Patriots a procurarsi un quarterback capace di lanciare quella dannata palla?»

«Non usare quel linguaggio davanti ai ragazzi», lo ammonì Cora. occupata ai fornelli, ma non con la sua solita energia esasperata; la sua voce echeggiò distante e altrimenti preoccupata.

Brian si mise a sedere e versò latte sui fiocchi di granturco.

«Ehi, Bri!» sbottò Sean. «Ti va di scendere in centro oggi? Ci facciamo qualche videogame?»

«Forse», rispose Brian. «Non è...» Poi vide il titolo in prima pagina e smise di parlare.

DUE DONNE MORTE PER FATALE
FAIDA A CASTLE ROCK

«È stato un duello», sostiene la fonte della polizia statale

C'erano le fotografie delle due donne, una accanto all'altra. Brian le riconobbe entrambe. Una era Nettie Cobb, quella che abitava dietro l'angolo in Ford Street. Sua madre diceva che era svitata, ma a lui era sempre sembrata a posto. Si era fermato un paio di volte ad accarezzare il cagnolino, incrociandola a passeggio, e non ci aveva visto niente di diverso da chiunque altro.

L'altra donna era Wilma Jerzyck.

Giocherellò con i suoi fiocchi di granturco, ma non ne mangiò neanche una cucchiaiata. Quando suo padre uscì per andare a lavorare, Brian versò i fiocchi saturi di latte nella pattumiera e tornò quasi strisciando in camera sua, al piano di sopra. Si era aspettato che sua madre lo aggredisse a maleparole, chiedendogli perché buttasse via dell'ottimo cibo quando in Africa c'erano bambini che morivano di fame (dava l'impressione di credere che il pensiero di bambini che muoiono di fame migliori l'appetito), ma non era successo niente; sua madre sembrava persa in un mondo tutto suo, quel giorno.

Era venuto però Sean a tormentarlo come al solito.

«Allora che cosa dici, Bri? Andiamo giù? Ci stai?» Ballava praticamente, saltando da un piede all'altro per la grande emozione. «Possiamo farci qualche videogame e magari fare un salto al negozio nuovo con tutta quella bella roba in vetrina...»

«Stai lontano da quel posto!» gridò Brian e il fratellino rinculò rapidamente, spaventato e sgomento.

«Scusa», cercò di rimediare Brian. «Comunque è meglio che stai alla larga da quel negozio, Sean. Ci tira una brutta aria.»

A Sean tremava il labbro inferiore. «Kevin Pelkey dice...»

«A chi vuoi credere? A quell'impiastro o a tuo fratello? Non è un posto dove andare, Sean. È...» Si inumidì le labbra, poi pronunciò la parola che sentiva contenere il succo della verità: «È marcio».

«Ma che ti prende?» chiese Sean. La sua voce era fiera e lacrimosa. «È da due giorni che sembri uno zombie! E anche mamma!»

«Non mi sento molto bene, tutto qui.»

«Be'...» considerò Sean. Poi si rianimò. «Forse qualche videogame ti farebbe star meglio. Possiamo giocare all'incursione aerea, Bri! Ce l'hanno! Quello che ti ci siedi dentro e si inclina avanti e indietro! È fortissimo!»

Brian rifletté. No. Non si vedeva proprio a scendere alla sala dei videogame, non quel giorno, forse mai più. Ci sarebbero stati tutti gli altri, era una di quelle giornate in cui c'era da aspettare in coda per un gioco come l'incursione aerea, ma ormai lui era diverso da loro, forse lo sarebbe stato per sempre.

Del resto lui aveva una figurina di Sandy Koufax del 1956.

Voleva tuttavia fare qualcosa di carino per Sean, per *chiunque*, qualcosa che servisse a porre un po' di rimedio alla cosa mostruosa che aveva fatto a Wilma Jerzyck. Così disse a Sean che forse gli sarebbe venuta voglia di giocare nel pomeriggio, ma di accontentarsi per il momento di qualche moneta da un quarto. Le fece cascar fuori dal suo salvadanaio, che era una grossa bottiglia di plastica della Coca-Cola.

«Caspiterina!» esclamò Sean facendo gli occhi grandi. «Sono otto... nove... dieci pezzi da un quarto! Allora sei malato sul serio!»

«Già, devo proprio essere malato. Divertiti, Sean. E non dirlo a mamma, se no te li fa restituire.»

«È in camera sua a sognare a occhi aperti con quegli occhiali scuri addosso», ribatté Sean. «Non sa nemmeno se siamo vivi.»

Dopo una pausa aggiunse: «Mi stanno qui, quegli occhiali neri. Sono totalmente da paranoia». Osservò meglio il fratello maggiore. «Non ti trovo molto in forma, Bri.»

«Non mi sento in forma», ammise Brian con sincerità. «Credo che mi metterò a letto.»

«Be'... ti aspetto per un po'. Vediamo se stai meglio. Vado a vedere i cartoni animati sul canale cinquantasei. Vieni giù, se ti passa.» Sean fece tintinnare le monete fra le mani a coppa.

«D'accordo», promise Brian e chiuse la porta silenziosamente dietro al fratellino che se ne andava.

Le sue condizioni non migliorarono. Con il passare delle ore si sentì invece sempre

(*più nuvoloso*)

peggio. Pensò al signor Gaunt. Pensò a Sandy Koufax. Pensò a quello spaventoso titolo di giornale: DUE DONNE MORTE PER FATALE FAIDA A CASTLE ROCK. Pensò a quelle fotografie, volti familiari che affioravano da grappoli di macchioline nere.

A un certo punto quasi si addormentò, ma proprio in quel momento cominciò a suonare il piccolo giradischi che c'era in camera da letto dei suoi genitori. Mamma aveva messo su di nuovo il suo gracchiante 45 di Elvis. Era da due giorni che non faceva che ascoltarlo e riascoltarlo.

Nella mente di Brian i pensieri ruotavano all'impazzata come macerie risucchiate dal vortice di un ciclone.

FATALE FAIDA.

«Sai che dicevano che eri di gran classe... ma era una balla...»

È stato un duello.

FATALE: Nettie Cobb, la donna del cane.

«Non hai mai acchiappato un coniglio...»

Quando tratti con me, ci sono due cose che devi ricordare.

FAIDA: Wilma Jerzyck, la donna delle lenzuola.

Il signor Gaunt è il miglior giudice...

«... e non sei amico mio.»

... e l'affare non è concluso finché non lo DICE *il signor Gaunt.*

Turbinavano questi pensieri nella sua mente, un coacervo di terrore, rimorso e disperazione, che pulsava a tempo con i cavalli di battaglia di Elvis Presley. A mezzogiorno lo stomaco aveva cominciato ad annodarsi. Scalzo, corse in bagno in fondo al corridoio, chiuse la porta e vomitò nella tazza del water cercando in tutti i modi di non fare rumore. Sua madre non lo udì. Era ancora in camera sua, dove Elvis le stava ora dicendo che voleva essere il suo orsacchiotto.

Mentre tornava stancamente in camera sua, sentendosi più afflitto che mai, lo colpì una certezza orribile e devastante: la sua figurina di Sandy Koufax non c'era più. Qualcuno gliel'aveva rubata la notte scorsa mentre dormiva. Si era reso complice di un duplice omicidio per colpa di quella figurina e adesso non c'era più.

Partì di corsa, quasi scivolò sul tappeto della sua stanza e afferrò l'album sopra il comò. Ne sfogliò le pagine a una velocità così terrificante da staccarne alcune dagli anelli. Ma la figurina, *quella* figurina, era ancora al suo posto: la faccia magra lo guardava da sotto la protezione di plastica dell'ultima pagina. C'era ancora e Brian si sentì invadere da un sollievo immenso e immensamente triste.

Sfilò la figurina dalla tasca di plastica, andò al letto e vi si adagiò tenendola fra le mani. Non vedeva come e quando avrebbe mai potuto separarsene di nuovo. Era tutto quello che aveva ricavato da quell'incubo. L'unica cosa. Non gli piaceva più, ma era sua. Se bruciandola avesse potuto restituire la vita a Nettie Cobb e Wilma Jerzyck, si sarebbe subito messo in caccia dei fiammiferi (o così credeva sinceramente in quel momento), ma *non poteva* farle rivivere e siccome non poteva, il pensiero di perdere la figurina e restare senza niente gli era insopportabile.

Così la tenne fra le mani e guardò il soffitto e ascoltò la voce ovattata di Elvis che ora intonava *Wooden Heart*. Per forza Sean gli aveva detto che non sembrava in gran forma; aveva la faccia bianca, gli occhi enormi e scuri e opachi. E gli sembrava di avere anche lui il cuore di legno, a ben pensarci.

A un tratto, con lo spaurito, fulmineo brillio di una cometa, l'oscurità che gli riempiva la mente fu squarciata da un pensiero nuovo e veramente orribile: *era stato visto!*

Si drizzò a sedere nel letto e trovò con orrore la propria immagine riflessa nello specchio dell'armadio. La vestaglia verde! Il fazzoletto rosso su un casco di bigodini! La signora Mislaburski!

Che succede laggiù, ragazzo?

Non so bene. Credo che il signore e la signora Jerzyck stiano litigando.

Brian lasciò il letto per andare alla finestra, quasi aspettandosi di vedere lo sceriffo Pangborn imboccare proprio in quel momentò il vialetto di casa sua sulla macchina della polizia. Non c'era, ma presto sarebbe arrivato. Perché quando due donne si uccidono in una faida fatale, c'è sempre un'inchiesta. Avrebbero interrogato la signora Mislaburski, la quale avrebbe riferito di aver visto un ragazzo a casa dei Jerzyck. Quel ragazzo, avrebbe dichiarato allo sceriffo, era Brian Rusk.

Al piano di sotto squillò il telefono. Sua madre non rispose, anche se c'era una derivazione in camera da letto. Continuò a cantare con il disco. Finalmente sentì che rispondeva Sean. «Chi è, prego?»

Brian pensò con calma: *Me lo farà sputare. Non so mentire, non a un poliziotto. Non sono stato capace di mentire nemmeno con la signora Leroux su chi aveva rotto il vaso sulla sua cattedra quella volta che era uscita per andare in segreteria. Me lo farà sputare e finirò in prigione per omicidio.*

Quello fu il momento in cui Brian Rusk cominciò a meditare il suicidio. Quei pensieri non furono né morbosi, né romantici, ma estremamente sereni, molto razionali. Suo padre teneva un fucile nel box e in quel momento il fucile di suo padre gli sembrò la risposta a tutti i suoi problemi.

«Briiii! Telefono!»

«Non ho voglia di parlare a Stan!» urlò. «Digli di richiamarmi domani!»

«Non è Stan», rispose Sean dal pianterreno. «È un tizio. Un grande.»

Enormi mani di ghiaccio afferrarono il cuore di Brian e glielo strizzarono. Ecco: lo sceriffo Pangborn al telefono.

Brian? Ho qualche domanda da rivolgerti. Domande molto serie. Credo che se non vieni subito giù a rispondere, dovrò venirti a prendere. Dovrò venire con l'auto della polizia. Presto il tuo nome sarà sul giornale, Brian, e la tua foto apparirà in TV e tutti i tuoi amici la vedranno. La vedranno anche tuo padre e tua madre e il tuo fratellino. E quando mostreranno la foto, l'uomo che legge le notizie dirà: «Questi è Brian Rusk, il ragazzo che ha spinto Wilma Jerzyck e Nettie Cobb a uccidersi a vicenda».

«C-c-chi è?» balbettò con la voce improvvisamente stridula.

«Non so!» Sean era stato strappato ai *Transformer* ed era seccato. «Mi pare che ha detto di chiamarsi Crowfix o qualcosa del genere.»

Crowfix?

Brian era immobile sulla soglia della sua camera, con il cuore come un treno nel petto. Due larghe chiazze rosse gli bruciavano ora sugli zigomi della faccia sbiancata, come il trucco di un clown.

Non Crowfix.

Koufax.

Sandy Koufax lo chiamava per telefono. Ma Brian aveva una sua idea tutt'altro che peregrina su chi fosse *in realtà*.

Scese muovendo a stento piedi di piombo. Sollevò un ricevitore che improvvisamente pesava mezza tonnellata.

«Salve, Brian», lo salutò il signor Gaunt, cortese.

«S-s-salve», rispose Brian con la voce stridula di poco prima.

«Non c'è niente di cui preoccuparti», lo tranquillizzò il signor Gaunt. «Se la signora Mislaburski ti avesse visto lanciare quei sassi, non ti avrebbe chiesto che cosa stava succedendo a casa Jerzyck, ti pare?»

«Lei come lo sa?» Brian aveva di nuovo voglia di vomitare.

«Questo non ha importanza. È importante invece che tu abbia fatto la cosa giusta, Brian. Proprio la cosa giusta. Hai detto che pensavi che i Jerzyck stessero litigando. Se la polizia dovesse arrivare fino a te, penseranno che hai sentito lo sconosciuto che scagliava i sassi. Penseranno che non l'hai visto perché si trovava dietro la casa.»

Brian allungò lo sguardo oltre la porta ad arco nel salotto della TV per assicurarsi che Sean non stesse origliando. Lo vide seduto a gambe incrociate davanti al televisore con un sacchetto di popcorn in grembo.

«Non so mentire!» bisbigliò concitato al microfono del ricevitore. «Mi scoprono sempre quando ci provo.»

«Non questa volta, Brian», promise il signor Gaunt. «Questa volta te la caverai da maestro.»

E l'aspetto più terrificante era che Brian pensò che il signor Gaunt fosse il miglior giudice anche in questo caso.

2

Mentre il figlio maggiore meditava il suicidio e subito dopo era occupato in un disperato e sommesso conciliabolo con il signor Gaunt, Cora Rusk, in vestaglia, ballava in silenzio in camera sua.

Solo che non era la sua camera.

Quando inforcava gli occhiali scuri che le aveva venduto il signor Gaunt, era a Graceland.

Danzava per stanze da favola che odoravano di Pine-Sol e cibi fritti, stanze in cui gli unici rumori erano il lieve ronzio dei condizionatori d'aria (erano poche le finestre che si aprivano a Graceland; molte erano inchiodate e tutte erano oscurate), il bisbiglio dei suoi piedi sui folti tappeti e la voce di Elvis che cantava *My Wish Came True* in un tono lamentoso e accattivante. Ballava sotto l'enorme lampadario di cristallo francese in sala da pranzo e intorno ai pavoni di vetro colorato. Sfiorava con le mani i pesanti drappeggi di velluto blu. L'arredamento era provenzale. Le pareti erano color rosso sangue.

La scena cambiò come in una lenta dissolvenza cinematografica e Cora si ritrovò nel seminterrato. C'erano rastrelliere di corna di animali su una parete e colonne di dischi d'oro incorniciati su un'altra. La terza era occupata da schermi televisivi spenti. Dietro al lungo banco incurvato del bar c'erano ripiani pieni di Gatorade: all'arancia, alla limetta, al limone.

Scattò il meccanismo che cambiava i dischi sul suo vecchio fonografo portatile con il ritratto del Re sul coperchio di vinile. Cadde sul piatto un altro quarantacinque. Elvis cominciò a cantare *Blue Hawaii* e Cora ballò l'hula-hula nella Sala della Giungla con le sue accigliate divinità Tiki, il divano con le gargouille per braccioli, lo specchio con la vaporosa cornice di piume strappate al petto di fagiani vivi.

Ballava. Con gli occhiali da sole che aveva acquistato a *Cose Preziose* a nasconderle gli occhi, ballava. Ballava a Graceland mentre suo figlio tornava di soppiatto in camera e si sdraiava di nuovo sul letto e guardava il volto magro di Sandy Koufax e pensava ad alibi e fucili.

3

La scuola elementare di Castle Rock era una corrucciata catasta di mattoni rossi fra l'Ufficio Postale e la Biblioteca. Cimelio di un'epoca in cui gli anziani della città non si sentivano a proprio agio se una scuola non assomigliava abbastanza a un riformatorio. Quella era stata edificata nel 1926 e rispondeva in modo ammirevole a quella particolare esigenza. Con il passare di ogni anno, la città si avvicinava un po' di più all'inevitabile decisione di costruirne una nuova, una che avesse vere finestre invece che spioncini, e un campo giochi che non somigliasse tanto al cortile per l'ora dell'aria in un penitenziario, e aule dove si potesse mantenere una temperatura decente d'inverno.

La stanza in cui si svolgevano le sedute di terapia della dizione di Sally Ratcliffe era stata rimediata a posteriori, infilata nel seminterrato fra il locale della caldaia e il ripostiglio con le sue scorte di salviette di carta, gesso, libri di testo e bidoni di fragrante segatura rossa. Con la cattedra e i sei banchi per gli allievi, in quel bugigattolo non c'era quasi lo spazio sufficiente per girarsi, ma Sally si era sforzata lo stesso di rendere il posto accogliente. Sapeva quanto la terapia della dizione fosse un'esperienza amara, se non spaventosa, per la maggior parte dei bambini che ne avevano bisogno ed erano pertanto affetti da balbuzie, blesità, dislessia e adenoidi. Erano già derisi dai bambini sani e sottoposti a interrogatori dai genitori; che almeno non fosse messo a loro disposizione un ambiente inutilmente claustrofobico.

Così c'erano due sculture mobili che pendevano dai tubi polverosi contro il soffitto, ritratti di divi della TV e di rock star alle pareti e un grande manifesto di Garfield sulla porta. Le parole nel fumetto che usciva dalla bocca di Garfield erano: «Se porcate del genere può dirle uno forte come me, puoi farlo anche tu!»

Sally era spaventosamente indietro con le registrazioni, sebbene la scuola fosse cominciata da solo cinque settimane. Aveva pensato di passare tutta la giornata là sotto per mettersi al passo, ma all'una e un quarto radunò tutte le scartoffie, le infilò nel cassetto da cui provenivano, spinse energicamente il cassetto e lo chiuse a chiave. Se ne andava in anticipo perché era una giornata troppo bella da trascorrere rintanata in quella cantina, anche senza il rombo snervante della caldaia accesa. Così diceva a se stessa, ma non era tutta la verità. In effetti aveva piani precisi per il pomeriggio.

Voleva tornare a casa, voleva sedersi alla finestra con il sole che le scaldava il grembo e voleva meditare su quella favolosa scheggia di legno che aveva comprato a *Cose Preziose*

Era andata via via convincendosi che quella scheggia fosse un autentico miracolo, uno dei piccoli tesori divini che Dio aveva sparso sulla faccia della terra perché fossero trovati dai Suoi fedeli. Tenerla fra le mani era come rinfrescarsi in acqua di sorgente in una giornata canicolare. Tenerla fra le mani era come nutrirsi quando si era affamati. Tenerla era...

Oh, tenerla fra le mani era estasi.

E c'era anche qualcosa che la tormentava. Aveva lasciato la scheggia nell'ultimo cassetto del comò in camera sua, sotto la biancheria intima, e si era preoccupata di chiudere a chiave quand'era uscita, ma l'aveva assalita il terribile, logorante sospetto che qualcuno potesse introdursi in casa e rubarle la

(*reliquia sacra reliquia*)

scheggia. Si rendeva conto che non aveva molto senso: quale ladro avrebbe voluto rubare un vecchio pezzo di legno pietrificato anche se lo avesse trovato? Ma se per ventura il ladro lo avesse *toccato*... se gli stessi suoni e le stesse immagini avessero riempito la *sua* testa come accadeva a lei tutte le volte che serrava la scheggia nel piccolo pugno... allora...

Così doveva tornare a casa. Si sarebbe messa in calzoncini e canotta e se ne sarebbe stata per un'oretta in quieta

(*esaltazione*)

meditazione, a sentire il pavimento che si trasformava in un ponte di nave in un lento beccheggio, ad ascoltare gli animali muggire e garrire e belare, a vedere la luce di un sole diverso, ad aspettare il momento magico (era sicura che sarebbe arrivato se avesse stretto nella mano la scheggia abbastanza a lungo, se fosse rimasta molto, molto ferma e molto molto pia) in cui la prora dell'enorme scafo si sarebbe incagliata sulla cima della montagna con un cupo scricchiolio. Non sapeva perché Dio l'avesse ritenuta meritevole di tanta benedizione, fra tutti i fedeli del mondo, riservando a lei quello straordinario miracolo, ma poiché lo aveva fatto, intendeva viverlo pienamente.

Uscì dalla porta laterale e attraversò il campo giochi diretta al parcheggio, alta, bella, con i capelli biondo scuro e un paio di gambe lunghe lunghe. Si faceva un gran parlare di quelle gambe dal barbiere, quando vedevano passare Sally Ratcliffe nei suoi morigerati tacchi bassi, quasi sempre con la borsetta da una parte e la Bibbia (farcita di opuscoli) dall'altra.

«Cavoli, quella ha due gambe che le arrivano al mento», aveva commentato una volta Bobby Dugas.

«Toglitele pure dalla testa», aveva risposto Charlie Fortin. «Non sperare di sentirtele mai agganciate dietro il culo. Appartiene a Gesù e a Lester Pratt. In quest'ordine.»

C'era stata un'esplosione di vigorosa ilarità maschile dal barbiere, il giorno in cui Charlie aveva piazzato quell'autentica battuta da sginocchiamento. E fuori, inconsapevole, incurante, avvolta nel manto protettivo della sua gaia innocenza e considerevole virtù, Sally Ratcliffe aveva proseguito verso la sua destinazione, che era il Giovedì di Studio della Bibbia per Giovani Adulti del reverendo Rose.

Non si alludeva nemmeno a una battuta sulle gambe di Sally o su *qualsiasi* altra cosa di Sally se per caso al *Clip Joint* era presente Lester Pratt, il quale vi si recava almeno una volta ogni tre settimane per farsi affilare le setole del taglio a spazzola. Era evidente a tutti coloro che in città badavano a questi aspetti della vita altrui che, secondo Lester, Sally scoreggiava profumo francese e defecava petunie, e non ci si metteva a litigare su argomenti del genere con un pezzo di marcantonio come lui. Era una persona affabile, ma riguardo a Dio e a Sally Ratcliffe era sempre maledettamente serio. E un uomo come Lester avrebbe facilmente potuto staccarti braccia e gambe per riattaccartele in qualche nuova maniera molto interessante, se ne avesse avuto voglia.

Le effusioni fra lui e Sally si erano spinte in alcune occasioni a livelli notevoli di effervescenza, ma non erano andati mai «fino in fondo». Di solito dopo quegli incontri Lester tornava a casa in uno stato di totale scompiglio interiore, con il cervello che traboccava di gioia e i testicoli che traboccavano di liquida frustrazione, e allora si metteva a sognare la notte, non più molto lontana in cui non sarebbe stato costretto a fermarsi. Certe volte si chiedeva se quando l'avessero finalmente «fatto» non c'era rischio che l'annegasse.

Anche Sally aspettava con ansia il matrimonio e la fine delle frustrazioni sessuali... anche se da qualche giorno a quella parte gli abbracci di Lester le sembravano un po' meno importanti. Era stata indecisa se raccontargli della scheggia di legno proveniente dalla Terra Santa che aveva acquistato a *Cose Preziose*, la scheggia miracolosa, ma alla fine aveva preferito di no. Glielo *avrebbe* detto, naturalmente, perché era doveroso condividere i miracoli. Era sicuramente peccato *non* farlo. Aveva però dovuto prendere atto con sorpresa (e non poco sconcerto) del sentimento di avara gelosia che le cresceva dentro ogni volta che meditava di mostrare la scheggia a Lester, invitandolo a tenerla fra le mani.

No! aveva protestato una voce infantile e rabbiosa la prima volta che ci aveva pensato. *No, è mio. Lui non ci troverebbe mai quello che ci trovo io! È impossibile!*

Sarebbe venuto il giorno in cui l'*avrebbe* condivisa con lui, allo stesso modo che un giorno avrebbe condiviso con lui il proprio corpo, ma non era ancora tempo né per l'uno né per l'altro.

Quella calda giornata d'ottobre apparteneva a *lei* in esclusiva.

C'erano poche automobili sul piazzale, e la Mustang di Lester era la più nuova e la più bella. La sua automobile lo stava facendo ammattire per certi guai alla trasmissione, ma grazie al cielo il problema era stato presto risolto. Quando aveva telefonato a Les quella mattina per chiedergli di nuovo in prestito la sua (gliel'aveva restituita a mezzogiorno del giorno prima dopo averla tenuta per sei giorni), lui aveva accettato di buon grado di portargliela subito. Aveva detto che sarebbe tornato a casa facendo del footing e che più tardi sarebbe stato impegnato in una partitella con i Ragazzi. Sicuramente avrebbe insistito perché prendesse la macchina anche se ne avesse avuto bisogno, e a lei questo sembrava del tutto normale e giusto. Si rendeva conto (in una maniera vaga e sfocata dovuta all'intuito più che all'esperienza) che Les sarebbe saltato in un cerchio di fuoco se lei glielo avesse chiesto, cosicché si stabiliva una catena di adorazione che Sally accettava con ingenuo compiacimento. Les venerava lei; tutti e due veneravano il Signore; tutto era come era giusto che fosse; per i secoli dei secoli, amen.

Salì sulla Mustang e nel girarsi per posare la borsetta lo sguardo le cadde su qualcosa di bianco che sporgeva da sotto il sedile. Sembrava una busta.

Si chinò e la raccolse, riflettendo che era un fatto strano, perché Les era abituato a usare nella pulizia della sua automobile lo stesso scrupolo che riservava a se stesso. C'era una sola parola scritta sulla busta, ma sufficiente a provocarle un piccolo sussulto gradevole. La parola era *Amore*, in una scrittura lieve e filante.

Scrittura *femminile*.

La rovesciò. Sul retro non c'era scritto niente e la busta era sigillata.

«Amore?» mormorò dubbiosa e a un tratto si accorse di essere seduta nell'automobile di Lester con tutti i finestrini chiusi a sudare come una matta. Avviò il motore, abbassò il finestrino del posto di guida e si allungò per abbassare anche l'altro. Protesa in quel modo, ebbe l'impressione di percepire un profumo. Se era vero, non era suo; non usava né profumo né cosmetici. La sua religione le insegnava che quelli erano strumenti da meretrici. (E poi non ne aveva bisogno.)

Non era profumo, via. Hai sentito solo l'odore di quel po' di caprifoglio che c'è ancora lungo lo steccato.

«Amore?» disse di nuovo osservando la busta.

La busta non disse niente. Se ne stava lì sorniona tra le sue mani.

Vi passò sopra la punta delle dita, poi la piegò da una parte e dall'altra. Sentì che conteneva un foglio di carta, almeno uno, ma anche qualcos'altro. Quel qualcos'altro era probabilmente una fotografia.

Alzò la busta davanti al parabrezza, ma non servì a niente perché ormai il sole era dall'altra parte. Dopo qualche incertezza, scese dalla macchina e alzò la busta in controluce. Intravide allora un rettangolo più chiaro, la lettera, pensò, e una forma quadrata più scura, che era probabilmente una foto di

(*Amore*)

chiunque avesse spedito la lettera a Les.

Solo che non era stata *spedita*, non era arrivata per posta. Non c'era francobollo e non c'era indirizzo. Solo quell'unica parola inquietante. E non era stata nemmeno aperta, il che stava a indicare... cosa? Che qualcuno l'aveva infilata nella Mustang di Lester mentre lei era al lavoro?

Forse. Poteva anche significare che qualcuno l'aveva infilata in macchina durante la notte, o anche il giorno prima, e che Lester non se ne fosse accorto. In fondo sporgeva soltanto un angolino e poteva darsi che fosse scivolato in avanti solo di recente, durante il suo tragitto da casa a scuola.

«Salve, signorina Ratcliffe!» gridò qualcuno. Sally riabbassò precipitosamente la busta e la nascose nelle pieghe della sottana. Il senso di colpa le strinse momentaneamente il cuore.

Era il piccolo Billy Marchant che attraversava il campo giochi con lo skateboard sotto il braccio. Sally rispose con un gesto al saluto e rimontò frettolosamente in macchina. Si sentiva bollire la faccia. Stava arrossendo. Era sciocco, anzi, era *pazzesco*, ma si stava comportando come se Billy l'avesse colta in flagrante a fare qualcosa di male.

E non è vero, forse? Non stavi cercando di sbirciare una lettera che non ti appartiene?

Fu allora che provò le prime punture della gelosia. Forse apparteneva invece proprio a lei; molti a Castle Rock sapevano che da qualche settimana usava più che spesso l'automobile di Lester. E anche se non le apparteneva la lettera, le apparteneva Lester Pratt! Non stava pensando poco prima, con il solido compiacimento che anima così squisitamente solo il cuore delle pie cristiane giovani e belle, che si sarebbe tuffato in un cerchio di fuoco per lei?

Amore.

Nessuno aveva lasciato la busta per *lei*, di questo era certa. Lei non aveva amiche che la chiamavano tesoro o cara o amore. Era stata lasciata per *Lester*. E...

La soluzione le arrivò come una folgore e si accasciò contro il sedile color carta da zucchero con un piccolo sospiro di sollievo. Lester insegnava educazione fisica al liceo. I suoi allievi erano tutti maschi, naturalmente, ma erano molte le ragazze, ragazze giovani, ragazze vulnerabili, che lo vedevano tutti i giorni. E Les era un giovane piacente.

È stata una liceale che si è presa una sbandata a infilargli il messaggio in macchina. Ecco spiegato il mistero. Non ha avuto nemmeno il coraggio di metterglielo sul cruscotto dove l'avrebbe visto subito.

«Non si dispiacerà se la apro», disse Sally a voce alta e strappò dalla busta una strisciolina precisa che posò nel portacenere dove non c'era mai stata una sigaretta. «Ci faremo due risate questa sera.»

Inclinò la busta e le scivolò in mano una stampa Kodak. Vedendola, il suo cuore ebbe un'esitazione. Poi Sally cominciò ad aprire la bocca mentre le guance le si colorivano di un rosso soffuso. La sua mano salì a trattenere un'esclamazione soffocata dietro le labbra ora atteggiate in una piccola O di costernazione.

Non era mai stata al *Mellow Tiger*, perciò non poteva riconoscere lo sfondo, ma la sua notevole innocenza non arrivava al punto da non sapere riconoscere un bar, di cui aveva visto varie versioni alla TV. Nella foto si vedevano un uomo e una donna seduti a un tavolino in quello che doveva essere un angolo (un angolo *intimo*, insisteva nel volerlo definire la sua mente) di un locale piuttosto ampio. Sul tavolo c'erano una caraffa di birra e due bicchieri. Dietro e intorno alla coppia c'erano altre persone sedute ad altri tavolini. In secondo piano s'intravedeva una pista da ballo.

L'uomo e la donna si stavano baciando.

Lei indossava un top di lustrini che le lasciava scoperto l'addome e una sottana bianca che poteva essere di lino. Una sottana *molto corta*. Una delle mani dell'uomo le aderiva affettuosamente alla pelle nuda della vita. L'altra era *sotto la gonna*, così sotto da spingerle l'orlo su per le cosce. Si scorgeva un pezzetto di mutandina.

La sgualdrinella, pensò Sally fra irritazione e confusione.

L'uomo volgeva la schiena al fotografo e Sally riusciva a vederne solo il mento e un orecchio. Ma la corporatura era molto muscolosa e i capelli bruni erano acconciati in un rigoroso taglio a spazzola. Indossava una maglietta blu (da culturista, l'avrebbero definita gli studenti) e calzoni blu di tuta ginnica con una banda laterale bianca.

Lester.

Lester che esplorava la contrada sotto la gonna della sgualdrina.

No! proclamò la sua mente in preda al panico. *Non* può essere lui! Lester non bazzica i bar! Non beve nemmeno! E non bacerebbe mai un'altra donna, perché ama me! So che è così, perché...

«Perché così dice.» La sua voce, sorda e atona, fu un trauma per le sue stesse orecchie. Avrebbe voluto accartocciare quella fotografia e buttarla fuori del finestrino, ma non poteva farlo: qualcuno avrebbe potuto trovarla, e che cosa avrebbe pensato quel qualcuno?

Riprese a studiarla con occhi intensi e febbrili di gelosia.

La testa dell'uomo nascondeva quasi del tutto quella della donna, ma Sally vedeva la linea dell'arcata sopracciliare, l'angolo di un occhio, la guancia sinistra e un tratto del mento. Più importante ancora, vedeva il taglio dei capelli della rivale: mossi, con una frangetta modellata sulla fronte.

Judy Libby era bruna. E Judy Libby portava i capelli mossi con una frangetta modellata sulla fronte.

Ti sbagli. No, peggio, sei matta. Les ha rotto con Judy quando lei ha lasciato la chiesa. E poi se n'è andata. A Portland o a Boston, un posto così. Questo è uno scherzo cretino, nato da una mente distorta. Sai che Les non si sognerebbe mai...

Ma che cosa sapeva? Da dove le derivava tanta certezza?

Le si parò davanti a deriderla tutto il compiacimento di poco prima e da un angolo recondito del cuore le parlò all'improvviso una voce che quel giorno non aveva mai sentito: *la fiducia dell'innocente è lo strumento più utile del bugiardo.*

Ma non era necessariamente Judy; e non era necessariamente Lester. Dopotutto è praticamente impossibile riconoscere persone che si stanno baciando, no? Non si è sicuri nemmeno al cinema, entrando in ritardo, anche quando gli amanti sono due divi famosi. Bisogna aspettare che finiscano di baciarsi e si girino di nuovo verso l'obiettivo.

Questo non era un film, sottolineò la voce nuova. *Questa è vita reale. E se non sono loro, che ci faceva la busta in questa macchina?*

Ora i suoi occhi si fissarono sulla mano destra della donna, premuta delicatamente contro il collo

(*di Lester*)

del suo ragazzo. Aveva unghie lunghe e curate, con uno smalto scuro. Judy Libby aveva unghie così. Ricordava di non essersi per nulla meravigliata quando Judy aveva smesso di frequentare la chiesa. Una ragazza con unghie così, ricordava di aver pensato, ha ben altro che il Signore in mente.

E va bene, dunque è probabilmente Judy Libby. Questo non significa che l'uomo con lei sia Lester. Poteva essere una vendetta di cattivo gusto architettata da Judy per essere stata mollata da Lester quando finalmente si era capito che non era più cristiana di Giuda Iscariota. Chissà quanti uomini ci sono con i capelli tagliati a spazzola e chiunque può decidere di mettersi una maglietta attillata blu e un paio di calzoni da tuta con le bande bianche.

Poi i suoi occhi si fermarono su un altro particolare e fu come se il cuore le si riempisse improvvisamente di piombo. L'uomo aveva un orologio al polso, di quelli digitali. Lo riconobbe anche se non era perfettamente a fuoco. Non avrebbe potuto non riconoscerlo, perché non era stata forse lei a regalarglielo il mese scorso per il compleanno?

Una coincidenza, ipotizzò debolmente. L'orologio era un comune Seiko perché le sue finanze non le avevano permesso di meglio. Chissà quanta gente aveva un orologio così. Ma la voce nuova mandò una risata roca e disperante. La voce nuova pretese di sapere chi stava cercando di prendere in giro. E c'era di più. Non vedeva la mano sotto la sottana della ragazza (ringraziando la misericordia di Dio!), ma vedeva il braccio di quella mano. Su quel braccio c'erano due grossi nei, appena sotto il gomito. Quasi si toccavano in una specie di piccolo otto.

Quante volte aveva sfiorato amorevolmente quei due nei, seduta con Lester sul dondolo in veranda? Quante volte li aveva baciati amorevolmente mentre lui le accarezzava il seno (corazzato in un reggiseno rinforzato di Penney scelto appositamente per gli scontri amorosi in veranda) e le ansimava all'orecchio paroline affettuose e promesse di incrollabile lealtà?

Sì, era proprio Lester. Un orologio lo si poteva mettere e togliere, ma i nei no... Le passò per la mente un brano di una vecchia canzone: *«Ragazze facili... tut-tut... beep-beep...»*

«Sgualdrina, sgualdrina, *sgualdrina!*» sibilò alla fotografia e la voce le vibrò all'improvviso di odio. Come aveva potuto tornare da lei? *Come?*

Forse, rispose la voce, *perché tu non gli lasci fare quello che sai.*

Il petto le si gonfiò bruscamente; una fievole esclamazione di sgomento le scivolò alla rovescia in fondo alla gola in un rauco risucchio fra i denti.

Ma sono in un bar! Lester non...

Si accorse allora che quella considerazione era del tutto secondaria. Se Lester si vedeva con Judy, se mentiva su *quello*, non era più molto importante che non fosse vero che era astemio, no?

Con la mano che le tremava, mise da parte la fotografia ed estrasse dalla busta il foglio ripiegato che l'accompagnava. Era un singolo foglio di carta da lettere color pesca con bordo a sbavatura. Emanava un odore lieve, dolce e scuro. Si avvicinò il foglio al naso e annusò.

«Sgualdrina!» esclamò con la voce contratta da un gemito. Se Judy Libby le fosse apparsa in quel momento, l'avrebbe aggredita con le proprie unghie, per quanto pudicamente corte. L'avesse avuta tra le mani! Avesse avuto Lester tra le mani! Sarebbe passato un bel pezzo prima che potesse tornare a fare partitelle con gli amici dopo il trattamento a cui lo avrebbe sottoposto. Un *gran* bel pezzo.

Aprì il foglio. Il messaggio era breve, la scrittura era quella arrotondata e fluida di una studentessa.

Caro Les,

Felicia ci ha scattato questa foto ieri sera, giù al *Tiger*. Ha detto che dovrebbe usarla per ricattarci! Ma stava scherzando. Me l'ha regalata e io la regalo a te per ricordo della nostra NOTTE BRAVA. Sei stato un vero MONELLACCIO a mettermi la mano sotto la gonna «davanti a tutti», ma mi hai messo IL FUOCO ADDOSSO. E poi sei COSÌ FORTE. Più la guardavo e più mi riprendeva il «fuoco». Se fai attenzione, mi si vedono le mutandine! Meno male che Felicia non c'era più, dopo, quando me le sono tolte!!! Ci vediamo presto. Intanto accontentati di questa foto «in memoria di me». Io penserò a te e al tuo COSONE. Adesso è meglio che smetto prima di scaldarmi troppo, altrimenti mi toccherà fare qualcosa che non si deve. E ti prego di smettere di stare in ansia per TU SAI CHI. È troppo presa a filare con Gesù per occuparsi di noi.

Tua Judy

Sally rimase seduta al volante della Mustang di Lester per quasi mezz'ora a leggere e rileggere il messaggio, in balia di una tempesta di emozioni, furore, gelosia, mortificazione. Nei suoi pensieri e sentimenti c'era anche un sottofondo di eccitazione sessuale, una cosa che non avrebbe mai confessato a nessuno, meno che mai a se stessa.

La spudorata non conosce nemmeno il congiuntivo, pensò.

I suoi occhi continuavano a trovare frasi nuove su cui fissarsi. Perlopiù erano quelle scritte in lettere maiuscole.

La nostra NOTTE BRAVA
MONELLACCIO
IL FUOCO ADDOSSO
COSÌ FORTE
Il tuo COSONE

Ma la frase alla quale inevitabilmente tornava, quella che soprattutto alimentava la sua furia, era la locuzione liturgica che in quel contesto suonava come una bestemmia:

... accontentati di questa foto «in memoria di me».

Suo malgrado le affiorarono alla mente immagini oscene. Le labbra di Lester che si chiudevano su un capezzolo di Judy Libby e Judy che sussurrava: «Prendi, bevitelo tutto, in memoria di me». Lester in ginocchio fra le gambe spalancate di Judy Libby e Libby che gli diceva di prendere, di mangiare, in memoria di lei.

Fece una pallottola del foglio di carta color pesca e la gettò sul fondo dell'automobile. Si rialzò a sedere eretta dietro il volante, con il respiro pesante e i capelli ridotti a un groviglio sudaticcio (se li era arruffati distrattamente mentre esaminava il messaggio). Poi si chinò, raccolse il cartoccio, lo spianò e lo ripose nella busta con la fotografia. Le mani le tremavano incontrollabili e dovette fare tre tentativi prima di riuscire nel suo intento e quando finalmente ebbe finito, aveva strappato involontariamente mezza busta.

«Sgualdrina!» esclamò di nuovo e scoppiò in lacrime. Le lacrime erano bollenti e bruciavano come acido. «*Schifosa!* E *tu*! *Tu!* Lurido *bugiardo*!»

Piantò la chiave nell'accensione. La Mustang si svegliò con un ruggito che sembrava far eco alla sua collera. Inserì la marcia e partì dal parcheggio della scuola in una nuvola di fumo azzurro e con un gemito prolungato di gomma bruciata.

Billy Marchant, che si esercitava nello slalom sul suo skateboard, sollevò la testa di scatto, colto di sorpresa.

4

Un quarto d'ora dopo era in camera sua a scavare nella biancheria intima alla ricerca della scheggia che non trovava. Il suo odio per Judy e per quel lurido bugiardo del suo fidanzato era stato eclissato da un terrore travolgente: e se fosse scomparsa? Se davvero gliel'avessero rubata?

Aveva portato con sé la busta strappata e si accorse di tenerla ancora stretta nella sinistra. Le stava ostacolando la ricerca. La gettò via e scavò dal cassetto la sua pudica biancheria di cotone ad ampie mani, buttandola dappertutto. Quando già sentiva montare dentro di sé uno strillo di panico, collera e frustrazione, vide la scheggia. Aveva aperto il cassetto con tanta violenza, che il pezzetto di legno era scivolato nell'angolo in fondo a sinistra.

Lo afferrò e subito si sentì inondare di pace e serenità. Prese la busta con l'altra mano e tenne quindi entrambe le mani davanti a sé, il bene e il male, il sacro e il profano, alfa e omega. Poi lasciò cadere la busta strappata nel cassetto e vi rovesciò sopra montagne di biancheria intima.

Si sedette, accavallò le gambe e chinò la testa sulla scheggia. Chiuse gli occhi, aspettando che il pavimento cominciasse a beccheggiare dolcemente, aspettando la quiete interiore che le ispiravano i versi degli animali, i poveri stolti animali, salvati dalla misericordia di Dio in un tempo di malvagità.

Udì invece la voce dell'uomo che le aveva venduto la scheggia. *Dovresti proprio occupartene, sai?* disse il signor Gaunt parlandole da dentro la reliquia. *Dovresti proprio reagire a questa... questa porcheria.*

«Sì», rispose Sally Ratcliffe. «Sì, lo so.»

Restò seduta per tutto il pomeriggio nell'afa della sua stanza di vergine, a pensare e sognare nel cerchio scuro che la scheggia le aveva disegnato intorno, un'oscurità che era come il cappuccio di un cobra.

5

«Guarda il mio re con un vestito color delle more... iko-iko un bel dì... non è un uomo, è una macchina dell'amore...»

Mentre Sally Ratcliffe era assorta nella sua nuova oscurità, Polly Chalmers sedeva in un fascio di brillante luce solare vicino a una finestra che aveva aperto per lasciar entrare uno scampolo di quel pomeriggio d'ottobre così incredibilmente caldo. Lavorava alla sua Singer Dress-O-Matic e cantava *Iko Iko* in una limpida e gradevole voce da contralto.

«Io conosco una persona che oggi si sente meglio», l'apostrofò Rosalie Drake. «*Molto* meglio, a giudicare dal canto.»

Polly alzò la testa e le rivolse un sorriso velato dall'incertezza. «Sì e no», rispose.

«Vuoi dire che ti senti meglio tuo malgrado.»

Polly rifletté per qualche momento, poi annuì. Non era proprio così, ma era accettabile. Le due donne che erano morte insieme il giorno prima erano di nuovo insieme oggi, presso la stessa impresa di onoranze funebri. L'indomani mattina i funerali si sarebbero svolti in chiese diverse, ma nel pomeriggio Nettie e Wilma sarebbero state di nuovo vicine di casa... questa volta all'Homeland Cemetery. Polly si riteneva parzialmente responsabile della loro morte: Nettie non sarebbe mai tornata a Castle Rock se non fosse stato per lei. Era stata lei a scrivere le lettere necessarie, a presentarsi alle necessarie udienze; le aveva persino trovato un'abitazione. E perché? La cosa che l'angustiava era che ormai non lo ricordava più, eccetto che le era sembrato un atto di carità cristiana e di buonsenso.

Non avrebbe cercato scuse a quel senso di colpa, né avrebbe permesso ad altri di tentare di convincerla altrimenti (con molta saggezza Alan non si era nemmeno azzardato), ma non era neanche sicura che tornando indietro si sarebbe comportata diversamente. Evidentemente il nocciolo dei problemi mentali di Nettie era nascosto là dove lei non era potuta intervenire, tuttavia le aveva fatto trascorrere tre anni felici e produttivi a Castle Rock. Forse tre anni così erano meglio del lungo e grigio tempo indeterminato che avrebbe trascorso da reclusa, prima che fosse sconfitta dall'età o anche solo dalla noia. Se poi era stata lei, con le sue azioni, a firmare con il proprio nome la condanna a morte di Wilma Jerzyck, i particolari di quel documento non erano stati scritti da Wilma stessa? Del resto era stata Wilma e non lei a pugnalare il simpatico e inoffensivo cagnolino di Nettie Cobb con un cavatappi.

Contemporaneamente il suo animo più semplice piangeva la scomparsa dell'amica e si tormentava per il fatto che Nettie fosse stata capace di un'azione simile proprio quando lei era così convinta che fosse sulla via di un miglioramento decisivo.

Aveva trascorso gran parte della mattinata a organizzare le esequie e a telefonare ai pochi parenti di Nettie (avevano tutti lasciato intendere che non avrebbero presenziato alle onoranze funebri, come del resto aveva previsto), e svolgere quelle mansioni, occupandosi dei meccanismi clericali della morte, aveva contribuito a mettere a fuoco il suo cordoglio... come del resto ci si aspetta che faccia il cerimoniale dell'estremo saluto.

C'erano però alcuni aspetti di quella vicenda che continuavano ad assillarla.

Le lasagne, per esempio, ancora in frigorifero coperte dal foglio di carta d'alluminio perché non si asciugassero troppo. Forse le avrebbe mangiate per cena con Alan, posto che potesse raggiungerla, s'intende. Da sola, non le avrebbe mangiate mai. Non lo avrebbe sopportato.

Continuava a ricordare l'immediatezza con cui Nettie si era accorta delle sue sofferenze, la precisione con cui aveva valutato la gravità della sua crisi e quanto aveva insistito perché indossasse i guanti termici, convinta che quella volta le sarebbero stati d'aiuto. E naturalmente le ultime parole che aveva pronunciato in sua presenza: «Ti voglio bene, Polly».

«Terra chiama Polly, Terra chiama Polly, fatti sentire, Pol. Ci sei?» cantilenò Rosalie. Quella mattina avevano ricordato Nettie insieme, scambiandosi reminiscenze, e avevano pianto insieme nel retrobottega, abbracciate fra rotoli di stoffa. Ora anche Rosalie sembrava di buonumore, forse perché aveva sentito Polly cantare.

O perché non era del tutto reale per nessuna delle due, rifletté Polly. C'era un'ombra su di lei, non completamente nera, sia ben inteso, ma fitta abbastanza da renderla parzialmente invisibile. Ecco che cosa rende così fragile il nostro dolore.

«Ti sento», rispose. «È vero che sto meglio, è vero che è mio malgrado, è vero che sono molto contenta di sentirmi meglio. Sono stata esauriente?»

«Mi pare di sì», ribatté Rosalie. «Non so che cosa mi ha stupito di più quando sono arrivata, se sentire te che cantavi o sentirti di nuovo alla macchina per cucire. Fa' vedere le mani.»

Polly ubbidì. Nessuno le avrebbe mai scambiate per le mani di una regina di bellezza, con le dita storte e i noduli di Heberden che le ingrossavano grottescamente le nocche, ma Rosalie notò che il gonfiore era vistosamente diminuito rispetto a venerdì scorso, quando il dolore incessante aveva costretto Polly ad andarsene in anticipo.

«Caspita!» esclamò Rosalie. «Ti fanno male?»

«Certo... ma sempre meno che da un mese a questa parte. Guarda.»

Chiuse lentamente le dita in due pugni allentati. Poi le ridistese, con la stessa cautela. «Era da almeno un mese che non ci riuscivo più.» La verità era un po' più grave e Polly lo sapeva bene: era fin da aprile o maggio che non poteva più chiudere i pugni senza terribili sofferenze.

«Cavoli!»

«Perciò mi sento meglio», concluse Polly. «E se ci fosse qui Nettie a testimoniarlo, il momento sarebbe praticamente perfetto.»

Si aprì la porta del negozio.

«Vuoi vedere chi è, per favore?» chiese Polly. «Io vorrei finire questa manica.»

«Ci penso io.» Rosalie fece un passo, ma si fermò subito per girarsi di nuovo. «A Nettie avrebbe fatto piacere sapere che stai meglio.»

Polly annuì. «Lo so», mormorò.

Rosalie andò a servire la cliente. Rimasta sola, Polly si portò la mano sinistra al petto e toccò la piccola protuberanza, non più grande di una noce, sotto il pullover rosa e nel solco fra i seni.

Azka. Che bella parola, pensò e fece partire di nuovo la macchina per cucire, girando e rigirando il tessuto (il suo primo modello originale da alcuni mesi a quella parte) sotto l'argenteo frullio dell'ago.

Si domandò distrattamente quanto avrebbe potuto volere il signor Gaunt per quell'amuleto. Qualunque cifra pretenderà, disse a se stessa, non sarà mai abbastanza. Non poteva, *non doveva,* entrare in quell'ordine di idee quando ci fosse stato da trattare sul prezzo, ma era la pura e semplice verità. Qualunque cifra avesse voluto, sarebbe stato un affare.

14

1

I CONSIGLIERI (e la consigliera) di Castle Rock avevano in comune una sola segretaria a tempo pieno, una giovane donna che rispondeva all'esotico nome di Ariadne St. Claire. Era un tipo gioviale, non sovraccarica di intelligenza, ma instancabile e piacevole a guardarsi. Aveva un seno prorompente che si levava in morbide colline appuntite sotto una serie apparentemente infinita di pullover d'angora, e una pelle deliziosa. Aveva anche occhi peggio che scadenti. Nuotavano, castani e ingranditi, dietro alle spesse lenti dei suoi occhiali di corno. A Buster piaceva. La considerava troppo stupida per essere una di Loro.

Ariadne fece capolino nel suo ufficio alle quattro meno un quarto. «È passato Deke Bradford, signor Keeton. Ha bisogno di una firma per un finanziamento. Ha tempo?»

«Vediamo di che si tratta», rispose Buster, facendo scomparire destramente nel cassetto della scrivania la pagina sportiva del *Sun* di Lewiston, ripiegata sul programma delle corse dei cavalli.

Si era ripreso, si sentiva risoluto e vigile. Gli orrendi foglietti rosa erano stati bruciati nella stufa in cucina, Myrtle aveva smesso di strisciare negli angoli come un gatto strinato quando le si avvicinava (non le importava più molto di Myrtle, ma era lo stesso seccante vivere con una donna che ti considerava lo Strangolatore di Boston) e prima di notte prevedeva di essersi intascato un'altra bella sommetta all'ippodromo. Grazie alla giornata festiva, la folla di spettatori e giocatori sarebbe stata più nutrita (e più alte sarebbero state le vincite).

Ormai ragionava addirittura in termini di doppie e triple.

Quanto al vicesceriffo Facciadimerda e allo sceriffo Testadicazzo e tutta quanta la loro allegra brigata... be', lui e il signor Gaunt sapevano di Loro ed era convinto che insieme costituissero un'autentica forza della natura.

Per tutti quei motivi fu in grado di accogliere Ariadne nel suo ufficio con equanime magnanimità... e poté persino abbandonarsi al vecchio piacere di osservare il dolce dondolio del suo petto dentro l'invisibile bardatura che era senza dubbio poderosa.

La segretaria gli posò sulla scrivania un modulo. Buster lo prese in mano e si appoggiò allo schienale della poltroncina girevole per esaminarlo. L'ammontare richiesto era segnato in una casella in alto: novecentoquaranta dollari. Il destinatario era indicato nella Best Materiali Edili di Lewiston. Nello spazio riservato a *Beni e/o Servizi richiesti,* Deke aveva scritto: 16 CASSE DI DINAMITE. Sotto, nella sezione *Commenti/Motivazioni* aveva scritto:

Alla cava di ghiaia sulla Municipale N. 5 abbiamo finalmente incontrato la formazione di granito di cui ci aveva avvertito il geologo statale nell'87 (vedere il mio rapporto per i particolari). C'è ancora molta ghiaia da estrarre dietro il lastrone, ma dovremo far saltare la roccia per raggiungerla. È necessario farlo prima che venga freddo e cominci a nevicare. Se saremo costretti a comprare a Norway la ghiaia che ci servirà per l'inverno, i contribuenti ci salteranno alla gola. Due o tre botti dovrebbero bastare e la Best ha a disposizione una notevole scorta di Taggart Hi-Impact. Ho controllato di persona. Possiamo averla domani a mezzogiorno, se vogliamo, e cominciare il lavoro mercoledì. Ho marcato i punti da minare se qualcuno del consiglio vuole andare a dare un'occhiata.

In calce Deke aveva scarabocchiato la sua firma.

Buster lesse due volte il messaggio di Deke, battendosi l'unghia sugli incisivi, mentre Ariadne aspettava in silenzio. Finalmente si sporse in avanti, fece una modifica, aggiunse una frase, siglò modifica e aggiunta, quindi firmò con il proprio nome sotto a quello di Deke. Quando restituì il modulo rosa ad Ariadne, stava sorridendo.

«Là!» esclamò. «E tutti che mi danno sempre del taccagno!»

Ariadne osservò il modulo. Buster aveva modificato la somma da novecentoquaranta dollari a millequattrocento. Sotto alle spiegazioni di Deke sull'uso che intendeva fare della dinamite, aveva aggiunto la frase seguente: *Meglio comprare almeno venti casse già che ci sono.*

«Vuole andare a fare un sopralluogo alla cava di ghiaia, signor Keeton?»

«No, no, non è necessario.» Buster tornò allo schienale e si intrecciò le dita dietro la nuca. «Ma chiedi a Deke di darmi un colpo quando arriva la roba. Ce n'è da fare un bel botto. Non vogliamo che finiscano nelle mani sbagliate, giusto?»

«Meglio di no», convenne Ariadne e uscì. Era contenta di andarsene. C'era qualcosa nel sorriso del signor Keeton che trovava... be', un po' inquietante.

Intanto Buster aveva ruotato la poltroncina per allungare lo sguardo nella Main Street, che era molto più animata di quando vi si era affacciato in preda alla disperazione sabato mattina. Molte cose erano accadute da allora e aveva il sospetto che molto di più *sarebbe* accaduto nei giorni seguenti. Diamine, con venti casse di Taggart Hi-Impact nel magazzino dell'assessorato ai lavori pubblici, magazzino del quale lui naturalmente possedeva la chiave, sarebbe potuto succedere di tutto.

Proprio di tutto.

2

Asso Merrill attraversò il Tobin Bridge ed entrò a Boston alle quattro del pomeriggio, ma erano passate le cinque da un pezzo quando finalmente raggiunse quella che sperava fosse la sua destinazione. Era in un quartiere popolare e malandato di Cambridge, quasi del tutto deserto, vicino al centro di un intrico di vie. Una buona merà erano sensi unici e l'altra metà erano vicoli ciechi. I decrepiti edifici di quella zona fatiscente proiettavano lunghe ombre sulle strade quando Asso si fermò davanti a una grande costruzione in calcestruzzo di Whipple Street. Si ergeva in mezzo a un appezzamento invaso dalle erbacce.

Tutt'intorno alla proprietà c'era una recinzione metallica, ma non costituiva un problema, perché avevano rubato il cancello. Restavano solo i cardini, sui quali Asso notò i segni del tronchesino. Passò per il varco aperto a bordo della Challenger e si avvicinò lentamente alla costruzione in calcestruzzo.

Le pareti erano uniformi e prive di finestre. La sterrata segnata da profondi solchi che stava percorrendo portava a un portellone chiuso su un lato dell'edificio affacciato sul fiume Charles. Anche il portellone era privo di finestrelle. La Challenger sobbalzava sulle sospensioni sprofondando e risalendo dalle buche disseminate per la strada che con gli anni aveva perso la copertura asfaltata. Oltrepassò una carrozzina abbandonata in una cascata di cocci di vetro. Una bambola decrepita con mezza faccia sfondata lo fissò con l'unico occhio blu e macilento. Parcheggiò davanti al portellone abbassato. E adesso che cosa diavolo doveva fare? L'edificio aveva l'aria di essere disabitato dalla fine della prima guerra mondiale o giù di lì.

Scese dall'auto. Si tolse dal taschino un pezzo di carta, sul quale era scritto l'indirizzo del luogo in cui Gaunt aveva lasciato la sua automobile. Lo lesse di nuovo, poco convinto. Secondo gli ultimi numeri che aveva visto arrivando lì, quello era *probabilmente* l'85 di Whipple Street, ma come cavolo faceva a esserne sicuro? I posti di quel genere non avevano mai il numero civico in evidenza e non c'era in giro nessuno a cui chiedere. Anzi, tutto quel quartiere era pervaso da un'atmosfera da evacuazione che non gli piaceva affatto. Lotti vacanti. Carcasse di automobili spogliate di ogni parte utilizzabile e fino all'ultimo centimetro di fil di rame. Stabili abitativi vuoti in attesa che i politici intascassero le loro tangenti prima di essere abbattuti. Stradine tortuose che finivano in cortili pieni di immondizie e maleodoranti cul-de-sac. Aveva impiegato un'ora per trovare Whipple Street e adesso che ci era arrivato, quasi rimpiangeva di non essersi perduto. Quello era il quartiere dove ogni tanto la polizia trovava cadaveri di neonati ficcati in bidoni arrugginiti e frigoriferi gettati.

Si avvicinò al portellone e cercò un campanello. Non c'era. Appoggiò la testa al metallo arrugginito e ascoltò. Poteva essere un'officina per auto rubate. Una persona con una scorta di coca di prima qualità come quella che gli aveva fatto assaggiare Gaunt poteva benissimo conoscere gente che vendeva Porsche e Lamborghini in cambio di denaro contante dopo il tramonto del sole.

Non sentì altro che silenzio.

Forse non è nemmeno il posto giusto, pensò, ma aveva esaminato tutta la strada ed era l'unico posto abbastanza grande e abbastanza solido dove ricoverare un'auto d'epoca. A meno che avesse cannato completamente imbucandosi nel quartiere sbagliato. L'ipotesi lo innervosì. *Ti voglio indietro per mezzanotte,* aveva preteso il signor Gaunt. *Se non sei qui entro mezzanotte, io sarò molto infelice. Quando sono infelice, certe volte perdo le staffe.*

Datti una calmata, si esortò Asso con scarso successo. È solo un vecchio dritto con una dentiera orrenda. Probabilmente checca.

Ma non riusciva a calmarsi e sotto sotto non pensava affatto che il signor Leland Gaunt fosse un vecchio dritto con una pessima dentiera. Pensava anche che non aveva nessuna voglia di scoprire la verità, né in un senso né nell'altro. Ma il problema contingente era chiaro: mancava poco all'imbrunire e non gli andava per niente di trovarsi in quella zona della città dopo il tramonto. C'era qualcosa di sbagliato nell'aria, qualcosa che andava al di là di quei caseggiati spettrali con le finestre che sembravano occhi accecati, al di là delle automobili sparse per le strade sui mozzi privati delle ruote. Da quando era arrivato nei pressi di Whipple Street non aveva visto una sola persona camminare per una via o sedere su un gradino o sbirciare da una finestra... eppure aveva avuto lo stesso la sensazione di essere spiato. Ce l'aveva ancora, un formicolio costante dei capelli più corti sulla nuca.

Era quasi come se non si trovasse più a Boston: quel posto era più simile a uno di quelli *Ai confini della realtà*.

Se non sei qui entro mezzanotte, io sarò molto infelice.

Asso colpì con un pugno la faccia maculata di ruggine del portellone. «Ehi! C'è nessuno in casa?»

Nessuna risposta.

In basso c'era una maniglia. La provò. Niente da fare. Il portellone non cedette neanche di un millimetro.

Emise aria fra i denti e si guardò intorno innervosito. Lì vicino c'era la sua Challenger e mai in vita sua aveva tanto desiderato balzare a bordo e *battersela*. Ma non osava.

Girò intorno all'edificio e non trovò niente. Niente di niente. Solo vaste superfici di calcestruzzo, di un ributtante color verde pisello. Sul muro posteriore c'era una scritta in sbiadite lettere rosse tracciata con una bomboletta spray e si soffermò a osservarla per qualche attimo, senza capire perché gli faceva accapponare la pelle.

REGOLE DI YOG-SOTHOTH

Si ritrovò davanti al portellone e pensò: *E adesso?*

Poiché non sapeva pensare a niente altro, tornò alla Challenger e si sedette in macchina a guardare il portellone. Finalmente, in un moto di frustrazione, schiacciò entrambe le mani sul clacson.

Subito il portellone cominciò a salire silenziosamente nelle sue guide.

Asso lo fissò con la bocca spalancata e il suo primo impulso fu di mettere in moto e filare il più velocemente possibile e il più lontano possibile. A Città del Messico, per cominciare. Poi ricordò il signor Gaunt e scese lentamente dalla macchina. Si affacciò all'autorimessa nel momento in cui il portellone terminava la sua corsa fino al soffitto.

L'interno era ben illuminato da una mezza dozzina di lampadine da duecento watt appese ai rispettivi cavi elettrici. Ogni lampadina era schermata con un pezzo di carta stagnola a forma di cono, in maniera che le luci venivano proiettate in cerchi sul pavimento.

In fondo alla spianata di cemento c'era un veicolo coperto da un telo. Contro una parete c'era un tavolone ingombro di arnesi. Contro un'altra erano impilate tre casse. Sopra le casse c'era un vecchio registratore a bobine.

Per il resto l'autorimessa era vuota.

«Chi ha aperto?» chiese Asso con un filo di voce rinsecchita. «Chi ha *aperto?*»

Ma quella domanda non ottenne risposta.

3

Entrò con la Challenger e parcheggiò a ridosso del muro posteriore: c'era spazio da vendere. Riattraversò a piedi la rimessa e di fianco al portellone aperto trovò il pannello di controllo. Spinse il pulsante di chiusura. Il terreno incolto in cui si ergeva quell'enigmatico blocco di calcestruzzo si andava riempiendo di ombre che lo rendevano nervoso. Continuava ad avere la sensazione di scorgere movimenti sospetti.

Il portellone scese senza il minimo cigolio. Mentre aspettava che arrivasse fino in fondo, Asso cercò con lo sguardo il sensore che aveva reagito al clacson. Non lo trovò. Eppure doveva esserci: i garage non si aprono da soli.

D'altra parte, considerò, se c'era un posto in tutta la città dove poteva succedere una diavoleria simile, era sicuramente Whipple Street.

Si avvicinò alle casse impilate, sopra alle quali era posato il registratore. Le suole producevano un vibrante scricchiolio sul cemento. *Regole di yog-sothoth,* gli venne da pensare e allora rabbrividì. Il cazzo sapeva chi era quel Yog-sothoth, probabilmente qualche cantante rasta con un mezzo quintale di treccine che gli sgorgavano dalla cute lercia del cranio, ma era comunque un nome che gli suonava male. Pensare a quel nome in un posto così gli pareva una pessima idea. Gli pareva un'idea pericolosa.

A una delle bobine del registratore era stato fissato un foglietto. Su di esso c'erano scritte due parole in grandi lettere maiuscole:

DA ASCOLTARE

Asso strappò il foglietto e schiacciò il tasto di PLAY. Le bobine cominciarono a girare e quando udì la voce, non poté fare a meno di trasalire. Ma poi, che voce aveva creduto di sentire? Quella di Richard Nixon?

«Salve, Asso», lo salutò la voce registrata del signor Gaunt. «Benvenuto a Boston. Ti chiedo per piacere di togliere il telo dalla mia macchina e di caricare le casse. Contengono una merce alquanto speciale che prevedo di dover adoperare fra non molto. Temo che dovrai sistemare almeno una delle casse sul sedile posteriore, perché il bagagliaio della Tucker lascia a desiderare. La tua automobile qui sarà al sicuro e il tuo ritorno sarà senza imprevisti. E ti prego di ricordare che prima arrivi, prima potrai cominciare la tua caccia al tesoro. Buon viaggio.»

Al messaggio seguì il fruscio del nastro non registrato e il lieve cigolio del sistema di trazione. Per scrupolo Asso lasciò che le bobine girassero ancora per un minuto. L'intera situazione era bizzarra... e andava peggiorando con il passare del tempo. Il signor Gaunt era stato lì prima di lui, *doveva* essere stato lì, perché aveva menzionato la caccia al tesoro e fino a poche ore prima lui non aveva mai visto né il signor Gaunt, né la sua mappa. La vecchia canaglia doveva essersi precipitato a Boston in aereo mentre lui vi si recava in auto. Ma perché? E che cosa cazzo significava?

Non è stato qui, pensò. *Non m'importa se è impossibile, so che non è stato qui. Prendiamo il registratore, per esempio.* Nessuno *usa più magnetofoni come quello. E poi tutta quella polvere sulle bobine. Anche il foglietto era impolverato. Questa messinscena è qui che ti aspetta da chissà quanto tempo. Forse questa roba è qui a prendere polvere da ancora prima che Pangborn ti spedisse a Shawshank.*

Ah, ma era follia pura.

Erano tutte stronzate.

Ciononostante qualcosa lo induceva a crederlo. Il signor Gaunt non si era mai nemmeno avvicinato a Boston, quel giorno. Aveva trascorso il pomeriggio a Castle Rock, Asso lo sapeva, a osservare i passanti dalla sua vetrina, forse persino a togliere il cartello di

COLUMBUS DAY CHIUSO

per sostituirlo con quello di

APERTO

Se avesse visto sopraggiungere la persona giusta, s'intende, una di quelle con cui un tipo come il signor Gaunt avrebbe potuto desiderare di entrare in trattativa.

Già, appunto, *che cosa* trattava il signor Gaunt?

Non era sicuro di volerlo sapere. Però gli interessava sapere che cosa c'era in quelle casse. Se doveva trasportarle fino a Castle Rock, aveva il sacrosanto *diritto* di saperlo.

Schiacciò il tasto di STOP e spostò il registratore. Si armò di un martello preso fra gli arnesi sul banco da lavoro e impugnò nell'altra mano il palanchino che trovò appoggiato alla parete poco distante. Infilò l'estremità del palanchino sotto il coperchio di legno della cassa più in alto e fece leva. I chiodi cedettero con un cigolio stridulo. Il contenuto era protetto da un pesante foglio di tela cerata. Lo sollevò e rimase di stucco.

Detonatori.

Decine di detonatori.

Forse *centinaia* di detonatori, ciascuno nel suo piccolo nido di trucioli.

Dio del cielo, ma che cosa ha in mente? Vuole scatenare la terza guerra mondiale?

Con il cuore in tumulto, usò il martello per inchiodare nuovamente il coperchio della cassa, che poi sollevò e posò per terra. Aprì la seconda, convinto di trovarla piena di bei candelotti rossi simili a razzi segnaletici.

Ma non era dinamite. Erano armi.

Un paio di dozzine in tutto, pistole automatiche ad alto potenziale. Salì ad avvolgerlo l'odore del grasso abbondante con cui erano state imballate. Non riconobbe il tipo, forse erano pistole tedesche, ma sapeva in che cosa si traducevano per quanto lo riguardava: vent'anni all'ergastolo se lo avessero preso con quel carico entro i confini del Massachusetts. Era uno stato con un atteggiamento estremamente negativo riguardo alle armi, specialmente quelle automatiche.

Mise da parte la seconda cassa senza richiuderla e aprì la terza. Era piena di caricatori per le pistole.

Indietreggiò, strofinandosi nervosamente la bocca con il palmo della sinistra.

Detonatori.

Pistole automatiche.

Munizioni.

E la chiamava merce?

«Io no», mormorò scuotendo la testa. «Non io. Ah no, è escluso.»

Città del Messico diventava di secondo in secondo più allettante. O Rio, come alternativa. Non sapeva se Gaunt aveva intenzione di costruire un modello più efficiente di trappola per topi o di sedia elettrica, però sapeva che lui non voleva averci a che fare in ogni caso. Prendeva il largo e lo prendeva seduta stante.

I suoi occhi si posarono sulla cassa di pistole.

E mi porto via uno di quei gingilli, pensò. *Un contentino per il disturbo. Chiamiamolo souvenir.*

Non ebbe nemmeno il tempo di muoversi, che improvvisamente le bobine del registratore entrarono in funzione da sole, senza che nessuno avesse premuto un tasto.

«Non pensarci neppure, Asso», lo ammonì gelida la voce del signor Gaunt e Asso cacciò un grido. «Non ti conviene fare il furbo con me. A confronto di quello che ti faccio io se ci provi, il servizio che avevano in serbo per te i Fratelli Corson sembrerebbe una scampagnata. Tu ora sei con me. Riga diritto e ci divertiremo. Riga diritto e ripagherai della giusta moneta tutti quelli che a Castle Rock ti hanno fatto qualche sgarbo... e te ne andrai da uomo ricco. Mettiti contro di me e non smetterai più di urlare.»

Il registratore si fermò.

Gli occhi strabuzzati di Asso seguirono il cavo dell'alimentazione fino alla spina. Era posata per terra, coperta da uno strato sottile di polvere.

E non c'era una sola presa in vista.

4

D'improvviso Asso cominciò a sentirsi più calmo e non è così strano come potrebbe sembrare. Erano due le cause della ritrovata stabilità del suo barometro emotivo.

La prima è che Asso aveva una personalità fondamentalmente primitiva. Sarebbe stato perfettamente a suo agio a vivere in una caverna e a trascinare la sua donna per i capelli quando non era occupato a scagliare sassi ai nemici. Era il tipo d'uomo le cui reazioni erano del tutto prevedibili solo quando si trovava di fronte a una forza superiore. Non accadeva spesso, ma in quelle situazioni si chinava immediatamente davanti all'autorità superiore. Anche se non lo sapeva, quella caratteristica gli aveva impedito di sottrarsi con la fuga al confronto con i Fratelli Volanti Corson. Negli uomini come Asso Merrill, l'unico impulso superiore a quello di dominio è il bisogno istintivo di buttarsi a terra e offrire umilmente il collo indifeso all'apparire del vero capobranco.

La seconda causa è ancora più semplice: aveva scelto di credere di sognare. Sapeva che non era vero, ma gli era lo stesso più facile credere a quello che all'evidenza; non voleva nemmeno *considerare* un mondo che ammettesse l'esistenza di un signor Gaunt. Molto meglio, molto più sicuro, sospendere per qualche tempo i processi razionali e tirare avanti fino alla conclusione del suo incarico. Così avrebbe conservato qualche possibilità di risvegliarsi nel mondo che aveva sempre conosciuto. Sapeva Iddio quante insidie erano disseminate in quel mondo, ma almeno era un mondo che capiva.

Inchiodò nuovamente i coperchi sulle casse di pistole e munizioni. Andò quindi a rimuovere dall'automobile il telo, anch'esso coperto da uno strato di polvere. Per qualche momento dimenticò tutto il resto, galleggiò su un'onda di meraviglia e felicità.

Era davvero una Tucker ed era magnifica.

Il colore era giallo canarino. La linea aerodinamica era messa in risalto dalle cromature che correvano lungo i fianchi e sotto il paraurti anteriore dentellato. Al centro del cofano spiccava il terzo fanale sotto un fregio d'argento che sembrava la motrice di un treno del futuro.

Vi girò lentamente intorno, cercando di mangiarsela con gli occhi.

C'erano su entrambe le fiancate un paio di misteriose griglie cromate, sul lato posteriore; le grosse Goodyear cerchiate di bianco erano così pulite che quasi scintillavano nella luce delle lampadine. Dietro c'era una scritta cromata in caratteri corsivi: «Tucker Talisman». Non lo aveva mai sentito nominare. Credeva che il modello Torpedo fosse l'unico mai fabbricato da Preston Tucker.

Hai un altro problemino, vecchio mio. Questo capolavoro non ha la targa. Vorresti tornartene fino al Maine su una macchina che si fa notare peggio di un bianco ad Harlem, una macchina senza targa, una macchina carica di armi e materiale esplosivo?

Sì. Esattamente. Era una brutta idea, naturalmente, un'idea bruttissima... ma l'alternativa, che in altre parole era cercare di fare il furbo con il signor Leland Gaunt, prometteva di essere mille volte peggiore. E poi era solo un *sogno*.

Fece scivolare le chiavi fuori della busta e cercò invano la serratura del bagagliaio. Dopo qualche momento ricordò il film con Jeff Bridges e capì. La Tucker era come il Maggiolino tedesco e la Chevy Corvair, quindi dietro c'era il motore, mentre il bagagliaio era sotto il cofano anteriore.

Come volevasi dimostrare trovò la serratura appena sotto l'improbabile terzo fanale. Sollevò il cofano. Il vano per i bagagli era veramente di dimensioni ridotte e conteneva già un oggetto. Si trattava di un flaconcino di polvere bianca con un cucchiaino che pendeva dal cappuccio appeso con una catenella. Alla catenella era fissato un bigliettino. Asso lo staccò e lesse il messaggio scritto in stampatello:

SNIFFAMI

Asso ubbidì.

5

Sentendosi molto meglio con un pizzico dell'incomparabile polvere del signor Gaunt che gli accendeva il cervello come il pannello anteriore del Rock-Ola di Henry Beaufort, Asso caricò nel bagagliaio le armi e le munizioni. Collocò la cassa di detonatori sul sedile posteriore, concedendosi solo una breve pausa per prendere fiato. La berlina era permeata di quell'impareggiabile odore che hanno le automobili nuove di zecca, una fragranza come nessun'altra al mondo (eccetto forse quella della passera), e quando si sedette al volante vide che era davvero nuova di fabbrica: il contamiglia della Tucker Talisman del signor Gaunt segnava zero.

Infilò la chiave nell'accensione e la girò.

La Talisman si mise in moto con un allegro brontolio gutturale. Quanti cavalli sotto quel cofano? Impossibile dirlo, ma la sensazione era di una mandria sconfinata. In prigione c'erano molti libri di automobili e Asso ne aveva letti in gran numero. La Tucker Torpedo era una sei cilindri a testa piatta, quasi seimila centimetri cubici, più o meno come le automobili che costruiva il signor Ford tra il 1948 e il 1952. Corrispondeva a centocinquanta cavalli.

Quella sembrava più potente. *Molto* più potente.

Provò il desiderio di scendere e vedere se gli riusciva di aprire il cofano posteriore... ma era come quando pensava troppo a quel nome pazzesco, yog-qualcosa. L'impressione era che fosse una brutta idea. Una *bella* idea era piuttosto quella di portare la Tucker a Castle Rock il più velocemente possibile.

Quando già stava per smontare per andare ad azionare il portellone, decise di suonare invece il clacson per vedere se succedeva qualcosa. Qualcosa successe. Il portellone risalì silenzioso nelle sue guide.

C'è un sensore nascosto da qualche parte, disse a se stesso, ma non ci credeva più. E non gli importava neanche più. Ingranò la prima e la Talisman uscì brontolando dalla rimessa. Suonò di nuovo il clacson mentre imboccava la sterrata tutta buche e vide nello specchietto retrovisore le luci che si spegnevano nella rimessa e il portellone che cominciava a ridiscendere. Aveva scorto anche la sua Challenger, con il muso verso il muro e il fagotto del telo buttato per terra poco distante. Ebbe la strana sensazione che non avrebbe mai più rivisto la sua macchina. Notò anche che non gliene importava niente.

6

La Talisman non solo filava come un sogno, ma sembrava che conoscesse da sé la via del ritorno a Storrow Drive e all'autostrada in direzione nord. Gli indicatori direzionali si accendevano da soli al momento opportuno. Quando accadeva, Asso si limitava a girare dalla parte segnalata. In breve tempo si era lasciato alle spalle il tetro quartiere di Cambridge dove aveva trovato la Tucker e vedeva stagliarsi davanti a sé, nero contro il cielo crepuscolare, la sagoma del Tobin Bridge, il ponte familiarmente noto come Mystic River Bridge.

Asso accese i fanali che subito proiettarono la loro luce in un nitido settore circolare. Quando sterzava, il ventaglio di luce girava insieme con la vettura. Il fanale centrale era una grande pensata. Per forza ce l'avevano messa tutta per far fallire il povero bastardo che aveva progettato quella macchina.

Era una trentina di miglia a nord di Boston quando notò che l'ago del serbatoio era completamente inerte, appoggiato al proprio sostegno all'inizio della corsa. Imboccò la prima uscita e fermò la macchina del signor Gaunt alle pompe di una stazione di rifornimento della Mobil ai piedi della rampa. Il ragazzo addetto alle pompe si spinse all'indietro il berretto con il pollice sporco di grasso e girò intorno alla Tucker annuendo di ammirazione. «Fantastica!» commentò. «Dove l'ha presa?»

Senza pensare, Asso rispose: «Alle pianure di Leng. Auto d'epoca Yog-Sothoth».

«Come?»

«Fai il pieno, amico. Qui non siamo a Sfida al Campione.»

«Oh!» trasalì il ragazzo diventando subito ossequioso dopo che lo ebbe guardato meglio in faccia. «Certo! Faccio in un lampo!»

E ci provò, ma la pompa staccò dopo i primi quarantacinque centesimi. Il ragazzo cercò di versare altro carburante, azionando la pompa a mano, ma riuscì solo a far rigurgitare il bocchettone e un fiotto di benzina scivolò sulla fiancata gialla della Talisman.

«Mi sa che non ne ha bisogno», osservò timidamente.

«Sa anche a me.»

«Forse l'indicatore è guasto...»

«Asciuga quella benzina dalla mia macchina. Vuoi che mi crescano delle bolle nella vernice? Che ti ha preso?»

Il ragazzo si precipitò a pulire, mentre Asso andava in bagno a rifornirsi un po' il naso. Quando tornò fuori, trovò il giovane addetto che aspettava a rispettosa distanza dalla Talisman, torcendosi nervosamente lo straccio fra le mani.

Ha paura, pensò Asso. *Paura di che cosa? Di me?*

No. Il ragazzo con la tuta della Mobil non stava guardando lui. Il suo sguardo tornava continuamente alla Tucker.

Ha cercato di toccarla, concluse Asso.

La rivelazione (altro non fu, ne era matematicamente certo) gli fece affiorare un sorrisetto maligno agli angoli della bocca.

Ha cercato di toccarla ed è successo qualcosa. Non conta molto che cosa. Ha imparato che va bene guardare ma senza toccare e questo invece conta parecchio.

«Non mi deve niente», disse il ragazzo.

«Su questo ci hai azzeccato.» Asso si sedette al volante e ripartì di gran carriera. Gli era venuta un'idea nuova sulla Talisman. Da una parte metteva paura, ma dall'altra era un'idea veramente *grandiosa*. L'idea era che forse l'indicatore del carburante segnava sempre esaurito... mentre il serbatoio era sempre pieno.

7

Nel New Hampshire i caselli per i veicoli privati sono automatici; si gettano nel cestino monete per il valore di un dollaro (niente pezzi da uno e cinque centesimi, per piacere) e la luce rossa cambia al verde. Solo che quando Asso si presentò all'altezza del cestino sulla Tucker Talisman, il semaforo passò al verde da sé e si illuminò un piccolo quadrante con la scritta:

PEDAGGIO PAGATO, GRAZIE

«Da scommetterci il *pelo*», borbottò Asso superando il casello.

Uscito da Portland, assestò la Talisman a una velocità di crociera appena superiore ai centotrenta all'ora, sentendo che stava sfruttando solo una piccola parte della sua straordinaria potenza. Appena oltre l'uscita per Falmouth, superò un dosso e vide una macchina della polizia statale in agguato ai bordi dell'autostrada. Dal finestrino del posto di guida sporgeva l'inequivocabile sagoma di un veloradar.

Ahi-ahi, pensò Asso. Cuccato. Gesù santo, che cosa mi è venuto in mente poi di correre tanto con quello che sto trasportando?

Ma sapeva perché, e non era colpa della coca che aveva tirato. Forse in un'altra occasione, ma non quella volta. Era la Talisman. Era la macchina che *voleva* correre. Guardava il tachimetro, sollevava un po' il piede dal pedale... e cinque minuti dopo era di nuovo quasi a tavoletta.

Aspettò di vedere l'auto di pattuglia accendersi in un gran lampeggiare di luci blu e gettarsi all'inseguimento, ma non accadde niente. Sfrecciò a centotrenta e la macchina della polizia non si mosse.

Ah, doveva essersi addormentato.

Ma Asso sapeva che non era così. Quando vedi l'estremità di un rilevatore radar che sbuca dal finestrino, dietro c'è sempre un poliziotto sveglio e all'erta. No, era andata diversamente: lo sbirro non aveva visto la Talisman. Pazzesco, sì, però chissà perché gli sembrava del tutto logico. La grande vettura gialla con i suoi tre fanali accesi davanti al cofano era invisibile ai più moderni ritrovati della scienza e della tecnica e ai poliziotti che li utilizzavano.

Con un sogghigno soddisfatto, Asso portò la Tucker Talisman del signor Gaunt a centonovanta. Arrivò alla Rocca alle otto e un quarto, con quasi quattro ore di anticipo sulla scadenza.

8

Il signor Gaunt uscì dal negozio e sostò sotto la tenda a guardare Asso che infilava la Talisman in uno dei tre posti a spina di pesce davanti a *Cose Preziose*.

«Hai fatto in fretta, Asso.»

«Già. Questa macchina non scherza.»

«Puoi scommetterci il pelo», ribatté il signor Gaunt. Delicatamente passò la mano sulla curva slanciata del cofano anteriore della Tucker. «Non ce n'è una uguale. Hai portato la mia merce, immagino.»

«Sì. Signor Gaunt mi sono reso abbastanza conto di quanto sia speciale questa macchina mentre tornavo indietro, però penso lo stesso che le converrebbe immatricolarla e procurarsi magari un tagliando di revisione...»

«Non è necessario», lo interruppe il signor Gaunt senza minimamente scomporsi. «Sii gentile, Asso, parcheggiamela nel vicolo dell'entrata di servizio del negozio. Penserò io a ricoverarla dopo che avrai scaricato.»

«Dove?» All'improvviso Asso era riluttante a restituire l'automobile al signor Gaunt. Non era solo perché aveva abbandonato la sua a Boston e aveva bisogno di quattro ruote per il lavoro da svolgere quella notte; c'era anche il fatto che a confronto della Talisman tutte le altre macchine che aveva guidato in precedenza, Challenger inclusa, erano solo dei modesti macinini.

«Questi sono affari miei», rispose il signor Gaunt. Lo osservò imperturbato. «Troverai che la vita ti sorriderà di più se lavorando per me assumerai lo stesso atteggiamento che se servissi sotto le armi, Asso. Hai tre modi per fare le cose: quello giusto, quello sbagliato e quello del signor Gaunt. Se opterai sempre per la terza soluzione, le grane non ti troveranno mai. Mi capisci?»

«Sì. Sì, capisco.»

«Benissimo. Ora porta la macchina di dietro.»

Asso pilotò la vettura gialla dietro l'edificio del negozio e risalì lentamente l'angusto vicolo sul lato ovest della Main Street. La porta di servizio di *Cose Preziose* era aperta. Il signor Gaunt aspettava in un rombo sghembo di luce gialla. Non accennò nemmeno a voler aiutare Asso che trasportava le casse nel retrobottega, ansimando e sbuffando per lo sforzo. Asso non poteva saperlo, ma molti clienti sarebbero rimasti stupiti se avessero visto quel locale. Avevano sentito il signor Gaunt che spostava scatole e oggetti dietro la pesante tenda di velluto... ma nel retrobottega non c'era assolutamente niente fino a quando

Asso non vi ebbe trasferito le casse, sistemandole nell'angolo che gli aveva indicato il signor Gaunt.

Per la verità qualcosa c'era. In fondo al locale un topo era disteso sotto la sbarra a molla di una grossa trappola Victory. Aveva il collo spezzato e gli incisivi esposti in un ghigno di morte.

«Ottimo lavoro», si complimentò il signor Gaunt, sorridendo e sfregandosi le mani dalle lunghe dita. «Un'operazione svolta con diligenza e filata via come l'olio. Ti sei dimostrato all'altezza delle mie aspettative, Asso. Non un centimetro sotto.»

«Grazie, signore.» Asso sussultò di stupore. Mai in vita sua aveva chiamato qualcuno «signore».

«Eccoti qualcosa per il disturbo.» Il signor Gaunt gli tese una busta marrone. Asso la schiacciò fra i polpastrelli e sentì i minuscoli granelli di polvere che conteneva. «Immagino che questa notte tu voglia dare inizio alle tue perlustrazioni, vero? Questo ti metterà un tigrotto nel motore, come diceva quella vecchia pubblicità della Esso.»

Asso ebbe un sobbalzo. «Merda! *Merda!* Ho lasciato il libro nella mia macchina! Il libro con la mappa! È a Boston! Merda *infame*!»

Si batté rabbiosamente un pugno sulla coscia.

Il signor Gaunt stava sorridendo. «Io non credo. Credo che sia sulla Tucker.»

«No, l'ho...»

«Perché non controlli tu stesso?»

Così Asso andò a guardare e naturalmente il libro era lì, con il dorso schiacciato contro lo speciale parabrezza estraibile della Tucker. *Tesori scomparsi e sepolti nel New England.* Lo prese e lo sfogliò. La mappa era ancora al suo posto. Rivolse al signor Gaunt uno sguardo di stolida gratitudine.

«Non avrò bisogno di te fino a domani sera, più o meno a quest'ora», annunciò il signor Gaunt. «Ti suggerisco di trascorrere le ore diurne nel posto in cui vivi abitualmente a Mechanic Falls. Dovrebbe farti comodo, dato che prevedo che avrai bisogno di dormire fino a tardi. Se non mi sbaglio, ti aspetta una notte di duro lavoro.»

Asso pensò alle crocette sulla mappa e annuì.

«E sarà prudente che eviti di farti notare dallo sceriffo Pangborn per i prossimi due giorni», aggiunse il signor Gaunt. «Dopodiché credo che non abbia più molta importanza.» Dischiuse le labbra; i denti balzarono fuori in disordinate schiere fameliche. «Di qui a una settimana penso che molte delle cose che finora hanno avuto grande importanza per i cittadini di questa città smetteranno del tutto di avere qualche significato. Non sei d'accordo, Asso?»

«Se lo dice lei», rispose Asso. Stava scivolando di nuovo in uno stato di stupore ipnotico che lo rendeva insensibile agli argomenti di conversazione. «Non so come muovermi, però.»

«È già tutto sistemato», lo rassicurò il signor Gaunt. «Troverai davanti al negozio un'automobile con la chiave già nell'accensione. Una macchina della ditta, come dire. Temo che sia solo una Chevrolet, un mezzo di trasporto assolutamente *ordinario*, ma lo stesso affidabile e incospicuo. Ti piacerà di più l'unità mobile della TV, naturalmente, ma...»

«L'unità mobile? Quale unità mobile?»

Il signor Gaunt scelse di non rispondere. «Ma ti garantisco che la Chevrolet risponderà egregiamente a tutte le tue attuali necessità di trasporto. Solo non sperare di farla franca se t'imbatti in un posto di controllo della statale. Non ce la faresti. Non con la Chevrolet.»

«Mi piacerebbe da matti avere una macchina come la sua Tucker, signor Gaunt, signore», ribatté meccanicamente Asso. «È favolosa.»

«Chissà, non è detto che non ci si possa accordare. Vedi, Asso, in affari io mi baso su un semplice principio. Vorresti sapere quale?»

«Sicuro.» E Asso era sincero.

«Tutto è in vendita. È la mia filosofia. Tutto si può vendere.»

«Tutto si può vendere», ripeté Asso con entusiasmo. «Cavoli! Grandioso!»

«Giusto! Grandioso! E ora, Asso, credo che metterò qualcosa sotto i denti. Sarà anche stata una giornata festiva, ma finora non ne ho avuto il tempo. Ti inviterei a farmi compagnia, ma...»

«Grazie, ma proprio non posso.»

«Sì, lo so. Hai da girare per le campagne a scavare buche, no? Ti aspetto domani sera, fra le otto e le nove.»

«Fra le otto e le nove.»

«Sì. Dopo che avrà fatto buio.»

«Quando nessuno sa e nessuno vede», sospirò Asso come parlando nel sonno.

«Azzeccato in pieno! Buonanotte, Asso.»

Il signor Gaunt tese la mano. Asso fece per prendergliela... poi si accorse che fra le sue dita c'era già qualcosa. Era il topo morto nella trappola del retrobottega. Si ritrasse con un piccolo gemito di disgusto. Non capiva quando il signor Gaunt avesse potuto raccoglierlo senza che se ne fosse accorto. O forse era un altro topo?

Concluse che non gli importava. In ogni caso non aveva intenzione di stringere la mano a un topo morto, e tanto di cappello alla cinica freddezza del signor Gaunt.

Sorridendo, il signor Gaunt disse: «Scusa. Ogni anno divento un po' più svanito. Mi sa che ho appena cercato di darti la mia cena, Asso!»

«La cena», ripeté Asso con un filo di voce.

«Eh, già.» La grossa unghia gialla del pollice affondò nel pelo chiaro che ricopriva il ventre del topo. Un attimo dopo gli intestini cominciarono a scivolargli nel palmo privo di rughe. Prima che Asso potesse vedere altro, il signor Gaunt si era girato e stava chiudendo la porta che dava nel vicolo. «Ma dove ho messo quel formaggio...?»

Si udì il pesante scatto metallico della serratura.

Asso si sporse in avanti, sicuro di vomitarsi fra le scarpe. Uno spasmo gli contrasse lo stomaco, un conato gli risalì per la gola... e ridiscese.

Perché non aveva visto ciò che credeva di aver visto. «È stato uno scherzo», mormorò. «Si era nascosto in tasca un topo di gomma o qualcosa del genere. È stato un trucco.»

Davvero? E gli intestini, allora? E quella flaccida gelatina di cui erano intrisi? Come la mettiamo?

Sei solo stanco, concluse. *Ti sei immaginato tutto. Era un topo di gomma. E per il resto... bah.*

Però per un momento l'autorimessa deserta, la Tucker che decideva il percorso da sola, quella scritta sinistra e incomprensibile, REGOLE DI YOG-SOTHOTH, cercarono di travolgerlo e una voce possente gridò: Vattene da qui! Vattene finché sei in tempo!

Ma quella sì che era un'idea da pazzi! C'erano dei quattrini che aspettavano solo che lui andasse a prenderli. Forse un mucchio di quattrini. Forse un autentico, fottutissimo *tesoro*.

Rimase immobile nell'oscurità per qualche minuto come un automa con le batterie scariche. A poco a poco cominciò a rianimarsi in lui un vago senso della realtà, una minima coscienza di se stesso, e concluse che il topo non aveva importanza. Non ne aveva nemmeno la Tucker Talisman. Contava la coca e contava la mappa e aveva una mezza idea che contasse anche l'elementare filosofia del signor Gaunt, ma nient'altro. Non poteva lasciare che altre cose avessero importanza.

Percorse il vicolo e girò intorno all'angolo ritrovandosi a *Cose Preziose*. Il negozio era chiuso e al buio, come tutti i negozi della Main Street. In uno dei posti a lisca di pesce davanti al negozio del signor Gaunt c'era, come promesso, una Chevy Celebrity. Cercò di ricordare se fosse stata già lì quando era arrivato con la Talisman, ma invano. Ogni volta che tentava di tornare indietro con la mente di qualche minuto, la memoria si scontrava con una barriera; si rivide nell'atto di avanzare per accettare la mano che gli offriva il signor Gaunt, la cosa più naturale del mondo, per accorgersi all'improvviso che fra le dita del vecchio c'era un grosso topo morto.

Credo che metterò qualcosa sotto i denti. Ti inviterei a farmi compagnia, ma...

Pazienza, era un'altra fra le tante cose che non avevano importanza. Adesso c'era la Chevy e contava solo quella. Aprì lo sportello, lasciò sul sedile il libro con la preziosa mappa, poi tolse la chiave dall'accensione. Girò intorno all'automobile e aprì il bagagliaio. Aveva già idea di che cosa ci avrebbe trovato e non ne restò deluso. Posate in una grande X sul fondo del bagagliaio c'erano un piccone e una vanga a manico corto. Guardò più attentamente e vide che il signor Gaunt vi aveva allegato anche un paio di grossi guanti da lavoro.

«Ma lei pensa a tutto, signor Gaunt», commentò, richiudendo il bagagliaio. Fu allora che vide un adesivo sul paraurti posteriore della Celebrity e si chinò per leggerlo:

I ♥ ANTIQUES

Cominciò a ridere. Rideva ancora mentre attraversava il Tin Bridge puntando verso la vecchia fattoria Treblehorn, dove si proponeva di dare inizio agli scavi. Salendo la Panderly's Hill dall'altra parte del ponte, incrociò una decappottabile che scendeva verso la città. Era carica di giovani. Cantavano a squarciagola *Che grande amico abbiamo in Gesù* in un perfetto coro battista.

9

Uno di quei giovani era Lester Ivanhoe Pratt. Dopo la partitella di football, era andato con alcuni dei ragazzi a Lake Auburn, a venticinque miglia dalla Rocca. Sul lago era in corso una settimana evangelica e Vic Tremayne aveva detto che alle cinque ci sarebbe stata una speciale preghiera con salmodia in occasione del Columbus Day. Poiché Sally aveva la sua macchina e non avevano programmi per la serata (né cinema né una cena fuori da *McDonald's* a South Paris), aveva deciso di aggregarsi a Vic e agli altri, tutti bravi fratelli cristiani.

Sapeva naturalmente perché gli amici erano tanto ansiosi di partecipare e la ragione non era religiosa, non *del tutto*. Il fatto è che alle adunate che si tenevano in tutto il New England settentrionale, da maggio fino all'ultima gara di buoi dell'ultima sagra alla fine di ottobre, c'era sempre un nutrito drappello di belle ragazze e una buona cantata (per non parlare di una buona razione di prediche vibranti e una buona dose di antico spirito evangelico) le metteva sempre in uno stato d'animo giocoso e arrendevole.

Lester, che aveva una ragazza fissa, ascoltava le trame e i progetti degli amici con l'indulgenza di un vecchio ammogliato davanti al febbrile affannarsi di un branco di giovani scapoli. Ci andava soprattutto per amor della compagnia e perché gli faceva sempre piacere ascoltare qualche buona predica e farsi una bella cantata dopo un appagante pomeriggio di testate e placcaggi. Non conosceva modo migliore per scaricarsi.

Era stata una bella serata, ma alla fine un sacco di persone avevano voluto farsi salvare e di conseguenza Lester aveva tardato un po' più di quanto fosse stato disposto a concedersi. Aveva avuto intenzione di chiamare Sally per invitarla a *Weeeksie's* a mangiare un gelato. Alle ragazze piaceva talvolta fare cose del genere senza preavviso, aveva notato.

Superato il Tin Bridge, Vic lo aveva lasciato all'angolo della Main con Laurel Street.

«Ottima partita, Les!» gli gridò Bill MacFarland dal sedile posteriore.

«Sicuro!» rispose allegramente Lester. «Rifacciamoci sabato! Oggi non sono riuscito a spezzarti il braccio, ma ti prometto che rimedierò!»

La battuta spiritosa suscitò una fragorosa risata collettiva da parte dei quattro amici a bordo della macchina. Vic ripartì e l'aria ancora stranamente estiva portò alle sue orecchie le note di «Gesù è un amico per sempre». Anche in un'ondata di caldo fuori stagione come quella ci si sarebbe aspettati una caduta della temperatura almeno dopo il calar del sole, ma chissà perché quella sera il tepore resisteva.

Lester salì adagio verso casa. Si sentiva caldo, tutto ammaccato e infinitamente appagato. Tutti i giorni erano belli quando si rivolgeva il proprio cuore a Gesù, ma ce n'erano alcuni più belli degli altri. Era stato uno di quei giorni speciali e ora aveva solo voglia di fare una doccia, chiamare Sally e tuffarsi a letto.

Quando imboccò il vialetto di casa sua stava osservando le stelle nel tentativo di individuare la costellazione di Orione. Di conseguenza andò a schiacciarsi a cominciare dai testicoli e ad andatura sostenuta contro la coda della sua Mustang.

«Ohi!» gemette Lester Pratt. Indietreggiò, si chinò e si afferrò i testicoli pestati. Dopo qualche istante riuscì a sollevare la testa e a guardare la sua automobile con gli occhi lacrimanti di dolore. Che cosa diavolo ci faceva la sua automobile lì? La Honda di Sally non sarebbe stata pronta prima di mercoledì, probabilmente giovedì o venerdì, calcolando la giornata festiva.

Poi ci arrivò e fu come una vampata di accecante luce arancione. Sally era a casa sua! Era andata da lui mentre non c'era e adesso lo stava aspettando! Forse aveva deciso che quella sera sarebbe stata *la* sera! I rapporti sessuali prematrimoniali erano un errore, si sa, ma certe volte bisognava rompere qualche guscio per fare una frittata, e Lester si sentiva più che pronto a espiare la colpa di quel particolare peccato, se era d'accordo anche lei.

«Ucci ucci brutti e belli!» gridò Lester Pratt tutto felice. «Sento odor della mia Sally!»

Corse alla veranda saltellando un po' di traverso con le mani unite sui testicoli doloranti. Ora però oltre che per il dolore palpitavano di pregustazione. Prese la chiave da sotto lo zerbino ed entrò.

«Sally!» chiamò. «Sal, sei qui? Scusa se ho fatto tardi... Sono stato alla settimana evangelica di Lake Auburn con alcuni dei ragazzi e...»

Lasciò morire la frase. Non stava ottenendo risposta, quindi evidentemente Sally non c'era, a meno che...!

Salì svelto come un gatto, sicuro all'improvviso di trovarla addormentata nel suo letto. Avrebbe aperto gli occhi e si sarebbe alzata a sedere e il lenzuolo le sarebbe scivolato dal bel seno (che aveva tastato... be', circa... ma mai veramente visto); gli avrebbe teso le braccia, spalancando quei begli occhi color fiordaliso, illanguiditi dal sonno, e prima che l'orologio battesse le dieci non sarebbero stati più verginucci. Ucci ucci!

Ma la camera da letto era deserta come la cucina e il soggiorno. Lenzuola e coperte erano sul pavimento, dove sempre andavano a finire; Lester era uno di quei vigorosi giovanotti così traboccanti di energia e Spirito Santo da non potersi limitare ad alzarsi da letto, la mattina: Lester si *catapultava* giù, bramoso non già di incontrare il giorno, ma di aggredirlo, schiacciarlo sul campo e costringerlo a sganciare il pallone.

Ora tuttavia ridiscese le scale con un'increspatura perplessa sull'ampia fronte della faccia da semplicione. La macchina c'era, ma Sally no. Che cosa poteva voler dire? Non capiva e non gli piaceva molto.

Accese la luce della veranda e uscì a guardare nell'auto; forse gli aveva lasciato un messaggio. Arrivò in cima ai gradini e lì si bloccò. Il messaggio c'era. Era scritto sul parabrezza della Mustang con una bomboletta spray di vernice rosa shocking prelevata probabilmente dal suo box. Le lettere cubitali gli ferirono gli occhi come altrettanti cazzotti:

Immobile sul primo gradino della veranda, Lester lesse una, due, cento volte il messaggio della fidanzata. L'adunata evangelica? Era per quello? Pensava che fosse stato all'adunata di Lake Auburn dietro a qualche sottana? Nello smarrimento era l'unica ipotesi che gli sembrava sensata.

Rientrò e compose il numero della casa di Sally. Ascoltò venti squilli, ma non rispose nessuno.

10

Sally sapeva che avrebbe chiamato, così aveva chiesto a Irene Lutjens se poteva passare la notte da lei. Irene, sprizzando curiosità da tutti i pori, aveva risposto sì, sicuro, naturalmente. Sally era così sconvolta *da qualcosa* da non sembrare più nemmeno carina. Irene faticava a crederlo, ma era vero.

Da parte sua, Sally non aveva intenzione di rivelare né a Irene né ad altri che cosa era successo. Era troppo orribile, troppo vergognoso. Lo avrebbe portato con sé fino alla tomba. Così rifiutò di rispondere alle domande di Irene per più di mezz'ora. Poi tutta quanta la storia le sgorgò fuori in una calda inondazione di lacrime. Irene la tenne fra le braccia e l'ascoltò, con gli occhi grandi grandi e rotondi.

«Non è niente», cercava di placarla Irene, cullandola fra le braccia. «Non è niente, Sally. Gesù ti vuole bene, anche se non te ne vuole quel figlio di puttana. E anch'io te ne voglio. E anche il reverendo Rose. E comunque hai dato a quel muscoloide qualcosa per farti ricordare per sempre, no?»

Sally aveva annuito, tirando su con il naso, mentre Irene le accarezzava i capelli e le mormorava piccoli versi di conforto. Intanto non vedeva l'ora che venisse l'indomani, quando avesse potuto cominciare a chiamare tutte le amiche. *Di sasso,* le avrebbe lasciate! Le dispiaceva per Sally, era sinceramente in pena per lei, ma era anche contenta che fosse accaduto. Sally era così *carina* e

Sally era così dannatamente *pia*. Era bello vederla così distrutta, una volta tanto.

E Lester era il giovane più piacente della congrega. Se avesse rotto con Sally, chissà che non invitasse fuori lei? Ogni tanto la guardava con certi occhi che sembrava che si stesse domandando che tipo di mutandine portava, perciò non era da escludere...

«Mi sento così orribile...» frignava Sally. «Così *sp-sp-sporca!*»

«Ma *ceeerto*», rispondeva Irene, continuando a cullarla e ad accarezzarle i capelli. «Non è che hai ancora quella lettera e la foto, vero?»

«Le ho bru-bru-bruciate!» aveva gridato Sally contro il petto umido di pianto di Irene, e poi era stata trascinata via da un nuovo gorgo di angoscia e disperazione.

«Brava», aveva mormorato Irene. «Brava, brava. Hai fatto la cosa *giusta*.» Però, aveva pensato, avrebbe potuto anche aspettare e darle almeno il tempo di un'occhiata, razza di impiastro che non era altro.

Sally pernottò nella stanza degli ospiti a casa di Irene, ma non dormì quasi per niente. La crisi di pianto alla lunga si esaurì e trascorse il resto della notte a fissare a occhi asciutti l'oscurità, artigliata dalle buie e morbose fantasie di vendetta che sa assaporare appieno solo un'amante compiaciuta che è stata piantata in asso.

15

1

IL primo cliente «su appuntamento» del signor Gaunt arrivò puntuale alle otto di martedì mattina. Era Lucille Dunham, una delle cameriere alla *Luncheonette* di Nan. Lucille era caduta vittima di una malattia senza speranza, alla vista del filo di perle nere in una delle vetrinette a *Cose Preziose*. Sapeva di non poter nemmeno sperare di poter comprare un articolo così costoso, mai, neanche in un milione di anni. Non certo con il salario che le versava quella taccagna di Nan Roberts. Nondimeno, quando il signor Gaunt aveva suggerito che ne discutessero senza mezza popolazione della città appollaiata sulle spalle (per modo di dire), si era buttata sull'offerta come un pesce affamato si lancerebbe sull'irresistibile ammiccare di un buon ondulante.

Uscì da *Cose Preziose* alle otto e venti, con un'espressione di intontita e trasognata felicità dipinta sul viso. Aveva comprato le perle nere per l'incredibile prezzo di trentotto dollari e cinquanta centesimi. Aveva anche promesso di fare un piccolo scherzo, assolutamente innocuo, a quel pomposo ministro battista a nome William Rose. Non sarebbe stata un'incombenza, dal punto di vista di Lucille; sarebbe stato puro piacere. Mai che quella Bibbia ambulante le avesse lasciato tanto così di una mancia, fosse anche l'introvabile circonferenza di una moneta da dieci centesimi. Lucille (una brava metodista a cui non dispiaceva minimamente scodinzolare al ritmo di un boogie sostenuto il sabato sera) aveva sentito ben dire che il timorato di Dio aspettava di ricevere le sue ricompense nel regno dei cieli; si domandava se il reverendo Rose avesse mai saputo che era più virtuoso dare che ricevere.

Dunque l'avrebbe ripagato lei... con una sciocchezzuola del tutto innocua. Così le aveva detto il signor Gaunt.

Quel vero signore l'aveva guardata andar via con un sorriso cordiale sulle labbra. Aveva in programma una giornata così impegnativa, *estremamente* impegnativa, con appuntamenti ogni mezz'ora e un gran numero di telefonate da fare. Il luna park era installato; una delle attrazioni principali era stata collaudata con successo; si avvicinava ormai il momento in cui far partire tutte le giostre insieme. Come sempre, quando arrivava a quel punto, fosse in Libano, ad Ankara, nelle province occidentali del Canada o quaggiù a Rusticalia, USA, era come se le ore del giorno non bastassero mai. D'altronde si investivano tutte le risorse verso il proprio fine, perché mano occupata è mano felice, e faticare è in se stesso nobile, e...

... e se i suoi vecchi occhi non lo ingannavano, la seconda cliente della giornata, Yvette Gendron, stava proprio in quel momento entrando nell'ombra della tenda davanti all'ingresso.

«Che giornata estenuante», sospirò il signor Gaunt e si stampò sulla bocca una mezzaluna di benvenuto.

2

Alan Pangborn arrivò in ufficio alle otto e mezzo e già c'era un messaggio appiccicato al telefono. Henry Payton della polizia di stato aveva chiamato alle 7.45. Voleva che Alan lo richiamasse al più presto. Si installò al suo posto, si incastrò il ricevitore tra orecchio e spalla e schiacciò il pulsante che componeva automaticamente il numero della caserma di Oxford. Dal primo cassetto della scrivania tolse quattro dollari d'argento.

«Ciao, Alan», lo salutò Henry. «Temo di avere brutte notizie sul tuo doppio omicidio.»

«Ah, così tutt'a un tratto è il *mio* doppio omicidio», rispose. Chiuse la mano sulle quattro monete, strinse e la riaprì. Erano diventate tre. Si accomodò meglio contro lo schienale e appollaiò i talloni sul bordo della scrivania. «Allora devono essere veramente brutte.»

«Non mi sembri sorpreso.»

«Non lo sono.» Strinse di nuovo il pugno e usò l'anulare per «spingere» il dollaro d'argento che si trovava più in basso. Era una manovra abbastanza delicata... ma Alan era più che all'altezza dell'impresa. Il dollaro d'argento scivolò fuori del pugno e gli rotolò nella manica. Ci fu un tintinnio ovattato quando urtò quello già scomparso, un rumore insignificante che in un'esibizione pubblica sarebbe stato coperto dalle parole del mago. Alan riaprì la mano e adesso restavano solo due monete.

«Forse non ti dispiacerà spiegarmi perché non lo sei», lo apostrofò Henry. Era un po' contrariato.

«Sono due giorni che non penso praticamente ad altro», rispose Alan. Per la verità aveva già minimizzato. Da quando domenica pomeriggio aveva riconosciuto Nettie Cobb in una delle due donne morte sotto il cartello dello stop, non aveva più pensato ad altro. L'aveva persino sognato e la sensazione che ogni volta che tirava le somme i conti non quadravano era diventata una tormentosa certezza. Per questo motivo la telefonata di Henry invece che una seccatura era un sollievo, nel senso che risparmiava a lui la fatica di contattarlo.

Schiacciò i due dollari che aveva ancora nella mano.

Clink.

Aprì la mano.

Ce n'era solo uno.

«Che cosa ti angustia?» chiese Henry.

«Tutto», rispose seccamente Alan. «A cominciare dal fatto che sia successo. Credo che più di tutto non mi vada giù la cronologia. Continuo a cercare di immaginarmi Nettie Cobb che trova il cane morto e si siede a scrivere tutti quei messaggi. E sai una cosa? Non ci riesco. E ogni volta che non ci riesco, mi domando quanto i miei occhi non vedono di questa stramaledetta faccenda.»

Serrò il pugno quasi con crudeltà, lo riaprì e non c'era più nessuna moneta.

«Capisco. Dunque è possibile che le mie cattive notizie siano buone notizie per te. C'è di mezzo qualcun altro, Alan. Non sappiamo chi abbia ucciso il cane della Cobb, ma siamo quasi certi che non sia stata Wilma Jerzyck.»

I piedi di Alan si staccarono fulmineamente dalla scrivania. Le monete gli rotolarono giù per la manica e finirono sul tavolo in un breve concerto di tintinnii. Una rotolò lungo il bordo verso lo spigolo. La mano di Alan scattò con inquietante velocità e l'afferrò prima che potesse cadere. «È meglio che mi racconti, Henry.»

«Già. Cominciamo dal cane. L'hanno rifilato a John Palin, un veterinario di South Portland. Fa agli animali quello che Henry Ryan fa alla gente. Dice che siccome il cavatappi gli è penetrato nel cuore e il cane è morto praticamente sul colpo, può darci un'ora della morte molto approssimativa.»

«Ah, *questa* sì che è una novità», commentò Alan. Pensava ai romanzi di Agatha Christie che Annie leggeva a decine. C'era sempre qualche balogio medico di paese disposto a sottoscrivere che l'ora della morte era fra le quattro e mezzo e le cinque e un quarto. Dopo vent'anni di servizio nelle forze dell'ordine, Alan sapeva che la risposta più realistica all'interrogativo sull'ora della morte era «la scorsa settimana o giù di lì».

«In effetti... Comunque, questo dottor Palin dice che il cane è morto fra le dieci e mezzogiorno. Peter Jerzyck dice che quando è arrivato in camera da letto per prepararsi per andare in chiesa, *poco dopo le dieci*, sua moglie era sotto la doccia.»

«Sì, sappiamo che i tempi sono stretti», rispose Alan. Era un po' deluso. «Ma questo Palin ammetterà un minimo di margine di errore, se non crede di essere il Verbo. Bastano solo quindici minuti per incastrare Wilma.»

«Davvero? E tu come ce la vedi dentro quel quarto d'ora, Alan?»

Considerò la domanda, quindi rispose in un tono appesantito: «Se devo essere sincero, non ce la vedo molto bene. Non ce l'ho mai vista». Poi si costrinse ad aggiungere: «Tuttavia mi sembra un po' stupido tenere questo caso aperto sulla base delle valutazioni di un dottore di cani e uno scarto temporale di quanto, quindici minuti?»

«Va bene, parliamo allora del messaggio che c'era sul cavatappi. Te lo ricordi?»

«'Nessuno sporca di fango le mie lenzuola pulite. Ti ho detto che l'avresti pagata.'»

«Quello lì. Il perito di Augusta ci sta ancora lavorando, ma Peter Jerzyck ci ha messo a disposizione un campione della scrittura di sua moglie e io ho qui davanti a me delle fotocopie del messaggio e del campione. Non combaciano. Non combaceranno *mai.*»

«Tu sei fuori!»

«Sono dentro e ci resto. Se non sbaglio eri tu quello che non si era stupito più che tanto.»

«Sapevo che c'era qualcosa di storto, ma pensavo a quei sassi con i messaggi attaccati con l'elastico. Non riesco più a togliermeli dalla testa. La cronologia è tutta sbagliata ed è per questo che non riesco a mettermi il cuore in pace, d'accordo, ma nel complesso sono propenso a lasciar perdere, soprattutto perché giudico possibile che Wilma Jerzyck abbia fatto una cosa del genere. Sei sicuro che non abbia cercato di camuffare la sua scrittura?» Non lo credeva, agire in incognito non era nello stile di Wilma Jerzyck, ma era comunque una possibilità che andava presa in considerazione.

«Io? Assolutamente sì. Però non sono un esperto e la mia opinione non varrebbe niente davanti a una giuria. Per questo stiamo facendo analizzare il messaggio da un grafologo.»

«Quando avremo il referto del perito?»

«Chi lo sa? Ma vorrei che intanto tu mi credessi sulla parola, Alan. È come confrontare mele con arance. Non si somigliano per niente.»

«Be', se non è stata Wilma, qualcuno sicuramente voleva che Nettie *credesse* che fosse stata lei. Chi? E perché? *Perché,* perdio?»

«A me lo vieni a chiedere, scout? È la tua città. Ma ho ancora un paio di cose per te.»

«Spara.»

Alan ripose i dollari d'argento nel cassetto, poi fece camminare sul muro un uomo alto e magro con un cappello a cilindro. Durante il ritorno, il cappello a cilindro diventò un bastone da passeggio.

«La persona che ha ucciso il cane ha lasciato impronte digitali insanguinate sul pomolo interno della porta d'ingresso a casa di Nettie. Questo tanto per aperitivo.»

«Vacca!»

«Vitella, casomai, purtroppo. Sono confuse. Le avrà lasciate muovendosi frettolosamente perché doveva scappare dopo aver accoppato il cane.»

«Non servono a niente?»

«Abbiamo qualche frammento che *potrebbe* essere utile, ma resta da vedersi se verrebbero accettate in un processo. Le ho inoltrate al laboratorio dell'FBI in Virginia. Oggi si riescono a fare ricostruzioni impensabili partendo da pochi elementi leggibili. Sono più lenti di una tartaruga e ci vorrà probabilmente una settimana o anche dieci giorni prima che abbia qualche risposta, ma nel frattempo ho confrontato quel poco che abbiamo con le impronte della Jerzyck, che mi sono state recapitate ieri sera dallo zelantissimo ufficio del patologo legale.»

«Non coincidono?»

«Be', è come per la scrittura, Alan. Qui stiamo confrontando tracce parziali con impronte digitali complete e se dovessi testimoniare in tribunale, la difesa mi farebbe a pezzettini, ma siccome qui si sta conversando fra amici, come dire, la risposta è no, non si assomigliano per niente. Per cominciare c'è il problema delle dimensioni. Wilma Jerzyck ha mani piccole. Le impronte parziali sono di mani molto più grandi. Anche tenendo conto che non sono nitide, sono impronte di mani enormi.»

«Di un uomo?»

«Io ne sono sicuro. Ma di nuovo non potrei affermarlo al banco dei testimoni.»

«E chi se ne frega?» Sul muro apparve all'improvviso l'ombra di un faro che si trasformò in una piramide. La piramide si aprì come un fiore e diventò un'oca che volava davanti al sole. Alan cercò di figurarsi i lineamenti dello sconosciuto. Non Wilma Jerzyck, ma un *uomo* che quella domenica mattina era andato a casa di Nettie dopo che Nettie era uscita. L'uomo che aveva ucciso Raider con un cavatappi per poi incastrare Wilma. Cercò un volto e non vide che fumo e ombre. «Henry, ma chi mai avrebbe *voluto* fare una cosa del genere, se non Wilma?»

«Io non lo so, ma può darsi che abbiamo un testimone per l'assalto alle finestre.»

«*Cosa!* Chi?»

«Ho detto *potremmo*, non te lo scordare.»

«Ho sentito che cosa hai detto. Non menarmi il can per l'aia. Chi è?»

«Un ragazzino. La tizia che abita vicino ai Jerzyck ha sentito dei rumori ed è uscita per vedere che cosa stava succedendo. Ha detto di aver pensato che forse 'quella stronza', parole sue, era schizzata finalmente al punto giusto da scaraventare il marito fuori dalla finestra. Ha visto il ragazzino che se la batteva dalla casa sulla sua bici, con un'aria molto spaventata. Gli ha chiesto che cosa era successo. Il bambino ha risposto che forse i Jerzyck stavano litigando. In effetti è quello che aveva pensato anche lei, e visto che nel frattempo il fracasso era finito, ha lasciato perdere.»

«Deve essere Jillian Mislaburski», ipotizzò Alan. «La casa che c'è dall'altra parte di quella dei Jerzyck è disabitata. In vendita.»

«Infatti. Jillian Misla-cososki. Risulta anche a me.»

«E il ragazzo chi è?»

«Non lo so. Lei lo ha riconosciuto ma non è riuscita a farsi venire in mente come si chiama. Dice che è dei paraggi, però, forse abita nello stesso isolato. Lo troveremo.»

«Quanti anni?»

«Dice fra gli undici e i quattordici.»

«Henry? Fa' il bravo, e lascialo trovare a *me*. Vuoi essere così carino?»

«Sì», rispose prontamente Henry. Alan si rilassò. «Del resto non capisco perché dobbiamo sciropparci tutte queste indagini quando il crimine avviene proprio nella capitale della contea. Lasciano che si tolgano le castagne dal fuoco da sé a Portland e a Bangor, perché allora non anche a Castle Rock? Cristo, non sapevo nemmeno come cavolo pronunciare il *nome* di quella donna finché non l'hai detto tu!»

«Ci sono molti polacchi a Castle Rock», commentò distrattamente Alan. Strappò un modulo rosa di verbale di contravvenzioni, lo girò e scrisse velocemente Jill Mislaburski e *ragazzo, 11-14*.

«Se trovassimo noi il ragazzo, dovrebbe vedersela con tre sbirri della statale grandi e grossi e gli scapperebbe tutto dalla testa per la fifa», disse Henry. «Probabilmente ti conosce. Non tieni conferenze nelle scuole?»

«Sì, sul programma di prevenzione antidroga e per la giornata delle forze dell'ordine», rispose Alan. Stava cercando di ricordare quali famiglie con figli preadolescenti abitassero nello stesso isolato dei Jerzyck e dei Mislaburski. Se Jill Mislaburski lo aveva riconosciuto ma non ricordava come si chiamava, probabilmente il ragazzo viveva nei paraggi, magari in Pond Street. Sul retro del modulo Alan annotò tre nomi: *DeLois, Rusk, Bellingham*. C'erano probabilmente altre famiglie con figli dell'età giusta che lì per lì non gli venivano in mente, ma per cominciare si sarebbe accontentato di quelle tre. Non prevedeva di dover faticare troppo per individuarlo.

«La Mislaburski ha specificato forse quando ha sentito i rumori sospetti e ha visto il ragazzo?» chiese.

«Niente di sicuro, ma le pare che fosse dopo le undici.»

«Dunque non erano i Jerzyck che litigavano, perché a quell'ora erano a messa.»

«Infatti.»

«Perciò i rumori erano del vandalo.»

«Infatti di nuovo.»

«Questa è strana davvero, Henry.»

«E fanno tre in fila. Ancora una e vinci il tostapane.»

«Chissà se il ragazzo ha visto il colpevole?»

«Normalmente direi 'troppo bello per essere vero', ma secondo la Mislaburski il ragazzo era spaventato perciò non lo si può escludere. Se ha visto chi è stato, scommetto un whisky e una birra che non era Nettie Cobb. Credo che qualcuno le abbia aizzate una contro l'altra, scout, e forse per nessun'altra ragione che il solo gusto di farlo. Per capriccio.»

Ma Alan, che conosceva la città come Henry non avrebbe mai potuto, trovava l'ipotesi a dir poco fantasiosa. «Forse è stato proprio il ragazzo», suggerì. «Forse è per questo che era spaventato. Forse è un semplice caso di vandalismo.»

«In un mondo dove c'è un Michael Jackson e uno stronzo come Axyl Rose, tutto è possibile, devo supporre», ribatté Henry, «ma sarei più incline ad accettare la possibilità di un caso di vandalismo se avessimo a che fare con un ragazzo di sedici o diciassette anni.»

«Già.»

«Ma perché perdere tempo in congetture, se sei in grado di rintracciare il ragazzo? Perché puoi farlo, vero?»

«Direi proprio di sì. Ma preferirei aspettare che escano da scuola, se non hai niente in contrario. Come hai detto tu, spaventarlo non servirebbe a niente.»

«Mi sta bene. Quelle due poveracce non scappano di sicuro. Qui ci ronzano intorno i giornalisti, ma più fastidio che tanto non danno. Li scaccio come le mosche.»

Alan guardò dalla finestra in tempo per veder passare lentamente un'unità mobile della WMTW-TV, diretta probabilmente all'entrata principale del tribunale dietro l'angolo.

«Sì, ce ne sono anche qui», disse.

«Mi chiami per le cinque?»

«Per le quattro», rispose Alan. «Grazie, Henry.»

«Di niente», ribatté Henry Payton prima di riattaccare.

Il primo impulso di Alan fu di mettersi in contatto con Norris Ridgewick per riferirgli tutta la storia; se non aveva forse altre qualità, Norris era almeno un'ottima cassa di risonanza. Poi ricordò che probabilmente era ancorato nel bel mezzo del lago con la sua nuova canna da pesca fra le mani.

Creò qualche altra ombra di animali sulla parete e finalmente si alzò. Si sentiva irrequieto, stranamente a disagio. Tanto valeva compiere un giro nell'isolato dove era avvenuto il duplice omicidio. Guardando le case gli sarebbe venuta forse in mente qualche altra famiglia con figli dell'età giusta... e poi chissà, quello che aveva detto Henry dei ragazzi valeva anche per le donne di mezza età che compravano i loro vestiti a *Lane Bryant*. Forse la memoria di Jill Mislaburski sarebbe stata più reattiva se a porgli le domande era qualcuno con un volto familiare.

Fece per prendere il berretto dell'uniforme dall'attaccapanni di fianco alla porta, ma all'ultimo momento desistette. Forse era opportuno presentarsi in veste semiufficiale, un piccolo strappo alla regola. Anzi, tanto valeva che prendesse la station wagon.

Uscì dall'ufficio e sostò per qualche momento nel recinto con le sopracciglia inarcate. John LaPointe aveva ridotto la scrivania e la zona circostante in una zona sinistrata bisognosa di un intervento d'emergenza della Croce Rossa. C'erano scartoffie dappertutto e i cassetti, in bilico uno dentro l'altro, si ergevano in una Torre di Babele sulla scrivania. Non dava l'impressione che avrebbe retto a lungo. John, che normalmente era il più gioviale dei poliziotti, era paonazzo e non faceva che imprecare.

«Guarda che ti lavo la bocca con il sapone, Johnny», lo ammonì sorridendo.

John sussultò bruscamente per la sorpresa e si voltò. Ricambiò il sorriso di Alan, ma il suo era imbarazzato e distratto.

«Scusa, Alan. Non...»

A quel punto Alan si mosse. Attraversò la stanza con la felina rapidità che tanto aveva colpito Polly Chalmers venerdì sera. John LaPointe spalancò la bocca; poi, con la coda dell'occhio, capì il perché della reazione repentina di Alan: i due cassetti in cima alla catasta stavano per cadere.

Alan fu abbastanza veloce da evitare un autentico disastro, ma non tanto da fermare il primo cassetto. Gli rovinò sui piedi, sparpagliando carte, fermagli e manciate di punti metallici. Frattanto Alan teneva altri due cassetti bloccati contro il lato della scrivania di John.

«Gesù santo! Sei stato un fulmine, Alan!» esclamò John.

«Grazie, John», rispose Alan con un sorriso dolente. I cassetti stavano scivolando. Spingere di più non serviva ad altro che a spostare tutta quanta la scrivania. E gli facevano male le dita dei piedi. «Fammi senz'altro tutti i complimenti che ti vengono in mente, ma intanto potresti togliermi dai piedi quel dannato cassetto.»

«Oh! Merda! Sì, subito!» John si affrettò a liberarlo. Per l'eccessiva premura, urtò Alan. Ad Alan sfuggì la labile presa che aveva sui due cassetti che era riuscito a bloccare al volo. Gli piombarono anche quelli sui piedi.

«Ahi!» gridò. Fece per prendersi in mano il piede destro e poi decise che gli faceva più male il sinistro. *«Bastardo!»*

«Gesù santo, Alan, sono mortificato!»

«Ma che cosa ci tieni lì dentro?» sbottò Alan, saltellando con il piede sinistro nella mano. «Tavole di granito?»

«In effetti era da un po' che non facevo ordine.» Con un sorriso colpevole, John cominciò a ributtare alla rinfusa materiale da ufficio nei cassetti svuotati. Il suo volto dai tratti regolari era rosso come fuoco. Era in ginocchio e quando ruotò su se stesso per rastrellare i fermagli e i punti metallici scivolati sotto la scrivania di Clut, sferrò un calcio involontario a un'alta pila di pratiche che aveva raccolto sul pavimento. Dopodiché fu come se nel recinto dell'ufficio dello sceriffo fosse appena passato un uragano.

«Urca!» esclamò John.

«Urca», ripeté Alan seduto sulla scrivania di Norris Ridgewick a cercare di massaggiarsi le dita dei piedi attraverso il cuoio pesante della scarpa d'ordinanza. «Urca va bene, John, è un'ottima descrizione dello stato di cose. Mai vista un'urca più urca di così.»

«Scusa», disse di nuovo John e strisciò letteralmente sotto la scrivania, spazzando a larghe bracciate il pavimento per riunire davanti a sé fermagli e punti metallici. Alan non sapeva bene se ridere o piangere. Mentre lavorava con le mani, John agitava i piedi spingendo ancora più lontano carte e scartoffie.

«Vieni fuori di lì, John!» gli ordinò. Si sforzava di non ridere, ma già sentiva che era una causa persa.

LaPointe reagì con un sussulto e urtò violentemente con la testa sotto la scrivania. Cascò così un'altra pila di carte, che era stata sistemata proprio sul bordo della scrivania per far posto ai cassetti. Per la maggior parte precipitarono con un tonfo tutte insieme sul pavimento, ma qualche decina di fogli presero a svolazzare pigramente nell'aria.

Impiegherà tutta la giornata a rimetterle a posto, pensò Alan rassegnato. *Forse tutta la settimana.*

Allora non poté più trattenersi. Rovesciò la testa all'indietro e scoppiò a ridere. Andy Clutterbuck, che si trovava al centralino, venne a vedere che cosa stava accadendo.

«Tutto bene, sceriffo?»

«Sì», rispose Alan. Poi guardò il caos di moduli e pratiche che coprivano quasi per intero il pavimento e cominciò a ridere di nuovo. «È solo John che ha avuto un attacco di creatività.»

John riemerse da sotto la scrivania e si alzò. Aveva la faccia di chi non chiederebbe di meglio che essere comandato sull'attenti, o magari costretto a quaranta flessioni di punizione. La divisa prima immacolata era ora coperta di polvere e Alan, per quanto in preda all'ilarità, prese nota mentalmente: era da un pezzo che Eddie Warburton non dava una bella passata al pavimento sotto quelle scrivanie. Poi riprese a ridere. Proprio non riusciva a trattenersi. Clut guardò John e poi Alan e poi di nuovo John. Era interdetto.

«Va bene», disse finalmente Alan quando riuscì a controllarsi. «Si può sapere che cosa stavi cercando, John? Il Sacro Graal? L'Anello Mancante?»

«Il mio portafogli», rispose John, spazzolandosi inutilmente la divisa. «Non trovo più il portafogli.»

«Hai controllato in macchina?»

«In tutte e due», annuì John. Contemplò disgustato il campo di battaglia intorno alla scrivania. «Quella di servizio che ho usato ieri sera e la mia Pontiac. Ma qualche volta, quando sono in ufficio, lo metto in un cassetto perché mi fa groppo sul sedere quando sto seduto. Così stavo guardando...»

«Non ti torturerebbe il sedere se non ci tenessi dentro tutta la tua vita, John», osservò molto sensatamente Andy Clutterbuck.

«Clut», intervenne Alan, «vai a giocare nel traffico, vuoi?»

«Come?»

Alan alzò gli occhi al cielo. «Trovati qualcosa da fare. Credo che io e John siamo in grado di cavarcela qui. Siamo investigatori esperti. Se non ci riusciamo, te lo faremo sapere.»

«Ah, sì. Cercavo solo di dare una mano. Ho visto il suo portafogli. Sembra che ci tenga dentro la Biblioteca del Congresso. Anzi...»

«Grazie della consulenza, Clut. Ci vediamo.»

«D'accordo. Sempre lieto di essere d'aiuto. A più tardi.»

Alan roteò gli occhi. Gli era venuta voglia di ridere di nuovo, ma si trattenne. Dall'espressione infelice sul volto di John era chiaro che lui non lo trovava divertente. Era imbarazzato, ma non solo. Ad Alan era capitato di non trovare più il portafogli e sapeva come ci si stava male. Né era solo per i soldi e la seccatura di denunciare la perdita delle carte di credito; continuava ad affiorare alla memoria cianfrusaglia di ogni genere finita per questo o quest'altro motivo insieme con le banconote, roba che altri avrebbero considerato spazzatura, ma che per te era insostituibile.

John si era accosciato e aveva cominciato a raccogliere carte e riordinarle con aria sconsolata. Alan gli diede un mano.

«Ti sei veramente fatto male ai piedi, Alan?»

«Ma no. Sai come sono queste scarpe. Più corazzate di un carro armato. Quanto avevi nel portafogli, John?»

«Oh, non più di venti dollari, mi pare. Ma ho rinnovato la licenza di caccia la settimana scorsa e c'era anche quella. E la mia MasterCard. Dovrò chiamare la banca per chiedere di fermarla, se non trovo quel dannato portafogli. Ma soprattutto mi scoccia per le foto. Mamma e papà, le mie sorelle... cose del genere.»

Ma non era vero che teneva molto alle fotografie dei genitori e a quelle delle sorelle; la foto importante era quella in cui erano ritratti lui stesso e Sally Ratcliffe. Clut glie l'aveva scattata alla Fiera di Fryeburg tre mesi prima che Sally gli preferisse quella testa di pietra di Lester Pratt.

«Vedrai che salterà fuori», lo rincuorò Alan. «Non troverai più i soldi e le carte di credito, ma portafogli e fotografie probabilmente torneranno a casa. Di solito va a finire così. Lo sai.»

«Già», sospirò John. «Solo che... Dannazione, cerco di ricordare se ce l'avevo stamattina quando sono venuto al lavoro, ma non ci riesco.»

«Spero che lo ritrovi. Perché non appendi un avviso in bacheca?»

«Lo farò. E riordinerò questo casino.»

«Lo so, John. Prendila con filosofia.»

Alan uscì scuotendo la testa.

3

La campanella d'argento sulla porta di *Cose Preziose* tintinnò e un po' timidamente fece il suo ingresso Babs Miller, stimato membro dell'Ash Street Bridge Club.

«Signora Miller», l'accolse Leland Gaunt, consultando un foglio che aveva di fianco al registratore di cassa. Spuntò il nome con un segnetto. «Che bello che sia potuta venire! E puntuale, per giunta. A lei interessava il carillon, vero? Un oggetto molto raffinato.»

«Volevo parlargliene, sì», ammise Babs. «Immagino che sia venduto.» Le era difficile pensare che un articolo così desiderabile non avesse già trovato un acquirente. Le si spezzava un po' il cuore a pensarci. La melodia che ne usciva, quella che il signor Gaunt sosteneva di non ricordare... ebbene, riteneva di sapere quale fosse. Una volta aveva ballato su quelle note al Pavillon di Old Orchard Beach con il capitano della squadra di football e più tardi, quella stessa sera, gli aveva coscientemente donato la sua verginità sotto una gloriosa luna di maggio. Lui l'aveva ricompensata con il primo e ultimo orgasmo di tutta la sua vita e, per tutto il tempo che le era tumultuato nelle vene, quella melodia le aveva riempito la testa come un vortice di fuoco.

«No, è ancora qui», rispose il signor Gaunt. Lo prelevò dalla vetrinetta dov'era nascosto dietro la Polaroid. Alla vista del carillon il viso di Babs Miller s'illuminò.

«Sono sicura che costa più di quanto possa permettermi», mormorò, «tutto in una volta, intendo, ma mi piace davvero tanto, Signor Gaunt. E se ci si potesse accordare per un pagamento a rate... se potesse fare un'eccezione...»

Il signor Gaunt sorrise. Era un sorriso squisito, tranquillizzante. «Credo che le sue preoccupazioni siano immotivate», le disse. «Non crederà alle sue orecchie quando saprà com'è ragionevole il prezzo di questo fine carillon, signora Miller. Vedrà. Si accomodi. Parliamone.»

Babs si accomodò.

Gaunt le si avvicinò.

I suoi occhi catturarono quelli di lei.

Nella sua mente ricominciò la musica.

E fu perduta.

4

«Ora ricordo», disse Jillian Mislaburski ad Alan. «Era il ragazzo dei Rusk. Billy, mi pare che si chiami. O forse Bruce.»

Erano nel soggiorno, dominato dal televisore della Sony e da un gigantesco crocifisso di plastica appeso alla parete dietro allo schermo. C'era Oprah alla TV. A giudicare da come Gesù teneva gli occhi rivolti all'insù sotto la Sua corona di spine, Alan pensò che probabilmente avrebbe preferito Geraldo. Oppure *Sezione Divorzi*. La signora Mislaburski gli aveva offerto un caffè, che aveva rifiutato.

«Brian», la corresse.

«Ecco! Brian!»

Indossava la veste da casa verde, ma quella mattina non portava il fazzoletto rosso. Le incorniciava la testa una bizzarra corona di riccioli grossi come le anime di cartone dei rotoli di carta igienica.

«È sicura, signora Mislaburski?»

«Sì. Mi è venuto in mente chi era stamattina, quando mi sono alzata. È stato suo padre a montare i rivestimenti di alluminio di questa casa, due anni fa. Il bambino era venuto a dare una mano per un po'. Mi era sembrato un bravo ragazzo.»

«Ha idea di che cosa può essere andato a fare a casa Jerzyck?»

«Ha detto che voleva chiedere se avevano bisogno di qualcuno che spalasse la neve quest'inverno. Così mi sembra di ricordare. Ha anche detto che sarebbe tornato in un altro momento, quando avrebbero smesso di litigare. Mi sembrava spaventato a morte, poverino, e non posso biasimarlo.» Scosse la testa. I grandi riccioli tremarono. «Mi spiace che abbia fatto quella fine...» Jill Mislaburski abbassò la voce in un tono più confidenziale. «Ma sono felice per *Pete*. Non ci s'immagina nemmeno che cosa ha dovuto sopportare sposando quella donna. Nessuno ci riuscirebbe.» Rivolse uno sguardo eloquente a Gesù crocifisso al muro e tornò a fissare Alan.

«Capisco», rispose Alan. «Mi dica, non ha notato nient'altro, signora Mislaburski? Riguardo alla casa, o i rumori, o il bambino?»

Lei si posò un dito sul naso e inclinò la testa. «Mah, non credo. Vediamo... il ragazzo, Brian Rusk, aveva un contenitore termico nel cestino della bici. È un particolare che ricordo bene, ma non credo che sia del genere...»

«Altolà», l'interruppe Alan alzando la mano. Un lampo di luce gli si era acceso per un attimo nella mente. «Un contenitore, ha detto?»

«Sa, di quelli che si portano ai picnic o alle feste dove tutti contribuiscono ai rinfreschi. Lo ricordo solo perché era troppo grande per il cestino della sua bici. Era dentro di spigolo e non sembrava per niente stabile.»

«Grazie, signora Mislaburski», disse lentamente Alan. «La ringrazio molto.»

«Ha qualche significato? È un indizio?»

«Ah, ne dubito.» Ma aveva qualche perplessità.

Sarei più incline ad accettare la possibilità di un caso di vandalismo se il ragazzo avesse sedici o diciassette anni, aveva affermato Henry Payton. Era della stessa opinione anche lui... ma non sarebbe stata la prima volta che s'imbatteva in un vandalo di dodici anni e supponeva che si potesse trasportare un notevole numero di sassi in uno di quei contenitori da picnic.

Improvvisamente crebbe di gran lunga il suo interesse per la chiacchierata che avrebbe avuto quel pomeriggio con il giovane Brian Rusk.

5

La campanella trillò. Sonny Jackett entrò a *Cose Preziose* adagio, diffidente, rigirandosi fra le mani il berretto della Sunoco tutto macchiato di grasso. Erano i modi di chi è sinceramente convinto che di lì a poco manderà in frantumi molti oggetti costosi senza volerlo; rompere le cose, pareva proclamare con l'espressione del volto, non era il suo desiderio, ma il suo karma.

«Signor Jackett!» esclamò Leland Gaunt nel suo tradizionale benvenuto con il suo tradizionale impeto. Dopodiché spuntò un altro nome sul foglio che teneva di fianco al registratore di cassa. «Sono lieto che sia potuto passare!»

Sonny avanzò di tre passi e si fermò, spostando lo sguardo preoccupato dalle vetrinette al signor Gaunt.

«Oh, be'», borbottò, «non è che sono venuto per comprare niente. Meglio che glielo dica subito. Harry Samuels mi ha detto che aveva chiesto di passare questa mattina, se mi capitava. Ha detto che ha una serie di chiavi a bussola di quelle come si deve. Ne stavo cercando appunto una, ma questo non è un negozio per uno come me. Sono qui in visita di cortesia, signore.»

«Apprezzo la sua onestà», rispose il signor Gaunt, «ma forse ha parlato troppo presto, signor Jackett. Ho una serie di chiavi davvero speciali. Doppia misura, regolabili.»

«Davvero?» Sonny inarcò le sopracciglia. Sapeva che esistevano attrezzi del genere, con i quali si poteva operare indifferentemente su automobili di fabbricazione nazionale o estera, ma non ne aveva mai visti con i propri occhi.

«Davvero. Le ho messe da parte nel retrobottega appena ho saputo che le stava cercando, signor Jackett. Altrimenti sarebbero andate quasi subito e io volevo che almeno le vedesse, prima di venderle a qualcun altro.»

Sonny Jackett reagì a quelle parole con istantanea circospezione yankee. «E perché mai?»

«Perché io ho un'auto d'epoca e le auto d'epoca hanno bisogno di molta manutenzione. Mi riferiscono che lei è il miglior meccanico che c'è da questa parte di Derry.»

«Oh», fece Sonny rilassandosi. «Può essere. Che macchina ha?»

«Una Tucker.»

Le sopracciglia di Sonny scattarono verso l'alto. Contemplò il signor Gaunt con maggior rispetto. «Una Torpedo! Questa poi!»

«No. Ho una Talisman.»

«Ah, sì? Mai sentito di una Tucker Talisman.»

«Ne furono costruite solo due, il prototipo e quella che ho io. È stato nel 1953. Il signor Tucker si trasferì poco dopo in Brasile, dov'è morto.» Il signor Gaunt fece un sorriso vago. «Preston era una persona adorabile e un vero mago in fatto di progettazioni d'automobili... ma non era un uomo d'affari.»

«È così?»

«Sì.» Il velo negli occhi del signor Gaunt si dissipò. «Ma è storia d'altri tempi, torniamo a noi! Si volta pagina, eh, signor Jackett? Si volta pagina, dico sempre io, testa alta e petto in fuori, marciando con ottimismo nel futuro senza mai girarsi a guardare indietro!»

Sonny osservò il signor Gaunt dall'angolo degli occhi con un certo disagio e non disse niente.

«Lasci che le mostri le chiavi.»

Sonny non accettò subito. Tornò invece a guardare con aria

dubbiosa gli articoli esposti nelle vetrinette. «Non posso permettermi niente di marca. Sono nelle fatture fino alle orecchie. Certe volte penso che farei bene a piantare baracca e burattini e farmi mantenere dalla contea.»

«Come la capisco», fece eco il signor Gaunt. «È colpa di quei dannati repubblicani, ecco come la vedo *io*.»

La faccia sospettosa e annodata di Sonny si rilassò all'istante. «E dice bene, maledizione!» proruppe. «George Bush ha praticamente *mandato alla malora* questo paese... Lui e la sua stupida guerra! Ma crede che i democratici abbiano qualcuno da mettergli contro l'anno prossimo con qualche possibilità di vincere?»

«Dubito.»

«Jesse Jackson. Un negro!»

Fissò uno sguardo truculento sul signor Gaunt che piegò lievemente la testa di lato, come a dirgli: *Sì, amico mio, sfogati. Siamo uomini di mondo tutti e due e non abbiamo paura di dire pane al pane.* Sonny Jackett si sentì ancora di più a suo agio, meno imbarazzato per le mani sporche di grasso, più disinvolto.

«Io non ho niente contro i negri, sia ben chiaro, ma l'idea di un africano alla Casa Bianca, dico, alla Casa *Bianca*, mi mette i brividi addosso.»

«Vorrei ben vedere», annuì il signor Gaunt.

«E quel maccheronaro di New York? Mario Cu-o-mo! Come fa uno con un nome così scarso a battere quel pistola quattr'occhi per la Casa Bianca?»

«Molto vero», concordò il signor Gaunt. Alzò la destra, flettendo il lungo indice a un centimetro dal brutto pollice a spatola. «E poi non mi fido degli uomini con la testa troppo piccola.»

Sonny sgranò momentaneamente gli occhi, poi si calò una manata su un ginocchio e scoppiò in risate asmatiche. «Non si fida di uomini con la testa troppo... Bella questa! Mi piace da matti, mister!»

Il signor Gaunt stava sorridendo.

Si scambiarono un sogghigno d'intesa.

Il signor Gaunt andò a prendere le chiavi a bussola, contenute in un astuccio di cuoio rivestito di velluto nero all'interno. Era la più bella serie di arnesi in acciaio cromato che Sonny Jackett avesse mai visto.

Si scambiarono un sogghigno davanti alle chiavi a bussola, scoprendo i denti come scimmie che stanno per azzuffarsi.

E naturalmente Sonny comprò le chiavi. Il prezzo era incredibilmente basso, centosettanta dollari, più un paio di scherzucci davvero spassosi ai danni di Don Hemphill e del reverendo Rose. Sonny rispose al signor Gaunt che sarebbe stato un piacere: se la sarebbe goduta a smerdare quei bastardi di repubblicani cantasalmi.

Sogghignarono d'intesa per lo scherzo da fare a Vaporetto Willie e a Don Hemphill.

Sonny Jackett e Leland Gaunt: una bella coppia di sogghignanti uomini di mondo.

E sopra la porta tintinnò la campanella d'argento.

6

Henry Beaufort, proprietario e gestore del *Mellow Tiger*, abitava a mezzo chilometro dal suo locale. Myra Evans lasciò la macchina nel parcheggio del *Tiger*, deserto nell'innaturale calura della mattina, e andò a casa sua a piedi. Considerata la natura della sua commissione, le sembrava una precauzione ragionevole. Si era data pensiero inutilmente, perché il *Tiger* non chiudeva prima di notte e raramente Henry si alzava prima dell'una di pomeriggio. Tutte le finestre erano oscurate, sopra e sotto. Nel vialetto c'era la sua automobile, una Thunderbird del 1960 in perfetto stato, che era il suo amore e il suo orgoglio.

Myra indossava un paio di jeans e una camicia da lavoro blu di suo marito. I lembi inferiori della camicia le pendevano fuori dei jeans fin quasi alle ginocchia, nascondendo così la cintura sottostante e il fodero che vi era agganciato. Chuck Evans era un collezionista di ricordi della seconda guerra mondiale (e anche se Myra non lo sapeva, aveva già comprato qualcosa per la sua collezione nel negozio nuovo), e il fodero conteneva una baionetta giapponese. Myra l'aveva prelevata mezz'ora prima dalla parete del locale privato di Chuck nello scantinato. Le ricadeva pesante contro la coscia destra a ogni passo.

Era molto ansiosa di portare a termine il suo compito, per poter tornare a occuparsi della fotografia di Elvis. Aveva scoperto che quando l'aveva fra le mani ne scaturiva una storia. Non era una storia vera, ma per molti versi, (per *tutti* i versi, in verità) la considerava *migliore* di una storia vera. L'Atto I era Il Concerto, dove il Re la issava sul palcoscenico per ballare con lei. L'Atto II era La Camera Verde dopo lo Show e l'Atto III era Nella Limousine. C'era uno degli amici di Memphis di Elvis al volante della limousine e il Re non si dava nemmeno il disturbo di alzare il vetro nero fra loro e l'autista prima di cominciare a farle le cose più perverse e deliziose sul sedile posteriore sulla via per l'aeroporto.

L'Atto IV s'intitolava In Aereo, dove si trovavano a bordo del *Lisa Marie*, il Convair a reazione di Elvis... nel letto matrimoniale dietro la paratia della cabina principale, per la precisione. Era l'atto al quale Myra si era abbandonata il giorno prima e per tutta la mattinata: in viaggio a undicimila metri a bordo del *Lisa Marie*, in viaggio nel letto con il Re. Ci sarebbe rimasta per l'eternità, ma sapeva che non era possibile. Perché erano diretti all'Atto V: Graceland. Giunti a destinazione, sarebbe stato il paradiso.

Ma prima doveva liberarsi da quel piccolo impegno.

Quella mattina, dopo che suo marito era uscito, era rimasta a letto nuda eccetto che per il reggicalze (il Re era stato esplicito nel pretendere che tenesse quell'accessorio addosso), con la fotografia stretta nelle mani, a mugolare e a contorcersi piano piano fra le lenzuola. Poi, tutt'a un tratto, il letto matrimoniale era scomparso. Il rombo sottile dei motori del *Lisa Marie* si era spento. La fragranza dell'English Leather del Re si era dissolta.

Al posto di tutte quelle cose meravigliose c'era la faccia del signor Gaunt... che però non era più come era stato in negozio. La sua pelle era cosparsa di bolle, come se ustionata da qualche misterioso ardore segreto. Pulsava e si muoveva, come se sotto si annidassero esseri vivi che cercavano di uscire. E quando aveva sorriso, i suoi grandi denti erano diventati una doppia fila di zanne.

«È ora, Myra», aveva detto il signor Gaunt.

«Voglio restare con Elvis», aveva piagnucolato lei. «Lo farò, ma non proprio adesso... la prego, non proprio adesso.»

«Sì, proprio adesso. Hai promesso e manterrai la tua promessa. Te ne pentiresti molto amaramente se non lo facessi, Myra.»

Aveva udito uno scricchiolio. Aveva abbassato gli occhi e aveva visto con orrore che il vetro sopra il ritratto del Re era attraversato da un'orribile crepa a zig zag.

«No!» gridò. *«No, questo no!»*

«Non sono io», aveva risposto il signor Gaunt con una risata. «Sei tu che lo stai facendo. Lo stai facendo tu comportandoti come una piccola stronza stupida e indolente. Siamo in America, Myra, dove solo le puttane lavorano a letto. In America le persone rispettabili devono alzarsi da letto e *guadagnarsi* ciò di cui hanno bisogno, o restarne private per sempre. Credo che te lo sia dimenticato. Naturalmente posso sempre trovare qualcun altro per quello scherzuccio del signor Beaufort, ma allora la tua fantastica *storia d'amore* con il Re...»

Un'altra crepa era sfrecciata sul vetro della fotografia come una folgore d'argento. E il ritratto che c'era sotto, osservava Myra con orrore crescente, cominciava a invecchiare e a raggrinzirsi e a corrompersi sotto l'effetto corrosivo dell'aria che penetrava dalle fessure.

«No! Lo faccio! Lo faccio subito! Mi alzo subito, vede? Ma la fermi! LA FERMI!*»*

Myra si era buttata giù dal letto come se avesse appena scoperto che sotto la sua coperta c'era un nido di scorpioni.

«Quando avrai mantenuto la tua promessa, Myra», aveva dichiarato il signor Gaunt. Parlava ora da un profondo recesso della sua stessa mente. «Sai che cosa fare, vero?»

«Sì, lo so!» Myra guardava disperata la fotografia, l'immagine di un uomo anziano e malato, con la faccia gonfia di anni, di eccessi e abusi. La mano che reggeva il microfono era l'artiglio di un avvoltoio.

«Quando tornerai dopo aver compiuto la tua missione», aveva aggiunto il signor Gaunt, «la foto sarà come prima. Ma che nessuno ti veda, Myra. Se qualcuno ti vede, tu non rivedrai mai più *lui*.»

«No!» aveva balbettato lei. «Giuro che starò attenta!»

E ora, ormai nei pressi dell'abitazione di Henry Beaufort, ricordò l'ammonimento. Si guardò intorno per accertarsi che non ci fosse nessuno per la strada. Era deserta in entrambe le direzioni. Un corvo gracchiò solenne in un brullo campo autunnale. Non udì altro suono. Il giorno palpitava come un essere vivente e i campi erano storditi dal lento battito del suo cuore fuori stagione.

Myra risalì il vialetto d'accesso, sollevando il lembo della camicia blu per tastare il fodero e la baionetta che vi era contenuta. Al centro della schiena e sotto il reggiseno colava di sudore che le faceva il solletico. Sebbene non lo sapesse e mai ci avrebbe creduto nel sentirselo dire, in quella quiete rurale risplendette per breve tempo di straordinaria bellezza. Il suo viso distratto e sbadato si era animato in quei pochi attimi di una profonda e sconosciuta risolutezza. La linea dei suoi zigomi era ben definita per la prima volta dai tempi del liceo, quando aveva concluso che la sua missione nella vita era di mangiare tutte le merende e merendine di questo mondo. Negli ultimi quattro giorni era stata troppo occupata nelle sempre più stravaganti peripezie sessuali con il Re per ricordarsi di mangiare a quattro palmenti come soleva. I capelli, che normalmente le pendevano ai lati della faccia come un flaccido ciuffo di filacce erano raccolti in una piccola e compatta coda di cavallo che le lasciava scoperta la fronte. Grazie forse all'improvvisa overdose di ormoni e all'altrettanto improvvisa diminuzione nel consumo di zuccheri dopo anni di overdose quotidiana, le erano scomparsi quasi tutti i brufoli che le infiammavano la faccia come vulcani irrequieti, ancora da quando aveva solo dodici anni. Ancor più notevoli erano gli occhi: grandi, azzurri, quasi ferini. Non erano gli occhi di Myra Evans, bensì quelli di una belva della giungla.

Raggiunse la macchina di Henry. *Adesso* era apparso qualcosa sulla 117: un vecchio e rumoroso camioncino che andava in città. Passò davanti al muso della T-Bird e si accovacciò davanti al radiatore per aspettare che passasse. Poi si rialzò. Dal taschino della camicia tolse un foglio ripiegato. Lo aprì, lo lisciò con cura e lo infilò sotto una spazzola del tergicristallo in maniera che la scritta fosse ben leggibile.

NON T'AZZARDARE MAI PIÙ A CACCIARMI
E TENERTI LE MIE CHIAVI SPORCO
MANGIARANE!

Era il momento della baionetta.

Si guardò di nuovo intorno, rapidamente, ma l'unica cosa che vide muoversi nel gran mondo afoso fu un corvo solitario, forse quello che aveva mandato poco prima il suo richiamo. Scese ad appollaiarsi sul palo del telefono dirimpetto alla casa, come per volerla osservare.

Myra sguainò la baionetta, la tenne saldamente con entrambe le mani, si chinò e l'affondò fino all'elsa nel copertone della ruota anteriore sinistra. I suoi lineamenti erano contratti in un ringhio nell'aspettativa di un'esplosione, ma si udì solo un sospiro improvviso, lo sbuffo che potrebbe fare un uomo corpulento nel ricevere un pugno alla bocca dello stomaco. La T-Bird si accasciò vistosamente su un lato. Myra estrasse la baionetta allargando lo squarcio e si complimentò mentalmente con Chuck per la cura con cui teneva i suoi giocattoli affilati.

Dopo aver intagliato un gran sorriso di gomma nella ruota che si andava sgonfiando velocemente, ripeté tutta l'operazione dall'altra parte. Era ancora ansiosa di tornare alla sua foto, ma adesso era contenta di essere andata lì. Era eccitante. Il pensiero della faccia che avrebbe fatto Henry quando avesse visto che cosa era successo alla sua adorata Thunderbird la stava stimolando sessualmente. Dio solo sapeva perché, ma pensava che quando finalmente sarebbe tornata a bordo del *Lisa Marie*, avrebbe avuto un giochetto nuovo o due da offrire al Re.

Passò alle ruote posteriori. La baionetta non tagliava più con la stessa facilità di poco prima, ma rimediò con l'entusiasmo, segando i copertoni con gioiosa energia.

Completato il lavoro, quando tutte e quattro le ruote furono debitamente sventrate, fece un passo indietro e contemplò la sua opera. Aveva il fiato corto. Si passò il braccio sulla fronte madida di sudore in un rapido gesto mascolino. Ora la Thunderbird di Henry Beaufort si era abbassata di una buona spanna, e s'appoggiava ai mozzi nelle pieghe grinzose che erano i resti dei costosi radiali su cui si era accanita. Poi, anche se nessuno glielo aveva ordinato, decise di dare quel tocco in più che trasformava un lavoro in un capolavoro. Fece scorrere la punta della baionetta lungo tutta la fiancata disegnando un profondo graffio irregolare sulla lucida superficie.

La baionetta emise un cigolio lamentoso nell'attrito contro il metallo e subito Myra si girò a controllare la casa, sicura che Henry Beaufort avesse udito, che la tenda che oscurava la camera da letto si sarebbe alzata di scatto.

Non successe niente, ma capì che era ora di andarsene. Si era già trattenuta oltre il lecito e poi... a casa sua, in camera da letto, l'aspettava il Re. S'affrettò giù per il vialetto, riponendo la baionetta nel fodero e nascondendola di nuovo sotto la camicia di Chuck. Incrociò un'automobile prima di essere tornata al *Mellow Tiger*, ma andava nell'altra direzione e anche se il guidatore l'avesse sbirciata nello specchietto retrovisore, di lei avrebbe visto solo la schiena.

Salì sulla sua auto, si strappò l'elastico dai capelli, lasciando che le ricadessero nella solita acconciatura amorfa, e tornò verso la città. Lo fece guidando con una mano sola. L'altra era occupata in altre faccende sotto l'ombelico. Appena rientrata, salì i gradini a due per volta. La foto era sul letto dove l'aveva lasciata. Si sbarazzò delle scarpe e dei jeans, acchiappò la foto e si tuffò nel letto in buona compagnia. Dal vetro erano scomparse le crepe. Il Re era stato restituito alla sua giovanile bellezza.

Lo stesso si poteva dire per Myra Evans... almeno temporaneamente.

7

Da sopra la porta la campanella d'argento mandò il suo armonico trillo.

«Salve, signor Potter!» salutò Leland Gaunt festoso. Spuntò un nome sul foglio vicino al registratore di cassa. «Ormai mi ero quasi rassegnato a non vederla.»

«Ho rischiato di non venire», ammise Lenore Potter. Era turbata, distratta. I capelli d'argento, solitamente acconciati con scrupolo, erano pettinati alla bell'e meglio. Le si vedevano due dita di sottoveste sotto l'orlo dell'elegante gonna grigia e aveva borse scure sotto gli occhi: i quali occhi erano irrequieti, scattavano di qua e di là vivi di malevolo, rabbioso sospetto.

«È il fantoccio che voleva rivedere, vero? Howdy Doody. Mi pare che mi abbia detto che ha una discreta collezione di oggetti per l'infanzia...»

«Non credo proprio di poter visionare cose dolci e carine come bambole e pupazzi in una giornata come questa, sa?» proruppe Lenore. Era la moglie del più ricco avvocato di Castle Rock e parlava in un asciutto tono avvocatesco. «Sono in uno stato d'animo semplicemente pietoso. Sto vivendo una giornata magenta. Non semplicemente rossa, ma *magenta*!»

Il signor Gaunt passò intorno alla vetrinetta principale del negozio e le si fece incontro, prontamente atteggiato a comprensione e sollecitudine. «Mia cara signora, ma che cosa è successo? La vedo sconvolta!»

«*Certo* che sono sconvolta!» sbottò lei. «Il flusso normale della mia aura psichica è devastato. Distrutto! Invece che blu, il colore della calma e della serenità, la mia intera *calava* è diventata magenta! Ed è tutta colpa di quella strega di fronte! Quella *megera*!»

Il signor Gaunt fece buffi gesti di conforto, senza mai arrivare a toccare davvero il corpo di Lenore Potter. «Di quale strega sta parlando, signora Potter?» chiese, quando lo sapeva benissimo.

«La Bonsaint, naturalmente! La Bonsaint! Quella bugiarda odiosa! Stephanie Bonsaint! La mia aura non era *mai* stata magenta prima di oggi, signor Gaunt! Rosa intenso sì, qualche volta, e una volta in particolare, quando per poco non sono stata travolta da un ubriaco a Oxford, credo che sia diventata rossa per pochi minuti, ma *mai* e poi *mai* era stata *magenta*! Non posso semplicemente *vivere* così!»

«La capisco», annuì il signor Gaunt. «Nessuno potrebbe chiederle tanto, mia cara.»

Finalmente i suoi occhi catturarono quelli di lei. Non era facile, dato che gli occhi di Lenore Potter continuavano a guizzare da tutte le parti, ma alla lunga ci riuscì. Allora Lenore si calmò quasi d'incanto.

Scoprì che guardare negli occhi del signor Gaunt era quasi come affacciarsi nella sua stessa aura alla fine degli esercizi, dopo che aveva mangiato i cibi giusti (germogli di soia, soprattutto) e aveva accudito alla sua *calava* con mezz'ora almeno di meditazione quando si alzava la mattina e di nuovo prima di coricarsi, la sera.

Gli occhi del signor Gaunt erano dell'azzurro chiaro e sereno dei cieli del deserto.

«Venga», la invitò lui. «Qui.» La condusse alle tre eleganti poltrone di velluto a schienale alto che erano state occupate da non pochi cittadini di Castle Rock in quell'ultima settimana. E quando fu seduta, la esortò dicendole: «Mi racconti tutto».

«Mi ha sempre odiata», cominciò Lenore. «Ha sempre pensato che se suo marito non ha fatto carriera in ditta velocemente come avrebbe voluto lei è per colpa di *mio* marito che lo ha ostacolato. E che dietro mio marito ci sono *io.* È una donna con un cervello piccolo così, un petto grosso così e un'aura color grigio sporco. È una razza che conosce anche lei.»

«Certamente», l'assecondò il signor Gaunt.

«Ma mai prima di stamattina mi ero resa conto di *quanto* mi odia!» Lenore Potter cominciava ad agitarsi di nuovo a dispetto dell'influenza soporifera del signor Gaunt. «Mi sono alzata e le mie aiuole erano un disastro! *Rovinate!* Tutto quello che era così bello ieri oggi sta morendo! Tutto quello che dava serenità all'aura e nutriva la *calava* è stato *assassinato!* Da quella strega! Da quella *lurida, fottuta* STREGA *della Bonsaint!*»

Serrò i pugni, nascondendovi dentro le unghie da manicure. I pugni piombarono sui braccioli intagliati della poltrona.

«Crisantemi, cimicifughe, settembrine, garofani della Cina... quella strega è venuta di notte a strapparmeli via! Li ha gettati dappertutto! Sa dove sono oggi le mie rose centifoglia, signor Gaunt?»

«No. Dove?» chiese lui teneramente, continuando a mimare carezze a pochi millimetri dal suo corpo.

Per la verità credeva di poter indovinare dove si trovavano e non aveva bisogno di indovinare chi fosse il responsabile di quell'aggressione che aveva sconquassato la *calava* di Lenore Potter: Melissa Clutterbuck. Lenore non sospettava la moglie del vicesceriffo Clutterbuck perché non *conosceva* la moglie del vicesceriffo Clutterbuck; né Melissa Clutterbuck conosceva Lenore, se non di vista, per uno scambio di saluto a distanza. Non c'era stata malizia da parte di Melissa (a parte naturalmente, pensava il signor Gaunt, la normale e piacevole malizia che provano *tutti* nel devastare l'oggetto del più profondo amore del prossimo). Aveva sterminato le aiuole di Lenore Potter a saldo del pagamento per un servizio in porcellana di Limoges. A voler guardare in fondo, la questione era rigorosamente d'affari. Piacevole, sì, rifletteva il signor Gaunt, ma perché mai gli affari dovevano essere sempre una lagna?

«I miei fiori sono in mezzo alla strada!» gridò Lenore. «In mezzo a Castle View! Non me ne ha risparmiato neanche uno! Persino le margherite africane! Tutto spazzato via! *Tutto... spazzato via!*»

«L'ha vista?»

«Non c'è *bisogno* che l'abbia vista! È l'unica che mi odia al punto di farmi una cosa simile. E nelle aiuole ci sono le impronte dei suoi tacchi a spillo. Giuro che quella donnaccia porta i tacchi anche a letto!

«Oh, signor Gaunt», gemette, «ogni volta che chiudo gli occhi tutto diventa *viola*! Che cosa posso fare?»

Il signor Gaunt non disse niente per un momento. La guardò soltanto fissandola finché la sua espressione diventò calma e assorta.

«Così va meglio?» s'informò.

«Sì», rispose lei in un sospiro risollevato. «Mi sembra di vedere di nuovo il blu...»

«Ma è troppo sconvolta per poter anche solo *pensare* a far compere.»

«Sì...»

«Considerato che cosa le ha fatto quella strega.»

«Sì...»

«Dovrebbe pagare.»

«Sì.»

«Se dovesse mai riprovarci, pagherà sicuramente.»

«Sì!»

«Forse ho la cosa giusta. Stia qui, signora Potter. Torno in un battibaleno. Intanto faccia pensieri blu.»

«Blu», ripeté lei trasognata.

Poco dopo il signor Gaunt tornò e posò nelle mani di Lenore Potter una delle pistole automatiche che Asso gli aveva portato da Cambridge. Era carica e scintillava di untuosi riflessi azzurrognoli sotto i faretti.

Lenore la sollevò all'altezza degli occhi. La osservò con profondo piacere e ancor più profondo sollievo.

«Ora, non inciterei mai nessuno a sparare a una persona», disse il signor Gaunt. «Non senza un'ottima *ragione*. Ma vede, signora Potter, a sentirla mi ha dato l'impressione di essere una donna con una ragione *più* che ottima. Non per i fiori, sappiamo tutti e due che non sono così importanti. I fiori ricrescono. Ma il suo karma... la sua *calava*... be', che cos'altro abbiamo, in fondo? Noi umili esseri umani?» E fece una risata amara.

«Niente», rispose lei annuendo e puntò la pistola alla parete. «Pum! Pum, pum, pum. Questo è per te, piccola stupida baldracca invidiosa. Spero che tuo marito finisca a fare lo spazzino. È quel che merita. È quel che meritate *tutti e due*.»

«Vede quella levetta, signora Potter?» Gliela indicò.

«Sì, la vedo.»

«È la sicura. Se la strega dovesse ricomparire per qualche nuovo assalto, prima deve abbassare quella. Ha capito?»

«Sì, sì», rispose Lenore con una voce da sonnambula. «Capisco perfettamente. Ta-*pum*.»

«Nessuno potrà biasimarla. Una donna ha pure il diritto di proteggere la sua proprietà, no? Una donna deve proteggere il suo karma. Quella Bonsaint probabilmente non si farà più viva, ma se dovesse...»

La fissò con un'espressione eloquente.

«Se dovesse, sarà l'ultima volta.» Lenore si avvicinò la tozza canna dell'automatica alle labbra e la baciò delicatamente.

«Ora la metta nella borsetta», la esortò il signor Gaunt, «e vada a casa. Non si sa mai. Potrebbe essere da lei in questo preciso istante. E nemmeno in giardino, ma addirittura dentro casa.»

Lenore reagì con allarme a quelle parole. Nella sua aura blu cominciarono a insinuarsi fili sottili di un viola sinistro. Si alzò riponendo l'automatica nella borsetta. Il signor Gaunt distolse lo sguardo dai suoi occhi e subito lei sbatté ripetutamente le palpebre.

«Mi deve scusare, ma dovrò dare un'occhiata a Howdy Doody un'altra volta, signor Gaunt. Ora è meglio che torni a casa. Per quel che ne so, la Bonsaint potrebbe essere nel mio giardino in questo preciso istante, mentre io mi trovo qui. Se non addirittura *in casa mia*!»

«Che terribile prospettiva», la compatì il signor Gaunt.

«Sì, ma la proprietà è una responsabilità e proteggerla è un dovere sacrosanto. Sono gli incerti della vita che bisogna saper affrontare, signor Gaunt. Quanto le devo per... per...»

Ma non ricordava esattamente che cosa le avesse venduto, anche se sospettava che l'avrebbe scoperto molto presto. Additò vagamente la borsetta.

«Per lei è gratis. Oggi sono in offerta specialissima. Lo consideri come...» Il suo sorriso si dilatò. «... Come un piccolo regalo nel segno di una nuova amicizia.»

«Grazie. Non sa come mi sento meglio.»

«Come sempre», ribatté il signor Gaunt abbozzando un inchino, «sono lieto di essere stato utile.»

8

Norris Ridgewick non stava pescando.

Norris Ridgewick stava guardando nella finestra della camera da letto di Hugh Priest.

Hugh era abbandonato sul letto a russare al soffitto. Indossava solo un paio di boxer macchiati di orina. Teneva nelle manone nodose un gran batuffolone di pelo. Norris non ne era certo (le mani di Hugh erano davvero molto grandi e la finestra era davvero molto sporca) ma gli sembrava che fosse una vecchia coda di volpe smangiucchiata dalle tarme. Comunque gli importava poco del suo orsacchiotto di fortuna; l'importante era che Hugh stesse dormendo.

Scese al prato dove la sua automobile privata era parcheggiata dietro alla Buick di Hugh. Aprì lo sportello e s'infilò dentro per metà. Sul fondo c'era il cestino da pesca. La Bazun era sul sedile posteriore. Aveva scoperto di sentirsi meglio, *più tranquillo*, se la portava sempre con sé.

Ancora non l'aveva usata. La verità era molto semplice: aveva *paura* di farlo. Il giorno prima era andato con la canna al Castle Lake, tutto bardato e pronto per la pesca... ma si era bloccato al momento del primo lancio, con la canna già alzata oltre la spalla.

E se mi abbocca un pesce di quelli veramente grossi? si era domandato. *Smokey, per esempio?*

Smokey era una vecchia trota leggendaria tra i pescatori di Castle Rock. Si diceva che fosse lunga più di mezzo metro, astuta come un furetto, forte come una donnola, dura come il ferro. Secondo i vecchi, le fauci di Smokey erano irte di tutti gli ami dei pescatori che l'avevano agganciata... senza mai riuscire a salparla.

E se mi spezzasse la canna?

Era pazzesco credere che una trota di lago, grande anche quanto Smokey (posto che Smokey esistesse), fosse in grado di spezzare una Bazun, ma per Norris anche l'assurdo era possibile... e da come si era messa la fortuna con lui da qualche tempo a quella parte, c'era da credere che fosse addirittura probabile. Già sentiva lo schiocco nella testa, l'angoscia lacerante di vedere la canna in due pezzi, uno in fondo alla barca e l'altro a galleggiare sul pelo dell'acqua. E quando una canna da pesca si rompe, non c'è più niente da fare, salvo buttarla via.

Così alla fine era tornato alla vecchia Zebco e non c'era stato pesce per cena, la sera prima... però aveva *sognato* il signor Gaunt. Nel sogno il signor Gaunt indossava un paio di stivali alti e un vecchio Fedora con mosche artificiali che dondolavano tutt'attorno alla tesa. Sedeva in una barca a remi a una decina di metri dalla sponda mentre lui era a terra, sul lato ovest, davanti ai resti della vecchia casa di legno di suo padre, distrutta da un incendio dieci anni prima. Ascoltava in silenzio il signor Gaunt che parlava. Il signor Gaunt gli aveva ricordato la sua promessa e Norris si era svegliato con una certezza definitiva: aveva fatto la cosa giusta il giorno prima, riponendo la Bazun per tornare alla vecchia Zebco. Quella Bazun era troppo bella, sarebbe stato da criminali rischiarne l'integrità usandola davvero.

Ora Norris aprì il cestino. Ne estrasse un lungo coltello molto affilato che utilizzava per eviscerare il pesce. Poi si avvicinò alla Buick di Hugh.

Nessuno al mondo se lo meritava più di quell'ubriacone, ripeteva a se stesso, eppure c'era sempre qualcosa che stonava. Qualcosa gli diceva che stava per commettere un errore sciagurato dal quale non si sarebbe mai più riavuto. Era un poliziotto e fra le sue mansioni c'era quella di arrestare le persone che si rendevano responsabili di azioni come quella che stava per commettere. Era un atto vandalico, volendolo definire senza troppi eufemismi, e i vandali stavano sempre dalla parte del torto.

Decidi tu, Norris. Era la voce del signor Gaunt. *È la tua canna da pesca. E il libero arbitrio è un diritto che ti viene da Dio. Un'alternativa c'è sempre. Ce l'hai anche tu. Però...*

La voce nella mente di Norris Ridgewick lasciò la frase in sospeso. Non c'era bisogno di aggiungere altro. Norris sapeva quali sarebbero state le conseguenze se si fosse tirato indietro. Tornato alla sua macchina, avrebbe trovato la Bazun spezzata in due. Perché ogni scelta ha le sue conseguenze. Perché in America si poteva avere tutto quello che si desiderava, bastava pagare. Se non si poteva pagare, o si *rifiutava* di pagare, si rimaneva per sempre nel bisogno.

E poi lui a me lo farebbe, pensò stizzito Norris. *E nemmeno per una fantastica canna da pesca com'è la mia Bazun. Hugh Priest taglierebbe la gola a sua madre per una bottiglia di Old Duke e un pacchetto di Luky Strike.*

Così scacciò il senso di colpa. Quando una voce interiore tentò di protestare di nuovo, cercò di scongiurarlo a ripensarci, a *meditare* seriamente, la soffocò. Poi si chinò e cominciò a scavare nei copertoni della Buick di Hugh. Com'era già accaduto a Myra Evans, mentre lavorava sentì crescere l'entusiasmo. Come attrazione finale gratuita, sfondò i fanali anteriori e anche i fanalini di coda. Finì infilando sotto la spazzola del tergicristallo davanti al volante un biglietto con un messaggio:

UN AVVERTIMENTO, COSÌ SAI COSA VERRÒ A CERCARE LA PROSSIMA VOLTA HUBERT. HAI SMESSO DI PRENDERE A CALCI IL MIO ROCK-OLA. ALLA LARGA DAL MIO BAR!

Terminata l'opera, tornò di soppiatto alla finestra della camera da letto, con il cuore che gli martellava nel magro torace. Hugh Priest dormiva ancora saporitamente, sempre abbarbicato alla sua spelacchiata coda di volpe.

A chi mai poteva saltare in mente di mettersi in casa una schifezza come quella? si domandava Norris. E se la stringeva al cuore come fosse un fottuto orsacchiotto.

Tornò alla sua automobile. Salì, inserì la folle e lasciò che il vecchio Maggiolino sfruttasse la pendenza per scendere silenziosamente lungo il vialetto. Avviò il motore solo quando giunse in strada, dopodiché si dileguò di gran carriera. Aveva mal di testa. Le budella gli si torcevano dolorosamente nella pancia. E continuava a ripetersi che era solo un malessere passeggero. Che stava bene, benissimo, dannazione, stava *da Dio*.

Non funzionò un gran che, finché non si decise ad allungare il braccio fra i sedili pér stringere nella sinistra la sua flessuosa canna da pesca. Solo allora cominciò a sentirsi di nuovo calmo.

La tenne stretta nella mano fino a casa.

9

La campanella tintinnò.

Entrò in negozio Storto Dodd.

«Salve, Storto», lo salutò il signor Gaunt.

«S-s-salve, signor G-G-Gau...»

«Non devi balbettare quando parli con me, Storto», tagliò corto il signor Gaunt. Alzò una mano con indice e medio protesi e divaricati. Li calò di scatto fendendo l'aria davanti al volto scialbo di Storto, che sentì che qualcosa si dissolveva come per magia, come se un groviglio gli si sciogliesse nella mente. Restò a bocca aperta.

«Che cosa mi ha fatto?» domandò costernato. Le parole gli uscirono di bocca senza tentennamenti, come perline su un filo.

«Un trucchetto che senza dubbio la signorina Ratcliffe sarebbe lieta di imparare», rispose il signor Gaunt. Sorrise e segnò con una crocetta il nome di Storto sul foglio. Allungò lo sguardo all'orologio a cassalunga che se la ticchettava tranquillo nell'angolo. Mancava un quarto all'una. «Dimmi come hai fatto a lasciare la scuola in anticipo. Qualcuno si sarà insospettito?»

«No.» C'era ancora stupore sul volto di Storto, che tentava invano di guardarsi la bocca come se potesse vedere le parole che ne scaturivano chiare e spontanee per la prima volta in vita sua. «Ho detto alla signora DeWeese che avevo mal di pancia. Mi ha mandato dall'infermiera. Ho detto all'infermiera che mi sentivo meglio, ma non completamente. Mi ha chiesto se pensavo di poter tornare a casa a piedi. Le ho risposto di sì, così mi ha lasciato andare.» Fece una pausa. «Sono venuto perché mi sono addormentato nell'aula di studio e ho sognato che lei mi chiamava.»

«Infatti.» Il signor Gaunt riunì le sue strane dita lunghe uguali sotto il mento e sorrise al ragazzo. «Dimmi... a tua madre è piaciuta la teiera di peltro che le hai regalato?»

Le guance di Storto s'infiammarono, diventando del colore di mattoni vecchi. Fece per dire qualcosa, poi rinunciò e si mise invece a ispezionarsi i piedi.

Nel tono di voce più dolce e gentile, il signor Gaunt domandò: «Te la sei tenuta tu, vero?»

Storto annuì, continuando a guardarsi i piedi. Era pieno di vergogna e confusione. Peggio di tutto, stava vivendo un momento di disperata delusione: il signor Gaunt era riuscito chissà come a sciogliere quel nodo dentro la testa che tanto lo angosciava... e a che cosa gli serviva? Era troppo imbarazzato per parlare.

«E che se ne fa, di grazia, un ragazzino di dodici anni di una teiera di peltro?»

Il ciuffo di Storto, che pochi secondi prima aveva dondolato su e giù, oscillò ora da parte a parte. Scuoteva la testa perché *non sapeva* che cosa potesse fare un ragazzino di dodici anni con una teiera di peltro. Sapeva solo che voleva tenerla per sé. Gli piaceva. Gli piaceva... da matti.

«... piace», mormorò alla fine.

«Come hai detto?» chiese il signor Gaunt sollevando quel suo unico, duplice sopracciglio.

«Mi piace, ho detto!»

«Storto, Storto», lo apostrofò allora il signor Gaunt, uscendo da dietro il banco, «non è *a me* che devi spiegare. Io so tutto di quel sentimento speciale che la gente chiama 'orgoglio del possesso'. Ne ho fatto la chiave di volta della mia carriera.»

Storto Dodd si ritrasse spaventato. «Non mi tocchi! La prego!»

«Non ho intenzione di toccarti più di quanto ne abbia di invitarti a dare quella teiera a tua madre. È *tua*. Puoi farne quello che ti pare. Anzi, *plaudo* alla tua decisione di tenerla.»

«Da... davvero?»

«Sì! Lo affermo e lo ribadisco! Le persone egoiste sono persone felici. Lo credo con tutto il cuore. Però...»

Storto sollevò di qualche centimetro la testa e osservò intimorito Leland Gaunt attraverso la frangia di capelli rossi.

«È venuto il momento di finire di pagarla.»

«Oh!» Un'espressione di sconfinato sollievo dilagò sul volto di Storto. «È *quello* che voleva da me? Avevo pensato che...» Ma non poté finire o forse non osò. Non sapeva bene neanche lui *che cosa* aveva voluto il signor Gaunt.

«Sì. Ricordi a chi hai promesso di fare uno scherzo?»

«Sì. All'istruttore Pratt.»

«Giusto. Dunque, questo scherzo si divide in due parti. Devi mettere una certa cosa in un certo posto, poi devi dire qualcosa all'istruttore Pratt. Se seguirai scrupolosamente gli ordini, la teiera sarà tua per sempre.»

«E potrò anche parlare così?» domandò ansioso Storto. «Potrò parlare per sempre senza balbettare più?»

Il signor Gaunt emise un sospiro di rammarico. «Ho paura che il difetto tornerà come prima appena sarai uscito dal mio negozio, Storto. Credo di avere in effetti un apparecchio antibalbuzie da qualche parte di là, ma...»

«La prego! La supplico, signor Gaunt! Qualsiasi cosa! Farei *qualsiasi cosa* a *chiunque*! Io *non sopporto* di balbettare!»

«Lo so, ma qui sta il problema, vedi? Sto esaurendo rapidamente gli scherzi; in un certo senso, possiamo dire che il mio carnet sia quasi completo. Perciò non potresti ripagarmi.»

Storto esitò a lungo prima di riparlare di nuovo. Quando lo fece, la sua voce era bassa e diffidente. «Non potrebbe... cioè, le capita mai di... be', di *regalare* qualcosa, signor Gaunt?»

L'espressione di Leland Gaunt si fece profondamente desolata. «Oh, Storto! Quante volte ci ho pensato e sapessi che dolore *struggente* mi prende! Nel mio cuore c'è una fonte di carità ancora vergine, ma...»

«Ma?»

«Gli affari sono affari», concluse il signor Gaunt. Gli rivolse un sorriso compassionevole... ma nei suoi occhi scintillò una luce così lupesca che Storto indietreggiò di un passo. «Tu capisci, vero?»

«Ehm... sì! Certo!»

«E poi», seguitò il signor Gaunt, «le prossime ore saranno cruciali per me. Una volta che si comincia, raramente si riesce a fermare il processo... ma per il momento la mia parola d'ordine deve essere prudenza. Se tu smettessi improvvisamente di balbettare, qualcuno si insospettirebbe. E sarebbe male. C'è già lo sceriffo che va in giro a far domande su affari che non lo riguardano.» Il suo volto si rabbuiò per qualche attimo, poi schizzarono di nuovo fuori i denti accavallati nel suo sorriso così brutto e così accattivante. «Ma mi riprometto di occuparmi di lui, Storto. Oh sì.»

«Dello sceriffo Pangborn?»

«Sì, lo sceriffo Pangborn.» Il signor Gaunt alzò di nuovo indice e medio e di nuovo abbassò repentinamente le dita protese davanti alla faccia di Dodd, dalla fronte al mento. «Ma noi non abbiamo mai parlato di lui, vero?»

«Parlato di *chi*?» chiese Storto disorientato.

«Appunto.»

Quel giorno Leland Gaunt indossava una giacca scamosciata color grigio scuro e da una tasca tolse un portafogli nero di pelle. Lo tese a Storto, che lo prese con delicatezza estrema, attento a non sfiorare neppure le sue dita.

«Conosci la macchina dell'istruttore Pratt, vero?»

«La Mustang? Sì.»

«Mettici questo. Sotto il sedile del passeggero, in maniera che sporga un angolino. Corri immediatamente al liceo. Deve essere a posto prima dell'ultima campana. Hai capito?»

«Sì.»

«Poi devi aspettare che esca. E quando lo vedi...»

Il signor Gaunt continuò a parlare in un mormorio sommesso, mentre Storto lo guardava negli occhi, con il mento che gli pendeva inerte, lo sguardo fisso e intontito, annuendo di tanto in tanto.

Storto Dodd uscì pochi minuti dopo con il portafogli di John LaPointe infilato nella camicia.

16

1

La salma di Nettie era stata composta in un feretro grigio e disadorno acquistato da Polly Chalmers. Alan avrebbe voluto contribuire alla spesa, ma Polly aveva rifiutato con la limpida risolutezza che lui aveva imparato a rispettare e ad accettare. La bara era posata su guide d'acciaio all'Homeland Cemetery nel settore in cui erano sepolti i parenti di Polly. La montagnola accanto alla bara era ricoperta da un tappeto di verdissima erba artificiale che luccicava febbrile nella luce forte del sole. Alan rabbrividiva sempre alla vista di quell'erba finta. Vi trovava qualcosa di osceno, di raccapricciante. Gli piaceva anche meno della consuetudine di imbellettare il morto e addobbarlo con gli indumenti più eleganti dando così l'impressione che fosse destinato a un fine settimana di discoteche a Boston invece che a una lunga stagione di lenta decomposizione fra radici e lombrichi.

Dietro richiesta di Polly, il rito funebre fu celebrato dal reverendo Tom Killingworth, il pastore metodista che esercitava le funzioni religiose due volte alla settimana a Juniper Hill e pertanto aveva conosciuto bene Nettie. Il commiato era stato breve ma affettuoso, ricco di riferimenti alla Nettie Cobb come lui l'aveva conosciuta, la donna che lentamente e coraggiosamente era uscita dalle tenebre della follia, la donna che valorosamente aveva deciso di tentare di rientrare nel mondo che tanto l'aveva fatta soffrire.

«Nella casa dove sono cresciuto», riprese Tom Killingworth, «mia madre teneva nella stanza del cucito un quadretto con un simpatico augurio irlandese. Diceva: 'Che tu possa essere in paradiso mezz'ora prima che il diavolo sappia che sei morto'. Nettie Cobb ha avuto una vita difficile, per molti versi una vita triste, ciononostante io non credo che abbia mai avuto nulla da spartire con il diavolo. Per quanto tragiche siano state le circostanze della sua morte prematura, in cuor mio sono convinto che sia salita in cielo e che il diavolo non sia stato ancora informato.» Killingworth alzò le braccia nel tradizionale gesto di benedizione. «Preghiamo.»

Dall'altro lato della collina, dove contemporaneamente si stava tumulando Wilma Jerzyck, giunse il suono di molte voci che cantilenavano la loro risposta alle parole di padre John Brigham. Là c'erano automobili in fila giù fino all'ingresso est del cimitero: la gente era venuta per Peter Jerzyck, il superstite, se non per la moglie defunta. Qui c'erano solo cinque persone: Polly, Alan, Rosalie Drake, il vecchio Lenny Partridge (presente a tutti i funerali in via di principio, basta che non si seppellisse qualche esponente della schiera pontificia) e Norris Ridgewick. Norris era pallido e distratto. Alan sospettava che la sua ultima battuta di pesca fosse andata buca.

«Che il Signore vi benedica e conservi vividi i ricordi di Nettie Cobb nei vostri cuori», recitò Killingworth e Polly ricominciò a piangere. Alan le cinse le spalle e lei accettò volentieri il suo sostegno, trovando con la mano quella di lui e intrecciandovi con forza le dita. «Che il Signore vi guidi e vi assista; che dispensi su di voi la Sua grazia; che rallegri i vostri cuori e vi doni la pace. Amen.»

Faceva anche più caldo che al Columbus Day e quando Alan sollevò la testa fu abbagliato dai dardi abbacinanti dei riflessi del sole sulle guide sotto la bara. Si passò la mano libera sulla fronte, dove aveva cominciato ad affiorare un'intensa traspirazione estiva. Polly pescò un fazzoletto di carta dalla borsetta e si asciugò gli occhi lacrimanti.

«Tutto bene, tesoro?» le domandò Alan.

«Sì... ma non posso fare a meno di piangere per lei, Alan. Povera Nettie. Povera, povera Nettie. Ma perché è successa una cosa così brutta? *Perché?*» E riprese a singhiozzare.

Alan, che rimuginava lo stesso interrogativo, la prese fra le braccia. Sopra la spalla di Polly vide Norris allontanarsi, dirigendosi verso il luogo dove erano state parcheggiate le automobili con l'aria di chi non sa bene dove sta andando o non è del tutto sveglio. Strano. Poi Rosalie Drake lo raggiunse, gli mormorò qualcosa, e Norris l'abbracciò.

La conosceva anche lui, rifletté Alan, era solo triste, niente di più. Da qualche giorno a quella parte aveva preso a correre dietro alle ombre e forse avrebbe fatto bene a preoccuparsi più di sé che degli altri.

Poi Killingworth si girò verso di loro e Polly si staccò da lui per ringraziarlo, sforzandosi bravamente di smettere di piangere. Killingworth le tese entrambe le mani. Alan osservò con contenuto stupore la disinvoltura con cui Polly lasciò che il pastore le avviluppasse una mano tra le grandi dita. Non ricordava di averla mai vista offrire la mano con tanta serena naturalezza.

Non sta solo un po' meglio, sta MOLTO *meglio. Che cosa diavolo è successo?*

Dall'altra parte della collina la voce nasale e un po' irritante di padre John Brigham proclamò: «La pace sia con voi».

«Ora e per sempre amen», rispose in coro la congrega.

Alan guardò la semplice bara grigia accanto a quegli orribili ciuffi di erba finta e pensò: *la pace sia con te, Nettie. Ora, finalmente, la pace sia con te.*

2

Mentre i due riti funebri si andavano concludendo a Homeland, Eddie Warburton stava parcheggiando davanti alla casa di Polly. Smontò dalla sua automobile (non una bella macchina nuova nuova come quella che il lurido bastardo della Sunoco gli aveva rovinato, ma un semplice mezzo di trasporto) e guardò attentamente in entrambe le direzioni. Tutto tranquillo; la strada sonnecchiava come nella siesta di un pomeriggio ai primi di agosto.

S'incamminò veloce, sfilandosi dalla camicia una busta dall'aspetto molto ufficiale. Dieci minuti prima lo aveva chiamato il signor Gaunt per dirgli che era ora di saldare il debito per il suo medaglione e, naturalmente, Eddie aveva risposto con la dovuta sollecitudine. Il signor Gaunt era di quelli che, se solo diceva bah, balzavi sull'attenti.

Salì i tre gradini della veranda di Polly. Un alito di vento caldo mosse un grappolo di campanelle appeso sopra la porta, facendole tintinnare sommessamente. Era il suono più soave che si potesse immaginare e tuttavia Eddie trasalì. Si guardò di nuovo intorno, non vide nessuno, allora abbassò nuovamente gli occhi sulla busta. Era indirizzata a «signora Patricia Chalmers». Ma quanta galanteria! Eddie non aveva mai saputo che il nome completo di Polly fosse Patricia, né gli importava niente: il suo compito era di recapitare la busta e battere rapidamente in ritirata.

Infilò la missiva nella fessura per la corrispondenza. La busta cadde svolazzando su due cataloghi e un pieghevole di una TV via cavo. Una semplice busta commerciale con il nome e l'indirizzo di Polly centrato sotto il francobollo nell'angolo in alto a destra e i dati relativi al mittente in quello di sinistra:

Dipartimento per l'Assistenza all'infanzia
666 Geary Street
San Francisco, California 94112

3

«Che cos'è?» chiese Alan. Scendeva lentamente con Polly verso la station wagon. Aveva sperato di scambiare almeno due parole con Norris, che invece era già ripartito a bordo della sua VW. Di corsa al lago per qualche altro lancio prima del calar del sole, probabilmente.

Polly si girò, con gli occhi ancora rossi e le guance troppo bianche, ma tentando lo stesso di sorridere. «Che cos'è cosa?»

«Le mani. Che cosa ci hai fatto perché siano migliorate fino a questo punto? Sembra magia.»

«Eh, sì», rispose lei, distendendole e aprendo le dita per osservarle e mostrarle contemporaneamente ad Alan. «È vero.» Ora il suo sorriso era un po' più naturale.

Le dita erano ancora storte, le articolazioni ancora deformi, ma era scomparso quasi del tutto il vistoso gonfiore di venerdì sera.

«Avanti, bella signora, sputa il rospo.»

«Non so se ho proprio voglia di dirtelo», si schermì lei. «A essere sincera sono un po' imbarazzata.»

Si fermarono e salutarono Rosalie che li oltrepassò sulla sua vecchia Toyota blu.

«Coraggio», insisté Alan. «Confessa.»

«Be', credo di poter dire che ho semplicemente trovato il dottore giusto.» Le si andavano colorendo le guance.

«Vale a dire?»

«Il dottor Gaunt», rispose lei con una risatina nervosa. «Il dottor Leland Gaunt.»

«*Gaunt!*» Alan la fissò stupefatto. «Ma che cosa c'entra con le tue mani?»

«Accompagnami al suo negozio e te lo racconterò per la strada.»

4

Cinque minuti dopo (uno degli aspetti più apprezzabili della vita a Castle Rock, rifletteva talvolta Alan, era che praticamente tutto era a non più di cinque minuti) s'infilò in uno spazio vuoto a lisca di pesce davanti a *Cose Preziose*. C'era un avviso in vetrina, un avviso che Alan aveva già visto in passato:

MARTEDÌ E GIOVEDÌ SOLO PER APPUNTAMENTO

Fu allora che Alan, il quale non aveva mai considerato quell'aspetto peculiare del nuovo negozio, pensò che chiudere ammettendo clienti solo «per appuntamento» era una maniera dannatamente strana di condurre i propri commerci in una cittadina di provincia.

«Alan?» lo richiamò Polly con circospezione. «Mi sembri infuriato.»

«Non sono infuriato. Perché diavolo dovrei essere infuriato? La verità è che non so *che cosa* sento. Penso...» Fece una risatina, scosse la testa e ricominciò. «Penso di essere 'allo sbando' come era solito dire Todd. Rimedi da ciarlatani? Non è da te, Polly.»

Polly serrò immediatamente le labbra e quando si voltò verso di lui c'era un avvertimento nei suoi occhi.

«Ciarlatano non è la definizione che sceglierei io. I ciarlatani sono quelli che riescono a vendere parole e non mi sembra che si possa parlare di ciarlatani davanti a qualcosa che funziona, Alan. Credi che abbia torto?»

Alan aprì la bocca per rispondere che non ne era sicuro, ma lei proseguì senza dargliene il tempo.

«Guarda.» Alzò le mani nella luce che investiva il parabrezza e le aprì e richiuse più di una volta senza alcuno sforzo.

«Va bene, mi sono espresso male, ma cercavo solo...»

«Sì, sono d'accordo. Ti sei espresso male.»

«Scusa.»

Allora lei si girò del tutto, sedendosi come spesso aveva fatto Annie, in quella che una volta era stata l'auto di famiglia dei Pangborn. *Perché non ho ancora dato dentro questa carcassa?* si domandò Alan. *Ma sono diventato matto?*

Polly gli posò dolcemente le mani sulle mani. «Adesso comincio a preoccuparmi. Noi non litighiamo *mai* e non mi ci metterò proprio ora. Oggi ho salutato per l'ultima volta una cara amica. Non ho intenzione di aggiungerci anche un battibecco con il mio ragazzo.»

Un sorriso illuminò lentamente il volto di Alan. «È questo che sono, il tuo ragazzo?»

«Diciamo che sei almeno il mio migliore amico. Posso esprimermi così?»

Lui l'abbracciò, un po' sorpreso nell'accorgersi che avevano realmente rischiato di prendersi a male parole. E non perché Polly stava peggio, ma proprio per il motivo contrario, perché stava *meglio*. «Cara, tu puoi dire tutto quello che vuoi. Ti amo da matti.»

«E non litigheremo per nessun motivo.»

Lui annuì solenne. «Per nessun motivo.»

«Perché anch'io amo te, Alan.»

Lui la baciò sulla guancia e la lasciò andare. «Vediamo un po' questa ceneriera che ti ha regalato.»

«Non è una ceneriera, è un *azka*. E non me l'ha *regalato*. Me l'ha prestato per una prova. È per questo che sono venuta qui. Per comprarlo. Te l'ho detto. Spero solo che non mi chieda la luna in cambio.»

Alan tornò a osservare l'avviso esposto in vetrina e la tenda abbassata alla porta. *Ho paura che non si accontenterà di qualcosa di meno, cara,* rifletté.

Non gli piaceva. Aveva avuto difficoltà a distogliere gli occhi dalle mani di Polly durante il rito funebre. L'aveva osservata maneggiare senza problemi la chiusura della borsa, frugare per trovare un fazzoletto di carta e richiudere la borsetta con la punta delle dita invece di rigirarla maldestramente per poter usare i pollici, che normalmente le facevano molto meno male delle altre dita. Era evidente che soffriva molto meno, ma quella storia di un amuleto con proprietà magiche, perché altro non era a grattar via la vernice, lo rendeva estremamente nervoso. Puzzava di truffa.

MARTEDÌ E GIOVEDÌ SOLO PER APPUNTAMENTO

No, eccetto che per qualche ristorante esclusivo come *Maurice*, da quando era arrivato nel Maine non aveva mai visto un esercizio che accettasse la clientela solo dietro appuntamento. E nove volte su dieci trovavi un tavolo al *Maurice* anche presentandoti senza preavviso... escluso il periodo estivo, naturalmente, quando la regione pullulava di turisti.

SOLO PER APPUNTAMENTO

Eppure (con la coda dell'occhio, per la verità), aveva visto gente entrare e uscire da quel negozio per tutta la settimana. Non *a frotte*, forse, ma era chiaro che per quanto singolare il modo in cui il signor Gaunt conduceva i suoi affari non aveva conseguenze negative. Talvolta i clienti si recavano da lui in piccoli gruppi, ma molto più spesso li aveva visti entrare da soli... almeno così gli sembrava di ricordare ora, tornando con la mente alla settimana trascorsa. E non era così che agivano i truffatori? Ti isolavano dal branco, facevano in modo di parlarti a quattr'occhi, ti mettevano a tuo agio e finalmente ti spiegavano come potevi diventare proprietario del Lincoln Tunnel a un prezzo stracciato e irripetibile.

«Alan?» Polly bussò leggermente con le nocche sulla sua fronte. «Alan, sei in casa?»

Lui si girò a guardarla con un sorriso. «Ci sono, Polly.»

Al funerale di Nettie, Polly indossava uno scamiciato blu scuro con una cravatta intonata. Mentre Alan pensava, si era tolta la cravatta e si era slacciata con destrezza i primi due bottoni della camicetta bianca.

«Di più!» esclamò lui trasformandosi la faccia in quella di uno sporcaccione. «Di più! Vediamo i gerani sul davanzale!»

«Smettila», lo redarguì lei, ma sorridendo. «Siamo seduti in piena Main Street e sono le due e mezzo del pomeriggio. E poi, se te lo sei dimenticato, stiamo tornando da un funerale.»

Lui sussultò stupito. «È davvero così tardi?»

«Se le due e mezzo è tardi, allora sì.» Gli toccò il polso. «Ti capita mai di dare un'occhiata a quel coso che tieni qui?» Lo fece ora e vide che erano già quasi le due e quaranta. La scuola media finiva alle tre e se voleva esserci nel momento in cui Brian Rusk fosse uscito doveva partire all'istante.

«Vediamo il gingillo.»

Polly prese fra le dita la sottile catenina d'argento che aveva al collo e sollevò l'oggettino che vi era appeso. Se lo posò nel palmo della mano... che chiuse di scatto quando lui allungò le dita per toccarlo.

«Mmm... non so se è concesso.» Stava sorridendo, ma la mossa di Alan l'aveva evidentemente messa a disagio. «Potrebbe guastare le vibrazioni o che so io.»

«E dai, Pol...» brontolò lui seccato.

«Senti, vediamo di chiarire subito una cosa, va bene? Vuoi?» C'era di nuovo una nota di collera nella sua voce. Cercava di controllarla, ma si sentiva. «Per te è facile buttarla sul ridere, non sei tu quello con un telefono con i tasti enormi e una scorta monumentale di Percodan.»

«Ehi, Polly, adesso non...»

«No, niente ehi Polly.» Nelle guance le si erano accese due macchie rosse. Almeno in parte, avrebbe riflettuto più tardi, la sua collera scaturiva da una fonte molto semplice: domenica si era sentita esattamente come si sentiva adesso Alan. Poi era accaduto qualcosa che le aveva fatto cambiare idea e il cambiamento non le era facile da accettare. «Questo oggetto *funziona*. So che è pazzesco, *però funziona*. Domenica mattina, quando è venuta da me Nettie, ero distrutta. Avevo cominciato a pensare che l'unica vera soluzione a tutti i miei problemi sarebbe stata una doppia amputazione. Il dolore era così forte, Alan, che mi rigiravo nella mente quel pensiero con una sensazione che era quasi di sorpresa. Come dire: 'Ma sì, un'amputazione! Perché non ci ho pensato prima? È così logico!' Ora, dopo solo due giorni, ho solo quelle che il dottor Van Allen definisce 'fitte sporadiche'. E stanno scomparendo anche quelle. Ricordo che un anno fa per un'intera settimana ho mangiato solo riso in bianco perché si diceva che avrebbe dovuto avere effetti positivi sulle mani. Questo ti sembra molto diverso?»

Mentre parlava l'ira le si era stemperata nella voce e adesso la sua espressione era quasi di supplica.

«Non lo so, Polly, davvero non lo so.»

Lei aprì di nuovo la mano e tenne l'*azka* fra pollice e indice. Alan si allungò per esaminarlo da vicino, ma questa volta non cercò di toccarlo. Era un piccolo oggetto d'argento, non esattamente sferico. La metà inferiore era punteggiata di forellini non più grandi della grana di una foto di giornale. Mandava un soffice brillio nella luce del sole.

E mentre lo osservava, fu colto da una sensazione potente e irrazionale: non gli piaceva. Non gli piaceva per niente. Resistette all'impulso breve e forte di strapparlo dal collo di Polly e gettarlo dal finestrino aperto.

Sì! Bell'idea, eroe! Provaci e ti ritroverai a contare i denti che ti sono caduti in grembo!

«Certe volte ho come la sensazione di sentire qualcosa che si muove dentro», spiegò Polly sorridendo. «Qualcosa come un fagiolo salterino messicano. Non è sciocco?»

«Non so.»

La guardò lasciar ricadere il ciondolo nella camicetta con un forte senso di apprensione... ma appena fu scomparso e le dita di Polly, dita innegabilmente agili, ebbero riabbottonato la camicetta, la sensazione cominciò a dissiparsi. Non svanì invece il crescente sospetto che il signor Leland Gaunt stesse imbrogliando la donna che amava... e se era così, non era lei la sola.

«Hai pensato che potrebbe essere qualcos'altro?» Ora si stava muovendo con la delicatezza con cui ci si sposta su sassi bagnati nel guadare le acque turbinose di un torrente. «Ci sono stati anche altri momenti in cui sei migliorata, lo sai.»

«Certo che lo so», ribatté Polly con una punta di impazienza. «Sono le *mie* mani.»

«Polly, sto solo cercando...»

«Sapevo che probabilmente avresti reagito esattamente come stai reagendo, Alan. Ma il fatto è molto semplice: io so com'è una remissione in un caso di artrite e, mettitelo bene in testa, non è così. Negli ultimi cinque o sei anni ci sono stati periodi in cui mi sono sentita molto bene, ma *mai* così bene. È diverso. È come...» Fece una pausa, rifletté, poi fece un piccolo gesto di frustrazione, più che altro con le mani e le spalle. «È come essere *guarita*. Non mi aspetto che tu capisca esattamente che cosa voglio dire, ma non saprei esprimerlo in un altro modo.»

Alan annuì impensierito. La capiva e si rendeva anche conto che era in assoluta buona fede. Forse l'*azka* aveva attivato una capacità terapeutica che esisteva in stato di latenza nella sua stessa mente. Era un'ipotesi verosimile anche se la malattia in questione non era di origine psicosomatica? I rosacrociani erano convinti che fenomeni del genere fossero all'ordine del giorno e lo stesso si poteva dire dei milioni di persone che avevano acquistato il libro di L. Ron Hubbard sulla Dianetics. Dal canto suo era più disposto a sospendere il giudizio; l'unica cosa che poteva dire con certezza era di non aver mai visto un cieco riprendere a vedere con la forza della mente o un ferito smettere di sanguinare con uno sforzo di concentrazione.

A quelle considerazioni poteva aggiungere anche un'altra certezza: qualcosa in quella situazione puzzava di marcio. Puzzava più di un pesce rimasto per tre giorni sotto il sole.

«Tagliamo la testa al toro», propose Polly. «Cercare di non arrabbiarmi con te mi costa troppa fatica. Entriamo insieme. Parla tu stesso con il signor Gaunt. Del resto è ora che lo conosca. Saprà spiegarti meglio di me che cosa sa fare questo amuleto... e che cosa no.»

Alan controllò di nuovo l'ora. Quattordici minuti alle tre ormai. Per un attimo pensò di accogliere il consiglio di Polly e rimandare Brian Rusk a un'altra occasione, d'altra parte cogliere il ragazzino al volo al momento in cui usciva da scuola, intercettarlo quando era ancora lontano da casa, era troppo importante. Avrebbe ottenuto risposte più sincere se gli avesse parlato lontano dalla madre, la quale gli avrebbe girato intorno come una leonessa che intende proteggere il suo cucciolo, intromettendosi, se non addirittura imponendo al figlio di non rispondere. Non aveva dubbi: se fosse risultato che suo figlio aveva qualcosa da nascondere, o anche se solo la signora Rusk così avesse *sospettato*, gli sarebbe stato difficile se non impossibile ottenere le informazioni di cui aveva bisogno.

La scelta era dunque fra un probabile imbroglione patentato e un ragazzino che custodiva forse la chiave della soluzione di un duplice omicidio.

«Non posso, cara», rispose. «Forse nel tardo pomeriggio, ma ora devo andare alla scuola media. C'è una persona con cui devo parlare e bisogna che mi sbrighi.»

«Riguarda Nettie?»

«Riguarda Wilma Jerzyck... ma se ho visto giusto, c'entra anche Nettie. Se scopro qualcosa, te lo farò sapere. Intanto vorresti fare qualcosa per me?»

«Lo compero, Alan! Sono le *mie* mani!»

«No, do per scontato che lo compri, ma vorrei che lo pagassi con un assegno, tutto qui. Non c'è motivo perché non dovrebbe accettarlo... *se* è un commerciante con le carte in regola. Tu vivi in città e hai la banca davanti a casa. Ma se dovesse emergere qualcosa di poco chiaro, avrai almeno qualche giorno per bloccare l'incasso.»

«Capisco», mormorò Polly. Il tono era calmo, ma Alan si rese conto con una fitta di angoscia di aver infine messo un piede in fallo su uno di quei sassi scivolosi e di essere piombato nel torrente. «Tu pensi che sia un truffatore, vero, Alan? Tu pensi che voglia spillare quattrini all'ingenua di turno, fare le tende e filarsela nella notte.»

«Non so», ribatté Alan con pacata fermezza. «È un fatto però che lavora in questa città da non più di una settimana, quindi mi sembra che un assegno sia una precauzione ragionevole.»

Sì, era ragionevole. Polly glielo riconosceva. Ma era proprio tanta logicità, tanto caparbio buonsenso di fronte a quella che per lei non era niente di meno di una guarigione miracolosa, a fomentare ora la sua collera. Dominò l'impulso di schioccargli le dita sotto il naso, mettendosi a gridare: *«Ma lo vedi? Sei CIECO?»* Il fatto che Alan avesse ragione, che il signor Gaunt non potesse avere alcun problema a incassare il suo assegno se i suoi commerci erano senza trucco e senza inganno, riusciva solo a infuriarla ancora di più.

Attenta, la ammonì una vocina. Sii prudente, non agire di fretta, usa la testa prima di muovere la lingua. Ricordati che ami quest'uomo.

Ma rispose un'altra voce, una voce più brusca, che stentò a riconoscere come sua. Davvero? Ne sono sicura?

«Va bene», rispose in tono asciutto spostandosi sul sedile verso la portiera. «Grazie di voler proteggere i miei interessi, Alan. Vedi, certe volte mi dimentico di quanto maledettamente ho bisogno che qualcuno ci pensi. Mi ricorderò di firmargli un assegno.»

«Polly...»

«No, Alan. Ora basta. Per oggi ho esaurito la mia capacità di non arrabbiarmi con te.» Aprì lo sportello e smontò agilmente. Lo scamiciato risalì a rivelare per qualche istante un conturbante tratto di coscia.

Alan fece per scendere a sua volta e rincorrerla, parlarle, cercare di placare le acque, farle capire di aver dato voce ai suoi dubbi solo perché lei gli stava a cuore. Poi guardò di nuovo l'orologio. Mancavano nove minuti alle tre. Anche precipitandosi, rischiava di perdere Brian Rusk.

«Ci sentiamo questa sera», le gridò dal finestrino.

«Benissimo», replicò lei. «Facciamo così, Alan.» Andò direttamente alla porta del negozio senza voltarsi. Prima ancora di aver inserito la marcia indietro, Alan sentì il tintinnio di una campanella d'argento.

5

«Signora Chalmers!» esclamò espansivo il signor Gaunt apponendo l'ennesimo segno sul foglio vicino al registratore di cassa. Era ormai in fondo alla lista: il nome di Polly era il penultimo.

«Polly... per piacere», lo corresse lei.

«Scusa.» Il sorriso del signor Gaunt si accentuò. *«Polly.»*

Lei contraccambiò il sorriso, ma il suo era forzato. Ora che era nel negozio, provava sincero rammarico per il malanimo con cui lei e Alan si erano lasciati e tutt'a un tratto si ritrovò a faticare per non scoppiare a piangere.

«Signora Chalmers? Polly...? Ti senti poco bene?» Il signor Gaunt uscì da dietro il banco. «Sei un po' pallida.» La sua fronte era corrugata in un'espressione di sentita preoccupazione. *E questo sarebbe l'uomo che secondo Alan è un farabutto imbroglione,* pensò Polly. *Se solo lo vedesse in questo momento...*

«È il sole, credo», rispose con la voce non del tutto ferma. «Fuori fa molto caldo.»

«Ma qui è più fresco», notò lui. «Vieni, accomodati, mettiti a sedere.»

La condusse lui, con la mano che le sfiorava la schiena senza del tutto toccarla, guidandola a una delle poltrone in velluto rosso. Polly si sedette a ginocchia unite.

«Caso vuole che stessi guardando dalla vetrina», confessò il signor Gaunt prendendo posto accanto a lei e posandosi in grembo le mani dalle lunghe dita. «Ho avuto l'impressione che ci fosse una piccola discussione tra te e lo sceriffo.»

«Niente di importante», minimizzò lei, ma un lacrimone le traboccò dall'angolo dell'occhio sinistro e le scivolò per la guancia come una muta smentita.

«Al contrario», obiettò lui. «È molto importante.»

Lei si girò a guardarlo sorpresa... e fu catturata dagli occhi nocciola del signor Gaunt. Erano sempre stati nocciola? Non ricordava bene. Ma nocciola o no, era un fatto che guardando quegli occhi sentì che tutto lo sconforto di quella giornata (prima il funerale della povera Nettie e poi lo stupido battibecco che aveva avuto con Alan) cominciava a dissolversi.

«Da... davvero?»

«Polly», rispose lui dolcemente, «credo che andrà tutto per il meglio. Ma devi fidarti di me. Ti fidi di me?»

«Sì», disse Polly, sebbene qualcosa dentro, qualcosa di impreciso e distante, le lanciò un allarme disperato. «Mi fido... Alan può dire tutto quello che vuole, ma io mi fido di te senza riserve.»

«Molto bene», si compiacque il signor Gaunt. Allungò la mano per prendere la sua. Il viso di Polly si contrasse per un momento in una smorfia di ribrezzo, ma riprese subito l'espressione vacua e un po' trasognata di poco prima. «Molto, molto bene. E il tuo amico sceriffo si dà troppo pensiero per nulla, sai? Un tuo assegno per me vale come oro sonante.»

6

Alan capì che sarebbe arrivato in ritardo se non avesse messo in funzione la luce lampeggiante fissandola al tetto dell'automobile. Ma non lo voleva fare. Non voleva che Brian Rusk vedesse una macchina della polizia; voleva che vedesse una station wagon un po' malconcia, non molto diversa da quella che probabilmente guidava suo padre.

Era tardi per arrivare a scuola prima della fine delle lezioni, perciò si fermò invece all'incrocio della Main con School Street, perché era il percorso più logico per Brian; avrebbe dovuto affidarsi alla speranza che la logica facesse almeno una fugace apparizione in quella giornata balorda.

Scese, si appoggiò all'auto e si frugò in tasca. Trovò una gomma da masticare e la stava scartando quando udì la campanella delle tre alla scuola media, lontana e distratta nell'aria calda.

Decise di fare due chiacchiere con il signor Leland Gaunt di

Akron, nell'Ohio, appena avesse finito con Brian Rusk, con o senza appuntamento... e cambiò idea all'istante. Prima avrebbe sentito la procura generale di Augusta, a cui avrebbe chiesto di controllare se Gaunt appariva nella lista dei truffatori. Se non avessero trovato niente, avrebbe chiesto che inoltrassero il nominativo a Washington, perché lo controllassero al computer del LAWS R & I. Secondo Alan, LAWS era una delle poche cose buone concepite dall'amministrazione Nixon.

Stavano arrivando i primi ragazzini, festosi e scapigliati. Guardandoli, gli venne un'idea improvvisa e aprì lo sportello, si allungò all'interno, e rovistò nel vano del cruscotto, facendo cadere fuori il falso barattolo di noccioline di Todd.

Stava per arrendersi, quando trovò quello che cercava. Richiuse il cruscotto e riemerse dall'automobile. Teneva in mano una piccola busta di cartoncino con un'etichetta sulla quale c'era la scritta:

Il trucco del fiore
Blackstone Magic Co.
19 Greer St.
Paterson, N.J.

Dalla busta Alan sfilò un rettangolino ancora più piccolo, un blocchetto di carta velina variopinta. Se lo sistemò sotto il cinturino dell'orologio. Tutti i maghi hanno alcuni nascondigli personali sulla propria persona o negli indumenti che indossano, e ciascuno ha un nascondiglio preferito. Quello di Alan era sotto il cinturino.

Messo al suo posto il famoso Fiore Magico, tornò a tener d'occhio la strada. Vide un bambino sfrecciare in bicicletta derapando a destra e a manca fra i compagni di scuola e fu subito all'erta. Poi riconobbe uno dei gemelli Hanlon e si rilassò di nuovo.

«Datti una regolata o ti buschi una multa», gli ringhiò quando gli passò accanto. Jay Hanlon si girò a guardarlo, trasalì spaventato e per poco non finì contro un albero. Dopodiché pedalò a un'andatura molto meno spericolata.

Alan lo seguì con lo sguardo per qualche attimo, divertito, poi tornò a girarsi in direzione della scuola in attesa di Brian Rusk.

7

Sally Ratcliffe salì dalla sua piccola aula al pianterreno della scuola media cinque minuti dopo la campanella delle tre e percorse il corridoio principale verso la direzione. L'atrio si andava svuotando rapidamente, come sempre nei giorni di bel tempo. Fuori, turbe di bambini attraversavano chiassosamente il prato per raggiungere gli autobus N.2 e N.3 assopiti nella loro pigra attesa. I suoi tacchi bassi ticchettavano. Aveva in mano una busta. Il nome che vi era scritto sopra, Frank Jewett, era rivolto all'interno, contro la dolce curva del seno.

Sostò all'altezza dell'Aula 6, la porta precedente a quella della direzione, e guardò attraverso il vetro rinforzato di fil di ferro. Il signor Jewett conferiva con gli insegnanti responsabili delle attività sportive per l'autunno e l'inverno. Frank Jewett era un ometto grassoccio che le ricordava sempre il signor Weatherbee, il preside nei fumetti di Archie. Come accadeva al signor Weatherbee, gli scivolavano sempre gli occhiali sul naso.

Alla sua destra sedeva Alice Tanner, la segretaria. Era occupata a prendere appunti.

Il signor Jewett lanciò un'occhiata a sinistra, scorse Sally che guardava attraverso il vetro e le rivolse uno dei suoi sorrisetti leziosi. Sally alzò la mano e rispose al sorriso. Ricordava i giorni in cui sorridere le era stato naturale; oltre a pregare, sorridere era stato per lei la cosa più naturale di questo mondo.

Alcuni degli insegnanti si voltarono, curiosi di sapere che cosa avesse richiamato l'attenzione del loro impavido condottiero. Fra gli altri anche Alice Tanner, la quale fece frullare le dita in un piccolo saluto civettuolo, spedendole un sorriso alla saccarina.

Lo sanno, pensò Sally. *Dal primo all'ultimo. Tutti sanno che io e Lester abbiamo una storia. Irene è stata così carina ieri sera... così comprensiva... e così ansiosa di vuotare il sacco. Quella piccola vipera.*

Sally agitò le dita alla stessa maniera, sentendo le labbra che le si distendevano in un sorriso altrettanto civettuolo e assolutamente falso. *Spero che tu finisca sotto a un camion delle immondizie, quando esci di qui per tornare a casa, faccia di troia,* pensò e s'incamminò di nuovo, facendo ticchettare i tacchi bassi da brava ragazza.

Quando il signor Gaunt l'aveva chiamata durante l'intervallo per avvertirla che era ora di finire di pagare la scheggia, aveva reagito con entusiasmo e acido piacere. Intuiva che lo «scherzetto» che aveva promesso di fare al signor Jewett era cattivo e le andava benissimo così: quel giorno si sentiva cattiva anche lei.

Posò la mano sulla porta della direzione... e si fermò.

Che ti prende? si domandò all'improvviso. Hai la scheggia... la fantastica, sacra scheggia che contiene quella fantastica, sacra visione, e le reliquie di questo genere non dovrebbero rendere le persone migliori? Più serene? Più vicine a Dio, Nostro Padre Onnipotente? Tu *non ti senti più serena e più vicina a nessuno. Tu ti senti come se ti avessero riempito la testa di filo spinato.*

«Sì, ma non è colpa mia e non è colpa della scheggia», borbottò. «È colpa di Lester. Del signor Lester Pratt detto Cosone.»

Una bambina di bassa statura, con gli occhiali e un imponente apparecchio odontoiatrico, staccò gli occhi dal manifesto che stava leggendo per rivolgerle uno sguardo incuriosito.

«Che cosa c'è da guardare, Irvina?» l'apostrofò Sally.

Irvina sbatté ripetutamente le palpebre. «Niente, fffignorina Rat- Cliff.»

«Allora vai a guardartelo da qualche altra parte», la invitò in malomodo. «Le lezioni sono finite.»

Irvina partì di gran carriera, girando la testa solo una volta per un'ultima occhiata poco convinta.

Sally entrò in direzione. Aveva trovato la busta che aveva con sé esattamente dove le aveva preannunciato il signor Gaunt, dietro ai bidoni per le immondizie della mensa. Di suo pugno, lei aveva scritto il nome del signor Jewett.

Si assicurò ancora una volta che non stesse per arrivare quella puttanella di Alice Tanner. Aprì quindi la porta dell'ufficio privato e velocemente andò a posare la busta sulla scrivania di Frank Jewett. Ora c'era l'altra cosa.

Aprì il primo cassetto della scrivania e prese un grosso paio di forbici. Si chinò e diede uno strattone al cassetto basso di sinistra. Era chiuso a chiave. Il signor Gaunt l'aveva avvertita di quell'eventualità. Alzò lo sguardo nell'antiufficio, vide che ancora non c'era nessuno, che la porta che dava in corridoio era ancora chiusa. Bene. Perfetto. Ficcò le punte delle forbici nella fessura sopra il cassetto chiuso a chiave e fece leva con forza. Il legno scricchiolò scheggiandosi e Sally sentì indurirsi inaspettatamente i capezzoli. Era piacevole. Ci stava prendendo gusto. Faceva paura, ma era bello.

Reinfilò le forbici, introducendo più a fondo le punte, e fece leva di nuovo. La serratura saltò e il cassetto scivolò fuori sulle guide, rivelando il proprio contenuto. Sally rimase a bocca aperta per lo sbigottimento. Poi cominciò a sghignazzare: versi ansimanti e soffocati che sembravano più grida che risa.

«Oh, signor Jewett! Ma che ragazzaccio!»

Nel cassetto c'era una raccolta di riviste assortite, formato tascabile e *Ragazzaccio* era guarda caso il titolo della prima. L'immagine sfocata della copertina mostrava un bambino di circa nove anni. Indossava un berretto da motociclista stile anni Cinquanta... e niente altro.

Sally tolse le riviste dal cassetto. Ce n'erano almeno una decina. *Ragazzi in allegria*. *Belli e nudi*. *Coni alla panna*. *La fattoria di Bobby*. Ne sfogliò una e stentò a credere ai propri occhi. Ma da dove arrivava roba del genere? Di sicuro non le vendevano dal giornalaio, nemmeno in quello scaffale al quale alludeva talvolta il reverendo Rose nelle sue prediche in chiesa, quello con la scritta VISIONE RISERVATA AI MAGGIORI DI 18 ANNI PREGO.

Una voce che conosceva molto bene le parlò all'improvviso nella mente. *Muoviti, Sally. La riunione è quasi finita e non vorrai essere sorpresa qui dentro, vero?*

Poi udì anche una seconda voce, una voce femminile, alla quale quasi riusciva ad assegnare un nome. Sentire quella seconda voce fu come quando si sente parlare qualcuno in sottofondo durante una conversazione telefonica.

Più che giusto, disse la seconda voce. *Lo trovo divino.*

Sally soffocò la voce e fece come le aveva chiesto il signor Gaunt: sparse le riviste pornografiche in giro per tutto l'ufficio. Poi ripose le forbici e uscì alla svelta, richiudendosi la porta alle spalle. Aprì quella dell'antiufficio e sbirciò fuori. Non c'era nessuno... ma le voci nell'Aula 6 erano più sostenute adesso, si udivano delle risate. Si stavano veramente preparando a sciogliere la riunione, che era stata insolitamente breve.

E bravo il signor Gaunt! pensò imboccando il corridoio. Era quasi alla porta d'ingresso della scuola quando li sentì uscire dall'Aula 6. Non si voltò. Si rese conto allora che non pensava al signor Lester Pratt Cosone da almeno cinque minuti ed era davvero soddisfacente. Pregustò il ritorno a casa e un bel bagno di schiuma in cui immergersi con la sua fantastica scheggia per trascorrere altre due *ore* senza pensare al signor Lester Pratt Cosone e allora sarebbe stato più che soddisfacente, sarebbe stato *glorioso*. Sì! Sì, senza...

Che cos'hai fatto là dentro? Che cosa c'era in quella busta? Chi l'ha messa dietro i bidoni della mensa? Quando? E sopra ogni altra cosa, Sally, che cosa hai messo in moto?

Rimase immobile per un momento con perline di sudore che le affioravano sulla fronte e nell'incavo delle tempie. I suoi occhi si dilatarono in un'espressione stupefatta, come quelli di una cerbiatta spaventata. Poi ridiventarono normali e Sally riprese a camminare. Indossava un paio di pantaloni sportivi che le strofinavano l'inguine provocandole un piacere che le faceva tornare alla mente i suoi frequenti incontri amorosi con Lester.

Non mi importa niente *di quello che ho fatto,* rifletté. *Anzi, spero che sia qualcosa di veramente cattivo. Si merita uno scherzo cattivo, con quella sua aria da signor Weatherbee e tutte quelle riviste disgustose nel cassetto! Spero che gli si* strozzi *la gola quando entrerà in ufficio.*

«Sì, spero proprio che si *strozzi*, quel maiale fottuto», bisbigliò. Era la prima volta che pronunciava a voce alta una parolaccia e le si inturgidirono i capezzoli e ripresero a formicolare. Allungò il passo, pensando ancora nebulosamente che forse c'era qualcos'*altro* che avrebbe potuto fare nella vasca da bagno. A un tratto aveva un paio di bisogni molto personali. Non sapeva esattamente come soddisfarli... ma aveva una mezza idea di riuscire a scoprire un sistema.

Il Signore, dopotutto, aiuta chi aiuta se stesso.

8

«Ti sembra un prezzo giusto?» chiese il signor Gaunt a Polly.

Lei fece per rispondere, ma s'interruppe vedendo il signor Gaunt improvvisamente distratto; teneva lo sguardo perso nel vuoto e intanto muoveva le labbra senza far rumore, come se pregasse.

«Signor Gaunt?»

Lui sussultò lievemente. Posò nuovamente gli occhi su di lei e sorrise. «Scusami, Polly. Ogni tanto la mia mente se ne va a spasso.»

«Il prezzo mi sembra più che giusto», disse Polly. «Lo trovo *divino*.» Prese dalla borsetta il libretto degli assegni e cominciò a compilarne uno. Di tanto in tanto le veniva da chiedersi che cosa diavolo stesse facendo, ma subito si sentiva richiamare dagli occhi del signor Gaunt. Quando alzava la testa e li trovava, interrogativi e dubbi scomparivano all'istante.

L'assegno che gli consegnò era per l'ammontare di quarantasei dollari. Il signor Gaunt lo ripiegò con cura e lo ripose nel taschino della giacca sportiva.

«Ricordati di compilare anche la matrice», le rammentò il signor Gaunt. «Il tuo amico ficcanaso vorrà senza dubbio vederla.»

«Verrà a trovarti», lo preavvisò Polly mentre faceva esattamente come il signor Gaunt le aveva suggerito. «Pensa che tu sia un imbroglione.»

«È un uomo fervido di pensieri e di progetti», ribatté il signor Gaunt, «ma i suoi progetti cambieranno e i suoi pensieri si disperderanno come nebbia in una mattina ventosa. Puoi credermi sulla parola.»

«Non avrai... non avrai intenzione di fargli del male, vero?»

«Io? Mi stai facendo un grave torto, Patricia Chalmers. Io sono un pacifista, uno dei *grandi* pacifisti del mondo. Non alzerei un dito sul nostro sceriffo. Intendevo solo dire che oggi pomeriggio avrà da fare dall'altra parte del ponte. Lui ancora non lo sa, ma è così.»

«Oh.»

«Ora, cara Polly...»

«Sì?»

«Il tuo assegno non salda del tutto il costo dell'*azka*.»

«Ah, no?»

«No.» Teneva nelle mani una comune busta bianca. Da dove fosse saltata fuori Polly non aveva la benché minima idea, ma non ci trovava niente di strano. «Per poter finire di pagare il tuo amuleto, Polly, devi aiutarmi a fare un piccolo scherzo a una persona.»

«Alan?» All'improvviso Polly si sentì allarmata peggio di un coniglio selvatico che fiuta un incendio in un caldo pomeriggio estivo. «Intendi *Alan*?»

«Assolutamente no. Chiederti di fare uno scherzo a una persona che tu *conosci*, per non dire una persona che pensi di *amare*, sarebbe scorretto, mia cara.»

«Davvero?»

«Sì... anche se credo che dovresti riflettere più a fondo sui tuoi rapporti con lo sceriffo, Polly. Potresti scoprire che si riducono in fondo a una scelta abbastanza semplice: un piccolo dolore oggi per risparmiarsi un grande dolore domani. Mettendola in altre parole, si protrae spesso nel tempo il pentimento di chi sposa troppo frettolosamente.»

«Non ti capisco.»

«Lo so. Mi capirai meglio dopo che avrai esaminato la tua corrispondenza, Polly. Vedi, io non sono l'unico ad aver attirato l'attenzione del suo naso da impiccione. Ma adesso discutiamo piuttosto della marachella che vorrei che facessi per conto mio. Riguarda una persona che ho preso di recente sotto di me. Si chiama Merrill.»

«*Asso* Merrill?»

Il sorriso si spense sul volto del signor Gaunt. «Non m'interrompere, Polly. Non mi interrompere mai. Le tue mani potrebbero gonfiarsi come camere d'aria piene di gas velenoso.»

Polly si ritrasse, sgranando gli occhi trasognati e sognanti. «Scu... scusa.»

«Va bene. Scuse accettate... per questa volta. Ora ascoltami. Ascoltami molto attentamente.»

9

Frank Jewett e Brion McGinley, l'insegnante di geografia e allenatore di pallacanestro, uscirono insieme dall'Aula 6 alle spalle di Alice Tanner. Frank raccontava sogghignando a Brion una storiella che aveva sentito quella mattina da un rappresentante di libri di testo. Riguardava un medico che era in difficoltà nel diagnosticare la malattia di una donna ed era rimasto sospeso fra due possibilità, o AIDS o Alzheimer.

«Così il marito della tizia prende in disparte il dottore», continuò Frank mentre entravano nell'antiufficio. Alice si era protesa sopra la propria scrivania a esaminare i messaggi che vi si erano raccolti e Frank abbassò la voce. Alice aveva il dono di sapersi trasformare in autentica acqua sul fuoco davanti a una storiella anche solo vagamente maliziosa.

«Mmm», fece Brion che cominciava a sogghignare a sua volta.

«Sì, lo prende in disparte e, insomma, non gli va giù. Dice: 'Diamine, dottore, ma non riesce a essere più preciso di così? Non c'è un sistema per capire che cos'ha?'»

Alice prelevò due messaggi e si avviò verso la porta dell'ufficio del preside. Quando arrivò sulla soglia si bloccò come se fosse andata a sbattere contro un muro invisibile. Nessuno dei due sogghignanti provinciali di mezza età di razza bianca si accorse di niente.

«'Sicuro, è facile', risponde il dottore. 'Trovi una grande foresta e molli sua moglie in mezzo agli alberi a venti miglia dalla strada più vicina. Se riesce a venirne fuori, non ci scopi più'.»

Brion McGinley osservò il suo principale per qualche istante con un'espressione da pesce lesso, quindi esplose in risate corpose e sguaiate. Il preside Jewett si associò. Ridevano così forte che nessuno dei due sentì Alice la prima volta che chiamò Frank. La udirono bene la seconda. La seconda volta strillò praticamente il suo nome.

Frank accorse. Il suo primo pensiero fu un atto di vandalismo, un episodio di delinquenza giovanile. «Alice? Cosa...» Poi *vide* di che cosa si trattava e fu invaso da una paura vitrea e terribile. Le parole gli morirono in gola. Gli si accartocciò la pelle dei testicoli;

ebbe la sensazione che le palle cercassero di tornare da dove erano discese.

Erano le riviste.

Le riviste segrete dell'ultimo cassetto.

Erano state sparse per tutto l'ufficio come i coriandoli di un incubo: maschietti in uniforme, maschietti nei fienili, maschietti con cappelli di paglia, maschietti su cavalli a dondolo, montati non proprio come doveva essere stata l'intenzione del costruttore.

«Cosa diavolo...?» La voce, roca di orrore morboso, giungeva da poco distante. Frank si girò in quella direzione (i tendini del collo cigolarono come i cardini arrugginiti di un battente a molla) e vide Brion McGinley che fissava sbalordito le riviste. Mancava poco a che gli schizzassero gli occhi dalle orbite.

Uno scherzo di cattivo gusto cercò di dire. *Uno stupido scherzo di qualche mascalzone, quelle riviste non mi appartengono. Basta guardarmi per sapere che riviste di quel genere non potrebbero meritare alcun... alcun interesse da parte di un uomo... un uomo della mia... mia...*

La sua cosa?

Non avrebbe saputo rispondere e comunque aveva poca importanza, perché aveva perso la capacità di parola. L'aveva persa completamente.

I tre adulti erano paralizzati in un silenzio esterrefatto sulla soglia dell'ufficio del preside della scuola media, Frank Jewett. Una rivista rimasta in equilibrio precario sul bordo della poltroncina interlocutoria fece scorrere alcune pagine sotto la spinta di uno sbuffo di aria calda entrato dalla finestra socchiusa, poi cadde per terra. *Giovani succulenti*, prometteva la copertina.

Uno scherzo di pessimo gusto, sì, dirò che è uno scherzo, ma mi crederanno? E se il cassetto è stato scassinato? Mi crederebbero?

«Signora Tanner?» chiamò una voce giovanile alle loro spalle.

Tutti e tre si voltarono di scatto con aria colpevole, Jewett, Tanner, McGinley. Si ritrovarono al cospetto di due ragazzine dell'ultimo anno, nella tenuta bianca e rossa delle pompon. Alice Tanner e Brion McGinley si mossero quasi simultaneamente per impedire che vedessero nell'ufficio di Frank (Frank Jewett era come imbullonato al suo posto, impietrito), ma la loro reazione fu lo stesso un po' tardiva. Le ragazze strabuzzarono gli occhi. Una delle due, Darlene Vickery, si portò le mani al rosso bocciolo della bocca e fissò incredula Frank Jewett.

Frank pensò: *Oh, bene. Ora di domani a mezzogiorno lo saprà tutta la scolaresca. Ora di domani all'ora di cena lo saprà tutta la città.*

«Andate voi due», ordinò la signora Tanner. «Qualcuno ha fatto un brutto scherzo al signor Jewett, uno scherzo *deplorevole*, e avete l'obbligo di non farne parola con nessuno, capito?»

«Sì, signora Tanner», rispose Erin McAvoy e tre minuti dopo avrebbe raccontato alla sua migliore amica, Donna Beaulieu, che l'ufficio del preside Jewett era stato decorato con foto di ragazzi che indossavano pesanti bracciali di metallo e poco altro.

«Sì, signora Tanner», rispose Darlene Vickery; cinque minuti dopo avrebbe raccontato altrettanto alla *sua* migliore amica Natalie Priest.

«Sciò», intervenne Brion McGinley. Cercava di darsi un tono, ma la sua voce era ancora traumatizzata. «Filate via.»

Le ragazze si dileguarono, con uno svolazzo di sottanelle sulle grosse ginocchia.

Brion si girò lentamente verso Frank. «Penso...» cominciò, ma Frank non lo sentì. Entrò nell'ufficio, muovendosi con grande lentezza, come se camminasse in un sogno. Chiuse la porta con la scritta PRESIDE in precise lettere nere, e cominciò a raccogliere le riviste come un sonnambulo.

Tanto vale che distribuisca per la scuola una confessione scritta, no? gridava una voce nella sua mente.

La ignorò. Stava parlando anche un'altra voce, quella primitiva della sopravvivenza, e la seconda voce gli ricordava che quello era il suo momento più vulnerabile e che se avesse cercato di parlare subito con Alice e con Brion, se avesse cercato di dare una spiegazione di quanto era accaduto, si sarebbe impiccato con le sue stesse mani.

Alice stava bussando. Frank non le badò e continuò il suo lento giro dell'ufficio a raccogliere le riviste che aveva accumulato in non meno di nove anni, ordinandole a una a una e andandole a prelevare all'ufficio postale di Gates Falls, sicuro ogni volta che gli sarebbero piombati addosso quelli della polizia statale o dell'ispettorato postale, peggio di una tonnellata di mattoni. Invece non era mai stato scoperto. E adesso...

Non crederanno che appartengano a te, insisteva la voce primitiva. *Non si* permetteranno *di crederci, perché se lo facessero vedrebbero sconvolte troppe delle loro confortevoli certezze di piccoli provinciali. Quando avrai ritrovato la calma, troverai la maniera di venirne fuori, ma... chi può aver fatto una cosa simile? Chi?* (Non gli venne però da chiedersi quale folle ragionamento lo avesse indotto a portare le sue riviste segrete proprio lì, *a scuola.*)

Solo una persona veniva in mente a Frank Jewett, l'unica persona alla quale aveva confidato la sua vita segreta: George T. Nelson, insegnante di applicazioni tecniche del liceo, George T. Nelson, che, sotto la sua maschera di macho, era un gay al cubo, George T. Nelson, con il quale Frank Jewett era stato a una festicciola particolare a Boston, una di quelle alla quale partecipano molti uomini di mezza età e un piccolo gruppo di maschietti senza niente addosso, una di quelle che ti possono far finire in galera per il resto dei tuoi giorni. Una di quelle festicciole...

C'era una busta sulla sua scrivania. Al centro c'era scritto il suo nome. Frank Jewett avvertì un'orribile sensazione di vuoto alla bocca dello stomaco. Fu come trovarsi in una cabina d'ascensore senza controllo. Alzò gli occhi e vide Alice e Brion che lo spiavano, quasi guancia a guancia. Avevano gli occhi sgranati, la bocca spalancata, e Frank pensò: *adesso so come si sente un pesce in un acquario.*

Li scacciò con un gesto della mano. Non se ne andarono e non se ne stupì più che tanto. Era un incubo e negli incubi non andava mai secondo i propri desideri, altrimenti che incubo sarebbe stato? Fu colto da un terribile senso di smarrimento... sotto il quale però, come una scintilla ancora viva in fondo a un mucchietto di tizzoni bagnati, guizzava una fiammella blu di collera.

Si sedette alla scrivania e posò per terra la pila delle riviste. Vide che il cassetto era stato forzato, come aveva temuto. Strappò la busta e ne rovesciò fuori il contenuto. Erano stampe fotografiche su carta lucida. Foto di lui e George T. Nelson a quella festicciola a Boston. Se la stavano spassando con alcuni giovinetti compiacenti (il più anziano dei quali giovinetti compiacenti poteva avere forse dodici anni) e in tutte le immagini il volto di George T. Nelson era irriconoscibile, ma quello di Frank Jewett era in piena luce.

Nemmeno questo lo stupì più che tanto.

Con le fotografie c'era un messaggio. Lo estrasse per leggerlo.

Frank, vecchio mio,
mi spiace doverlo fare, ma devo lasciare la città e non ho tempo da sbatter via. Voglio duemila dollari. Portali a casa mia questa sera alle sette. Naturalmente prima dovrai sgusciare fuori dal tuo bel pasticcio. Non sarà uno scherzo, ma neanche un problema troppo grosso per un viscido bastardo come te. Chiediti comunque che effetto ti farebbe vedere copie di queste gustose scenette a tutti i pali del telefono della città, sotto quei manifesti della Notte al Casinò. Ti scaccerebbero a calci dalla città in quattro e quattr'otto, vecchio mio. Ricorda: duemila dollari a casa mia entro le sette e un quarto al massimo se non vuoi rimpiangere di essere nato con il pisello.

Il tuo amico,
GEORGE

Il tuo amico.

Il tuo *amico*!

Gli occhi di Frank tornavano su quelle ultime parole dilatati dall'incredulità e dall'orrore.

Il tuo vecchio amico Giuda figlio di puttana porco traditore!

Brion McGinley stava ancora tempestando di colpi la porta, ma quando finalmente Frank Jewett rialzò lo sguardo da qualcosa che teneva fra le mani e su cui aveva concentrato la sua attenzione per qualche minuto, il suo pugno si fermò a mezz'aria. La faccia del preside sembrava di cera, eccetto che per due clowneschi circoli rossi sulle guance. Aveva le labbra distese in un sorriso sottile che gli lasciava esposti i denti.

Non sembrava affatto il signor Weatherbee.

Il mio amico, pensava Frank. Accartocciò il messaggio nella mano mentre con l'altra faceva scomparire le fotografie nella busta. Ora la fiammella blu della collera era diventava arancione. I tizzoni bagnati si stavano rianimando. *Ci sarò, stanne certo, ci sarò perché ho da discutere questa faccenduola con il mio vecchio amico George T. Nelson.*

«Stanne certo», disse a voce alta Frank Jewett. «Stanne *certo*.» Cominciò a sorridere.

10

Erano quasi le tre e un quarto e Alan concluse che Brian Rusk doveva aver scelto un'altra strada; il flusso degli studenti che tornavano a casa si era quasi completamente esaurito. Poi, nel momento in cui stava per estrarre di tasca le chiavi della macchina, vide una figura solitaria che gli veniva incontro in bicicletta da School Street. Viaggiava adagio, arrancando con il peso del corpo sul manubrio e la testa così bassa che non riusciva a vederlo in faccia.

Ma vedeva bene che cosa c'era nel cestino della bici: un contenitore termico della Playmate.

11

«Capisci?» chiese Gaunt a Polly, che adesso aveva in mano la busta.

«Sì, capisco... sì.» Ma il suo viso sognante era turbato.

«Non mi sembri felice.»

«Io... io...»

«Le cose come l'*azka* non sempre funzionano molto bene con le persone che non sono felici», disse il signor Gaunt. Puntò il dito sul piccolo rigonfiamento del ciondolo d'argento sotto il tessuto della camicetta e di nuovo Polly ebbe l'impressione di qualcosa che vi si muovesse dentro. Contemporaneamente le sue mani furono colpite da terrificanti crampi di dolore che le si propagarono su per le braccia come crudeli uncini metallici. Fece un gemito strozzato.

Il signor Gaunt fletté il dito in un gesto di richiamo e Polly avvertì di nuovo un movimento nel piccolo contenitore d'argento, questa volta più distinto di prima, e il dolore cessò.

«Non vorrai tornare a com'era prima, vero, Polly?» domandò il signor Gaunt con voce serica.

«No!» esclamò lei. Il seno le saliva e scendeva con affanno. Le sue mani cominciarono a sfregarsi freneticamente come se le stesse lavando sotto un rubinetto invisibile e mai i suoi occhi stralunati abbandonarono quelli di lui. «No, ti prego!»

«Perché potrebbe anche essere peggio di prima, vero?»

«Sì! Sì!»

«E nessuno capisce, non è così? Nemmeno lo sceriffo. Lui non sa che cosa vuol dire svegliarsi alle due di notte con l'inferno nelle mani, giusto?»

Polly scosse la testa e cominciò a singhiozzare.

«Fai come ti dico e non dovrai mai più svegliarti in quello stato, Polly. E c'è un'altra cosa: fai come ti dico e se qualcuno qui a Castle Rock avrà a scoprire che tuo figlio è morto carbonizzato in un appartamento di San Francisco, non sarà venuto a saperlo da *me*.»

Polly mandò un grido roco e sperduto, il grido di una donna imprigionata senza speranza in un incubo micidiale.

Il signor Gaunt sorrise.

«Ci sono molti tipi di inferno, non è vero, Polly?»

«Come fai a saperlo?» mormorò lei. «Non lo sa nessuno. Nemmeno Alan. Ad Alan ho detto...»

«Lo so perché sapere è il mio mestiere. E il suo è sospettare, Polly. Alan non ha mai creduto a quello che gli hai raccontato.»

«Mi ha detto...»

«Sono sicuro che ti ha detto di questo e di quello, ma non ti ha mai creduto. La donna che avevi preso come baby sitter era una tossicodipendente, giusto? Non è stata colpa *tua*, ma naturalmente le circostanze che hanno portato alla situazione finale dipendevano tutte da scelte personali, ti pare, Polly? Le *tue* scelte. La giovane donna che avevi scelto perché sorvegliasse Kelton ha perso i sensi e ha lasciato cadere una sigaretta, o più probabilmente uno spino, in un cestino pieno di carte gettate. È stato suo il dito che ha premuto il grilletto, si potrebbe affermare, ma la pistola era carica dei proiettili del tuo orgoglio, della tua incapacità ad abbassare la testa davanti ai tuoi genitori e davanti alla brava gente di Castle Rock.»

Ora Polly singhiozzava più forte.

«Del resto una giovane donna non ha diritto al suo orgoglio?» chiese dolcemente il signor Gaunt. «Quando tutto il resto è perduto, non ha almeno diritto a quest'ultima moneta senza la quale le sue tasche restano definitivamente vuote?»

Polly sollevò la testa e il suo volto era bagnato di pianto ma la sua espressione era fiera. «Pensavo che fossero fatti miei», ribatté. «Lo penso ancora. E anche se è stata una questione di orgoglio?»

«Già», annuì lui conciliante. «Un atteggiamento valoroso... Ma loro ti avrebbero ripresa in casa, non è vero? Tua madre e tuo padre? Forse non sarebbe stato divertente, non con un nipote a ricordare loro ogni giorno la tua colpa, non in mezzo ai bisbigli e ai brusii che prosperano nei piccoli borghi tranquilli come questo, però la possibilità c'era.»

«Sì, e io avrei dovuto passare ogni ora della mia vita a lottare per non essere schiacciata da mia madre!» proruppe lei in un tono aspro e furioso in cui sarebbe stato arduo riconoscere la sua voce.

«Sì», concordò il signor Gaunt nel tono suadente di sempre. «Così sei rimasta dov'eri. Avevi Kelton e avevi il tuo orgoglio. E quando Kelton è morto, ti è rimasto ancora l'orgoglio... giusto?»

Polly strillò di dolore e si nascose il viso bagnato nelle mani.

«Fa più male delle mani, vero?» l'apostrofò il signor Gaunt. Polly annuì senza staccare la faccia dalle mani. Il signor Gaunt si portò le sue, brutte e tentacolari, dietro la testa e parlò nel tono di un panegirico: «Umanità! Come sei nobile! Sempre pronta al sacrificio per il tuo prossimo!»

«Basta!» gemette lei. «Basta...»

«È un segreto, vero, Patricia?»

«Sì.»

Lui le toccò la fronte. Polly soffocò un mugolio straziato ma non si ritrasse.

«È una porta del tuo inferno che vorresti che restasse sempre sprangata, giusto?»

Lei annuì dietro le mani.

«Allora fai come ti dico, Polly», bisbigliò Gaunt. Le staccò una mano dalla faccia e cominciò ad accarezzarla. «Fai come ti dico e tieni la bocca chiusa.» Osservò le sue guance bagnate e i suoi occhi rossi e grondanti. Le labbra gli si raggrinzirono per un attimo in una piccola espressione disgustata.

«Non so che cosa trovo più sgradevole, se una donna che piange o un uomo che ride. Asciugati quella faccia, Polly. È una scena ributtante.»

Lentamente, come in sogno, Polly estrasse dalla borsetta un fazzoletto orlato di pizzo e ubbidì.

«Bene», si compiacque Gaunt alzandosi. «Ora ti lascio andare a casa, Polly. Hai da fare. Ma voglio che tu sappia che è stato un grande piacere trattare con te. Ho sempre avuto un debole per le signore orgogliose.»

12

«Ehi, Brian, vuoi vedere un giochetto?»

Il ragazzino in bicicletta alzò gli occhi di scatto e la frangia gli volò all'indietro scoprendogli la fronte. Allora Alan vide un'espressione inequivocabile sul suo viso: paura nuda e cruda.

«Giochetto?» chiese Brian con voce tremante. «Quale giochetto?»

Alan non poteva sapere di che cosa avesse paura il ragazzo, ma intuì subito che una volta tanto le sue arti magiche, sulle quali confidava spesso per rompere il ghiaccio con i bambini, per qualche misterioso motivo in quel caso erano del tutto fuori luogo. Meglio sbarazzarsene al più presto possibile e cambiare tattica.

Alzò il braccio sinistro, quello con l'orologio, e sorrise al volto spaventato, pallido e diffidente di Brian Rusk. «Vedi che non ho niente nella manica e che il mio braccio arriva su fino alla spalla. Ma ecco... *oplà*!»

Alan si passò la mano destra aperta lungo il braccio sinistro, muovendola lentamente dall'alto verso il basso e sfilando agilmente il minuscolo pacchetto da sotto il cinturino con una lieve mossa del pollice. Mentre chiudeva il pugno, fece scivolare via l'anello quasi microscopico che teneva serrato il mazzolino di fiori. Si afferrò la mano destra con la sinistra e quando finalmente le spalancò, là dove fino a un attimo prima c'era stata solo aria sbocciò un mazzo di improbabili fiori di carta velina.

Chissà quante volte aveva eseguito il trucco e mai bene come in quel caldo pomeriggio d'ottobre, eppure la reazione attesa (un momento di stupore e disorientamento, seguito da un sorriso che era per una parte meraviglia e per due parti ammirazione) non spuntò sul volto di Brian. Degnò il mazzolino di un'occhiata fuggevole (Alan ebbe l'impressione di leggere sollievo in quello sguardo, come se il bambino si fosse aspettato un trucco di genere assai meno piacevole), quindi tornò a fissare lui.

«Forte, eh?» chiese Alan. Distese le labbra in un gran sorriso che si sentiva incollato sulla faccia non più autentico della protesi dentaria di suo nonno.

«Sì», gli concesse Brian.

«Già. Vedo che sei strabiliato.» Alan congiunse nuovamente le mani, richiudendo destramente il mazzolino. Fu facile, anche troppo. Era ora di sostituirlo con un mazzolino nuovo. La loro durata era limitata e infatti la piccola molla che lo faceva sbocciare si era allentata e la carta era ormai sul punto di lacerarsi.

Riaprì le mani con un sorriso un po' più ottimistico. Il mazzolino era scomparso; era ridiventato un minuscolo pacchetto di carta ripiegata sotto il cinturino dell'orologio. Brian Rusk non contraccambiò il sorriso. Il suo volto era totalmente privo di espressione. Quanto restava dell'abbronzatura estiva non poteva nascondere il pallore sottostante, né l'abnorme sconvolgimento prepuberale in corso: una spruzzata di brufoli sulla fronte, uno più grosso all'angolo della bocca, punti neri ai lati del naso. Ombre viola gli segnavano le occhiaie a far pensare che fossero trascorsi parecchi giorni dall'ultima buona dormita notturna.

Questo ragazzo è tutt'altro che a posto, pensò Alan. *Qui c'è qualcosa di pericolosamente incrinato, se non già rotto.* Le due alternative più probabili erano o che Brian Rusk avesse visto il vandalo che aveva preso di mira casa Jerzyck, o che il responsabile fosse lui stesso. Nell'un caso o nell'altro lui avrebbe fatto centro, ma se era valida la seconda ipotesi, era difficile persino immaginare le dimensioni e il peso del senso di colpa che doveva tormentare quel ragazzino.

«È un gran bel trucco, sceriffo Pangborn», si complimentò Brian in un tono incolore. «Davvero.»

«Grazie. Sono contento che ti sia piaciuto. Sai di che cosa voglio parlare con te, Brian?»

«Credo... credo di sì», rispose Brian e Alan fu improvvisamente sicuro che avrebbe confessato di aver fracassato le finestre. Lì per lì, su quell'angolo di strada, avrebbe confessato, facendogli compiere un gigantesco passo avanti nella soluzione dell'enigma costato la vita a Nettie e Wilma.

Ma Brian non aggiunse altro. Rimase in silenzio a fissare Alan con quei suoi occhi stanchi e un po' arrossati.

«Com'è andata, figliolo?» chiese Alan nello stesso tono bonario di poco prima. «Che cosa è successo mentre eri dai Jerzyck?»

«Non lo so», rispose Brian. Sembrava distratto. «Ma ne ho sognato ieri notte. E anche domenica. Ho sognato di andare a quella casa, solo che nel sogno vedo che cos'è che fa tutto quel fracasso.»

«Che cos'è, Brian?»

«Un mostro», rispose Brian. Il suo tono non era cambiato, ma in entrambi gli occhi gli era apparso un lacrimone, che cresceva allungandosi sugli archi inferiori delle ciglia. «Nel sogno busso alla porta invece di scappare in bici come ho fatto. E la porta si apre e c'è un mostro che... mi... mangia.» Le lacrime tremarono e caddero rotolando lentamente sulle guance martoriate dall'acne di Brian Rusk.

Sì, pensò Alan, *è possibile anche questo, è possibile che sia semplice paura, quella paura che un bambino prova aprendo la porta della camera da letto al momento sbagliato e vedendo padre e madre che scopano. Solo perché è troppo giovane per sapere come si comportano un uomo e una donna che scopano, pensa che stiano lottando. Forse, se fanno anche molto baccano, pensa addirittura che stiano cercando di uccidersi a vicenda.*

Ma...

Ma non quadrava. Molto semplice. La sensazione che provava era che quel marmocchio stesse cacciando una balla grossa come una casa, nonostante l'espressione macilenta degli occhi, l'espressione che sembrava voler dire: *voglio raccontarle tutto*. Che cosa poteva significare? Indovinarlo era impossibile, ma l'esperienza gli insegnava che con tutta probabilità Brian sapeva chi aveva scagliato i sassi. Forse era qualcuno che il ragazzo era tenuto a proteggere, o forse il vandalo sapeva di essere stato visto e Brian ne era consapevole. Forse temeva una rappresaglia.

«Qualcuno ha preso a sassate le finestre di casa Jerzyck», disse Alan a voce bassa e in un tono (sperava) conciliante.

«Sì, signore», rispose Brian e fu quasi un sospiro. «Penso di sì. Penso che possa essere stato così. Credevo che stessero litigando, ma può essere stato qualcuno che lanciava sassi. Si sentivano schianti, colpi, bim bum bam.»

La sezione ritmica al gran completo, pensò Alan, ma non disse niente. «Hai creduto che stessero litigando?»

«Sì, signore.»

«Sei proprio sicuro?»

«Sì, signore.»

Alan sospirò. «Be', ora sai che cosa è stato in realtà. E sai che è stata una brutta cosa da fare. Scagliare sassi alle finestre di una persona è una faccenda alquanto grave, anche quando non ci sono conseguenze.»

«Sì, signore.»

«Ma questa volta le conseguenze ci sono state, lo sai, vero, Brian?»

«Sì, signore.»

Quegli occhi che lo fissavano da quel faccino calmo, pallido. Alan cominciò a capire due cose: quel ragazzino *voleva* raccontargli che cosa era avvenuto, ma quasi certamente non lo avrebbe fatto.

«Mi sembri molto infelice, Brian.»

«Sì, signore?»

«'Sì, signore'. Questo vuol dire che sei veramente infelice?»

Brian annuì e altri due lacrimoni gli sgorgarono dagli occhi e gli rotolarono giù per le guance. Alan si trovò in balia di due emozioni forti e in conflitto: profonda compassione e viva esasperazione.

«Perché sei infelice, Brian? Raccontami.»

«Una volta facevo sempre un bel sogno», rivelò Brian in un tono di voce così basso che lo costringeva a concentrarsi per capirlo. «Era stupido, ma era bello lo stesso. C'era la signorina

Ratcliffe, la mia insegnante di dizione. Adesso so che è stupido. Prima non lo sapevo ed era meglio. Ma sa una cosa? Ora so anche di più.»

Quegli occhi scuri e terribilmente sconsolati si alzarono nuovamente a incontrare i suoi.

«Quel sogno che ho fatto... quello del mostro che scaglia i sassi... mi ha fatto paura, sceriffo Pangborn... ma a rendermi infelice sono le cose che so ora. È come sapere che cosa c'è dietro ai trucchi di un mago.»

Annuì facendo dondolare di poco la testa e Alan avrebbe giurato che aveva lanciato un'occhiata al cinturino dell'orologio.

«Certe volte è meglio essere scemi. Ora lo so.»

Alan gli posò una mano sulla spalla. «Brian, lasciamo perdere le fesserie, vuoi? Raccontami com'è andata. Dimmi che cosa hai visto e cos'hai fatto.»

«Ero andato a vedere se volevano qualcuno che spalasse la neve davanti alla loro porta quest'inverno», raccontò il ragazzo in un tono meccanico che spaventò non poco Alan. A vederlo sembrava un qualsiasi ragazzino americano di undici o dodici anni, scarpe Converse, jeans, maglietta con Bart Simpson; ma a sentirlo sembrava un automa mal programmato e in pericolo di finire in sovraccarico. Per la prima volta si domandò se Brian Rusk non avesse per caso visto uno dei suoi genitori lapidare casa Jerzyck.

«Ho sentito dei rumori», continuò Brian. Parlava per affermazioni semplici e brevi, come si richiede che facciano i poliziotti quando devono deporre in tribunale. «Erano rumori brutti. Schianti e colpi e cose che si rompevano. Così sono scappato a tutta birra. La vicina di casa era uscita a guardare. Mi ha chiesto che cosa stava succedendo. Credo che fosse spaventata anche lei.»

«Sì», confermò Alan. «Era Jillian Mislaburski. Le ho parlato.» Toccò il contenitore termico infilato di traverso nel cestino della bicicletta. Non mancò di accorgersi che Brian compresse involontariamente le labbra al suo gesto. «Avevi questo contenitore con te quella domenica mattina, Brian?»

«Sì, signore», rispose Brian. Si asciugò le guance con il dorso delle mani e guardò Alan con vigile apprensione.

«Che cosa avevi lì dentro?»

Brian non disse niente, ma Alan ebbe l'impressione che gli tremassero le labbra.

«Che cosa c'era dentro, Brian?»

Brian disse ancora un po' di niente.

«Era pieno di sassi?»

Adagio, ma senza esitazione, Brian scosse la testa: no.

Per la terza volta Alan domandò: «Che cosa c'era dentro?»

«Quello che c'è anche adesso», mormorò Brian.

«Posso aprirlo?»

«Sì, signore», rispose Brian come recitando una parte a memoria. «Certo.»

Alan lo aprì e vi guardò dentro.

Era pieno di figurine di baseball: Topps, Fleer, Donruss.

«Mi servono per barattare. Le porto quasi sempre con me», spiegò Brian.

«Tu... le porti con te.»

«Sì, signore.»

«Perché, Brian? Perché ti porti in giro un contenitore termico pieno di figurine?»

«Gliel'ho detto. Mi servono per barattare. Non si sa mai quando ti capita l'occasione di scambiare con un pezzo importante. Ne sto ancora cercando una di Joe Foy, quello che giocava per la squadra del Sogno Impossibile nel '67. E una dell'anno di esordio di Mike Greenwell. È il mio campione del cuore.» E questa volta Alan credette di scorgere un lieve, brevissimo scintillio di divertimento negli occhi del ragazzo. Quasi udì una voce telepatica che canticchiava: *T'ho fregato! T'ho fregato!* Ma sicuramente ce l'aveva dentro lui, era l'eco della sua frustrazione che scimmiottava la voce del bambino.

O no?

Allora, che cosa ti aspettavi di trovare in quel contenitore? Un carico di sassi, ciascuno con un messaggio legato intorno? Credevi davvero che se ne stesse andando bel bello a fare lo stesso servizio a casa di qualcun altro?

Sì, dovette ammettere. Sotto sotto lo aveva pensato, o aveva pensato comunque qualcosa di molto simile. Brian Rusk, il Terrore in Miniatura di Castle Rock. Il Sassaiolo Pazzo. E c'era di peggio: era più che certo che Brian Rusk sapesse perfettamente che cosa gli passava per la testa.

Fregato! Fregato, sceriffo!

«Brian, per piacere, spiegami che cosa sta succedendo. Se lo sai, ti prego di dirmelo.»

Brian chiuse il contenitore termico e non disse niente. Il coperchio fece uno scatto sommesso nel pigro pomeriggio autunnale.

«Non puoi?»

Brian annuì lentamente e Alan ebbe l'impressione di aver intuito la verità: non poteva parlare.

«Almeno una cosa me la puoi dire. Hai paura? Hai paura, Brian?»

Brian annuì di nuovo, lentamente come prima.

«Dimmi di che cosa hai paura, figliolo. Forse posso rimediare.» Si toccò il distintivo che portava alla sinistra della camicia della divisa. «Credo che sia per questo che mi versano uno stipendio e mi danno questa stella da portare. Perché qualche volta mi riesce di scacciare le cose brutte che vengono a fare paura alla gente.»

«Io...» cominciò Brian, poi entrò in funzione con un sonoro gracchiare la ricetrasmittente che Alan aveva fatto installare tre o quattro anni prima sotto il cruscotto della station wagon.

«Unità Uno, qui è la base. Sei in ascolto? Passo.»

Gli occhi di Brian si staccarono da quelli di Alan. Si spostarono in direzione della station wagon e della voce di Sheila Brigham, la voce dell'autorità, la voce della polizia. Alan si rese conto che, posto che il ragazzo fosse stato sul punto di rivelargli qualcosa (ed era forse illusorio crederlo), ora non lo avrebbe più fatto. Le sue labbra si erano serrate come le valve di un'ostrica.

«Vai a casa adesso, Brian. Parleremo di questa storia... del tuo sogno... un'altra volta, okay?»

«Sì, signore.»

«Ma tu ripensa a ciò che ti ho detto io. Il compito principale di uno sceriffo è di scacciare le cose brutte che fanno paura.»

«Ora devo andare a casa, sceriffo. Se non arrivo a casa subito, la mamma si arrabbierà con me.»

Alan annuì. «Be', questo non lo vogliamo né tu né io. Fila, Brian.»

Lo osservò andar via. Teneva la testa bassa e di nuovo, più che montare la bici, sembrava che arrancasse a piedi con il veicolo fra le gambe. C'era qualcosa che non andava, qualcosa di così storto da fargli apparire più importante scoprire che cosa avesse stampato quell'espressione da animale braccato sul viso di quel ragazzino che risolvere l'enigma dello scontro fra Wilma e Nettie.

In fondo le due donne erano morte e sepolte, mentre Brian Rusk era ancora vivo.

Andò alla vecchia station wagon che avrebbe dovuto dar dentro già da un anno, vi si infilò per metà, staccò il microfono Radio Shack e premette il pulsante di trasmissione. «Sì, Sheila, qui Unità Uno. Sono in ascolto. Dimmi.»

«Ha chiamato Henry Payton per te, Alan», riferì Sheila. «Mi ha detto che è urgente. Vuole che ti faccia da ponte. Affermativo?»

«Procedi», disse Alan. Sentiva crescere il ritmo delle pulsazioni.

«Mi ci vorranno un paio di minuti, penso. Affermativo?»

«Sì. Sono in attesa. Chiudo.»

S'appoggiò alla fiancata dell'automobile nell'ombra screziata, con il microfono in mano, ad aspettare di sapere che cosa era tanto urgente nella vita di Henry Payton.

13

Polly arrivò a casa alle tre e venti, nello stato d'animo di chi si sente tirato contemporaneamente in due direzioni diametralmente opposte. Da una parte sentiva il bisogno profondo, impellente, di sbrigare la commissione che le aveva assegnato il signor Gaunt (non le piaceva vederla nei termini in cui si era espresso lui, come uno scherzo; Polly Chalmers non era un tipo burlone), togliersi il pensiero in modo da entrare a buon diritto in possesso dell'*azka*. L'idea che la trattativa non era conclusa finché non avesse così *decretato* il signor Gaunt non le era entrata nemmeno nell'anticamera del cervello.

Dall'altra parte provava il bisogno profondo, impellente, di mettersi in contatto con Alan e di riferirgli esattamente che cosa era avvenuto... nei limiti, s'intende, di quanto riuscisse a ricordare.

Una cosa ricordava di certo (la riempiva di vergogna e di un orrore sommesso, però la ricordava bene) ed era questa: il signor Leland Gaunt odiava l'uomo che lei amava e il signor Gaunt stava facendo qualcosa (*qualcosa*) di molto brutto. Alan doveva saperlo. Anche se l'*azka* avesse smesso di funzionare, era indispensabile che lo sapesse.

Non stai dicendo sul serio.

Invece sì, la voce che parlava dentro di lei diceva *molto* sul serio. Era la voce del terrore che Leland Gaunt aveva insinuato in lei, anche se non ricordava con precisione che cosa avesse fatto per spaventarla tanto.

Vuoi che le cose tornino com'erano, Polly? Vuoi ritrovarti con un paio di mani che sembrano piene di shrapnel?

No... ma nemmeno voleva che Alan avesse a soffrirne. Nemmeno voleva che il signor Gaunt procedesse nei suoi piani, se aveva in animo qualcosa (come lei sospettava) di pernicioso per la città. E nemmeno voleva essergli complice in quel qualcosa recandosi alla vecchia abitazione abbandonata dei Camber in fondo alla Municipale N.3 a fare uno scherzo che nemmeno capiva.

Così tutte quelle contraddizioni, ciascuna delle quali si faceva annunciare con i toni dispotici di una propria voce, l'avevano frastornata durante il lento tragitto fino a casa. Se il signor Gaunt l'aveva in qualche modo ipnotizzata (la sensazione era stata netta quando era uscita dal negozio, ma con il passare del tempo la sua sicurezza era via via scemata), gli effetti si erano ormai esauriti. (Polly ne era convinta.) E mai in vita sua si era sentita così incapace di decidere che cosa fare. Era come se qualcuno le avesse saccheggiato il cervello rapinandole tutte le scorte di qualche vitale sostanza chimica necessaria per prendere le decisioni.

Alla fine era tornata a casa per fare come le aveva consigliato il signor Gaunt (anche se non ricordava più il suo consiglio). Avrebbe controllato la corrispondenza, quindi avrebbe telefonato ad Alan e gli avrebbe riferito che cosa le aveva chiesto di fare il signor Gaunt.

Se farai così, l'ammonì cupa la voce interiore, l'*azka* smetterà veramente di funzionare. E lo sai.

Sì... ma c'era sempre il problema del giusto e sbagliato. C'era ancora quello. Avrebbe chiamato Alan e si sarebbe scusata di averlo trattato male e poi gli avrebbe detto che cosa voleva da lei il signor Gaunt. Forse gli avrebbe persino consegnato la busta che aveva ricevuto da lui, quella che era stata incaricata di mettere nel barattolo.

Forse.

Un po' più tranquilla, infilò la chiave nella serratura di casa, rallegrandosi per l'ennesima volta della facilità con cui compiva l'operazione, quasi senza accorgersi, e la girò. La corrispondenza era al solito posto, sulla moquette. Non era arrivato molto, quel giorno. Di solito il cumulo era più consistente dopo la giornata di chiusura dell'ufficio postale. Si chinò a raccogliere la posta. Un pieghevole di una TV via cavo con il volto sorridente di bello impossibile di Tom Cruise; un catalogo della Horchow Collection e un altro della Sharper Image. E...

Polly vide l'unica lettera e nel fondo dello stomaco cominciò subito a crescerle una bolla di terrore. A Patricia Chalmers di Castle Rock, dal dipartimento per l'Assistenza all'infanzia di San Francisco... da Geary 666.

Ricordava molto bene il Geary 666. C'era stata tre volte in tutto. Tre colloqui con tre burocrati per la tutela dei bambini bisognosi, due dei quali uomini: uomini che l'avevano guardata come si guarda una cicca da masticare che ti si è appiccicata sotto la suola delle scarpe della domenica. La terza volta era stata ricevuta da una donna di colore di dimensioni straordinarie, una donna che sapeva ascoltare e sapeva ridere, ed era stato da quella donna che Polly aveva finalmente ricevuto il nullaosta. Ma ricordava il Geary 666, primo piano, molto bene, fin troppo. Ricordava la luce che dal finestrone in fondo al corridoio disegnava una lunga macchia lattiginosa sul linoleum; ricordava l'eco ticchettante delle macchine per scrivere negli uffici con le porte sempre aperte; ricordava il capannello di uomini a fumare vicino all'urna piena di sabbia in fondo al corridoio, ricordava come l'avevano osservata. Soprattutto ricordava l'effetto di avere indosso gli abiti buoni, un completo giacca e pantalone scuro in poliestere, una camicia di seta bianca, collant L'Eggs Nearly Nude, tacchi bassi. E ricordava il senso di terrore e solitudine che aveva provato, perché il buio corridoio del primo piano al Geary 666 le era apparso come un luogo senza né cuore né anima. In quel posto la sua richiesta di assistenza era finalmente stata approvata, ma naturalmente erano i rifiuti, quelli che ricordava meglio, gli occhi degli uomini che le strisciavano sul seno (vestivano meglio di Norville, quello che c'era giù al ristorante, ma per il resto a suo avviso non erano molto diversi); le bocche degli uomini che si raggrinzivano in una smorfia di decorosa disapprovazione valutando il problema di Kelton Chalmers, frutto bastardo di quella sgualdrinella, quella campagnola sprovveduta che non sembrava una hippie *in quel momento*, oh, *no*, ma che sicuramente appena uscita da lì si sarebbe tolta la camicia di seta e il bel completo scuro, per non parlare del reggiseno, e avrebbe indossato un paio di jeans attillati a zampa d'elefante e una camicetta colorata che mettesse in evidenza i capezzoli. Tutto questo e altro ancora dicevano i loro occhi e sebbene la risposta del dipartimento arrivava sempre per lettera, aveva capito all'istante che la sua richiesta sarebbe stata respinta. Aveva pianto uscendo da quell'edificio la prima e la seconda volta.

E ora le sembrava di riuscire a ricordare il bruciore di ogni singola lacrima sulle guance. E come l'avevano guardata per la strada. Senza compassione negli occhi, solo con una piccola dose di blanda curiosità.

Non aveva mai voluto ripensare a quei momenti o a quel buio corridoio del primo piano, ma ora tutto riaffiorava di colpo nella sua mente, con tanta chiarezza che fiutava l'odore della cera sui pavimenti, vedeva la macchia di luce bianchiccia proiettata dal finestrone, udiva il sonoro ticchettio delle macchine per scrivere manuali a ruminare un altro giorno nel ventre della burocrazia.

Che cosa volevano? Dio del cielo, che cosa potevano volere da lei dopo tanto tempo quelli del Geary 666?

Stracciala! gridò una voce dentro di lei e il tono era così imperativo che per poco non lo fece. Aprì invece la busta. Conteneva un unico foglio, una fotocopia. E anche se l'indirizzo sulla busta era il suo, vide con stupore che la lettera era indirizzata allo sceriffo Alan Pangborn.

Il suo sguardo scivolò in fondo alla lettera. Il nome battuto a macchina sotto uno scarabocchio di firma era John L. Perlmutter. Le pareva di conoscerlo ma non ricordava nessuno in particolare.

Subito sotto c'era un'annotazione: «cc: Patricia Chalmers». Per la verità era una fotocopia e non una copia in carta carbone, ma almeno quel particolare spiegava come mai la lettera fosse indirizzata ad Alan (e alimentò in lei la prima ipotesi ancora nebulosa di un recapito effettuato per sbaglio).

Ma che cosa mai...

Si sedette sulla panca dell'ingresso e cominciò a leggere e mentre leggeva sul suo viso scorsero una moltitudine di emozioni, come nuvole in una giornata irrequieta e ventosa: smarrimento, comprensione, vergogna, orrore, collera e infine furore. Gridò: *«No!»* una volta e si costrinse a rileggere tutta la lettera da cima a fondo, piano piano.

Dipartimento per l'Assistenza all'infanzia
666 Geary Street
San Francisco, California 94112

23 settembre 1991

Sceriffo Alan J. Pangborn
Palazzo del Municipio, 2
Castle Rock, Maine 04055

Caro sceriffo Pangborn,

ho ricevuto la sua lettera del 1° settembre e le scrivo per dirle che non posso esserle di alcun aiuto in proposito. È politica di questo dipartimento dare informazioni su coloro che presentano richiesta di assistenza solo se obbligati da un preciso mandato del tribunale.

Ho mostrato la sua lettera a Martin D. Chung, il nostro consulente legale, che mi ha incaricato di riferirle che una copia della sua lettera è stata inoltrata alla procura generale della California. Il signor Chung desidera sapere se la sua richiesta rappresenti in sé una violazione delle leggi vigenti. Quale che sia l'opinione che vorrà esprimere la procura, devo dirle che trovo la sua curiosità sulla vita di questa donna a San Francisco inopportuna e offensiva.

Le suggerisco, sceriffo Pangborn, di abbandonare la questione prima di incorrere in qualche incidente legale.

Distinti saluti

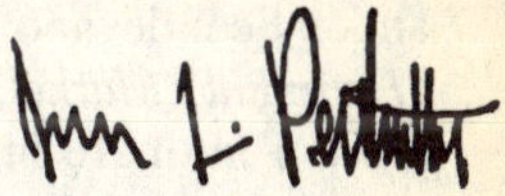

John L. Perlmutter
vicedirettore

cc: Patricia Chalmers

Dopo la quarta lettura di questa terribile lettera, Polly si alzò dalla panca e andò in cucina. Camminò con lentezza e grazia, quasi come se nuotasse. All'inizio aveva gli occhi appannati e l'espressione confusa, ma quando ebbe staccato il ricevitore dal telefono a muro e composto il numero dell'ufficio dello sceriffo, gli occhi erano di nuovo limpidi. L'espressione che li illuminava era nitida e inequivocabile: una collera così intensa da sfiorare l'odio.

L'uomo che amava era andato a frugare nel suo passato: era un'idea che trovava contemporaneamente incredibile e stranamente, orribilmente plausibile. Più di una volta in quegli ultimi quattro o cinque mesi aveva fatto confronti fra sé e Alan Pangborn e tutte le volte ne era uscita perdente. Le lacrime di Alan e la sua ingannevole compostezza che celava tanta vergogna e tanto dolore e tanta segreta alterigia. La sincerità di Alan e il suo piccolo fardello di menzogne. Che integrità, che bontà d'animo, che scoraggiante perfezione! E quanta ipocrisia invece nel modo in cui lei insisteva perché non rivangasse il passato!

E invece, dietro alla sua maschera di santo, Alan non aveva fatto altro che frugare e rovistare per conoscere la verità su Kelton Chalmers.

«Bastardo», bisbigliò mentre il telefono cominciava a squillare e le nocche della mano in cui stringeva il ricevitore diventavano bianche per la tensione.

14

Di solito Lester Pratt usciva dal liceo in compagnia di alcuni amici. Scendevano tutti quanti insieme a comprare analcolici all'*Hemphill's Market*, poi si ritiravano a casa di qualcuno per un paio d'ore a intonare inni o a giocare o anche solo ad ammazzare il tempo. Quel giorno, al contrario, Lester uscì da scuola solo, con lo zaino in spalla (la tradizionale cartella da insegnante non gli piaceva) e la testa china. Se Alan lo avesse visto attraversare in quel momento il prato della scuola diretto al piazzale di parcheggio, sarebbe rimasto colpito dalla straordinaria somiglianza del suo atteggiamento a quello di Brian Rusk.

Per tre volte quel giorno Lester aveva cercato di mettersi in contatto con Sally per appurare che cosa di grazia l'avesse fatta uscire dai gangheri in quella maniera. L'ultima volta era stato durante la pausa della colazione. Sapeva che doveva essere alla scuola media, ma aveva ottenuto solo uno scambio con Mona Lawless, insegnante di matematica e amica di Sally.

«Non può venire al telefono», gli aveva riferito Mona con tutto il calore di un congelatore stipato di ghiaccioli.

«Perché?» aveva chiesto lui piagnucolando. «Dai, Mona...»

«Non lo so.» Il tono di Mona era passato dai ghiaccioli nel congelatore all'equivalente verbale dell'idrogeno liquido. «So solo che si è trasferita da Irene Lutjens, ha una faccia che sembra che abbia pianto tutta notte e dice che non ti vuole parlare.» *Ed è tutta colpa tua,* aggiungeva il tono di Mona. *Lo so perché sei un uomo e tutti gli uomini sono stronzi e questo non è che l'ennesimo esempio a riprova di una verità generalizzata.*

«Ma io non ne so un fico secco!» aveva gridato Lester. «Vuoi dirle almeno questo? Dille che non so perché ce l'ha a morte con me! Dille che qualunque cosa sia non può che essere un equivoco, *perché io non ne so niente*!»

C'era stata una pausa prolungata e quando Mona aveva parlato di nuovo il tono era un po' meno gelido, non molto, ma sempre meglio dell'idrogeno liquido. «Va bene, Lester. Glielo dirò.»

Ora sollevò la testa con una mezza speranza di vedere Sally seduta nella Mustang, pronta a fare la pace con un bacio. Ma la macchina era vuota. L'unica persona nelle vicinanze era quel bamba di Storto Dodd, a bighellonare sul suo skateboard.

Steve Edwards lo raggiunse da tergo e gli calò una pacca sulla spalla. «Les! Fai un salto da me per una coca? Verranno quasi tutti i ragazzi. Dobbiamo parlare di questa porcheria che hanno organizzato i cattolici. La riunione in chiesa è per questa sera, non te lo scordare, e sarebbe opportuno se noi dell'associazione giovanile presentassimo un fronte unito quando sarà il momento di decidere che cosa fare. Ne ho parlato a Don Hemphill che mi ha detto di procedere, che è una buona idea.» Lo guardò come se si aspettasse una carezza sulla testa.

«Oggi pomeriggio non posso, Steve. Magari un'altra volta.»

«Ehi, Les, ma non ti rendi conto? Potrebbe *non* esserci un'altra volta! È finita per i papisti!»

«Non posso venire», ribadì Les. E se hai buonsenso, aggiungeva l'espressione del suo volto, la smetti di insistere.

«Ma... perché no?»

Perché devo scoprire che cosa ho combinato senza rendermene conto per fare montare la mia ragazza su tutte le furie, pensò Lester. *E lo scoprirò, dovessi cavarglielo di bocca con le tenaglie!*

A voce alta rispose: «Ho da fare, Steve. Cose importanti. Credimi sulla parola».

«Se si tratta di Sally, Les...»

Un lampo pericoloso passò negli occhi di Lester. «Chiudi il becco su Sally.»

Steve, un mite giovanotto che era stato infiammato dalla contestazione alla Notte al Casinò, non bruciava ancora al punto da volersi spingere oltre la linea di demarcazione che Lester aveva tracciato con tanta evidenza. Ma non era nemmeno disposto a tirarsi indietro. Senza Lester Pratt una riunione dell'associazione giovanile non avrebbe avuto alcun significato, anche se fossero intervenuti tutti gli iscritti. Assumendo un tono di voce più ragionevole disse: «Hai presente la lettera anonima che ha ricevuto Bill?»

«Sì», rispose Lester. Il reverendo Rose aveva trovato il messaggio nell'anticamera della canonica: il già famigerato messaggio del «Batista Cacasorci». Il reverendo lo aveva presentato a una riunione convocata precipitosamente e riservata ai soli maschi dell'associazione giovanile perché, aveva affermato, sarebbe stato impossibile crederci senza vedere l'obbrobrioso oggetto con i propri occhi. Era difficile capire, aveva aggiunto il reverendo Rose, a quali infimi livelli erano capaci di scendere-eh i cattolici pur di contrattaccare la giusta e doverosa opposizione alla loro notte di vizio ispirata da Satana; forse vedendo di persona quell'ignobile esempio di lordura avrebbe aiutato i «giovani perbene» a comprendere meglio chi avevano di fronte. «Perché non diciamo forse che uomo avvisato-oh è mezzo salvato?» aveva finito alla grande il reverendo Rose. Dopodiché aveva mostrato il biglietto (contenuto in una bustina di plastica trasparente, come per proteggere chi lo maneggiava da probabili infezioni) e lo aveva fatto girare.

Appena lo aveva letto, Lester si era sentito più che pronto a suonare di santa ragione qualche decina di campane cattoliche, ma adesso la faccenda gli sembrava secondaria e anche un po' infantile. Che male c'era se i cattolici volevano puntare qualche dollaro e regalare copertoni ed elettrodomestici? Dovendo scegliere tra i cattolici e Sally Ratcliffe, sapeva bene di chi doveva preoccuparsi.

«... una riunione per stabilire il prossimo passo!» continuava Steve. Cominciava a scaldarsi di nuovo. «Dobbiamo assumere l'iniziativa qui, Les... è *indispensabile*! Il reverendo Bill dice che teme che questi sedicenti cattolici preoccupati vogliano passare dalle parole ai fatti e il loro prossimo passo potrebbe essere...»

«Senti, Steve, fai quel che ti pare, *ma lasciamene fuori*!»

Steve s'interruppe e lo fissò chiaramente costernato e altrettanto chiaramente in attesa che Lester, solitamente il più equanime di tutto il gruppo, tornasse in sé e gli porgesse le sue scuse. Resosi conto che le scuse non sarebbero arrivate, si avviò in direzione della scuola separandosi da Lester con un commento fra lo sconcertato e l'offeso: «Oggi sei proprio intrattabile».

«Esattamente!» ribatté Lester truculento.

Ma Lester non era solo in collera; soffriva, maledizione, soffriva dalla testa ai piedi, e dove soffriva di più era nella *mente* e aveva voglia di prendere a botte qualcuno. Non il povero Steve, ma è un fatto che facendosi saltare la mosca al naso con lui aveva dato stura a un tumulto interiore. Era stato come fare scattare un interruttore che aveva trasmesso energia a una serie di elettrodomestici mentali di solito spenti e silenziosi. Da quando si era innamorato di Sally, era la prima volta che quel giovane sempre così pacato si sentiva in collera anche con lei. Che diritto aveva di mandarlo al diavolo? Che diritto aveva di dargli del bastardo?

Ce l'aveva per qualcosa? Va bene, ce l'aveva. Forse le aveva anche dato un motivo per avercela con lui. Non aveva la più pallida idea di che cosa potesse essere, ma poniamo pure che così fosse, per amore della discussione, se non altro, e le dava forse questo il diritto di aggredirlo senza fargli nemmeno la cortesia di chiedere prima una spiegazione? Le dava il diritto di andare a stare da Irene Lutjens per impedirgli di avvicinarla o di respingere le sue telefonate o di servirsi di Mona Lawless come intermediaria?

La troverò, pensava Lester, *e scoprirò che cosa la rode. Poi potremo fare pace e quando questo inconveniente si sarà chiuso, le terrò la stessa lezione che tengo ai miei ragazzi quando cominciano gli allenamenti di basket, quella sulla fiducia che è la base del lavoro di squadra.*

Si tolse lo zaino, lo sistemò sul sedile posteriore e salì in macchina. In quel momento si accorse di qualcosa che sporgeva da sotto il sedile del passeggero. Una cosa nera. Sembrava un portafogli.

Lo raccolse con ansia, pensando che dovesse essere di Sally. Se lo aveva lasciato sulla sua auto durante il ponte festivo, ora doveva essere preoccupata di averlo perso e se lui avesse potuto sollevarla dalle sue angosce per il portafogli smarrito, forse il resto della loro conversazione si sarebbe svolto su toni più pacifici.

Ma non era di Sally. Se ne accorse appena lo ebbe esaminato meglio. Era liscio e nero, mentre quello di Sally era scamosciato, blu e liso, nonché molto più piccolo.

L'aprì incuriosito. La prima cosa che vide lo colpì come un cazzotto al plesso solare. Era la patente di John LaPointe.

Che diavolo ci aveva fatto John LaPointe sulla *sua* auto?

L'aveva tenuta Sally per tutto il fine settimana, gli bisbigliò una voce nella mente. Dunque che cosa diavolo pensi che possa aver fatto John sulla tua macchina?

«No», rispose a voce alta. «No no no, mai più. Non lo farebbe mai. Non lo toccherebbe nemmeno con un *dito*. Figurati.»

Però toccato l'aveva. Erano usciti insieme per più di un anno, Sally e l'aiuto sceriffo John LaPointe, nonostante i crescenti dissapori fra i cattolici e i battisti di Castle Rock. Avevano rotto prima dell'attuale parapiglia per la Notte al Casinò, ma...

Lester scese di nuovo dalla macchina sfogliando le buste trasparenti del portafogli. C'era la tessera di riconoscimento con la fotografia in cui portava i baffetti che aveva ai tempi in cui usciva con Sally. Lester sapeva come chiamava certa gente baffi come quelli: stuzzicafiche. C'era la licenza di pesca. C'era una fotografia dei suoi genitori. C'era la licenza di caccia. E c'era... *c'era*...

Lester restò con lo sguardo inchiodato sull'istantanea. Era una fotografia di John e Sally. Una fotografia di un tizio con la sua ragazza. Erano fermi davanti a quello che sembrava un tiro a segno di luna park. Si guardavano e ridevano. Sally teneva sotto il braccio un grosso orsacchiotto. Probabilmente LaPointe lo aveva vinto al tiro a segno e glielo aveva regalato. Lester fissava la fotografia e intanto una vena gli si gonfiava al centro della fronte, sempre più sporgente, e pulsava a ritmo costante.

Come lo aveva chiamato? Lurido bastardo?

«Senti chi parla», mormorò Lester Pratt.

Gli montò dentro il furore. Avvenne molto velocemente e quando qualcuno gli toccò la spalla, ruotò su se stesso, lasciò cadere il portafogli e serrò i pugni. Per un niente non catapultò l'innocuo e balbuziente Storto Dodd nel mezzo della settimana seguente.

«Si-signor P-Pratt?» tartagliò Storto. Aveva gli occhi grandi e rotondi, ma non sembrava spaventato. Interessato sì, ma non spaventato. «Si-s-s-sente b-bene?»

«Benissimo», ringhiò Lester. «Vattene a casa, Storto. Alza i tacchi e falli andare. Il parcheggio della scuola non è fatto per correrci sullo skateboard.»

Si chinò a raccogliere il portafogli, ma Storto era mezzo metro più vicino di lui e lo precedette. Osservò incuriosito la fotografia della patente di LaPointe prima di restituire il portafogli a Pratt. «Ohi», commentò. «È p-p-proprio lo s-s-stesso.»

Montò sulla sua assicella preparandosi ad andarsene, ma Lester lo afferrò per la maglietta impedendoglielo. Lo skateboard gli schizzò via da sotto il piede, proseguì da solo, urtò un dislivello nella pavimentazione e si rovesciò. La maglietta degli AC/DC di Storto (ave, rockettari) si strappò all'altezza del collo, ma il ragazzo non parve darsene pensiero. Non sembrava nemmeno troppo sorpreso dal comportamento di Lester, meno che mai spaventato. Lester non se ne accorse. Lester non era più in grado di accorgersi di queste sottigliezze. Lester era uno di quegli uomini grandi e grossi solitamente placidi che sotto la calma nascondono un carattere irascibile, un ciclone emotivo sempre in agguato. Ci sono uomini che trascorrono la vita intera senza mai scoprire la belva che è in loro. Lester invece aveva scoperto la sua (o piuttosto era stata la belva a scoprire lui) e ne era completamente in balia.

Trattenendo la maglietta del ragazzino con una mano grande quasi quanto un prosciutto, abbassò la faccia sudata su quella di Storto. La vena al centro della fronte pulsava più veloce che mai.

«Come sarebbe 'è lo stesso'?»

«È lo stesso t-t-tizio che si è in-in-incontrato con la s-s-signorina R-R-Ratcliffe dopo la scuola v-v-venerdì scorso.»

«L'ha incontrata *dopo la scuola*?» domandò Lester arròchito. Gli diede una scrollata forte abbastanza da fargli sbattere i denti. «Sei sicuro?»

«Sì», rispose Storto. «Sono an-andati via sulla s-sua macchina, signor P-Pratt. G-guidava lui.»

«Guidava? Guidava la *mia* macchina? *John LaPointe guidava la mia macchina con sopra Sally?*»

«Be', quel t-t-tizio», corresse Storto, indicando la foto della patente. «Ma p-prima di salire, lui le ha d-d-dato un b-b-bacio.»

«Un bacio», ripeté Lester. Tutti i muscoli della faccia gli si erano bloccati. «Un *bacio*...»

«Eh, s-s-sì», confermò Storto. Un grande sorriso (alquanto malizioso) gli illuminò il volto.

In un tono di voce caramelloso completamente estraneo ai suoi soliti modi burberi e virili, Lester domandò: «E lei ha ricambiato il bacio? Cosa diresti, Storto?»

Storto roteò allegramente gli occhi. «D-D-Direi di *sì*! Avevano proprio la f-faccia a v-v-ventosa, signor P-P-Pratt.»

«La faccia a ventosa», ripeté Lester con la sua nuova voce al miele.

«Già.»

«*Proprio* a ventosa», considerò Lester.

«S-S-Sicuro.»

Lester lo lasciò andare e si rialzò. La vena al centro della fronte pompava all'impazzata. Gli era affiorato un sorriso sulle labbra. Non era un sorriso piacevole e metteva in mostra un numero di denti bianchi e squadrati che sembrava superiore al normale. I suoi occhi azzurri erano diventati piccoli triangoli socchiusi. Il taglio a spazzola gli sparava dalla testa in tutte le direzioni.

«S-S-Signor P-Pratt?» lo richiamò Storto. «Qualcosa n-n-non va?»

«No», rispose Lester Pratt con la sua voce al miele. Il sorriso non vacillò. «Niente che non possa raddrizzare.» Mentalmente le sue mani erano già intorno al collo di quel papista, vincitore di orsacchiotti, ladro di ragazze, faccia di merda di un mangiarane di francese di John LaPointe. Quel pezzo di stronzo bipede. Quel pezzo di stronzo che a quanto pare aveva insegnato alla ragazza che lui amava, la ragazza che quando era lui a baciarla socchiudeva le labbra di meno di un millimetro, a fare la faccia a ventosa.

Prima avrebbe sistemato John LaPointe. Nessun problema. Dopodiché avrebbe fatto una chiacchierata con Sally.

O qualcosa.

«Niente al mondo che non possa raddrizzare», ripeté con la sua nuova voce mielosa e tornò a sedersi al volante della Mustang. L'automobile si inclinò visibilmente sulla sinistra quando calò nel sedile il suo quintale di sode carni e agili articolazioni. Storto andò a recuperare il suo skateboard tossendo e scacciandosi teatralmente la polvere dalla faccia.

Il colletto della vecchia maglietta era completamente strappato e gli pendeva come un orlo nero sulle clavicole prominenti. Sorrideva soddisfatto. Aveva fatto esattamente come il signor Gaunt gli aveva chiesto e aveva funzionato alla grande. Pratt era più imbizzarrito di una gallina nella pioggia.

Ora poteva andarsene a casa a rimirare la sua teiera.

«Mi s-s-spiace solo di b-b-balbettare», commentò fra sé.

Salì sul suo skateboard e se ne andò.

15

Sheila aveva avuto non poche difficoltà a mettere in comunicazione Alan con Henry Payton (a un certo momento era stata sicura di aver perso Henry, che sembrava veramente eccitato, e aveva temuto di doverlo richiamare) e aveva appena condotto felicemente a termine quell'impresa tecnologica quando si illuminò la spia della linea personale dello sceriffo. Posò la sigaretta che stava per accendere e rispose. «Ufficio dello sceriffo della contea di Castle, linea dello sceriffo Pangborn.»

«Salve, Sheila. Voglio parlare ad Alan.»

«Polly?» domandò Sheila perplessa. Era sicura che fosse lei, ma non aveva mai sentito Polly Chalmers parlare in quel tono, così freddo e asciutto, come la segretaria di direzione di una grossa ditta. «Sei tu?»

«Sì», rispose Polly. «Voglio parlare ad Alan.»

«Non è possibile in questo momento. È in linea con Henry Payton...»

«Mettimi in attesa», la interruppe Polly. «Aspetterò.»

Sheila cominciò ad agitarsi. «Be'... ehm... lo farei, ma credo che sia un po' complicato. Vedi, Alan... sai, è in giro, ho dovuto stabilire un ponte radio con Henry.»

«Se sei in grado di mettere in comunicazione Henry Payton puoi mettere in comunicazione anche me», dichiarò gelidamente Polly. «Giusto?»

«Be', sì, ma non so quanto...»

«Dovessero anche continuare finché si asciuga il mare», tagliò corto Polly. «Mettimi in attesa e quando hanno finito fammi parlare ad Alan. Non te lo chiederei se non fosse importante. Lo capisci anche tu, vero?»

Sì, Sheila lo capiva, e capiva anche un'altra cosa: Polly cominciava a preoccuparla. «Polly, stai bene?»

Ci fu una lunga pausa, poi Polly rispose con una domanda a sua volta. «Sheila hai battuto a macchina forse qualche lettera dello sceriffo Pangborn indirizzata al dipartimento per l'Assistenza all'infanzia di San Francisco? O hai visto partire buste con quell'indirizzo?»

Tutta una serie di lampadine rosse si accesero all'improvviso nella mente di Sheila. Provava sincera venerazione per Alan Pangborn e Polly Chalmers lo stava accusando di qualcosa. Non sapeva bene che cosa, ma il tono d'accusa era inequivocabile. Non poteva sbagliarsi.

«Non è il genere di informazione che posso dare a un estraneo», rispose e anche il suo tono di voce precipitò di una decina di gradi centigradi. «Credo che sia meglio che lo chiedi allo sceriffo, Polly.»

«Già, è meglio. Mettimi in attesa e passamelo appena puoi, per piacere.»

«Polly, ma che cosa c'è? Sei arrabbiata con Alan? Perché devi sapere che non farebbe mai niente che non fosse...»

«Io non so più nulla», replicò Polly. «Se ti ho chiesto qualcosa che non avrei dovuto, te ne chiedo scusa. Ora vuoi mettermi in attesa e passarmelo appena puoi, o devo uscire a cercarlo da me?»

«No, te lo passo», promise Sheila. Uno strano turbamento le invase il cuore, il timore che fosse accaduto qualcosa di terribile. Come molte delle altre donne di Castle Rock, Sheila aveva sempre creduto che Alan e Polly fossero seriamente innamorati e, come molte delle altre donne della città, li vedeva un po' come personaggi di una fiaba dalle tinte fosche in cui alla fine tutto si aggiusta, in cui alla lunga l'amore trova la sua via. Senonché sentiva ora dalla voce che Polly era infuriata, che era piena di dolore e di qualcos'altro ancora. Quel qualcos'altro le era sembrato troppo simile all'odio. «Ora ti metto in attesa, Polly, ma guarda che forse ci vorrà un po'.»

«Non importa. Grazie, Sheila.»

«Di niente.» Sheila premette il pulsante della pausa e ritrovò la sigaretta. L'accese e trasse una boccata profonda osservando con perplessità il guizzo della fiammella.

16

«Alan?» chiamò Henry Payton. «Ci sei, Alan?» La sua voce risuonava piatta e nasale come sempre quando dal telefono veniva ritrasmessa via radio. Sembrava quella di un annunciatore che parlasse da dentro uno scatolone vuoto.

«Sono qui, Henry.»

«Mezz'ora fa ho ricevuto una chiamata dall'FBI», riferì Henry dal suo scatolone di cracker. «Abbiamo avuto un gran colpo di sedere con quelle impronte.»

Il battito cardiaco di Alan cambiò marcia. «Quelle sulla maniglia della casa di Nettie? Le parziali?»

«Proprio quelle. Abbiamo una probabile corrispondenza con quelle di uno di lì. Un precedente per un furtarello nel 1977. Abbiamo anche le impronte della sua schedatura per il servizio militare.»

«Non tenermi sulle spine. Chi è?»

«Si chiama Hugh Albert Priest.»

«Hugh Priest!» proruppe Alan. Non sarebbe stato più sbalordito se Payton avesse menzionato J. Danforth Quayle. Per quel che ne sapeva, le erano stati entrambi perfettamente sconosciuti. «Perché mai Hugh Priest avrebbe ucciso il cane di Nettie? O fracassato le finestre di Wilma Jerzyck, se è per questo?»

«Io non lo conosco, perciò non ti so rispondere», ribatté Henry. «Perché non lo chiedi direttamente a lui? Anzi, perché non vai a prenderlo subito prima che si innervosisca e decida di andare a trovare qualche parente a Latitant City nel Sud Dakota?»

«Hai ragione», concordò Alan. «Ci sentiamo più tardi, Henry. Grazie.»

«Ricordati solo di tenermi informato, scout. Ufficialmente il caso sarebbe mio, lo sai.»

«Sì. Ci sentiamo.»

Ci fu un secco rumore metallico e la comunicazione fu interrotta, dopodiché la radio di Alan cominciò a trasmettere il ronzio di una linea telefonica libera. Si domandò distrattamente che cosa avrebbero pensato la Nynex e l'AT&T dei giochetti che organizzavano alle loro spalle e si chinò per riappendere il microfono. In quel momento il ronzio fu interrotto dalla voce di Sheila Brigham, insolitamente esitante.

«Sceriffo, ho Polly Chalmers in attesa. Ha chiesto di parlarti appena si fosse liberata la linea. Affermativo?»

Alan restò interdetto. «Polly?» A un tratto ebbe paura, la stessa che si prova quando un telefono si mette a squillare alle tre di notte. Polly non aveva mai preteso di essere trattata da persona privilegiata, né Alan si sarebbe aspettato che lo avrebbe mai fatto, perché andava contro la sua idea di comportamento corretto e per Polly la correttezza era un principio di estrema importanza. «Di che si tratta, Sheila, te l'ha detto?»

«No, sceriffo.»

No. Certo che no. Sapeva anche quello. Polly non metteva in piazza i suoi affari. L'averlo solo pensato era la dimostrazione di quanto fosse stato colto di sorpresa.

«Sceriffo?»

«Passamela, Sheila.»

«Arriva, sceriffo.»

Bink!

Alan aspettò sotto il sole, con il cuore che gli batteva troppo forte e troppo veloce. Non gli piaceva.

Ci fu un altro scatto, poi di nuovo la voce di Sheila, lontana, quasi sperduta. «Vai pure, Polly, dovresti essere collegata.»

«Alan?» La voce di Polly risuonò così forte da farlo trasalire. Era la voce di un gigante... un gigante infuriato. Tanto aveva già capito. Gli era bastata una sola parola.

«Ti sento, Polly. Che cosa c'è?»

Per un momento ci fu solo silenzio, in fondo al quale vagava il lieve borbottio di altre voci in altre conversazioni telefoniche. Ebbe tempo di chiedersi se la comunicazione fosse caduta... tempo di quasi sperare che così fosse.

«Alan, so che questa linea non è protetta», disse Polly, «ma sai di che cosa sto parlando. Come hai potuto? *Come hai potuto?*»

C'era qualcosa di familiare in quelle parole. Qualcosa.

«Polly, non ti capisco...»

«Oh, credo proprio di sì», lo rintuzzò lei. La sua voce si andava alterando, diventava più difficile decifrarla, e Alan si rese conto che se ancora non piangeva era sul punto di cedere. «È dura scoprire che una persona che credevi di conoscere bene è completamente diversa. È dura scoprire che il volto che credevi di amare è solo una maschera.»

Sì, qualcosa di familiare, e adesso sapeva anche che cosa. Era come gli incubi che erano seguiti alla morte di Annie e Todd, gli incubi in cui si trovava ai bordi della strada a guardarli passare sulla Scout. Andavano verso la morte. Lui lo sapeva e non poteva fare niente per evitarlo. Cercava di richiamare la loro attenzione gesticolando, ma le braccia erano troppo pesanti. Cercava di gridare e non ricordava come si fa ad aprire la bocca. Loro gli passavano davanti come se fosse stato invisibile e adesso si ripeteva una scena analoga, come se, per qualche magia capricciosa, fosse diventato invisibile a Polly.

«Annie...» Con orrore si accorse del nome che aveva pronunciato e si affrettò a correggersi. «*Polly.* Polly non so di che cosa stai parlando, ma...»

«*Lo sai!*» gli urlò lei all'improvviso. «Non far finta di niente! Perché non hai voluto aspettare che fossi io a dirtelo, Alan? E se non hai potuto aspettare, perché non me l'hai *chiesto*? Perché hai dovuto agire alle mie spalle? *Come hai potuto farlo?*»

Alan chiuse gli occhi con forza nella speranza di imbrigliare il forsennato sbandamento dei suoi pensieri, ma non servì a niente. Emerse invece dal buio un'immagine orribile: Mike Horton del *Journal-Register* di Norway curvo sullo scanner della redazione a prendere furiosamente appunti nella sua approssimativa stenografia.

«Non so che cosa pensi che abbia fatto, ma sono sicuro che ti sbagli. Vediamoci, parliamone...»

«No. Non credo di poterti vedere ora, Alan.»

«Sì che puoi. E lo farai. Sarò...»

Intervenne la voce di Henry Payton. *Perché non vai a prenderlo subito prima che si innervosisca e decida di andare a trovare qualche parente a Latitant City nel Sud Dakota?*

«Sarai cosa?» lo stava aggredendo lei. «Sarai cosa?»

«Mi è appena tornato...» cominciò lentamente Alan.

«Ah, sì? Hai ricordato forse una lettera che hai scritto ai primi di settembre, Alan? Una lettera che hai inviato a San Francisco?»

«Non so di che cosa tu stia parlando, Polly. Ora non posso venire perché c'è stato uno sviluppo in... in quell'altra faccenda. Ma dopo...»

Lei gli parlò sconvolta da una crisi di singhiozzi che non gli impedirono tuttavia di afferrare il senso delle sue parole. «Ma la vuoi capire, Alan? Non c'è nessun *dopo*, non c'è più. Tu...»

«Polly, *ti prego...*»

«*No!* Lasciami stare! Lasciami in pace, lurido verme!»

Bink!

E a un tratto Alan si ritrovò ad ascoltare di nuovo il ronzio della linea libera. Si guardò intorno all'incrocio della Main con School Street con l'aria di chi non sa dove si trova e non capisce bene come ci è arrivato. Nei suoi occhi c'era l'espressione smarrita che spesso si vede in quelli dei pugili nei pochi secondi prima che le ginocchia li tradiscano e stramazzino al tappeto privi di sensi.

Com'era potuto accadere? E com'era potuto accadere così *velocemente*?

Era alla deriva. Nel giro di una settimana qualcosa si era guastato nell'atmosfera generale di tutta la città, una forma di lieve follia della quale sembrava essere stata contagiata anche Polly.

Bink!

«Ehm... sceriffo?» Era Sheila e Alan intuì dal tono imbarazzato che aveva ascoltato almeno parte della sua conversazione con Polly. «Ci sei, Alan? Mi rispondi?»

Provò il desiderio repentino e fortissimo di strappare il microfono dal cruscotto e di scagliarlo nei cespugli oltre il marciapiede. E di andarsene via. In qualsiasi posto. Smettere di pensare e correre verso il tramonto.

Raccolse invece tutte le sue forze e si costrinse a pensare a Hugh Priest. Quello doveva fare perché ora sembrava che Hugh avesse una responsabilità indiretta nella morte delle due donne. Ora la sua prima preoccupazione era Hugh, non Polly... e trovò un grande senso di sollievo nascosto in quella considerazione.

Premette il pulsante di trasmissione. «Sono qui, Sheila. Passo.»

«Alan, credo di aver perso il collegamento con Polly. Io... ehm... io non volevo ascoltare, ma...»

«Non fa niente, Sheila. Qualcuno ci ha giocato un brutto tiro.» (C'era qualcosa di estremamente sinistro in quello che aveva appena detto, ma si rifiutò di rifletterci in quel momento.) «Chi c'è con te attualmente?»

«John», rispose Sheila, chiaramente grata di aver potuto cambiare argomento. «Clut è di pattuglia. Vicino a Castle View, secondo il suo ultimo rapporto.»

«Okay.» Cercò di prendere forma davanti ai suoi occhi il volto di Polly contratto in una smorfia di ira inspiegabile. La scacciò dalla mente e si concentrò di nuovo su Hugh Priest. Ma per un istante terribile non vide niente altro che una tenebra smisurata.

«Alan? Ci sei?»

«Sì. Sono qui. Chiama Clut e digli di andare a casa di Hugh Priest, in fondo a Castle Hill Road. Sa dov'è. Immagino che Hugh sia al lavoro, ma se per caso è la sua giornata di libertà, voglio che Clut lo fermi e lo porti in ufficio per accertamenti. Ricevuto?»

«Ricevuto, Alan.»

«Digli di procedere con estrema prudenza. Digli che Hugh è ricercato per accertamenti riguardo la morte di Nettie Cobb e Wilma Jerzyck. I collegamenti dovrebbe essere in grado di farli da sé. Passo.»

«Oh!» Sheila era insieme sconcertata ed emozionata. «Ricevuto, sceriffo.»

«Io vado al deposito veicoli del Municipio. Mi aspetto di trovarci Hugh. Passo e chiudo.»

Mentre riappendeva il microfono (gli sembrava di averlo tenuto in mano per qualcosa come quattro anni) pensò: *se avessi riferito a Polly quello che hai appena trasmesso a Sheila, la situazione in cui ti ritrovi potrebbe essere un po' meno disgraziata.*

O forse no. Come poteva venirsene fuori con un'affermazione del genere quando non sapeva nemmeno *quale* fosse la situazione in cui era? Polly lo aveva accusato di ingerenze nella sua vita privata, ma a che cosa alludesse era un mistero. E c'erano altre considerazioni. Comunicare al centralino di diramare un ordine di cattura faceva parte del mestiere, nonché assicurarsi che i propri aiutanti sapessero che l'uomo che stavano ricercando poteva essere pericoloso. Riferire le stesse informazioni alla propria ragazza via radio era peggio che fuori luogo. Aveva agito per il meglio e lo sapeva.

Tutte queste riflessioni non lenirono però il dolore che gli riempiva il cuore e dovette fare un altro sforzo per tornare a fissarsi sui suoi obblighi più urgenti: trovare Hugh Priest, fermarlo, procurargli un buon avvocato se ne voleva uno e chiedergli perché avesse conficcato un cavatappi nel cagnolino di Nettie.

Per qualche attimo funzionò, ma quando avviò il motore della station wagon e si staccò dal marciapiede, davanti agli occhi aveva di nuovo il volto di Polly non quello di Hugh.

17

1

PIÙ o meno nel momento in cui Alan attraversava la città per andare ad arrestare Hugh Priest, Henry Beaufort era davanti a casa a contemplare la sua Thunderbird. Teneva nella mano il messaggio che aveva trovato sotto la spazzola del parabrezza. Il danno che il bastardo aveva procurato ai copertoni era grave, ma i copertoni si potevano sempre sostituire. Era piuttosto il segno che aveva tracciato su tutta la fiancata destra a inferocirlo.

Lesse il messaggio a voce alta. «Non t'azzardare *mai* più a cacciarmi e tenerti le mie chiavi sporco *mangiarane*!»

Chi aveva cacciato dal locale in quegli ultimi giorni? Oh, chissà quanti. Una sera in cui non ci fosse nessuno da sbattere fuori era un fatto raro. Ma chi aveva cacciato via tenendosi le chiavi della sua auto appese dietro il banco? Ne ricordava solo uno.

Uno soltanto.

«Pezzo di merda», mormorò in tono riflessivo il proprietario e gerente del *Mellow Tiger*. «Razza di imbecille pezzo di merda figlio di puttana.»

Fu sul punto di entrare in casa per prendere il fucile da caccia ma si trattenne. Il *Tiger* era poco distante e sotto il banco del bar teneva una cassetta molto speciale. Dentro la cassetta c'era una doppietta Winchester a canne mozze. L'aveva sistemata lì da quando qualche anno prima quel ritardato mentale di Asso Merrill aveva cercato di rapinarlo. Era un'arma assolutamente illegale e Henry non l'aveva mai usata.

Ma forse era arrivato il giorno giusto.

Toccò l'orrido graffio che Hugh aveva inciso nella fiancata della sua T- Bird, poi appallottolò il messaggio e lo gettò via. A quell'ora al bar doveva esserci Billy Tupper a spazzare il pavimento e a lavare i cessi. Avrebbe preso la doppietta e avrebbe chiesto a Billy la Pontiac in prestito. Aveva da andare a caccia di pezzi di merda.

Sferrò un calcio al messaggio appallottolato facendolo volare nell'erba. «Ti sei rimesso a prendere quelle pillole che ti rinscemiscono, Hugh, ma da oggi in poi non ne prenderai più. Garantito.» Sfiorò per l'ultima volta il graffio. Non era mai stato così furibondo. «Ga-ran-ti-to.»

S'incamminò di lena verso il *Mellow Tiger*.

2

Nel corso dell'opera di devastazione della camera di George T. Nelson, Frank Jewett trovò due grammi di coca sotto il materasso del letto matrimoniale. Li gettò nella tazza del water e fece scorrere l'acqua e mentre osservava il gorgo che si portava via la polverina, avvertì un crampo all'addome. Cominciò a slacciarsi la cintura, poi ci ripensò e tornò nella camera che aveva messo a soqquadro. Gli venne da chiedersi se non avesse dato completamente fuori di matto, ma non gli importava più. I matti non hanno bisogno di preoccuparsi del futuro. Per i matti il futuro era questione di scarsissima rilevanza.

Una delle poche cose ancora intatte nella camera da letto di George T. Nelson era un quadro appeso alla parete. Raffigurava una donna anziana. La cornice era dorata, di quelle costose, il che suggerì a Frank che potesse essere il ritratto della santa mamma di George T. Nelson. Il crampo lo fece piegare in due di nuovo. Staccò il quadro dalla parete e lo posò per terra. Poi si calò i calzoni, si accosciò sopra il quadro e lasciò fare alla natura.

Fu il culmine di quella che era stata fino a quel momento una vera giornataccia.

3

Lenny Partridge, il più vecchio abitante di Castle Rock e detentore del Bastone del *Post* di Boston che una volta era stato di zia Evvie Chalmers, possedeva anche una delle più vecchie macchine della città. Era una Chevrolet Bel-Air del 1966, che a suo tempo era stata bianca. Ora era di un colore generico e impreciso, che potremmo definire Grigio Strada. Non era in ottimo stato. Il lunotto posteriore era stato sostituito da qualche anno da uno sbatacchiante foglio di plastica semirigida; il pianale era così malconcio da permettergli di vedere la strada scorrere sotto di sé attraverso un complicato traforo rosso di ruggine; e il tubo di scarico pendeva come il braccio rinsecchito di un uomo morto in un clima secco. Siccome poi non aveva più i paraolio, la Bel-Air spargeva dense nuvole di maleodorante fumo azzurrognolo e i campi attraverso i quali passava durante il suo quotidiano tragitto per recarsi in città sembravano spruzzati di paraquat da qualche aviatore omicida. La Chevrolet ingollava un chilo (anche uno e mezzo) di olio al giorno. Il consumo esorbitante non preoccupava minimamente Lenny; acquistava olio riciclato Diamond da Sonny Jackett in economiche taniche da venti chili, assicurandosi puntigliosamente che Sonny gli scontasse il dieci per cento... come gli dava diritto la sua Carta d'Argento. E poiché negli ultimi dieci anni non aveva mai superato i cinquanta all'ora, la Bel-Air sarebbe probabilmente durata più di lui.

Mentre Henry Beaufort s'incamminava verso il *Mellow Tiger* sull'altro lato del Tin Bridge, a quasi cinque miglia di distanza, Lenny superava la cima di Castle Hill al volante della sua rugginosa Bel-Air.

C'era un uomo in mezzo alla strada con le braccia spalancate. Era a torso nudo e scalzo. Indossava un paio di pantaloni cachi con la patta aperta e intorno al collo aveva un colletto di pelliccia mangiucchiato dalle tarme.

Mentre il cuore spiccava un gran balzo ansimante nel suo smunto torace, Lenny piantò sul pedale del freno entrambi i piedi infilati in un paio di stivaletti che si andavano lentamente disintegrando. Il pedale arrivò quasi a toccare il fondo con un cigolio sinistro e quando finalmente la Bel-Air si fermò era a non più di un metro dall'uomo fermo in mezzo alla strada che frattanto Lenny aveva riconosciuto. Era Hugh Priest, il quale non aveva battuto ciglio. Appena l'automobile si fu fermata, si portò rapidamente sul lato di Lenny, seduto al volante con le mani schiacciate sulla maglietta antireumatica a cercare di riprendere fiato mentre si chiedeva se questa volta l'arresto cardiaco gli sarebbe stato fatale.

«Hugh!» rantolò. «Ma che cosa ti è venuto in mente? Per poco ti tiro sotto! Non...»

Hugh spalancò lo sportello e si sporse dentro l'abitacolo. La stola che portava intorno al collo scivolò giù e Lenny si ritrasse per non esserne toccato. Sembrava una cenciosa coda di volpe, mancante di numerosi ciuffi qua e là. L'odore era nauseante.

Hugh lo afferrò per le bretelle della tuta e lo trascinò fuori. Lenny belò di terrore e indignazione.

«Scusami, vecchio», disse Hugh nel tono distratto di chi ha ben altri problemi per la mente. «Ho bisogno della tua macchina. La mia è un po' giù.»

«Non puoi...»

Ma Hugh poteva, eccome. Scaraventò Lenny dall'altra parte della strada come un sacco di cenci. Quando cadde, si udì un colpo secco e i suoi belati si trasformarono in ululati di dolore. Si era fratturato una clavicola e due costole.

Hugh lo ignorò. Si mise al volante, chiuse lo sportello e diede gas. Il motore mandò un grido di sorpresa e dal tubo di scarico pendente vomitò una nube blu di fumo oleoso. Scendeva dalla collina a più di ottanta all'ora prima che Lenny Partridge riuscisse faticosamente a rigirarsi sulla schiena.

4

Andy Clutterbuck imboccò Castle Hill Road alle 15.35. Incrociò la vecchia mangiaolio di Lenny Partridge e quasi non se ne accorse neppure; tutta la sua mente era occupata da Hugh Priest e la vecchia Bel-Air arrugginita non era che uno dei tanti elementi del paesaggio.

Non aveva la minima idea del perché o del come Hugh potesse essere coinvolto nella morte di Wilma o Nettie, ma non se ne dava pensiero, sapeva di essere un soldato semplice e si accontentava di ubbidire. I perché e i per come erano di competenza altrui e quello era uno di quei giorni in cui ne era più che contento. Sapeva che Hugh era un ubriacone iracondo che l'età non aveva addolcito. Un uomo come lui era capace di tutto... specialmente quando era pieno fino alle orecchie.

E comunque a quest'ora probabilmente era al lavoro, pensava Clut, ma quando fu in vista della baracca che Hugh chiamava casa, tanto per non sbagliare aprì la patta della fondina. Un attimo dopo vide un riflesso di luce su vetri e cromature e i suoi nervi si tesero finché presero a ronzare come cavo del telefono nel vento. La sua macchina c'era e quando una macchina è a casa, normalmente c'è anche il suo proprietario. Era un semplice fatto della vita di campagna.

Quando Hugh se n'era andato a piedi, aveva svoltato a destra, allontanandosi dal centro cittadino e dirigendosi verso Castle Hill. Se Clut avesse guardato in quella direzione, avrebbe visto Lenny Partridge riverso sul ciglio della strada a dibattersi come un pollo che si strofina nella polvere, ma non guardò da quella parte. Tutta l'attenzione di Clut era sulla casa di Hugh. I deboli lamenti di Lenny gli entrarono da un orecchio, gli attraversarono il cervello senza sollevare il minimo allarme, e gli uscirono dall'altro.

Clut estrasse la pistola prima di smontare.

5

William Tupper aveva solo diciannove anni e non sarebbe mai diventato uno scienziato, ma era abbastanza intelligente da rimanere terrorizzato dal comportamento di Henry quando lo vide entrare nel locale deserto alle quattro meno venti dell'ultimo vero giorno di esistenza di Castle Rock. Era anche abbastanza intelligente da sapere che non sarebbe servito a niente cercare di non consegnare a Henry le chiavi della sua Pontiac; in quello stato, Henry (che in circostanze normali era il miglior principale che Billy avesse mai avuto) lo avrebbe semplicemente steso per prenderle da sé.

Così per la prima, e forse unica, volta in vita sua, Billy tentò di reagire d'astuzia. «Henry», disse timidamente, «mi sa che ti farebbe bene un goccetto. Sicuramente farebbe bene a me. Perché non ci versiamo due dita prima che te ne vai?»

Henry era scomparso dietro il banco. Billy lo sentiva trafficare e imprecare sottovoce. Finalmente si rialzò con una scatola di legno rettangolare munita di un piccolo lucchetto. Posò la scatola sul banco, quindi cominciò a esaminare le chiavi del mazzo che portava appeso alla cintura.

Considerò la proposta di Billy, cominciò a scuotere la testa, poi ci ripensò. Un goccetto non era poi una cattiva idea, gli avrebbe calmato le mani e i nervi. Trovò la chiave giusta, tolse il lucchetto e lo posò sul banco. «Ci sto», decise finalmente. «Ma se si ha da fare, facciamola bene. Chivas. Semplice per te e doppio per me.» Puntò il dito su Billy. Billy ebbe un fremito, improvvisamente sicuro che stesse per aggiungere: *Ma tu vieni con me.* «E non andare a raccontare a tua madre che ti faccio bere roba forte qui dentro, hai capito?»

«Signorsì», rispose Billy sollevato. Si affrettò ad andare a prendere la bottiglia prima che Henry cambiasse idea. «Ho capito perfettamente.»

6

Deke Bradford, il responsabile dell'attività più vasta e costosa di Castle Rock, i Lavori Pubblici, era infinitamente disgustato.

«No, non è qui», rispose ad Alan. «È tutto il giorno che non si fa vedere. Ma se lo vedi tu prima di me, fammi il favore di comunicargli che è licenziato.»

«Si può sapere poi perché te lo sei tenuto per tutti questi anni, Deke?»

Sostavano nell'insolita calura pomeridiana davanti alla Rimessa Municipale N.1 Sotto una tettoia, a sinistra, con il lato posteriore a ridosso di un deposito era parcheggiato un camion della Best Materiali Edili. Tre uomini stavano scaricando piccole ma pesanti cassette di legno. Su ciascuna di esse era stampinato un rombo rosso, il simbolo degli alti esplosivi. Dall'interno del deposito giungeva il bisbiglio dell'impianto dell'aria condizionata in funzione. Era strano sentir funzionare un condizionatore d'aria così tardi nell'anno, ma a Castle Rock quella era stata tutta una settimana di stranezze.

«L'ho tenuto più di quanto avrei dovuto», ammise Deke e si passò le mani nei capelli grigi e corti. «L'ho fatto perché pensavo che sotto sotto ci fosse del buono da salvare.» Deke era uno di quegli uomini bassi e tozzi, una specie di idrante con sotto un paio di gambette, che ha sempre l'aria di essere sul punto di strappare un grosso boccone dal culo di qualcuno. Era al contrario una delle persone più accomodanti e buone che Alan avesse mai conosciuto. «Quando non era ubriaco o troppo rimbecillito dalla sbornia della sera prima, non c'era nessuno in tutta la città che lavorasse più sodo di lui. E c'era qualcosa nei suoi occhi che mi faceva pensare che non dovesse essere uno di quelli che si bevono la vita fino a quando gli sgorga fuori dalle orecchie e ci restano secchi. Pensavo che magari con un lavoro fisso si sarebbe dato una regolata. Ma quest'ultima settimana...»

«Sì?»

«È precipitato nell'inferno con un blocco di granito appeso al collo. Sembrava che fosse sempre fatto di qualcosa e non alludo necessariamente all'alcol. Con gli occhi ritirati in fondo alle orbite e sempre a guardarti dietro la spalla quando gli parli, mai che ti guardi in faccia. E ha anche preso a parlare da solo.»

«Di che cosa?»

«Non so. E dubito che anche gli altri ci abbiano capito qualcosa. Mi scoccia cacciarlo via, ma avevo già preso la decisione prima che arrivassi tu. Ho chiuso con Hugh.»

«Scusa un attimo, Deke.» Alan tornò alla macchina, chiamò Sheila e l'avvertì che Hugh non si era presentato al lavoro per tutta la giornata.

«Vedi se becchi Clut, Sheila, e raccomandagli di stare maledettamente in guardia. Spedisci su anche John a dargli una mano.» Esitò prima di proseguire, ricordando come la prudenza era stata all'origine di più di un'inutile sparatoria, ma poi si decise, giudicando che fosse suo dovere proteggere come meglio poteva i propri uomini. «Clut e John devono considerare Hugh armato e pericoloso. Chiaro?»

«Armato e pericoloso, ricevuto.»

«Va bene. Fine della trasmissione.»

Ripose il microfono e tornò da Deke.

«Pensi che possa aver lasciato la città, Deke?»

«*Hugh?*» Deke protese la testa su un lato e sputò una ciccata di tabacco. «I tipi come lui non lasciano *mai* la città prima di aver intascato l'ultima paga. E per la maggior parte non se ne vanno comunque. Quando viene il momento di ricordarsi quali sono le strade che portano fuori del posto dove sono nati, quelli come Hugh sembrano affetti da un'amnesia tutta speciale.»

Una mossa imprudente degli uomini che stavano scaricando le cassette richiamò la sua attenzione. «Attenti con quella roba, voialtri! Dovete tirarle giù da quel camion, non giocarci a football!»

«Un'autentica polveriera, si direbbe», osservò Alan.

«Già, venti casse. Dobbiamo far saltare uno strato di granito alla cava di ghiaia sulla N.5. Ma a occhio e croce ce ne resterà abbastanza da sparare Hugh fino a Marte, se vuoi.»

«Perché tanta roba?»

«L'idea non è mia. Buster ha corretto il mio ordine d'acquisto, Dio solo sa perché. Una cosa posso dirla, però. Gli verrà male quando vedrà la bolletta dell'energia elettrica di questo mese... se il tempo non si sbriga a cambiare. Quel condizionatore ciuccia corrente che è una bellezza, ma quella roba va tenuta al fresco, altrimenti si mette a sudare. Dicono tutti che questo nuovo tipo di esplosivo non è così, ma io resto dell'idea che la prudenza non è mai troppa.»

«Buster ha ordinato più casse del necessario», considerò Alan.

«Sì, cinque o sei, non ricordo bene. Il mondo non smette mai di stupire, eh?»

«Già. Deke, posso usare il tuo telefono?»

«Senz'altro.»

Alan rimase seduto alla scrivania di Deke per un minuto intero a sudare da sotto le ascelle e ad ascoltare il telefono che squillava e squillava a casa di Polly. Finalmente si rassegnò a riporre il ricevitore.

Uscì dall'ufficio camminando adagio, a testa bassa. Deke stava mettendo il lucchetto alla porta del deposito della dinamite e quando si voltò verso di lui, la sua faccia era lunga e infelice. «C'era un brav'uomo in Hugh Priest, Alan. Lo giuro davanti a Dio. Spesso quell'uomo viene fuori. L'ho visto accadere con i miei occhi più volte di quanto si possa credere. Ma con Hugh...» Si strinse nelle spalle. «Bah. Niente da fare.»

Alan annuì.

«Tutto bene, Alan? Mi sembri un po' strano.»

«Sto bene», lo rassicurò Alan con un mezzo sorriso. Ma ciò che diceva Deke era vero, si sentiva un po' strano. Anche Polly era strana. E Hugh. E Brian Rusk. Sembrava che tutti fossero diventati strani.

«Vuoi un bicchier d'acqua o di tè freddo? Ne ho di là.»

«Grazie, ma devo andare.»

«Come vuoi. Fammi sapere com'è andata a finire.»

Era una cosa che Alan non poteva promettere, ma aveva alla bocca dello stomaco il brutto presentimento che di lì a un paio di giorni Deke avrebbe avuto modo di leggersi tutta la storia da sé, o di guardarsela in TV. «Ci vediamo, Deke», fu tutto quello che si sentì di rispondere.

7

La vecchia Bel-Air di Lenny Partridge si infilò a lisca di pesce davanti a *Cose Preziose* poco prima delle quattro. Ne smontò l'uomo del giorno. Aveva la patta ancora aperta e portava ancora la coda di volpe come una stola intorno al collo. Attraversò a piedi nudi il marciapiede e aprì la porta. Sopra di lui tintinnò la campanella d'argento.

L'unica persona che lo vide entrare fu Charlie Fortin. Era sulla soglia della *Western Auto* a fumare una delle puzzolenti sigarette che si arrotolava da sé. «Il vecchio Hugh è finalmente schizzato», sentenziò.

Il signor Gaunt contemplò il vecchio Hugh con un sorriso benevolo... come se il suo negozio fosse quotidianamente frequentato da uomini scalzi e a torso nudo con code di volpe spelacchiate intorno al collo. Spuntò un altro nome sul foglio che teneva vicino al registratore di cassa. Era l'ultimo.

«Sono nei guai», annunciò Hugh andandogli incontro. Gli occhi gli sfrecciavano da una parte all'altra delle orbite come le bilie di un flipper. «Questa volta sono in un brutto pasticcio.»

«Lo so», rispose il signor Gaunt con la sua voce più suadente.

«Mi è sembrato il posto giusto dove andare. Non so... non faccio che sognare lei. Non... non sapevo a chi altro rivolgermi.»

«È il posto giusto, Hugh», confermò Gaunt.

«Mi ha tagliato le gomme», bisbigliò Hugh. «Beaufort, quel bastardo del *Mellow Tiger*. Ha lasciato un messaggio. 'Sai che cosa verrò a cercare la prossima volta, Hubert.' E lo so, lo so benissimo.» Accarezzò con la mano nerboruta la sua coda rognosa e sul viso gli si disegnò un'espressione di adorazione. Sarebbe sembrata idiota se non fosse stata così evidentemente sincera. «La mia bella, bella coda di volpe.»

«Forse una piccola azione preventiva da parte tua sarebbe opportuna», suggerì pensieroso il signor Gaunt, «prima che metta in pratica la sua minaccia. So che suona un po'... be'... *drastico*... ma volendo considerare...»

«Sì! Sì! È proprio quello che voglio fare!»

«Allora forse ho quello che ti serve», annuì il signor Gaunt. Si chinò e quando si rialzò aveva nella destra una pistola automatica. La spinse verso di lui sul vetro della bacheca. «È carica.»

Hugh la prese. Quando la sua mano fu riempita dal peso dell'arma, la sua confusione si dileguò come fumo nel vento. Sentiva l'odore del lubrificante, insinuante e gradevole.

«Ho... ho lasciato a casa il portafogli», si scusò.

«Oh, non dartene pensiero», esclamò il signor Gaunt. «A *Cose Preziose* gli oggetti in vendita sono tutti assicurati, Hugh.» Il suo volto s'indurì all'improvviso. Le labbra si separarono a mostrare i denti e gli occhi scintillarono. «Vai a fermarlo!» ordinò in un sibilo cupo. «Vai a fermare il bastardo che vuole distruggere ciò che ti appartiene! Vai a fargliela pagare, Hugh! Proteggi te stesso! *Proteggi la tua roba!*»

E Hugh sorrise. «Grazie, signor Gaunt. Mille grazie!»

«Non c'è di che», ribatté il signor Gaunt, tornando immediatamente al suo tono di voce normale, ma la campanella d'argento stava già tintinnando sopra la testa di Hugh che usciva dal negozio infilandosi la pistola nei pantaloni cadenti.

Il signor Gaunt andò a guardare dalla vetrina Hugh che saliva sulla sfiatata Bel-Air e usciva nella strada a marcia indietro. Un autocarro della Budweiser, che stava sopraggiungendo lentamente sulla Main Street, sterzò bruscamente per evitarlo, con una sonora protesta di clacson.

«Vai a farlo fuori, Hugh», mormorò il signor Gaunt. Piccoli sbuffi di fumo cominciarono a salirgli dalle orecchie e dai capelli; soffi più densi gli scaturirono dalle narici e attraverso le bianche, tozze lapidi dei denti. «Vai a farne fuori più che puoi. Divertiti un po'.»

Rovesciò la testa all'indietro e cominciò a ridere.

8

John LaPointe corse all'uscita laterale dell'ufficio dello sceriffo, quella che dava nel parcheggio del Municipio. Era molto emozionato. Armato e pericoloso. Non capitava spesso di assistere all'arresto di un indiziato armato e pericoloso. Non certo in un borgo sonnolento come Castle Rock. Si era completamente scordato del portafogli scomparso (almeno per il momento) e ancor più lontana dalla sua mente era Sally Ratcliffe.

Arrivò alla porta nell'attimo in cui qualcuno l'apriva dall'altra parte. Tutt'a un tratto John si trovò faccia a faccia con un quintale di inferocito insegnante di educazione fisica.

«Proprio te volevo vedere», esordì Lester Pratt nella sua nuova voce di miele. Aveva in mano un portafogli di pelle nera. «Hai perso qualcosa, sporco bastardo doppiogiochista senza Dio?»

John non aveva la più pallida idea di che cosa ci facesse lì Lester Pratt o di come avesse trovato il suo portafogli scomparso, sapeva solo che doveva andare a dar man forte a Clut e non aveva tempo da perdere.

«Qualunque cosa sia, ne parliamo in un altro momento, Lester», disse allungando la mano per recuperare il portafogli. Quando Lester prima ritrasse il braccio sottraendoglielo e poi se ne servì per colpirlo duro in piena faccia, John ne fu più sorpreso che adirato.

«Ah, ma io non voglio *parlare*», rispose Lester nella sua nuova voce mielosa. «Il mio tempo è prezioso e non voglio sprecarlo.» Lasciò cadere il portafogli e afferrò John per le spalle, sollevandolo da terra e respingendolo nell'ufficio. L'aiuto sceriffo LaPointe compì un volo di due metri e atterrò sulla scrivania di Norris Ridgewick. Le sue natiche slittarono sulla scrivania aprendo un varco fra le scartoffie e facendo cascare per terra il cestino delle pratiche evase e da evadere di Norris. Subito dopo arrivò anche lui, sbattendo per terra la schiena in un tonfo doloroso.

Da dietro il vetro del centralino Sheila Brigham assisteva alla scena a bocca aperta.

John cominciò a rialzarsi. Era scosso e stordito, ancora totalmente incredulo.

Lester stava andando verso di lui impettito e con i pugni alzati in una posa d'altri tempi, alla John L. Sullivan, che avrebbe dovuto essere comica e non lo era affatto. «Adesso ti impartirò una piccola lezione», annunciò nella sua nuova voce di miele.

«Ti insegnerò che cosa succede ai cattolici che rubano la ragazza ai battisti. Te lo insegnerò fin nei minimi particolari e quando avrò finito l'avrai capito così bene che non te lo scorderai più.»

Lester Pratt si piazzò a distanza didattica.

9

Billy Tupper non era forse un intellettuale, ma sicuramente era un ottimo ascoltatore e un paio di orecchie compassionevoli erano la miglior medicina per la collera che aveva invaso Henry Beaufort quel giorno. Henry bevve e raccontò a Billy che cos'era accaduto... e mentre raccontava, piano piano si andò calmando. Rifletté che se avesse prelevato la doppietta e fosse uscito immediatamente, con tutta probabilità avrebbe concluso quella giornata non dietro il banco del suo locale, bensì dietro le sbarre di una cella all'ufficio dello sceriffo. Amava molto la sua T-Bird, ma cominciava a rendersi conto di non amarla abbastanza da finire in prigione per lei. Avrebbe sostituito i copertoni e quanto al graffio con il tempo sarebbe diventato meno visibile. E a Hugh Priest avrebbe pensato la legge.

Scolò il bicchiere e si alzò.

«Hai ancora intenzione di andarlo a cercare?» domandò Billy preoccupato.

«Non ne vale la pena», rispose Henry e Billy liberò un sospiro di sollievo. «Lascerò che se ne occupi Alan Pangborn. È per questo che pago le tasse, no?»

«Eh già.» Billy guardò dalla vetrata e si rallegrò ancora di più. Una vecchia macchina arrugginita, un'automobile che un tempo era stata bianca ma che ora era di un colore indefinito, chiamiamolo Grigio Strada, stava salendo al *Mellow Tiger*, spargendo dietro di sé una densa nube azzurra di gas di scarico. «Guarda! È il vecchio Lenny! Sono secoli che non lo vedo!»

«In ogni caso non apriamo prima delle cinque», lo avvertì Henry tornando dietro al banco per usare il telefono. La scatola con il fucile a canne mozze era ancora lì. *Mi sa che avevo intenzione di usare quella doppietta,* rifletté. *Mi sa proprio di sì. Chissà che cosa gli prende alla gente certe volte... che sia una specie di avvelenamento?*

Billy andò alla porta mentre la vecchia carcassa di Lenny entrava nello spiazzo di parcheggio.

10

«Lester...» cominciò John LaPointe e fu quello il momento in cui un pugno grosso quasi come un prosciutto in scatola, ma molto più duro, gli centrò la faccia. Come uno schianto sonoro il naso gli si spappolò in un'esplosione lancinante. John chiuse gli occhi serrandoli e nel buio improvviso sbocciarono vivide scintille colorate. Traballò gesticolando per la stanza, perdendo una battaglia senza speranza per rimanere in piedi. Il sangue gli colava denso dal naso sulla bocca. Urtò il tabellone degli avvisi con tanta violenza da farlo precipitare dalla parete.

Lester avanzò di nuovo, con la fronte corrugata in un profetico cipiglio di concentrazione sotto i capelli ispidi.

Sheila si mise alla radio a cercare di mettersi in contatto con Alan.

11

Frank Jewett era in procinto di lasciare l'abitazione del suo buon vecchio «amico» George T. Nelson, quando fu colto da una riflessione che lo esortava alla prudenza. La riflessione era che, quando George T. Nelson fosse tornato a casa e avesse trovato la camera da letto devastata, la sua scorta di coca finita nel cesso e il ritratto di sua madre ridipinto di escrementi, con tutta probabilità si sarebbe messo in caccia del suo amicone. Decise allora che sarebbe stata pura follia andarsene senza aver completato l'opera... e se completare l'opera significava far saltare le cervella di quel bastardo ricattatore, così fosse. C'era un armadietto di armi da basso e nella prospettiva di completare l'opera con una delle armi di George T. Nelson vedeva una forma di giustizia poetica. Se non fosse riuscito ad aprire l'armadietto o a forzarne le antine, si sarebbe accontentato di uno dei coltelli da cucina del suo vecchio caro amico e avrebbe completato l'opera con *quello*. Si sarebbe appostato dietro la porta d'ingresso e quando George T. Nelson fosse entrato, o gli avrebbe fatto saltare la testa o lo avrebbe afferrato per i capelli e lo avrebbe sgozzato. Un'arma da fuoco sarebbe probabilmente stata più sicura, ma più pensava al getto di sangue caldo che dalla gola squarciata di George T. Nelson gli inondava le mani, più gli sembrava appropriato. *Et tu,* Georgie. *Et tu,* lurido ricattatore.

Le meditazioni di Frank furono a questo punto disturbate dal parrocchetto di George T. Nelson, Tammy Faye, che aveva scelto il più inopportuno momento della sua breve vita di volatile per mettersi a cantare. Mentre Frank lo ascoltava, sul suo viso cominciò ad affiorare un sorriso strano e terribilmente spiacevole. *Come ho fatto a non accorgermi di quell'uccellaccio fin da subito?* chiese a se stesso mentre andava in cucina.

Trovò il cassetto con i coltelli dopo una rapida esplorazione e trascorse il quarto d'ora successivo a menare fendenti attraverso le sbarre della gabbia di Tammy Faye, costringendo l'uccellino a un convulso frullare d'ali con copioso spargimento di piume prima che il gioco gli venisse a noia e decidesse di infilzarlo. Dopodiché scese a vedere che cosa poteva fare con l'armadietto. La serratura si arrese subito e mentre risaliva le scale, attaccò una gaia canzoncina fuori stagione:

Oh... non è ora di litigare o di dire parolacce,
Fare i capricci e le brutte facce,
Perché sta arrivando Babbo Natale!
Ti vede quando dormi
E sa quando sei sveglio!
Sa se hai fatto il bravo o no,
Per questo ti conviene essere buono,
Se qualcosa vuoi avere in dono!

Frank, che non mancava mai di vedere Lawrence Welk tutti i sabato sera con la sua cara mammina, cantò l'ultimo verso in una voce impostata da basso alla Larry Hooper. Ah, se si sentiva bene! Come aveva potuto solo un'ora prima pensare che la sua vita fosse finita? Non era affatto la fine, era l'inizio! Fuori il vecchiume, specialmente i cari vecchi «amici» come George T. Nelson, e avanti il nuovo!

Andò a mettersi dietro la porta. Era equipaggiato a misura per l'evento: contro il muro aveva appoggiato un Winchester, nella cintura si era infilato una Llama automatica calibro 32 e in mano impugnava uno Sheffington da carni. Da dove si era appostato vedeva la matassina di piume gialle dell'ex Tammy Faye. Un sorrisetto gli teneva contratte le labbra da signor Weatherbee e gli occhi, che erano ormai occhi da forsennato, ruotavano incessantemente dietro le lenti rotonde e senza montatura dei suoi occhiali da signor Weatherbee.

«Ti conviene esser buono se vuoi qualcosa in dono!» ammonì sottovoce. Cantò molte volte questo verso in piedi e molte altre volte ancora dopo essersi sistemato più comodamente, seduto per terra a gambe incrociate, con la schiena appoggiata al muro e le sue armi in grembo.

Poi cominciò a preoccuparsi del torpore che lo stava cogliendo. Gli sembrava pura follia essere sul punto di assopirsi mentre aspettava un uomo da sgozzare, ma gli si stavano appesantendo le palpebre lo stesso. Gli pareva di aver letto da qualche parte (forse in uno dei suoi corsi all'Università del Maine di Farmington, un college di campagna dove si era laureato senza alcun onore) che talvolta un forte trauma al sistema nervoso dà quell'effetto... e sicuramente lui aveva subito un forte trauma. Era un miracolo che il suo vecchio cuore non fosse scoppiato come una gomma vecchia quando aveva visto le riviste sparse per l'ufficio.

Concluse che sarebbe stato imprudente correre rischi. Spostò il lungo divano color farina d'avena di George T. Nelson allontanandolo un po' dalla parete, vi si infilò dietro e si sdraiò sulla schiena con il fucile a portata della mano sinistra e la destra posata sul petto, ancora chiusa sul manico del coltello da cucina. Ecco. Molto meglio. La folta moquette di George T. Nelson era davvero comoda.

«Meglio esser buono se vuoi qualcosa in dono», cantò Frank sommessamente. Stava ancora mugolando la sua canzoncina dieci minuti dopo, quando finalmente si assopì.

12

«Unità Uno!» strillò la voce di Sheila dalla radio appesa sotto il cruscotto a bordo della station wagon di Alan che stava attraversando il Tin Bridge di ritorno in città. «Rispondi, Unità Uno! Rispondi *immediatamente*!»

Un improvviso sussulto allo stomaco gli spedì un senso di nausea diritto al cervello. Clut era finito in un ginepraio alla casa di Hugh Priest in Castle Hill Road: Alan ne era convinto. Perché in nome del cielo non aveva detto a Clut di aspettare John prima di affrontare Hugh?

Lo sai, il perché. Perché non stavi prestando il massimo dell'attenzione al tuo lavoro quando hai impartito gli ordini. Se per questo succederà qualcosa a Clut, dovrai affrontarne la responsabilità. Ma a suo tempo. Al momento il tuo compito è fare *il tuo compito. Perciò fallo, Alan, dimenticati di Polly e fai il tuo maledetto lavoro.*

S'affrettò a staccare il microfono. «Unità Uno, sono in ascolto.»

«C'è uno che sta pestando John», sbraitò Sheila. «Vieni, presto! Alan, lo sta *massacrando*!»

L'informazione era così completamente estranea a quello che si era aspettato, che per un attimo non riuscì più a raccapezzarsi.

«Cosa? Chi? *Lì?*»

«Sbrigati, lo sta uccidendo!»

Tutt'a un tratto ebbe un'illuminazione. Era Hugh Priest, non poteva essere diversamente. Per qualche motivo Hugh era andato all'ufficio dello sceriffo, ci era arrivato prima che John uscisse per Castle Hill e lo aveva aggredito. Era John LaPointe a essere in pericolo, non Andy Clutterbuck.

Applicò precipitosamente la luce lampeggiante al tetto dell'automobile, finì l'attraversamento del ponte, porse mentalmente le sue scuse alla vecchia station wagon e schiacciò l'acceleratore a tavoletta.

13

Clut cominciò a sospettare che Hugh non fosse a casa quando vide che tutti e quattro i copertoni della sua automobile non erano solo a terra, ma a pezzi. Stava per avvicinarsi alla casa comunque, quando finalmente udì le fioche invocazione d'aiuto.

Per un momento restò dov'era, indeciso, poi ridiscese frettolosamente per il vialetto d'accesso. Questa volta scorse Lenny sul ciglio della strada e corse ad assisterlo, con un gran sbatacchiare di fondina.

«Aiuto!» ansimò Lenny quando Clut s'inginocchiò al suo fianco. «Hugh Priest è impazzito. Mi ha rovinato per sempre quell'idiota!»

«Dove ti fa male, Lenny?» chiese Clut. Gli toccò la spalla e Lenny cacciò un grido. Come risposta gli fu più che sufficiente. Si rialzò, non sapendo bene che cosa fare. Sentiva un affollamento un po' caotico nella mente. Di certo c'era solo il suo disperato desiderio di non incasinare tutto.

«Non ti muovere», ordinò alla fine. «Chiamo il pronto soccorso.»

«Non ho alcuna intenzione di alzarmi per mettermi a ballare, razza di imbecille», gemette Lenny. Frignava e ringhiava per il dolore. Sembrava un vecchio segugio con una zampa spezzata.

«D'accordo», disse Clut. Partì di corsa per tornare all'automobile, poi tornò indietro. «Ti ha preso la macchina, giusto?»

«No!» rantolò Lenny schiacciandosi le costole fratturate. «Prima mi ha pestato e poi è decollato su un tappeto magico. Certo che mi ha preso la macchina! Secondo te, perché sarei qui in mezzo a una strada, genio? A farmi l'abbronzatura?»

«D'accordo», ripeté Clut e ripartì di corsa. Una manciata di monetine gli scapparono fuori dalle tasche e rotolarono di qua e di là sull'asfalto in brevi evoluzioni scintillanti.

S'infilò nel finestrino della sua auto così precipitosamente che per poco non si tramortì contro il montante. Staccò il microfono. Doveva chiedere a Sheila che mandasse qualcuno a soccorrere il vecchio, ma non era quella la comunicazione più importante: Alan e la polizia di stato dovevano sapere che ora Hugh Priest era al volante della Bel-Air di Lenny Partridge. Clut non era nemmeno sicuro di che anno fosse, ma nessuno poteva ignorare quella mangiaolio color smog.

Non riuscì però a mettersi in contatto con Sheila. Provò tre volte senza avere risposta.

Intanto sentiva Lenny che ricominciava a gridare, così entrò a casa di Hugh per chiamare il pronto soccorso di Norway al telefono.

Gran bel momento aveva scelto Sheila per andare al cesso, pensava.

14

Anche Henry Beaufort stava cercando di mettersi in contatto con l'ufficio dello sceriffo. Era al banco del bar con il ricevitore premuto contro l'orecchio. Ascoltava gli squilli. «Avanti», brontolò, «rispondete a questo cazzo di telefono! Che diavolo state facendo laggiù? Una partitella a ramino?»

Billy Tupper era uscito. Henry lo sentì urlare qualcosa e sollevò la testa spazientito. L'urlo fu seguito da un colpo improvviso e violento. Il primo pensiero di Henry fu che fosse esplosa una delle vecchie gomme dell'auto di Lenny... ma subito dopo ci furono altre due esplosioni.

Billy rientrò nel locale. Camminava molto lentamente. Si teneva una mano alla gola e il sangue gli sgorgava fra le dita.

«'Enry!» gemette Billy con la voce strozzata. *«'Enry! 'En...»*

Arrivò al Rock-Ola, si fermò a vacillare per qualche istante, poi fu come se ogni struttura del suo organismo cedesse contemporaneamente e si accartocciò in una massa informe.

Un'ombra gli coprì i piedi che erano quasi fuori della porta, quindi apparve l'uomo che la proiettava. Portava una coda di volpe intorno al collo e impugnava una pistola. Dalla canna della pistola usciva un filo di fumo. Minuscole perle di sudore s'annidavano nei peli radi che aveva tra i capezzoli. Aveva borse gonfie e brune sotto gli occhi. Scavalcò Billy Tupper ed entrò nella penombra del *Mellow Tiger*.

«Salve, Henry», disse Hugh Priest.

15

John LaPointe non sapeva perché stesse accadendo, ma sapeva che se non lo avesse fermato Lester lo avrebbe ucciso. E Lester non dava alcun segno di voler rallentare la sua azione, meno che mai sospenderla. Cercò di strisciare lungo il muro e sottrarsi alla gragnuola, ma Lester lo afferrò per la camicia e lo ritrascinò a sé. Respirava ancora senza affanno e nemmeno un lembo di camicia gli era scivolato fuori dell'elastico dei pantaloni della tuta.

«Ecco qui, caro Johnny», cantilenò Lester piazzandogli un pugno al labbro superiore. John se lo sentì spaccare contro i denti. «Vediamo come ti fai crescere il tuo stuzzicafiche, adesso!»

Nei forsennati tentativi di divincolarsi, John trovò casualmente il corpo di Lester con la suola della scarpa e spinse con tutte le forze. Lester mandò un grido di sorpresa e cadde all'indietro, ma non prima di aver fulmineamente afferrato John per la camicia bagnata di sangue. L'aiuto sceriffo gli rovinò addosso, dopodiché cominciarono a rotolare sul pavimento scambiandosi calci e pugni.

Erano entrambi troppo occupati per vedere Sheila Brigham che si precipitava fuori della gabbia di vetro del centralino e correva nell'ufficio di Alan. Staccò il fucile dalla parete, lo armò e tornò di corsa nel recinto, reso ormai irriconoscibile dalla lotta in corso. Lester era seduto su John, occupato a fargli sbattere la testa contro il pavimento.

Sheila sapeva usare l'arma che imbracciava; si esercitava dall'età di otto anni. Ora si sistemò il calcio contro la spalla e gridò: *«Tirati indietro, John! Dammi spazio!»*

Al suono della sua voce Lester si girò a fissarla con gli occhi spiritati. Scoprì i denti a Sheila come un gorilla infuriato, poi riprese a sbattere sul pavimento la testa di John.

16

Ormai in prossimità del Municipio, Alan vide il primo autentico buon segno della giornata: la vw di Norris Ridgewick che sopraggiungeva dall'altra direzione. Norris era in abiti civili, ma faceva al caso suo anche in costume da bagno. Sapeva come utilizzarlo, quel pomeriggio. Oh, sì, se lo sapeva.

Poi andò alla malora anche quello.

Dallo stretto vicolo che dava accesso al parcheggio del Municipio sbucò all'improvviso un grosso veicolo rosso, una Cadillac con la scritta KEETON 1 sulla targa. Paralizzato dall'incredulità, Alan guardò Buster lanciare la Cadillac nella fiancata del Maggiolino di Norris. La Cadillac non viaggiava ad alta velocità, ma era più o meno quattro volte più grossa dell'utilitaria di Norris. Ci fu uno scricchiolio assordante di lamiere, dopodiché la vw si rovesciò su un lato con un tonfo sordo e un tintinnante schianto di vetri.

Frenò all'istante e si precipitò fuori.

Buster stava smontando dalla Cadillac.

Norris si stava faticosamente issando fuori del finestrino della Volkswagen con un'espressione stordita sul volto.

Buster si incamminò verso Norris chiudendo i pugni. Un ghigno glaciale gli stava cominciando a tendere le labbra nella grassa faccia tonda.

Appena vide quel ghigno, Alan si mise a correre.

17

Il primo colpo sparato da Hugh frantumò una bottiglia di Wild Turkey dietro al banco del bar. Il secondo disintegrò il vetro che proteggeva un documento incorniciato che pendeva alla parete appena sopra la testa di Henry e lasciò un foro nero nella licenza di vendita di superalcolici. Il terzo strappò a Henry Beaufort la guancia destra in una nuvoletta rosa di sangue e carne vaporizzata.

Henry strillò, afferrò la scatola con il fucile a canne mozze e si tuffò al riparo del banco. Sapeva di essere stato colpito, ma non sapeva se la ferita era grave. Sentiva solo che tutto il lato destro della faccia ardeva improvvisamente più di una fornace e che una sostanza appiccicaticcia, bagnata e calda, gli colava sul collo.

«Parliamo di macchine, Henry», stava dicendo Hugh mentre si avvicinava al banco. «Anzi, meglio ancora, parliamo della mia coda di volpe. Che ne dici?»

Henry aprì l'astuccio. Era foderato di velluto rosso. Vi infilò le mani tremanti e sollevò il Winchester a canne mozze. Fece per aprirlo, poi si rese conto che non ne avrebbe avuto il tempo. Doveva solo sperare che fosse carico.

Si bilanciò meglio sulle gambe e si preparò a balzare fuori e fare a Hugh quello che si augurava sinceramente che fosse una grossa sorpresa.

18

Sheila capì che John non sarebbe riuscito a strisciare via da sotto quel pazzo, nel quale ora credeva di aver riconosciuto Lester Platt o Pratt, in ogni caso l'insegnante di ginnastica del liceo. Non pensava che John *potesse* farsi da parte. Lester aveva smesso di sbattergli la testa sul pavimento e adesso gli aveva afferrato il collo fra le mani muscolose.

Sheila rovesciò il fucile, serrò saldamente le mani intorno alla canna e se lo portò dietro alla spalla come Ted Williams. Poi lo fece ruotare in avanti in una potente legnata.

Lester girò la testa all'ultimo momento, giusto in tempo per prendere il calcio in noce bordato d'acciaio esattamente in mezzo agli occhi. Si udì uno schianto nell'attimo in cui il calcio apriva uno squarcio nel cranio di Lester e gli riduceva in poltiglia il cervello. Fu come se qualcuno avesse pestato un piede su una scatola piena di popcorn. Lester Pratt era morto prima di toccare terra.

Sheila Brigham lo guardò e cominciò a gridare.

19

«Pensavi che non avrei capito chi era stato?» ringhiava Buster Keeton mentre trascinava Norris, rintronato ma incolume, fuori del finestrino della Volkswagen. «Credevi che non lo avrei capito, con il tuo nome scritto in fondo a ogni singolo, schifoso pezzo di carta che mi hai piazzato in giro per casa? Eh? Eh?»

Portò il braccio all'indietro per colpire Norris con un pugno e Alan Pangborn gli fece scattare elegantemente la manetta intorno al polso.

«Ehi!» esclamò Buster ruotando pesantemente su se stesso.

In Municipio qualcuno cominciò a gridare.

Alan lanciò un'occhiata in quella direzione, poi tirò Buster per l'altra manetta fino allo sportello rimasto aperto della Cadillac. Buster oppose resistenza e Alan ricevette una serie di innocui colpi alla spalla prima di chiudere l'altra manetta sulla maniglia dell'automobile.

Si girò a guardare Norris. Ebbe tempo di riflettere che aveva un aspetto terribile, assolutamente terribile, e di concludere sommariamente che dovesse essere la conseguenza di essere stato speronato dal primo consigliere.

«Vieni», lo esortò. «Abbiamo qualche problema.»

Ma Norris lo ignorò, almeno sulle prime. Gli passò accanto e sferrò a Buster Keeton un diritto nell'occhio. Buster mandò uno starnazzo rovinando contro la portiera della sua Cadillac. Era ancora aperta e il peso del suo corpo la richiuse, imprigionandogli la coda della camicia bianca intrisa di sudore.

«Questo è per la trappola, stronzo lardoso!» gridò Norris.

«Te la farò pagare!» gli urlò di rimando Buster. «Non ti illudere! Ve la farò pagare *a tutti quanti*!»

«Beccati *questa*», ruggì Norris. Si stava facendo sotto con i pugni alzati ai fianchi del torace carenato rigonfio, ma Alan lo fermò in tempo trascinandolo all'indietro.

«Piantala!» gli gridò in faccia. «Abbiamo dei guai in ufficio! Guai grossi!»

L'aria fu nuovamente lacerata da uno strillo. Ora la gente aveva cominciato a riversarsi sui marciapiedi della Main Street. Norris guardò i curiosi, poi si girò nuovamente verso Alan, il quale vide con sollievo che i suoi occhi erano di nuovo limpidi e che sembrava tornato in sé. Più o meno.

«Che cos'è, Alan? C'è di mezzo quello lì?» indicò la Cadillac con il mento. Buster li guardava torvo armeggiando con la mano libera sulla manetta che gli stringeva il polso. Sembrava che non avesse udito le grida.

«No», rispose Alan. «Lui non c'entra. Hai la tua pistola?»

Norris scosse la testa.

Alan aprì la fondina, estrasse la 38 di servizio e gliela consegnò.

«E tu?» chiese Norris.

«Voglio avere le mani libere. Coraggio, andiamo. C'è Hugh Priest in ufficio. Ed è impazzito.»

20

Hugh Priest era veramente impazzito, su questo non c'erano dubbi di sorta, ma era a tre miglia buone dal Municipio di Castle Rock.

«Parliamo di...» cominciò e fu lì che Henry Beaufort emerse di scatto da dietro il banco come un pupazzo a molla da una scatola, con il lato destro della camicia saturo di sangue e la doppietta spianata.

Henry e Hugh fecero fuoco contemporaneamente. La detonazione della pistola automatica si perse nel ruggito selvaggio della doppietta. Le canne mozze vomitarono fumo e fuoco. Hugh fu sollevato di peso e catapultato in fondo al locale. Strisciò i talloni nudi sul pavimento con il torace disintegrato in una pappa rossa punteggiata di bianco. La pistola gli volò via dalla mano. Le estremità della coda di volpe presero fuoco. Henry fù sospinto contro lo scaffale dietro il banco con la pallottola di Hugh nel polmone destro. Le bottiglie gli piovvero attorno e si fracassarono sul pavimento. Un'ombra di torpore gli si allargò nel petto. Lasciò cadere il fucile e andò barcollando verso il telefono. L'aria era piena di un profumo pazzesco, un misto di liquori versati e pelo di volpe bruciato. Henry cercò di trarre un respiro e il petto gli si gonfiò senza avere la sensazione di aver inserito aria. Il foro nel polmone fece un lieve sibilo di risucchio.

Il ricevitore pesava mezza tonnellata, ma riuscì finalmente a portarselo all'orecchio e premette il pulsante che componeva automaticamente il numero dello sceriffo.

Drin... drin... drin...

«Ma che cosa vi ha preso a tutti quanti!» gracchiò. «Io sto *morendo*! Rispondete a questo dannato telefono!»

Ma il telefono continuò a squillare a vuoto.

21

Norris raggiunse Alan a metà del vicolo ed entrarono fianco a fianco nel piccolo piazzale di parcheggio del Municipio. Norris impugnava la pistola di servizio di Alan con il dito piegato intorno al ponticello e la tozza canna rivolta al caldo cielo d'ottobre. Nel parcheggio c'erano solo la Saab di Sheila Brigham e la Unità Quattro, la macchina di John LaPointe. Alan ebbe appena il tempo di domandarsi dove fosse l'automobile di Hugh, quando la porta laterale dell'ufficio dello sceriffo si spalancò. Uscì all'impazzata qualcuno che teneva fra le mani insanguinate il fucile del suo ufficio privato. Norris abbassò la canna della 38 e infilò il dito dentro il ponticello.

Alan si rese conto di due cose contemporaneamente: la prima era che Norris avrebbe sparato, la seconda che la persona uscita urlante con il fucile fra le mani non era Hugh Priest, ma Sheila Brigham.

Quel pomeriggio i riflessi quasi miracolosi di Alan Pangborn salvarono la vita a Sheila, ma fu davvero questione di una frazione di secondo. Non cercò di gridare e nemmeno di intervenire per deviare la traiettoria del proiettile con un colpo della mano. In entrambi i casi avrebbe avuto scarse probabilità di successo. Alzò invece il gomito, sollevandolo di scatto come in una esuberante figura di un ballo di campagna. Colpì la mano di Norris un attimo prima che Norris premesse il grilletto, spingendo la canna verso l'alto. La detonazione risuonò come un colpo amplificato di frusta nel cortile angusto e una finestra del primo piano esplose nell'ala degli uffici amministrativi. Poi Sheila lasciò cadere il fucile che aveva usato su Lester Pratt e corse verso di loro gridando e singhiozzando.

«Gesù», gemette Norris con un filo di voce. Tremava per lo spavento, bianco come un cencio, mentre restituiva la pistola ad Alan tendendogliela con il calcio in avanti. «Per poco non ho sparato a *Sheila*... Oddio Santo...»

«Alan!» stava gridando Sheila. «Aiuto, Alan!»

Gli si buttò addosso senza rallentare e per poco non lo fece finire a gambe levate. Alan ripose la pistola e la accolse tra le braccia. Sheila tremava come un cavo elettrico percorso da corrente a una tensione eccessiva. Alan sospettava che parte del tremore che avvertiva era suo; sapeva per certo di aver rischiato di bagnarsi le mutande. Sheila era in preda a una crisi isterica, accecata dal panico, e probabilmente era meglio così: Alan non pensava che si fosse resa conto del pericolo che aveva appena corso.

«Che cosa succede là dentro, Sheila?» domandò. «Parla, presto!» Aveva ancora le orecchie così vibranti dell'eco dello sparo che quasi avrebbe giurato di udire un telefono.

22

Henry Beaufort si sentiva come un pupazzo di neve che va sciogliendosi sotto il sole. Gli stavano cedendo le gambe. Si accasciò lentamente sulle ginocchia, con il ricevitore che continuava a squillargli nell'orecchio. Aveva la testa inebriata dal tanfo misto dei liquori e del pelo bruciato, al quale si stava aggiungendo un odore nuovo, denso e nauseante. Doveva essere Hugh Priest.

Cominciava a capire foscamente che non avrebbe funzionato, che avrebbe dovuto cercare di chiamare qualcun altro, ma non credeva di riuscirci. Non era più in grado di comporre un altro numero al telefono, punto e basta. Così restò in ginocchio dietro al banco nella montante pozzanghera del proprio sangue, ad ascoltare il sibilo dell'aria dal foro nel petto, disperatamente aggrappato agli ultimi lembi di coscienza. Il *Tiger* avrebbe aperto solo di lì a un'ora. Billy era morto e se nessuno avesse risposto al telefono al più presto, sarebbe morto anche lui prima che cominciassero ad affluire i primi clienti per le loro disparate libagioni prima di cena.

«Vi prego», sussurrò con un filo di voce tesa e sfiatata. «Vi prego, rispondete al telefono, che qualcuno risponda a questo cazzo di telefono.»

23

Sheila Brigham cominciò a calmarsi e Alan riuscì a ottenere subito da lei l'informazione più importante: aveva messo fuori combattimento Hugh con il calcio del fucile. Nessuno li avrebbe presi a pistolettate quando fossero entrati.

Sperava.

«Andiamo», disse a Norris.

«Alan... Quando è uscita... ho pensato...»

«So che cosa hai pensato, ma non è successo niente. Scordatelo, Norris. Dentro c'è John. Andiamo.»

Si fermarono ai lati della porta. Alan lanciò un'occhiata a Norris. «A testa bassa», gli raccomandò.

Norris annuì.

Alan spalancò la porta e si tuffò all'interno. Norris lo seguì camminando curvo.

John era riuscito a rimettersi in piedi e a raggiungere quasi la porta. Alan e Norris gli cozzarono contro come la prima linea dei vecchi Steelers di Pittsburgh e John subì l'ultimo, doloroso oltraggio: fu atterrato dai suoi colleghi e spedito da una parte all'altra del pavimento come il peso di un vecchio gioco da bar. Urtò la parete di fondo con un tonfo secco e mandò un grido di dolore, in cui si mescolavano sorpresa e stanchezza.

«Gesù, ma è *John*!» proruppe Norris. «Ma che casino d'inferno!»

«Aiutami, diamogli una mano», lo sollecitò Alan.

Insieme soccorsero John, che si stava lentamente mettendo a sedere per conto proprio. Il suo volto era una maschera di sangue. Aveva il naso vistosamente stortato a sinistra, il labbro superiore che si andava tumefacendo come una camera d'aria troppo gonfia. Mentre Alan e Norris lo raggiungevano, si portò una mano a coppa sotto la bocca e ci sputò dentro un dente.

«È pafffo», borbottò in uno tono stordito. «Fila lo ha colpito con il fuscile. Credo che l'ha ufsciso.»

«John, come stai?» gli chiese Norris.

«Come una merda schiasciata», rispose John. Si sporse in avanti e per dimostrarlo si vomitò abbondantemente fra le gambe spalancate.

Alan si guardò attorno. Rifletté distrattamente che non era una sua illusione, c'era davvero un telefono che squillava, ma al momento il telefono era di secondaria importanza. Vedeva Hugh disteso bocconi a pochi metri da John. Andò a posargli l'orecchio sulla schiena per sentire se il cuore batteva ancora. Dapprincipio riuscì solo a udire squilli. Sembrava che stessero suonando insieme tutti i telefoni dell'ufficio.

«Rispondi a quel coso dannato o comunque stacca il ricevitore!» sbraitò a Norris.

Norris andò all'apparecchio più vicino, quello sulla sua scrivania, schiacciò il bottone che lampeggiava e sollevò il ricevitore.

«Non ci seccate adesso», disse. «Siamo in una situazione d'emergenza. Chiamate più tardi.» Senza aspettare una risposta, chiuse la comunicazione.

24

Henry Beaufort si allontanò il ricevitore, quel pesantissimo ricevitore dall'orecchio, e lo guardò con occhi increduli che si andavano spegnendo.

«*Che cosa* hai detto?» mormorò.

A un tratto non poté più reggerlo, era troppo maledettamente pesante. Lo lasciò cadere per terra e piano piano si accasciò accanto a esso. Giacque ansimando.

25

Per quel che poteva giudicare Alan, Hugh era fatto e finito. Lo afferrò per le spalle e lo rovesciò... e non era Hugh. Aveva la faccia troppo ricoperta di sangue, brandelli di cervello e pezzetti d'osso perché potesse identificarlo, ma era sicuro che non fosse Hugh Priest.

«Che cosa cazzo sta succedendo qui?» si domandò in tono vagamente meravigliato.

26

Danforth «Buster» Keeton guardava Loro che guardavano lui, in mezzo alla strada, ammanettato alla sua Cadillac. Ora che il Persecutore Capo e il suo Aiuto Persecutore non c'erano più, Loro non avevano nient'altro da guardare.

Guardava Loro e li riconosceva esattamente per quello che erano, dal primo all'ultimo.

Davanti al negozio di barbiere c'erano Bill Fullerton e Henry Gendron. Fra di loro c'era Bobby Dugas con il grembiule ancora al collo, che gli pendeva davanti come uno smisurato bavaglino. Charlie Fortin era appoggiato all'ingresso della *Western Auto*. Scott Garson e quelle iene dei suoi amici avvocati Albert Martin e Howard Potter facevano capannello davanti alla banca, dove probabilmente si erano già riuniti a spettegolare sul suo conto prima che scoppiasse il putiferio.

Occhi.

Fottutissimi *occhi*.

C'erano occhi dappertutto.

Cento occhi che guardavano *lui*.

«Vi vedo!» urlò all'improvviso. «Vi vedo tutti! Vi vedo! E so che cosa fare! Sì! Statene certi!»

Aprì lo sportello della Cadillac e cercò di salirvi. Non gli fu possibile. Era ammanettato alla maniglia esterna e la catenella delle manette era lunga, ma non abbastanza.

Qualcuno rise.

Buster udì molto chiaramente quella risata.

Si girò.

Molti abitanti di Castle Rock erano usciti davanti alle loro botteghe della Main Street a guardarlo con gli occhietti neri di topi intelligenti.

C'erano tutti meno il signor Gaunt.

E tuttavia il signor Gaunt c'era lo stesso, il signor Gaunt era dentro la testa di Buster e gli stava spiegando esattamente che cosa fare.

Buster ascoltò... e cominciò a sorridere.

27

L'autocarro della Budweiser che per poco Hugh non aveva tamponato in città fece tappa a un paio di baretti a conduzione familiare dall'altra parte del ponte e finalmente si fermò davanti al *Mellow Tiger* alle 16.01. Il conducente scese, prese con sé la bolla d'accompagnamento, si diede una raddrizzata ai calzoni e s'incamminò verso l'ingresso. Si fermò a due passi dalla porta con gli occhi strabuzzati. C'erano due piedi che uscivano oltre la soglia.

«Santo Dio!» esclamò. «Stai male, amico?»

Gli giunse allora alle orecchie un lamento sfibrato:

«... aiuto...»

Il conducente corse dentro e trovò Henry Beaufort, agonizzante, acchiocciolato dietro al bancone.

28

«È Lefter Pratt», bofonchiò John LaPointe. Sorretto da Norris da una parte e da Sheila dall'altra, si era trascinato zoppicando fin dove Alan era inginocchiato accanto al cadavere.

«Chi?» sbottò Alan. Forse era capitato anche lui accidentalmente dentro a qualche *Hellzapoppin*. *Ehi, Lester, ho bisogno di qualche spiegazione.*

«Lefter Pratt», ripeté John con stoica pazienza. «È l'infegnante di educafione fifica del lisceo.»

«Che ci fa qui?»

John LaPointe scosse stancamente la testa. «Non fo, Alan. È enfrato ed è impaffito.»

«Qualcuno mi illumini, perdio», imprecò Alan. «Dov'è finito Hugh Priest? Dov'è Clut? Si può sapere in nome del cielo che cosa sta succedendo qui?»

29

George T. Nelson si fermò sulla soglia della sua camera da letto a contemplare incredulo lo spettacolo imprevisto. Sembrava che ci avesse appena tenuto una festa qualche banda punk, i Sex Pistols o forse i Cramps... con tutti i loro fan.

«Cosa?» cominciò e non poté aggiungere altro. Né era necessario. *Sapeva* che cosa. Era la coca. Non poteva essere altro. Da sei anni spacciava al liceo di Castle Rock (non tutti gli insegnanti erano estimatori di quella che Asso chiamava talvolta Tombola Boliviana, ma quelli che lo erano, erano *grandi* estimatori) e aveva lasciato due grammi di polvere quasi pura sotto il materasso. Era la coca, poco ma sicuro. Qualcuno aveva parlato e qualcun altro si era fatto venire una gran voglia. Ora pensava di averlo intuito nel momento stesso in cui era arrivato a casa e aveva visto la finestra della cucina rotta.

Andò a sollevare il materasso con le mani come morte. Sotto non c'era niente. La coca era sparita. Quasi duemila dollari di coca quasi pura. Scomparsa. Come un sonnambulo andò verso il bagno per vedere se c'era ancora la sua scorta personale nel flacone di Anacin, sul ripiano più alto dell'armadietto dei medicinali. Mai in vita sua aveva avuto tanto bisogno di un tiro.

Arrivò alla soglia e lì sostò immobile con gli occhi fuori delle orbite. Non fu il caos a lasciarlo interdetto questa volta, anche se in bagno ci avevano dato dentro non meno che in camera; fu il water. L'asse era abbassata e cosparsa di uno strato sottile di polvere bianca.

Aveva una mezza idea che quella polvere bianca non fosse Baby Talco Johnson.

Si avvicinò al water, s'inumidì il dito e toccò la polvere con il polpastrello. Si portò il dito alla bocca. La punta della lingua gli si intorpidì quasi all'istante. Per terra, fra il water e la vasca, c'era una bustina vuota. Il quadro era chiaro. Folle, ma chiaro. Qualcuno si era introdotto in casa sua, aveva trovato la coca e l'aveva *buttata nel cesso*. Perché? *Perché?* Non seppe rispondere, ma decise che quando avesse trovato il responsabile, glielo avrebbe chiesto. Glielo avrebbe chiesto un attimo prima di staccargli la testa dal collo. Male non avrebbe fatto.

La sua scorta personale di tre grammi era intatta. Uscì dal bagno con il flacone e si arrestò di nuovo, colpito da una nuova scena traumatica. Quando aveva attraversato la camera da letto venendo dalla porta principale, non si era accorto di quel particolare orrore, ma dall'angolazione in cui si trovava ora era impossibile non vederlo.

Rimase dov'era per un lungo momento, con gli occhi stralunati e il pomo d'Adamo che si muoveva convulsamente. Gli intrecci di vene alle tempie pulsavano febbrilmente come ali di uccellini. Riuscì finalmente a emettere un'unica parolina strozzata:

«... mamma...!»

Da basso, dietro al divano color farina d'avena di George T. Nelson, Frank Jewett se la dormiva.

30

I curiosi schierati nella Main Street, richiamati sul marciapiede dalle grida e dallo sparo, avevano trovato un nuovo intrattenimento. La fuga al rallentatore del loro primo consigliere.

Buster s'allungò nell'abitacolo della Cadillac per quanto gli era possibile e girò la chiavetta dell'accensione azionando il circuito elettrico. Pigiò quindi il pulsante che abbassava il vetro del finestrino dalla sua parte. Richiuse lo sportello e cominciò una complicata manovra per entrare dal finestrino aperto.

Sporgeva ancora dalle ginocchia in giù, con il braccio sinistro dietro la schiena piegato a un angolo doloroso a causa della manetta che lo imprigionava alla maniglia, con la catenella schiacciata contro la grassa coscia sinistra, quando fu raggiunto da Scott Garson.

«Senti, Danforth», disse titubante il banchiere, «non credo che dovresti farlo. Ho idea che ti abbiano arrestato.»

Buster guardò da sotto l'ascella destra, fiutando il proprio aroma (alquanto speziato ormai, anche più che alquanto) e vide Garson alla rovescia. Gli era subito dietro e dava l'impressione di accingersi a trascinarlo fuori del finestrino.

Buster richiamò le gambe più che poté e fece partire un calcio duplice, come un puledro al pascolo che si sgranchisce giocando. I tacchi delle sue scarpe colpirono Garson al volto con un rumore secco che giudicò più che soddisfacente. Degli occhiali d'oro di

Garson rimase poco o niente. Il banchiere mandò un grido, vacillò all'indietro con la faccia sanguinante fra le mani e cadde in mezzo alla Main Street.

«Ah!» grugnì Buster. «Questa non te l'aspettavi, vero? Non te l'aspettavi proprio, vero, lurido persecutore?»

Poi, tirandosi e divincolandosi, entrò del tutto nell'automobile. La catenella era lunga giusto quanto bastava. L'articolazione della spalla scricchiolò pericolosamente e poi ruotò abbastanza da permettergli di passare sotto il proprio braccio e abbassare le natiche sul sedile. Ora era al volante con il braccio ammanettato fuori del finestrino. Mise in moto.

Scott Garson si alzò a sedere in tempo per vedere la Cadillac che gli piombava addosso. La griglia del radiatore parve aprirsi in un perfido sogghigno, un'enorme montagna cromata che lo avrebbe stritolato.

Rotolò freneticamente sulla sinistra, evitando la morte per meno di un secondo. Una delle grosse ruote anteriori della Cadillac gli passò sulla mano destra, schiacciandogliela a dovere. Poi toccò a quella posteriore, che portò a termine l'opera. Supino nella strada, Garson si guardò le dita grottescamente maciullate ridotte a cinque lame sottili e cominciò a urlare nel cielo blu di un pomeriggio troppo caldo.

31

«Tammmyyyyy fayyyye!»

L'urlo ripescò Frank Jewett da un sonno che stava diventando profondo. In quei primi secondi confusi non riuscì a orientarsi, non sapeva dov'era, ma sentiva quel posto sconosciuto opprimente e angusto. Un posto *sgradevole*. Aveva anche qualcosa in mano... che cosa?

Sollevò la mano destra e per poco non si scalzò un occhio con il coltello da cucina.

«Oooooohhhh, noooooooh! TAMMMYYYYY FAYYYYE!»

Gli tornò tutto di colpo. Era dietro il divano del suo caro vecchio «amico» George T. Nelson e a piangere così rumorosamente la morte del parrocchetto era George T. Nelson in carne e ossa. A quel punto ritrovò completamente la memoria: le riviste sparse per tutto l'ufficio, il messaggio ricattatorio, la possibile (no, probabile, e più ci ripensava e più gli sembrava probabile) rovina della sua carriera e della sua vita.

Ora, per quanto incredibile, sentiva George T. Nelson che singhiozzava. Singhiozzava su un dannato stronzetto con le ali. *Oh, be'*, pensò, *ci penserò io a sollevarti dalle tue pene, George. Chissà, magari finisci nel paradiso degli uccelli.*

I singhiozzi si avvicinavano al divano. Sempre meglio. Sarebbe balzato fuori (sorpresa, George!) e il bastardo sarebbe stato morto prima ancora di capire che cos'era successo. Stava per entrare in azione, quando George T. Nelson, ancora singhiozzante e con il cuore spezzato, si lasciò cadere sul divano. Era un uomo pesante e per contraccolpo il divano fu spedito all'indietro verso la parete. Non udì l'esclamazione soffocata alle sue spalle perché fu coperta dai singhiozzi. Tirò a sé il telefono, compose un numero ostacolato dalle lacrime che gli appannavano la vista e trovò (quasi miracolosamente) Fred Rubin al primo squillo.

«Fred!» proruppe. «Fred, è successa una cosa terribile! Forse sta succedendo ancora! O Gesù, Fred! O Gesù!»

Dietro e sotto di lui, Frank Jewett non riusciva a respirare. Gli si accavallarono nella mente certi racconti di Edgar Allan Poe che aveva letto da ragazzo, storie di gente sepolta viva. La sua faccia assumeva lentamente il colore di un vecchio mattone. La gamba di legno che gli era finita contro il petto quando George T. Nelson si era lasciato cadere sul divano, pesava peggio di una sbarra di piombo. Il lato posteriore del divano gli schiacciava la spalla e un lato della faccia.

Sopra di lui, George T. Nelson stava ansimando una descrizione ingarbugliata di ciò che aveva trovato quando era arrivato a casa. Finalmente si concesse una pausa, quindi gridò: «Non m'importa se non dovrei parlarne al telefono! *COSA VUOI CHE MI IMPORTI QUANDO HA UCCISO TAMMY FAYE? QUEL BASTARDO HA UCCISO TAMMY FAYE!* Chi può essere stato, Fred? *Chi?* Devi aiutarmi!»

Un'altra pausa durante la quale George T. Nelson ascoltò Fred Rubin e Frank si rese conto con panico crescente che presto avrebbe perso i sensi. Capì allora che cosa doveva fare: usare la Llama automatica per sparare attraverso il divano. Forse non avrebbe ucciso George T. Nelson, forse non lo avrebbe nemmeno *ferito*, ma sicuramente avrebbe attirato la sua attenzione, dopodiché c'erano alte probabilità che George T. Nelson si sarebbe affrettato ad alzare le chiappe dannate da quel divano prima che lui tirasse le cuoia con il naso pigiato contro il radiatore.

Frank aprì la mano in cui teneva il coltello da cucina e cercò di raggiungere la pistola infilata nei calzoni. Orrore autentico lo invase quando si accorse di non poterlo fare: le sue dita si aprivano e chiudevano ad almeno cinque centimetri dal manico intarsiato d'avorio. Con tutte le forze che gli rimanevano cercò di abbassare di più la mano, ma la spalla incastrata non si mosse di un millimetro; il grosso divano, nonché il considerevole peso di George T. Nelson gliel'avevano bloccata saldamente contro il muro. Neanche fosse stata inchiodata.

Rose nere, foriere dell'imminente asfissia, cominciarono a sbocciare davanti ai suoi occhi sporgenti.

Lontanissimo, sentiva il suo vecchio «amico» che strepitava aggredendo verbalmente Fred Rubin, senza dubbio il suo socio nell'affare della coca. «Che cosa cavolo stai *blaterando*? Ti chiamo per dirti che mi hanno mezzo assassinato e tu mi consigli di andare a trovare il tizio che ha appena aperto in centro? Io non ho bisogno di chincaglierie, Fred, ho bisogno...»

S'interruppe, si alzò e si mise a passeggiare per il soggiorno. Con quello che era letteralmente l'ultimo briciolo di energie fisiche, Frank riuscì ad allontanare il divano di qualche centimetro dalla parete. Non era molto, ma fu sufficiente perché potesse ingurgitare sorsetti di aria incredibilmente meravigliosa.

«*Che cosa* vende?» esplose George T. Nelson. «Gesù santo! Gesù Cristo di Nazaret! Ma perché non me l'hai detto subito?»

Di nuovo silenzio. Frank era allungato dietro il divano come una balena spiaggiata, a succhiare aria e a sperare che i tonfi mostruosi che si sentiva nella testa non gliela facessero scoppiare. Ancora pochi istanti e si sarebbe alzato per chiudere una volta per tutte i rubinetti del vecchio «amico» George T. Nelson. Dopo aver ripreso fiato. E quando i grandi fiori neri che al momento gli riempivano gli occhi si fossero avvizziti e dileguati. Ancora poco. Qualche secondo al massimo.

«Va bene, va bene», disse George T. Nelson. «Vado a trovarlo. Dubito che sia quel portento che vorresti tu, ma ogni porto è buono nella tempesta, no? Ti dirò una cosa, però. Non mi frega niente se ci sta o no. Troverò il figlio di puttana che mi ha fatto questo, punto primo, e, punto secondo, lo inchiodo al muro più vicino. Hai capito bene?»

Io ho capito, pensò Frank, *ma chi inchioda chi al suddetto muro è ancora tutto da vedere, mio caro vecchio amico.*

«Sì, ci sento bene!» strillò George T. Nelson al telefono. «Gaunt, Gaunt, si chiama *Gaunt*, porco mondo!»

Calò violentemente il ricevitore e dal successivo schianto Frank giudicò che avesse scagliato il telefono da una parte all'altra della stanza. Qualche secondo dopo George T. Nelson imprecò per l'ultima volta e uscì rabbiosamente di casa. Frank sentì il rombo della sua Iroc-Z che scendeva a marcia indietro per il vialetto mentre piano piano spingeva il divano allontanandolo dalla parete. Ci fu un gran stridere di gomme e il vecchio «amico» di Frank, George T. Nelson, uscì di scena.

Due minuti dopo da dietro lo schienale del divano apparvero un paio di mani che si posarono sul tessuto color farina d'avena. Un momento dopo ancora fra le mani apparve la faccia di Frank M. Jewett, pallida e maniacale, con gli occhiali da signor Weatherbee, di sghimbescio sul nasino a patata e con una lente crepata. Lo schienale gli aveva stampato in rosso un disegno retinato sulla guancia destra. Nei capelli radi gli si erano impigliati alcuni riccioli di polvere.

Lentamente, come un cadavere enfiato che risale dal letto di un fiume fino a galleggiare a pelo d'acqua, riapparve il ghigno sul volto di Frank. Per questa volta il vecchio «amico» George T. Nelson l'aveva fatta franca, ma George T. Nelson non aveva in animo di lasciare la città. Si deduceva chiaramente dalla conversazione telefonica. Frank lo avrebbe trovato prima di sera. In una città piccola come Castle Rock, era casomai impossibile non vederlo.

32

Sulla soglia della cucina di casa sua, Sean Rusk osservava con ansia la rimessa. Cinque minuti prima ci era entrato suo fratello maggiore. Casualmente Sean stava guardando dalla finestra della sua stanza e l'aveva visto. Brian aveva qualcosa in mano. La distanza gli aveva impedito di vedere che cosa fosse, ma non ne aveva *bisogno*. Lo sapeva. Era la figurina nuova, quella che continuava ad andar su a rimirare di nascosto. Brian non sapeva che Sean ne fosse al corrente, ma Sean sapeva addirittura chi era il campione della figurina, perché quel giorno era rientrato a casa da scuola in anticipo e ne aveva approfittato per dargli un'occhiata. Non capiva perché stesse tanto a cuore a Brian, vecchia, sporca, stropicciata e sbiadita com'era. E poi il giocatore era uno che Sean non aveva mai sentito nominare, un lanciatore dei Dodgers di Los Angeles di nome Sammy Koberg, che non aveva mai brillato e non aveva mai portato a termine un campionato intero nella lega maggiore. Perché Brian teneva tanto a una figurina così insignificante?

Gli era incomprensibile. Sapeva però due cose con certezza: Brian ne faceva una malattia e il suo comportamento da una settimana a quella parte era diventato più che preoccupante. Gli ricordava le pubblicità televisive dove si vedevano ragazzi che si drogavano. Ma Brian non si sarebbe mai drogato... o no?

La faccia di Brian, quando era uscito per andare nel box, l'aveva talmente spaventato che Sean aveva pensato di riferirlo a sua madre. Non sapeva bene che cosa dirle, ma risultò che aveva poca importanza perché non aveva avuto la possibilità di dire niente. Sua madre se ne stava rintanata in camera da letto con addosso l'accappatoio e quegli stupidi occhiali da sole che aveva comprato nel negozio nuovo in centro.

«Mamma, Brian...» aveva cominciato e lì era stato interrotto.

«Vai via, Sean. La mamma è occupata in questo momento.»

«Ma mamma...»

«*Via*, ho detto!»

E prima che potesse ubbidire era stato spinto senza complimenti fuori della stanza. Il gesto gli aveva fatto aprire i lembi dell'accappatoio e prima di girare la testa dall'altra parte Sean aveva visto che sotto non portava niente, nemmeno una camicia da notte.

Poi sua madre aveva sbattuto la porta e l'aveva chiusa a chiave.

Ora era fermo sulla soglia della cucina ad aspettare con ansia che Brian uscisse dalla rimessa... ma Brian non usciva più.

Surrettiziamente il disagio del primo momento era cresciuto trasformandosi in un terrore quasi incontrollato. Uscì dalla porta della cucina ed entrò nella rimessa.

Dentro era buio e faceva un caldo esplosivo impregnato di odore di olio lubrificante. Sulle prime non individuò suo fratello e pensò che fosse uscito dalla porta che dava sul cortile; ma poi i suoi occhi si abituarono al buio e si lasciò sfuggire un'esclamazione soffocata che era quasi un gemito.

Brian era seduto contro la parete di fondo, vicino alla falciatrice. Aveva preso il fucile di papà. L'aveva sistemato con il calcio sul pavimento e la canna puntata alla faccia. Reggeva la canna con una mano, mentre nell'altra stringeva la sudicia figurina che da una settimana dominava la sua vita.

«Brian!» gridò. «Che cosa fai?»

«Non ti avvicinare, Sean, se no ti sporchi.»

«Brian, non farlo!» esclamò Sean cominciando a piangere. «Non fare lo scemo. Mi... mi fai paura!»

«Voglio che tu mi prometta una cosa», disse Brian. Si era tolto scarpe e calze e mentre parlava infilò l'alluce nel ponticello del Remington.

Sean avvertì una sensazione di caldo e bagnato all'inguine. Non aveva mai provato un terrore così immenso. «Brian! *Ti prego!*»

«Voglio che mi giuri che non metterai mai piede nel negozio nuovo», pretese Brian. «Mi hai sentito?»

Sean avanzò di un passo. L'alluce di Brian si contrasse sul grilletto del fucile.

«*No!*» gridò Sean, indietreggiando. «Voglio dire sì! *Sì!*»

Brian abbassò di qualche centimetro la canna quando vide suo fratello retrocedere. L'alluce si rilassò. «Giura.»

«*Sì!* Tutto quello che vuoi! Ma non farlo! Non... non farmi più questi scherzi orribili, Bri. Andiamo in casa a guardare i *Transformer*! Anzi no, scegli tu, quello che vuoi, anche Wapner, possiamo guardare Wapner se vuoi! Per tutta la settimana! Tutto il *mese*! Lo guardo con te! Ma non farmi più paura, Brian, *ti prego, smetti di farmi paura!*»

Forse Brian Rusk non lo aveva sentito. Il suo sguardo era lontano nel suo viso sereno.

«Non andarci mai», ribadì. «*Cose Preziose* è un posto infetto e il signor Gaunt è un uomo infetto. Solo che non è un uomo, Sean. Giurami che non comprerai mai uno degli oggetti infetti che vende il signor Gaunt.»

«Lo giuro! Lo giuro!» balbettò Sean. «Lo giuro sulla testa della mamma!»

«No», ribatté Brian, «questo non lo puoi fare, perché ha infettato anche lei. Giuralo sulla *tua* testa, Sean. Giuralo sul tuo nome.»

«Sì!» esclamò Sean nel buio torrido. Porse al fratello le mani in un gesto d'implorazione. «Lo giuro, lo giuro sul mio stesso nome! Ma adesso, ti prego, metti giù quel fucile, Bri...»

«Ti voglio bene, fratellino», mormorò Brian. Abbassò per un attimo gli occhi sulla figurina. «Sandy Koufax è un pacco», commentò e schiacciò il grilletto con l'alluce.

Il lacerante urlo d'orrore di Sean si protrasse oltre l'esplosione, che fu piatta e assordante nel buio torrido della rimessa.

33

Leland Gaunt guardava la Main Street dalla vetrina con un sorriso dolce sulle labbra. La detonazione in Ford Street giunse indebolita dalla distanza, ma il suo udito era fine e la sentì.

Il suo sorriso si accentuò un poco.

Tolse dalla vetrina l'avviso che informava che riceveva solo per appuntamento, e ne appese un altro. C'era scritto:

CHIUSO A TEMPO INDETERMINATO

«Adesso ci divertiamo», mormorò Leland Gaunt. «Sissirissisignore.»

18

1

Di tutto questo Polly Chalmers non sapeva niente.

Mentre Castle Rock dava i primi veri frutti delle fatiche del signor Gaunt, Polly era in fondo alla Municipale N.3, alla vecchia casa Camber. Vi si era recata subito dopo aver finito di parlare con Alan.

Finito? pensò. *Mia cara, è un eufemismo che forse non ti meriti. Diciamo piuttosto dopo avergli sbattuto la cornetta in faccia, no?*

D'accordo, convenne fra sé. *Dopo che gli ho appeso la comunicazione. Ma ha agito alle mie spalle e quando l'ho messo di fronte alle sue responsabilità, si è tutto agitato e ha mentito. Ha* mentito. *Si dà il caso che secondo il mio modo di vedere un comportamento simile* meriti *una reazione decisa.*

A quella riflessione seguì un turbamento, che forse sarebbe maturato in una critica se gliene avesse dato tempo e spazio, cosa che non fece. Non avrebbe ammesso voci di dissenso; non intendeva, per la verità, ripensare alla sua ultima conversazione con Alan Pangborn. Voleva solo sbrigare la sua commissione in fondo alla Municipale N.3 e tornarsene a casa. Poi aveva in programma un bagno nell'acqua tiepida e una dormita di non meno di dodici ore.

Il disagio di poco prima riuscì a pronunciare solo quattro parole: *Ma, Polly... hai pensato...*

No. Non l'aveva fatto. Naturalmente prima o poi sarebbe diventato inevitabile, ma era ancora troppo presto. Quando avrebbe cominciato a pensare, avrebbe cominciato anche a soffrire. Ora come ora voleva solo occuparsi del presente... e non pensare affatto.

L'atmosfera intorno a casa Camber era sinistra e c'era chi sosteneva che l'abitazione fosse stregata. Non molti anni prima, erano morte lì due persone, un bambino e lo sceriffo George Bannerman. Due altre, Gary Pervier e Joe Camber stesso erano morti ai piedi della collina. Polly fermò l'auto nel punto in cui una donna di nome Donna Trenton aveva commesso l'errore fatale di parcheggiare la sua Ford Pinto. Quando scese, l'*azka* le dondolò fra i seni.

Si guardò intorno perplessa per qualche istante, osservando la veranda cadente, i muri senza pittura soffocati dall'edera, le finestre, quasi tutte rotte, che la fissavano come occhi ciechi. Nell'erba le cicale cantavano le loro stupide canzoni e il sole cuoceva la terra come in quei giorni terribili quando Donna Trenton aveva lottato per la propria vita e per la vita di suo figlio.

Che cosa faccio qui? si chiese Polly. *Perché diamine sono venuta fin qui?*

Ma lo sapeva benissimo e non c'entrava né con Alan Pangborn, né con Kelton né con il dipartimento per l'Assistenza all'infanzia di San Francisco. La sua gitarella fuori città non riguardava l'amore. Riguardava il dolore. Niente di più... ma più che abbastanza.

C'era qualcosa nel piccolo ciondolo d'argento. Qualcosa di vivo. Se non avesse rispettato i termini del suo patto con Leland Gaunt, sarebbe morto. Dubitava che avrebbe sopportato di essere riprecipitata nelle orribili sofferenze in preda alle quali si era svegliata domenica mattina. Se avesse dovuto affrontare una vita di dolori così lancinanti, pensava che si sarebbe uccisa.

«E non è Alan», sussurrò mentre andava verso il fienile, con l'ingresso spalancato come fauci voraci sotto il tetto pericolosamente insellato. «Ha detto che non alzerebbe un dito contro di lui.»

Che cosa t'importa? le bisbigliò la vocina.

Le importava perché non voleva fare del male ad Alan. Era in collera con lui, sì, era *furibonda*, a dirla tutta, ma non per questo si sarebbe abbassata al suo livello, non per questo lo avrebbe trattato con la grettezza con cui lui aveva trattato lei.

Ma, Polly, hai pensato...

No! *No!*

Avrebbe fatto uno scherzo ad Asso Merrill, e non le importava niente di Asso, non l'aveva mai visto, di lui conosceva solo la reputazione. Lo scherzo era ai danni di Asso, ma...

Ma Alan, che aveva fatto rinchiudere Asso Merrill a Shawshank, in qualche modo c'entrava. Glielo diceva il cuore.

E lei avrebbe potuto tirarsi indietro? Avrebbe potuto rifiutare, anche se avesse voluto? Ora c'era anche Kelton. Il signor Gaunt non aveva affermato esplicitamente che la notizia della sorte toccata a suo figlio avrebbe fatto il giro di tutta la città se lei non fosse stata ai patti... ma lo aveva lasciato capire. Non poteva permettere che accadesse.

Del resto una giovane donna non ha diritto al suo orgoglio? Quando tutto il resto è perduto, non ha almeno diritto a quest'ultima moneta senza la quale le sue tasche restano definitivamente vuote?

Sì. Eh, sì. Eh, sì.

Il signor Gaunt le aveva detto che avrebbe trovato l'unico utensile di cui aveva bisogno in quel fienile. Ora Polly ci stava andando.

Vai dove vuoi, ma vacci viva, *Trisha,* le aveva detto zia Evvie. *Non essere un fantasma.*

Ma in quel momento, mentre entrava nel fienile di Camber fra i battenti spalancati e incastrati nelle rotaie divorate dalla ruggine, si sentiva proprio come un fantasma. Non si era mai sentita tanto fantasma in vita sua. L'*azka* si mosse fra i suoi seni... spontaneamente. C'era qualcosa dentro. Qualcosa di vivo. Non le piaceva, ma ancora meno le piaceva la prospettiva di ciò che sarebbe accaduto se quell'essere misterioso fosse morto.

Avrebbe fatto quello che le aveva chiesto il signor Gaunt almeno quest'unica volta, avrebbe tagliato i ponti con Alan Pangborn (era stato un errore aver cominciato con lui, ora lo vedeva bene, lo vedeva con chiarezza) e avrebbe tenuto per sé il suo passato. Perché no?

In fondo era poca cosa.

2

La pala era esattamente dove lui le aveva detto, appoggiata alla parete in una lama polverosa di luce solare. Ne afferrò il manico, lisciato dall'uso.

A un tratto udì un ringhio cupo e sommesso provenire dalle ombre più fitte del fienile, come se fosse di nuovo in agguato il San Bernardo malato di rabbia che aveva ucciso Big George Bannerman e provocato la morte di Tad Trenton, come se fosse tornato dall'aldilà più malvagio che mai.

Si sentì accapponare la pelle e batté precipitosamente in ritirata. Lo spiazzo all'esterno non era il giardino dell'Eden, non con quella casa deserta che la fissava con astio, ma era sempre meglio che dentro il fienile.

Che cosa faccio qui? si domandò di nuovo tristemente e fu la voce di zia Evvie a risponderle: *Diventi un fantasma. Ecco che cosa fai. Stai diventando un fantasma.*

Polly strizzò gli occhi. «Smettila!» sibilò con forza. «*Smettila!*»

Brava, bisbigliò Leland Gaunt. *E poi, perché tanto scalpore? È uno scherzuccio innocuo. E se dovesse avere conseguenze serie, e non sarà così, naturalmente, ma volendolo supporre, tanto per dire, di chi sarebbe la colpa?*

«Di Alan», rispose sottovoce. Roteò nervosamente gli occhi e le sue mani presero a serrarsi e riaprirsi nervosamente fra i seni. «Se avesse voluto aspettare... se non avesse rovinato tutto andando a indagare in cose che non lo riguardano...»

La vocina cercò di farsi sentire di nuovo, ma Leland Gaunt la soffocò all'istante.

Hai ragione di nuovo, disse. *Quanto al motivo per cui ti trovi qui, Polly, la risposta è molto semplice: a saldare il tuo debito. Ecco che cosa sei venuta a fare, e non hai da fare altro che quello. I fantasmi non c'entrano niente. E ricordati, perché l'aspetto più elementare e più bello del commercio è che quando hai pagato un articolo, esso ti appartiene. Non ti aspettavi che un oggetto così fantastico costasse tanto poco, vero? Ma quando avrai finito di pagarlo, sarà tuo. Hai pieno titolo sull'oggetto che hai pagato. Ora vuoi startene lì ad ascoltare tutto il giorno quelle vecchie voci apprensive, o vuoi fare quello che devi?*

Polly riaprì gli occhi. L'*azka* pendeva inerte in fondo alla sua catenella. Se prima si era mosso, e ora non ne era più sicura, aveva smesso. La casa era solo una casa, vuota da troppo tempo e deturpata dai segni inevitabili dell'abbandono. Le finestre non erano occhi, ma normali aperture nei muri, private dei vetri per la bravata di qualche monello armato di sassi. Se aveva sentito qualcosa nel fienile, e non ne era più sicura, era stato solo lo scricchiolio di un'asse soggetta alla straordinaria calura fuori stagione.

I suoi genitori erano morti. Il suo amato bambino era morto. E il cane che per tre giorni e per tre notti di un'estate di undici anni prima aveva regnato su quell'aia con tanta crudeltà e assolutezza, era morto.

Non c'erano fantasmi.

«Nemmeno io», disse a voce alta incamminandosi lungo il fianco del fienile.

3

Dietro *al fienile,* aveva spiegato il signor Gaunt, *troverai i resti di un vecchio caravan.* Li trovò. Erano i resti di un Air-Flow con le fiancate d'alluminio, quasi completamente nascosto da mazzi di verga d'oro e da una foresta di girasoli tardivi.

Sulla sinistra del caravan vedrai un grosso sasso piatto.

Lo trovò facilmente. Era una lastra grande come quelle per pavimentare i vialetti di un giardino.

Sposta il sasso e scava. A mezzo metro circa troverai un barattolo di Crisco.

Spostò il sasso e scavò. Meno di cinque minuti dopo la pala urtò sonoramente il barattolo. Abbandonò la pala e scavò nella terra smossa con le mani, spezzando il fine intrico di radici. Pochi attimi dopo aveva recuperato il barattolo di Crisco. Era arrugginito, ma intatto. La vecchia etichetta si staccò e sul dorso vide la ricetta di una torta all'ananas (una macchia scura di muffa ne rendeva illeggibili gli ingredienti), insieme con un coupon della Bisquick scaduto nel 1969. Infilò le dita sotto il coperchio e tirò. L'alito che ne scaturì le fece fare una smorfia, obbligandola ad allontanare per un momento la faccia. La vocina cercò per un'ultima volta di chiederle che cosa facesse lì, ma Polly la zittì.

Guardò nel barattolo e vide quello che le aveva predetto il signor Gaunt: un mazzetto di buoni premio Gold Bond e alcune foto sbiadite di una donna che si accoppiava con un collie.

Prese gli uni e le altre e se li infilò nella tasca posteriore, quindi si ripulì vivacemente le dita sui jeans. Si ripromise di lavarsi le mani al più presto possibile. Toccare quelle cose rimaste sotto terra per tanto tempo la faceva sentire sporca.

Dall'altra tasca tolse una busta chiusa, sulla quale, in lettere maiuscole, c'era scritto:

MESSAGGIO PER L'INTREPIDO
CERCATORE DI TESORI

Polly infilò la busta nel barattolo, lo richiuse e lo lasciò cadere nuovamente nella buca. Riempì quindi la buca di terra con la pala, lavorando veloce e senza particolare cura, perché aveva una gran voglia di andarsene alla svelta.

Quand'ebbe finito, si affrettò ad allontanarsi abbandonando la pala nell'erba alta. Non aveva intenzione di riportarla nel fienile, per quanto razionale fosse stata la spiegazione del rumore che aveva udito.

Raggiunta l'automobile, aprì prima lo sportello di destra e poi lo stipetto del cruscotto. Rovistò fra carte e documenti e trovò una vecchia bustina di fiammiferi. Dovette fare quattro tentativi prima di ottenere una fiammella. Il dolore alle mani era quasi scomparso, ma ora le tremavano a tal punto che aveva sfregato i primi tre fiammiferi con eccessiva violenza, piegandone la capocchia e rendendoli inutilizzabili.

Quando il quarto si accese, lo tenne fra due dita della mano destra e si sfilò dalla tasca posteriore il mazzetto di buoni e le foto porno. Vi avvicinò la fiammella quasi invisibile nella luce forte del sole e la tenne così finché non fu sicura che il fuoco avesse preso. Poi gettò via il fiammifero e rovesciò all'ingiù il mazzo di fotografie e buoni per avere il massimo di corrente d'aria. La donna era denutrita e aveva gli occhi infossati. Il cane sembrava rognoso e intelligente quel tanto da essere imbarazzato. Fu un sollievo vedere la superficie della prima foto coprirsi di bolle e diventare marrone. Quando le stampe cominciarono ad arricciarsi, lasciò cadere il mazzetto per terra nel punto dove anni prima una donna aveva bastonato a morte un altro cane, un San Bernardo, con una mazza da baseball.

Il fuocherello diede in una vampata e il mazzetto di buoni e fotografie fu presto ridotto in ceneri nere. Le fiamme vacillarono, si spensero... e in quel preciso istante un improvviso colpo di vento mosse la quiete del pomeriggio, sparpagliando il mucchietto di ceneri. Le impalpabili scaglie si avvitarono in un mulinello che Polly seguì con occhi improvvisamente sgranati e spaventati. Da dove diavolo era arrivata quella folata di vento?

Oh, per piacere! La vuoi smettere di essere così...

In quel momento dalle fauci surriscaldate e buie del fienile giunse di nuovo il ringhio cupo, come un motore fuoribordo al minimo. Non era la sua immaginazione e non era lo scricchiolio di un'asse.

Era un *cane*.

Polly si girò a guardare atterrita e scorse due piccoli cerchi rossi di luce che la spiavano dalle tenebre.

Corse all'automobile, si fece male urtando il fianco contro il cofano per la precipitazione, salì, alzò i cristalli e bloccò le portiere. Girò la chiavetta dell'accensione. Il motorino arrancò... ma il motore non si avviò.

Si rese conto che nessuno sapeva dov'era. Nessuno eccetto il signor Gaunt... che non lo avrebbe mai rivelato.

Per un momento si immaginò intrappolata lì, com'era rimasta intrappolata Donna Trenton con suo figlio. Poi il motore prese vita e allora partì in retromarcia così furiosamente che per pochi centimetri non finì nel fosso sull'altro lato della strada. Inserì la prima e si lanciò verso la città un po' oltre i limiti consentiti.

Si era completamente dimenticata delle mani sporche.

4

Asso Merrill scivolò giù dal letto più o meno nello stesso momento in cui Brian Rusk si sparava in faccia a trenta miglia di distanza.

Andò in bagno, togliendosi le mutande sporche mentre camminava e urinò per un'ora o due. Sollevò un braccio e si annusò l'ascella. Guardò la doccia e decise di non farla. Aveva davanti a sé una giornata intensa e la doccia poteva aspettare.

Uscì dal bagno senza darsi la briga di far scorrere l'acqua (*se è gialla, se ne stia a galla* era parte integrante della sua filosofia) e andò direttamente al comò, dove su uno specchietto c'era un avanzo della coca del signor Gaunt. Era roba buona, delicata con il naso e potente nella testa. Era anche quasi finita. Come aveva previsto il signor Gaunt, aveva avuto bisogno di parecchio carburante la sera prima, ma era più che sicuro che ce n'era ancora in abbondanza nello stesso luogo da cui proveniva quella.

Usò lo spigolo della patente di guida per prepararsi un paio di fili. Li sniffò con un biglietto da cinque arrotolato e sentì qualcosa di simile a un missile Shrike partirgli nella testa.

«Bum!» esclamò Asso Merrill, imitando al meglio la voce del Lupo della Warner. «Fai partire il video.»

S'infilò un paio di jeans stinti sulle natiche nude, ai quali abbinò una maglietta Harley-Davidson. *È la tenuta dell'anno per tutti i cercatori di tesori,* pensò e rise sguaiatamente. *Ah, se era buona!*

Stava per uscire quando lo sguardo gli cadde sul bottino della sera precedente e si ricordò che aveva avuto l'intenzione di chiamare Nat Copeland a Portsmouth. Tornò in camera, frugò fra i vestiti appallottolati alla rinfusa nel primo cassetto del comò e scovò finalmente un'agendina tutta gualcita. Tornò in cucina, si sedette e compose il numero di Nat. Dubitava di trovarlo in casa, ma valeva la pena tentare comunque. La coca gli ribolliva nel cervello, ma già sentiva che la botta si andava spegnendo. Una bella sniffata ti rimetteva a nuovo. L'unico problema era che la prima cosa che desiderava l'uomo nuovo era una seconda sniffata e le sue scorte erano ridotte al lumicino.

«Sì?» domandò con diffidenza una voce e Asso si rallegrò di

aver fatto di nuovo centro contro ogni probabilità. Era il suo momento di gloria.

«Nat!» esclamò.

«Chi è?»

«*Io*, vecchio ronzino! Sono *io*!»

«Asso? Sei tu?»

«In persona! Come ti butta, vecchio Natty?»

«Ci sono stati momenti migliori.» Nat era meno che deliziato di risentire il suo vecchio compagno dei tempi di Shawshank. «Che cosa vuoi, Asso?»

«Dico, ma è il modo di parlare a un amico?» lo rimproverò Asso. Si incastrò il ricevitore fra orecchio e spalla e tirò a sé un paio di barattoli arrugginiti.

Uno era uscito dal terreno dietro alla vecchia casa dei Treblehorn, l'altro dalle fondamenta della vecchia fattoria Masters, rasa al suolo da un incendio quando Asso aveva solo dieci anni. Il primo conteneva solo quattro fascicoli di bollini verdi S & H e alcuni mazzetti di buoni per le sigarette Raleigh. Il secondo aveva contenuto una manciata di buoni sconto assortiti e sei rotolini di monete. Solo che non gli erano sembrate monete normali. Erano bianche.

«Forse volevo solo farmi vivo», lo aizzò Asso. «Sai, sentire come ti vanno le emorroidi, sapere come sta il vecchio pendaglio, cose così.»

«Cosa vuoi, Asso?» ripeté con voce stanca Nat Copeland.

Asso tolse dal vecchio barattolo di Crisco un rotolo di monete. La carta aveva perso l'originale colore viola, ora ridotto a un rosa sporco. Si fece cadere due monete nella mano e le osservò con curiosità. Se c'era qualcuno che poteva saperne qualcosa era Nat Copeland.

Ai tempi aveva avuto un negozio a Kittery che si chiamava *Copeland – monete da collezione*. E aveva avuto una collezione propria, anche, una delle dieci migliori di tutto il New England, almeno a sentir lui. Poi aveva scoperto anche lui le meraviglie della cocaina. Nei quattro o cinque anni seguenti alla scoperta, si era disfatto della collezione, pezzo per pezzo, ficcandosela su per il naso. Nel 1985, rispondendo a un allarme silenzioso del negozio di numismatica *Long John Silver* di Portland, la polizia aveva pescato

Nat Copeland nel retrobottega a riempire di dollari d'argento Lady Liberty una borsa di camoscio. Asso lo aveva conosciuto non molto tempo dopo.

«Oddio, a ripensarci *avrei* una domanda.»

«Una domanda? Tutto qui?»

«Assolutamente, vecchio mio.»

«Va bene.» La voce di Nat si rilassò di un niente. «Spara, allora. Non posso star qui tutto il giorno.»

«Giusto», ribatté Asso. «Sempre così indaffarato. Posti dove andare e gente da mangiare. Dico bene, Natty?» Rise a crepapelle. Non era solo la dose; era la *giornata*. Era rientrato solo alle prime luci e la coca ingerita lo aveva tenuto sveglio fin quasi alle dieci del mattino, nonostante le tende accostate e la sfinitezza fisica, e ancora si sentiva pronto a masticare sbarre di ferro e a sputare chiodi. E perché no? Perché cazzo *no*? Era a due passi dalla ricchezza. Lo sapeva, lo avvertiva in ogni fibra.

«Asso, avevi davvero qualcosa da chiedere o mi hai telefonato solo per rompere le palle?»

«No, non ti ho telefonato per seccarti. Dammela giusta, Natty e magari io ne do un po' di quella giusta a te. Di quella *molto* giusta.»

«Davvero?» Dalla voce di Nat Copeland scomparve all'istante il sottofondo tagliente di poco prima. Calò di mezza ottava, venata di meraviglia. «Che nuova cacata è questa, Asso?»

«La miglior merda di prima che ho mai avuto, Natty bello, ragazzo mio.»

«Ne hai per me?»

«Ci puoi giurare», rispose Asso, che non aveva la minima intenzione di spartirla. Aveva fatto scivolare fuori della vecchia carta sbiadita altre tre o quattro di quelle strane monete, che ora stava allineando con la punta del dito. «Ma mi devi fare un piacere.»

«Parla.»

«Che cosa sai di penny bianchi?»

All'altro capo del filo ci fu una pausa, poi la voce di Nat domandò con circospezione: «Penny bianchi? Vuoi dire *d'acciaio*?»

«Non so che cosa voglio dire. Sei tu il collezionista di monete, non io.»

«Guarda le date. Vedi se gli anni vanno dal 1941 al 1945.»

Asso rovesciò le monetine. Una era del 1941; quattro erano del 1943; l'ultima era del 1944.

«Sì. Sono di valore, Nat?» Aveva cercato di dissimulare l'ansia nella voce, ma non ci era riuscito fino in fondo.

«Non molto, prese singolarmente», spiegò Nat, «ma valgono un casino di più dei penny normali. Anche due dollari a pezzo. Tre, se sono vergini.»

«Cioè?»

«Se non sono mai entrate in circolazione, se sono nuove di zecca. Ne hai molte, Asso?»

«Un bel po'», confessò Asso, «niente male, Natty, vecchio mio.» Ma era deluso. Aveva sei rotoli, trecento monetine in tutto, e quelle che aveva sotto gli occhi non gli sembravano in condizioni particolarmente buone. Non che fossero da buttar via, ma erano tutt'altro che nuove e lucide. Seicento dollari, ottocento al massimo. Non esattamente un colpo grosso.

«Be', portamele giù, che ci do un'occhiata», propose Nat. «Ti faccio un prezzo da amico.» Dopo un'esitazione aggiunse: «E portami anche un po' di quella robetta che dicevi».

«Ci penserò.»

«Ehi, Asso! Non riattaccare!»

«Cazzo di cuore, Natty», lo ringraziò Asso e riappese.

Per qualche minuto rimase dov'era a meditare sulle monetine e i due barattoli arrugginiti. C'era qualcosa di molto strano in quella storia. Inutili buoni premio e qualche manciata di monetine per un valore globale di seicento dollari. Che cosa se ne derivava?

Ecco dove sta la fottuta, pensò Asso. *Non ne viene fuori un bel niente. Dov'è la sostanza? Dov'è il maledetto* MALLOPPO?

Si alzò, tornò in camera da letto e tirò gli ultimi grani della polvere che gli aveva regalato il signor Gaunt. Quando riapparve, aveva con sé il libro con la mappa e si sentiva decisamente rinfrancato. Sì, perché se non ne era venuto fuori un gran che, *molto* doveva ancora emergere. Ora che si era corroborato un po' il cervello, lo vedeva bene.

Erano molte le crocette sulla mappa. Aveva trovato qualcosa in entrambi i posti dove le croci suggerivano che ci fosse un nascondiglio, ciascuno identificato da un largo sasso piatto. Croci + Sassi Piatti = Tesoro Sepolto. Per quanto apparisse che Pop fosse andato in bambola con l'età un po' più di quanto avesse creduto la gente della città, che verso la fine avesse mostrato qualche difficoltà a distinguere i diamanti dalla fuffa, la vera sostanza, fosse oro, valuta, forse titoli al portatore, doveva essere pur nascosta da qualche parte, sotto uno o più di quei sassi piatti.

Ne aveva già avuto la dimostrazione. Suo padre aveva seppellito anche oggetti *di valore*, non solo mazzi di vecchi buoni premio ammuffiti. Alla vecchia fattoria Masters aveva trovato sei rotoli di monetine d'acciaio che valevano almeno seicento dollari. Niente di favoloso... ma una buona indicazione lo stesso.

«C'è», mormorò. I suoi occhi scintillarono, spiritati. «È là, da qualche parte, in uno o l'altro di quei sette nascondigli. O in più di uno.»

Lo *sapeva*.

Tolse dal libro la mappa e vagò con la punta del dito da una crocetta all'altra, domandandosi come stabilire quali potessero essere le più promettenti. Il polpastrello gli si fermò sulla vecchia casa di Joe Camber. Era l'unico luogo in cui si vedevano due croci ravvicinate. Il dito cominciò a muoversi lentamente dall'una all'altra, avanti e indietro.

Joe Camber era stato vittima di una tragedia costata la vita ad altre tre persone. All'epoca sua moglie e suo figlio erano lontani, in vacanza. Le persone come i Camber non andavano normalmente in vacanza, ma Charity Camber aveva vinto del denaro a una lotteria, se ricordava bene. Si sforzò di far affiorare altri ricordi, ma era tutto molto approssimativo. Aveva avuto la sua brava carne da cuocere sul fuoco, a quei tempi, parecchia carne.

Che cosa aveva fatto la signora Camber quando era tornata dalla sua breve vacanza con il figlio e aveva trovato che Joe, un pezzo di merda patentato, secondo quel che aveva udito, era passato a miglior, o peggior vita? Si era trasferita in un altro stato, vero? E la casa? Forse aveva avuto fretta di sbarazzarsene e a Castle Rock, quando qualcuno aveva fretta di sbarazzarsi di qualcosa, un nome spiccava su tutti gli altri: Reginald Marion «Pop» Merrill. Era stata a trovarlo? Le avrebbe certamente offerto un prezzo da strozzino, secondo il suo stile, ma se la Camber fosse stata veramente ansiosa di traslocare, non era escluso che lo avesse accettato. In altre parole, all'epoca della sua morte, era possibile che Pop fosse proprietario di casa Camber.

La possibilità si consolidò in certezza nella mente di Asso pochi istanti dopo averla formulata.

«Da Camber!» esclamò. «Ecco dov'è! Lo *sento*!»

Migliaia di dollari! Forse *decine* di migliaia! Gesù salterino!

Infilò frettolosamente la mappa fra le pagine del libro e uscì quasi di corsa per saltare a bordo della Chevrolet prestatagli dal signor Gaunt.

Lo tormentava un interrogativo: se Pop era stato invece perfettamente in grado di distinguere i diamanti dalla fuffa, come tutti sostenevano, perché darsi la pena di seppellire buoni premio?

Mentre partiva alla volta di Castle Rock, Asso ricacciò gli ultimi dubbi nella cantina della mente.

5

Danforth Keeton arrivò alla sua abitazione di Castle View nel momento in cui Asso partiva alla volta di uno degli insediamenti più rurali del circondario. Buster era ancora ammanettato alla maniglia della Cadillac, ma ora era in preda a una forsennata euforia. Per due anni aveva combattuto contro le ombre ed era sembrato che le ombre stessero vincendo. Era arrivato al punto in cui aveva cominciato a temere di perdere il lume della ragione... la qual cosa era naturalmente ciò che Loro avevano desiderato che credesse.

Durante il tragitto dalla Main Street a casa, aveva notato un discreto numero di «piatti» per la ricezione via satellite. Li aveva già visti in passato e gli era venuto il sospetto che potessero avere a che fare con ciò che stava avvenendo in città. Ora ne era sicuro. Non erano affatto antenne paraboliche. Erano psicodestabilizzatori. Forse non erano *tutti* puntati su casa sua, ma c'era da star sicuri che quelli che non lo erano erano diretti sulle poche persone che come lui avevano intuito la mostruosa congiura in corso.

Si fermò nel vialetto e azionò il telecomando fissato al parasole.

Il portellone della rimessa cominciò ad alzarsi, ma in quel preciso istante si sentì attraversare la testa da una spaventosa scarica di dolore. Capì subito che cos'era stato: Loro avevano sostituito il telecomando con qualcos'altro, un congegno che gli inviava raggi micidiali nella testa mentre contemporaneamente apriva il box.

Strappò il telecomando dal parasole e lo scagliò fuori del finestrino prima di ricoverare la Cadillac.

Spense il motore, aprì lo sportello e scese. Le manette lo inchiodavano alla vettura peggio che se ve lo avessero imbullonato. C'erano numerosi attrezzi appesi alla parete, ma gli erano irraggiungibili. Allora cominciò a suonare il clacson.

6

Myrtle Keeton, reduce a sua volta da un piccolo impegno, era distesa sul letto al piano di sopra, in uno stato di agitato torpore. Quando sentì il clacson si drizzò a sedere con gli occhi sgranati dal terrore. «*L'ho fatto!*» esclamò con affanno. «Ho fatto come mi aveva chiesto, mi lasci in pace, la prego!»

Poi si rese conto di aver sognato. Il signor Gaunt non era lì davanti a lei. Mandò un lungo sospiro tremante.

BLAA! BLAA! BLAAAAAAAAAA!

Le parve di riconoscere il clacson della Cadillac. Prese la bambola posata accanto a lei sul letto, la splendida bambola che aveva trovato nel negozio del signor Gaunt, e la strinse a sé in cerca di conforto. Aveva fatto una cosa qualche ora prima, una cosa che confusamente la metteva a disagio, perché aveva la tenebrosa sensazione che fosse brutta, anche *molto* brutta, e da quel momento l'affetto che provava per la sua bambola era diventato indicibilmente profondo. Il prezzo, avrebbe affermato forse il signor Gaunt, aumenta sempre il valore... almeno agli occhi dell'acquirente.

BLAAAAAAAA!

Sì, era il clacson della Cadillac. Ma perché Danforth se ne

stava seduto nel box a suonare il clacson? Pensò che fosse opportuno andare ad accertarsene.

«Ma che non alzi un dito sulla mia bambola», mormorò. La posò con attenzione nella zona scura sotto il fianco del letto. «Che stia in guardia, perché questo non glielo permetto.»

Myrtle era fra le molte persone che quel giorno erano state a *Cose Preziose*, uno dei nomi con un segno accanto sulla lista. Come molti altri, si era recata al negozio perché così le aveva *detto* il signor Gaunt. Aveva ricevuto il messaggio in un modo che suo marito avrebbe trovato del tutto naturale: lo aveva sentito nella testa.

Il signor Gaunt le aveva detto che era venuto il momento di saldare il suo debito per la bambola... se, naturalmente, teneva a conservarla. Doveva portare una cassetta di metallo e una lettera sigillata alla sede delle Figlie di Isabella, vicino a Nostra Signora delle Acque Serene. La cassetta era provvista di prese d'aria bucherellate in tutti i lati, eccetto che sul fondo. Dall'interno aveva sentito giungere una specie di sommesso ticchettio. Aveva cercato di spiare attraverso una di quelle prese d'aria che le ricordavano gli altoparlanti delle radio d'epoca, ed era riuscita a scorgere solo una forma più o meno cubica. Per la verità però non si era sforzata più che tanto di decifrarla. Le era sembrato più saggio non farlo. Più sicuro.

Quando era arrivata a piedi, aveva trovato un'automobile ferma nel parcheggio della piccola chiesa. L'atrio della sede parrocchiale tuttavia era deserto. Sbirciò sopra il cartello affisso al vetro della porta per assicurarsene, poi lesse l'avviso.

MARTEDÌ ALLE 19.00 RIUNIONE DELLE FIGLIE DI ISABELLA
PER LA «NOTTE AL CASINÒ»!

Myrtle entrò. A destra la parete era occupata da una scaffalatura suddivisa in scomparti a colori vivaci, in cui i bambini dell'asilo-nido tenevano la loro colazione e quelli del corso domenicale di catechismo conservavano disegni e lavori di vario genere. Myrtle aveva avuto l'incarico di lasciare la sua cassetta in uno di quegli scomparti e così fece. Ci entrava appena. Al centro della sala, in fondo, c'era il tavolo della presidentessa, con la bandiera americana a sinistra e a destra un vessillo con il Bambino di Praga. Il tavolo era già pronto per la riunione di quella sera, con penne e matite, moduli di adesione alla Notte al Casinò e, al centro, l'ordine del giorno della presidentessa. Myrtle doveva lasciare la busta del signor Gaunt sotto quel foglio, in maniera che Betsy Vigue, presidentessa annuale delle attività delle Figlie di Isabella, la vedesse appena lo avesse sollevato.

LEGGI SUBITO QUESTO, TROIA PAPISTA

era scritto in lettere maiuscole sulla busta.

Con il cuore che le galoppava nel petto e la pressione da qualche parte oltre la luna, Myrtle era uscita dalla sala in punta di piedi. All'aperto aveva indugiato per qualche istante, con la mano schiacciata sull'ampio petto, a cercare di riprendere fiato.

E aveva visto qualcuno uscire frettolosamente dalla sala dei Cavalieri di Colombo, sull'altro lato della cappella.

Era June Gavineaux, con un'aria non meno colpevole e spaventata della sua. Aveva sceso di corsa i gradini di legno e per la precipitazione aveva rischiato di cadere, dopodiché aveva raggiunto l'unica automobile parcheggiata in un vivace scalpiccio dei tacchi bassi sull'asfalto.

Aveva alzato gli occhi, aveva scorto Myrtle ed era impallidita. Poi l'aveva guardata più attentamente in faccia... e aveva capito.

«Anche tu?» aveva chiesto sottovoce. Sul volto le era affiorato uno strano sorriso, per metà gaio e per metà nauseato. Era l'espressione di una bambina normalmente ben educata che, per qualche stravaganza incomprensibile a lei stessa, aveva appena messo un topo morto nel cassetto della cattedra della sua insegnante prediletta.

Myrtle si era sentita arcuare le labbra in un sorriso esattamente della stessa natura. Ma aveva finto lo stesso: «Bontà del cielo! Non so di che cosa stai parlando!»

«Lo sai benissimo.» June si era guardata intorno velocemente, ma quello stralcio di strambo pomeriggio era tutto per loro. «Il signor Gaunt.»

Myrtle aveva annuito sentendosi le guance riscaldarsi in un insolito, violento rossore.

«Tu che cosa hai ricevuto?» volle sapere June.

«Una bambola. E tu?»

«Un vaso. Il più fantastico cloisonné che si sia mai visto.»

«E che cosa hai fatto?»

Con un sorriso malizioso, June aveva contraccambiato: «Che cosa hai fatto *tu*?»

«Lasciamo stare.» Myrtle aveva lanciato un'occhiata sprezzante alla porta d'ingresso delle Figlie di Isabella. «Non ha importanza. Tanto sono solo cattolici.»

«Giusto», si era associata June, che in verità era una transfuga. Poi era andata alla sua macchina. Myrtle non aveva chiesto un passaggio e June Gavineaux non gliel'aveva offerto. Myrtle si era incamminata di buon passo e non aveva nemmeno alzato la testa quando June era sfrecciata accanto a lei a bordo della sua Saturn bianca. Aveva avuto solo voglia di tornare al più presto a casa, farsi una dormitina abbracciata alla bambola amata e dimenticare ciò che era stato.

Ora scopriva che non sarebbe stato così facile come aveva sperato.

7

BLAAAAAAAAAAAA!

Buster teneva premuto il palmo della mano sul clacson. Il raglio prolungato lo stava assordando. Ma dove diavolo si era cacciata quella femmina?

Finalmente si aprì la porta di comunicazione fra la rimessa e la cucina e Myrtle sporse la testa. Aveva gli occhi grandi di paura.

«Alla buon'ora», l'apostrofò Buster staccando la mano dal clacson. «Credevo che fossi annegata nel cesso.»

«Danforth? Qualcosa che non va?»

«Niente. Mai andata meglio da due anni a qui. Ho solo bisogno di un piccolo aiuto.»

Myrtle non si mosse.

«Porta qui quelle chiappe, femmina.»

Non ci voleva andare, aveva paura di lui, ma l'abitudine era antica e radicata e difficile da eludere. Lo raggiunse nello spazio ristretto dietro lo sportello aperto. Lo fece adagio, strisciando le pantofole sul fondo di cemento e producendo un rumore che fece digrignare i denti a Buster.

Poi vide le manette e restò interdetta. «Danforth! Ma che cos'è successo?»

«Niente che non possa sistemare. Passami quel seghetto. Lì, appeso al muro. Anzi, a ben pensarci, lascia stare il seghetto e dammi invece il cacciavite grosso e il martello.»

Myrtle cominciò a ritrarsi da lui e già le mani le salivano al petto in un nodo ansioso. Rapido come un serpente, senza darle il tempo di allontanarsi troppo, Buster sporse di scatto la mano libera dal finestrino e l'afferrò per i capelli.

«Ahi!» gridò lei, prendendogli inutilmente il polso. *«Ahi, Danforth! Ahia!»*

Buster la trascinò a sé, con i lineamenti deformati da una smorfia orribile. Gli pulsavano due grosse vene nella fronte. I colpi che lei gli sferrava alla mano con cui la stringeva non erano più dolorosi di un'ala di uccellino.

«Ubbidisci!» sbraitò, tirandole brutalmente la testa verso il basso. Gliela sbatté sul bordo dello sportello aperto una volta, due, tre. *«Sei nata scema o ci sei diventata? Fai come ho detto! Ubbidisci!»*

«Danforth, mi fai male!»

«Giusto!» urlò lui per tutta risposta e le sbatté di nuovo la testa sullo sportello della Cadillac, questa volta più forte di prima. Le si lacerò la pelle della fronte e un rivolo sottile di sangue cominciò a colarle sul lato della faccia. *«Ti decidi a ubbidirmi, femmina?»*

«Sì! Sì! Sì!»

«Bene.» Buster allentò la stretta ai capelli. «Adesso dammi il cacciavite grosso e il martello. Ma non cercare di fare la furba.»

Lei annaspò con il braccio allungato verso la parete. «Non ci arrivo.»

Buster si sporse proiettandola un po' più vicino alla parete e permettendogli di compiere un passo con le dita ben strette intorno alla ciocca per cui la tratteneva. Gocce di sangue grosse come monete caddero per terra e sulle pantofole di Myrtle.

Quando la moglie chiuse la mano su uno degli attrezzi, Danforth la scrollò rudemente, come farebbe un terrier che tiene fra i denti un topo morto. «Non quello, imbecille!» tuonò. «Quello è un trapano. Ti ho chiesto forse un trapano?»

«Ma Danforth... AAAAHH!... *non ci vedo*!»

«Vorresti che ti lasciassi andare, vero? Così potresti correre in casa a chiamare Loro!»

«Che cosa dici? Non ti capisco!»

«Figurati, povero agnellino innocente! È stato un puro caso che mi hai allontanato di casa sabato, così è potuto venire quel pezzo di merda di aiuto sceriffo a tappezzarmi mobili e muri, vero? Ti aspetti che ci creda?»

Lei lo guardò attraverso il groviglio dei capelli. Il sangue le formava perline rosse nelle ciglia. «Ma... ma Danforth... sei stato *tu* a dirmi di uscire domenica. Avevi detto...»

Lui le strattonò i capelli. Myrtle strillò.

«Prendimi gli attrezzi. Ne discuteremo dopo.»

Myrtle tastò il muro, con la testa abbassata, i capelli che le ricadevano sul viso, salvo che per la ciocca stretta nel pugno di Buster. Sentì sotto le dita il cacciavite grosso.

«Quello», confermò lui. «Adesso vediamo di trovare anche l'altro, vuoi?»

Myrtle continuò a tastare e finalmente capitò con i polpastrelli sul rivestimento di gomma a forellini del manico del martello.

«Bene. Adesso dammeli.»

Myrtle staccò il martello dai chiodi che lo reggevano e Buster la trascinò dentro l'abitacolo. Finalmente le lasciò andare i capelli, pronto a riafferrarglieli al primo accenno di fuga. Ma Myrtle non ci provò nemmeno, era troppo intimorita, voleva solo che le fosse concesso di tornarsene di sopra, a stringere fra le braccia la sua splendida bambola e dormire con lei. Avrebbe dormito per sempre.

Buster le sfilò gli arnesi dalle mani inerti. Piazzò la punta del cacciavite sulla maniglia e lo colpì ripetutamente con il martello. Al quarto colpo la maniglia saltò via. Liberata velocemente la manetta, Buster lasciò cadere per terra maniglia e cacciavite, andò prima a schiacciare il bottone che richiudeva il portellone della rimessa, quindi, nello sferragliare del portellone nelle guide, avanzò verso Myrtle con il martello in mano.

«Ci hai dormito assieme, Myrtle?» le domandò in tono pacato.

«Cosa?» ribatté lei guardandolo con occhi spenti, apatici.

Buster cominciò a battersi il martello nel palmo della mano. Produceva un rumore flaccido, *pac! pac! pac! pac!*

«Ci hai dormito assieme dopo che avete appeso quei verbali in giro per tutta la casa?»

Lei lo osservava con aria intontita, senza capire. Buster, dal canto suo, si era dimenticato che quando Ridgewick aveva fatto la sua incursione, Myrtle era con lui al *Maurice*.

«Buster, ma che cosa stai...»

Buster s'impietrì. Le sue pupille cominciarono a dilatarsi. «Come mi hai chiamato?»

L'apatia morì negli occhi di Myrtle. Cominciò a indietreggiare, curvando le spalle in un atteggiamento di difesa. Dietro di loro il portellone giunse in fondo alla sua corsa. Ora nella rimessa si udiva soltanto il fruscio dei piedi e il lieve tintinnio della catenella delle manette.

«Scusa», mormorò Myrtle. «Scusami, Danforth.» Poi si girò e corse verso la porta della cucina.

Lui l'acchiappò a tre passi dalla soglia, prendendola di nuovo per i capelli per trascinarla all'indietro. «*Come* mi hai chiamato?» strepitò e sollevò il martello.

Gli occhi di Myrtle si alzarono seguendone l'ascesa. *«Danforth, no, ti prego!»*

«Come mi hai chiamato? Come mi hai chiamato? Come mi hai chiamato?»

Urlò ripetutamente la stessa frase e ogni volta che glielo chiedeva, sottolineava la domanda con quel rumore flaccido: *pac, pac, pac.*

8

Asso entrò nell'aia di casa Camber alle cinque del pomeriggio. S'infilò la mappa del tesoro nella tasca posteriore e aprì il bagagliaio. Prese il piccone e la pala che gli aveva messo a disposizione il molto previdente signor Gaunt, e andò alla veranda che correva lungo tutto il fianco della casa, cadente e imprigionata dai rampicanti. Si estrasse la mappa dalla tasca posteriore e si sedette sui gradini a consultarla. Gli effetti a breve termine della coca si erano esauriti, ma il cuore gli trottava ancora allegramente in petto. Aveva scoperto che anche le cacce al tesoro avevano un effetto stimolante.

Contemplò per un momento l'aia infestata dalle erbacce, la struttura pencolante del fienile, la macchia di girasoli, che sembravano altrettanti occhi fissi e accecati. *Non è molto, ma mi sa che ci siamo lo stesso,* pensò. Quello era il luogo in cui si sarebbe buttato alle spalle una volta per sempre i Fratelli Corson e in cambio sarebbe diventato ricco. *È qui. Forse non tutto quanto, ma qui c'è. Me lo sento.*

Ma era più di una sensazione: lo *udiva*, ne percepiva il magico canto. Cantava per lui da sotto terra. Non solo decine di migliaia, ma centinaia di migliaia. Forse addirittura un milione.

«Un milione di dollari», sussurrò con un tremito roco nella voce e si chinò di nuovo sulla mappa.

Cinque minuti dopo era in caccia lungo il lato ovest di casa Camber. Quasi in fondo, celato nell'erba alta, trovò ciò che cercava: un grande sasso piatto. Lo sollevò per spostarlo e si mise subito a scavare di lena. Meno di due minuti dopo la pala urtò del metallo arrugginito con un rumore ovattato. Asso si buttò in ginocchio e prese a scavare come un cane che dissotterra un osso e poco dopo aveva fra le mani un barattolo di vernice Sherwin-Williams.

La maggioranza dei consumatori assidui di cocaina sono anche assidui rosicchiatori di unghie e Asso non faceva eccezione. Non aveva unghie con cui scalzare il coperchio. La vernice accumulatasi lungo il bordo si era trasformata seccandosi in una colla ostinata. Con un grugnito di frustrazione e rabbia, Asso estrasse di tasca il coltellino, infilò la lama sotto il bordo del coperchio e fece leva. La vernice cedette e guardò dentro fremente di ansia.

Banconote! Un rotolo enorme e compatto di banconote!

Con un grido di gioia le tirò fuori... e vide che l'eccessiva pregustazione lo aveva tratto in inganno. Non erano che altri buoni premio. Questa volta erano della Red Ball, del tipo che si poteva utilizzare solo a sud della linea Mason-Dixon... e comunque solo fino al 1964, anno in cui la ditta aveva chiuso i battenti.

«*Porco schifo fottuto!*» proruppe Asso. Gettò via i buoni. I fogli si srotolarono e cominciarono a sparpagliarsi nella brezza leggera e calda. Alcuni restarono impigliati negli steli d'erba a sventolare come bandierine polverose. «*Troia! Bastardo! Figlio di puttana!*»

Frugò nel barattolo, lo rovesciò persino per vedere se non ci fosse qualcosa attaccato al fondo, ma non trovò niente. Lo scagliò lontano, rimase a fissarlo per un momento, poi corse a calciarlo come un pallone.

Si portò nuovamente la mano dietro alle natiche e per un attimo di puro terrore temette di aver perso la mappa, ma scoprì di averla semplicemente spinta in fondo alla tasca per la gran furia di mettersi al lavoro. La estrasse e la consultò di nuovo. L'altra crocetta era dietro il fienile... e tutt'a un tratto la mente gli si illuminò di un'idea meravigliosa, che disperse il buio del suo furore come un razzo nel cielo notturno del Quattro Luglio.

Il barattolo che aveva appena dissotterrato era una falsa pista! Pop aveva sicuramente previsto che qualcuno si sarebbe accorto che segnava tutti i suoi nascondigli con una lastra di pietra. Così doveva aver deciso di seminare a casa Camber uno dei suoi noti specchietti per allodole. Come misura cautelativa. Un cercatore che avesse trovato un falso tesoro non avrebbe mai sospettato che ce ne fosse uno *vero* a pochi passi di distanza, nello stesso terreno, ma solo un po' più in disparte...

«Non senza una mappa», commentò Asso sottovoce. «Come quella che ho *io*.»

Raccolse pala e piccone e corse al fienile, con gli occhi febbrili e i capelli brizzolati e intrisi di sudore incollati alle tempie.

9

Vide il vecchio caravan e piegò da quella parte. C'era quasi arrivato, quando incespicò contro un oggetto imprevisto e cadde lungo e disteso. Fu subito in piedi a guardarsi intorno. Vide immediatamente in che cosa era inciampato.

Una pala. Una pala sporca di terra fresca.

Un brutto presagio lo aggredì, partendogli dal ventre per propagarsi all'insù verso il cuore e all'ingiù nei testicoli. Un bruttissimo presagio. Scoprì lentissimamente i denti in un ringhio bestiale.

Scrutò nell'erba e scorse la pietra piatta, rovesciata con il lato sporco di terra in vista. Qualcuno l'aveva spostata. Qualcuno era stato lì prima di lui... e non da molto. Qualcuno lo aveva battuto sul tempo e gli aveva fregato il tesoro.

«No», sussurrò. La parola gli uscì dalla bocca ringhiante come una goccia di sangue avvelenato o di saliva infetta. *«No!»*

Non lontano dalla pala e dalla pietra vide un cumulo di terra ricacciato alla bell'e meglio in una buca. Allora si gettò di nuovo in ginocchio, dimenticandosi dei propri utensili e della pala abbandonata dal ladro, e cominciò a scavare con le mani. In men che non si dica aveva trovato il barattolo di Crisco.

Tolse il coperchio.

Dentro c'era solo una busta bianca.

La estrasse e la strappò. Ne volarono fuori due cose: un foglio ripiegato e una busta più piccola. Accantonò per il momento la seconda busta e aprì il foglio. Era un messaggio scritto a macchina. Gli si spalancò involontariamente la bocca quando lesse il proprio nome.

Caro Asso,
non posso essere sicuro che troverai questo biglietto, ma non c'è legge che vieti di sperare. Spedirti a Shawshank è stato un vero piacere, ma questo è godimento puro. Peccato che non possa vedere la tua faccia quando avrai finito di leggere!

Non molto tempo dopo averti schiaffato dentro, sono stato a trovare Pop, da allora l'ho visto abbastanza spesso, una volta al mese, per la precisione. Avevamo un piccolo accordo: lui mi allungava un centone al mese e io gli lasciavo fare tranquillamente i suoi intrallazzi. Tutto molto discreto. Fatto sta che quella volta in particolare si è assentato perché doveva andare in bagno, dicendo che aveva mangiato qualcosa che gli aveva fatto male. Ah-ah! Io ne ho approfittato per dare un'occhiata nel cassetto che si era dimenticato di chiudere a chiave. Non era da lui essere così sbadato, ma credo che avesse troppa paura di riempirsi le brache in quel momento. Ah!

Ho trovato un solo articolo interessante, ma quell'uno valeva per mille. Sembrava una mappa, con un mucchio di crocette, ma con una crocetta in particolare, quella che indicava questo posto, segnata in rosso. L'ho rimessa a posto prima che tornasse e Pop non ha mai saputo che l'avevo vista. Dopo la sua morte sono corso qui e ho trovato questo barattolo. Dentro c'erano più di duecentomila dollari, Asso. Non temere, però, perché ho deciso di «dividere equamente» e ti lascerò esattamente quello che meriti.

Bentornato in città, Testa di Asso!

Affettuosi saluti,
Alan Pangborn
sceriffo contea di Castle

P.S.: Un consiglio per chi ha buone orecchie, Asso. Ora che sai, incassa il colpo e lascia perdere. Conosci il vecchio adagio: Chi prima arriva, meglio alloggia. Se cerchi di venire a recriminare per i soldi di tuo zio, prima ti apro un nuovo buco nel culo, poi uso la tua testa per tappartelo.

Fidati.

A.P.

Asso lasciò che il foglio gli scivolasse dalle dita divenute insensibili e aprì la seconda busta.

Ne sfilò un'unica banconota da un dollaro.

Ho deciso di «dividere equamente» e ti lascerò esattamente quello che meriti.

«Bastardo pidocchioso e *puzzolente...*» mormorò raccogliendo il dollaro. Gli tremava vistosamente la mano.

Bentornato in città, Testa di Asso!

«FIGLIO DI TROIA ROGNOSA!» urlò Asso così forte da rischiare di lacerarsi le corde vocali. L'eco gli restituì, smussata, l'ultima parola: *... rognosa... rognosa... rognosa...*

Cominciò a strappare il dollaro, poi ordinò alle sue dita di rilassarsi.

No, no, così non va bene.

Lo avrebbe conservato. Quel figlio di puttana aveva messo gli occhi sui soldi di Pop, giusto? Aveva rubato ciò che apparteneva di diritto all'ultimo parente ancora in vita di Pop, giusto? Va bene. *Benissimo.* Ma allora doveva prenderselo *tutto*. E a questo avrebbe pensato lui. Così, dopo aver segato via i testicoli a quel sacco di pus con il coltellino da tasca, nel buco rimasto gli avrebbe ficcato quel biglietto da un dollaro.

«Vuoi i soldi, bello mio?» domandò fra sé con aria assorta. «Perché no? Non c'è problema. Non c'è... nessunissimo... problema.»

Si rialzò e tornò alla macchina, con una versione un po' irrigidita e vacillante della sua solita camminata da bullo.

Prima di arrivarci stava quasi correndo.

Parte terza

Che non resti niente

19

1

Poco prima delle sei su Castle Rock aveva cominciato a scendere uno strano crepuscolo. L'orizzonte meridionale si andava ingombrando di nuvole e da quella direzione giungevano attraverso boschi e campi cupi rimbombi lontani. Le nubi viaggiavano verso la cittadina, gonfiandosi via via che si avvicinavano. Governata da una fotocellula, l'illuminazione stradale entrò in funzione con mezz'ora d'anticipo sull'orario consueto in quel periodo dell'anno.

La confusione regnava in Main Street, invasa da veicoli della polizia statale e unità mobili della televisione. Nell'aria surriscaldata e immota s'intrecciavano le comunicazioni radio. I tecnici srotolavano cavi e imprecavano contro chi, soprattutto bambini, inciampava nelle volute prima che avessero modo di ancorarli temporaneamente alla pavimentazione con il nastro adesivo. Dalle barricate davanti al Municipio i fotografi di quattro quotidiani scattavano immagini che sarebbero apparse il giorno dopo su tutte le prime pagine. A «gufare» c'erano solo pochi abitanti, sorprendentemente pochi, se qualcuno si fosse disturbato a prenderne nota. Nell'accecante fascio di luce di un proiettore, un corrispondente della televisione si faceva riprendere con il Municipio alle spalle. «Oggi pomeriggio una folle ondata di violenza ha serpeggiato per le vie di Castle Rock», cominciò, ma s'interruppe subito.

«*Serpeggiato?*» chiese disgustato a se stesso. «Merda, rifacciamo dall'inizio.» Alla sua sinistra il mezzo busto di un'altra stazione osservava la sua équipe prepararsi per una trasmissione in diretta programmata di lì a venti minuti. La maggior parte dei curiosi erano più attratti dai volti noti degli inviati televisivi che dalle barricate, dove non c'era stato più niente da vedere da quando due lettighieri del Pronto Soccorso avevano trasportato fuori lo sventurato Lester Pratt chiuso in un sacco nero di plastica, lo avevano caricato sulla loro ambulanza e se n'erano andati a sirene spiegate.

Il tratto commerciale della Main Street, lontano dai lampeggiatori blu delle automobili di pattuglia e dagli squarci abbaglianti dei riflettori, era quasi completamente deserto.

Quasi.

Di tanto in tanto in uno dei posti a lisca di pesce davanti a *Cose Preziose* s'infilava un'autovettura o un camioncino. Di tanto in tanto arrivava qualcuno a piedi al negozio nuovo, con le luci spente in vetrina e la tendina abbassata dietro il vetro della porta sotto la tenda. Di tanto in tanto uno dei curiosi abbandonava il Municipio e risaliva la via, oltrepassava il lotto in cui era stato raso al suolo l'*Emporium Galorium*, oltrepassava *You Sew and Sew*, chiuso e immerso nel buio, e raggiungeva il negozio nuovo.

Nessuno si accorgeva di quella processione alla spicciolata, né gli agenti di polizia, né i tecnici e i corrispondenti delle televisioni, né la maggioranza degli spettatori. Tutti guardavano LA SCENA DEL DELITTO, volgendo le spalle al luogo in cui, a meno di trecento metri, il delitto veniva ancora perpetrato.

Ma se un osservatore disinteressato avesse sorvegliato *Cose Preziose*, avrebbe ben presto notato il ripetersi di comportamenti analoghi. I visitatori si avvicinavano. I visitatori vedevano il cartello esposto in vetrina con la scritta:

CHIUSO A TEMPO INDETERMINATO

I visitatori facevano un passo indietro con un'espressione di irritata delusione, come quella di tossicodipendenti in crisi che non trovavano il loro fornitore dove aveva promesso di essere. *E ora che faccio?* era la domanda che si leggeva nei loro occhi. Molti tornavano sotto la tenda per leggere di nuovo l'avviso, come se un esame più attento potesse cambiare il significato del messaggio.

Alcuni salivano in macchina e se ne andavano, oppure tornavano al Municipio a seguire ancora per un po' lo spettacolo gratuito, ora distratti e vagamente imbronciati. Ma sul volto della maggioranza albeggiava invece un'espressione di comprensione improvvisa, l'espressione di chi afferra a un tratto un concetto basilare, come un semplice nesso sintattico o il minimo comune denominatore di due frazioni.

Queste persone svoltavano l'angolo e raggiungevano il vicolo che passava dietro agli edifici commerciali, quello in cui la sera prima Asso aveva parcheggiato la Tucker Talisman.

Una decina di metri più avanti, una striscia di luce gialla usciva da una porta aperta allungandosi sul fondo di cemento. Quella luce s'intensificava lentamente con il morire del giorno. Al centro del fascio di luce c'era un'ombra, come una sagoma ritagliata dalla nera fascia di un lutto. L'ombra apparteneva naturalmente a Leland Gaunt.

Aveva piazzato un tavolo sulla soglia. Sul tavolo c'era una scatola di sigari Roi-Tan. In essa riponeva i soldi che gli allungavano i suoi clienti e da essa sceglieva il resto. I clienti in questione si avvicinavano con titubanza, in certi casi con visibile timore, ma tutti avevano una cosa in comune: erano persone in collera con l'animo turbato da gravi rancori. Alcuni, ma non molti, giravano sui tacchi prima di aver raggiunto il banco provvisorio organizzato dal signor Gaunt. Alcuni se la davano a gambe, con gli occhi stralunati di chi ha scorto un essere demoniaco che si lecca i baffi nel buio. Per la maggior parte tuttavia restavano. E mentre contrattavano con il signor Gaunt, il quale conduceva questo singolare commercio dalla porta di servizio prendendolo come un lieto diversivo alla fine di una lunga giornata lavorativa, si rilassavano.

Il signor Gaunt era andato fiero del suo negozio, ma dietro alle vetrate e sotto i tetti non si era mai sentito a suo agio come lì, affacciato all'aria aperta, con i primi sospiri della tempesta in arrivo che gli carezzavano i capelli. Contro il negozio, con la sua sapiente distribuzione di punti-luce sul soffitto, non aveva niente... ma lì era molto meglio. Era *sempre* molto meglio.

Si era messo in affari molti anni prima, come venditore ambulante, nelle brulle distese di una terra lontana, un venditore che portava in spalla le sue merci, un venditore che sopraggiungeva di solito al cader delle tenebre e sempre era scomparso allo spuntare del giorno seguente, dopo aver lasciato dietro di sé spargimenti di sangue, orrore e disperazione. Anni dopo, in Europa, nel dilagare della peste e fra l'andirivieni dei carretti carichi di morti, era andato di città in città e di paese in paese su un carro trainato da un cavallo bianco magro come una lama, con terribili occhi fiammeggianti e la lingua nera come il cuore di un assassino. Aveva venduto le sue merci dal carro... scomparendo prima che i suoi clienti, che pagavano con piccole monete irregolari e qualche volta in natura, si rendessero conto di che cosa avevano *veramente* acquistato.

Cambiavano i tempi; cambiavano i metodi; cambiavano anche le facce. Ma quando le facce erano bisognose, erano sempre le stesse, facce di pecorelle che avevano smarrito il loro pastore, ed era in quel settore commerciale che si sentiva al meglio e ritrovava il sapore dei bei vecchi tempi in cui girovagava, conducendo le sue trattative non da dietro un bancone elegante con un bel registratore di cassa a portata di mano, ma da dietro un rozzo tavolo di legno, a dare il resto da una scatola di sigari e a vendere a tutti sempre e comunque lo stesso articolo.

Gli oggetti che tanta ammirazione avevano suscitato negli abitanti di Castle Rock, le perle nere, la sacra reliquia, il vetro carnevale, le pipe, i vecchi fumetti, le figurine di baseball, i caleidoscopi d'antiquariato, tutta quella paccottiglia era esaurita. Ora il signor Gaunt si dedicava al suo commercio *vero* e quando si giungeva al termine delle cose, il commercio vero era sempre lo stesso. L'articolo fondamentale era andato cambiando nel corso degli anni non meno di tutto il resto, ma erano modifiche solo superficiali, glassature di differente sapore sulla medesima torta, nera e amara.

Alla fine, il signor Gaunt vendeva sempre armi... e trovava sempre chi le comprava.

«Oh, grazie, signor Warburton!» esclamò il signor Gaunt accettando il biglietto da cinque dollari che gli porgeva il custode di colore. Gli diede in cambio una banconota da un dollaro e una delle pistole automatiche che Asso gli aveva portato da Boston.

«Grazie, signorina Milliken!» Prese dieci e diede otto di resto.

Chiedeva solo quello che potevano permettersi, non un centesimo di più né un centesimo di meno. «Ciascuno secondo i suoi mezzi», era il motto del signor Gaunt, ed era inutile aggiungere «e a ciascuno secondo i suoi bisogni», perché tutto quello che vendeva era quanto di più prezioso per i suoi clienti, quelli che era venuto in città appunto per aiutare e sollevare dai loro affanni.

«Che piacere vederla, signor Emerson!»

Oh, era sempre bello, così bello, lavorare di nuovo alla vecchia maniera. E gli affari non erano mai andati così bene.

2

Alan Pangborn non era a Castle Rock. Mentre i giornalisti e gli agenti della polizia di stato si ammassavano a un'estremità della Main Street e Leland Gaunt soprintendeva alla grande svendita di fine esercizio nel distretto commerciale, Alan sedeva nella stanza riservata alle infermiere dell'Ala Blumer al Northern Cumberland Hospital di Bridgton.

L'Ala Blumer era piccola, solo quattordici stanze per i pazienti, ma compensava in colore quanto le mancava in dimensioni. Le pareti delle zone non riservate ai ricoverati erano dipinte in vivaci colori primari. Dal soffitto della saletta pendeva una composizione mobile di uccellini che dondolavano e beccheggiavano aggraziati intorno a un bastoncino.

Davanti a lui c'era un vasto murale con una rappresentazione di filastrocche assortite. In una sezione si vedeva un uomo appoggiato a un tavolo che offriva qualcosa a un bambino, evidentemente un contadinello, fra l'intimorito e l'affascinato. Qualcosa in quella scenetta lo aveva colpito e gli era tornata alla mente la strofa di una poesiola infantile:

Simone Semplicione trovò sulla sua via
l'uomo delle torte carico di mercanzia.
«Assaggia Simone», gli disse con furberia,
«senti che buona la mia pasticceria!»

La pelle gli si era accapponata lungo tutte le braccia, minuscole protuberanze come goccioline di sudore freddo. Non sapeva spiegarsi perché, ma gli sembrava perfettamente normale. In tutta la sua vita non si era mai sentito così scosso, così spaventato, così profondamente confuso come in quel momento. A Castle Rock stava accadendo qualcosa che andava ben oltre la sua capacità di comprensione. Gli era diventato evidente solo nel pomeriggio, quando era sembrato che tutto saltasse in aria contemporaneamente, ma era cominciata da giorni, forse da una settimana intera. Non capiva che cos'era, ma sapeva che Nettie Cobb e Wilma Jerzyck erano stati solo i primi sintomi palesi.

E lo angosciava il pensiero che la situazione stesse progressivamente precipitando, mentre lui se ne stava seduto lì con Simone Semplicione e il pasticciere.

Arrivò un'infermiera, la signorina Hendrie secondo quanto stava scritto sulla targhetta che portava al seno, percorrendo il corridoio su suole di gomma che cigolavano sommessamente schivando con aggraziata disinvoltura i giocattoli sparsi dappertutto. Quando Alan era entrato, aveva trovato una mezza dozzina di bambini che giocavano, scambiandosi chiassosamente balocchi di legno e macchinine: alcuni avevano un arto ingessato, altri mostravano zone di calvizie circoscritta, presumibilmente in seguito a chemioterapie. Adesso era ora di cena e quelli che non erano scesi alla mensa erano tornati nelle rispettive stanze.

«Come sta?» domandò alla signorina Hendrie.

«Nessun cambiamento.» Contemplava Alan con un'espressione calma che conteneva una piccola dose di ostilità. «Dorme. Ed è giusto che sia così. Ha subito un trauma terribile.»

«Che cosa dicono i genitori?»

«Abbiamo telefonato sul posto di lavoro del padre a South Paris. Oggi pomeriggio si è recato nel New Hampshire per un'installazione. È ripartito per tornare a casa, da quel che ho capito, e sarà informato appena ci arriva. Dovrebbe esserci per le nove, direi, ma naturalmente non si può essere sicuri di niente.»

«E la madre?»

«Non saprei», rispose la signorina Hendrie. Ora l'ostilità era più percettibile, ma non era più rivolta a lui. «Non sono stata io a telefonare. So solo ciò che vedo. Non c'è. Questo bimbo ha visto suo fratello uccidersi con una fucilata e sebbene sia successo a casa, la madre non è ancora qui. Ora mi deve scusare... devo preparare il carrello.»

«Certo, certo», borbottò Alan. La guardò allontanarsi, poi si alzò. «Signorina Hendrie?»

L'infermiera si girò. I suoi occhi erano ancora calmi, ma aveva le sopracciglia sollevate in un'espressione indispettita.

«Signorina Hendrie, ho veramente bisogno di parlare a Sean Rusk. Credo di averne un bisogno dannato.»

«Davvero?» La sua voce si era raffreddata.

«Qualcosa...» Alan ricordò all'improvviso Polly e gli mancò la voce. Si schiarì la gola prima di riprendere. «Sta succedendo qualcosa nella mia città. Il suicidio di Brian Rusk ne è solo un aspetto, temo. E credo anche che Sean Rusk abbia informazioni di basilare importanza per capire che cosa sta succedendo.»

«Sceriffo Pangborn, Sean Rusk ha solo sette anni. E *posto* che sappia qualcosa, perché non ci sono altri poliziotti qui?»

Altri poliziotti, pensò Alan. Intendeva dire poliziotti *qualificati*. Poliziotti che non sottoponevano a un interrogatorio un undicenne in mezzo a una strada, per poi spedirlo a casa ad ammazzarsi in un box.

«Perché ne hanno già fin sopra i capelli», ribatté Alan. «E perché non conoscono la mia città bene quanto me.»

«Capisco.» L'infermiera si voltò per andarsene.

«Signorina Hendrie?»

«Sceriffo, sono a corto di personale questa sera e molto...»

«Brian Rusk non è l'unica persona morta oggi a Castle Rock in circostanze poco chiare. Ce ne sono almeno altre tre. Inoltre il proprietario del bar principale della città è attualmente ricoverato all'ospedale di Norway in condizioni disperate. Ha una grave ferita d'arma da fuoco e forse se la caverà, ma la prognosi è riservata per almeno trentasei ore. E io ho il sospetto che le uccisioni non siano finite.»

Era finalmente riuscito ad accendere la sua attenzione. «Lei crede che Sean Rusk ne sappia qualcosa?»

«Forse sa il motivo per il quale si è ucciso suo fratello. Potrebbe essere la breccia che mi serve per spiegare tutto il resto. Allora, se si sveglia, vuole avvertirmi?»

L'infermiera esitò prima di rispondere: «Dipenderà dalle condizioni psichiche in cui si sveglierà, sceriffo. Non le permetterò di peggiorare lo stato di salute già precario di un bambino isterico, dovesse anche scatenarsi un massacro nella sua città».

«Capisco.»

«Davvero? Me ne compiaccio.» Gli indirizzò un'occhiata che voleva dire: «Se ne stia seduto buono laggiù e non mi renda la vita difficile, allora» e tornò dietro il bancone. Si sedette e Alan la sentì sistemare scatole e flaconi sul carrello.

Alan uscì nell'atrio per chiamare Polly dal telefono pubblico. Anche questa volta ascoltò il vano ripetersi degli squilli. Compose il numero di *You Sew and Sew*, ma quando sentì la segreteria telefonica riappese. Tornò alla sua poltrona, si sedette e riprese a contemplare il murale delle filastrocche.

Si è dimenticata di rivolgermi una domanda, signorina Hendrie, rifletté. *Si è dimenticata di chiedermi perché sono qui se nella sede della contea dove sono stato eletto a tutore dell'ordine si sta scatenando un pandemonio. Si è dimenticata di chiedermi perché non conduco le indagini di persona e non ho mandato un dipendente meno insostituibile, il vecchio Seat Thomas, per esempio, ad aspettare il risveglio di Sean Rusk. Lei si è dimenticata di chiedermi tutte queste cose, signorina Hendrie, e io ho un piccolo segreto. Sono* felice *che si sia dimenticata. Ecco il mio piccolo segreto.*

Il motivo era tanto semplice quanto umiliante. Con l'eccezione di Portland e Bangor, i casi di omicidio non erano di competenza dell'ufficio dello sceriffo, bensì della polizia statale. Henry Payton aveva soprasseduto nel caso del duello fra Nettie e Wilma, ma adesso non poteva più restare dietro le quinte. Gli inviati di tutte le testate del Maine meridionale e le troupe di tutte le stazioni televisive, erano già a Castle Rock e se non c'erano ci stavano arrivando. Di lì a non molto sarebbero stati raggiunti dai loro colleghi di tutti gli altri organi d'informazione dello stato... e se la tragedia si fosse prolungata, come Alan sospettava, l'interesse si sarebbe allargato a macchia d'olio.

Ma l'indiscutibile realtà della situazione non poteva modificare il suo stato d'animo. Si sentiva come un lanciatore che non riusciva a eliminare nessuno della squadra avversaria e veniva spedito alle docce dall'allenatore. Lo schifo che provava nei propri confronti era indescrivibile. Seduto davanti a Simone Semplicione ricominciò la conta.

Lester Pratt, morto. Si era presentato all'ufficio dello sceriffo in preda a un attacco di gelosia e aveva aggredito John LaPointe. A quanto pare se l'era presa per la sua ragazza, eppure, prima dell'arrivo dell'ambulanza, John gli aveva detto che era più di un anno che non usciva con Sally Ratcliffe. «Al maffimo l'afrò falutata qualche folta per la ftrada e comunque non mi rivolgeva quafi mai la parola. Per lei fono deftinato all'inferno.» Si era toccato il naso rotto e aveva fatto una smorfia. «Forfe ci fono già, all'inferno.»

Ora John era ricoverato a Norway con il naso rotto, la mascella fratturata e un sospetto di lesioni interne.

Anche Sheila Brigham era in ospedale. In stato di choc.

Hugh Priest e Billy Tupper erano morti entrambi. La notizia era arrivata nel momento in cui Sheila aveva cominciato a farneticare. La telefonata era di un rappresentante di birra, che aveva avuto il buonsenso di chiamare la guardia medica prima di avvertire lo sceriffo. Al telefono era stato non meno isterico di Sheila Brigham e Alan non si era meravigliato più che tanto. A quel punto era quasi isterico lui stesso.

Henry Beaufort aveva subito ferite d'arma da fuoco multiple e versava in condizioni critiche.

Norris Ridgewick era scomparso... ed era la circostanza che più faceva male.

Dopo la telefonata del camionista, lo aveva cercato invano. Lì per lì aveva pensato che fosse andato ad arrestare ufficialmente Danforth e che si sarebbe presentato con il primo consigliere al seguito, ma il susseguirsi degli eventi aveva ben presto dimostrato che nessuno aveva arrestato Keeton. Restava la possibilità che gli agenti della statale lo fermassero se si fossero imbattuti in lui nel corso di altre indagini, ma sicuramente non avrebbero mandato nessuno a cercarlo, perché avevano ben altro per le mani. E intanto Norris era scomparso nel nulla. Dovunque fosse, ci era andato a piedi; quando Alan aveva lasciato la città, il Maggiolino di Norris era ancora rovesciato su un fianco in mezzo alla Main Street.

I testimoni avevano riferito che Buster si era infilato nella Cadillac attraverso il finestrino e aveva preso il largo. L'unica persona che aveva cercato di fermarlo aveva pagato un prezzo salato per il suo intervento. Scott Garson era in ospedale lì a Northern Cumberland con la mascella fracassata, uno zigomo fratturato, polso e tre dita rotti. Sarebbe potuta andargli peggio; i testimoni sostenevano che Buster aveva volutamente cercato di travolgerlo.

E in quello stesso ospedale era ricoverato anche Lenny Partridge, con una clavicola fratturata e Dio sapeva quante costole rotte. Andy Clutterbuck era arrivato a portare l'ambasciata di questa nuova sciagura quando lui stava ancora cercando di digerire il fatto che il primo consigliere si era trasformato in un ricercato latitante che girava ammanettato a una Cadillac rossa di grossa cilindrata. A quel che risultava, Hugh Priest aveva bloccato Lenny per la strada, lo aveva scaraventato nel fosso, e se n'era andato con la sua macchina. Alan presumeva che avrebbero ritrovato l'automobile di Lenny parcheggiata al *Mellow Tiger*, visto che era lì che Hugh aveva chiuso la sua partita.

E naturalmente c'era Brian Rusk, che aveva mangiato un proiettile alla tenera età di undici anni. Clut aveva appena cominciato a raccontare quest'altra storia, quando il telefono aveva squillato di nuovo. Ormai Sheila era fuori gioco e aveva risposto lui. La voce infantile che gli aveva strillato nell'orecchio in preda all'isteria era quella di Sean Rusk, che aveva composto il numero scritto sull'adesivo arancione accanto al telefono della cucina.

Tirando le somme, durante quel pomeriggio si erano fermate a Castle Rock le ambulanze di quattro diverse cittadine.

Ora, seduto con le spalle rivolte a Simone Semplicione e il suo pasticciere e osservando distrattamente gli uccellini di plastica che dondolavano intorno al loro bastoncino, Alan tornò a riflettere su Hugh e Lenny Partridge. L'episodio che li aveva visti coinvolti non era certamente il più clamoroso fra quelli che avevano avuto luogo a Castle Rock quel giorno, ma era uno dei più strani... e Alan aveva la sensazione che proprio in quella stranezza si nascondesse la chiave dell'enigma.

«Perché diavolo Hugh non ha preso la propria auto, se aveva deciso di aggredire Henry Beaufort?» aveva domandato a Clut, passandosi le mani nei capelli già scompigliati. «Perché ha fregato il vecchio macinino a Lenny?»

«Perché la Buick di Hugh aveva tutte e quattro le gomme a terra. Qualcuno ci si è divertito con un coltello.» Clut aveva alzato le spalle, contemplando con aria turbata il caos che regnava nell'ufficio. «Forse pensava che fosse stato Henry Beaufort.»

Già, pensò ora Alan. Forse. Era una pazzia, ma era forse più folle del fatto che Wilma Jerzyck avesse creduto che fosse stata Nettie Cobb a sporcarle le lenzuola di fango e a fracassarle le finestre di casa a sassate? Più folle di Nettie che si era convinta che fosse stata Wilma ad ammazzarle il cagnolino?

Prima che avesse potuto continuare a interrogare Clut, era intervenuto Henry Payton che, nel modo più indolore possibile, gli comunicava di aver assunto la responsabilità del caso. Alan aveva annuito. «C'è una cosa che devi scoprire appena puoi, Henry.»

«Che cosa, Alan?» aveva domandato lui, ma Alan si era accorto con una stretta al cuore che Henry lo ascoltava solo con mezzo orecchio. Il suo vecchio amico, il primo vero amico che Alan si era trovato nella vasta comunità delle forze dell'ordine dopo aver assunto la carica di sceriffo, e aveva avuto occasione di dimostrargli quanto gli fosse fedele nella sua amicizia, si stava già concentrando su altro. Il suo problema principale era probabilmente come distribuire le sue forze, dato l'ampio raggio in cui si erano verificati gli incidenti.

«Devi scoprire se il rancore di Hugh Priest nei confronti di Henry Beaufort era ricambiato da Henry. Ora come ora non glielo puoi chiedere perché è privo di sensi, ma quando si sveglia...»

«D'accordo», promise Henry battendogli una mano sulla spalla. «Lo farò.» Poi, alzando la voce: «Brooks! Morrison! Venite qui!»

Alan l'aveva guardato andar via, dominando l'impulso di seguirlo, fermarlo e *costringerlo* a dargli retta. Non lo aveva fatto perché Henry e Hugh e Lester e John, e persino Wilma e Nettie, cominciavano già a perdere importanza per lui. I morti erano morti; i feriti venivano curati; i delitti erano stati commessi.

Solo che aveva il terribile, insinuante sospetto che il vero delitto fosse ancora in corso.

Quando Henry si era allontanato per impartire ordini ai suoi uomini, Alan aveva richiamato Clut. Il suo aiutante si era presentato con le mani ficcate in fondo alle tasche e il muso lungo. «Ci hanno dato il benservito Alan», aveva brontolato. «Sbattuti fuori senza tanti complimenti. *Dannazione!*»

«Non del tutto», lo aveva contraddetto sperando di trasmettere nel tono della voce più convinzione di quella che provava. «Tu resterai qui a farmi da ufficiale di collegamento, Clut.»

«Dove vai?»

«A casa Rusk.»

Ma quando era arrivato non aveva trovato né Brian, né Sean Rusk. La stessa ambulanza accorsa a prelevare lo sventurato Scott Garson era passata a prendere anche Sean; erano in viaggio per il Northern Cumberland Hospital. Brian Rusk era stato caricato sul secondo carro funebre di Harry Samuels, una vecchia Lincoln trasformata, e sarebbe stato trasferito a Oxford per l'autopsia. Il carro funebre più elegante, quello che Harry chiamava «auto di rappresentanza», era già partito per la medesima destinazione con Hugh e Billy Tupper.

Accumuleranno cadaveri in quel piccolo obitorio come legna da ardere in un ripostiglio, rifletté.

Era stato quando si era recato a casa Rusk che si era accorto (nelle viscere oltre che nella testa) di quanto fosse stato completamente tagliato fuori. Lo avevano preceduto due investigatori della squadra criminale di Henry, i quali gli avevano fatto capire che gli era concesso di restare solo finché non avesse cercato di infilargli un remo fra le gambe pretendendo di aiutarli a remare. Si era trattenuto per qualche istante a osservarli dalla soglia della cucina, sentendosi utile quanto una terza ruota su uno scooter. Cora Rusk reagiva con la lentezza indolente di una drogata. Aveva pensato che potesse essere per via del trauma che aveva subito; o forse gli infermieri giunti con l'ambulanza per trasportare il figlio superstite all'ospedale le avevano somministrato un sedativo prima di ripartire. Gli ricordava il modo in cui si era comportato Norris quando si era issato fuori del finestrino della vw rovesciata. In ogni caso, o per colpa di qualche sedativo o semplicemente dello choc, non era stata di alcuna utilità ai poliziotti. Non piangeva, ma si vedeva che non era in grado di concentrarsi sulle domande abbastanza da dare risposte pertinenti. Aveva detto di non saperne niente, perché era in camera sua al piano di sopra a riposare. Povero Brian, continuava a ripetere. Povero, povero Brian. Ma esprimeva il suo dolore in un tono meccanico e distratto che gli aveva messo addosso i brividi. E continuava a giocherellare con un paio di vecchi occhiali da sole che teneva vicino a sé, sul tavolo della cucina. Una delle stanghette era stata aggiustata con del nastro adesivo e una delle lenti era attraversata da una crepa.

Se n'era andato pieno di disgusto e aveva deciso di provare all'ospedale.

Ora si alzò e tornò al telefono nell'atrio, in fondo al corridoio. Provò di nuovo Polly, non ottenne risposta, e chiamò allora l'ufficio dello sceriffo. Gli rispose una voce ringhiante che annunciò: «Polizia statale», facendogli provare un infantile moto di gelosia. Disse chi era e chiese di Clut. Dopo un'attesa di quasi cinque minuti, ebbe in linea il suo aiutante.

«Scusa, Alan. Hanno abbandonato il ricevitore sul tavolo. Fortuna che sono venuto a controllare, altrimenti saresti ancora lì che aspetti. A questi non gli frega niente di noi.»

«Non darti pena, Clut. Nessuno ha beccato Keeton ancora?»

«Be'... Non so bene come dirtelo, Alan, ma...»

Alan si sentì sprofondare dentro e chiuse gli occhi. Aveva visto giusto. Non era finita.

«Parla», lo esortò. «Lascia perdere il protocollo.»

«Buster... Danforth, cioè, è andato a casa e ha fatto saltare la maniglia della Cadillac con un cacciavite. Sai quale, quella a cui era ammanettato.»

«Lo so», mormorò Alan. Aveva ancora gli occhi chiusi.

«Ecco... ha ammazzato sua moglie, Alan. A martellate. Non è stato uno della statale a trovarla, perché fino a venti minuti fa non si occupavano più che tanto di Buster. L'ha trovata Seat Thomas. Era passato da casa sua per un controllo. Ha riferito che cosa ha trovato e ci è tornato neanche cinque minuti fa. Dice che ha delle fitte al petto e non mi meraviglia. Mi ha detto che Buster le ha praticamente spappolato la faccia. Dice che ci sono brandelli di carne e capelli dappertutto. Adesso Payton ci ha mandato un mezzo plotone dei suoi. Ho sistemato Seat nel tuo ufficio. Mi è parso opportuno che si mettesse a sedere prima di vederlo lungo e disteso per terra.»

«Dio del cielo, Clut, portalo immediatamente da Ray Van Allen. Ha sessantadue anni ed è da quando ha smesso di poppare che fuma Camel.»

«Ray è andato a Oxford, Alan. Sta aiutando i dottori a rappezzare Henry Beaufort.»

«Il suo assistente, allora, come si chiama? Frankel. Everett Frankel.»

«Non è reperibile. Ho già provato allo studio e a casa sua.»

«Che cosa dice sua moglie?»

«Ev è scapolo, Alan.»

«Ah. Cristo.» Qualcuno aveva scarabocchiato sul muro sopra il telefono. *Non te la prendere, stai allegro.* Alan rifletté con amarezza su quelle parole.

«Posso portarlo io in ospedale», si offrì Clut.

«Ho bisogno che resti dove sei», obiettò Alan. «Si sono già visti i giornalisti e quelli della TV?»

«Sì. Sono dappertutto.»

«Allora, vai a vedere come sta Seat appena abbiamo finito qui. Se non si è ripreso, ecco che cosa devi fare: esci, scegli un giornalista che ti sembri meno scimunito della media, lo nomini tuo aiutante e gli fai portare Seat qui al Northern Cumberland.»

«D'accordo.» Dopo un'esitazione Clut proruppe: «Volevo andare a casa di Keeton, ma quelli della statale... non mi lasciano entrare! Si è mai sentita, Alan? Quei bastardi non lasciano vedere il luogo del delitto a un vicesceriffo di contea!»

«Capisco quello che provi e ti assicuro che non piace niente neanche a me, ma fanno il loro lavoro. Vedi Seat da dove sei, Clut?»

«Sì.»

«Allora? Respira?»

«È seduto alla tua scrivania a fumare una sigaretta e a sfogliare il *Rural Law Enforcement* di questo mese.»

«Bene», disse Alan. Aveva voglia di ridere o piangere o di entrambe le cose. «Quadra. Clut, non è che Polly Chalmers ha chiamato?»

«Nnn... Aspetta, qui c'è il registro. Credevo che l'avessero portato via. Sì, ha chiamato, Alan. Poco prima delle tre e mezzo.»

Alan fece una smorfia. «So di quella telefonata. Nessun'altra?»

«Qui non risulta, ma non vuol dire molto. Sheila non c'è e con questi dannati orsi in tutti gli angoli, chi può dirlo?»

«Grazie, Clut. C'è niente che dovrei sapere?»

«Sì, un paio di cose.»

«Sputa.»

«Hanno la pistola con cui Hugh ha sparato a Henry, ma David Friedman della sezione balistica dice che non sa che cos'è. È automatica, ma dice di non averne mai vista una così.»

«Sei sicuro che sia David Friedman?» domandò Alan.

«Friedman, sì. È così che si chiama.»

«Ma deve saperlo! Dave Friedman è un'enciclopedia ambulante, in fatto di armi da fuoco.»

«Eppure non lo sa. Ero presente quando ha parlato con il tuo amico Payton. Dice che è piccola come una Mauser tedesca, ma non ha nessun marchio e il carrello è diverso. Credo che l'abbiano mandata ad Augusta con un'altra mezza tonnellata di reperti.»

«Che altro c'è?»

«Hanno trovato una lettera anonima davanti alla casa di Henry Beaufort», riferì Clut. «Era appallottolata vicino alla sua macchina. Sai quella T-Bird del suo cuore? È stata vandalizzata anche quella, come la macchina di Hugh.»

Per Alan fu come se fosse stato improvvisamente percosso in piena faccia da una mano grande e molle. «Che cosa c'è scritto nella lettera, Clut?»

«Un momento.» Alan udì il fruscio delle pagine del taccuino di Clut. «Ecco qui. 'Non t'azzardare *mai* più a cacciarmi e tenerti le mie chiavi sporco *mangiarane*.'»

«'Mangiarane'?»

«C'è scritto così.» Clut fece una risatina nervosa. «Le parole 'mai' e 'mangiarane' sono sottolineate.»

«E dici che l'automobile è stata danneggiata?»

«Sì. Copertoni squarciati, come quella di Hugh. E un segno lungo tutta la fiancata. Orribile!»

«Allora», riprese Alan, «ecco che cos'altro devi fare. Vai al negozio di barbiere e se necessario giù alla sala da biliardo. Scopri chi Henry ha sbattuto fuori dal locale in questi ultimi giorni.»

«Ma gli statali...»

«*Si fottano* gli statali!» sbottò Alan. «È la *nostra* città. Noi sappiamo a chi chiedere e dove trovarli. Vuoi venirmi a raccontare che non sei capace di mettere le mani su qualcuno che sa che cosa c'è sotto in non più di cinque minuti?»

«No, certo», ribatté Clut. «Quando sono tornato da Castle Hill ho visto Charlie Fortin con degli altri davanti alla *Western Auto*. Se Henry era ai ferri corti con qualcuno, Charlie sa certamente con chi. Per lui il *Tiger* è come una seconda casa, no?»

«Infatti. Ma quelli della statale l'hanno interrogato?»

«Ma... no.»

«No. Perciò lo interroghi tu. Ma credo che sappiamo tutti e due quale sarà la risposta, vero?»

«Hugh Priest.»

«È un nome che mi suona come un bersaglio centrato», concordò Alan. *Qui probabilmente vale abbastanza la prima ipotesi di Henry Payton,* rifletté.

«Va bene, Alan. Ci penso io.»

«E mi richiami appena avrai una risposta certa. *Nel momento stesso.*» Gli diede il numero, poi glielo fece recitare per accertarsi che Clut l'avesse ricopiato correttamente.

«Sarà fatto», promise Clut e subito dopo esplose: «Ma che succede, Alan? *Che cosa cazzo sta succedendo qui?*»

«Non lo so.» Alan si sentiva molto vecchio, molto stanco... e infuriato. Non più infuriato con Payton che l'aveva escluso dalle indagini, ma infuriato con il misterioso responsabile di quella macabra catena di omicidi. Ed era sempre più sicuro che, quando fossero arrivati in fondo, avrebbero scoperto che a manovrare il tutto era stata sempre la stessa mano. Wilma e Nettie. Henry e Hugh. Lester e John. Qualcuno li aveva innescati come bombe a orologeria. «Non lo so, Clut, ma lo scopriremo.»

Subito dopo aver concluso la conversazione con Clut, provò di nuovo Polly. Si stava affievolendo l'urgenza di un chiarimento, il bisogno di sapere che cosa l'aveva resa così furiosa contro di lui. Il sentimento che ne prendeva il posto dipanandosi piano piano dentro il suo animo era ancor meno consolante: un timore profondo e ancora indistinto; il timore crescente che fosse in pericolo.

Il telefono squillò, ma non ci fu risposta.

Polly, ti amo e dobbiamo parlare. Rispondi, ti prego. Polly, ti amo e dobbiamo parlare. Rispondi, ti prego. Polly, ti amo...

La litania gli ronzava nella testa come un giocattolo a molla. Ebbe voglia di richiamare Clut e chiedergli di andare a cercare Polly all'istante, prima di ogni altra cosa, ma non poteva. Sarebbe stato un errore imperdonabile, quando potevano esserci altre bombe a orologeria sparse per tutta la Rocca.

Sì, Alan, ma... e se Polly fosse una di esse?

L'ipotesi liberò un'associazione rimasta sepolta, ma si disperse prima che riuscisse ad afferrarla.

Riappese il ricevitore lentamente tagliando a metà uno squillo.

3

Polly cedette. Rotolò sul fianco, allungò la mano verso il telefono... ma l'apparecchio si ammutolì a metà di uno squillo.

Dio, pensò. Ma lo era davvero?

Era distesa sul letto ad ascoltare il tuono che si andava avvicinando. Al piano di sopra faceva caldo, neanche fosse pieno luglio, ma aprire le finestre era impossibile, perché solo la settimana prima si era fatta montare i vetri invernali da Dave Phillips, uno dei tuttofare locali. Così si era tolta i vecchi jeans e la maglietta che aveva indossato per la sua spedizione in campagna e li aveva ripiegati e posati sulla sedia di fianco alla porta. Ora era sdraiata in mutandine e reggiseno, con l'idea di riposare un po' prima di fare la doccia, ma senza riuscire a dormire.

Un po' erano le sirene, ma soprattutto era Alan; ciò che Alan aveva fatto. Non riusciva a comprendere un tradimento così grottesco di tutto ciò in cui aveva creduto e tutto ciò in cui aveva riposto la sua fiducia, ma non poteva nemmeno coprirsi gli occhi davanti alla verità. La sua mente vagava altrove (le sirene, per esempio, che sembravano annunciare la fine del mondo) e tutt'a un tratto era di nuovo al punto di partenza, a domandarsi come avesse potuto agire così meschinamente alle sue spalle. Era come sentirsi tormentare da una scheggia alzatasi da un'asse nell'incavo più tenero e segreto del fianco.

Oh, Alan, come hai potuto? gli domandò (e domandò a se stessa) per l'ennesima volta.

La voce che rispose la colse di sorpresa. Era la voce di zia Evvie e sotto l'impassibilità che era sempre stata una sua caratteristica percepì un'ira possente.

Ragazza mia, se gli avessi confessato la verità fin dal principio non avrebbe mai dovuto farlo.

Si drizzò bruscamente a sedere. Quella voce era inquietante, sì, ma l'aspetto più inquietante era che la voce era *sua*. Zia Evvie era morta da anni. Era il suo inconscio a parlare, usando la zia Evvie per esprimere la propria collera come un ventriloquo timido che si serve del suo pupazzo per invitare fuori una bella ragazza e...

Piantala. Non ti ho già detto una volta che questa città è piena di fantasmi? Forse sono davvero io. Perché no?

Polly si lasciò sfuggire un gridolino di spavento e subito si premette la mano sulla bocca.

E forse no. Alla fin fine conta ben poco chi è, no? La vera domanda, Trisha, è questa: chi ha peccato per primo? Chi ha mentito per primo? Chi ha tenuto qualcosa nascosto per primo? Chi ha scagliato la prima pietra?

«Ma metterla così è scorretto!» gridò Polly nella stanza afosa. Poi vide i suoi occhi pieni di spavento nel volto riflesso nello specchio. Aspettò di sentire di nuovo la voce di zia Evvie e quando non accadde nulla tornò ad adagiarsi lentamente.

Forse era vero che era stata lei la prima a peccare, se tacere parte della verità e raccontare qualche bugia innocente equivaleva a peccare. Forse era stata lei la prima a tenere nascosto qualcosa. Ma forse solo per questo Alan aveva il diritto di aprire un'inchiesta su di lei come farebbe un rappresentante della legge nel caso di un riconosciuto delinquente? Gli dava il diritto di diramare il suo nome sui canali delle forze dell'ordine... o una richiesta di accertamenti sul suo conto, se era quella l'espressione giusta... o... o...

Lascia stare, Polly, bisbigliò una voce... una voce che conosceva. *Smettila di angustiarti per quello che da parte tua è stato un comportamento più che corretto. Insomma! Hai sentito il tono colpevole nella sua* voce, *no?*

«Sì!» borbottò con forza nel guanciale. «Sì che l'ho sentito!

Che cos'hai da dire in proposito, zia Evvie?» Non ci fu risposta... solo un lieve fremito

(la domanda è questa Trisha)

nella sua mente inconscia. Come se avesse scordato qualcosa, avesse trascurato un elemento

(vuoi un bonbon, Trisha)

dell'equazione.

Irrequieta, si girò su un fianco e l'*azka* le rotolò sulla curva piena del seno. Sentì qualcosa che grattava delicatamente la parete argentea della sua prigione.

No, pensò, era solo qualcosa che si spostava. Qualcosa di inerte. L'idea che ci fosse davvero qualcosa di vivo lì dentro... era solo un frutto della sua immaginazione.

Crsss-crsss-crsss.

Il ciondolo d'argento tremò minimamente fra la coppa di cotone bianco del suo reggiseno e il lenzuolo.

Crsss-crsss-crsss.

È qualcosa di vivo, Trisha, disse zia Evvie. *È una cosa viva e lo sai.*

Che sciocchezza, pensò girandosi dall'altra parte. Come poteva esserci una creatura vivente, lì dentro? Potrebbe anche respirare attraverso tutti quei forellini, ma di che cosa si nutrirebbe, allora?

Forse, replicò con dolce implacabilità zia Evvie, *si nutre di* TE, *Trisha.*

«Polly», mormorò. «Io mi chiamo *Polly*.»

Questa volta il fremito nel suo inconscio fu più accentuato, un po' allarmante, e per un momento fu quasi in grado di definirlo. Poi il telefono riprese a squillare. Boccheggiò per un primo istante e si alzò a sedere con un'espressione di stanco sgomento. In lei erano in lotta fra loro l'orgoglio e l'amore.

Parlagli, Trisha, che male può fare? Meglio ancora, ascoltalo. Finora non si può dire che tu l'abbia fatto, vero?

Non voglio parlargli. Non dopo quello che mi ha fatto.

Ma gli vuoi ancora bene.

Sì, era vero. Solo che adesso provava odio per lui insieme con l'affetto.

La voce di zia Evvie si alzò di nuovo, soffiandole rabbiosa nella mente. *Vuoi essere un fantasma per tutta la vita, Trisha? Che ti prende, ragazza?*

Polly allungò la mano verso il telefono con falsa risolutezza. La sua mano, la sua mano agile che non le faceva più male, esitò a pochi centimetri dal ricevitore. Perché forse non era Alan. Forse era il signor Gaunt. Forse il signor Gaunt voleva dirle che non aveva ancora finito con lei, che il suo debito non era ancora saldato.

S'allungò un po' di più verso il telefono e questa volta sfiorò il ricevitore con la punta delle dita, ma all'ultimo istante ritrasse la mano. La serrò nell'altra in un nervoso intreccio di dita sull'addome. Aveva paura della voce morta di zia Evvie, di ciò che aveva fatto quel pomeriggio, di ciò che il signor Gaunt (o Alan!) avrebbe potuto raccontare in città di suo figlio morto, del possibile motivo di quelle scorribande di veicoli a sirene spiegate.

Ma sopra ogni altra cosa aveva scoperto di aver paura di Leland Gaunt. Aveva la sensazione che l'avesse legata al batacchio di un'enorme campana di ferro, una campana che l'avrebbe simultaneamente assordata, fatta impazzire e ridotta in poltiglia se avesse cominciato a suonare.

Il telefono si zittì.

Fuori cominciò a ululare un'altra sirena e mentre il suono si andava spegnendo in direzione del Tin Bridge echeggiò di nuovo il tuono. Più vicino che mai.

Toglitelo, bisbigliò la voce di zia Evvie. *Toglitelo, cara. Puoi farlo. Lui ha potere sul desiderio, non sulla volontà. Toglitelo. Spezza l'incantesimo con cui ti tiene.*

Ma Polly stava guardando il telefono e ricordava la sera (era meno di una settimana prima?) quando allungandosi verso l'apparecchio lo aveva urtato facendolo cascare. Ricordava il dolore che le aveva divorato il braccio come un topo famelico con i denti rotti. Non poteva tornare in quelle condizioni. Non era possibile.

Davvero?

Sta succedendo qualcosa di brutto alla Rocca questa sera, l'ammonì zia Evvie. *Vuoi ritrovarti domani a cercare di calcolare quanta di questa bruttura è per colpa* TUA*? È questo il passatempo che ti riprometti, Trisha?*

«Non capisci», gemette Polly. «Lo scherzo non era per Alan, era per Asso! Asso Merrill! E si merita ciò che avrà!»

Tornò la voce implacabile di zia Evvie: *Allora lo stesso vale per te, cara. Lo stesso vale per te.*

4

Alle sei e venti di quel martedì pomeriggio, mentre si avvicinavano le nubi tempestose e l'oscurità vera e propria aveva il sopravvento sull'imbrunire, l'agente della polizia statale che aveva sostituito Sheila Brigham al centralino entrò nel recinto, nell'ufficio dello sceriffo. Costeggiò l'ampia zona a forma più o meno di rombo delimitata dal nastro con la scritta LUOGO DEL CRIMINE e si avvicinò frettolosamente a Henry Payton.

Payton era scarmigliato e aveva l'aria infelice. Aveva trascorso gli ultimi cinque minuti con le gentili signore e gli egregi signori della stampa e si sentiva come sempre dopo quegli incontri: come se fosse stato ricoperto di miele e costretto quindi a rotolare in un mucchio di sterco di iena infestato di formiche. Le sue dichiarazioni non erano state così ben preparate, né tanto inattaccabilmente generiche, quanto avrebbe desiderato. Quelli della TV gli avevano forzato la mano. Volevano mandare qualcosa in diretta durante la mezz'ora dalle sei in avanti in cui si trasmettevano i notiziari locali, ritenevano di essere *tenuti* a mandare servizi in diretta, e se non avesse gettato loro in pasto un osso qualsiasi, alle undici di sera lo avrebbero messo in croce. Lo avevano già praticamente fatto. Mai in tutta la carriera era arrivato così vicino a confessare di non avere uno straccio di indizio. Non aveva semplicemente chiuso l'estemporanea conferenza stampa: ne era scappato.

Ora si rammaricava di non aver ascoltato Alan. Quando era arrivato aveva avuto l'impressione che essenzialmente si trattasse di tenere sotto controllo un fatto ormai compiuto. Ora aveva dei ripensamenti, visto che c'era stato *un altro* omicidio da quando aveva assunto la direzione delle operazioni: una donna di nome Myrtle Keeton. Suo marito era ancora latitante, probabilmente già diretto in qualche località remota, ma nemmeno si poteva escludere che se ne saltellasse ancora felice e beato per le vie di quella città di matti. Un uomo che aveva fatto fuori la moglie a martellate. Uno psicopatico di prima scelta, in altre parole.

Il suo guaio era che non conosceva quelle persone. Alan e i suoi aiutanti sì, ma Alan e Ridgewick erano scomparsi. LaPointe era in ospedale, probabilmente a sperare che i medici riuscissero a raddrizzargli il naso. Aveva cercato Clutterbuck e non era rimasto troppo sorpreso quando aveva scoperto che si era dileguato anche lui.

Lo vuoi, Henry? gli domandò la voce di Alan nella mente. *Accomodati. Prenditelo pure. Quanto ai possibili indiziati, c'è sempre la guida del telefono.*

«Tenente Payton? Tenente Payton!» Era l'agente del centralino.

«Che c'è?» lo aggredì Henry

«Ho il dottor Van Allen alla radio. Vuole parlarle.»

«A che proposito?»

«Non ha voluto dirmelo. Ha insistito solo che le deve parlare. Assolutamente.»

Henry Payton entrò nella gabbia del centralino sentendosi sempre di più come un bambino in sella a una bicicletta senza freni su e giù per una discesa ripida con un burrone da una parte, una parete rocciosa dall'altra e una muta di lupi affamati con la faccia di reporter alle spalle.

Afferrò il microfono. «Sono Payton, l'ascolto.»

«Tenente Payton, sono il dottor Van Allen. Il patologo della contea.» La voce era sorda e lontana, disturbata di tanto in tanto da forti scariche elettriche. Era sicuramente il temporale. Già che non ce n'era abbastanza.

«Sì, so chi è», rispose Henry. «Ha portato lei il signor Beaufort a Oxford. Come sta? Si è ripreso?»

«È...»

Un forte sfrigolio di energia statica s'ingoiò le sue parole.

«La sto perdendo, dottore», spiegò Henry con tutta la pazienza disponibile. «Sembra che si stia dirigendo da queste parti una tempesta elettrica con i fiocchi. La prego di ripetere. Passo.»

«Morto!» gridò Van Allen fra le scariche. «È morto sull'ambulanza, ma non crediamo che sia morto per trauma da arma da fuoco. Mi ha capito? *Noi non crediamo che il paziente sia morto per trauma da arma da fuoco.* Prima si è verificato un edema atipico nel cervello, seguito da rottura. La diagnosi più probabile è la presenza di una sostanza tossica, una sostanza *estremamente* tossica introdotta nel suo organismo quando è stato colpito. La stessa sostanza gli ha letteralmente fatto esplodere il cuore. Prego dare ricevuto.»

Oh, Gesù, pensò Henry Payton. Si allentò la cravatta, si sbottonò il colletto e premette di nuovo il pulsante di trasmissione.

«Ricevuto, dottor Van Allen, ma che io sia dannato se ci ho capito qualcosa. Passo.»

«Con tutta probabilità la tossina è presente sui proiettili nella pistola con cui è stato ucciso. A quanto pare l'infezione si diffonde dapprima lentamente, ma a velocità sempre maggiore. Abbiamo due evidenti fori d'entrata in questo caso, la ferita alla guancia e quella al torace. È molto importante...»

Un'altra scarica che soffocò ogni cosa.

«... l'ha.»

«Ripeta, dottore!» Perché poi quel disgraziato non aveva usato il telefono. «Ripeta, per piacere. Passo.»

«*Chi ha quella pistola?*» starnazzò Van Allen.

«David Friedman. Della balistica. L'ha portata ad Augusta. Passo.»

«L'avrà scaricata prima?»

«Sì. È procedura standard. Passo.»

«Era una rivoltella o un'automatica, tenente Payton? È di fondamentale importanza in questo momento.»

«Un'automatica. Passo.»

«Avrà svuotato il caricatore?»

«Lo farà ad Augusta.» Payton si sedette pesantemente sulla poltroncina del centralinista. Tutt'a un tratto aveva urgenza di correre in gabinetto. «Passo.»

«No! No, guai a lui! *Non lo deve fare!* Mi ha sentito?»

«Affermativo», rispose Henry. «Lascerò un messaggio per lui al laboratorio balistico. Che lasci quelle pallottole del cazzo in quel caricatore del cazzo finché non avremo finito di sbattere la testa su quest'altra bella trovata del cazzo.» Provò un piacere infantile al piacere che stava trasmettendo quelle parole per radio... poi si chiese quanti reporter lo stessero allegramente intercettando. «Senta, dottor Van Allen, non possiamo discutere di questo per radio. Passo.»

«Lasci perdere le pubbliche relazioni», ribatté con durezza Van Allen. «Qui c'è in gioco la *vita* di un uomo, tenente Payton. Ho cercato di mettermi in contatto con lei per telefono e non ci sono riuscito. Dica a questo Friedman di esaminarsi attentamente le mani, cercare eventuali graffi, punture, anche solo una pipita. Se ha anche la più piccola lacerazione nella pelle delle mani deve recarsi *immediatamente* all'ospedale più vicino. Non so se questa porcheria con cui abbiamo a che fare era spalmata anche sul caricatore oltre che sulle pallottole, ma le assicuro che non è cosa da prendere sottogamba. Questa sostanza è *mortale*. Ha sentito?»

«Affermativo», rispose meccanicamente Henry. Avrebbe voluto essere da qualsiasi altra parte, ma non lì. Ma poiché c'era, rimpiangeva di non avere Alan Pangborn al suo fianco. Da quando era arrivato a Castle Rock, si sentiva sempre più come Fratel Coniglietto appiccicato al pupazzo di pece. «Che roba è? Passo.»

«Ancora non lo sappiamo. Non è curaro, perché non c'è stata paralisi se non alla fine. E poi il curaro è relativamente indolore, mentre il signor Beaufort ha sofferto molto. Allo stato attuale delle cose sappiamo solo che gli effetti sono cominciati lentamente ma hanno preso abbrivo piano piano come un treno merci.»

«Nient'altro?»

«Gesù Cristo!» esplose Ray Van Allen. «E non le basta?»

«Sì. Immagino di sì.»

«Cominci a rallegrarsi...»

Il patologo fu cancellato da una scarica.

«Ripeta, dottore, ripeta. Passo.»

Attraverso la marea montante dell'energia statica udì il dottor Van Allen dire: «Cominci a rallegrarsi di aver sequestrato la pistola, di non doversi preoccupare che venga usata di nuovo. Passo».

«Su questo ha perfettamente ragione, dottore. Passo e chiudo.»

5

Cora Rusk emerse nella Main Street e si diresse lentamente verso *Cose Preziose*. Oltrepassò un furgone giallo e lucente con la scritta CHANNEL 5 ACTION NEWS ma non si accorse di Danforth «Buster» Keeton che la guardava fisso dal finestrino del posto di guida senza sbattere le palpebre. Probabilmente non lo avrebbe riconosciuto in ogni caso. In un certo senso Buster si era trasformato in un uomo nuovo. E anche se lo avesse scorto e riconosciuto, non si sarebbe minimamente scomposta. Cora aveva i suoi problemi e i suoi dispiaceri. Soprattutto aveva la sua collera. E nessuno di quei sentimenti riguardava il figlio morto.

In una mano Cora Rusk teneva un paio di occhiali da sole rotti.

Aveva cominciato a temere con orrore che la polizia intendesse interrogarla per l'eternità... o almeno fino a farla uscire matta. *Andatevene!* aveva avuto voglia di mettersi a urlare. *Smettetela di farmi tutte queste stupide domande su Brian! Arrestatelo se ha combinato qualcosa, ci penserà suo padre ad aggiustare tutto, aggiustare è l'unica cosa che sa fare, ma lasciate in pace me! Ho un appuntamento con il Re e non posso farlo aspettare!*

A un certo punto aveva visto lo sceriffo Pangborn appoggiato allo stipite della porta fra la cucina e la verandina posteriore, a braccia conserte, ed era stata veramente sul punto di gridare quello che pensava, perché *lui* avrebbe capito. Lui non era come gli altri, lui era della città, lui sapeva certamente di *Cose Preziose*, aveva certamente comprato qualcosa di speciale in quel negozio, non poteva non capire.

Solo che in quel preciso istante il signor Gaunt le aveva parlato nella mente, calmo e sensato come sempre. *No, Cora, non gli parlare, non capirebbe. Lui non è come te, non è stato furbo abbastanza da non lasciarsi sfuggire l'occasione. Di' che vuoi andare in ospedale a vedere tuo figlio. Servirà perché ti lascino in pace almeno per un po'. Per il tempo che basta.*

Dunque così aveva detto e aveva funzionato a meraviglia. Era riuscita persino a spremersi dagli occhi una lacrima o due, pensando non già a Brian, ma alla tristezza che doveva provare Elvis costretto a vagare per Graceland senza di lei. Povero Re sperduto!

Se n'erano andati. Erano rimasti solo i due o tre nella rimessa, occupati in chissà quali misteriose attività di cui non le importava niente. Era corsa di sopra con i suoi occhiali magici. Giunta in camera, si era tolta l'accappatoio, si era sdraiata sul letto e li aveva inforcati.

Intorno a lei Graceland era riapparsa all'istante. Si era sentita colmare di sollievo, anticipazione... straordinaria eccitazione sessuale.

Nuda, aveva salito l'ampia curva della scala, fino alla hall del primo piano, larga quasi quanto un'autostrada e adorna di arazzi con scene di giungla facendo bisbigliare i piedi scalzi nel pelo folto della moquette, aveva raggiunto la porta a due battenti in fondo al corridoio. Aveva visto le proprie braccia protendersi per afferrare le maniglie. Aveva spinto i battenti che si erano spalancati sulla camera da letto del Re, una stanza tutta bianca e nera, pareti nere, tappeto bianco, tende nere alle finestre, frangia bianca sul copriletto nero. Solo il soffitto era dipinto in color blu notte e tempestato di mille stelline elettriche.

Poi aveva guardato il letto ed era stato orrore autentico.

Sul letto c'era il Re, ma il Re non era solo.

Seduta sopra di lui, a montarlo come un pony, c'era Myra Evans. Si era girata a fissarla, quando aveva aperto i battenti. Il Re non aveva staccato lo sguardo da Myra, sbattendo le palpebre su quei magnifici, languidi, occhi blu.

«Myra!» aveva esclamato Cora. «Che cosa fai qui?»

«Non sto certo passando l'aspirapolvere», aveva ribattuto Myra con sarcasmo.

Cora non riusciva più a respirare per lo sbalordimento. «Be'... be'... *be', che mi squartassero!*» aveva gridato in un progressivo crescendo quando aveva ritrovato il fiato.

«Perfetto, va' a farti squartare, allora», l'aveva apostrofata Myra, accelerando il ritmo dei fianchi, «e già che ci sei togliti quegli stupidi occhiali neri. Ti danno un'aria da idiota. E vattene. Torna a Castle Rock. Siamo occupati... non è vero, El?»

«Dici bene, gioia», le aveva risposto il Re. «Occupati come ricci.»

L'orrore si era trasformato in furia e la paralisi di Cora si era spezzata con un colpo secco. Si era avventata sulla cosiddetta amica con l'intenzione di strapparle gli occhi traditori dalle orbite, ma quando aveva alzato la mano contratta in un artiglio Myra l'aveva preceduta e con una mossa fulminea (senza perdere un colpo nel ritmo della sua cavalcata) le aveva sottratto gli occhiali.

Cora aveva strizzato gli occhi per la sorpresa... e quando li aveva riaperti si era ritrovata nel letto di casa sua. Gli occhiali erano per terra, con entrambe le lenti spezzate.

Con un gemito accorato, si era lanciata giù dal letto. Avrebbe voluto mettersi a strillare, ma una voce interiore, una voce che non era la sua, le aveva ricordato che i poliziotti nella rimessa l'avrebbero udita e sarebbero accorsi. «No, ti prego, no, *ti preeeego...*»

Aveva tentato invano di reinserire i cocci delle lenti nella montatura dorata. Non c'era stato niente da fare, gli occhiali erano rotti, glieli aveva rotti quella puttana malefica. Glieli aveva rotti la sua *amica* Myra Evans. La sua *amica* che chissà come aveva trovato il modo di arrivare a Graceland, l'*amica* che ancora in quel momento, mentre lei cercava di riaggiustare l'inestimabile accessorio ormai irrimediabilmente fracassato, stava facendo l'amore con il Re.

Cora aveva rialzato la testa. I suoi occhi erano diventati fessure nere, animate da un brillio omicida. «Sarò io a squartare lei», aveva sibilato. «Vedrai se scherzo.»

6

Lesse l'avviso nelle vetrine di *Cose Preziose*, rifletté per un istante, dopodiché svoltò l'angolo e imboccò il vicolo. Sfiorò Francine Pelletier, che proveniva dalla direzione opposta, intenta a riporre qualcosa nella borsetta. Non la degnò di uno sguardo.

A metà del vicolo scorse il signor Gaunt dietro a un tavolo di legno collocato nel riquadro della porta di servizio del suo retrobottega come una barricata.

«Ah, Cora!» esclamò il signor Gaunt. «Mi domandavo quando saresti passata.»

«Quella *puttana*!» vomitò Cora. «Quella porca *traditrice*!»

«Scusa, Cora», le si rivolse il signor Gaunt con zelante cortesia, «ma mi sembra che ti sei dimenticata di allacciarti qualche bottone.» Indicò il vestito che indossava con l'indice straordinariamente lungo.

Cora si era infilata il primo indumento che aveva trovato ed era riuscita ad allacciarsi solo il primo bottone, sotto il quale i lembi della casacca si allargavano lasciandola scoperta fino ai riccioli del pube. Dal varco le sporgeva il ventre, gonfio delle troppe merendine e dei troppi boeri che aveva ingollato durante *Santa Barbara* (e tutti gli altri programmi della sua vita pre-occhiali).

«Chi se ne frega?» ribatté in tono brusco.

«Non io di certo», rispose candidamente il signor Gaunt. «Posso aiutarti?»

«Quella puttana si sta facendo il Re. Mi ha rotto gli occhiali. Voglio ucciderla.»

«Ah», fece il signor Gaunt inarcando le sopracciglia. «Non posso dire di non essere solidale con te, Cora, perché lo sono. Forse una donna che ruba l'uomo a un'altra donna non merita di morire, ma non mi sbilancerei su un argomento del genere né in un senso né nell'altro. Per tutta la vita mi sono occupato di commercio e non ho molta dimestichezza con le faccende di cuore. Ma una donna che distrugge volontariamente l'oggetto in cui un'altra persona ripone il suo più grande affetto... Ah, questo è molto più grave. Non trovi?»

Cora cominciò a sorridere. Era un sorriso duro. Era un sorriso spietato. Era un sorriso in cui non c'era traccia di raziocinio. «Trovo», rispose Cora Rusk.

Il signor Gaunt si girò per qualche attimo dall'altra parte. Quando tornò a guardare Cora, aveva in mano una pistola automatica.

«Stai cercando forse qualcosa del genere?» domandò.

20

1

Dopo aver finito con Myrtle, Buster piombò in una momentanea condizione di assenza, durante la quale perse ogni risolutezza. Pensò a Loro, la città intera ne pullulava, ma al posto dell'odio limpido e sacrosanto che aveva provato solo fino a pochi minuti prima, ora sentiva solo stanchezza e un senso di depressione. La testa gli pulsava dolorosamente. Braccio e schiena gli facevano male per lo sforzo di aver usato il martello.

Abbassò gli occhi e vide che lo impugnava ancora. Aprì la mano e il martello cadde sul linoleum della cucina, lasciando un'impronta di sangue. Per quasi un intero minuto restò imbambolato a fissare lo schizzo. Gli sembrava di riconoscere nel sangue un abbozzo del volto di suo padre.

Attraversò a passo svogliato il soggiorno ed entrò nello studio massaggiandosi la spalla e il braccio. Il costante tintinnare delle manette lo faceva impazzire. Aprì l'armadio a muro, si inginocchiò, s'infilò sotto gli indumenti appesi e tirò fuori la scatola con il disegno dei trottatori. Uscì goffamente dall'armadio strisciando all'indietro (la manetta che gli pendeva dal polso s'impigliò in una delle scarpe di Myrtle, che scaraventò in fondo all'armadio con una aspra imprecazione), portò la scatola alla sua scrivania e vi si sedette davanti. Invece di emozione, sentiva solo tristezza. Biglietto Vincente era un gioco fantastico, d'accordo, ma a che cosa poteva servirgli ora? Non aveva alcuna importanza che restituisse o no il denaro. Aveva assassinato sua moglie. Sicuramente se lo meritava, ma *Loro* non l'avrebbero vista con i suoi occhi. Loro lo avrebbero allegramente scaricato nella più recondita e più buia cella del penitenziario di Shawshank, per poi gettar via la chiave.

Si accorse di aver lasciato grandi macchie di sangue sul coperchio e si esaminò. Solo allora si accorse di essere completamente ricoperto di sangue. Neanche un macellaio di Chicago avrebbe avuto gli avambracci ridotti in quello stato. La depressione gli scivolò nuovamente dentro come l'onda dolce di una scura marea. Loro lo avevano sconfitto... ma pazienza. Non si sarebbe lasciato prendere. Si sarebbe salvato lo stesso.

Si alzò, sentendosi sfinito, e salì adagio le scale. Durante il percorso si spogliò, abbandonando le scarpe in soggiorno, lasciando i calzoni ai piedi delle scale, sedendosi su un gradino per togliersi le calze. Persino quelle erano insanguinate. I problemi maggiori li ebbe con la camicia: sfilarsela con una manetta stretta al polso fu una vera impresa.

Trascorsero quasi venti minuti fra l'assassinio della signora Keeton e la doccia di Buster. Si sarebbe potuto arrestarlo senza alcuna difficoltà in un momento qualsiasi di quel lasso di tempo... senonché al Municipio era in corso un passaggio di consegne, l'ufficio dello sceriffo era in totale sconquasso e nessuno aveva ritenuto di primaria importanza rintracciare Danforth «Buster» Keeton.

Dopo essersi asciugato, indossò maglietta e calzoni puliti (non aveva più energie per affrontare di nuovo un paio di maniche lunghe) e tornò nello studio. Si sedette a contemplare Biglietto Vincente, sperando che la depressione fosse solo passeggera, che riaffiorasse la gioia intensa delle precedenti sedute. Ma la figura sulla scatola era sbiadita e l'unico colore intenso era una macchia di sangue di Myrtle sul fianco del cavallo numero due.

Sollevò il coperchio e guardò dentro. Costernazione: i cavallini erano tristemente inclinati di qua e di là, tutti scoloriti, e un pezzetto di molla rotta sporgeva dalla fessura in cui si inseriva la chiave per caricare il meccanismo.

C'è stato qualcuno! gridò una voce nella sua mente. Qui c'è stato qualcuno! Uno di Loro! Non gli è bastato rovinare *me*! Hanno dovuto guastarmi anche il giocattolo!

Ma una voce più profonda, forse quella morente della ragione, gli bisbigliò che non era vero. *È sempre stato così fin dal principio,* bisbigliò la voce. *È solo che tu non te ne eri accorto.*

Tornò all'armadio a muro, deciso infine a prendere la pistola. Era venuto il momento di ùsarla. Stava rovistando, quando squillò il telefono. Sollevò molto lentamente il ricevitore già sapendo chi era.

Non restò deluso.

2

«Salve, Dan», lo salutò il signor Gaunt. «Come stai in questa bella serata?»

«Orrendamente», rispose Buster con voce tetra. «Il mondo è andato alla malora. Ho deciso di uccidermi.»

«Davvero?» Nella voce del signor Gaunt trapelò solo una punta di delusione, non di più.

«Non c'è più niente che valga qualcosa. Anche il giocattolo che mi ha venduto lei non vale niente.»

«Oh, ne dubito molto», ribatté il signor Gaunt con un'inflessione di asprezza. «Io controllo con molta cura tutti i miei meccanismi, signor Keeton. Molto scrupolosamente. Perché non controlla di nuovo?»

Buster lo accontentò e rimase sbigottito. I cavallini erano di nuovo diritti nelle loro fessure. I colori erano di nuovo vivaci, freschi e lucidi. Persino gli occhi sembravano mandare scintille. La pista di latta era un alternarsi di verdi brillanti e polverose sfumature di marrone estivo. *Fondo duro, oggi, pista veloce,* pensò come in sogno, spostando lo sguardo sul coperchio.

O i suoi occhi, offuscati dalla depressione, lo avevano ingannato, o i colori avevano ritrovato freschezza e vivacità nei pochi secondi passati da quando aveva risposto al telefono. Ora non riusciva più quasi a distinguere il sangue di Myrtle, asciugatosi in una tinta bigia e imprecisa.

«Mio Dio!» mormorò.

«Allora?» lo incalzò il signor Gaunt. «Allora, signor Keeton? Mi sbaglio? Perché se mi sbaglio, dovrà rimandare il suo suicidio ad almeno il tempo necessario per restituirmi il suo acquisto e ricevere in cambio il rimborso dell'intera somma spesa. Se la merce che vendo è difettosa, io risarcisco il cliente. Devo farlo, lo capisce anche lei, ho una reputazione da proteggere ed è un principio che prendo molto sul serio in un mondo dove Loro sono a miliardi e io sono solo.»

«No... no!» proruppe Buster. «È... *magnifico*!»

«Dunque si sbagliava?»

«Penso... immagino di sì.»

«*Ammette* di essersi sbagliato?»

«S...sì.»

«Bene», concluse il signor Gaunt e questa volta la sua voce era di nuovo cordiale. «Allora può senz'altro uccidersi. Ma mi lasci dire che sono deluso. Credevo di aver finalmente un uomo abbastanza di fegato da aiutarmi a prenderli a calci nel culo. Devo tristemente dedurne che anche lei è coraggioso solo a parole, come tutti gli altri.» Il signor Gaunt sospirò. Era il sospiro di un uomo che si accorge di essersi ingannato quando aveva creduto di scorgere la luce in fondo al tunnel.

Intanto a Buster Keeton stava accadendo qualcosa di strano. Sentiva rinascere in sé vitalità e risolutezza. Era come se si andassero ravvivando e intensificando anche i suoi colori interiori.

«Vuol dire che non è troppo tardi?»

«Tutt'altro. Non è mai troppo tardi per cercare un mondo nuovo. Se si ha spina dorsale. Il fatto è che avevo preparato tutto per lei, signor Keeton. Contavo su di lei, vede.»

«Preferisco quando mi chiama per nome», disse Buster, quasi timidamente.

«Va bene. Dan, allora. Hai davvero deciso per una soluzione così vigliacca?»

«No!» gridò Buster. «È solo che ho pensato, a che serve? Loro sono troppi.»

«Tre uomini in gamba possono fare molto, Dan.»

«Tre? Ha detto *tre*?»

«Sì. Ce n'è un altro. Un altro che si rende conto del pericolo, che capisce che cosa stanno complottando Loro.»

«Chi?» volle sapere Buster. «Chi è?»

«A suo tempo», rispose il signor Gaunt, «ma ora come ora di tempo non ce n'è. Ti manderò qualcuno.»

Buster guardò dalla finestra dello studio, socchiudendo gli occhi come un furetto che ha fiutato odore di pericolo nel vento. La strada era deserta, ma non lo sarebbe rimasta per molto. Li sentiva, li sentiva ammassarsi per scagliarsi su di lui.

«Che cosa devo fare?»

«Dunque sei dei nostri?» domandò il signor Gaunt. «Vuoi dire che in realtà *posso* contare su di te?»

«Sì!»

«Fino in fondo?»

«Finché nevicherà all'inferno o lei non mi vorrà più!»

«Perfetto», si compiacque il signor Gaunt. «Ascoltami attentamente, Dan.» E mentre il signor Gaunt parlava e Buster ascoltava, sprofondando piano piano in quello stato ipnotico in cui lo strano negoziante sapeva indurlo quando e come voleva, l'aria intorno alla casa fu scossa dai primi brontolii del temporale imminente.

3

Buster uscì di casa cinque minuti dopo. Aveva indossato una giacca leggera sulla maglietta e in una delle tasche teneva nascosta la mano ammanettata. Esattamente là dove gli aveva indicato il signor Gaunt trovò un furgone accostato al marciapiede, a mezzo isolato da casa. Era giallo brillante, a garanzia che la maggioranza dei passanti avrebbero guardato più il colore che il guidatore. Aveva finestrini molto piccoli e su entrambi i fianchi portava il marchio di una stazione TV di Portland.

Dopo una rapida, ma esauriente occhiata in entrambe le direzioni, salì a bordo. Il signor Gaunt gli aveva detto che avrebbe trovato le chiavi sotto il sedile. C'erano. Sul posto del passeggero c'era una sporta di carta. In essa Buster trovò una parrucca bionda, un paio di occhiali da yuppie con montatura metallica e una bottiglietta di vetro.

Si calcò la parrucca in testa con qualche dubbio (lunga e incolta, sembrava lo scalpo di un cantante rock defunto), ma quando si guardò nello specchietto retrovisore, fu stupito di come gli calzava bene. Lo faceva apparire più giovane. *Molto* più giovane. Le lenti degli occhiali erano di vetro e, almeno a suo avviso, modificavano il suo aspetto ancor più della parrucca. Gli davano un'aria intelligente, come Harrison Ford in *Mosquito Coast*. Si contemplò affascinato. Tutt'a un tratto dimostrava trent'anni e rotti invece di cinquantadue, come un uomo che potrebbe benissimo lavorare per un'emittente televisiva. Non come corrispondente, niente di esaltante, ma magari come cameraman, se non addirittura regista.

Svitò il tappo della bottiglietta e fece una smorfia: il liquido che conteneva puzzava come una batteria per trattori semidisciolta. Dal collo della bottiglietta si alzarono alcuni fili di fumo. *Devo stare attento con questa roba,* pensò. *Molto attento.*

Si infilò la manetta vuota sotto la coscia destra e tenne in tensione la catenella. Poi versò alcune gocce del liquido scuro e viscoso della bottiglietta sui primi anelli della manetta che gli serrava il polso, facendo attenzione a non lasciarsene cadere sulla pelle. L'acciaio cominciò subito a fumare e ribollire. Qualche goccia cadde sul tappetino di gomma e anche lì si formarono immediatamente delle bolle. Dal fondo dell'abitacolo si alzò un fumo nauseante in un orribile rumore di sfrigolio. Dopo qualche istante Buster si sfilò la manetta vuota da sotto la coscia, l'agganciò con due dita e diede uno strattone. La catena si staccò come fosse stata di carta. La lasciò cadere. Aveva ancora un braccialetto al polso, ma la vera tortura cinese erano state la catena e l'altra manetta, e di quelle si era sbarazzato. Infilò la chiave nell'accensione, mise in moto e partì.

Non più di tre minuti dopo, Seaton Thomas imboccò il vialetto di casa Keeton al volante di un'auto dell'ufficio dello sceriffo e poco dopo ancora il vecchio Seat rinveniva Myrtle Keeton distesa nel mezzo della porta fra rimessa e cucina. Poco dopo veniva raggiunto da quattro unità della polizia statale. Gli agenti perlustrarono la casa da cima a fondo, alla ricerca di Buster o di qualche indizio che potesse indicare loro dove trovarlo. Nessuno si soffermò a osservare il gioco delle corse sul tavolo del suo studio. Era vecchio, pieno di polvere ed evidentemente guasto. Sembrava uscito dalla soffitta di qualche parente povero.

4

Eddie Warburton, il custode del Municipio, ce l'aveva con Sonny Jackett da più di due anni. Negli ultimi giorni il suo astio si era sviluppato in una furia cieca.

Quando nell'estate 1989 si era guastata la trasmissione della sua piccola Honda Civic, non aveva voluto rivolgersi al concessionario più vicino, perché sarebbe stato costretto a spendere un sacco di soldi per far rimorchiare l'utilitaria ed era già abbastanza tragico che la trasmissione fosse partita solo tre settimane dopo lo scadere della relativa garanzia. Così per prima cosa si era rivolto a Sonny Jackett e gli aveva chiesto se avesse esperienza di automobili straniere.

Sonny aveva risposto di sì. Gli aveva parlato con l'esuberante presunzione che mostravano con lui quasi tutti gli yankee di provincia. *Noi non abbiamo pregiudizi, ragazzo mio,* sottintendeva il tono della sua voce. *Qui siamo nel Nord, sai? Noi non le sentiamo neppure, quelle stronzate che circolano nel Sud. È* CHIARO *che sei un negro, balza agli occhi, ma per noi non fa nessuna differenza. Neri, gialli, bianchi o verdi, noi ce li inchiappettiamo tutti alla stessa maniera. Portamela qui.*

Sonny aveva riparato la trasmissione della Honda, ma gli aveva presentato un conto di cento dollari superiore al preventivo, fatto per il quale per poco non erano venuti alle mani, una sera, giù al *Tiger*. Dopodiché l'*avvocato* di Sonny (nordisti o sudisti, Eddie Warburton aveva imparato che tutti i bianchi avevano un *avvocato*) gli aveva telefonato per informarlo che Sonny lo aveva citato in tribunale. Come risultato di quella piccola esperienza, Eddie si era ritrovato alleggerito di cinquanta dollari e cinque mesi dopo il circuito elettrico della Honda aveva preso fuoco. L'utilitaria era parcheggiata nel cortile riservato al Municipio. Qualcuno lo aveva chiamato a gran voce, ma ora che era uscito con l'estintore, l'abitacolo della sua bella macchinina era un ammasso di danzanti lingue di fuoco. Il danno era stato totale.

Fin dal primo momento Eddie si era chiesto se fosse stato Sonny Jackett ad appiccare il fuoco. Il perito dell'assicurazione aveva detto che l'incidente era del tutto casuale, provocato da un corto circuito, uno di quei fenomeni che si verificano una volta su un milione. Ma che ne sapeva lui? Probabilmente un bel niente, e poi i soldi non erano *suoi*. Né il risarcimento dell'assicurazione si era lontanamente avvicinato alla spesa che Eddie aveva sostenuto per acquistare la Honda.

E adesso sapeva. Sapeva con certezza.

Quel giorno gli era arrivato un pacchetto per posta. Gli oggetti che conteneva lo avevano illuminato: alcune pinzette a coccodrillo annerite, una vecchia fotografia con i bordi arricciati e un messaggio.

Le pinzette erano di quelle che si sarebbero potute usare per provocare un corto circuito e una scarica di scintille. Bastava grattar via l'isolante dalla giusta coppia di cavi nei punti giusti, collegare le pinzette e *voilà*.

La foto mostrava Sonny in compagnia di alcuni dei suoi amici candeggiati, quelli che trovavi sempre a oziare su seggiole da cucina nell'ufficio del distributore. Il luogo in cui era stata scattata non era però la stazione della Sunoco di Sonny, bensì il deposito di ferraglie di Robicheau sulla Municipale N.5. Erano in piedi davanti alla Civic carbonizzata di Eddie a bere birra, ridere... e succhiarsi gran fette di anguria.

Il messaggio era conciso ed esplicito. *Caro muso nero: rompere i coglioni a me è stato un grave errore.*

Sulle prime Eddie si era domandato perché mai Sonny gli avrebbe spedito un messaggio del genere (senza tuttavia metterlo in relazione alla lettera che lui stesso aveva infilato nella porta di Polly Chalmers dietro richiesta del signor Gaunt). Aveva concluso che evidentemente Sonny era più stupido e più cattivo di tutti gli altri razzisti bianchi. D'altra parte, se quella faccenda gli rodeva ancora nelle viscere, perché aveva aspettato tanto tempo per tornarci sopra?

Ma più rimuginava sui vecchi tempi

(Caro muso nero:)
più le sue perplessità si dissipavano. Il messaggio, le pinzette annerite e quella vecchia foto, gli erano penetrate nel cervello e avevano cominciato a ronzare e ronzare come un nugolo di zanzare affamate.

Qualche ora prima aveva acquistato una pistola dal signor Gaunt.

Le lampade fluorescenti nell'ufficio della stazione di servizio proiettavano un trapezio bianco sull'asfalto della zona di servizio, dove Eddie fermò la Oldsmobile di seconda mano che aveva sostituito la Civic. Scese, tenendo una mano nella tasca della giacca in cui celava la pistola.

Si fermò per un minuto davanti alla porta a guardar dentro. Sonny era seduto vicino al registratore di cassa su una sedia di plastica sollevata all'indietro sulle gambe posteriori. Di lui Eddie vedeva solo la cupola del berretto appena oltre il giornale aperto. Leggeva il giornale. Naturalmente. Gli uomini bianchi avevano sempre *avvocati* e dopo una giornata a metterla nel culo a quelli di colore come lui, se ne stavano sempre seduti in ufficio con la sedia inclinata all'indietro, a leggere il giornale.

Fottuti uomini bianchi, con i loro fottuti *avvocati* e i loro fottuti *giornali*.

Eddie estrasse l'automatica ed entrò. Qualcosa che dentro di lui aveva dormito fino a quel momento si destò all'improvviso con un grido d'allarme e protestò che non doveva farlo, che sarebbe stato un errore, ma quella voce echeggiò nel vuoto. Echeggiò nel vuoto perché tutt'a un tratto era come se Eddie non fosse più dentro se stesso. Era come uno spirito che osservava lo svolgersi della scena appollaiato sulla sua spalla. Uno spirito maligno aveva assunto il controllo delle sue azioni.

Eddie udì la propria bocca che diceva: «Ho qualcosa per te, ladro bastardo» e vide il proprio dito premere due volte il grilletto. In un titolo che diceva CONSISTENTE AUMENTO DEL CONSENSO PER MCKERNAN apparvero due circoletti neri. Sonny Jackett sobbalzò con un grido. Le gambe della sedia inclinata all'indietro slittarono e Sonny rovinò per terra mentre il sangue gli impregnava la tuta... solo che il nome cucito sulla tuta con filo dorato era RICKY. Non era affatto Sonny. Era Ricky Bissonette.

«Ah, merda!» imprecò Eddie. «Ho ammazzato il bianco sbagliato!»

«Ciao, Eddie», lo salutò da dietro Sonny Jackett. «Buon per me che ero al cesso, vero?»

Eddie cominciò a voltarsi. Tre proiettili dell'automatica che Sonny aveva acquistato nel tardo pomeriggio dal signor Gaunt gli penetrarono nella parte bassa della schiena e gli polverizzarono la spina dorsale prima che avesse compiuto mezza rotazione.

Guardò con gli occhi ingigantiti e impotenti Sonny che si chinava su di lui. La canna della pistola che Sonny impugnava era grande come l'imboccatura di un tunnel e scura come l'eternità. Sopra la pistola, il volto di Sonny era pallido e severo. Gli colava del grasso su una guancia.

«Il tuo errore non è stato di aver voluto rubarmi la nuova serie di chiavi a bussola», disse Sonny mentre cominciava a premere la canna della pistola al centro della fronte di Eddie Warburton. «Scrivere per *annunciarmi* che me le avresti rubate... *quello* è stato il tuo errore.»

Una grande luce bianca, la luce della comprensione, si accese all'improvviso nella mente di Eddie. *Ora* ricordò la lettera che aveva infilato nella fessura della posta a casa della Chalmers e poté collegare quella marachella al messaggio che aveva ricevuto lui e a quello a cui alludeva Sonny.

«Aspetta!» sussurrò. «Devi ascoltarmi, Jackett... ci hanno preso per i fondelli, tutti e due, siamo stati...»

«Addio, ragazzo nero», disse Sonny e schiacciò il grilletto.

Sonny osservò fissamente quel che restava di Eddie Warburton per quasi un minuto, domandandosi se avesse sbagliato a non ascoltare che cosa voleva dirgli Eddie. Concluse di aver agito per il meglio. Che cosa poteva avere da dire di importante un tizio tanto scemo da mandare un preavviso come quello?

Si alzò, entrò in ufficio e scavalcò le gambe di Ricky Bissonette. Aprì la cassaforte e ne estrasse le chiavi a bussola regolabili che gli aveva venduto il signor Gaunt. Le stava ancora contemplando, prendendole amorevolmente fra le mani a una a una e riponendole nel loro astuccio, quando arrivò la polizia statale ad arrestarlo.

5

Parcheggia all'angolo di Birch e Main Street, lo aveva istruito il signor Gaunt per telefono, *e aspetta. Ti manderò una persona.*

Buster aveva eseguito alla lettera. Da dove si trovava aveva osservato un gran via vai all'ingresso del vicolo. Sembrava che quella sera tutti i suoi concittadini avessero qualcosa di cui trattare con il signor Gaunt. Dieci minuti prima aveva visto arrivare la Rusk con il vestito tutto sbottonato, scomposta e scarmigliata come se fosse scappata da un brutto sogno.

Poi, neanche cinque minuti dopo averla vista infilarsi qualcosa nella tasca del vestito mentre usciva dal vicolo (il quale vestito era ancora sbottonato e lasciava vedere parecchio, ma chi in possesso delle proprie facoltà mentali avrebbe voluto guardare, si chiedeva Buster), c'erano stati degli spari in Main Street. L'impressione di Buster era stata che provenissero dal distributore della Sunoco.

Dal Municipio partirono unità della polizia statale che risalirono la Main con i lampeggiatori blu in funzione, mettendo in fuga i reporter come uno stormo di piccioni. Travestito o no, Buster decise che era più prudente starsene per un po' nel retro del furgone.

Passarono rombando le automobili della statale e le loro luci blu a intermittenza illuminarono un oggetto appoggiato ai portelloni posteriori del furgone: una sacca da viaggio di tela verde. Incuriosito, Buster disfece il nodo, allentò il laccio e allargò l'apertura della sacca per guardarci dentro.

La prima cosa che vide fu una scatola. La estrasse e scoprì che sotto c'era un cumulo di timer. Erano del tipo a caldo, almeno una ventina. Bianchi e lisci, lo fissavano come occhi senza pupilla. Aprì la scatola e vide che era piena di pinzette a coccodrillo, del tipo che impiegano alle volte gli elettricisti per un collegamento volante.

Corrugò la fronte perplesso... poi, all'improvviso, gli occhi della sua mente videro un modulo: un modulo di stanziamento dell'autorità amministrativa di Castle Rock, per la precisione. Nello spazio riservato alla fornitura in beni o servizi, in precise lettere battute a macchina c'erano scritte queste parole: 16 CASSE DI DINAMITE.

Seduto nel retro del furgone, Buster cominciò a sogghignare. Poi cominciò a ridere. Fuori rombò il tuono. Una lingua di saetta guizzò dal ventre strisciante di una nube e piombò serpeggiando nel Castle Stream.

Buster continuò a ridere. Rise fino a scuotere il furgone.

«*Loro!*» esclamò ridendo. «Oh, ragazzi, che bella sorpresina abbiamo per Loro! Bella davvero!»

6

Henry Payton, che era andato a Castle Rock per togliere dal fuoco le castagne ardenti dello sceriffo Pangborn, era fermo sulla porta dell'ufficio del distributore Sunoco con la bocca spalancata. Altri due. Uno bianco e uno nero, ma tutti e due morti.

Un terzo, che doveva essere il proprietario della stazione di rifornimento, secondo il nome che portava cucito sulla tuta, sedeva per terra, vicino alla cassaforte aperta e cullava fra le braccia un astuccio metallico sporco di grasso come fosse un neonato. Accanto a lui, per terra, c'era una pistola automatica. Guardandola, Henry sentì una cabina d'ascensore che gli precipitava nelle viscere. Era identica a quella con cui Hugh Priest aveva sparato a Henry Beaufort.

«Guardi», disse uno degli agenti dietro di lui, con la voce indebolita da apprensione e stupore. «Ce n'è un'altra.»

Henry si girò facendo scricchiolare i tendini del collo. A pochi centimetri dalla mano protesa del nero c'era un'altra pistola, una terza pistola automatica.

«Non le toccate», ordinò ai suoi uomini. «Non dovete neanche avvicinarvi.» Scavalcò una pozza di sangue, afferrò Sonny Jackett per la tuta e lo issò in piedi. Sonny non oppose resistenza, ma si strinse più forte al petto il suo astuccio di metallo.

«Che cosa è successo qui?» gli urlò in faccia Henry. «Dimmi che cosa è successo, in nome di Dio?»

Sonny indicò Eddie Warburton con il gomito per non dover staccare la mano dall'astuccio. «È entrato qui come un matto.

Aveva una pistola. Si vedeva che era matto. Guardi che cosa ha fatto a Ricky. Ha scambiato Ricky per me. Voleva rubarmi le mie chiavi. Guardi.»

Sorrise e aprì l'astuccio per mostrare a Henry i vecchi ferri arrugginiti che conteneva.

«Non potevo permetterglielo, giusto? Voglio dire... queste chiavi sono *mie*. Le ho pagate io e sono *mie*.»

Henry aprì la bocca per dire qualcosa. Non aveva idea di quali sarebbero state le sue parole, che comunque non uscirono mai dalle sue labbra. Prima che potesse cominciare, ci furono altri spari, questa volta dalla parte di Castle View.

7

Lenore Potter era davanti al corpo di Stephanie Bonsaint con una pistola automatica che le fumava nella mano. Stephanie era caduta nell'aiuola dietro la casa, la sola che quella strega malvagia e vendicativa non le aveva devastato nelle due precedenti sortite.

«Non avresti dovuto tornare», la rimproverò Lenore. Non aveva mai usato un'arma da fuoco in vita sua e adesso aveva ucciso una donna... ma l'unica sensazione che provava era di cupa esultanza. Quella donna si trovava nella sua proprietà, a devastarle il giardino (Lenore aveva aspettato che fosse nel pieno della sua opera di distruzione: *sua* madre non aveva allevato imbecilli), perciò era nel suo pieno diritto. *Indiscutibilmente* nel suo pieno diritto.

«Lenore?» chiamò suo marito. Si era affacciato dalla finestra del bagno del primo piano con la faccia bianca di sapone da barba. La sua voce era allarmata. «Lenore, che succede?»

«Ho sparato a un intruso», rispose con calma Lenore, senza girarsi. Infilò il piede sotto il corpo riverso tra i fiori e lo sollevò. Affondare il piede nel fianco cedevole di quella strega della Bonsaint le trasmise un piacere improvviso e morboso. «È Stephanie Bon...»

Il cadavere rotolò supino. Non era Stephanie Bonsaint. Era la moglie di quel simpatico aiuto sceriffo.

Aveva ammazzato Melissa Clutterbuck.

Tutt'a un tratto la *calava* di Lenore Potter passò oltre il blu, oltre il viola, oltre il magenta. Precipitò nel nero più fondo della notte.

8

Alan Pangborn si guardava le mani e, oltre le mani, guardava in un'oscurità così densa che non si potrebbe descrivere. Era giunto alla considerazione che forse quel pomeriggio non aveva perso Polly solo per poco, cioè il tempo necessario a chiarire un equivoco, ma per sempre. Sarebbe rimasto così con qualcosa come trentacinque anni da ammazzare.

Sentì un piccolo rumore e rialzò la testa di scatto. Era la signorina Hendrie. Era nervosa, ma dava anche l'impressione di essere giunta a una conclusione.

«Il bambino si è mosso», riferì. «Non è sveglio, perché gli hanno somministrato un sedativo e non sarà veramente sveglio per qualche ora, però non sta neanche dormendo.»

«Davvero?» chiese a bassa voce Alan e aspettò.

La signorina Hendrie si morsicò il labbro inferiore prima di continuare. «Sì. Le permetterei di vederlo, sceriffo Pangborn, ma proprio non posso. Lei mi capisce, vero? So che ha dei problemi nella sua città, ma questo bambino ha solo sette anni.»

«Sì.»

«Ora scendo a prendermi una tazza di tè. La signora Evans è in ritardo, come sempre del resto, ma sarà qui fra un minuto o due. Se lei andasse nella stanza di Sean Rusk, la numero nove, appena mi sarò allontanata, probabilmente non si accorgerebbe di niente. Capisce?»

«Sì», rispose Alan con gratitudine.

«Il giro di controllo si fa alle otto, perciò se lei fosse *già* nella sua stanza, probabilmente la signora Evans non la scoprirebbe. È naturale che se dovesse accadere, lei dirà che io ho seguito il regolamento e le ho rifiutato la visita. Dirà che ha approfittato di una mia temporanea assenza per entrare di nascosto. Farà così?»

«Sì, lo prometto.»

«Potrà uscire scendendo per le scale che ci sono in fondo al corridoio. Se dovesse entrare nella stanza di Sean Rusk, s'intende. Cosa che, naturalmente, io le ho proibito di fare.»

Alan si alzò e d'impulso la baciò sulla guancia.

La signorina Hendrie arrossì.

«Grazie», mormorò Alan.

«Di che? Io non ho fatto niente. Ora credo che andrò a bere il mio tè. La prego di starsene seduto qui da bravo fino al mio ritorno, sceriffo.»

Alan ubbidì. Si sedette con la testa fra Simone Semplicione e il pasticcere finché i battenti della porta non si richiusero con un sospiro sommesso alle spalle della signorina Hendrie. Allora si alzò e percorse in silenzio il corridoio colorato a tinte vivaci, con il suo assortimento di giocattoli sparsi dappertutto.

9

Sean Rusk gli sembrò perfettamente sveglio.

Era l'ala pediatrica dell'ospedale e il letto era piccolo; ciononostante Sean sembrava sperduto in uno spazio enorme. Il suo corpo creava solo un modesto innalzamento del lenzuolo, dando l'impressione che di lui ci fosse solo la testa posata su un lindo guanciale bianco. Il suo volto era molto pallido. Sotto gli occhi aveva ombre violacee, scure quasi come lividi. Lo fissava con placida indifferenza. Un ricciolo bruno gli era scivolato al centro della fronte come una virgola.

Alan andò a prendere la sedia che c'era alla finestra e la collocò accanto al letto, con i fianchi a sbarre alzati a evitare che il piccolo paziente avesse a cadere fuori. Sean non mosse la testa, ma spostò gli occhi seguendo i suoi movimenti.

«Ciao, Sean», lo salutò Alan sottovoce. «Come ti senti?»

«Ho la gola secca», bisbigliò Sean.

Sul tavolino c'erano una caraffa e due bicchieri. Alan gli versò dell'acqua e si chinò per passargliela sopra le sbarre.

Sean cercò di alzarsi a sedere e non ci riuscì. Ricadde contro il guanciale con un debole sospiro che addolorò Alan. Tornò nella mente al suo ragazzo, al suo povero Todd, segnato da un terribile destino. Mentre infilava una mano dietro la nuca di Sean Rusk per aiutarlo a sollevarsi, visse un angosciante momento di nitida memoria. Rivide Todd quel giorno, fermo accanto alla Scout a ricambiare il suo gesto di saluto, e nel ricordo un raggio di fioca luce madreperlacea gli avvolse la testa e ricalcò ogni amata linea della sua fisionomia.

Gli tremò la mano e qualche goccia d'acqua bagnò la tutina ospedaliera che indossava Sean.

«Scusa.»

«Fa niente», rispose Sean nel suo bisbiglio roco e bevve avidamente, svuotando quasi del tutto il bicchiere. Poi ruttò.

Alan lo posò con cautela sul guanciale. Ora Sean sembrava un po' più presente, ma il suo sguardo era ancora annebbiato. Non credeva di aver mai visto un bambino così spaventosamente solo e la sua mente cercò di evocare di nuovo quell'ultima immagine di Todd.

La scacciò. Aveva un lavoro da fare. Era un lavoro sgradevole e, come se non bastasse, maledettamente delicato, ma sempre di più sentiva che era anche disperatamente importante. Per tutto quello che stava accadendo in quel momento a Castle Rock, era sempre più sicuro che almeno alcune delle risposte erano lì, dietro quella fronte pallida e a quegli occhi tristi e senza luce.

Si guardò intorno costringendosi a sorridere. «Che posto squallido», commentò.

«Già», concordò Sean con il suo filo di voce. «Totalmente scarso.»

«Forse qualche fiore ravviverebbe l'ambiente», suggerì Alan e si passò la mano destra davanti all'avambraccio sinistro, pizzicando abilmente il mazzolino ripiegato e sfilandolo dal suo nascondiglio sotto il cinturino.

Sapeva di rischiare grosso, ma aveva deciso lì per lì di provarci lo stesso. Quasi ebbe a pentirsene. Due dei fiori di carta velina si strapparono nel momento in cui faceva aprire di scatto il mazzolino. Udì la vibrazione sfiatata della molla. Era senza dubbio l'ultima esibizione di quella versione del Trucco del Mazzolino, comunque, riuscì a scamparla... per un pelo. E Sean, a differenza di suo fratello, ne fu evidentemente divertito a dispetto delle condizioni psichiche in cui si trovava e delle sostanze chimiche che gli avevano iniettato nel sangue.

«*Mondiale!* Come hai fatto?»

«Un piccolo tocco di magia... Li vuoi?» S'allungò per infilare i fiori di carta nella caraffa.

«Naaa... sono di carta. E poi ce n'è anche qualcuno strappato.» Sean ci ripensò, concluse evidentemente che non era molto gentile da parte sua e aggiunse: «Bel trucco, però. Sai farli scomparire?»

Ne dubito, figliolo, pensò Alan. A voce alta rispose: «Ci proverò».

Tenne il mazzolino alto perché Sean potesse vederlo bene, poi piegò leggermente la mano destra e la abbassò. Compì quel passaggio molto più lentamente del solito in rispetto delle pietose condizioni del suo mazzolino e si ritrovò sorpreso e impressionato dal risultato. Invece di scomparire di scatto come accadeva normalmente, il Mazzolino Magico parve dileguarsi come fumo nel lento chiudersi del suo pugno. Avvertì il tentativo della vecchia molla di sottrarsi alla tensione eccessiva bloccandosi di traverso, ma alla fine decise di collaborare per un'ultima volta.

«Questo è stato assolutamente radicale», commentò Sean con ammirazione e Alan ne convenne in cuor suo. Era una splendida variante del trucco con il quale aveva incantato per anni gli scolaretti, ma dubitava che si potesse eseguire con una nuova versione del Trucco del Mazzolino. Una molla nuova di zecca avrebbe reso impossibile quella manovra al rallentatore.

«Grazie», disse, riponendo per l'ultima volta il mazzolino ripiegato sotto il cinturino. «Se non vuoi i fiori, ti andrebbe magari un quartino per la macchina della coca?»

Si sporse in avanti e come se niente fosse cavò una moneta da un quarto da una narice di Sean. Il bambino sorrise estasiato.

«Ops, dimenticavo. Ormai ci vogliono settantacinque centesimi, no? Maledetta inflazione. Oh, be', nessun problema.» Gli tolse una moneta dalla bocca e ne scoprì una terza nel proprio orecchio. A quel punto il sorriso di Sean aveva cominciato a perdere vigore e si era reso conto che era ora di chiudere i preamboli. Impilò le tre monete da un quarto sul comodino. «Per quando starai meglio», disse.

«Grazie.»

«Non c'è di che, Sean.»

«Dov'è papà?» chiese Sean. Ora la sua voce era un po' più energica.

La domanda sembrò strana ad Alan. Si sarebbe aspettato che s'informasse per prima cosa di sua madre. In fondo aveva solo sette anni.

«Sarà qui presto, Sean.»

«Speriamo. Lo voglio.»

«Lo so.» Dopo una pausa Alan aggiunse: «Presto sarà qui anche la mamma».

Sean ci pensò su, poi scosse lentamente il capo e la federa del guanciale frusciò sommessamente. «No. Lei è troppo occupata.»

«Troppo occupata per venire a trovarti?»

«Sì. È molto occupata. Mamma è a far visita al Re. È per questo che non posso più entrare nella sua stanza. Chiude la porta e si mette gli occhiali da sole e va in visita al Re.»

Alan rivide la signora Rusk che rispondeva alle domande degli agenti. Parlava lentamente e in maniera sconnessa. Sul tavolo accanto a lei, un paio di occhiali da sole. Come se non potesse separarsene. Una mano tornava in continuazione a toccarli, rigirarli. A un tratto la ritirava, come temendo che qualcuno si accorgesse, ma poi, passati pochi secondi, la mano tornava agli occhiali, quasi di volontà propria. Al momento aveva pensato che fosse in stato di choc o sotto l'effetto di un sedativo. Ora aveva dei ripensamenti. E si domandava anche se chiedere a Sean di Brian o seguire quella nuova strada. E se fosse stata la stessa strada per entrambi?

«Tu non sei veramente un mago», osservò Sean. «Sei un poliziotto, vero?»

«Già.»

«Sei un poliziotto della statale con una macchina blu di quelle che corrono davvero forte?»

«No. Sono lo sceriffo della contea. Di solito ho una macchina marrone con una stella sulla portiera e va abbastanza forte, ma questa sera sto usando la mia vecchia station wagon, che continuo a dimenticarmi di dar dentro per prenderne una nuova.» Sorrise. «Va piano come una tartaruga.»

Era riuscito a rianimare un po' di interesse nel bambino. «Perché non usi la tua macchina marrone da poliziotto?»

Per non spaventare Jill Mislaburski e tuo fratello, pensò Alan. *Non so Jill, ma mi pare che con tuo fratello l'espediente non abbia funzionato molto bene.*

«Per la verità non ricordo», rispose. «È stata una giornata molto lunga.»

«Sei uno sceriffo come *Giovani pistole*?»

«Mmm, immagino di sì. Più o meno.»

«Una volta io e Brian abbiamo noleggiato il film e l'abbiamo guardato. Era sinceramente mondiale. Volevamo andare a vedere *Giovani pistole II* quando l'hanno dato alla *Lanterna Magica* a Bridgton, l'estate scorsa, ma la mamma non ci ha lasciati andare perché era vietato. Noi possiamo vedere i film vietati solo quando papà ce li lascia guardare a casa sul videoregistratore. Ci è piaciuto un sacco *Giovani pistole*, a me e a Brian.» Sean fece una pausa e i suoi occhi si rabbuiarono. «Ma era prima che Brian comprasse la figurina.»

«Quale figurina?»

Per la prima volta apparve un'emozione vera negli occhi di Sean. Era terrore.

«Quella del baseball. La sua specialissima figurina di baseball.»

«Davvero?» Alan pensava al contenitore termico e alle figurine di baseball, da scambiare, come le aveva definite Brian. «Brian aveva la passione delle figurine, vero, Sean?»

«Sì. È con le figurine che ha beccato lui. Io credo che usi cose diverse a seconda della persona.»

Alan si protese sul suo letto. «Chi, Sean? *Chi* lo avrebbe beccato?»

«Brian si è ucciso. Io l'ho visto. È stato nel box.»

«Lo so. Mi spiace.»

«Gli è venuta fuori una schifezza da dietro la testa. Non solo sangue. *Roba*. Era gialla.»

Alan non sapeva che cosa dire. Il cuore gli batteva lento e pesante nel petto. La bocca gli si era asciugata peggio di un deserto, e gli stava venendo la nausea. Il nome di suo figlio echeggiò nella sua mente come una campana a morto suonata da mani idiote nel cuore della notte.

«Peccato», commentò Sean. Il tono della sua voce era stranamente pratico, ma intanto negli occhi gli affiorarono due lacrime, si gonfiarono e gli scivolarono per le guance lisce. «Non vedremo insieme *Giovani pistole II* quando metteranno in vendita la cassetta. Dovrò guardarlo da solo e non sarà per niente divertente senza Brian con tutte le sue battute stupide. Lo so.»

«Tu volevi molto bene a tuo fratello, vero?» chiese Alan con la voce roca. Allungò il braccio attraverso le sbarre. La manina di Sean Rusk s'infilò nella sua e poi strinse con forza. Era calda. E piccola. Molto piccola.

«Sì. Brian diceva che da grande voleva lanciare per i Red Sox. Diceva che voleva imparare a lanciare a doppio effetto, come quello di Mike Boddicker. Peccato. Mi ha detto di non avvicinarmi più di così se no mi sporcavo tutto. Ho pianto. Avevo paura. Non era come al cinema. Era il nostro *garage*.»

«Lo so», mormorò Alan. Ricordava la macchina di Annie. I finestrini sfondati. Il sangue sui sedili in grandi macchie nere. Neanche quello era stato un film. Alan cominciò a piangere. «Lo so, figliolo.»

«Mi ha chiesto di giurare e io l'ho fatto e manterrò la parola. Manterrò la promessa per tutta la vita.»

«Che cosa hai promesso, figliolo?»

Alan si passò sulla faccia la mano libera, ma non riusciva a contenere le lacrime. Davanti a lui c'era un bambino con la pelle bianca quasi quanto la federa sulla quale posava la testa; quel bambino aveva visto suo fratello uccidersi, aveva visto il cervello di suo fratello andare a stamparsi sulla parete dell'autorimessa come un grumo di muco nasale, e sua madre dov'era? In visita al Re, aveva detto. *Chiude la porta e si mette gli occhiali da sole e va in visita al Re*.

«Che cosa hai promesso, figliolo?»

«Ho cercato di giurarlo sul nome della mamma, ma Brian non mi ha lasciato. Ha detto che dovevo giurare sul mio, perché lui ha preso anche lei. Brian dice che prende tutti quelli che giurano sul nome di qualcun altro. Così ho giurato sul mio nome come voleva lui, ma Brian ha schiacciato il grilletto lo stesso.» Ora Sean piangeva più forte, ma guardava serio Alan in volto attraverso le lacrime.

«Non era solo sangue, signor sceriffo. C'era anche dell'altra roba. Roba *gialla*.»

Alan gli strinse la mano. «Lo so, Sean. Che cosa voleva che promettessi tuo fratello?»

«Forse Brian non andrà in Paradiso se lo dico.»

«Ci andrà. Questo te lo prometto io. E io sono uno sceriffo.»

«Gli sceriffi mantengono sempre le loro promesse?»

«Le mantengono sempre quando le fanno a dei bambini in ospedale», rispose Alan. «Gli sceriffi non possono tradire una promessa fatta a un bambino che sta male.»

«Vanno all'inferno se lo fanno?»

«Sì», affermò Alan. «È così. Se non mantengono la promessa vanno all'inferno.»

«Giuri che Brian andrà in Paradiso anche se lo dico? Lo giuri sul tuo stesso nome?»

«Sul mio stesso nome», lo assicurò Alan.

«Okay», si convinse Sean. «Mi ha fatto giurare che non sarei mai andato al negozio nuovo dove aveva comprato quella figurina così speciale. Credeva che sulla figurina ci fosse Sandy Koufax, ma non c'era lui. C'era un altro giocatore. Era una figurina vecchia e sudicia, ma secondo me Brian non lo sapeva nemmeno.» Fece una breve pausa di riflessione, poi riprese a raccontare con calma innaturale. «Un giorno è tornato a casa con le mani tutte sporche di fango. Dopo che si è lavato, l'ho sentito che piangeva in camera sua.»

Le lenzuola, pensò Alan. *Le lenzuola di Wilma. Dunque era stato davvero Brian.*

«Brian ha detto che *Cose Preziose* è un posto infetto e che *lui* è un uomo infetto e che non ci devo mai andare.»

«Brian ha detto così? Ha detto proprio *Cose Preziose*?»

«Sì.»

«Sean...» Alan s'interruppe per pensare. Gli crepitavano dentro scintille elettriche, che si accendevano in ogni dove in minuscoli brillii azzurri.

«Cosa?»

«Tua... tua madre ha comprato quegli occhiali da sole a *Cose Preziose*?»

«Sì.»

«È stata lei a dirtelo?»
«No. Ma io lo so. Si mette gli occhiali per andare in visita al Re.»
«Che Re, Sean? Lo sai?»
Sean lo contemplò come se avesse a che fare con un idiota. «Elvis. È lui il Re.»
«Elvis», mormorò Alan. «Ma certo.»
«Voglio mio padre.»
«Lo so, figliolo. Solo un paio di domandine ancora e ti lascerò in pace. Poi dormirai e quando riaprirai gli occhi tuo padre sarà qui.» Se lo augurava. «Sean, Brian ti ha detto chi è l'uomo infetto?»
«Sì. Il signor Gaunt. Il padrone del negozio. È lui.»
La mente di Alan tornò immediatamente a Polly: Polly che, dopo il funerale, diceva: «Be', credo di poter dire che ho semplicemente trovato il dottore giusto... Il dottor Gaunt... Il dottor Leland Gaunt».
Ricordò quando aveva sollevato il ciondolo d'argento acquistato a *Cose Preziose* perché potesse esaminarlo... ma si era affrettata a proteggerlo con una mano quando lui aveva cercato di toccarlo. In quel momento sul suo viso aveva assunto un'espressione assolutamente irriconoscibile, di astiosa diffidenza e gelosia. E di nuovo gli era stata irriconoscibile più tardi, quando lo aveva aggredito con una voce stridula, scossa e tremante di pianto, che non le aveva mai sentito: *È dura scoprire che il volto che credevi di amare è solo una maschera... Perché hai dovuto agire alle mie spalle? ...Come hai* potuto *farlo?*»
«Che cosa le hai raccontato?» borbottò. Non si era accorto di aver afferrato un lembo del copriletto e di aver cominciato a torcerlo lentamente nel pugno chiuso. «Che cosa le hai raccontato? E come diavolo sei riuscito a farglielo credere?»
«Signor sceriffo? Ti senti bene?»
Alan riaprì la mano con uno sforzo di volontà. «Sì... bene. Sei sicuro che Brian abbia fatto il nome del signor Gaunt, vero, Sean?»
«Sì.»
«Grazie», annuì Alan. Si chinò oltre le sbarre, gli prese la mano e gli posò un bacio sulla guancia pallida e fresca. «Grazie di aver parlato con me.» Gli lasciò andare la mano e si rialzò.
Fra gli impegni di quell'ultima settimana, per questo o quel contrattempo ce n'era stato uno che non aveva mantenuto: una

visita di cortesia al nuovo negoziante di Castle Rock. Niente di sensazionale, solo un saluto amichevole, un benvenuto in città e una rapida illustrazione delle procedure in caso di emergenza. L'intenzione c'era stata, tant'è che una volta era arrivato persino fino al negozio, ma poi non ne aveva mai fatto nulla. E quel giorno, quando il comportamento di Polly gli aveva fatto sorgere qualche dubbio sull'integrità del signor Gaunt, l'improvviso precipitare della situazione lo aveva portato laggiù, a più di venti miglia dalla sua città.

Mi sta tenendo lontano? Ha trovato il modo di eludermi in continuazione?

L'ipotesi poteva sembrare ridicola, ma non in quella stanza da ospedale, immersa nella quiete e nel silenzio.

Sentì a un tratto il bisogno di tornare. Aveva bisogno di tornare a Castle Rock il più presto possibile.

«Signor sceriffo?»

Alan riemerse dalle sue meditazioni.

«Brian ha detto anche un'altra cosa», aggiunse Sean.

«Che cosa, Sean?»

«Brian ha detto che il signor Gaunt non è affatto un uomo.»

10

Alan percorse il corridoio verso l'uscita, attento a muoversi senza rumore, aspettandosi di essere bloccato da un momento all'altro dagli strepiti indignati della sostituta della signorina Hendrie. Ma l'unica persona che gli rivolse la parola fu una bambina. Con i capelli biondi raccolti in un paio di trecce che le pendevano sul rosa stinto della camicia da notte di flanella, era ferma sulla soglia della sua stanza con una coperta fra le mani. La sua prediletta, a giudicare dalle condizioni di usura. Era a piedi scalzi, i fiocchi che le stringevano le trecce erano storti, e il faccino smunto era occupato per metà da occhi enormi. Era un faccino che raccontava sofferenze che una bambina della sua età non avrebbe mai dovuto nemmeno sospettare.

«Hai una pistola», lo apostrofò.

«Sì.»

«Mio papà ha una pistola.»

«Davvero?»

«Sì. È più grossa della tua. È più grossa di tutto il mondo. Tu sei l'Uomo Nero?»

«No, cara», le rispose e pensò: *ma ho idea che l'uomo nero sia nella mia città questa sera.*

Uscì dalla porta in fondo al corridoio, scese le scale ed emerse nell'afa decisamente estiva del tardo crepuscolo. Si affrettò a raggiungere l'automobile, quasi correndo. A ovest, in direzione di Castle Rock, il cielo tremava del cupo brontolio dei tuoni.

Appena a bordo della sua station wagon, staccò il microfono dal cruscotto. «Unità Uno a base. Fatevi sentire.»

L'unica risposta fu lo stolido brusio dell'energia statica.

Maledetto temporale.

Forse se l'è fatto mandare l'Uomo Nero, bisbigliò una voce interiore. Alan sorrise a labbra compresse.

Provò di nuovo, ma ottenne la stessa risposta e tentò allora con la polizia statale a Oxford. Ottenne la comunicazione senza alcun disturbo. Il centralino gli riferì che nei pressi di Castle Rock era in corso una forte tempesta elettrica e che le comunicazioni erano possibili solo a brevi intervalli. Persino i telefoni funzionavano solo sporadicamente.

«Si metta in contatto con Henry Payton, gli dica di fermare un certo Leland Gaunt», disse Alan alla centralinista. «Come testimone chiave, tanto per cominciare. Il nome è *Gaunt*, G come George. Ricevuto?»

«Affermativo, sceriffo. Gaunt, G come George. Passo.»

«Gli dica che credo che Gaunt possa essere stato in qualche modo responsabile nel caso della morte di Nettie Cobb e Wilma Jerzyck. Passo.»

«Ricevuto.»

«Si dia da fare. Chiudo.»

Riappese il microfono, avviò il motore e partì alla volta della Rocca. Nei sobborghi di Bridgton s'infilò nel parcheggio di un *Red Apple* e chiamò l'ufficio dal telefono pubblico. Udì due scatti, quindi una voce registrata lo informò che il numero era temporaneamente fuori servizio.

Riappese e tornò alla sua auto. E questa volta correva davvero. Prima di lasciare il piazzale e immettersi nuovamente sulla Route 117 azionò il lampeggiatore portatile e lo applicò di nuovo al tetto. Meno di un chilometro dopo, in un fremere di lamiere e gemere di sospensioni, spingeva la povera Ford ben oltre i cento all'ora.

11

Asso Merrill e l'oscurità completa tornarono a Castle Rock insieme.

A bordo della Chevy Celebrity attraversò il Castle Stream Bridge sotto il cielo scosso dall'andirivieni del tuono e fra colline trafitte da lampi e saette. Viaggiava con i finestrini aperti; ancora non cadeva la pioggia e l'aria era densa come sciroppo.

Era sporco e stanco e furioso. Nonostante il messaggio (incapace di credere a ciò che era accaduto, incapace di credere che *potesse* essere accaduto), era andato a cercare in altri tre posti. Volendoci concedere una facile battuta, diciamo che Asso non poteva credere di essere stato «giocato». In ciascuno aveva trovato una lastra di pietra e un barattolo sepolto. Due dei barattoli contenevano altri fasci di inutili buoni premio. L'ultimo, estratto dal terreno paludoso dietro alla fattoria Strout, conteneva solo una vecchia penna a sfera. Sul fusto della penna c'era una donna con un'acconciatura anni Quaranta. Indossava anche un costume da bagno intero stile anni Quaranta. Se rovesciavi la penna, il costume scompariva.

Gran bel tesoro.

Asso era ripartito per Castle Rock a tutta birra, con gli occhi invasati e i jeans imbrattati di fango fino alle ginocchia, per un motivo e un motivo solo: uccidere Alan Pangborn. Dopodiché avrebbe semplicemente fatto perdere le sue tracce sulla West Coast, come forse avrebbe dovuto fare già da un pezzo. Forse sarebbe riuscito a far sputare a Pangborn un po' dei soldi che gli aveva rapinato, ma anche se così non fosse stato, di una cosa era sicuro: quel figlio di puttana sarebbe morto e sarebbe morto *male*.

Era ancora a tre miglia dal ponte quando si era accorto di non essere armato. Aveva avuto intenzione di impossessarsi di una delle pistole che c'erano nella cassa della rimessa di Cambridge, ma poi era partito quel maledetto registratore che gli aveva messo addosso una fifa blu. Comunque sapeva dove trovarle.

Oh, sì.

Attraversò il ponte... e si fermò all'incrocio della Main Street con Watermill Lane, nonostante la precedenza.

«Che cazzo?» mormorò.

Main Street era un ingorgo inestricabile di automobili della polizia statale con i lampeggiatori in funzione, furgoni della televisione e capannelli di persone. Il grosso della calca era nei pressi del Municipio, quasi che i notabili della città avessero improvvisamente indetto una sagra locale.

Asso non era minimamente interessato alle ragioni di tanta baraonda: che la città se ne andasse tranquillamente alla malora, per quel che gli importava. Voleva però Pangborn, voleva scotennare quel ladro farabutto e appendersi lo scalpo alla cintura, ma come avrebbe potuto avvicinarlo se l'ufficio dello sceriffo traboccava di poliziotti?

Trovò subito la risposta. *Il signor Gaunt saprà. Il signor Gaunt ha l'artiglieria e saprà anche darti la dritta giusta. Vai dal signor Gaunt.*

Nello specchietto retrovisore vide altre luci lampeggianti superare l'ultimo dosso dall'altra parte del ponte. Ne arrivavano ancora. Che cosa diavolo era successo? si domandò di nuovo, ma era un interrogativo al quale avrebbe dovuto dare una risposta in un momento più opportuno... o mai, se le premesse avessero avuto un seguito dello stesso tenore. Per ora aveva altro a cui dedicarsi e per cominciare era meglio che si togliesse di lì alla svelta, prima di rimanere imbottigliato dall'arrivo dei rinforzi.

Svoltò a sinistra in Watermill Lane, poi a destra in Cedar Street, costeggiando la zona del centro prima di tagliare nuovamente in direzione della Main. Si fermò al semaforo e controllò da lontano il grappolo di lampi blu ai piedi della discesa. Poi andò a parcheggiare davanti a *Cose Preziose*.

Scese, attraversò la strada e lesse il cartello in vetrina. La delusione fu intensa, dolorosa e fugace (non aveva solo bisogno di una pistola, ma anche di un po' della polvere miracolosa del signor Gaunt), perché ricordò quasi subito l'entrata di servizio nel vicolo. Arrivò in fondo all'isolato e svoltò l'angolo senza accorgersi né del furgone giallo parcheggiato una ventina di metri più avanti, né dell'uomo che dall'interno (Buster si era ora trasferito di fianco al posto di guida) lo stava spiando.

Quando entrò nel vicolo, fu investito da un uomo che portava un berretto di tweed calcato sulla fronte.

«Ehi, guarda dove vai, bello mio», lo rimproverò.

L'altro sollevò la testa, scoprì i denti e ringhiò. Contemporaneamente si tolse di tasca una pistola automatica e gliela puntò addosso. «Non rompermi i coglioni, amico, se non vuoi che impallini anche te.»

Asso indietreggiò alzando le mani. Non aveva paura; era solo sbalordito. «No, no, signor Nelson», farfugliò. «Io non c'entro niente.»

«Meglio così», ribatté l'uomo con il berretto di tweed. «Hai visto in giro quella merda di Jewett?»

«Ehm... quello del ginnasio?»

«Della scuola media, sì. C'è forse qualche altro Jewett in città? Datti una svegliata, dannazione!»

«Io sono appena arrivato», spiegò Asso, propendendo per un atteggiamento evasivo. «Non ho visto nessuno, signor Nelson.»

«Lo troverò comunque e quando l'avrò trovato sarà una merda molto poco allegra. Mi ha ucciso il pappagallino e ha cacato su mia mamma.» Socchiuse gli occhi e aggiunse: «Non è la sera giusta per mettermisi fra i piedi».

Asso non ebbe nulla da obiettare.

Il signor Nelson intascò nuovamente la pistola e scomparve in fondo al vicolo, con il passo deciso di chi è veramente fuori dei gangheri. Per qualche istante ancora Asso rimase dov'era con le braccia alzate. Il signor Nelson insegnava applicazioni tecniche al liceo. Lo aveva sempre giudicato così mansueto da non essere capace nemmeno di scacciare una mosca che gli si fosse posata in un occhio, ma adesso aveva il sospetto di dover cambiare opinione su di lui. Inoltre aveva riconosciuto la pistola e non c'era di che meravigliarsi: lui stesso ne aveva consegnata in città una cassa intera da Boston la sera precedente.

12

«Asso!» disse il signor Gaunt. «Appena in tempo.»

«Ho bisogno di una pistola», esordì senza preamboli Asso. «E anche un po' di quella robina giusta, se ne ha ancora.»

«Sì, sì... a suo tempo. Ogni cosa a suo tempo. Aiutami con questo tavolo, Asso.»

«Vado ad ammazzare Pangborn», annunciò Asso. «Mi ha fregato il tesoro e io vado a farlo fuori.»

Il signor Gaunt lo fissò con lo sguardo giallo e spietato di un gatto che fa la posta a un topo... e in quel momento Asso *si sentì* esattamente come un topo. «Non sprecare il mio tempo raccontandomi cose che so già», lo redarguì. «Se vuoi il mio aiuto, Asso, aiuta *me*.»

Asso afferrò un bordo del tavolo e aiutò il signor Gaunt a trasferirlo nel retrobottega. Poi Gaunt si chinò e raccolse un cartello appoggiato alla parete.

QUESTA VOLTA SONO *VERAMENTE* CHIUSO

diceva l'avviso. Lo appese alla porta prima di chiudere. Stava già bloccando la serratura prima che Asso si rendesse conto di non aver visto niente che sostenesse il cartello: nessuna puntina, nastro adesivo o altro. Stava su da solo.

Poi il suo sguardo si posò sulle casse. Erano rimaste solo tre pistole in una e tre caricatori nell'altra.

«Dio mio! Ma dove sono finite?»

«Gli affari sono andati forte questa sera, Asso», spiegò il signor Gaunt, sfregandosi le mani dalle lunghe dita. «Molto forte. E andranno ancora più forte. Ho del lavoro per te.»

«Gliel'ho già detto prima», protestò Asso. «Lo sceriffo mi ha fregato...»

Leland Gaunt gli fu sopra senza che Asso lo vedesse muoversi. Quelle orribili mani lo afferrarono per la camicia e lo sollevarono in aria come se fosse fatto di piume. Gli sfuggì dalle labbra un'esclamazione di spavento e stupore. Le mani che lo sostenevano a mezz'aria erano come d'acciaio. Il signor Gaunt lo alzò sempre di più e Asso si ritrovò all'improvviso a guardare dall'alto il suo volto diabolico senza avere la più pallida idea di come fosse arrivato fin quasi al soffitto. E nonostante la vastità del suo terrore improvviso, notò che dalle orecchie e dalle narici del signor Gaunt usciva del fumo... o forse del vapore. Gli apparve in quel momento come un drago umano.

«Tu non mi dici NIENTE!*»* gli urlò il signor Gaunt dal basso. Fra i denti scomposti come vecchie lapidi in un cimitero trascurato, la sua lingua guizzò biforcuta come la lingua di un serpente. *«Io dico a te* TUTTO! *Chiudi il becco quando sei in compagnia di gente più anziana e migliore di te, Asso! Chiudi il becco e apri le orecchie! Chiudi il becco e apri le orecchie!* CHIUDI IL BECCO E APRI LE ORECCHIE!*»*

Si fece ruotare Asso due volte sopra la testa come un lottatore di luna park che fa fare l'elica a un malcapitato avversario e lo scagliò contro il muro. Allo schianto della testa contro l'intonaco, Asso sentì l'esplosione di un vasto fuoco artificiale al centro del cervello. Quando gli si schiarì la vista, trovò Leland Gaunt nell'atto di lanciarglisi addosso. Il suo volto era un orrore di occhi e denti e sbuffi di vapore.

«No!» urlò Asso. *«No, signor Gaunt, la prego!* NO!*»*

Le mani erano diventate artigli, in pochi istanti le unghie erano diventate lunghe e affilate... *o erano sempre state così?* balbettò la mente di Asso. *Forse erano sempre così e tu non te ne sei mai accorto.*

Gli tagliarono il tessuto della maglietta come lame di rasoio e lo rialzarono brutalmente da terra a tu per tu con quella faccia fumante.

«Sei pronto ad aprire le orecchie, Asso?» lo apostrofò il signor Gaunt. A ogni sua parola le guance di Asso bruciavano sotto i getti di vapore cocente. «Sei pronto o devo aprire la sacca delle tue inutili budella e farla finita?»

«Sì!» singhiozzò Asso. «Cioè *no*! Ho le orecchie aperte!»

«E farai il bravo fattorino ed eseguirai scrupolosamente gli ordini?»

«Sì!»

«Sai che cosa ti succederà se non fai il bravo?»

«Sì! Sì! Sì!»

«Sei disgustoso, Asso», disse il signor Gaunt. «È una qualità che so sempre apprezzare nelle persone.» Scagliò Asso contro il muro. Asso scivolò ai piedi della parete in ginocchio, ansimante e singhiozzante.

Abbassò lo sguardo sul pavimento. Aveva paura di guardare negli occhi del mostro.

«Se dovesse mai passarti per la testa di andare contro la mia volontà, Asso, ti farò avere un biglietto gratis per un giro completo dell'inferno. Avrai il tuo sceriffo, non temere. Ma in questo momento è fuori città. Ora. Alzati.»

Asso ubbidì lentamente. Gli pulsava la testa. Aveva la maglietta a brandelli.

«Voglio farti una domanda.» Il signor Gaunt era di nuovo cordiale e sorridente, senza un capello fuori posto. «Ti piace questa cittadina? Ti sta a cuore? Ne tieni qualche foto appesa sulle pareti di quella topaia in cui dimori che ti ricordino il suo fascino rustico dei giorni in cui punge l'ape e morde il cane?»

«Mai più», rispose Asso con la voce che si alzava e abbassava al ritmo dei battiti cardiaci. Riuscì a drizzarsi del tutto solo con grande fatica. Gli sembrava di avere le gambe fatte di spaghetti scotti. S'appoggiò alla parete e osservò il signor Gaunt con soggezione.

«Ti turberebbe se ti dicessi che voglio che mi cancelli dalle carte geografiche questo piccolo *burg* merdoso mentre aspetti che torni il tuo sceriffo?»

«Non... non so il significato della parola», confessò Asso con ansia.

«Non mi sorprende. Ma penso che tu abbia colto lo stesso il senso generale delle mie parole, Asso. Vero?»

Asso tornò indietro nel tempo. Tornò indietro fino al giorno in cui, molti anni prima, quattro mocciosi avevano ingannato lui e i suoi amici (erano tempi in cui Asso aveva degli amici, aveva quantomeno un'apprezzabile approssimazione di amici), soffiandogli una cosa a cui teneva. In seguito avevano preso uno di quei mocciosi, Gordie LaChance, e gliele avevano suonate di santa ragione, ma avergli impartito la lezione che meritava poco conforto poteva dargli oggi al pensiero che LaChance era uno scrittore di successo, ora stabilitosi in un'altra parte dello stato, probabilmente ricco abbastanza da pulirsi il culo con biglietti da dieci dollari.

Fatto sta che i mocciosi avevano vinto e da allora nulla era stato più lo stesso per Asso. Era stato quello il giro di boa oltre il quale la fortuna gli aveva girato le spalle. Porte una volta aperte si erano chiuse, una dopo l'altra. A poco a poco aveva cominciato a rendersi conto che lui non era un re e che Castle Rock non era il suo regno. Se mai così era stato, l'epoca d'oro si era spenta dopo quel ponte della festa del lavoro quando, a sedici anni, si era fatto abbindolare insieme con i suoi amici da un branco di mocciosi. All'età in cui era diventato grande abbastanza da poter bere legalmente al *Mellow Tiger*, da re era ormai degradato a soldato semplice senza uniforme, a strisciare in territorio nemico.

«*Detesto* questa fogna», disse a Leland Gaunt.

«Bene», si rallegrò il signor Gaunt. «Molto bene. Asso, c'è un mio amico parcheggiato sul viale che ti aiuterà a toglierti qualche piccola soddisfazione. Avrai lo sceriffo... e avrai anche tutta la città. Ti piace l'idea?» Aveva catturato con lo sguardo gli occhi di Asso, il quale, fermo davanti a lui con la maglietta a brandelli, cominciava a sogghignare. Non gli faceva più male la testa.

«Sì», annuì. «Mi piace da matti.»

Il signor Gaunt si tolse di tasca una busta di plastica da sandwich piena di polvere bianca. Gliela porse.

«Datti da fare, Asso.»

Asso prese la busta, ma senza smettere di guardare gli occhi e negli occhi del signor Gaunt.

«Certo», rispose. «Sono pronto.»

13

Buster guardò uscire dal vicolo l'ultima persona che vi aveva visto entrare. Ora aveva la maglietta sbrindellata e portava una cassa. Dalla cintola dei blue jeans sporgevano i calci di due pistole.

Si ritrasse all'improvviso quando John «Asso» Merrill (quando la distanza si era ridotta lo aveva riconosciuto) puntò diritto al furgone e posò la cassa per terra.

Asso tamburellò sul vetro. «Aprimi qui dietro, bello mio», chiamò. «Abbiamo da fare.»

Buster abbassò il finestrino. «Vattene», gli ordinò. «Vattene, delinquente. Vattene o chiamo la polizia.»

«Buona questa», grugnì Asso. Si estrasse una pistola dai calzoni. Buster si irrigidì e quando Asso infilò il braccio nel finestrino tenendo la pistola per la canna, trasalì, momentaneamente disorientato.

«Prendila», lo esortò Asso spazientito. «E poi aprimi dietro. Se non hai capito chi mi manda, sei anche più scemo di quel che sembri.» Con l'altra mano gli tastò la parrucca. «Bel pelo», si complimentò con un sorrisetto. «Una favola.»

«Piantala», protestò Buster, ma il tono della sua voce non era più sorretto da vera collera. *Tre uomini in gamba possono fare molto,* aveva affermato il signor Gaunt. *Ti manderò qualcuno.*

Asso? Asso *Merrill*? Ma Asso era un *criminale*!

«Guarda», disse Asso, «se vuoi discutere i particolari con il signor Gaunt, credo che sia ancora in negozio. Ma come puoi vedere da te», aggiunse passandosi le mani sulle strisce di tessuto che gli pendevano dal petto sull'addome, «è un po' irascibile.»

«Ha mandato te ad aiutarmi a sbarazzarmi di Loro?» chiese Buster.

«Sì», confermò Asso. «Trasformeremo questa città in una bella bistecca ai ferri.» Sollevò la cassa. «Anche se non capisco bene in che modo dovremmo mettere a ferro e fuoco la città avendo solo una cassa di detonatori. Ma lui dice che tu hai la risposta ai miei dubbi.»

Buster aveva cominciato a sorridere. Si alzò, passò nel retro del furgone e aprì lo sportello scorrevole. «Credo di sì», disse. «Salta su, Merrill. Abbiamo una commissione da fare.»

«Dove?»

«All'autoparco municipale, per cominciare», rispose Buster. Stava ancora sorridendo.

21

1

IL reverendo William Rose, salito per la prima volta sul pulpito della Chiesa Battista Unita di Castle Rock nel maggio 1983, era sicuramente un fanatico fino al midollo. Disgraziatamente era anche un uomo energico, talvolta spiritoso in una sua maniera molto personale alquanto crudele, ed estremamente amato dalla sua congrega. Il suo primo sermone come capo del gregge battista era stato premonitore. S'intitolava «Perché i cattolici andranno all'inferno». Da allora aveva proseguito su questo tenore, quantomai popolare presso la sua congrega. I cattolici, li aveva informati, erano creature blasfeme e fuorviate che invece di venerare Gesù, adoravano la donna scelta perché Gli fosse madre. C'era da meravigliarsi dunque che fossero tanto inclini all'errore anche su altri argomenti?

Aveva spiegato al suo gregge che i cattolici avevano perfezionato la scienza della tortura durante l'Inquisizione; che gli Inquisitori avevano bruciato i *veri* fedeli nelle fiamme di quello che chiamava il Falò-oh Fallace fino alla fine del diciannovesimo secolo, quando erano stati fermati dagli eroici protestanti (soprattutto battisti); che quaranta diversi pontefici nel corso della storia avevano conosciuto le rispettive madri e sorelle, per non dire delle figlie illegittime, in accoppiamenti-ih sacrileghi; che il

Vaticano era costruito sull'oro dei martiri protestanti e di nazioni messe a sacco.

Simili vaneggiamenti partoriti dall'ignoranza non erano una novità per la Chiesa Cattolica, che per centinaia di anni aveva sopportato eresie dello stesso genere. Molti sacerdoti avrebbero fatto buon viso a cattivo gioco, reagendo in taluni casi anche con benevola ironia, ma padre John Brigham non era tipo da far buon viso a niente. Tutt'al contrario era un irlandese che alle gambe storte appaiava un carattere permaloso e assolutamente privo di senso dell'umorismo per il quale non poteva soffrire gli stupidi, specialmente quelli boriosi della razza del reverendo Rose.

Aveva subito in silenzio le invettive di Rose contro i cattolici per quasi un anno prima di dare finalmente stura alla sua indignazione dal proprio pulpito. Il suo sermone, che non lasciava spazio ai mezzi termini, s'intitolava: «I peccati del reverendo Willie». In esso definiva il ministro battista «un asino salmodiante che crede che Billy Graham cammini sulle acque e che Billy Sunday sieda alla destra di Dio Padre Onnipotente».

Quella stessa domenica il reverendo Rose e quattro dei suoi diaconi più forzuti erano andati a trovare padre Brigham. Erano costernati e profondamente offesi, avevano dichiarato, per le espressioni calunniose usate da padre Brigham.

«Avete un bel fegato a venire a dire a *me* di moderare i termini», aveva risposto padre Brigham, «dopo aver sbraitato tutta mattina che io servo la Meretrice di Babilonia.»

Un vivace colorito si era diffuso velocemente nelle guance normalmente pallide del reverendo Rose, invadendogli gran parte della pelata. Non aveva *mai* detto niente sulla Meretrice di Babilonia, aveva ribattuto a padre Brigham, sebbene *avesse* menzionato la Meretrice di Roma più di una volta e se la scarpa era del numero giusto, ebbene, che padre Brigham vi infilasse il piede e la indossasse.

Padre Brigham era uscito dalla canonica con i pugni alzati. «Se le va di discutere di questa faccenda davanti a questa porta, amico mio», aveva esclamato, «basta che ordini alla sua piccola squadra della Gestapo di togliersi di mezzo e ne discutiamo fin che vuole.»

Il reverendo Rose, che era quattro dita più alto di padre Brigham ma forse di una decina di chilogrammi meno pesante, era indietreggiato con una smorfia. «Non mi sporcherei mai le mani-ih», aveva risposto.

Uno dei diaconi era Don Hemphill. Don era più alto *e anche* più pesante del combattivo sacerdote. «Discuto io con lei», si era offerto. «E ti infoltisco lo zerbino della canonica con i peli rossi che ti strapperò dal culo, papista.»

Due degli altri diaconi, che sapevano Don capace dell'impresa che aveva minacciato, lo avevano trattenuto appena in tempo... ma da quel momento la guerra era stata aperta.

Fino a ottobre lo scontro aveva avuto un carattere principalmente allusivo: barzellette e malignità nei gruppi maschile e femminile delle due chiese, battibecchi a scuola fra bambini delle due fazioni e soprattutto bombe verbali lanciate da pulpito a pulpito di domenica, il giorno della pace che, come insegna la storia, ha visto scoppiare la maggior parte delle guerre. C'era stato qualche brutto incidente, uova lanciate a un ballo della gioventù battista e un sasso che aveva fracassato la finestra del soggiorno della canonica; ma nel complesso era stata una guerra di parole.

Come tutte le guerre, aveva avuto i suoi momenti culminanti e le sue fasi di stanca, ma da quando le Figlie di Isabella avevano dato l'annuncio del loro progetto per la Notte al Casinò, aveva avuto inizio una recrudescenza di odio che si era andata via via intensificando. Quando il reverendo Rose aveva ricevuto il famigerato biglietto del «Batista Cacasorci» era probabilmente troppo tardi ormai per evitare che si giungesse a un confronto di qualche genere; la crudezza sopra le righe del messaggio sembrava solo voler garantire che quando il confronto ci fosse stato, sarebbe stato senza esclusione di colpi bassi e anche bassissimi. Le fascine erano state accatastate; restava solo da aspettare che qualcuno accendesse un fiammifero e appiccasse il fuoco.

Se c'era qualcuno che aveva fatalmente sottovalutato l'esplosività della situazione, questi era padre Brigham. Sapeva che il suo rivale battista non avrebbe ben digerito l'iniziativa della Notte al Casinò, ma non si rendeva conto di quanto profondamente il predicatore battista si sentisse oltraggiato dall'idea che la Chiesa sponsorizzasse il gioco d'azzardo. Non sapeva che il padre di Vaporetto Willie era stato un giocatore che aveva abbandonato in più di un'occasione la famiglia quando veniva preso dalla febbre del gioco, né che alla fine si era sparato nei gabinetti di una sala da ballo dopo aver perso tutto ai dadi. E la triste verità su padre Brigham è la seguente: probabilmente non avrebbe fatto alcuna differenza anche se lo avesse saputo.

Il reverendo Rose aveva mobilitato le sue forze. I battisti avevano cominciato con una campagna di lettere contro la Notte al Casinò indirizzate al *Call* di Castle Rock (scritte per la maggior parte da Wanda Hemphill, la moglie di Don) e aveva proseguito con i manifesti dei DADI E IL DEMONIO. Betsy Vigue, presidentessa della Notte al Casinò e Reggente Somma del Locale capitolo delle Figlie di Isabella, aveva organizzato il contrattacco. Nelle prime tre settimane il *Call* era passato a sedici pagine per dare spazio al risultante dibattito (che era più uno scambio di starnazzi che un dignitoso confronto di punti di vista diversi). Erano apparsi altri manifesti; altrettanto velocemente erano stati liquidati. Era andato totalmente ignorato un editoriale che esortava alla temperanza da parte di entrambi i fronti. Alcuni dei contendenti si divertivano; c'era del vanto a finire immischiati in quella piccola procella in un bicchiere. Ma verso la fine Vaporetto Willie non si divertiva affatto e lo stesso si può dire di padre Brigham.

«Non lo sopporto più, quel piccolo sacco di merda!» era esploso Brigham al cospetto di uno stupefatto Albert Gendron il giorno in cui costui gli aveva portato la vituperevole lettera del «PESCIOFAGO DEL VENERDÌ» che aveva trovato fissata alla porta del suo studio dentistico.

«Come può un figlio di puttana così accusare dei bravi battisti di una cosa simile!» aveva tuonato il reverendo Rose ad altrettanto stupefatti Norman Harper e Don Hemphill. Il fatto era avvenuto al Columbus Day, dopo una telefonata di padre Brigham. Brigham aveva cercato di leggere la lettera del Pesciofago al reverendo Rose; il reverendo Rose aveva (molto giustamente, secondo i suoi diaconi) rifiutato di ascoltarlo.

Norman Harper, che batteva Albert Gendron di una decina di chili e quasi lo uguagliava in statura, era rimasto non poco turbato dalla stridula isteria nella voce di Rose, ma si era ben guardato dal commentare. «Gli dirò io com'è andata», aveva tuonato il reverendo. «Il nostro buon padre della terra delle grandi piogge ha cominciato a preoccuparsi un po' del biglietto che ti ha fatto trovare in parrocchia, Bill, rendendosi conto di aver esagerato. Così ha pensato che facendo credere che uno dei suoi compari aveva ricevuto una lettera piena di schifezze dello stesso genere, si sarebbe parato il didietro.»

La voce di Rose era echeggiata più stridula che mai: «Ah, ma non sarà così! Nessuno della mia congrega si lorderebbe di una porcheria simile! *Nessuno!*» La voce gli si era rotta sull'ultima parola. Apriva e richiudeva convulsamente le mani. Norman e Don si erano scambiati uno sguardo rapido di ansia. Già in più di un'occasione nelle ultime settimane avevano discusso di quel comportamento del reverendo Rose che si stava trasformando in una vera abitudine. La Notte al Casinò lo stava devastando e Norman e Don cominciavano a temere che venisse colto da un esaurimento nervoso prima che la situazione venisse risolta.

«Calma, calma», aveva cercato di placarlo Don. «Noi sappiamo come stanno le cose in realtà, Bill.»

«Sì!» aveva strepitato il reverendo Rose, fissando su di loro gli occhi tremanti. «Sì, *voi* sapete, voi due. E lo so *io*! Ma che cosa ne sa il resto di questa città-ah? Che cosa ne sanno *loro*?»

Né Norman né Don erano stati capaci di rispondergli.

«Vorrei vederlo inchiodato al muro, quell'idolatra bugiardo!» aveva urlato William Rose, stringendo i pugni e scuotendoli in un gesto di furibonda impotenza. «A un muro! Pagherei per vederlo! Pagherei profumatamente!»

Lunedì, padre Brigham aveva fatto un giro di telefonate chiedendo a tutte le persone sensibili «all'attuale atmosfera di repressione religiosa a Castle Rock» di passare in canonica quella sera per una breve riunione. Si erano presentati così numerosi, che si dovette tenere l'assemblea alla sala dei Cavalieri di Colombo.

Brigham aveva esordito parlando della lettera che Albert Gendron aveva trovato sulla sua porta, quella firmata dai sedicenti battisti preoccupati di Castle Rock, e aveva quindi riferito della sua frustrante conversazione telefonica con il reverendo Rose. Quando aveva informato l'assemblea che Rose sosteneva di aver ricevuto a sua volta un messaggio osceno, firmato dai preoccupati *cattolici* di Castle Rock, si era levata la protesta del pubblico... prima allibita e poi furibonda.

«Quell'uomo è un lurido bugiardo!» aveva gridato qualcuno dal fondo della sala.

Era sembrato che padre Brigham annuisse e contemporaneamente scuotesse la testa. «Forse, Sam, ma non è questo il punto. È pazzo. Questa è la vera piaga su cui mettere il dito.»

Le sue parole erano state salutate da un silenzio pesante di turbamento e sconcerto, ma padre Brigham aveva provato lo stesso un senso di sollievo quasi palpabile. *Pazzo*: era la prima volta che pronunciava a voce alta quella parola che da almeno tre anni gli ronzava nella mente.

«Non ho intenzione di essere fermato da un fanatico religioso», aveva proseguito. «La nostra Notte al Casinò è un'iniziativa del tutto innocua e integra, comunque la voglia pensare il reverendo Vaporetto Willie. Però, a fronte del suo crescente farneticare e della sua decrescente stabilità mentale, ritengo che una votazione sia opportuna. Se siete favorevoli all'annullamento dell'iniziativa, se considerate più saggio chinare la testa in nome della sicurezza, ditelo apertamente.»

Il voto per il mantenimento dell'iniziativa nei termini in cui era stata progettata era stato unanime.

Padre Brigham aveva annuito, compiaciuto, poi si era rivolto a Betsy Vigue. «Domani sera voi avete la vostra riunione, vero, Betsy?»

«Sì, padre.»

«Allora suggerisco che noi uomini ci incontriamo alla stessa ora qui, alla C di C.»

Albert Gendron, un uomo corpulento che era lento nel montare in collera e altrettanto lento a smontarne, si era alzato in tutta la sua statura con la ben nota lentezza. Molte teste si erano rovesciate all'indietro per seguirne l'ascesa.

«Sta dicendo che quei beceri di battisti potrebbero molestare le signore, padre?»

«No, no, tutt'altro», lo aveva placato padre Brigham. «Ma penso che ci convenga stabilire un piano per assicurarci che la Notte al Casinò si possa svolgere senza incidenti...»

«Un servizio d'ordine?» aveva chiesto qualcuno con entusiasmo. «Organizziamo un servizio d'ordine, padre?»

«Be'... diciamo che terremo ben aperti occhi e orecchie», aveva ridimensionato padre Brigham, lasciando intendere che chiaramente era a un servizio d'ordine che pensava. «E se ci incontriamo martedì sera mentre le signore sono in riunione, saremo in grado di intervenire nel caso che qualche incidente si verificasse.»

Così, mentre le Figlie di Isabella si radunavano nell'edificio su un lato del parcheggio, gli uomini si riunivano in quello dall'altra parte. E, sull'altro lato della città, il reverendo William Rose aveva convocato un'assemblea alla stessa ora per discutere dell'ultima infamia cattolica, organizzare un picchetto per la Notte al Casinò e decidere che cosa scrivere sui cartelli.

La febbrile attività di quella sera alla Rocca e le numerose escursioni a un certo negozio non compromisero l'affluenza a tutte quelle adunate, perché la maggioranza dei curiosi raccoltisi intorno al Municipio nell'avvicinarsi del temporale era costituita da persone neutrali nella Grande Vertenza della Notte al Casinò. Quanto ai cattolici e battisti che vi erano coinvolti, un paio di omicidi non potevano certo misurarsi con la prospettiva di un'autentica guerra santa. In fondo è giusto che ogni altra considerazione ceda il passo a una questione religiosa.

2

Più di settanta persone parteciparono alla quarta adunata di quelli che il reverendo Rose aveva proclamato Soldati Cristiani Battisti Antigioco di Castle Rock. Fu di grande conforto per il reverendo Rose dopo l'insuccesso dell'ultima riunione, ma il senso di partecipazione era stato ritonificato dalle voci circolate a proposito del biglietto osceno recapitato alla casa del pastore. La contentezza di Rose fu tuttavia mitigata dall'assenza di Don Hemphill. Don aveva promesso di esserci e Don era il suo muscoloso braccio destro.

Consultò l'orologio e vide che erano già le sette passate e non c'era più tempo di chiamare il supermercato per vedere se Don si era dimenticato. Tutti i suoi fedeli più sensibili erano presenti e voleva approfittare dei momenti in cui la loro indignazione e la loro curiosità erano più vive. Concesse a Hemphill ancora un minuto, poi salì sul pulpito e alzò le braccia ossute in un gesto di benvenuto. I fedeli, quella sera per la maggior parte in abiti da lavoro, presero posto sulle panche di legno degli inginocchiatoi.

«Cominciamo questa nostra missione come si cominciano tutte le grandi-ih missioni», esordì in tono pacato il reverendo Rose. «Chiniamo il capo-oh e preghiamo.»

Tutti abbassarono la testa e fu in quel momento che la porta del vestibolo si spalancò alle loro spalle con la forza di un'esplosione. Alcune donne strillarono e alcuni uomini balzarono in piedi.

Era Don. Macellava le carni da sé, in negozio, e indossava ancora il grembiule bianco tutto sporco di sangue. Aveva la faccia rossa come un pomodoro. Lacrimava dagli occhi invasati. Perdite di muco nasale gli si andavano coagulando sul naso, sul labbro superiore e lungo i solchi ai lati della bocca.

E puzzava.

Don puzzava come un branco di puzzole prima tuffate in una tinozza di zolfo, poi spennellate di sterco fresco di bovino e finalmente lasciate libere di sfogare il loro panico in una stanza chiusa. L'odore lo precedeva; l'odore lo seguiva; ma soprattutto l'odore lo avvolgeva in una nube pestilenziale. Mettendo mano ai fazzoletti, le donne si fecero precipitosamente da parte quando imboccò la corsia centrale con il grembiule che gli svolazzava davanti e la coda della camicia bianca che gli svolazzava di dietro. I bambini si misero a piangere. Gli uomini lanciarono esclamazioni di raccapriccio e incredulità.

«Don!» gridò il reverendo Rose in un tono che manifestava la sua sorpresa con una vena di affettazione. Aveva ancora le braccia alzate, ma quando Don Hemphill fu più vicino al pulpito, le abbassò e si schiacciò involontariamente una mano su naso e bocca. Temeva di vomitare. Era il fetore più indicibile che avesse mai sentito. «Cosa... cosa è successo?»

«Successo?» ruggì Don Hemphill. «*Successo?* Ve lo dico io che cosa è successo! Vi dico *tutto* quello che è successo!»

Si girò verso la congrega e nonostante il tanfo che lo ricopriva e che dal suo corpo si sprigionava, i fedeli si ammutolirono sotto il suo sguardo esagitato e furente.

«Quei figli di puttana mi hanno bombardato il negozio con

bombette puzzolenti, ecco che cosa è successo! Avevo solo cinque o sei clienti perché avevo avvisato che avrei chiuso in anticipo, e meno male! Ma le scorte sono da gettare! Tutta la merce che c'era in negozio! Quarantamila dollari di roba! Tutto rovinato! Non so che cosa hanno usato quei bastardi, ma andrà avanti a puzzare per *giorni*!»

«Chi?» chiese il reverendo Rose, timoroso. «Chi è stato, Don?»

Don Hemphill estrasse dalla tasca del grembiule una fascetta circolare nera con un'intaccatura bianca e un mazzo di foglietti. La fascetta era un colletto da ecclesiastico. Lo tenne in alto perché tutti potessero vederlo.

«CHI DIAVOLO CREDETE?» urlò. *«Il mio negozio! La mia merce! Tutto alla malora e voi chi credete che sia stato?»*

Gettò i foglietti sui volti sbigottiti dei Soldati Cristiani Battisti Antigioco. Il mazzo si disfece in aria e i foglietti scesero fluttuando come coriandoli. Alcuni furono acchiappati prima che cadessero per terra. Erano tutti uguali: vi si vedevano una folla di uomini e donne che ridevano intorno a un tavolo di roulette.

FARE DEL BENE DIVERTENDOSI!

c'era scritto sopra l'immagine. E sotto:

VENITE ALLA «NOTTE AL CASINÒ»
ALLA SALA DEI CAVALIERI DI COLOMBO
31 OTTOBRE 1991
A FAVORE DEL FONDO EDILI CATTOLICI

«Dove hai trovato questi volantini, Don?» domandò Len Milliken in tono cupo e minaccioso. «E quel colletto?»

«Qualcuno me li ha messi dentro il negozio un attimo prima che si scatenasse...»

La porta del vestibolo echeggiò di nuovo, facendoli trasalire tutti quanti, solo che questa volta si era appena chiusa.

«Godetevi il profumino, froci battisti!» urlò una voce, seguita da una risata stridula e maligna.

Gli occhi spaventati della congrega si fissarono sul reverendo William Rose, il quale li guardò con altrettanto spavento. E fu in quel momento che cominciò improvvisamente a sibilare la scatola nascosta nel coro. Come quella piazzata alla sede delle Figlie di Isabella dalla compianta Myrtle Keeton, anche questa (recapitata da Sonny Jackett, ora a sua volta defunto) conteneva un timer che aveva ticchettato per tutto il pomeriggio.

Dalle grate nei lati della scatola cominciarono a sgorgare nubi di un tanfo potente. Alla chiesa battista di Castle Rock la festa era appena cominciata.

3

Babs Miller avanzava radente il fianco dell'edificio che ospitava le Figlie di Isabella, bloccandosi ogni volta che il cielo era attraversato da un lampo bluastro. Teneva un piede di porco in una mano e una delle pistole automatiche del signor Gaunt nell'altra. Il carillon che aveva acquistato a *Cose Preziose* era in una tasca del soprabito da uomo che indossava, e se qualcuno avesse cercato di rubarglielo, si sarebbe mangiato due o tre grammi di piombo.

Chi avrebbe potuto meditare un'azione così meschina? Chi avrebbe voluto rubare il carillon ancor prima che Babs avesse scoperto che melodia suonava?

Be', pensò, *mettiamola così: spero di non trovarmi a tu per tu con la faccia di Cyndi Rose Martin questa sera. Se la vedo, non mostrerà più la sua faccia a* nessuno. *Non certo da questa parte dell'inferno. Ma dico, mi ha presa per scema?*

Nel frattempo aveva una piccola commissione da svolgere. Uno scherzo. Dietro richiesta del signor Gaunt, naturalmente.

Conosci Betsy Vigue? aveva chiesto il signor Gaunt. *La conosci, vero?*

Sicuro che la conosceva. La conosceva fin dai tempi delle elementari, quando avevano spesso fatto il turno di sorveglianza insieme ed erano state amiche inseparabili.

Bene. Tienila d'occhio dalla finestra. Si siederà. Solleverà un foglio e vedrà qualcosa che c'è sotto.

Che cosa? aveva domandato Babs incuriosita.

Non ci pensare. Se vuoi sperare di trovare la chiave che apre il carillon, è meglio che chiudi la bocca e apri le orecchie, hai capito, cara?

Aveva capito. E aveva capito anche qualcos'altro. In certi momenti il signor Gaunt faceva paura. Faceva *molta* paura.

Prenderà in mano l'oggetto che troverà. Lo esaminerà. Comincerà ad aprirlo. In quel momento tu devi essere davanti alla porta. Aspetta che tutte si girino verso l'angolo sinistro in fondo alla sala.

Avrebbe voluto chiedere perché mai dovessero girarsi tutte da quella parte, ma aveva ritenuto prudente stare zitta.

Quando si gireranno a guardare, incastrerai il piede di porco fra la maniglia e il terreno. Assicurati che la porta sia ben bloccata.

«Quando mi metto a gridare?» aveva chiesto Babs.

Lo saprai. Balzeranno in piedi urlando come se qualcuno gli avesse pompato pepe di cayenna nel culo. Ti ricordi che cosa devi gridare, Babs?

Lo ricordava. Le sembrava uno scherzo poco simpatico da fare a Betsy Vigue, ricordando quando andavano a scuola insieme e saltellavano tenendosi per mano, ma lo giudicava anche innocuo (be'... *abbastanza* innocuo) e del resto non erano più bambine, né lei né la donna che a quei tempi, per qualche motivo chiamava sempre Betty La-La; era passata tanta acqua sotto i ponti. Inoltre, come aveva sottolineato il signor Gaunt, nessuno avrebbe pensato a lei. Perché mai? Babs e suo marito erano avventisti sabbatari e per quel che riguardava *lei*, cattolici e battisti se l'erano andata a cercare. Betty La-La inclusa.

Un fulmine squarciò il buio. Babs si fermò di colpo, poi guadagnò velocemente una finestra più vicina alla porta e sbirciò dentro per assicurarsi che Betsy non si fosse ancora seduta.

E intorno a lei cominciarono a cadere i primi goccioloni esitanti della preannunciata tempesta.

4

L'afrore che cominciò a invadere la chiesa battista somigliava al tanfo di Don Hemphill... mille volte più forte.

«Oh, merda!» tuonò Don. Si era completamente dimenticato dove si trovava, ma probabilmente il suo linguaggio non sarebbe stato meno scurrile in ogni caso. *«Ne hanno messa una anche qui! Fuori! Fuori! Fuori tutti!»*

«Muovetevi!» gli fece eco Nan Roberts nel suo più vibrante baritono da ora di punta alla tavola calda. *«Muovetevi! Gambe in spalla, ragazzi!»*

Vedevano tutti da dove arrivava il puzzo: densi cirri di smog giallastro traboccavano dal basso parapetto del coro e sbucavano dagli intagli a forma di rombo nei pannelli sottostanti. L'uscita secondaria era appena sotto l'aggetto del coro, ma nessuno pensò a scappare in quella direzione. Un puzzo così forte era capace di uccidere... ma non prima che le palle degli occhi ti fossero schizzate dalle orbite, i capelli ti fossero cascati e l'ano ti si fosse sigillato in una contrazione di indignato orrore.

I Soldati Cristiani Battisti Antigioco di Castle Rock si trasformarono in un'armata in rotta in meno di cinque secondi. Si lanciarono tutti insieme verso il vestibolo in fondo alla chiesa, urlando e rigurgitando. Un inginocchiatoio fu rovesciato e cadde sul pavimento con un tonfo sonoro. Deborah Johnstone vi restò incastrata con un piede e mentre cercava di liberarsi fu urtata al fianco da Norman Harper. Perse l'equilibrio e precipitò per terra accompagnata dallo schianto della caviglia che si spezzava. Urlò di dolore, con il piede ancora imprigionato sotto l'inginocchiatoio, ma le sue grida si confusero inutilmente fra tutte le altre.

Dei presenti, il più vicino al coro era il reverendo Rose e il puzzo gli avviluppò la testa come una grande cuffia maleodorante. *Questo è l'odore dei cattolici che bruciano all'inferno,* pensò confusamente balzando giù dal pulpito. Piombò di netto a piedi uniti sulla schiena di Deborah Johnstone, i cui strilli si fusero in un lungo anelito strozzato che si dissolse nel nulla quando perse i sensi. Il reverendo Rose s'accalcò con gli altri per cercare di guadagnare l'uscita, ignaro di aver appena tramortito una delle sue parrocchiane più fedeli.

I primi a raggiungere il vestibolo scoprirono che non c'era via d'uscita, perché le porte erano bloccate. Prima di potersi voltare, l'avanguardia del tentato esodo fu schiacciata contro i battenti dal grosso dell'esercito in fuga.

Strilli, grida di rabbia e imprecazioni furiose ammorbarono l'aria. E mentre fuori cominciava a piovere, dentro si cominciò a vomitare.

5

Betsy Vigue prese il suo posto al tavolo della presidentessa fra la bandiera americana e il vessillo del Bambino di Praga. Batté le nocche per invitare le presenti a fare ordine e la quarantina di convenute cominciarono a sedersi. Fuori il cielo fu scosso da un tuono. Ci fu qualche gridolino e qualche risatina nervosa.

«Dichiaro aperta questa seduta delle Figlie di Isabella», annunciò Betsy prendendo in mano l'ordine del giorno. «Cominceremo come al solito leggendo...»

S'interruppe. Sul tavolo c'era una busta commerciale bianca. Era rimasta nascosta dall'ordine del giorno. Le parole che vi erano scritte la colpirono come un pugno negli occhi.

LEGGI SUBITO QUESTO, TROIA PAPISTA

Loro, pensò. *I battisti. Quella gentaglia cattiva e bigotta.*

«Betsy?» chiamò Naomi Jessup. «Che cosa c'è?»

«Non lo so», rispose. «Qualcosa di strano.»

Aprì la busta e ne scivolò fuori un foglio. Battuto a macchina c'era il seguente messaggio:

QUESTO È L'ODORE DELLE FREGNE CATTOLICHE!

Dall'angolo sinistro in fondo alla sala giunse improvvisamente un sibilo, un suono simile a quello di un tubo di vapore sovraccarico. Alcune Figlie di Isabella si girarono spaventate da quella parte. In quel mentre deflagrò nel cielo un tuono spaventoso e questa volta le grida non si contarono.

Da una delle caselle sul lato della sala si stava sprigionando un vapore giallastro e a un tratto il piccolo edificio si saturò dell'odore più nauseante che avessero mai sentito.

Betsy balzò in piedi rovesciando la seggiola. Aveva appena aperto la bocca, non si sa bene per dire cosa, quando da fuori una voce femminile urlò: «*Questo è per la Notte al Casinò, maledette! Pentitevi! Pentitevi!*»

Prima che la nube venefica che usciva dalla casella oscurasse completamente il riquadro di vetro nella porta, le parve di scorgere una sagoma... ma in pochi istanti non le importò più di sapere chi fosse: l'odore era insopportabile.

Scoppiò il pandemonio. Le Figlie di Isabella si lanciarono allo sbando nel nuvolone come un gregge di pecore impazzite. Quando Antonia Bissette fu sospinta all'indietro e si ruppe l'osso del collo contro il bordo d'acciaio del tavolo della presidentessa, nessuno la sentì e nessuno la vide.

Fuori tuoni e fulmini facevano a gara.

6

I maschi della congrega riunita alla sala dei C di C si erano radunati intorno ad Albert Gendron. Prendendo spunto dal messaggio che aveva trovato sulla porta dello studio («Ah, ma questo è niente, avreste dovuto esserci quando...»), Gendron stava intrattenendo i compagni con racconti orribili ma affascinanti di scontri fra cattolici e loro rivali avvenuti a Lewiston negli anni Trenta.

«Così quando ha visto come quel branco di farabutti avevano ridotto i piedi della Beata Vergine con torte di vacca, è balzato subito in macchina e...»

S'interruppe bruscamente tendendo l'orecchio.

«Che cos'è?» chiese.

«Un tuono», rispose Jake Pulaski. «Sta per arrivare un fior di temporale.»

«No, *quello* dico», insisté Albert alzandosi. «Mi sembra un grido.»

Il tuono si ridusse per qualche attimo a un brontolio e in quell'intervallo tutti udirono: donne. Donne che strillavano.

Si rivolsero a padre Brigham, che si era alzato dalla sua sedia. «Venite, uomini!» tuonò il sacerdote. «Vediamo...»

Allora cominciò il sibilo e il miasma iniziò a propagarsi dal fondo della sala verso la zona in cui erano riuniti. Una finestra andò in frantumi e un sasso rotolò all'impazzata sul pavimento lucidato da anni e anni di danze e balli. Quelli che si trovarono sulla sua traiettoria si scostarono rapidamente per evitare il sasso, che rotolò fino alla parete opposta, rimbalzò per l'ultima volta e si fermò.

«Fuoco dell'inferno da parte dei battisti!» gridò qualcuno da fuori. *«Non si gioca a Castle Rock! Passate parola, chiavasuore!»*

Anche la porta d'ingresso della sala dei Cavalieri era stata bloccata con un piede di porco. Trovandosi la via sbarrata, tutti cominciarono a impilarsi l'uno sull'altro.

«No!» gridò padre Brigham. Mentre l'aria si andava saturando, cercava di aprirsi un varco per raggiungere la porticina laterale, che non era bloccata. *«Da questa parte! DA QUESTA PARTE!»*

Dapprima nessuno lo ascoltò e, in preda al panico, continuarono ad accatastarsi tutti contro l'inamovibile porta principale, poi Albert Gendron usò le manone per sbattere insieme due teste.

«Fate come dice il padre!» ruggì. *«Stanno uccidendo le donne!»*

Albert tornò indietro spalancandosi una via con la pura forza d'urto del suo corpo mastodontico e gli altri cominciarono a seguirlo. Si accodarono alla rinfusa nel fumo mefitico, tossendo e imprecando. Meade Rossignol non riuscì più a trattenere i conati, aprì la bocca e rovesciò la cena sull'ampia schiena di Albert Gendron. Albert non si accorse di niente.

Padre Brigham si stava già trascinando verso i gradini che portavano al parcheggio, sul quale si affacciava la sala delle Figlie di Isabella. Di tanto in tanto si fermava per dominare un rigurgito. Si sentiva il tanfo appiccicato addosso come carta moschicida. Gli altri lo seguivano in una processione scomposta e quando furono all'esterno non si accorsero nemmeno della pioggia che cominciava a cadere più intensa.

Quando padre Brigham fu a metà della breve rampa di scale, un lampo gli mostrò il piede di porco incastrato sotto la maniglia della porta d'ingresso, alla sala delle Figlie di Isabella. Pochi attimi dopo una finestra sul lato destro dell'edificio fu infranta da dentro e le donne cominciarono a tuffarsi fuori, rotolando sul prato come grandi bambole di pezza che avevano imparato a vomitare.

7

Ostacolato da una muraglia umana, il reverendo Rose non arrivò mai al vestibolo. Si girò pizzicandosi il naso e tornò vacillando sui suoi passi. Cercò di urlare agli altri, ma quando aprì la bocca, proiettò invece un gran getto di vomito. Incespicò nei propri piedi e cadde, urtando violentemente la testa su un inginocchiatoio. Cercò di rialzarsi e non ci riuscì. Poi due mani nerborute gli si infilarono sotto le ascelle e lo issarono in piedi. «Dalla finestra, reverendo!» lo incitò Nan Roberts. «Gambe in spalla!»

«Il vetro...»

«Lasci perdere il vetro! Qui dentro moriamo soffocati!»

Lo spinse e il reverendo Rose ebbe appena il tempo di pararsi gli occhi con la mano prima di sfondare con la testa un vetro colorato raffigurante il Cristo che guidava il Suo gregge giù per un pendio dello stesso identico colore della mousse alla mela verde. Piombò e rimbalzò sul prato. Grugnì e dalla bocca gli partì la protesi superiore.

Si alzò a sedere, consapevole all'improvviso del buio, della pioggia... e della misericordiosa fragranza dell'aria aperta. Non ebbe tempo di assaporarla: Nan Roberts lo afferrò per i capelli rimettendolo in piedi senza molti complimenti.

«Andiamo, reverendo!» gli gridò. Nel lampo azzurrognolo di un fulmine, il suo volto apparve come la maschera deforme di un'arpia. Indossava ancora la divisa bianca di rayon (era un punto fermo per lei vestirsi come le cameriere del suo locale), ma ora sulla curva del seno aveva una pettorina di vomito.

Il reverendo Rose le camminava faticosamente al fianco, a

testa china. Avrebbe voluto che Nan la smettesse di trascinarlo per i capelli, ma ogni volta che cercava di protestare, la sua voce veniva soffocata da un tuono.

Alcuni li avevano seguiti dalla finestra sfondata, ma per la maggior parte erano ancora schiacciati contro la porta del vestibolo. Nan vide immediatamente che cosa era successo: le maniglie erano bloccate da due piedi di porco. Li fece volar via con un calcio nel momento in cui un fulmine colpiva il palco nel centro cittadino incendiando come una torcia il parco dell'orchestra, dove un giorno un tormentato giovane di nome Johnny Smith aveva scoperto il nome di un assassino. Ora il vento soffiava più forte, sferzando gli alberi contro il cielo nero e precipitoso.

Caduti i piedi di porco, i battenti si spalancarono; quello di sinistra, strappato dai cardini, piombò nell'aiuola al lato dei gradini. Si riversò fuori una marea di battisti indemoniati, che si gettarono giù per le scale della chiesa cadendo uno sopra l'altro. Puzzavano. Piangevano. Tossivano. Vomitavano.

Ed erano tutti fuori di sé.

8

I Cavalieri di Colombo, guidati da padre Brigham, e le Figlie di Isabella, guidate da Betsy Vigue, si riunirono al centro del piazzale di parcheggio mentre il cielo si squarciava e la pioggia cominciava a cadere a secchiate. Betsy si abbarbicò su padre Brigham. Aveva gli occhi arrossati e lacrimanti, i capelli incollati al cranio in una cuffia fradicia e luccicante.

«Molte sono ancora dentro!» gridò. «Naomi Jessup... Tonia Bissette... non so quante altre!»

«Chi è stato?» tuonò Albert Gendron. «Chi diavolo è stato?»

«Sono stati i battisti! Sono stati loro!» strillò Betsy e scoppiò a piangere mentre una saetta zigzagava per il cielo come un filamento di tungsteno impazzito. *«Mi hanno dato della troia papista! Sono stati i battisti! Sono stati loro! Quei maledetti da Dio!»*

Frattanto padre Brigham si era divincolato da Betsy e correva alla porta della sala delle Figlie di Isabella. A calci fece saltar via il piede di porco e spalancò la porta, tutta crepata e scheggiata intorno alla maniglia. Uscirono tre donne frastornate e scosse dai conati, in mezzo a una nuvola puzzolente.

Attraverso il fumo padre Brigham vide Antonia Bissette, la bella Tonia, così svelta e abile con i ferri da maglia e sempre così partecipe in ogni nuova iniziativa parrocchiale. Era per terra vicino al tavolo della presidentessa, celata in parte dal vessillo caduto del Bambino di Praga. Inginocchiata accanto a lei c'era Naomi Jessup. Piangeva. La testa di Tonia era inclinata in un'angolazione impossibile rispetto al resto del corpo. Fissava il soffitto con uno sguardo vitreo. Il tanfo aveva cessato di dar fastidio ad Antonia Bissette, che non aveva acquistato niente dal signor Gaunt, né aveva preso parte ad alcuno dei suoi giochetti.

Naomi vide padre Brigham fermo sulla soglia, si rialzò e andò da lui camminando a fatica sulle gambe malferme. Nell'orrore che le era disceso nell'animo, sembrava che anche lei non sentisse più l'odore soffocante. «Padre», esclamò. «Perché, padre? Perché ci hanno fatto questo? Si sarebbe solo giocato per finta, era a fin di bene. *Perché?*»

«Perché quell'uomo è pazzo», rispose padre Brigham. Accolse Naomi fra le braccia.

Accanto a lui, in un gelido mormorio omicida, Albert Gendron disse: «Andiamo a rendergli pan per focaccia».

9

I Soldati Cristiani Battisti Antigioco marciarono per Harrington Street sotto la pioggia battente con Don Hemphill, Nan Roberts, Norman Harper e William Rose in testa. I loro occhi erano globi arrossati e furiosi che sporgevano da orbite tumefatte e infiammate. Quasi tutti i Soldati Cristiani si erano vomitati addosso, sui calzoni, camicie, scarpe. Per quanto scrosciante, la pioggia non era in grado di lavar via il puzzo di uova marce di cui la bombetta li aveva impregnati.

Una macchina della polizia statale si fermò all'incrocio della Harrington con la Castle Avenue, che mezzo miglio più avanti diventava Castle View. Ne smontò un agente che li guardò attonito. «Ehi!» gridò. «Dove credete di andare?»

«Andiamo a piallare un po' di chiappe papiste e se il buonsenso non ti manca, è meglio che stai alla larga!» sbraitò Nan Roberts.

Don Hemphill spalancò la bocca e cominciò a cantare con una potente voce baritonale.

«Avanti, soldati cristiani, in marcia come andando in guerra...»

Altri si unirono in coro e ben presto tutta la congrega si mise a cantare, aumentando la cadenza per marciare al passo con l'inno. Il canto si trasformò via via in un boato collettivo. L'espressione sulle facce bianche era di odio, ma svuotata di ogni pensiero. Il reverendo Rose cantava con gli altri, farfugliando però molte delle parole per via della protesi mancante.

«Alla pugna, contro gli infedeli,
Cristo ci guida dall'alto dei cieli!»

Ora stavano quasi correndo.

10

L'agente Morris li osservava, fermo di fianco alla sua automobile con il microfono in mano. L'acqua gli scorreva a rivoletti dal cappuccio impermeabile che gli proteggeva il berretto.

«Rispondi, Unità Sedici», gracchiò la voce di Henry Payton.

«È meglio che mandi subito qui dei rinforzi», proruppe Morris. C'erano paura ed emozione nella voce. Era agente di pattuglia da meno di un anno. «Sta succedendo qualcosa di grave! Mi è appena passata davanti una folla di una settantina di persone! Passo!»

«Ebbene? Che facevano?» chiese Payton. «Passo.»

«Cantavano *Avanti Soldati Cristiani*! Passo!»

«Sei tu, Morris? Passo.»

«Signorsì! Passo!»

«Allora senti, agente Morris, per quel che ne so ancora non c'è una legge che impedisce di intonare inni, nemmeno quando piove a dirotto. La considero un'attività stupida, ma non illegale. Dunque, quello che sto per dirti, lo dico una volta sola: ho per le mani quattro patate di quelle che definire bollenti è poco, non so dove sono andati a finire lo sceriffo e i suoi dannati aiutanti, *e non voglio che qualcuno mi rompa i coglioni con delle fesserie*! Hai ricevuto? Passo.»

L'agente Morris deglutì dolorosamente. «Signorsì, affermativo, certo, ma uno di quelli che marciavano, una donna, mi pare, ha detto che andavano, ehm, 'a piallare chiappe papiste', o qualcosa del genere. Capisco che non ha molto senso, ma il tono non mi è piaciuto.» Poi aggiunse timidamente: «Passo».

Il silenzio si prolungò al punto che Morris temette di aver perso Payton: l'elettricità nell'aria aveva reso impossibili le comunicazioni radio sulle lunghe distanze e difficili persino quelle locali. Prima però che Morris si mettesse in trasmissione, la voce di Payton, stanca e preoccupata, esclamò: «Ah! Ah, Gesù! Ah, Gesù *santissimo*! Ma che diavolo sta succedendo qui?»

«Be', quella tizia ha detto che andavano...»

«Ti ho sentito!» urlò Payton. La violenza distorse il suono della sua voce. «Vai alla chiesa cattolica! Se succede qualcosa, cerca di intervenire, ma non farti male. Ripeto, *non farti male*. Ti mando dei rinforzi al più presto... se ne ho ancora. Fila! Passo!»

«Tenente Payton, scusi? Dov'è la chiesa cattolica in questa città?»

«Cosa cazzo ne so io?» strepitò Payton. *«Io non ci abito! Segui la folla! Chiudo!»*

Morris riagganciò il microfono. Non vedeva più la falange in marcia, ma ne udiva ancora il canto fra un tuono e l'altro. Ingranò la marcia e seguì l'inno di battaglia.

11

Il sentiero che portava alla cucina di Myra Evans era bordato di pietre dipinte in varie tinte pastello.

Cora Rusk ne raccolse una blu e la soppesò nella mano in cui non impugnava la pistola. Provò la porta. Era chiusa a chiave, come aveva previsto. Spaccò il vetro con il sasso e usò la canna della pistola per staccare le schegge rimaste nel telaio. Poi infilò il braccio, aprì la porta ed entrò. I capelli le si erano appiccicati alle guance in virgole e punti di domanda. Aveva ancora il vestito slacciato e goccioline di pioggia le correvano per i pendii del seno tempestato di brufoletti.

Chuck Evans non era a casa, ma c'era Garfield, il gatto d'angora di Chuck e Myra. Arrivò in cucina trotterellando e miagolando sperando di ricevere qualcosa da mangiare e Cora l'accontentò. Il gatto volò all'indietro in una nuvola di sangue e pelo. «Mangiati *questo*, Garfield», commentò Cora. Entrò in corridoio passando attraverso il velo di fumo dello sparo e salì le scale. Sapeva dove avrebbe trovato quella puttana. L'avrebbe trovata a letto. Cora lo sapeva bene come il proprio nome e cognome.

«Ora di fare la nanna», mormorò mentre saliva. «Vedrai se non è vero, Myra, mia cara.»

Sorrideva.

12

Padre Brigham e Albert Gendron erano alla testa di un plotone di cattolici fuori dei gangheri che scendeva per Castle Avenue verso Harrington Street. A metà percorso sentirono cantare. Si scambiarono uno sguardo.

«Pensi che saremmo in grado di insegnargli un'altra canzone, Albert?» chiese a bassa voce padre Brigham.

«Credo di sì, padre», rispose Albert.

«Gli insegniamo a cantare *Me la son fatta a gambe levate fino a casa*.»

«Ottima scelta, padre. Forse riescono a impararla anche degli avanzi di fogna come loro.»

Un fulmine attraversò il cielo. Illuminò per un momento Castle Avenue e mostrò ai due uomini una piccola folla che stava andando loro incontro. I loro occhi scintillarono bianchi e svuotati, come occhi di statue, nel lampo della folgore.

«Eccoli!» gridò qualcuno e una donna esclamò: «Diamogli una lezione, a quei bastardi!»

«Vediamo di eliminare un po' di spazzatura», disse allegramente padre John Brigham partendo all'attacco.

«Amen, padre», rispose Albert correndo al suo fianco.

Dopodiché tutti cominciarono a correre.

Mentre l'agente Morris sbucava dall'angolo, un nuovo fulmine lacerò il cielo e abbatté uno dei vecchi olmi sul Castle Stream. Nel bagliore, il poliziotto vide due turbe che correvano l'una contro l'altra, una in salita e l'altra in discesa, entrambe comunque assetate di sangue. L'agente Morris rimpianse all'improvviso di non aver marcato visita quel giorno.

13

Cora aprì la porta della camera da letto di Chuck e Myra e vide esattamente ciò che si era aspettata: la puttana nuda su un letto matrimoniale che, a giudicare dalla confusione, doveva essere stato sottoposto a turni di servizio massacranti. Teneva una mano infilata sotto i cuscini, dietro la testa. L'altra stringeva una fotografia in cornice. La fotografia era fra le cosce carnose di Myra. Se la stava scopando. Aveva gli occhi semichiusi in un'espressione di estasi.

«Oooh, El!» gemette. «Oooooh, El! *OOOOOOHHH, EEEELL!*»

Orrore e gelosia esplosero nel cuore di Cora e le salirono in gola, riempiendole la bocca di un succo amaro.

«Ah... lurida maiala», sibilò spianando la pistola.

In quel momento Myra la guardò e Myra stava sorridendo. Estrasse la mano che teneva sotto il cuscino nella quale impugnava a sua volta un'automatica.

«Il signor Gaunt mi aveva detto che saresti venuta, Cora», la informò facendo fuoco.

Cora sentì il proiettile sfrecciare nell'aria a pochi centimetri dalla guancia; lo sentì conficcarsi con un rumore sordo nell'intonaco alla sinistra della porta. Rispose al fuoco. Il proiettile colpì la foto fra le gambe di Myra, mandando in frantumi il vetro e scomparendo in una coscia.

Aveva anche aperto un foro al centro della fronte di Elvis Presley.

«Guarda che cosa hai fatto!» starnazzò Myra. *«Hai ammazzato il Re, idiota!»*

Sparò tre colpi. Due mancarono il bersaglio, ma il terzo colpì Cora alla gola, spingendola all'indietro contro il muro in uno spruzzo di sangue. Mentre cadeva in ginocchio, Cora sparò di nuovo. Il suo proiettile aprì un foro in una rotula di Myra, facendola piombare giù dal letto. Poi Cora stramazzò per terra in avanti e la pistola le sfuggì di mano.

Sto venendo da te, Elvis, cercò di dire, ma c'era qualcosa di terribilmente sbagliato. Intorno a sé aveva solo tenebre e nelle tenebre c'era solo lei.

14

I battisti di Castle Rock, guidati dal reverendo William Rose, e i cattolici di Castle Rock, guidati da padre John Brigham, si schiantarono gli uni negli altri ai piedi di Castle Hill con un cozzo quasi udibile. Non valsero le regole del marchese di Queensberry, non ci furono leali scazzottature da gentiluomini; erano lì per strappare occhi e nasi. Possibilmente per uccidere.

Albert Gendron, il mastodontico dentista che era lento a montare in collera ma terrificante quando allentava le briglie della sua ira, afferrò Norman Harper per le orecchie e lo tirò a sé. Contemporaneamente abbassò la testa verso di lui. Il rumore dei crani che si incontravano avrebbe fatto pensare a un negozio di vasellame in un terremoto. Norman rabbrividì, quindi si accasciò inerte. Albert lo buttò da parte come un sacco di biancheria sporca e se la prese con Bill Sayers, che vendeva attrezzi alla *Western Auto*. Bill lo schivò e sferrò un pugno. Albert ricevette il pugno in piena bocca.

Sputò un dente, afferrò Bill e lo strinse fra le braccia finché sentì lo schiocco di una costola. Bill cominciò a strillare. Albert lo scaraventò fin quasi dall'altra parte della strada, dove l'agente Morris riuscì ad arrestare l'automobile un attimo prima di travolgerlo.

Ormai quel tratto del viale era un groviglio di esseri urlanti che si affrontavano a mani nude picchiando e strappando. Inciampavano gli uni negli altri, scivolavano nella pioggia, si rialzavano, menavano colpi alla cieca e ne ricevevano in cambio. Nei lampi accecanti sembrava che fosse in corso una strana danza, in cui si richiedeva di scaraventare il partner contro l'albero più vicino, invece di fargli eseguire una piroetta, o affondargli una ginocchiata all'inguine invece di spiccare un saltello.

Nan Roberts prese Betsy Vigue da tergo per il vestito mentre Betsy disegnava con le unghie tatuaggi nelle guance di Lucille Dunham. La fece ruotare su se stessa e le ficcò due dita nel naso fino alla seconda nocca. Betsy mandò uno strillo nasale simile a una sirena da nebbia mentre Nan cominciava a scuoterla entusiasticamente.

Frieda Pulaski legnò Nan sulla testa con la borsetta. Nan finì in ginocchio. Le sue dita uscirono dal naso di Betsy Vigue con un rumore di tappo di bottiglia. Quando cercò di rialzarsi, Betsy le sferrò un calcio in faccia mandandola a finire lunga e distesa. «Puddana, mi hai sfoddado il daso!» urlò Betsy. «Mi hai sfoddado il DASO!» Cercò di calcarle il piede nel ventre. Nan glielo afferrò e glielo torse, facendo precipitare Betty La-La a faccia in giù. Poi strisciò verso di lei. Betsy l'aspettava. Un istante dopo rotolavano per la strada prendendosi a morsi e graffi.

«FERMI!!!»

tuonò l'agente Morris, ma la sua voce andò persa in una bordata di tuono che fece tremare tutta la via.

Estrasse la pistola, la puntò al cielo... ma prima che premesse il grilletto qualcuno (Dio solo sa chi) gli sparò all'inguine con uno dei molto speciali articoli di Leland Gaunt. L'agente Morris rovinò all'indietro contro il cofano della sua macchina e rotolò nella strada, stringendosi i resti degli organi sessuali e cercando di gridare.

Era impossibile sapere quanti dei combattenti avessero con sé armi acquistate dal signor Gaunt. Non molti e alcuni di loro avevano perso la pistola nella confusione che si era creata quando erano scappati dai locali appestati dal puzzo. Si udirono comunque almeno quattro spari in rapida successione, che tuttavia furono assolutamente ignorati nel caos delle urla e nell'eco dei tuoni.

Len Milliken vide Jake Pulaski che puntava una di quelle pistole a Nan, ora sbarazzatasi di Betsy e intenta a cercare di strangolare Meade Rossignol. Len afferrò Jake per il polso e gli spinse la mano verso il cielo screziato di saette un istante prima che partisse il colpo. Poi calò violentemente il polso di Jake spaccandoglielo sul ginocchio come un ramoscello. La pistola cadde sull'asfalto bagnato. Jake cominciò a ululare. Len fece un passo indietro e disse: «Così impari a...» Non proseguì perché qualcuno scelse quel momento per affondargli alla base del collo la lama di un coltello, tranciandogli la spina dorsale all'altezza del tronco cerebrale.

Intanto stavano sopraggiungendo altre automobili della polizia in una danza frenetica di luci blu nell'oscurità frustata dalla pioggia. I combattenti non diedero ascolto all'ordine amplificato di desistere. Quando i poliziotti cercarono di intervenire, si ritrovarono risucchiati nella rissa generale.

Nan Roberts vide padre Brigham che aveva la camicia nera lacerata dal collo fino alla cintura e teneva il reverendo Rose per il colletto, mentre con l'altra mano gli riempiva il naso di pugni. Ogni volta che gliene assestava uno, la mano con cui lo teneva per il colletto si spostava di qualche centimetro; allora rimetteva il reverendo Rose in posizione e si preparava al pugno seguente.

Con un ruggito a pieni polmoni, ignorando lo smarrito agente della polizia statale che gli stava dicendo, quasi implorando, di smettere e smettere *subito*, Nan mollò Meade Rossignol e si lanciò su padre Brigham.

22

1

Lo scatenarsi della tempesta costrinse Alan a procedere a passo d'uomo, proprio quando si era definitivamente convinto che il tempo fosse diventato un elemento d'importanza assolutamente vitale e che se non fosse tornato a Castle Rock immediatamente, tanto valeva starne lontano per sempre. Ora aveva la sensazione che gran parte delle informazioni di cui aveva avuto bisogno erano già presenti nella sua mente da un pezzo, chiuse a chiave dietro una porta massiccia. Su quella porta c'era una scritta, ma non UFFICIO DI PRESIDENZA, O SALA RIUNIONI O anche VIETATO L'ACCESSO AI NON ADDETTI. La scritta sulla porta nella mente di Alan era: QUESTO NON HA SENSO. Per aprire quella porta era necessaria solo la chiave giusta... quella che gli aveva fornito Sean Rusk. E che cosa c'era dietro la porta?

Ma... *Cose Preziose*, naturalmente. E il suo proprietario, l'affabile signor Leland Gaunt.

Brian Rusk aveva comprato una figurina a *Cose Preziose* e Brian era morto. Nettie Cobb aveva comprato un paralume a *Cose Preziose*, ed era morta anche lei. Quanti altri a Castle Rock erano andati al pozzo ad acquistare acqua infetta da quell'uomo infetto? Norris ci era andato... per una canna da pesca. Polly... per un ciondolo magico. La madre di Brian Rusk... per un paio di occhiali da sole da quattro soldi che c'entravano in qualche modo con Elvis Presley. Anche Asso Merrill ci era andato... per un vecchio libro. Alan si sentiva pronto a scommettere che anche Hugh Priest avesse acquistato qualcosa... e Danforth Keeton...

E quanti altri? Quanti?

Arrivò al Tin Bridge nel momento in cui una folgore scese dal cielo a tranciare il tronco di uno degli olmi secolari sull'altra sponda del Castle Stream. Ci fu un'assordante scarica elettrica in un lampo che sbiancò ogni cosa. Alan si alzò un avambraccio davanti agli occhi, ma sulla retina gli si era già impressa un'immagine azzurra, mentre la radio esplodeva in un violento rutto di energia statica e l'olmo precipitava nel fiume con fragorosa possenza.

Abbassò il braccio e si lasciò sfuggire un grido quando il tuono vibrò esattamente sopra di lui, forte abbastanza da spaccare il mondo in due. Per qualche attimo gli occhi accecati non gli permisero di vedere più niente e temette che l'albero fosse caduto sul ponte bloccandolo da quella parte del fiume; poi vide il tronco che emergeva da un gorgo di rapide a pochi metri dalla vecchia struttura arrugginita. Inserì la marcia e montò sul ponte. Mentre lo attraversava sentì il vento della tempesta che fischiava fra architravi e montanti. Era un suono inquietante, pieno di desolazione.

La pioggia che si abbatteva sul parabrezza della vecchia station wagon trasformava il paesaggio in una allucinazione vacillante. Quando scese dal ponte e imboccò la Main Street all'incrocio con Watermill Lane la pioggia si fece così intensa e violenta che le spazzole diventarono del tutto inutili, anche se azionate alla velocità massima. Abbassò il cristallo e guidò con la testa fuori. Fu fradicio all'istante.

La zona intorno al Municipio era intasata di veicoli della polizia e degli organi d'informazione, ma vi regnava un'innaturale atmosfera di abbandono, come se tutti i rispettivi proprietari di quei veicoli fossero stati improvvisamente teletrasportati sul pianeta Nettuno da alieni cattivi. Scorse qualche faccia che sbirciava fuori dai furgoni delle stazioni televisive e un agente della statale che correva nel vicolo da cui si accedeva al parcheggio del Municipio sollevando alti schizzi, ma nessun altro.

Tre isolati più su, verso Castle Hill, un'auto della statale attraversò a tutta birra la Main Street, in direzione ovest sulla Laurel. Un attimo dopo, un'altra automobile di pattuglia sfrecciò attraverso la via principale della città, questa volta in Birch Street e lanciata nella direzione opposta. Fu tutto così veloce, zip, zip, che gli venne in mente qualche scena di film comici su reparti di poliziotti incapaci. *Il bandito e la «madama»*, forse. Solo che non c'era niente da ridere. La sensazione che diede ad Alan fu di un'azione scervellata, un movimento sconclusionato, dettato dal panico. Fu sicuro a un tratto che Henry Payton avesse perso il controllo di ciò che stava accadendo a Castle Rock quella sera... posto che fosse mai riuscito ad averne anche solo una parvenza.

Udì delle grida in lontananza, dalla parte di Castle Hill. Fra pioggia, tuoni e vento, gli era impossibile esserne certo, ma dubitava che quelle grida fossero frutto della sua fantasia. Quasi a volergli dare conferma, dal vicolo accanto al Municipio uscì rombando una macchina della polizia che si lanciò in quella direzione con la luce lampeggiante che illuminava strisce argentate di pioggia. Nella curva spericolata sfiorò la fiancata di un grosso furgone della WMTW.

Alan ricordò quando, qualche giorno prima, aveva avuto il sentore di qualcosa di molto poco chiaro nella sua piccola città, la sensazione che cose che non riusciva a vedere si stessero guastando e che Castle Rock vacillasse sull'orlo di un impensabile disastro. Ora il disastro era cominciato ed era stato tutto predisposto dall'uomo

(Brian ha detto che il signor Gaunt non è affatto un uomo)

che ancora non era riuscito a incontrare.

Un grido si levò nella notte, acuto e lacerante. Fu séguito da uno schianto di vetri infranti... poi da un'altra direzione, uno sparo e uno scoppio di risa idiote. Un tuono esplose nel cielo come il cadere di una catasta di assi.

Ma ho tempo ora, pensò Alan. *Sì. Tutto il tempo che mi serve. Caro signor Gaunt, credo che sia giunto il momento di conoscerci e penso che sia anche ora che scopra che cosa succede alle persone che prendono di mira la mia città.*

Ignorando le grida e i lamenti che udiva in lontananza dal finestrino aperto, ignorando il Municipio dove presumibilmente Henry Payton stava coordinando o cercando di coordinare le forze dell'ordine, risalì la Main Street verso *Cose Preziose*.

In quel mentre una folgore violenta si diramò nel cielo come un albero di fuoco e mentre l'aria rimbombava ancora della cannonata del tuono, tutte le luci di Castle Rock si spensero.

2

L'aiuto sceriffo Norris Ridgewick, con la divisa che riservava per le sfilate e altre grandi occasioni, era nell'annesso della piccola casa che aveva condiviso con la madre fino alla di lei morte d'infarto nell'autunno 1986, la casa che da allora aveva abitato da solo. Era montato su uno sgabello. Da una delle travi sovrastanti pendeva il cappio di un pezzo di grossa fune. Norris infilò la testa nel cappio e nel momento in cui se lo stringeva contro l'orecchio destro il fulmine illuminò per un istante il cielo e le due lampadine del capanno si spensero.

Vedeva lo stesso la canna da pesca appoggiata vicino alla porta che dava in cucina. Aveva desiderato immensamente quella canna e aveva creduto di essere riuscito a procurarsela a buon mercato, ma alla fine il prezzo era stato alto. Troppo per Norris.

La sua casa era nel tratto superiore di Watermill Lane, dove la via gira per tornare verso Castle Hill e il View. Soffiando nella sua direzione, il vento gli portava i rumori e le grida della battaglia, tra i quali si mescolava di tanto in tanto anche uno sparo.

È colpa mia, pensò. *Non del tutto, questo no, ma in parte sì. Ho partecipato. È colpa mia se Henry Beaufort sta morendo, posto che non sia già morto a Oxford. È colpa mia se adesso Hugh Priest è in una cella frigorifera. Solo mia. È colpa dell'uomo che aveva sempre desiderato diventare poliziotto e aiutare il prossimo, l'uomo che aveva sognato la divisa fin da quando era piccolo. Stupido, buffo, goffo Norris Ridgewick, che pensava di essere riuscito a procurarsi a buon mercato una cosa preziosa come una canna da pesca Bazun.*

«Mi pento di quel che ho fatto», disse Norris. «Non serve a rimediare, ma per quel che può valere, sono *veramente* pentito.»

Si preparò a spiccare il balzo dallo sgabello e a un tratto nella sua testa parlò un'altra voce. *Allora perché non cerchi di rimediare, coniglio che non sei altro?*

«Non posso», rispose. Un fulmine fendette le tenebre. La sua ombra guizzò sulla parete, come se già stesse dondolando appeso al soffitto. «È troppo tardi.»

Allora dai almeno un'occhiata alla RAGIONE *per cui l'hai fatto,* insisté la voce con rabbia. *Questo almeno lo puoi fare, no? Guarda! Guarda* BENE!

Balenò di nuovo un fulmine. Norris guardò la Bazun... e mandò un urlo di dolore e incredulità. Sussultò così violentemente che per poco non rovesciò lo sgabello rimanendo impiccato per sbaglio.

La bella Bazun, così slanciata e snella e forte, non c'era più. Era stata sostituita con un brutto pezzo di bambù tutto scheggiato, un comune pezzo di legno con un mulinello Zebco da dilettante applicato malamente con una sola vite arrugginita.

«Me l'hanno rubata!» esclamò Norris. Ritrovò all'improvviso tutta la sua aspra gelosia e la sua paranoica cupidigia. Doveva correre fuori a caccia del ladro. Doveva ucciderli tutti, se necessario, pur di mettere le mani sul responsabile. «*QUALCUNO MI HA RUBATO LA BAZUN!*» gemette di nuovo, barcollando sullo sgabello.

No, rispose la voce adirata. *È sempre stata così. L'unica cosa che ti è stata rubata sono i paraocchi, quelli che ti sei messo da solo, per tua libera scelta.*

«No!» Fu come se due mani mostruose lo prendessero ai lati della testa e cominciassero a schiacciare. «No, no, *no*!»

Ma un altro fulmine gli mostrò di nuovo la modesta canna di bambù al posto della pregiata Bazun. L'aveva messa là perché fosse l'ultima cosa che avrebbe visto quando fosse saltato dallo sgabello. Nessuno era entrato, nessuno l'aveva spostata, di conseguenza la voce aveva ragione.

È sempre stata così, la tua canna, ribadì la voce rabbiosa. *Resta da sapere se intendi fare qualcosa o preferisci scappare nell'aldilà.*

Si mise ad annaspare per togliersi il cappio e in quel momento ebbe la sensazione di non essere solo. In quel momento ebbe la sensazione di fiutare tabacco e caffè e un vago aroma di acqua di colonia: Southern Gentleman, forse gli odori del signor Gaunt.

O perse l'equilibrio, o mani invisibili lo spinsero giù dallo sgabello; fatto sta che lo urtò con la punta del piede mentre vacillava e lo rovesciò.

L'urlo di Norris fu strozzato dal cappio che gli si chiudeva intorno al collo. Trovò con la mano la trave e l'afferrò, issandosi per qualche centimetro e riuscendo ad allentare la morsa. Infilò l'altra mano nel cappio. La canapa irsuta gli pizzicava la gola.

No è la parola giusta! sentì esclamare con furia dal signor Gaunt. *No è proprio la parola giusta, maledetto piantachiodi!*

Non era lì, Norris sapeva di non essere stato spinto, eppure era anche assolutamente certo che *qualcosa* del signor Gaunt era presente lo stesso... e il signor Gaunt non era contento, perché non era così che doveva andare, le persone che cadevano nella sua rete non dovevano vedere *niente*. Almeno finché non fosse stato troppo tardi.

Tirò e strattonò, ma era come se quel cappio fosse stato immerso nel cemento liquido. Il braccio con cui si reggeva alla trave tremava all'impazzata. I suoi piedi sforbiciavano freneticamente a un metro da terra. Non avrebbe resistito a lungo. Era già sorprendente che fosse riuscito ad allentare di qualche millimetro il nodo scorsoio.

Riuscì finalmente ad aprire parzialmente il cappio con le due dita che aveva infilato fra collo e corda. Se lo sfilò dalla testa nel preciso istante in cui un crampo tremendo gli contrasse il braccio con cui si teneva appeso. Precipitò sul pavimento singhiozzando e chiudendosi contro il petto il braccio colpito dal crampo. Sfrecciò il fulmine che trasformò la bava che aveva sui denti scoperti in minuscoli archi di luce violacea. Poi perse conoscenza. Non avrebbe saputo dire per quanto tempo era rimasto insensibile, ma quando la sua mente ridiventò lucida, la pioggia stava ancora cadendo e il cielo era ancora scudisciato dai fulmini.

Si rialzò faticosamente in piedi e andò a prendere la canna da pesca continuando a reggersi il braccio. Il crampo stava cominciando a sciogliersi, ma Norris ansimava ancora. Esaminò attentamente la sua canna.

Bambù. Orribile bambù malconcio. Non valeva niente. *Niente.*

Gonfiò il magro petto ed emise un urlo di vergogna e collera. Contemporaneamente sollevò un ginocchio e su di esso spezzò la canna in due. Poi prese i due pezzi in entrambe le mani e li ruppe ancora una volta. Gli procuravano una sensazione spiacevole, sotto le dita, quasi di un oggetto infetto. Sapevano di *frode*. Buttò per terra i pezzi di bambù che rotolarono fino allo sgabello rovesciato.

«Ecco!» gridò. «Ecco! *Ecco!* *ECCO!*»

Tornò con la mente al signor Gaunt. Il signor Gaunt con i suoi capelli d'argento, il suo tweed e il suo sorriso famelico, assiepato di denti.

«Vengo a prenderti», mormorò Norris Ridgewick. «Non so che cosa succederà dopo, ma so che adesso vengo a prenderti.»

Spalancò la porta e uscì nella pioggia battente. Davanti a casa era parcheggiata l'Unità Due. Curvò il corpo ossuto nel vento e s'incamminò.

«Non so dove sei», disse, «ma sto venendo a prenderti, farabutto.»

Salì in macchina e percorse il vialetto d'accesso a marcia indietro. Sul suo viso facevano a gara umiliazione, avvilimento e ira. Giunto in fondo al vialetto, sterzò a sinistra e partì a tutta velocità alla volta di *Cose Preziose*.

3

Polly Chalmers sognava.

Nel sogno entrava in *Cose Preziose*, ma la persona dietro il bancone non era Leland Gaunt, era zia Evvie Chalmers. Zia Evvie indossava il suo miglior vestito blu e lo scialle blu, quello con la bordatura rossa. Fra i denti così larghi e improbabili, e forse falsi, stringeva un Herbert Tareyton.

Zia Evvie! esclamava Polly nel sogno. Una gioia immensa e un sollievo ancor più vasto (il sollievo che si ha solo nei sogni felici e nel momento in cui ci si risveglia da quelli orribili) la colmò come fosse luce. *Zia Evvie, sei viva!*

Ma zia Evvie non diede segno di averla riconosciuta. *Compra qualunque cosa desideri, signorina,* disse zia Evvie. *A proposito, come ti chiamavi, Polly o Patricia? Certe volte mi vien meno la memoria.*

Ma zia Evvie, sai bene come mi chiamo. Io sono Trisha. Per te sono sempre stata Trisha.

Zia Evvie non l'aveva ascoltata. *Comunque ti chiami, ti informo che oggi abbiamo una svendita per realizzo. Vendiamo tutto.*

Zia Evvie, che cosa fai qui?

Sono al mio posto, rispose zia Evvie. *Questo è il posto di tutti, qui in città, signorina Doppio Nome. Anzi, questo è il posto di tutta la gente del mondo, perché a tutti piace un buon affare. A tutti piace avere qualcosa per niente... anche quando costa tutto.*

La gioia si spense all'improvviso. La sostituì la paura. Polly guardò nelle bacheche e vide bottiglie di un liquido scuro con la scritta TONICO ELETTRICO DOTTOR GAUNT. C'erano giocattoli a molla malcostruiti che a volerli caricare una seconda volta avrebbero sputato fuori tutti i loro ingranaggi. C'erano rozzi coadiuvanti sessuali. C'erano flaconcini pieni di una polvere che poteva essere cocaina; su questi l'etichetta diceva: POLVERE DELLA VIRILITÀ DEL DOTTOR GAUNT. Abbondavano gli scherzi dozzinali: vomito di cane di plastica, polvere che dà il prurito, sigarette esplosive. C'era un paio di quegli occhiali a raggi X che dovrebbero metterti in grado di vedere attraverso le porte chiuse e gli indumenti che indossano le signore e che invece riescono solo a farti somigliare a un procione. C'erano fiori di plastica e carte da gioco segnate e bottigliette di profumo scadente con la scritta: POZIONE D'AMORE DEL DOTTOR GAUNT N.9. TRASFORMA L'INDOLENZA IN CONCUPISCENZA. Quel negozio era il tempio di tutto ciò che è scadente, inutile e di cattivo gusto.

Quello che vuoi, signorina Doppio Nome, ripeté zia Evvie.

Perché mi chiami così, zia? Ti prego. Non mi riconosci?

Il funzionamento è garantito per ogni nostro articolo. L'unica cosa che non garantiamo che funzioni dopo la vendita è il CLIENTE. *Dunque fatti avanti e compra, compra, compra.*

Ora guardò Polly in faccia e Polly fu colpita dal terrore come da una coltellata. Vide compassione negli occhi di zia Evvie, ma era una compassione terribile, spietata.

Ma come ti chiami, bambina? Mi pare che una volta conoscevo il tuo nome.

Nel sogno (e nel suo letto) Polly cominciò a piangere.

C'è anche qualcun altro che ha dimenticato il tuo nome? domandò zia Evvie. *Chissà. Mi sembra di sì.*

Zia Evvie, mi fai paura!

Sei tu che fai paura a te stessa, bimba ribatté zia Evvie. *Ricorda solo che quando compri qui, signorina Doppio Nome, in cambio vendi sempre qualcosa.*

Ma io ne ho bisogno! proruppe Polly. Si mise a piangere più forte. *Le mani...*

Sì, per le tue mani ci vuole questo, signorina San Francisco, la interruppe zia Evvie togliendo da una vetrinetta una bottiglia di TONICO ELETTRICO DOTTOR GAUNT. La posò sul banco. Era una bottiglia piccola e tozza, piena di un liquido che sembrava fango molle. *Non può far scomparire il tuo dolore, naturalmente, niente al mondo potrebbe farlo, ma può produrre un trasferimento.*

Come sarebbe a dire? Perché vuoi farmi paura?

Cambia l'ubicazione della tua artrite, signorina Doppio Nome. Invece che le mani, la malattia attacca il cuore.

No!

Sì.

No! No! NO!

Sì. Oh, sì. E anche l'anima, ti attacca. Ma ti resterà il tuo orgoglio. Quello almeno non te lo tocca nessuno. Del resto una giovane donna non ha diritto al suo orgoglio? Quando tutto il resto è perduto, cuore, anima, persino l'uomo che ami, ti resterà almeno quello, giusto, piccola signorina Polly San Francisco? Ti resterà quell'ultima moneta senza la quale le tue tasche restano definitivamente vuote. Che sia questo il tuo piccolo, amaro conforto per il resto della tua vita. Che ti assista. È necessario *che ti assista, perché se continui di questo passo, sicuramente altri conforti non avrai.*

Smettila, ti prego, non puoi...

4

«Smettila», borbottò nel sonno. «Ti prego, smettila. *Ti scongiuro.*»

Si girò su un fianco. L'*azka* tintinnò lievemente. Un fulmine illuminò il cielo e colpì l'olmo su Castle Stream, abbattendolo nella corrente, mentre Alan Pangborn restava abbagliato al volante della sua station wagon.

Il crepitio del tuono svegliò Polly. Spalancò gli occhi di scatto. La sua mano andò subito all'*azka* e su di esso si chiuse in un gesto protettivo. La mano era agile, le articolazioni si muovevano come cuscinetti a sfera lubrificati con abbondante olio nuovo.

Signorina Doppio Nome... piccola signorina Polly San Francisco.

«Cosa...?» La sua voce era impastata, ma la sua mente era già sgombra e all'erta, come se non avesse affatto dormito, ma si fosse invece assorta in una meditazione così profonda da sembrare in trance. Qualcosa le occupava la mente, qualcosa grande come una balena. Fuori i fulmini s'incrociavano nella notte come stelle filanti impazzite.

C'è qualcun altro che ha dimenticato come ti chiami?... Mi sembra di sì.

Allungò la mano al comodino e accese la lampada. Vicino al telefono, quello con i tasti speciali di cui non aveva più bisogno, c'era la busta che aveva trovato nell'atrio con il resto della corrispondenza quando era rientrata nel pomeriggio. Aveva ripiegato e riposto nella busta quella lettera terribile.

Le parve di udire gente che gridava in lontananza, nell'assiduo crepitare dei tuoni. Non si lasciò distrarre: stava pensando al cuculo, che posa il suo uovo nel nido altrui approfittando dell'assenza del legittimo proprietario. Quando la futura madre torna, si accorge forse dell'uovo nuovo? Naturalmente no, accetta anche quello come uno dei suoi. Esattamente come lei aveva accettato quella stramaledetta lettera solo perché l'aveva trovata sul pavimento dell'atrio con due cataloghi e un avviso dell'emittente via cavo Western Maine.

L'aveva accettata... ma *chiunque* avrebbe potuto infilarla nella fessura per la corrispondenza, no?

«Signorina Doppio Nome», mormorò sgomenta. «Piccola signorina Polly San Francisco.» Ed era lì che era suonato il campanello d'allarme, vero? Quello era il particolare che il suo inconscio aveva ricordato e messo in bocca a zia Evvie. Perché era stata *Polly* a San Francisco.

Allungò la mano verso la busta.

No! protestò una voce ed era una voce che conosceva molto bene. *Non la toccare, Polly. Attenta a te!*

Le sue mani furono percorse da una fitta di dolore, scura e forte come caffè riscaldato.

Non può far scomparire il tuo dolore... ma può produrre un trasferimento.

La presenza grande come una balena stava per affiorare. La voce del signor Gaunt non avrebbe potuto fermarla; nulla avrebbe potuto fermarla.

TU puoi fermarla, Polly, disse il signor Gaunt. *Credimi, è indispensabile.*

La sua mano si ritrasse prima di aver toccato la lettera. Tornò all'*azka* nel gesto protettivo di poco prima. Sentiva che c'era dentro qualcosa, qualcosa che si era riscaldato del tepore del suo corpo, e si muoveva frenetico nella cavità dell'amuleto d'argento. La riempì un senso di repulsione che le fece sentire lo stomaco debole e gelatinoso, gli intestini flaccidi.

Lasciò andare il ciondolo e allungò di nuovo la mano verso la busta.

Ultimo avvertimento, Polly, l'ammonì la voce del signor Gaunt.

Sì, rispose la voce di zia Evvie. *Credo che dica sul serio, Trisha. Ha sempre tenuto in conto le donne che hanno orgoglio, ma sai una cosa? Non credo che ami molto quelle il cui orgoglio va a cavallo e torna a piedi. Credo che sia ora che decidi una volta per tutte come ti chiami* veramente.

Polly prese la busta ignorando un altro dolore di preavviso nelle mani e rilesse l'indirizzo. Quella lettera, quella *presunta* lettera, quella *presunta* copia di una lettera, era indirizzata a «signora Patricia Chalmers».

«No», mormorò. «È sbagliato. È il nome *sbagliato.*» La sua mano si chiuse lentamente accartocciando il foglio. Un dolore sordo le riempì il pugno, ma lo ignorò. I suoi occhi erano vividi, febbrili. «A San Francisco sono sempre stata Polly e solo Polly. Lo ero per tutti, anche per quelli del dipartimento di Assistenza all'infanzia!»

Era stato uno degli espedienti con cui aveva cercato di rompere con ogni aspetto della sua vecchia vita che secondo lei l'aveva così crudelmente ferita, impedendosi anche nelle notti più buie di pensare che la gran parte di quelle ferite se le era inflitte da sola. A San Francisco non era stata né Trisha, né Patricia; solo Polly. Così si era firmata tutte e tre le volte in cui aveva presentato la domanda di assistenza: Polly Chalmers.

Se davvero Alan aveva scritto a San Francisco dando il nome di Patricia, le sue ricerche non avrebbero dato alcun esito. Era naturale. Non corrispondevano nemmeno gli indirizzi, perché quello che aveva scritto nello spazio riservato all'indicazione dell'ultimo domicilio era stato l'indirizzo dei suoi genitori, la casa che si trovava dall'altra parte della città.

E se Alan avesse dato entrambi i nomi? Polly e Patricia?

Anche se così fosse stato, conosceva abbastanza bene i meccanismi della burocrazia per ritenere che, qualunque fosse il nome dato loro da *Alan*, a lei avrebbero scritto intestando la lettera con il nome e l'indirizzo che avevano sulla sua pratica. Una sua amica di Oxford riceveva ancora corrispondenza dall'Università del Maine indirizzata al suo nome da nubile, nonostante fosse sposata da vent'anni.

Ma quella lettera era stata indirizzata a *Patricia Chalmers*, non a Polly Chalmers. E chi c'era più a Castle Rock che la chiamasse Patricia?

La stessa persona che sapeva che Nettie Cobb si chiamava in realtà Netitia. Il suo caro amico Leland Gaunt.

Tutta questa storia dei nomi è interessante, intervenne all'improvviso zia Evvie, *ma non è molto importante. Quello che conta è l'uomo. Il* tuo *uomo. Perché è il tuo uomo, no? Ancora adesso. Sai che non avrebbe mai agito alle tue spalle come si sostiene in quella lettera. Lasciando stare il nome a cui è indirizzata, lasciando stare quanto possa sembrarti convincente, tu* sai *che non l'avrebbe mai fatto, vero?*

«Sì», mormorò. «Io lo conosco.»

Aveva davvero creduto nella slealtà di Alan o aveva messo a tacere i dubbi su quella lettera così assurda e incredibile perché aveva avuto paura, per non dire terrore, che Alan vedesse l'orribile verità dell'*azka* e la costringesse a una scelta?

«Oh, no, così è troppo semplice», bisbigliò. «Ci hai creduto. Sarà stato anche solo per poche ore, ma tu ci hai creduto sul serio. Oh, Gesù. Oh, Gesù, che cosa ho fatto?»

Gettò per terra la lettera accartocciata con l'espressione di disgusto di chi si è appena reso conto di avere in mano un topo morto.

Non gli ho detto perché ero così infuriata, non gli ho dato la possibilità di spiegarsi, ci ho solo... solo creduto. *Perché? In nome di Dio, ma* perché?

Sapeva perché, ovviamente. L'avevano spinta paura e vergogna all'idea che fossero state smascherate le sue bugie sulle circostanze in cui era morto Kelton, che fosse emersa la verità sulle condizioni di indigenza dei suoi anni a San Francisco, che si stesse valutando il grado di responsabilità che aveva avuto nella morte del suo bambino... e tutto questo da parte dell'unico uomo al mondo agli occhi del quale desiderava fare buona impressione.

Ma non finiva lì. Non era neanche la causa principale, quella. Sopra ogni altra cosa c'era stato l'orgoglio, il suo orgoglio ferito, offeso, gonfio e pulsante, il suo orgoglio maligno. L'orgoglio, la moneta senza la quale le sue tasche sarebbero rimaste definitivamente vuote. Ci aveva creduto perché era stata sconvolta dalla vergogna, una vergogna che era stata partorita dall'orgoglio.

Ho sempre avuto un debole per le signore orgogliose.

Un'onda di dolore terribile le invase le mani. Gemette, portandosele al seno.

Non è troppo tardi, Polly, la blandì dolcemente il signor Gaunt. *Non è troppo tardi, non ancora.*

«All'inferno l'orgoglio!» gridò all'improvviso Polly nel buio opprimente della stanza chiusa e si strappò l'*azka* dal collo. Lo tenne in alto nel pugno serrato, con la catenina d'argento che ruotava vorticosamente, e sentì nel palmo che la superficie del piccolo recipiente si crepava come un guscio d'uovo. *«ALL'INFERNO L'ORGOGLIO!»*

Subito il dolore le artigliò le mani da dentro come un animaletto affamato... ma Polly capì subito che il dolore non era così intenso come aveva temuto, non ne sarebbe stata sopraffatta. Lo sentì con la stessa certezza con cui sentiva che Alan non aveva mai scritto a San Francisco chiedendo informazioni su di lei.

«ALL'INFERNO L'ORGOGLIO! ALL'INFERNO! ALL'INFERNO! ALL'INFERNO!» urlò e scagliò l'*azka* contro la parete opposta.

L'amuleto rimbalzò, cadde per terra e si aprì. Nel bagliore di un fulmine vide due zampette pelose emergere dalla fessura. L'apertura si allargò e dal ciondolo s'arrampicò fuori un ragnetto, che partì in direzione del bagno. Ci fu un altro lampo che ne stampò l'ombra ovalizzata sul pavimento come un tatuaggio elettrico.

Polly balzò dal letto per rincorrerlo. Doveva ucciderlo e sapeva di non poter indugiare, perché già nei pochi istanti da quando era stato liberato aveva cominciato a gonfiarsi. Si era nutrito del veleno che aveva succhiato dal suo corpo e ora che non era più ostacolato dalla sua piccola prigione, avrebbe potuto crescere a dismisura.

Con una manata azionò l'interruttore del bagno e dopo un paio di palpiti la luce del tubo fluorescente sopra il lavandino si assestò. Vide il ragno che correva verso la vasca. Prima di varcare quella soglia non era stato più grande di uno scarafaggio. Ora aveva le dimensioni di un topolino.

Doveva averla sentita, perché si girò e corse verso di lei con un orribile ticchettio delle zampe sulle piastrelle e Polly ebbe il tempo di pensare: *Ce l'avevo contro il seno, ce l'avevo ADDOSSO, me lo tenevo SUL CORPO...*

Era ispido, marrone scuro, con le zampe ricoperte di peluria. La fissava con occhi opachi come rubini falsi sopra la bocca da cui sporgevano due zanne come i canini ricurvi di un vampiro. Dalle zanne gocciolava un liquido trasparente che lasciava minuscoli crateri fumanti dove cadeva sulle piastrelle.

Con un grido, Polly afferrò lo sturalavandini vicino al water, le mani le inviarono un urlo straziato al cervello, ma resistette, impugnò il manico di legno e colpì il ragno con lo sturalavandini. Il ragno indietreggiò, trascinando la zampa spezzata dal colpo e ormai inutilizzabile. Corse di nuovo verso la vasca, inseguito da Polly.

Ferito o no, continuava a crescere. Ora era delle dimensioni di un ratto. Sulle piastrelle aveva fatto strisciare il ventre gonfio, ma dimostrò un'impensabile agilità quando si arrampicò per la tenda della doccia. Contro la plastica le sue zampe producevano un rumore simile a piccoli spruzzi d'acqua. Gli anelli rumoreggiarono lungo il tubo metallico a cui era appesa la tenda.

Brandendo lo sturalavandini come una mazza da baseball, Polly lo fece roteare nell'aria e calò nuovamente sull'orribile creatura la pesante estremità di gomma che sibilò nell'aria come un proiettile. Centrò il ragno, ma purtroppo il colpo non fu molto efficace: la tenda cedette sotto l'impatto ammortizzandolo e il ragno cadde sul fondo della vasca con un tonfo flaccido.

In quell'istante si spense la luce.

Ferma nell'oscurità, con lo sturalavandini in mano, Polly ascoltò il frusciare del ragno. Nel bagliore del fulmine successivo vide la sua schiena gobbuta e ispida sporgere dal bordo della vasca. Ora la creatura uscita da quel ciondolo non più grande di un ditale aveva le dimensioni di un gatto, la stessa creatura che si era nutrita del sangue del suo cuore, mentre le liberava le mani dalla tortura dell'artrite.

Che cosa c'era nella busta che ho lasciato a casa Camber?

Ora che non aveva più l'*azka* al collo, ora che il dolore si era risvegliato nelle mani più feroce che mai, non poteva più illudersi che non avesse niente a che fare con Alan.

Le zanne del ragno echeggiarono sul bordo di porcellana della vasca. Sembrava qualcuno che si fosse messo a battere una moneta su una superficie dura per attirare l'attenzione. Da sopra il bordo della vasca la fissavano ora i suoi occhi indolenti da bambola.

È troppo tardi, pareva volessero dirle quegli occhi. *Troppo tardi per Alan, troppo tardi per te. Troppo tardi per tutti.*

Polly si lanciò all'attacco.

«Che cosa mi hai fatto fare?» urlò. *«Che cosa mi hai fatto fare? Mostro maledetto,* CHE COSA MI HAI FATTO FARE?»

E il ragno si alzò sulle zampe posteriori e sembrò ricoprire di carezze oscene la tenda della doccia cercando l'equilibrio con quelle anteriori, mentre si preparava a riceverla.

5

Asso Merrill riconsiderò Keeton con maggior rispetto quando lo vide estrarre una chiave con la quale aprì il deposito con i rombi rossi sulla porta. Il suo rispetto per lui aumentò quando sentì l'aria fresca, udì il ronzio del condizionatore e vide le casse accatastate.

Dinamite commerciale. In grande quantità. Non era la stessa cosa che avere un arsenale di missili Stinger, ma ce n'era abbastanza per far ballare tutta la città. Oh, sì.

Fra i sedili anteriori del furgone, insieme con una scorta di altri utili attrezzi, c'era una potente torcia a otto batterie e ora, mentre Alan tornava a Castle Rock sulla station wagon, mentre Norris Ridgewick sedeva in cucina a confezionare un nodo scorsoio su un pezzo di robusta fune di canapa, mentre il sogno di Polly Chalmers si avviava alla conclusione, Asso spostò il raggio della torcia da una cassa all'altra. La pioggia tamburellava sul tetto del deposito, così violenta che Asso ebbe la sensazione di trovarsi di nuovo alle docce della prigione.

«Diamoci una mossa», lo esortò Buster parlando sommessamente con la voce roca.

«Un attimino solo, Babbo», obiettò Asso. «È l'ora della pausa.» Passò la torcia a Buster ed estrasse la busta di plastica che gli aveva dato il signor Gaunt. Si versò un mucchietto di coca nell'incavo da sniffo della mano sinistra e l'aspirò rapidamente con una narice.

«Che cos'è?» chiese Buster sospettoso.

«Polvere di stelle sudamericana. Ed è un vero babà.»

«Bah e bah», commentò Keeton disgustato. «Cocaina. Loro vendono cocaina.»

Non c'era bisogno che Asso chiedesse chi erano Loro: Keeton non aveva parlato d'altro per tutto il tragitto e c'era da temere che di altro non avrebbe parlato per il resto della nottata.

«Non è vero, Babbo», lo contraddisse Asso. «Loro non la vendono. Loro sono quelli che la vorrebbero tutta per sé.» Ne versò un altro po' nell'incavo all'attaccatura del pollice e protese la mano. «Provala e dimmi se sbaglio.»

Keeton lo osservò con un misto di diffidenza e curiosità. «Perché continui a chiamarmi Babbo? Non sono così vecchio per poter essere tuo padre.»

«Dubito che tu abbia mai letto fumetti underground, ma c'è un tizio che si chiama R. Crumb», spiegò Asso. La coca cominciava a fare effetto, gli accendeva una dopo l'altra tutte le terminazioni nervose. «Fa questi fumetti con un personaggio che si chiama Zippy. E per me tu sei tale e quale il babbo di Zippy.»

«Ed è uno a posto?» domandò Buster insospettito.

«Grandioso», gli assicurò Asso. «Ma ti chiamo signor Keeton, se preferisci.» Fece una pausa, poi aggiunse con malizia: «Come fanno Loro».

«No», s'affrettò a ribattere Buster. «Va bene così. Basta che non sia un insulto.»

«Assolutamente no», lo tranquillizzò Asso. «Coraggio, provala. Un pizzico di questa robetta e ti metterai a cantare 'Ai-ho, ai-ho, ai-ho andiamo a lavorar' fino allo spuntar dell'alba.»

Dopo un'ultima occhiata di cupa diffidenza, Buster si decise a sniffare la coca che gli offriva Asso. Tossì, sternutì, poi si portò una mano al naso. Sgranò gli occhi lacrimanti su Asso. «Ma *brucia*.»

«Solo la prima volta», garantì allegramente Asso.

«Comunque non sento niente. Smettiamola di menarcela e carichiamo la dinamite.»

«Agli ordini, Babbo.»

Impiegarono meno di venti minuti per trasferire le casse di dinamite sul furgone. Caricata l'ultima, Buster disse: «Forse quella tua roba qualcosa fa, dopotutto. Posso averne dell'altra?»

«Sicuro, Babbo.» Asso sogghignava beato. «Ti farò compagnia.»

Sniffarono e ripartirono alla volta della città. Guidava Buster, che somigliava sempre meno al babbo di Zippy e sempre più al signor Rospo in *The Wind in the Willows* di Walt Disney. Negli occhi del primo consigliere si era accesa una luce nuova e frenetica. Era sorprendente come la mente gli si fosse sgombrata da ogni traccia di confusione; ora aveva la sensazione di capire fino in fondo il perfido piano che Loro avevano architettato ai suoi danni: strategia, tattica, ogni dettaglio delle loro macchinazioni. Lo illustrò per filo e per segno ad Asso che, seduto di dietro a gambe incrociate, collegava i timer ai detonatori. Almeno per il momento Buster si era dimenticato di Alan Pangborn, che di Loro era il condottiero e capobanda. Era estasiato dall'idea di spedire tutta Castle Rock (quanto più possibile, in ogni caso) diritta nell'aldilà.

Il rispetto di Asso si consolidò in autentica ammirazione. Il vecchio era matto e ad Asso i matti piacevano... da matti. Con i matti si trovava a suo agio. E, come capita a quasi tutti la prima volta che sniffano, la mente del Babbo se ne stava andando a zonzo alla periferia del sistema planetario. Non stava più zitto. Ad Asso bastava continuare a ripetere: «Sì, certo» e «Giusto, Babbo» e «Ben detto, Babbo».

Qualche volta andò vicino a chiamarlo signor Rospo invece di Babbo, ma si trattenne in tempo. C'era il rischio che la digerisse male.

Attraversarono il Tin Bridge quando Alan era ancora a tre miglia e scesero nella pioggia scrosciante. In uno dei gavoni del furgone Asso trovò una coperta in cui avvolse un po' di dinamite e un timer collegato a un detonatore.

«Vuoi aiuto?» chiese Buster sulle spine.

«È meglio che lasci fare a me, Babbo. Se mi caschi nel fiume, mi tocca sprecare chissà quanto tempo per ripescarti. Tu limitati a tenere gli occhi aperti. D'accordo?»

«Va bene. Asso... perché prima non ci sniffiamo un altro briciolo di quella coca?»

«Non ora», rispose Asso in tono indulgente battendogli la mano sul braccio carnoso. «Questa roba è quasi pura. Vuoi esplodere?»

«Io no», ribatté Buster. «Esploda tutto il resto, ma non io!» Scoppiò a ridere come un forsennato e Asso lo imitò.

«Te la stai spassando, stasera, eh, Babbo?»

Buster si stupì di scoprire che era proprio così. Ora la depressione seguita al... all'incidente di Myrtle, gli sembrava lontana anni luce. Gli pareva che fra lui e il suo eccellente amico Asso Merrill, Li avessero finalmente portati là dove volevano: nel palmo della loro mano.

«Puoi scommetterci», rispose e seguì con lo sguardo Asso che scivolava giù per l'argine erboso di fianco al ponte, tenendosi contro il ventre il fardello di dinamite.

La zona sotto il ponte era relativamente all'asciutto, ma in ogni caso dinamite e detonatori erano impermeabilizzati. Asso sistemò il suo fardello nella V di due montanti e collegò il detonatore alla dinamite infilando i cavi (molto opportunamente avevano le estremità già denudate dall'isolante) in uno dei candelotti. Puntò il grande quadrante bianco del temporizzatore su 40. Il timer cominciò a ticchettare.

Riemerse da sotto il ponte e si arrampicò nell'erba scivolosa per la pioggia.

«Allora?» domandò ansioso Buster. «Pensi che salterà?»

«Salterà», lo rassicurò Asso salendo sul furgone. Era bagnato fin nelle ossa, ma non gli importava.

«E se Loro la trovano? Se Loro staccano il timer prima...»

«Babbo», lo interruppe Asso, «ascolta un attimo. Metti fuori la testa e *ascolta*.»

Buster ubbidì. Indebolite dalla distanza, fra le deflagrazioni dei tuoni, gli sembrò di sentire grida e urla. Poi, distintamente udì l'eco secca di un colpo di pistola.

«Il signor Gaunt Li sta tenendo occupati», disse Asso. «È uno che sa il fatto suo, il signor Gaunt.» Versò un po' di coca nell'incavo sotto il pollice, sniffò, quindi tese la mano sotto il naso di Buster. «Prendi qui, Babbo. È l'ora della merendina.»

Buster chinò la testa e sniffò.

Si allontanarono dal ponte sette minuti prima che lo attraversasse Alan Pangborn. Sotto, l'indice nero del quadrante segnava 30.

6

Asso Merrill e Danforth Keeton (alias Buster, alias Babbo di Zippy, alias Rospo di Rosponia) risalirono lentamente la Main Street nella pioggia battente come Babbo Natale e il suo aiutante, lasciando qua e là i loro regalucci. Due volte sfrecciarono rombando automobili della polizia, ma nessuno tra le forze dell'ordine mostrò il minimo interesse per quello che appariva in tutto e per tutto un qualsiasi furgone di qualche emittente televisiva. Come Asso aveva ben notato, il signor Gaunt Li stava tenendo occupati.

Lasciarono un timer e cinque candelotti di dinamite sulla soglia dell'impresa di onoranze funebri Samuels. Lì accanto c'era la bottega del barbiere. Asso si protesse il braccio con un lembo della coperta e sferrò una gomitata nel vetro della porta d'ingresso. Riteneva del tutto improbabile che il barbiere avesse installato un allarme e in ogni caso la polizia difficilmente ne avrebbe tenuto conto in quelle circostanze. Buster gli consegnò una bomba appena confezionata (assicuravano timer e detonatore alla dinamite con fil di ferro preso dai gavoni del cassone) e Asso lo lasciò cadere all'interno del negozio. Lo guardarono rotolare ai piedi della prima poltrona, con il timer che partiva da 25.

«Passerà un bel pezzo prima che qualcuno venga a farsi fare una spuntatina qui dentro, Babbo», mormorò Asso e Buster ridacchiò sommessamente.

Quindi si separarono e Asso andò a gettare una carica al *Galaxia*, mentre Buster ne ficcava un'altra nella cassa continua della banca. Stavano tornando al furgone sotto la pioggia sferzante, quando un fulmine lacerò il cielo. L'olmo cadde nel Castle Stream con un boato assordante. Si fermarono per qualche momento a guardare in quella direzione, pensando entrambi che la dinamite sotto il ponte fosse esplosa con venti minuti d'anticipo, ma non videro i riflessi dell'incendio.

«Credo che sia stato il fulmine», concluse Asso. «Deve aver colpito un albero. Andiamo.»

Erano appena ripartiti con Asso al volante, questa volta, quando furono incrociati dalla station wagon di Alan. Nella pioggia fitta non si videro nemmeno.

Raggiunsero la *Luncheonette* di Nan. Asso ruppe il vetro della porta con il gomito e lasciò dinamite e timer, questo puntato su 20, appena dentro, vicino al registratore di cassa. Si stavano allontanando quando un fulmine squarciò le tenebre con un bagliore indicibile e saltò tutta l'illuminazione stradale.

«È la centrale!» proruppe Buster con gioia. «Non c'è più corrente. Fantastico! Andiamo al Municipio! Spediamolo in orbita!»

«Babbo, là è pieno di poliziotti! Non li hai visti?»

«Che corrono dietro alla propria coda», replicò Buster spazientito. «E vedrai come se la inseguiranno quando cominceranno i fuochi artificiali. Adesso è buio pesto e possiamo entrare dalla parte del tribunale. La chiave principale apre anche quella porta.»

«Hai le palle di un tigre, Babbo, lo sai?»

Buster sorrise a denti stretti. «Anche tu, Asso. Anche tu.»

7

Alan s'infilò a lisca di pesce davanti a *Cose Preziose*, spense il motore della station wagon e rimase seduto al volante a contemplare il negozio del signor Gaunt. C'era un cartello nuovo in vetrina, con un brano di una canzone dei Beatles:

YOU SAY HELLO I SAY GOODBYE
GOODBYE GOODBYE
I DON'T KNOW WHY YOU SAY HELLO I SAY GOODBYE

I bagliori nel cielo si susseguivano come un gigantesco neon lampeggiante che dava alla vetrina l'aspetto dell'occhio vacuo di un morto.

L'istinto tuttavia lo induceva a credere che, per quanto chiuso e immerso nel silenzio, *Cose Preziose* non fosse deserto. Era possibile che il signor Gaunt avesse approfittato della gran confusione per lasciare la città; sì, nell'infuriare della tempesta e con i poliziotti che correvano di qua e di là come polli decapitati, non sarebbe certo stato un problema per lui dileguarsi. Ma l'immagine del signor Gaunt che aveva evocato nella mente durante il lungo viaggio dall'ospedale di Bridgton era piuttosto quella di Joker, la nemesi di Batman. Si era messo in testa di avere di fronte un tipo d'uomo che potrebbe considerare il colmo dello spasso installare una pompa a retroazione nel water di un amico. E un tipo così, uno di quelli che per farsi quattro sghignazzate ti metterebbe una puntina da disegno sulla sedia o ti infilerebbe un fiammifero acceso nella scarpa, penserebbe mai di andarsene senza assistere al momento in cui ti siedi o ti accorgi di avere i calzoni incendiati e l'orlo dei pantaloni che stanno per prendere fuoco? Mai più. Che spasso sarebbe?

Io credo che tu sia ancora nei paraggi, pensò Alan. *Io credo che tu voglia goderti lo spettacolo. Non è vero, gran figlio di puttana?*

Sedeva immobile, con gli occhi fissi al negozio con la tenda verde, a cercare di figurarsi la mentalità di un uomo capace di mettere in moto una reazione a catena così complessa e malvagia. Era troppo concentrato nelle sue riflessioni per accorgersi che l'automobile parcheggiata alla sua sinistra era di un'altra epoca, per quanto sorprendentemente aerodinamica. Era la Tucker Talisman del signor Gaunt.

Come hai fatto? Ci sono molte cose che vorrei sapere, ma questa sarebbe già sufficiente, per ora. Come ci sei riuscito? Come hai fatto ad apprendere sul nostro conto tanto e così velocemente?

Brian ha detto che il signor Gaunt non è affatto un uomo.

Alla luce del giorno Alan avrebbe respinto un'ipotesi del genere, come non aveva potuto accettare l'idea che l'amuleto di Polly avesse proprietà terapeutiche soprannaturali. Ma in quel momento, seduto nel palmo febbrile del vento di tempesta a contemplare la vetrina trasformata nell'occhio vacuo di un morto, l'ipotesi aveva un'innegabile, seppur tetra, forza persuasiva. Ricordò il giorno in cui si era recato a *Cose Preziose*, con l'intenzione specifica di conoscere il signor Gaunt e ricordò la strana sensazione che lo aveva colto sbirciando attraverso la vetrata con le mani a coppa ai lati del volto, per ridurre il riverbero. Si era sentito osservato, sebbene il negozio fosse evidentemente deserto. E non solo: gli era sembrato di essere spiato con antipatia, odio. La sensazione era stata così intensa che per un momento aveva addirittura scambiato la propria immagine riflessa per il volto sgradevole (e semitrasparente) di qualcun altro.

Com'era stata forte quella sensazione. Fortissima.

Si ritrovò a ricordare qualcos'altro, una frase che gli ripeteva spesso la nonna quando era piccolo: *Il diavolo ha la voce melodiosa.*

Brian ha detto...

Da *dove* il signor Gaunt aveva attinto tanta sapienza? E perché, nel nome del cielo, si sarebbe dato tanto disturbo per una manciata di case lungo una strada di provincia come Castle Rock?

... che il signor Gaunt non è affatto un uomo.

A un tratto Alan si chinò a tastare il fondo dell'abitacolo davanti al sedile di fianco. Per qualche istante temette che ciò che cercava non ci fosse più, che fosse caduto dall'automobile in un momento in cui lo sportello era rimasto aperto, ma poi toccò un oggetto metallico con la punta delle dita. Era semplicemente rotolato sotto il sedile. Lo recuperò e appena lo ebbe davanti agli occhi la voce della depressione, ammutolitasi da quando aveva lasciato Sean Rusk (ma forse più semplicemente non l'aveva sentita, occupato com'era altrimenti), gli parlò nel suo solito tono brioso e inquietante.

*Ehi, Alan! Salve! Sono stata via, mi devi scusare, ma ora sono tornata, no? Che cos'hai lì? Un barattolo di noccioline? No, no, sembra un barattolo di noccioline, ma non è vero, giusto? È l'ultimo scherzo che Todd aveva comprato all'*Auburn Novelty Shop, *giusto? Un falso barattolo di noccioline assortite con dentro un serpente verde. Un semplice tubo di carta crespata avvolto intorno a una molla. E quando te l'ha mostrato con gli occhi che gli brillavano e un grande sorriso un po' da idiota, tu gli hai detto di rimettere a posto quella fesseria, non è vero? E quando c'è rimasto male, hai fatto finta di non accorgerti... gli hai detto... vediamo un po'... che cosa gli hai detto?*

«Che lo sciocco e il denaro non restano insieme a lungo», rispose Alan con voce atona. Si rigirava il barattolo fra le mani, lo osservava ricordando il viso di Todd. «Così gli ho detto.»

Oh, ma sììì, disse la voce. *Come ho potuto dimenticarlo? Vogliamo parlare di meschinità? Venghino venghino, e qui si accomodino! È un bene che tu me l'abbia rammentato! È un bene che tu l'abbia rammentato a* ENTRAMBI, *giusto? Meno male che Annie ci ha messo una pezza. Ti ha detto di lasciare che lo comprasse. Ha detto... vediamo un po'... che cosa ha detto?*

«Ha detto che era divertente, che Todd era come me e che si è giovani una volta sola.» La voce di Alan era rauca e tremante. Aveva ricominciato a piangere, e perché no? Infatti, perché cazzo non avrebbe dovuto? L'antico dolore era riaffiorato come uno straccio sporco che gli si andava torcendo intorno al cuore afflitto.

Fa male, eh? chiese la voce della depressione, che grondava di senso di colpa e odio verso se stesso, con una commiserazione che alle orecchie di Alan (del *resto* di Alan) suonava assolutamente fasulla. *Fa troppo male, come dover vivere dentro a una ballata che racconta di amori sani andati a male o di bambini sani andati all'altro mondo. Cose che fanno tanto male non ti possono servire a niente. Rimettilo nel vano del cruscotto, amico mio. Lascia perdere. La settimana prossima, quando questa follia sarà finita, potrai dar dentro la macchina vecchia per una nuova, lasciando anche il finto barattolo di noccioline. Perché no? È uno di quegli scherzucci un po' scarsi che possono piacere solo a un bambino o a un uomo come Gaunt. Lascia perdere. Lascia...*

Alan troncò quella farneticazione imponendo il silenzio. Non aveva mai pensato di esserne capace e scoprirlo gli portò conforto, si ripromise di mettere in pratica quella sua capacità in futuro... se ne avesse avuto ancora uno da vivere. Osservò meglio il barattolo, girandolo di qui e di là, guardandolo davvero per la prima volta, vedendolo non più come uno stupido ricordo del figlio scomparso, ma come uno strumento di malinteso, un oggetto destinato a far cadere lo spettatore vittima di un'illusione, come la sua bacchetta magica vuota dentro, il cappello a cilindro di seta con il doppio fondo, o il Trucco del Mazzolino, che aveva ancora infilato sotto il cinturino dell'orologio.

Si trattava dunque di magia? In tal caso era sicuramente magia malvagia, magia che non aveva lo scopo di far restare gli spettatori a bocca aperta o di indurli al riso, bensì trasformarli in bufali imbizzarriti. Ma era magia lo stesso. E qual era la base di tutte le magie? L'equivoco. Era un metro e mezzo di serpente nascosto in un barattolo di noccioline... o, pensò in quel momento, ricordando Polly, era una malattia che sembrava una guarigione.

Aprì lo sportello e quando uscì nell'acqua a dirotto teneva ancora il falso barattolo di noccioline nella sinistra. Ora che sentiva di essersi sottratto alle pericolose lusinghe del sentimentalismo, ricordava con una certa meraviglia la contrarietà che aveva espresso a Todd a proposito di quell'oggetto. La magia lo aveva sempre affascinato, fin da piccolo, e sicuramente da bambino sarebbe rimasto incantato davanti al vecchio trucco del serpente nel barattolo di noccioline. Allora perché era stato così brusco con Todd quando gli aveva chiesto il permesso di comprare lo scherzo e poi aveva finto di non accorgersi del suo dispiacere? Era stato geloso della giovinezza e dell'entusiasmo di Todd? Era stata l'incapacità di ricordare la meraviglia delle cose semplici? Che cosa?

Non sapeva rispondere. Sapeva però che era il tipo di scherzo che il signor Gaunt avrebbe capito perfettamente e che era venuta la sua ora.

Infilò nuovamente il busto in macchina, prese la torcia dalla cassetta di attrezzi assortiti sul sedile posteriore, passò intorno al muso della Tucker Talisman del signor Gaunt (ancora senza vederla) ed entrò nella zona di marciapiede protetta dalla tenda color verde scuro di *Cose Preziose*.

8

Eccomi qui. Finalmente sono arrivato.

Il cuore gli batteva forte nel petto, ma il ritmo era regolare. Nella mente fu come se i volti di suo figlio, sua moglie e Sean Rusk si fossero mescolati insieme. Lanciò ancora un'occhiata all'avviso esposto in vetrina e provò la porta. Era chiusa a chiave. Sopra di lui la tela della tenda s'increspava e sbatacchiava sotto la spinta del vento.

Si era infilato il barattolo nella camicia. Ora lo toccò con la destra, traendone un conforto inspiegabile, ma perfettamente reale.

«Va bene», mormorò. «Eccomi qui, pronto o no.» Rovesciò la torcia e aprì un varco nel vetro usando il manico. Aspettò con i nervi tesi la sirena di un sistema d'allarme che invece non entrò in funzione. O Gaunt non lo aveva inserito, o proprio non ne aveva installato uno. Infilò il braccio e provò ad aprire da dentro. Il pomolo ruotò e per la prima volta Alan Pangborn mise piede in *Cose Preziose*.

Dapprima lo colpì l'odore: era intenso e pervasivo e polveroso. Non era l'odore di un negozio nuovo, ma quello di un locale rimasto disabitato per mesi se non anni. Con la pistola nella destra, fece scorrere il fascio della torcia con la sinistra. Illuminò un pavimento spoglio, muri brulli e un certo numero di vetrinette. Le vetrinette erano vuote, la merce non c'era più. Dappertutto si estendeva un denso strato di polvere, assolutamente uniforme.

È da secoli che qui dentro non ci viene più nessuno.

Ma com'era possibile, se lui stesso aveva visto l'andirivieni della clientela per tutta la settimana?

Perché non è affatto un uomo. Perché il diavolo ha la voce armoniosa.

S'inoltrò di altri due passi, controllando lo stanzone vuoto nella luce della torcia e respirando la polvere asciutta sospesa nell'aria. Si guardò alle spalle e, nel bagliore di un fulmine, notò le impronte che aveva lasciato nella polvere. Tornò a illuminare il negozio, spostando il fascio della torcia da destra verso sinistra, lungo la lastra di vetro che ricopriva il bancone... e si fermò.

Là c'era un videoregistratore, accanto a un Sony portatile, un modello recente di quelli eccentrici, rotondo invece che quadrato con il mobile color rosso fuoco. Intorno al televisore girava una voluta di cavo. E c'era qualcosa sopra il videoregistratore. In quella luce gli sembrava un libro, ma era convinto che non lo fosse.

Si avvicinò, illuminando dapprima il televisore. Era ricoperto di polvere come il pavimento e le bacheche. Il cavo era un coassiale d'antenna con un connettore a ciascuna estremità. Alan scostò il raggio di luce sull'oggetto sopra il videoregistratore, quell'oggetto che non era un libro, ma una videocassetta in un astuccio nero di plastica senza etichetta.

Di fianco c'era una busta commerciale bianca, sotto una coltre di polvere. Sulla busta c'era scritto:

ALL'ATTENZIONE DELLO
SCERIFFO ALAN PANGBORN

Posò pistola e torcia sul cristallo del bancone, prese la busta, l'aprì e ne estrasse un foglio. Poi impugnò di nuovo la torcia e puntò il potente cerchio di luce sul breve scritto batuto a macchina.

Egregio sceriffo Pangborn,
ormai avrà scoperto che sono un commerciante di un genere molto particolare, di quella rara razza che si sforza davvero di aver sempre in negozio «qualcosa per ciascuno». Mi rammarico che non si abbia avuto occasione di conoscerci di persona, ma spero che capirà che un incontro del genere sarebbe stato molto imprudente... dal mio punto di vista, intendo. Ah-ah! In ogni caso, le ho lasciato qualcosa che sono convinto le interesserà moltissimo. *Non* è un regalo. E del resto io non sono esattamente un parente di Babbo Natale, credo che ne convenga anche lei, ma tutti in città mi hanno assicurato che lei è un uomo d'onore e

sono convinto che pagherà il prezzo che ne chiedo. È un prezzo che include un piccolo servizio... un servizio che in ogni modo è più una buona azione che uno scherzo. Credo che sarà d'accordo anche lei.

So che ancora non ha smesso di interrogarsi su che cosa sia successo negli ultimi momenti di vita di sua moglie e di suo figlio. Credo che a tutti i suoi interrogativi troverà presto una risposta.

La prego di accettare i miei auguri più sinceri e sappia che resto

suo fedele e ubbidiente servitore,
Leland Gaunt

Alan posò lentamente il foglio. «*Bastardo!*» mormorò.

Fece scorrere di nuovo il fascio di luce e vide il cavo d'alimentazione del videoregistratore che scendeva dal bancone fino alla spina posata sul pavimento ad alcuni metri dalla presa più vicina. Né aveva alcuna importanza, perché comunque non c'era corrente.

Ma vuoi saperlo? pensò Alan. *Secondo me non fa niente. Niente di niente. Secondo me, quando collego televisore e videoregistratore e infilo le spine nelle prese e introduco la cassetta, tutto funzionerà alla perfezione. Perché non c'è modo in cui possa aver provocato ciò che ha provocato o essere venuto a conoscenza di tutto quello che sa... se è un essere umano. Il diavolo ha la voce melodiosa, Alan, e mai e poi mai devi guardare la cassetta che ti ha lasciato.*

Ma posò invece di nuovo la torcia e prese il cavo coassiale. Lo esaminò per un momento, poi si chinò per introdurlo nella rispettiva presa dietro al televisore. Durante la manovra, il barattolo cercò di scivolargli fuori della camicia. Lo acchiappò con la reazione fulminea e agile di sempre prima che cadesse per terra e lo posò sul cristallo vicino al videoregistratore.

9

Norris Ridgewick era a metà strada quando si rese conto all'improvviso che sarebbe stato pazzesco, molto più da pazzi di quanto già era diventato lui, e non era poco, affrontare Leland Gaunt da solo.

Staccò il microfono dal cruscotto. «Unità Due a base», disse. «Qui parla Norris. Fatevi sentire.»

Rilasciò il pulsante. Ci fu solo un'orribile scarica di energia statica. Il centro della tempesta era ormai esattamente sopra la Rocca.

«Vaffanculo», imprecò, dirigendo verso il Municipio. Forse ci avrebbe trovato Alan, o comunque qualcuno che gli avrebbe saputo dire dove cercarlo. Alan avrebbe saputo che cosa fare... e anche in caso contrario, Alan avrebbe dovuto ascoltare la sua confessione: era stato lui a sventrare i copertoni di Hugh Priest e a pronunciare così la sua sentenza di morte solo perché lui, Norris Ridgewick, aveva voluto entrare in possesso di una canna da pesca Bazun come quella che aveva avuto suo padre.

Arrivò al Municipio mentre l'indice del timer sotto il ponte segnava 5 e parcheggiò proprio dietro a un furgoncino color giallo brillante. Un furgoncino della TV, gli sembrò.

Scese nel nubifragio e corse nell'ufficio dello sceriffo a cercare Alan.

10

Polly calò lo sturalavandini sull'essere osceno, che questa volta non si ritrasse. Afferrò invece il manico dello sturalavandini con le irsute zampe anteriori e calcò verso il basso impegnando tutto il peso del corpo. Le mani di Polly risposero alla pressione con una fitta lacerante che la costrinsero ad allentare la presa. Lo sturalavandini si piegò e a un tratto il ragno cominciò ad arrampicarsi lungo il manico come un uomo grasso su una corda da funambolo.

Polly si riempì i polmoni per gridare, ma in quel mentre le zampe anteriori del ragno le piombarono sulle spalle come le braccia di un repellente dongiovanni. I torbidi occhi rossi si fissarono in quelli di lei. La bocca zannuta si spalancò e Polly fu investita dal suo alito: un puzzo di spezie amare e carne putrefatta.

Quando cercò di gridare, il ragno le infilò una zampa in bocca. Si sentì accarezzare denti e lingua da setole ruvide e disgustose. Il ragno mandò un mugolio di piacere.

Polly resistette al primo istinto di sputar fuori l'orribile arto pulsante. Lasciò andare lo sturalavandini e afferrò invece la zampa del ragno. Contemporaneamente affondò i denti, usando tutta la forza delle mascelle. Qualcosa scricchiolò come una manciata di Life Savers e la bocca le si riempì di un sapore gelido e amaro come tè vecchio di giorni. Con un grido di dolore, il ragno cercò di ritrarsi. Le setole gli scivolarono nei pugni graffiandole i palmi, ma Polly resistette, aumentando l'intensità della morsa e bloccando la zampa prima che potesse liberarsi. Poi *torse*, come volendo disossare una coscia di tacchino. Ci fu una lacerazione raccapricciante, accompagnata da un altro bavoso lamento di dolore del ragno.

La bestia cercò di sottrarsi con uno strattone. Sputando liquido amaro e nero che le aveva riempito la bocca e pensando che avrebbe impiegato anni per lavarsi via del tutto quel sapore nauseante, Polly tirò dall'altra parte. Avrebbe potuto stupirsi di trovare in se stessa tanta forza fisica, ma invece ne trovava facilmente giustificazione. Aveva paura, il disgusto le dava le vertigini, ma, sopra ogni altra cosa, era in collera.

Sono stata usata, pensava sconnessamente. *Ho svenduto la vita di Alan per questo! Per questo mostro!*

Il ragno cercò di azzannarla, ma le zampe posteriori persero la tenue presa sul manico dello sturalavandini e sarebbe caduto... se Polly glielo avesse permesso.

Afferrò invece il suo corpo caldo e gonfio stringendolo fra gli avambracci e schiacciò. Lo sollevò perché si dibattesse sopra di lei, agitando le zampe nel tentativo di colpirla al viso. Un liquido indefinibile e sangue nero sgorgarono dal corpo di aracnide scivolandole per le braccia in rivoletti brucianti.

«HAI FINITO!» gridò Polly. *«HAI FINITO, HAI FINITO, HAI FINITO!»*

Lo scagliò. Il corpaccio urtò violentemente la parete piastrellata dietro la vasca e si squarciò emettendo un grumo di sostanza colloidale. Rimase per un istante sospeso, appeso al muro per le proprie interiora, poi precipitò nella vasca con un tonfo liquido.

Polly afferrò di nuovo lo sturalavandini e gli fu addosso. Cominciò a bastonarlo, come potrebbe fare una donna armata di scopa con un topo, ma non serviva. Il ragno sussultava sotto i colpi e cercava di schivarli, annaspando con le zampe sul tappetino di gomma della doccia con il suo disegno a margherite. Allora Polly rovesciò lo sturalavandini e si servì del manico come di una lancia calandoglielo addosso con tutte le forze.

Prese l'essere schifoso in pieno e lo impalò. Il rumore fu orripilante, come di un'enorme punzonatrice, poi le viscere del ragno si riversarono in una marea puzzolente sul tappetino della doccia. Per qualche attimo la bestia si agitò convulsamente, avviluppando inutilmente le zampe all'asta che Polly gli aveva piantato nel cuore... e poi, finalmente, rimase immobile.

Polly indietreggiò, chiuse gli occhi e sentì che il mondo vacillava. Stava effettivamente cominciando a perdere i sensi, quando il nome di Alan le esplose nella mente come un fuoco artificiale. Chiuse i pugni e li congiunse con forza, nocche contro nocche. Il dolore fu accecante, improvviso e immenso. Il mondo riapparve in un lampo gelido.

Aprì gli occhi, si avvicinò alla vasca e guardò dentro. Dapprima pensò che non ci fosse niente di niente. Poi, vicino alla coppa di gomma dello sturalavandini, vide il ragno. Era più piccolo dell'unghia del suo mignolo ed era più morto che mai.

Tutto il resto non è mai successo. È stata solo la tua immaginazione.

«Col cazzo!» sussurrò Polly con un filo di voce tremante.

Ma il ragno già non contava più niente. Ora doveva pensare ad *Alan*. Alan correva un pericolo terribile ed era stata *lei* a preparare il tranello. Doveva trovarlo prima che fosse troppo tardi.

Se non lo era già.

Sarebbe andata all'ufficio dello sceriffo. Qualcuno avrebbe saputo dirle dove...

No, le parlò nella mente la voce di zia Evvie. *No, che non vai all'ufficio dello sceriffo. Se sprechi tempo là, sì che sarà troppo tardi! Tu sai dove devi andare. Sai dove trovarlo.*

Sì.

Sì, certo.

Corse alla porta con un pensiero che le frullava nella mente come le ali di una falena: *Dio, ti scongiuro, che non compri niente. Oh, Dio, ti prego, ti prego, ti supplico, fai che non compri niente.*

23

1

Il timer sotto il Castle Stream Bridge, conosciuto da tempi immemorabili come Tin Bridge dagli abitanti della Rocca, arrivò a zero alle 19.38 della sera di martedì, 15 ottobre, anno di Nostro Signore 1991. La minuscola scarica elettrica che avrebbe dovuto far squillare il campanello guizzò fra le estremità scoperte dei cavi che Asso aveva arrotolato ai terminali della batteria da nove volt che alimentava il congegno. Il campanello in effetti cominciò a squillare, ma una frazione di secondo più tardi venne ingoiato con tutto quanto il timer nella vampata del detonatore messo in funzione dalla corrente e dal conseguente brillamento della dinamite.

Solo poche persone a Castle Rock scambiarono l'esplosione della dinamite per un tuono. Il tuono era come artiglieria pesante in cielo; il boato dell'esplosivo echeggiò come un gigantesco colpo di fucile. La sezione sud del vecchio ponte, che non era di latta, bensì di vecchio ferro arrugginito, si sollevò dall'argine su una fiammata appiattita. Si alzò per tre metri circa, simile a una rampa dal dolce pendio, e ricadde con uno schianto cupo di cemento e frammenti di metallo che volavano da tutte le parti. L'estremità nord del ponte fu sradicata dal suo basamento e tutta la struttura si ripiegò di traverso nel Castle Stream, la cui piena era ormai al culmine. Il lato sud piombò sull'olmo abbattuto dal fulmine.

I belligeranti che ancora si accanivano nella lotta in Castle Avenue, ora con la partecipazione di una decina di poliziotti, sospesero le ostilità. Cattolici, battisti e agenti, si girarono tutti a guardare la colonna di fuoco che si elevava nel cielo dalla parte del Castle Stream. Albert Gendron e Phil Burgmeyer, che fino a pochi secondi prima se le davano con grande ferocia, erano fermi l'uno accanto all'altro a osservare il rogo. Albert aveva il lato sinistro della faccia bagnato del sangue che gli colava da una ferita alla tempia e Phil aveva la camicia quasi completamente a brandelli.

Poco distante, Nan Roberts era accovacciata su padre Brigham, simile a un enorme (per via della tenuta da cameriera) bianchissimo avvoltoio. Aveva usato i capelli del pio sacerdote per sollevargli la testa e sbattergliela ripetutamente sul marciapiede. Lì vicino giaceva il reverendo Rose, privo di sensi in conseguenza dei servizi resigli da padre Brigham.

Henry Payton, che da quando era arrivato aveva perso un dente (per non citare tutte le illusioni che potesse mai avere avuto sull'armonia fra le diverse confessioni in America), s'immobilizzò mentre stava cercando di staccare Tony Mislaburski dal diacono battista Fred Mellon.

Tutti s'immobilizzarono, come bambini che giocano alle belle statuine.

«Gesù Cristo, ma quello era il ponte», mormorò Don Hemphill.

Henry Payton decise di approfittare della tregua. Si sbarazzò di Tony Mislaburski, si portò le mani ai lati della bocca ferita e abbaiò: *«A tutti i presenti! Questa è la polizia! Vi ordino...»*

Poi Nan Roberts urlò a squarciagola. Dopo lunghi anni di esperienza a sbraitare ordinazioni nella cucina del suo locale, sapeva farsi sentire nel fracasso più assordante. Il confronto era impari; la sua voce travolse tranquillamente quella di Payton.

«I PORCI CATTOLICI USANO LA DINAMITE!» barrì.

Il numero dei partecipanti si era ridotto ormai, ma alla carenza supplirono con vigoroso accanimento.

Pochi istanti dopo il grido di Nan, la rissa riprese, ora spezzettata in una decina di corpo a corpo per un tratto di una cinquantina di metri della via spazzata dalla pioggia.

2

Norris Ridgewick fece irruzione nell'ufficio dello sceriffo pochi attimi prima che saltasse il ponte, urlando a pieni polmoni. *«Dov'è lo sceriffo Pangborn? Devo trovare lo sceriffo Pang...»*

S'interruppe. In ufficio c'erano solo Seaton Thomas e un agente della statale che forse non era ancora abbastanza grande nemmeno per bere birra nei bar.

Dove diavolo erano finiti tutti quanti? Fuori aveva visto qualcosa come seimila fra unità della polizia statale e altri veicoli assortiti, tutti parcheggiati alla rinfusa. Fra gli altri c'era anche la sua Volkswagen, che sicuramente avrebbe vinto il nastro azzurro della rinfusa, se qualcuno avesse bandito un concorso. Era ancora rovesciata su un fianco dove Buster l'aveva speronata.

«Gesù!» esclamò Norris. «Ma dov'è la polizia?»

Il poliziotto con la faccia da minorenne esaminò per un attimo la divisa indossata da Norris e rispose: «È scoppiata una rissa non lontano da qui. Cristiani contro cannibali, o qualcosa del genere. Io dovrei occuparmi del centralino, ma con questo temporale non riesco a trasmettere o ricevere un fico secco». Poi aggiunse imbronciato. «Tu chi saresti?»

«Aiuto sceriffo Ridgewick.»

«Io sono Joe Price. Dico, aiuto, ma che razza di città è la tua? Sembra che abbiano dato tutti fuori di cotenna.»

Norris lo ignorò e si rivolse a Seaton Thomas. Seat aveva la faccia color della cenere e respirava con grande fatica. Si teneva una delle mani rugose premuta al centro del torace.

«Seat, dov'è Alan?»

«Non so», rispose, osservandolo con occhi opachi e pieni di spavento. «Norris, sta succedendo qualcosa di brutto. Di molto brutto. In tutta la città. I telefoni non funzionano più e non dovrebbe essere così, perché ormai quasi tutte le linee sono interrate. Ma vuoi sapere una cosa? Sono *contento* che non funzionino. Sono contento perché non voglio sapere.»

«Tu dovresti essere in ospedale», ribatté Norris, preoccupato delle condizioni del vecchio.

«Io dovrei essere in Arkansas», obiettò Seat, tetro. «Ma per adesso me ne sto qui ad aspettare che finisca. Non...»

Fu allora che saltò in aria il ponte, troncandogli le parole con quel possente colpo di fucile che stracciò la notte come un artiglio gigantesco.

«Dio mio!» esclamarono all'unisono Norris e Joe Price.

«Già», commentò Seat Thomas in un tono di voce che era insieme stanco e spaventato, petulante e blando, «vogliono radere al suolo la città, suppongo. Immagino che sia questa la prossima fase.»

Tutt'a un tratto il vecchio si mise a piangere.

«Dov'è Henry Payton?» gridò Norris all'agente Price. Price lo ignorò. Stava correndo alla porta per vedere che cosa fosse esploso.

Norris gettò un'occhiata in direzione di Seat Thomas, ma Seat aveva lo sguardo fisso nel vuoto, con le lacrime che gli bagnavano le guance e la mano sempre schiacciata al centro del torace. Norris seguì l'agente Joe Price e lo trovò nel parcheggio del Municipio, dove Norris aveva multato la Cadillac di Buster Keeton qualcosa come mille anni prima. Nella notte piovosa si stagliava nitidamente una colonna di fuoco che andava morendo e nel bagliore videro entrambi che il ponte non c'era più. Il semaforo ai margini della città era piombato nella strada.

«Madre di Dio», mormorò l'agente Price in tono riverente. «Grazie di non avermi fatto nascere in questa città.» La luce del rogo gli aveva fatto sbocciare rose sulle guance e tizzoni ardenti negli occhi.

Ora più che mai Norris sentiva l'urgenza di trovare Alan. Decise che gli conveniva montare in macchina e andare prima alla ricerca di Henry Payton e, se era in corso una rissa generale, non gli sarebbe stato troppo difficile trovarlo. E forse Alan era con lui.

Aveva quasi attraversato del tutto il marciapiede quando un fulmine gli mostrò due individui che sbucavano al piccolo trotto dall'angolo del tribunale attiguo al Municipio. Sembravano diretti al furgone giallo brillante. Di uno non aveva idea, ma sull'altro, quello corpulento e con le gambe arcuate, non si poteva sbagliare. Era Danforth Keeton.

Fece due passi a destra e si piazzò con la schiena saldamente appoggiata alla parete di mattoni all'imboccatura del vicolo. Estrasse la pistola d'ordinanza. L'alzò a livello della spalla, con la canna puntata verso il cielo gonfio di pioggia, e gridò: «ALT!» con quanto fiato aveva nei polmoni.

3

Polly scese per il vialetto a marcia indietro, azionò le spazzole del tergicristallo e sterzò a sinistra. Al dolore alle mani si era aggiunto un bruciore profondo e uniforme alle braccia, dove le era colato addosso il muco del ragno. L'orrenda creatura l'aveva evidentemente avvelenata con una sostanza che le penetrava lentamente sotto la pelle. Ma non aveva tempo di pensarci ora.

Era a pochi metri dal segnale di stop all'incrocio della Laurel con la Main, quando saltò in aria il ponte. Trasalì violentemente alla detonazione spaventosa e per un momento osservò sbigottita l'abbagliante rigurgito di fiamma che si alzò dal Castle Stream. Per un istante ancora vide il profilo a forma di cavalletto del ponte, tutto spigoli neri sullo sfondo luminoso, poi la costruzione fu ingoiata dalle fiamme.

Svoltò di nuovo a sinistra sulla Main, in direzione di *Cose Preziose*.

4

C'era stato un tempo in cui Alan Pangborn aveva avuto la passione dei filmini casalinghi: non aveva idea di quante persone aveva tediato fino alle lacrime con proiezioni di pellicole saltellanti su un lenzuolo fissato con le puntine da disegno alla parete del soggiorno, in cui si vedevano i suoi figli in pannolino che si aggiravano goffamente in equilibrio instabile per casa, Annie che faceva loro il bagnetto, feste di compleanno, scampagnate di famiglia.

In tutti quei film, c'era qualcuno che salutava o faceva smorfie. Pareva quasi che esistesse una legge in proposito: quando qualcuno punta su di te l'obiettivo di una cinepresa, devi salutare o fare le smorfie o salutare facendo smorfie. Se non lo fai, corri il rischio di essere arrestato con l'imputazione di indifferenza di secondo grado, che prevede un massimo della pena di dieci anni di detenzione da scontare visionando innumerevoli bobine di saltellanti filmini casalinghi.

Cinque anni prima era passato alla videocamera, che era un sistema più facile e meno costoso... e invece di annoiare la gente fino alle lacrime per dieci o quindici minuti, il tempo di svolgimento di tre o quattro pizzette da otto millimetri incollate insieme, ora poteva fare impazzire il suo pubblico di noia per ore di fila, senza nemmeno il disturbo di cambiare cassetta.

Tolse la cassetta dall'astuccio e la esaminò. Non aveva etichetta. *Va bene,* pensò, *anzi, va benissimo, vuol dire che devo scoprire da me che cosa c'è su, giusto?* La sua mano si avvicinò al tasto di ON... e lì esitò.

La composizione formata dai volti fusi insieme di Todd e Sean e sua moglie svanì all'improvviso, per essere sostituita dal viso stranito e pallido di Brian Rusk, come lo ricordava dall'incontro avuto con lui solo quel pomeriggio.

Mi sembri molto infelice, Brian.

Sì, signore?

'Sì, signore.' Questo vuol dire che sei veramente infelice?

Sì, signore... e se schiacci quel tasto sarai infelice anche tu. Lui vuole che tu guardi il nastro, ma non per farti un favore. Il signor Gaunt non fa mai *favori. Vuole infettarti, come ha infettato tutti gli altri.*

Eppure doveva guardare.

Le sue dita toccarono il tasto, ne accarezzarono la superficie levigata, la forma squadrata. Si guardò intorno. Sì, Gaunt era ancora lì. Non lo vedeva, ma sapeva che c'era, lo sentiva: una presenza incombente, insieme minacciosa e affascinante. Ripensò al messaggio che Gaunt aveva lasciato in negozio. *So che ancora non ha smesso di interrogarsi su che cosa sia successo negli ultimi momenti di vita di sua moglie e di suo figlio...*

Non farlo, sceriffo, bisbigliò Brian Rusk. Alan vide il faccino pallido e afflitto, gli occhi del suicida che lo guardavano da sopra il contenitore termico nel cestino della bici, il portavivande pieno di figurine di baseball. *Lasci dormire il passato. È meglio così. E poi mente. Lei* SA *bene che mente.*

Sì, lo sapeva.

Però doveva guardare lo stesso.

Il dito di Alan premette il tasto.

Si accese immediatamente la spia verde. Il videoregistratore funzionava a dispetto della mancanza di corrente, come aveva previsto. Accese il Sony rosso dal design molto sexy e di lì a pochi istanti la neve bianca dello schermo gli illuminò la faccia con la sua luce scialba. Premette il tasto di EJECT e il portacassetta si sollevò con uno scatto dal videoregistratore.

Non farlo, sussurrò di nuovo la voce di Brian Rusk. Ma Alan non l'ascoltò. Infilò la cassetta, la spinse giù e ascoltò invece la serie di scatti del meccanismo di trascinamento che portava il nastro a contatto delle testine. Poi trasse un respiro profondo e schiacciò il pulsante di PLAY. La neve scomparve dallo schermo, sostituita da un nero uniforme. Un momento dopo il nero si schiarì in un grigio cupo nel quale lampeggiarono dei numeri in ordine decrescente 8... 7... 6... 5... 4... 3... 2... X.

Apparve uno scorcio di strada di campagna, ripresa da una mano non molto ferma. In primo piano, un po' sfocato ma ancora leggibile, c'era un cartello stradale. 117, diceva, ma Alan lo sapeva già. Chissà quante volte aveva percorso quel tratto di strada e lo conosceva più che bene. Riconobbe la macchia di pini appena oltre la curva: era la macchia in cui la Scout era uscita di strada, per andare a schiacciare il muso intorno all'albero più grande in un contorto abbraccio di lamiere.

Ma gli alberi che stava vedendo non portavano i segni dell'incidente, sebbene le cicatrici fossero ancora visibili, andandoci di persona a guardare da vicino (come lui aveva fatto molte volte). Stupefazione e terrore gli si dipanarono silenziosi fin nelle ossa quando cominciò a capire, e non solo perché gli alberi erano ancora intatti, ma per la configurazione del paesaggio nel suo insieme e per ogni intuizione che gli dettava il cuore, che quel video era stato girato il giorno della morte di Annie e Todd.

Avrebbe visto come era avvenuto l'incidente.

Era assolutamente impossibile, ma assolutamente vero. Avrebbe visto sua moglie e suo figlio schiantarsi davanti ai suoi stessi occhi.

Spegnilo! gridò Brian. *Spegnilo, è un uomo infetto e vende cose infette! Spegnilo, prima che sia troppo tardi!*

Ma Alan non avrebbe potuto spegnerlo più di quanto potesse fermare il proprio battito cardiaco con la forza del pensiero. Era ipnotizzato, rapito.

Ora l'obiettivo si spostò tremante a sinistra, su per la strada. Per un momento non ci fu niente, poi un metallo ammiccò nel sole. Era la Scout. La Scout stava arrivando. La Scout si stava avvicinando al pino contro il quale avrebbe concluso la sua vita e quella dei suoi occupanti. La Scout si avvicinava al suo capolinea terrestre. Non sopraggiungeva a forte andatura; non stava sbandando. Non c'era alcun segno che Annie avesse perso il controllo o fosse in procinto di perderlo.

Si sporse in avanti di fianco al videoregistratore che ronzava sommessamente. Il sudore gli colava sulle guance. Il sangue gli batteva con violenza nelle tempie. Gli si andava bloccando la gola.

Non poteva essere. Doveva essere per forza un rifacimento. A bordo di quella macchina non c'erano loro, forse un'attrice e un giovane attore che *fingevano* di esserlo, ma non erano loro. Non era possibile.

Eppure sapeva che era così. Che cos'altro si sarebbe potuto vedere in immagini trasmesse da un videoregistratore a un televisore che non aveva la spina inserita nella presa e funzionava lo stesso? Che cos'altro se non la verità?

Una bugia! gridò la voce di Brian Rusk, ma era lontana ed era facile non ascoltarla. *Una bugia, sceriffo, una bugia!* *UNA BUGIA!*

Ora vedeva la targa della Scout. 24912V. Era la targa di Annie.

All'improvviso, dietro la Scout, scorse un altro luccichio. Un'altra automobile, che arrivava veloce, guadagnando terreno sulla Scout.

Fuori, il Tin Bridge saltò in aria con quella mostruosa detonazione. Alan non si girò in quella direzione, non sentì niente. Tutta la sua concentrazione era fissa sullo schermo del Sony rosso, dove Annie e Todd si stavano avvicinando all'albero posto fra loro e il resto della loro esistenza.

L'automobile che li seguiva procedeva a più di cento chilometri orari, forse centoventi. Mentre la Scout si avvicinava al punto in cui si trovava l'operatore, la seconda automobile, di cui nessuno aveva mai parlato, si avvicinava alla Scout. A quel punto ebbe l'impressione che anche Annie si fosse accorta della sua presenza. La Scout accelerò, ma la macchina era troppo piccola. Ed era troppo tardi.

La seconda automobile era una Dodge Challenger verde, rialzata dietro in maniera che il muso fosse inclinato verso la strada. Attraverso i vetri affumicati dei finestrini si scorgeva appena il roll-bar contro il soffitto. Dietro era tappezzata di adesivi: HEARST, FUELLY, FRAM, QUAKER STATE... Anche in mancanza di colonna sonora, Alan ebbe l'impressione di udire il fracasso dei tubi di scarico.

«*Asso!*» proruppe, trafitto dall'orrore. Asso! Asso Merrill! Una vendetta! Ma certo! Come mai non ci aveva mai pensato?

La Scout passò davanti all'obiettivo, che si spostò a destra per seguirla. Per un istante Alan riuscì a vedere all'interno dell'abitacolo... e sì, era Annie, con i capelli avvolti nel foulard fantasia che portava quel giorno; e accanto a lei c'era Todd, con la maglietta di *Star Trek*. Todd era girato a guardare l'automobile che li inseguiva. Annie aveva gli occhi fissi sullo specchietto retrovisore. Non poteva vederla in faccia, ma il suo busto era rigido, proteso in avanti contro la tensione della cinghia. Furono pochi istanti, l'ultima immagine di sua moglie e di suo figlio, e sentì di non volerli vedere in quel momento se non aveva speranza di cambiare il destino, non voleva vedere il terrore dei loro ultimi attimi di vita.

Ma non si poteva più tornare indietro.

La Challenger tamponò la Scout. Non fu un urto violento, ma Annie aveva accelerato e le conseguenze furono tragiche: la Scout mancò la curva, uscì di strada e piombò verso la macchia dove l'attendeva il grande pino.

«*NO!*» gridò Alan.

Con un pesante sobbalzo, la Scout scese nel fossato e risalì dall'altra parte. Rimase per una frazione di secondo sollevata sulle ruote posteriori, ricadde e si schiantò contro il tronco accartocciandosi senza rumore. Una bambola di pezza con un foulard fantasia nei capelli volò fuori dal parabrezza, colpì un altro albero e rimbalzò rotolando nel sottobosco.

La Challenger verde si fermò ai bordi della strada.

Il guidatore aprì lo sportello.

Scese Asso Merrill.

Contemplò i rottami della Scout, ora annebbiati dal vapore che usciva dal radiatore fracassato, e mentre guardava rideva.

«NO!» gridò di nuovo Alan, avventandosi sul videoregistratore. Lo spinse giù dal banco con le mani unite. L'apparecchio cadde per terra senza rompersi e il cavo coassiale era abbastanza lungo perché il collegamento non s'interrompesse. Lo schermo fu attraversato da una riga di disturbo, ma la trasmissione proseguì. Vide Asso che risaliva in macchina, sempre ridendo, e allora afferrò il televisore rosso, lo sollevò al di sopra della testa, ruotò su se stesso per metà e lo scagliò contro il muro. Ci furono un lampo e un botto sordo e poi più niente, se non il ronzio del videoregistratore in cui continuava a svolgersi il nastro della cassetta. Alan lo zittì con un calcio.

Vallo a cercare. Vive a Mechanic Falls.

Era una voce nuova. Era fredda e delirante, ma non priva di una spietata razionalità. La voce di Brian Rusk era scomparsa; ora c'era solo quella voce nuova, che ripeteva sempre le stesse parole: *Vallo a cercare. Vive a Mechanic Falls. Vallo a cercare. Vive a Mechanic Falls. Vallo a cercare. Vallo a cercare.*

Dall'altra parte della strada, altre due mostruose deflagrazioni segnarono la scomparsa del negozio di barbiere e dell'impresa di onoranze funebri Samuels, che saltarono in aria quasi contemporaneamente spargendo vetri e macerie incandescenti nel cielo e per la via. Alan non ci badò neppure.

Vallo a cercare. Vive a Mechanic Falls.

Afferrò sovrappensiero il barattolo di noccioline, solo perché era un oggetto che aveva portato con sé là dentro e pertanto doveva riprendere. Tornò alla porta scomponendo le orme che aveva lasciato quando era entrato e uscì da *Cose Preziose*. Le esplosioni non significavano niente per lui. Il varco irregolare e fiammeggiante che si apriva nella fila di fabbricati sul lato opposto della Main Street non aveva alcun significato per lui. Il coacervo di pezzi di legno, cocci di vetro e di mattoni in mezzo alla strada non aveva per lui alcun significato. Castle Rock e tutte le persone che vi abitavano, fra le quali anche Polly Chalmers, non avevano per lui alcun significato. Aveva una commissione da svolgere a Mechanic Falls, a trenta miglia dalla Rocca. *Quella* aveva un significato. Anzi, significava *tutto*.

Arrivato alla station wagon, gettò sul sedile la pistola, la torcia e il falso barattolo di noccioline. Mentalmente le sue mani si stavano già stringendo intorno al collo di Asso Merrill.

5

«*Alt!*» intimò di nuovo Norris. «FERMI DOVE SIETE!»

Stentava a credere alla sua grande fortuna. Era a meno di venti metri dalla cella in cui intendeva rinchiudere Dan Keeton. Quanto al suo compagno... be', tutto dipendeva dal genere di attività in cui erano occupati, no? Non avevano proprio l'espressione di persone impegnate a soccorrere i malati e consolare gli afflitti.

L'agente Price spostò lo sguardo da Norris ai due uomini fermi sotto l'antiquata insegna del palazzo di giustizia. Poi tornò a guardare l'aiuto sceriffo. Asso e il Babbo di Zippy si scambiarono un'occhiata, mentre entrambi abbassavano la mano verso il calcio delle pistole che sporgevano dalla cintola dei pantaloni.

Norris aveva puntato la sua rivoltella al cielo, come gli era stato insegnato a fare in frangenti del genere. Ora, sempre nel rispetto della procedura, si afferrò il polso destro con la sinistra e puntò l'arma verso di loro. Se i libri la raccontavano giusta nessuno dei due si sarebbe accorto che la canna era in realtà puntata nel breve spazio che li separava e ciascuno avrebbe avuto l'impressione di essere stato preso sotto mira. «Allontanate la mano dalle pistole, ragazzi. Alla svelta!»

Buster e il suo compagno si scambiarono un'altra occhiata e abbandonarono le braccia lungo i fianchi.

Norris lanciò un rapido sguardo all'agente della statale. «Tu», disse. «Price. Vuoi darmi una mano? Se non sei troppo stanco, naturalmente.»

«Ma che cosa stai facendo?» volle sapere Price. Era preoccupato, non era molto propenso a lasciarsi coinvolgere. Il pandemonio di quel pomeriggio, culminato con la reboante demolizione del ponte, lo aveva ridotto allo stato di puro spettatore. Ora era restio a tornare ad assumere un ruolo più attivo. La situazione era degenerata troppo rapidamente per lui.

«Arresto questi due farabutti», rispose bruscamente Norris. «Cosa, se no?»

«Arresta questo, bello mio», lo apostrofò Asso, mostrandogli il medio della mano destra. Buster rise sguaiatamente.

Price indirizzò loro un'occhiata nervosa prima di rivolgersi nuovamente a Norris. «Per... per che cosa?»

L'amico di Buster rise.

Norris tornò a fissare i due avversari e si accorse con allarme che avevano cambiato posizione. Quando li aveva fermati, erano praticamente spalla a spalla. Ora erano distanziati di quasi due metri e continuavano ad allontanarsi l'uno dall'altro.

«Fermi!» abbaiò. I due si fermarono scambiandosi un'altra occhiata. *«Riavvicinatevi!»*

I due rimasero dov'erano sotto la pioggia battente, con le braccia penzoloni.

«Li arresto per detenzione abusiva di armi da fuoco, tanto per cominciare!» sbraitò con furia Norris all'agente Joe Price. *«Adesso togliti il pollice dal didietro e aiutami!»*

La strigliata rianimò Price, che cercò di estrarre la pistola dalla fondina, scoprì che la linguetta era ancora allacciata, e ricominciò l'operazione da capo. Stava ancora armeggiando, quando il negozio del barbiere e l'impresa di pompe funebri saltarono in aria.

Buster, Norris e l'agente Price si girarono a guardare. Asso no. Aspettava giusto quel momento d'oro. Estrasse l'automatica con la velocità di un pistolero in un western e fece fuoco. Il proiettile raggiunse Norris alla spalla sinistra, ferendogli il polmone e spezzandogli la clavicola. Norris, che si era allontanato di un passo dal muro di mattoni quando si era accorto che i due si stavano separando, vi fu respinto violentemente contro. Asso fece fuoco di nuovo, scalzando un pezzo di mattone a un centimetro dall'orecchio di Norris. La pallottola rimbalzò con uno stridio simile a quello di un insetto molto grande e molto infuriato.

«Oh, Cristo!» gridò l'agente Price aggredendo ancor più convulsamente la fondina per tentare di slacciare la linguetta che bloccava il calcio della pistola.

«Segami quello là, Babbo!» ordinò Asso. Sogghignava. Sparò di nuovo a Norris e il terzo proiettile scavò un solco rovente nel magro fianco sinistro dell'aiuto sceriffo, cogliendolo mentre si stava inginocchiando. Il lampo di un fulmine illuminò il cielo. Per quanto incredibile, Norris sentiva ancora nella strada il rotolio dei pezzi di mattone e di legno delle ultime esplosioni.

L'agente Price riuscì finalmente a slacciare la linguetta che gli bloccava l'arma nella fondina. La stava estraendo quando il proiettile dell'automatica di Keeton gli staccò la calotta del cranio dalle sopracciglia in su. Price fu proiettato fuori degli stivali contro il muro di mattoni del vicolo.

Norris sollevò la rivoltella un'altra volta. La sentiva pesante un quintale. Impugnandola ancora con entrambe le mani, la puntò su Keeton. Buster gli presentava un bersaglio più facile e soprattutto Buster aveva appena ucciso un poliziotto e una blasfemia del genere non era assolutamente tollerabile a Castle Rock. Erano forse dei campagnoli, ma non dei *barbari*. Norris schiacciò il grilletto nell'istante stesso in cui Asso gli sparava di nuovo.

Il rinculo lo fece volare all'indietro. Il proiettile di Asso attraversò sibilando l'aria nel punto in cui c'era stata la sua testa fino a mezzo secondo prima. Anche Buster Keeton volò all'indietro, schiacciandosi le mani sul ventre. Gli colava sangue fra le dita.

Riverso contro il muro di mattoni vicino all'agente Price, Norris ansimava roco con una mano sulla spalla ferita. *Cristo, che schifo di giornata,* pensò.

Asso spianò di nuovo la pistola su di lui, poi ci ripensò e andò invece a inginocchiarsi accanto a Buster. In quel mentre esplose la banca in un'alta colonna di fuoco e granito polverizzato. Asso non si girò nemmeno a guardare. Spostò le mani del Babbo per esaminare la ferita. Gli dispiaceva. Aveva finito con il prendere in seria simpatia il vecchio Babbo.

Buster gridò. *«Fa male! Dio che male!»*

«Eh, già.» Asso gli posò la canna dell'automatica alla tempia. «Buona fortuna, Babbo. Ho qui un piccolo analgesico.»

Premette il grilletto tre volte. Il corpo di Buster sussultò e giacque.

Asso si rialzò con l'intenzione di finire quel dannato aiuto-sceriffo, se c'era ancora qualcosa da finire, quando echeggiò una detonazione e un proiettile sfrecciò nell'aria tumultuosa a non più di una spanna dalla sua testa. Si girò dalla parte da cui proveniva la pallottola e vide un altro poliziotto sulla soglia della porta che dava nel parcheggio. Sembrava più vecchio di Matusalemme. Gli sparava con una mano mentre si teneva l'altra schiacciata sul petto all'altezza del cuore.

Il secondo colpo di Seat Thomas si conficcò nel terreno così vicino ad Asso che lo schizzo di acqua fangosa gli bagnò gli stivaletti. Come tiratore il vecchio era peggio che scarso, ma Asso si rese conto all'improvviso che era ora di prendere il largo. Nel tribunale avevano lasciato abbastanza dinamite da mandare in orbita l'intero edificio, puntando il timer su cinque minuti, e lui era ancora lì, praticamente appoggiato al muro esterno a farsi prendere a pistolettate da Matusalemme.

Che ci pensasse la dinamite.

Era ora di andare a trovare il signor Gaunt.

Partì correndo. Il vecchio aiuto sceriffo sparò di nuovo, ma questa volta lo mancò completamente. Asso passò di corsa vicino al furgone giallo, ma non pensò nemmeno di salirvi. Davanti a *Cose Preziose* era parcheggiata la Chevrolet Celebrity. Avrebbe usato quella per fuggire al momento opportuno. Ma prima doveva trovare il signor Gaunt e farsi pagare. *Qualcosa* con cui ricompensarlo doveva pur averla.

E poi aveva da trovare anche un certo sceriffo ladro.

«Un paio di conticini da saldare», borbottò mentre risaliva di corsa la Main Street verso *Cose Preziose*.

6

Frank Jewett vide finalmente l'uomo che cercava dai gradini del tribunale. Era appostato lì già da qualche tempo e nulla di ciò che stava accadendo a Castle Rock lo sfiorava minimamente; né le grida che provenivano da Castle Hill, né la vista di Danforth Keeton e un teppista un po' cresciutello che avevano abbandonato il palazzo di giustizia di corsa non più di cinque minuti prima, né le esplosioni, né la sparatoria avvenuta poco prima appena dietro l'angolo, nello spiazzo di parcheggio attiguo all'ufficio dello scerif-fo. Frank aveva altra carne al fuoco e altre gatte da pelare. Frank era alla caccia del suo esimio «vecchio» amico George T. Nelson.

E... oplà! Finalmente! Ecco George T. Nelson in carne e ossa che passa sul marciapiede sotto la scalinata del tribunale! Non fosse stato per il calcio dell'automatica che gli sporgeva dalla cintola dei Sans-A-Belt in poliestere (e per la pioggia che veniva ancora giù che Dio la mandava), sembrava che se ne stesse beatamente andando a un picnic.

A spasso sotto la pioggia se ne andava Monsieur George Escremento Nelson, con i piedi alati sull'ala del vento, e che cosa c'era scritto nel messaggio che aveva trovato in ufficio? Ah, già: *Ricorda: duemila dollari a casa mia entro le sette e un quarto al massimo se non vuoi rimpiangere di essere nato con il pisello.* Frank controllò l'ora, vide che erano quasi le otto e concluse che non gli importava niente.

Alzò la Llama spagnola di George T. Nelson e la puntò alla testa di quel figlio di puttana di insegnante che era l'origine di tutti i suoi guai.

«NELSON!» gridò. «GEORGE NELSON! GIRATI E GUARDAMI! TESTA DI CAZZO!»

George T. Nelson ruotò su se stesso. La sua mano scese al calcio dell'automatica, ma se ne allontanò quando vide che era sotto mira. Si portò invece le mani ai fianchi e squadrò Frank Jewett, che gli spianava la pistola addosso dai gradini del tribunale con la pioggia che gli gocciolava dal naso, dal mento e dalla canna dell'arma che gli aveva rubato.

«Hai intenzione di spararmi?» domandò George T. Nelson.

«Esattamente!»

«Come a un cane in mezzo a una strada, eh?»

«E perché no? Di più non meriti!»

Disorientato, Frank guardò George T. Nelson che sorrideva annuendo. «Certo», ribatté George, «e non ci si potrebbe aspettare di meglio da un bastardo cacasotto che è stato capace di ammazzare un povero uccellino indifeso a casa di un amico. Bravo. Avanti, allora, coniglio quattrocchi. Sparami e facciamola finita!»

Rombò il tuono, ma Frank non lo udì. Dieci secondi dopo saltò in aria la banca, ma quasi non sentì nemmeno quella. Era troppo occupato a non farsi travolgere dal furore... e dallo sbalordimento. Sbalordimento per la faccia tosta, la spudoratissima *faccia tosta* di Monsieur George T. Escremento Nelson.

Finalmente riuscì a snodarsi la lingua. «Sì, ti ho ammazzato l'uccello! Ho cacato su quella stupida faccia di tua madre, sissignore! Ma *tu* che cosa hai fatto? Che cosa hai fatto *tu*, George, oltre a farmi perdere il lavoro e mettermi nelle condizioni di non insegnare mai più? Dio, sarà una fortuna se non finisco in galera!» Un lampo nero gli diede l'illuminazione definitiva dell'assoluta ingiustizia di cui era vittima. Era come strofinare aceto su un graffio. «Perché non me li hai semplicemente chiesti, i soldi, se ne avevi bisogno? Perché non sei venuto a chiedermeli e basta? *Avremmo potuto trovare una via d'uscita, pezzo di idiota!*»

«Non so di che cosa stai parlando!» gridò George T. Nelson. «So solo che sei abbastanza coraggioso da ammazzare pappagallini grossi così, ma non hai abbastanza palle da affrontarmi in un duello leale!»

«Non sai di che cosa... *non sai di che cosa sto parlando*?» gracchiò Frank. La canna della Llama tremò violentemente. La faccia tosta di quel farabutto aveva dell'incredibile. Era assolutamente *inaudita*. Se ne stava lì con un piede in strada e l'altro praticamente già nell'eternità, e *continuava imperterrito a mentire...*

«No! Non ne ho la più pallida idea!»

Al culmine del suo furore, Frank Jewett regredì a un comportamento infantile, di fronte a quella Sconfessione così oltraggiosa e spudorata: «Bugia, bugia, viene il diavolo e ti porta via!»

«Vigliacco!» ribatté prontamente George T. Nelson. «Pisciasotto! Assassino di pappagallini!»

«Ricattatore!»

«Matto! Metti via quella pistola, matto! Affrontami lealmente!»

Frank lo fissò con un ghigno. «*Lealmente?* Affrontarti *lealmente*! Che cosa sai tu della *lealtà*?»

George T. Nelson alzò le mani vuote e agitò le dita. «Ne so più di te, a quanto pare.»

Frank aprì la bocca per rispondere, ma non ne uscì niente. Era stato momentaneamente zittito dalle mani vuote di George T. Nelson.

«Avanti», lo esortò George T. Nelson «Mettila via. Facciamo come si fa nei western, Frank. Se hai un briciolo di fegato. Il più veloce vince.»

E Frank pensò: *Perché no? Che cosa me ne frega?*

Non gli restava molto per cui vivere e se il destino voleva che chiudesse lì la sua partita, avrebbe almeno dimostrato al suo vecchio «amico» di non essere un pusillanime.

«Okay», accettò e si infilò la Llama nei calzoni. Alzò quindi le mani davanti a sé, mezza spanna sopra il calcio della pistola. «Come preferisci, Georgie-Porgie?»

George T. Nelson stava sorridendo. «Tu scendi le scale», rispose. «Io salgo. Al prossimo tuono...»

«Va bene», tagliò corto Frank. «Ci sto. Partiamo.»

Cominciò a scendere. E George T. Nelson cominciò a salire.

7

Polly era appena giunta in vista della tenda verde di *Cose Preziose*, quando saltarono in aria l'impresa di onoranze funebri e la bottega del barbiere. Il bagliore e il boato furono spaventosi. Vide una scarica di detriti partire dal centro dell'esplosione come asteroidi in un film di fantascienza e chinò istintivamente la testa. Buon per lei, perché alcuni pezzi di legno e la leva d'acciaio inossidabile della poltrona N.2 quella di Gendron, sfondò il parabrezza della sua Toyota. La leva attraversò l'abitacolo e uscì dal lunotto posteriore con un indescrivibile ronzio famelico. Schegge di cristallo sibilarono nell'aria in una gragnuola saettante, come la rosa di pallini di un fucile da caccia.

Non più controllata, la Toyota urtò il cordolo, salì sul marciapiede e si fermò rovinosamente contro un idrante.

Polly si rialzò un po' stordita e guardò attraverso il buco nel parabrezza. Vide qualcuno che usciva da *Cose Preziose* e si dirigeva a una delle tre automobili parcheggiate lì davanti. Nella luce intensa dell'incendio dall'altra parte della strada riconobbe subito Alan.

«*Alan!*» L'aveva gridato, ma Alan non si era girato. Camminava con la stolida risolutezza di un automa.

Polly scese precipitosamente dalla Toyota e lo rincorse, chiamandolo per nome a gran voce. Dal fondo della strada le giunse un rapido scambio di armi da fuoco. Alan non si girò in quella direzione, né degnò di un'occhiata il rogo terrificante che consumava i resti dell'impresa di onoranze funebri e della bottega del barbiere. Vedendolo così evidentemente assorto in un unico pensiero dominante, Polly capì di essere arrivata in ritardo. Leland Gaunt l'aveva preceduta. Alan aveva acquistato qualcosa da lui e se non avesse raggiunto la sua automobile prima che si imbarcasse in chissà quale impresa demenziale ordinatagli da Gaunt, lo avrebbe perduto... e Dio solo sapeva che cosa sarebbe successo poi.

Corse più forte.

8

«Aiutami!» disse Norris a Seaton Thomas passandogli un braccio intorno al collo. Si rialzò faticosamente.

«Credo di averlo ferito», lo informò Seaton. Ansimava, ma aveva ripreso colorito.

«Bene», rispose Norris. La spalla gli bruciava come se gli fosse andata a fuoco... e il dolore gli scendeva sempre più in profondità nelle carni, come se volesse arrivargli al cuore. «Ma adesso aiutami.»

«Andrà tutto bene», lo tranquillizzò Seaton. Costernato com'era per quanto era accaduto a Norris, si era scordato di aver temuto, come lui stesso aveva affermato, di essere colpito da un infarto. «Appena ti avrò portato dentro...»

«No», lo interruppe Norris con un rantolo. «Alla macchina.»

«Cosa?»

Norris girò la testa e fulminò Thomas con un'occhiata febbrile e dolente. «Caricami sulla mia macchina! Devo andare a *Cose Preziose*!»

Sì. Nel momento in cui quelle parole gli furono uscite di bocca, tutto gli risultò infinitamente chiaro. *Cose Preziose* era il posto in cui aveva comprato la canna da pesca. Era la direzione nella quale correva l'uomo che gli aveva sparato. *Cose Preziose* era il posto da cui aveva avuto origine la tragedia; *Cose Preziose* era dove avrebbe dovuto necessariamente concludersi.

L'esplosione di *Galaxia* inondò la Main Street di nuova luce accecante. Dalle rovine emerse una Double Dragon, che rotolò su se stessa due volte e si fermò rovesciata in mezzo alla strada.

«Norris, sei ferito...»

«Certo che sono ferito!» strillò Norris. Dalle labbra gli volò saliva intrisa di sangue. *«Adesso portami all'auto!»*

«È una pessima idea, Norris...»

«No, non lo è», ringhiò Norris. Si girò dall'altra parte per sputare sangue. «È *l'unica* idea. Ora muoviti. Aiutami.»

Seat Thomas cominciò a trasportarlo verso l'Unità Due.

9

Se Alan non avesse controllato lo specchietto retrovisore prima di fare marcia indietro, avrebbe investito Polly, completando la giornata con l'uccisione della donna che amava sotto le ruote posteriori della sua vecchia station wagon. Non la riconobbe; scorse solo un'ombra dietro la macchina, la sagoma di una donna sullo sfondo del rogo sull'altro lato della strada. Frenò bruscamente e un attimo dopo Polly si avventò sul suo finestrino.

Alan ricominciò la manovra ignorandola. Non aveva più tempo per i problemi della città, aveva da risolverne uno personale. Che si massacrassero come animali idioti, se così gli piaceva. Lui era diretto a Mechanic Falls. Andava a cercare l'uomo che aveva assassinato sua moglie e suo figlio per vendicarsi di quattro miserabili anni trascorsi in galera.

Polly afferrò la maniglia e venne trascinata nella strada invasa dalle macerie. Schiacciò il bottone sotto la maniglia sopportando l'esplosione di dolore nella mano e lo sportello si spalancò portandosi dietro anche lei, mentre Alan cominciava a sterzare. Il muso della station wagon si girò puntando in direzione del ponte. Sconvolto da dolore e furore, si era completamente dimenticato che non c'era più.

«*Alan!*» gridò Polly. «*Alan, fermati!*»

Fu sentita. Nonostante la pioggia, i tuoni, il vento, il crepitare assordante e vorace dell'incendio. Nonostante l'idea fissa che in quel momento lo rendeva insensibile a tutto ciò che gli accadeva intorno.

La guardò e Polly si sentì spezzare il cuore vedendo l'espressione dei suoi occhi. Erano gli occhi di un uomo che brancola nel ventre di un incubo. «Polly?» domandò stranito.

«*Alan, devi fermarti!*»

Le mani le facevano troppo male. Avrebbe voluto lasciar andare la maniglia, ma aveva paura che lui partisse abbandonandola in mezzo alla strada.

Anzi, era sicura che lo avrebbe fatto.

«Polly, devo andare. Mi dispiace che tu sia in collera con me, che pensi che abbia fatto qualcosa di male nei tuoi confronti, ma chiariremo tutto. Adesso però devo...»

«Non sono più arrabbiata con te, Alan. So che non sei stato tu. È stato *lui*. Ci ha messi l'uno contro l'altro, come ha fatto con tutti gli abitanti di questa città. Perché è il suo mestiere. Hai capito, Alan? Mi stai ascoltando? *Perché è il suo mestiere!* Ora fermati! Spegni quel dannato motore e *ascoltami*!»

«Devo andare, Polly», ripeté lui, ed era come se per lui parlasse qualcun altro da lontano. Alla radio, forse. «Ma tornerò...»

«No! Non tornerai!» strepitò lei. A un tratto era infuriata, con lui e con *tutti* loro, tutti gli abitanti avidi, spaventati, iracondi, possessivi di quella città, inclusa se stessa. «No che non tornerai, perché se te ne vai ora, *non ci sarà niente a cui tornare*!»

Saltò in aria la sala dei videogame. Una grandine di macerie cadde intorno all'automobile di Alan ferma in mezzo alla Main Street. L'abile mano di Alan raccolse con un guizzo il barattolo di noccioline, come per trarne conforto, e se lo posò in grembo.

Polly non badò all'esplosione: fissava Alan con gli occhi colmi di dolore.

«Polly...»

«Guarda!» gridò lei all'improvviso e si strappò i bottoni della camicetta spalancandola. La pioggia le inondò la rotondità del seno e scintillò nell'incavo della sua gola. «Guarda! Me lo sono tolto. L'amuleto! Non c'è più! Ora anche tu devi liberarti dal tuo incantesimo, Alan, *se sei un vero uomo, sbarazzatene*!»

Alan aveva difficoltà a capire dalle profondità dell'incubo che lo imprigionava, l'incubo che il signor Gaunt aveva tessuto intorno a lui come un bozzolo velenoso... e in un lampo d'intuizione Polly capì che incubo era. Che incubo *doveva* essere.

«Ti ha raccontato che cosa è successo ad Annie e Todd?» domandò sottovoce.

Alan spostò la testa all'indietro di scatto come se avesse ricevuto uno schiaffo e Polly ebbe la certezza di aver colpito nel segno.

«Naturalmente. Qual è l'unica cosa al mondo, quell'unica cosa inutile e senza valore, che diventa immensamente preziosa solo per il desiderio incontenibile che hai di possederla? Anche per *te* aveva l'incantesimo giusto, Alan, qualcosa da metterti al collo.»

Staccò la mano dalla maniglia e infilò entrambe le braccia nell'abitacolo, perché fossero illuminate dalla plafoniera della station wagon. La pelle era livida, le braccia erano così gonfie che i gomiti erano scomparsi in fondo a pieghe tumefatte.

«Nel mio ciondolo c'era un ragno», gli rivelò in tono pacato. «'Ragno ragnello, che sale senza ombrello. Piove a dirotto e il ragno casca sotto.' Solo un ragnetto. Ma cresceva. Si nutriva del mio dolore e cresceva. Così faceva prima che lo uccidessi e mi riprendessi il mio dolore. Alan, desideravo tanto smettere di soffrire. È quello che volevo io, la cosa per me più *preziosa*. Posso amare te e posso amare la vita e sopportare il dolore allo stesso tempo. Penso addirittura che il dolore possa migliorare tutto il resto, come una buona montatura dà miglior risalto a un diamante.»

«Polly...»

«Naturalmente mi ha avvelenato», continuò lei in tono assorto, «e immagino che il veleno possa uccidermi se non si fa qualcosa. D'altra parte, perché no? È giusto così. Un destino severo, ma giusto. Io ho comprato un veleno quando ho comprato il talismano. In quest'ultima settimana ha venduto molti talismani, nel suo odioso negozietto. Lavora alla svelta, quella carogna, glielo concedo. Ragno ragnello, che sale senza ombrello. È quello che ho trovato nel mio ciondolo. E tu che cosa hai avuto? Annie e Todd, vero? *Vero?*»

«Polly, Asso Merrill ha ucciso mia moglie! Ha ucciso *Todd*! È stato lui...»

«No!» gridò lei prendendogli il viso fra le mani devastate dal dolore. *«Ascoltami! Capiscimi! Alan, non è in gioco solo la tua* vita, *non vedi? Ti fa ricomprare il tuo male a un prezzo raddoppiato! Ancora non l'hai capito?»*

Lui la fissò a bocca aperta... e poi, piano piano, la chiuse. Gli si disegnò sul volto un'espressione di stupore. «Aspetta», mormorò. «Aspetta, c'era qualcosa che non quadrava. C'era qualcosa nel nastro che ha lasciato per me... non ricordo bene...»

«Sì, Alan! È così, qualunque cosa ti abbia venduto, è falso! C'è sempre un errore che lo tradisce. Come il nome sulla lettera che ha lasciato a me.»

Ora Alan la stava veramente ascoltando per la prima volta. «Quale lettera?»

«Ora non conta, ne parleremo in seguito. Il punto è che fa il passo più lungo della gamba. Lo fa *puntualmente*. È così gonfio di superbia, che c'è da meravigliarsi che non esploda. Alan, cerca di capire: Annie è *morta*, Todd è *morto*, e se tu corri a caccia di Asso Merrill mentre la città intorno a te viene rasa al suolo...»

Apparve una mano sopra la spalla di Polly. Un avambraccio le serrò il collo e la tirò violentemente all'indietro. All'improvviso si ritrovò prigioniera di Asso Merrill, che sorrideva ad Alan, puntandole addosso una pistola.

«A parlar del diavolo...» la canzonò Asso, e il cielo...

10

... crepitò squassato dal tuono.

Erano quasi quattro minuti che Frank Jewett e il suo buon vecchio «amico» George T. Nelson si fronteggiavano sui gradini del tribunale come due strani pistoleri occhialuti, con i nervi tesi come corde di violino in un'ottava fuori registro.

«*Là!*» disse Frank. La sua mano si chiuse sul calcio della pistola infilata nei calzoni.

«*Sì!*» disse George T. Nelson, armandosi a sua volta.

Estrassero con identici ghigni febbrili, sorrisi contratti che sembravano due urli senza suono, e si gettarono giù. Contemporaneamente premettero il grilletto. Le due detonazioni si sovrapposero così perfettamente da fondersi in una sola. Un fulmine abbagliò la scalinata mentre i due proiettili viaggiavano... e si toccarono quel tanto che bastò a deviarli da una duplice traiettoria che avrebbe presumibilmente centrato i bersagli.

Frank Jewett avvertì uno sbuffo vicino alla tempia sinistra.

George T. Nelson sentì un bruciore sul lato destro del collo.

Si osservarono increduli nel velo di fumo uscito dalle canne.

«*Eh?*» disse George T. Nelson.

«*Oh...*» disse Frank Jewett.

Sulle labbra di entrambi apparve lo stesso ghigno di incredulità. George T. Nelson avanzò di un passo esitante verso Frank; Frank avanzò di un passo esitante verso George. Ancora un istante o due e forse si sarebbero abbracciati, ricomponendo una lite divenuta insignificante sull'orlo di quel duplice scorcio di eternità... ma in quel momento il Municipio esplose con un boato che parve spaccare il mondo in due e furono annientati là dove si trovavano.

11

Quell'ultima esplosione sminuì tutte le altre. Asso e Buster avevano piazzato quaranta candelotti di dinamite in due fasci di venti ciascuno. Un ordigno era stato lasciato sul seggio del giudice nell'aula del tribunale. Buster aveva insistito perché l'altro venisse collocato sulla scrivania di Amanda Williams nell'ala dei consiglieri.

«Le donne non dovrebbero occuparsi di politica», aveva sentenziato.

Il fragore fu spaventoso e per un istante tutte le finestre dell'edificio più imponente della città si animarono di una luce soprannaturale in cui si mescolavano viola e arancione, poi si sprigionò il fuoco passando *attraverso* le finestre, *attraverso* le porte, *attraverso* le prese d'aria, come mille braccia muscolose e senza pietà. Il tetto si sollevò tutto insieme come una strana astronave coperta di tegole, sorretto da un cuscino di fiamma, dopodiché si sbriciolò in centomila frammenti.

Nell'istante successivo, tutto quanto l'edificio esplose in tutte le direzioni, investendo quel tratto della Main Street con una grandine di mattoni e vetri sotto la quale non avrebbe potuto sopravvivere essere più grande di uno scarafaggio. Morirono in diciannove, fra uomini e donne, in quell'esplosione, cinque dei quali erano inviati degli organi d'informazione, che erano accorsi per effettuare una corrispondenza sui fatti clamorosi di Castle Rock ed erano diventati protagonisti involontari degli articoli e dei servizi altrui.

Automobili della polizia e veicoli delle emittenti televisive piroettarono nell'aria come altrettanti Dinky Toy. Il furgone giallo che il signor Gaunt aveva procurato a Buster e Asso percorse pacificamente un tratto della Main Street restando tre metri sopra il fondo stradale, con le ruote che giravano inutilmente nell'aria, i battenti del portellone posteriore appesi per i cardini deformàti, attrezzi e timer che cascavano fuori rotolando fra le macerie. La possente onda termica lo fece sbandare sulla sinistra mandandolo a schiantarsi nella Dostie Insurance Agency, dove passò come uno spazzaneve su macchine per scrivere e schedari.

Il suolo tremò in un fremito simile a una scossa tellurica. In tutta la città esplosero le finestre. Le banderuole, che nel forte vento del temporale erano rimaste costantemente puntate a nordest (la tempesta si andava placando come se imbarazzata da quest'ultimo sviluppo), cominciarono a turbinare all'impazzata. Alcune schizzarono via e il giorno dopo una sarebbe stata trovata conficcata nella porta della chiesa battista, come la freccia di un predone pellerossa.

In Castle Avenue, dove la battaglia volgeva decisamente in favore dei cattolici, tutti si fermarono. Vicino alla sua automobile di pattuglia, con la pistola nella mano abbandonata vicino al ginocchio destro, Henry Payton si girò a guardare la sfera di fuoco. Il sangue gli colava sulle guance come pianto. Il reverendo William Rose si alzò a sedere, vide il mostruoso bagliore all'orizzonte e iniziò a sospettare che fosse cominciata la fine del mondo e che la luce che vedeva fosse quella della Stella dell'Assenzio. Padre John Brigham lo raggiunse camminando in una serie di pericolose sbandate, come per una sbornia colossale. Aveva il naso vistosamente piegato sulla sinistra e al posto della bocca aveva un ammasso sanguinolento. Valutò se usare la testa del reverendo Rose come un ovale da football e l'aiutò invece a rialzarsi del tutto.

A Castle View, Andy Clutterbuck non sollevò nemmeno la testa. Era seduto davanti a casa Potter a piangere, con la moglie morta fra le braccia. Era ancora a due anni dal giorno in cui il ghiaccio di Castle Lake si sarebbe aperto ingoiandolo ubriaco fradicio, ma era alla fine dell'ultimo giorno di sobrietà della sua esistenza.

In Dell's Lane, Sally Ratcliffe era nell'armadio a muro della camera da letto in compagnia di una piccola fila indiana di insetti che scendevano lungo la cucitura laterale del suo vestito. Aveva saputo che cosa era successo a Lester, aveva capito di esserne in qualche modo responsabile (o *aveva creduto* di capire e in definitiva è la medesima cosa), e si era impiccata con la cintura dell'accappatoio di spugna. Teneva una mano infilata fin sul fondo della tasca del vestito. Stretta in quella mano c'era una scheggia di legno. Era nera di secoli e spugnosa di marcitura. I tarli di cui era infestata se ne andavano in cerca di una dimora nuova e più stabile. Arrivarono all'orlo del vestito e cominciarono a scendere per la gamba penzoloni.

Nell'aria fischiarono i mattoni, aprendo squarci nelle case più distanti come per un fuoco di sbarramento di un reparto di artiglieria pesante. Quelle più vicine furono trivellate e trasformate in altrettante grattugie, o più semplicemente spazzate via.

12

Seat Thomas, che guidava l'automobile sulla quale Norris Ridgewick aveva preteso di salire, sentì la parte posteriore del veicolo che si sollevava dolcemente, come se portata dalla mano di un gigante. Un attimo dopo la macchina fu investita da una tempesta di mattoni. Due o tre forarono il bagagliaio. Uno rimbalzò sul tetto. Un altro finì sul cofano sbriciolandosi in uno spruzzo di polvere del colore del sangue vecchio e scivolò nella strada.

«Dio del cielo, Norris, sta saltando in aria tutta la città!» esclamò Seat con la voce strozzata.

«Guida e sta' zitto», lo aggredì Norris. Gli sembrava di andare a fuoco. Il sudore gli imperlava in grosse gocce il volto infiammato. Sospettava che Asso non lo avesse ferito mortalmente, eppure c'era qualcosa di tremendamente sbagliato. Sentiva una presenza nociva che gli si insinuava nelle carni e la vista continuava a venirgli meno. Disperatamente aggrappato agli ultimi brandelli di coscienza, mentre la febbre cresceva, si andava via via convincendo che Alan aveva bisogno di lui e che se fosse stato molto fortunato e molto coraggioso, avrebbe potuto espiare la terribile sciagura che aveva messo in moto squarciando le gomme di Hugh.

Scorse un gruppo di poche persone nella strada vicino alla tenda verde di *Cose Preziose*. La colonna di fuoco che s'innalzava come una torre dalle rovine del Municipio illuminava le persone come attori in una scena di teatro. Quando furono più vicini, riconobbe la station wagon di Alan e Alan che ne stava smontando. Lo fronteggiava, con la schiena rivolta alla macchina sulla quale stavano sopraggiungendo lui e Seaton Thomas, un uomo armato di pistola. Si faceva scudo di una donna. Vedeva troppo poco della donna per capire chi fosse, ma l'uomo che la teneva in ostaggio indossava i resti stracciati di una maglietta dell'Harley-Davidson. Era l'uomo che aveva cercato di ucciderlo al Municipio, quello che aveva fatto saltare le cervella a Buster Keeton. Anche se non l'aveva mai conosciuto di persona, era sicuro di essersi imbattuto in Asso Merrill, il ragazzo più cattivo della città.

«Dio mio, Norris! Ma quello è *Alan*! Che cos'altro c'è, adesso?»

Asso o no, non può sentirci arrivare, rifletté Norris. *Non con tutto questo fracasso. Se Alan non guarda da questa parte facendogli mangiare la foglia...*

Aveva la pistola in grembo. Abbassò il vetro del finestrino e sollevò la mano armata. Se prima la pistola pesava un quintale, adesso ne pesava almeno due.

«Vai piano, Seat, più piano che puoi. E quando ti do un colpetto con il piede, fermati. Immediatamente. Senza stare a pensare a niente.»

«Con il piede? Come sarebbe a dire con il...»

«Chiudi il becco, Seat», lo interruppe Norris in un tono di voce stanco e pacato. «Vedi solo di ricordare che cosa ti ho detto.»

Infilò testa e spalle nel finestrino e afferrò la sbarra su cui erano montati i lampeggiatori. Piano piano, laboriosamente, si issò fuori fino a sedersi nel riquadro. La manovra gli costò una recrudescenza del dolore alla spalla e un nuovo fiotto di sangue gli intrise la camicia. Erano ormai a meno di trenta metri dai tre fermi nella strada e da sopra il tetto dell'auto era in grado di puntare la pistola sull'uomo che teneva la donna in ostaggio. Non poteva sparare, non ancora, perché era troppo alto il rischio di colpire anche lei, ma se solo uno di loro si fosse mosso...

Più vicino di così non osava spingersi. Toccò la gamba di Seat con la punta del piede. Seat frenò con delicatezza e l'auto si fermò dolcemente nella strada cosparsa di macerie.

Muovetevi, pregò Norris. *Uno di voi si muova, per piacere. Non mi importa chi, e mi bastano pochi centimetri, ma che qualcuno per piacere si muova.*

Non si accorse della porta di *Cose Preziose* che si apriva, tutto concentrato sull'uomo armato che teneva la donna in ostaggio. Non vide il signor Leland Gaunt che usciva dal suo negozio e si fermava sotto la sua tenda verde.

13

«Quei soldi erano *miei*, bastardo!» inveì Asso, «e se vuoi indietro questa troia con tutto il suo equipaggiamento originale, è meglio che mi dici che cosa diavolo ne hai fatto!»

Alan era sceso dalla station wagon. «Asso, non so di che cosa stai parlando.»

«Risposta sbagliata!» strepitò Asso. «Tu sai *perfettamente* di che cosa sto parlando! Della grana di Pop! Quella nei barattoli! Se vuoi la troia, dimmi che cosa ne hai fatto! L'offerta vale solo per un periodo limitato, stronzo!»

Con la coda dell'occhio Alan colse il movimento a poche decine di metri da loro. Era un'auto di pattuglia e gli parve si trattasse di una delle sue, ma non osò accertarsene. Se Asso avesse fiutato il pericolo, avrebbe freddato Polly. Lo avrebbe fatto in meno di un batter di ciglia.

Così fissò invece lo sguardo sul viso di lei. Gli occhi scuri di Polly erano pieni di stanchezza e di sofferenza fisica... ma non vi era traccia di paura.

Alan cominciò in quel momento a ritrovare la percezione razionale della realtà. Strana cosa è la sanità mentale. Quando ti viene meno, non te ne accorgi, non senti che se ne va. Lo sai solo quando ti è restituita, come un uccello raro che viveva e cantava dentro di te non per legge ma per scelta.

«Ha sbagliato», mormorò a Polly. «Gaunt ha commesso un errore su quel nastro.»

«*Che cosa cazzo stai dicendo?*» lo apostrofò Asso con la voce distorta dalla tensione. Premette la canna della pistola contro la tempia di Polly.

Fra tutti loro, solo Alan vide la porta di *Cose Preziose* che si apriva furtivamente e nemmeno lui se ne sarebbe accorto se non fosse stato così tenacemente impegnato a non lasciare scivolare lo sguardo nella direzione dell'automobile che sopraggiungeva di soppiatto.

Solo Alan vide (spettrale, ai limiti estremi del suo campo di visuale) l'uomo alto che usciva dal negozio, un individuo che non indossava una giacca sportiva, né una giacca da camera, bensì un soprabito nero.

Un cappotto da viaggio.

Reggeva in una mano una valigia d'altri tempi, di quelle in cui in passato trasportavano la loro merce o il loro campionario i commessi viaggiatori e i rappresentanti. Era in pelle di iena e non stava ferma. Si gonfiava e sgonfiava, gonfiava e sgonfiava, sotto le lunghe dita bianche strette intorno al manico. E da dentro, come il suono di un vento lontano o il pianto d'oltretomba che si ode talvolta nei cavi dell'alta tensione, saliva un fievole coro di grida. Era un suono orripilante che Alan non sentì con le orecchie, ma piuttosto con il cuore e nella mente.

Gaunt si fermò sotto la tenda da dove vedeva sia l'automobile che si stava avvicinando, sia il terzetto vicino alla station wagon, e nei suoi occhi affiorò un'espressione irritata... forse addirittura preoccupata.

Alan pensò: *e non sa che io l'ho visto. Ne sono quasi sicuro. Dio, ti prego, fai che abbia ragione.*

14

Alan non rispose ad Asso. Parlò invece a Polly, accentuando frattanto la stretta delle mani sul barattolo di noccioline. Sembrava che Asso non si fosse nemmeno accorto del barattolo, molto probabilmente perché Alan non aveva fatto assolutamente niente per nasconderlo.

«Quel giorno Annie non si era messa la cintura di sicurezza», disse Alan a Polly. «Te l'avevo detto?»

«Non... non ricordo Alan.»

Alle spalle di Asso, Norris Ridgewick si stava issando faticosamente fuori del finestrino.

«È per questo che è stata catapultata attraverso il parabrezza.» *Tra pochi istanti dovrò attaccare uno dei due,* pensava intanto. *Asso o Gaunt? Quale dei due?* «È un particolare che mi ha sempre angustiato, una domanda a cui non ho mai saputo rispondere: perché non si era messa la cintura? Era un'operazione che faceva automaticamente quando saliva in macchina, un'abitudine così radicata che non aveva bisogno di pensarci. Però quel giorno non lo fece.»

«Ultima occasione, sbirro!» gridò Asso. *«O i miei soldi o questa troia! Scegli!»*

Alan continuò a ignorarlo. «Ma nel nastro *aveva la cintura allacciata*», proseguì e fu come se quelle parole dettassero la sua scelta. La decisione gli si manifestò all'improvviso nella mente con il fulgido nitore di una fiammata d'argento. «*Aveva la cintura allacciata* E TU TI SEI FREGATO, SIGNOR GAUNT!»

Alan ruotò su se stesso in direzione dell'uomo fermo sotto la tenda verde a tre metri da lui. Mentre compiva un unico, lungo passo, verso il titolare di *Cose Preziose*, afferrò saldamente il coperchio del barattolo che teneva fra le mani e prima che Gaunt avesse il tempo di reagire, prima che i suoi occhi finissero di spalancarsi, aveva svitato il coperchio dell'ultimo scherzo di Todd, quello che Annie gli aveva chiesto di lasciargli comprare perché si è giovani solo una volta.

Il serpente saltò fuori e questa volta non fu uno scherzo.

Questa volta era vero.

Fu vero solo per pochi secondi e Alan non seppe mai se altri lo videro, ma *Gaunt*, certamente sì, su di lui non ebbe dubbi. Era lungo, molto più lungo del serpente di carta increspata che era balzato fuori una settimana prima quando aveva tolto il coperchio nel parcheggio del Municipio dopo il lungo viaggio solitario da Portland. La sua pelle luccicava di una mutevole iridescenza ed era tempestata di diamanti rossi e neri.

Aprì le fauci cadendo sulla spalla del soprabito di Leland Gaunt e lo scintillio cromatico delle sue zanne costrinse Alan a socchiudere gli occhi. Vide la testa triangolare del rettile inclinarsi all'indietro e scattare fulminea, mirando al collo di Gaunt. Vide Gaunt che l'afferrava e la stringeva fra le mani... ma non prima che le zanne del serpente gli si affondassero nella carne, non una, ma due o più volte. Le zanne lo trafissero ripetutamente con la velocità ritmica dell'ago di una macchina per cucire.

Gaunt gridò, ma Alan non seppe stabilire se il suo fosse dolore o furore. Per poter afferrare il serpente con entrambe le mani, lasciò cadere la valigia. Alan non si lasciò sfuggire l'occasione e si precipitò a recuperarla, mentre Gaunt si staccava di dosso il rettile che lo azzannava contorcendosi convulsamente e lo sbatteva con violenza sul marciapiede davanti a sé. Quando cadde, il serpente ridiventò quello che era sempre stato, nient'altro che uno scherzuccio comune, un metro e mezzo di molla avvolta in vecchia carta increspata di un verde ormai scolorito, uno di quegli scherzi che solo un bambino come Todd può veramente amare e solo una creatura come Gaunt può veramente apprezzare.

Dal collo di Gaunt il sangue colava sottile da tre coppie di forellini. Se lo asciugò distrattamente con una delle sue strane mani dalle dita lunghissime mentre si chinava per raccogliere la valigia... e si fermava di botto. Il bagaglio che intendeva recuperare non c'era più. La valigia in pelle di iena con i suoi macabri fianchi ansimanti era finita tra i piedi di Alan. Gliel'aveva presa mentre lui lottava con il serpente e lo aveva fatto con l'abituale, fulminea destrezza.

Ora l'espressione che apparve sul volto di Gaunt fu inequivocabile: una tempestosa combinazione di collera, odio e incredula sorpresa, che gli deformava i lineamenti. Arricciò il labbro superiore come farebbe un cane, esponendo la siepe disordinata dei denti. Adesso tutti quei denti erano appuntiti, come se affilati per l'occasione.

Tese le mani dalle dita straordinariamente lunghe e sibilò: *«Dammela... È mia!»*

Alan non sapeva che Leland Gaunt aveva assicurato a decine di abitanti di Castle Rock, da Hugh Priest a Storto Dodd, di non avere il minimo interesse per le anime umane, quelle povere appendici avvizzite e prive di valore. Ma se lo avesse saputo, ne avrebbe riso, ricordando che la menzogna era l'articolo principale dei commerci del signor Gaunt. Oh, sapeva bene che cosa c'era in quella valigia, che cosa gemeva fra quelle pareti di pelle come cavi elettrici nel vento e ansimava come un vecchio spaventato sul letto di morte. Lo sapeva molto bene.

Le labbra del signor Gaunt si separarono in un macabro ghigno. Le sue mani innaturali si protesero ancora di più verso di lui.

«Ti avverto, sceriffo... non metterti a giocare con me. Non sono uomo con cui scherzare. Quella valigia è mia, ho detto!»

«Io non credo, signor Gaunt. Io ho idea che si tratti di refurtiva. Credo che le convenga...»

Con la bocca spalancata, Asso aveva osservato l'impalpabile ma progressiva trasformazione di Gaunt da commerciante a mostro. Distratto da quello spettacolo, aveva involontariamente allentato la presa intorno al collo di Polly, offrendole un'occasione che lei non si lasciò sfuggire. Polly girò la testa di scatto e affondò i denti fino alle gengive nel polso di Asso Merrill. Asso la spinse via da sé senza pensare e Polly finì lunga e distesa in mezzo alla strada. Asso puntò su di lei la pistola.

«*Troia!*» urlò.

15

«Ecco», mormorò Norris Ridgewick in un sospiro di gratitudine.

Aveva appoggiato la canna della pistola d'ordinanza di fianco a una delle sbarre su cui erano montate le luci lampeggianti. Ora trattenne il fiato, si prese il labbro inferiore tra i denti e schiacciò il grilletto. Asso Merrill fu improvvisamente scaraventato oltre la donna che giaceva nella strada (era Polly Chalmers e Norris ebbe anche il tempo di rimproverarsi per non averla riconosciuta subito), mentre il lato posteriore della testa gli volava via in uno spruzzo di frammenti e grumi.

A un tratto Norris si sentì in procinto di svenire.

Ma si sentiva anche molto, molto felice.

16

Alan si disinteressò della fine di Asso Merrill.

Lo stesso fece Leland Gaunt.

Si stavano fronteggiando, Gaunt sul marciapiede, Alan accanto alla sua station wagon nella strada, con la raccapricciante valigia che gli respirava fra i piedi.

Gaunt trasse un respiro profondo e chiuse gli occhi. Gli passò qualcosa sul volto, una sorta di luccichio. Quando riaprì gli occhi, era ricomparsa una sembianza del Leland Gaunt che tante persone aveva ingannato alla Rocca, il signor Gaunt più fascinoso e cortese. Abbassò lo sguardo sul serpente di carta, fece una smorfia di disprezzo e lo spedì giù dal marciapiede con un calcio. Poi guardò di nuovo Alan e tese la mano.

«La prego, sceriffo. Non litighiamo. L'ora è tarda e io sono stanco. Lei vuole che io lasci la città e lo voglio anch'io. Me ne andrò... appena avrò riavuto ciò che mi appartiene. E le assicuro che mi appartiene.»

«Non si comprometta con affermazioni avventate. Io non le credo, amico mio.»

Gaunt lasciò trapelare un moto d'impazienza. «Quella valigia e ciò che contiene appartengono a *me*! Lei non crede forse nel libero commercio, sceriffo Pangborn? Avrei dunque a che fare con una specie di comunista? Io ho trattato per ogni singolo articolo di quella valigia! Me li sono procurati lealmente, secondo i principi del libero scambio. Se è una ricompensa che vuole, un emolumento, una provvigione, una competenza, parli chiaro e io capirò e sarò lieto di accontentarla. Ma deve rendersi conto che questa è una questione di *affari*, nel pieno rispetto della legalità...»

«Bugiardo!» intervenne con foga Polly. *«Sei solo uno sporco truffatore! La tua sola attività è la frode!»*

Gaunt le inviò uno sguardo afflitto prima di tornare a rivolgersi ad Alan. «Sa bene che non è così. Ho lavorato come ho sempre fatto. Mostro alla gente che cosa ho da vendere... e lascio che siano loro a decidere. Perciò... se vuole essere così cortese...»

«Credo che la terrò io», ribadì Alan senza scomporsi. Gli sfiorò la bocca un sorrisetto, sottile e netto come una crosticina di ghiaccio in novembre. «Diciamo come prova, okay?»

«Temo che non possa farlo, sceriffo.» Gaunt scese dal marciapiede. Gli brillavano negli occhi punticini di luce rossa. «Può morire, ma non può tenersi la mia proprietà, se decido di riprendermela. E così ho deciso.» Avanzò verso di lui e i punticini rossi nei suoi occhi s'intensificarono. Lasciò un'impronta di piede in un grumo color farina d'avena di materia cerebrale di Asso.

Alan si sentì rivoltare lo stomaco, ma resistette, dando invece ascolto a un istinto al quale ubbidì senza tentare di capire, l'impulso improvviso di congiungere le mani davanti al fanale sinistro della station wagon. Confezionò una forma di uccello e cominciò a muovere rapidamente i polsi.

I passeri volano di nuovo, signor Gaunt, pensò.

L'ombra di un grande uccello, più simile a un falco che a un passero e di un inquietante realismo, per essere solo un'ombra, apparve a un tratto sulla finta facciata di *Cose Preziose*. Gaunt la vide con la coda dell'occhio, girò da quella parte, trasalì e indietreggiò.

«Lascia questa città, amico mio», disse Alan. Modificò la posizione delle mani e adesso attraversò di corsa la facciata di *You Sew and Sew* l'ombra di un cane di grosse dimensioni, forse un San Bernardo, e nelle vicinanze, forse per coincidenza, ma forse no, un cane cominciò ad abbaiare. Un cane di grosse dimensioni, a giudicare dalla potenza dei latrati.

Gaunt si girò da quella parte. Ora cominciava a essere turbato, dava qualche segno di disorientamento.

«Sei fortunato che ti lasci andare», continuò Alan. «D'altra parte, di che cosa potrei incriminarti? Il furto di anime sarà previsto dal codice di leggi al quale si rifanno Brigham e Rose, ma non credo che sia contemplato dal mio. Ti consiglio tuttavia di andartene fin che puoi.»

«Dammi la mia valigia!»

Alan si sforzò di assumere un'espressione di incredulità e disprezzo, mentre il cuore gli correva all'impazzata nel petto. «Ma non hai ancora capito? Non ci sei arrivato? *Hai perso*. Ti sei dimenticato che cosa significa?»

Gaunt lo fissò in silenzio per qualche secondo, poi annuì. «Sapevo che mi conveniva evitarti», commentò. Pareva che parlasse a se stesso. «Lo sapevo molto bene. D'accordo. Hai vinto tu.» Iniziò a voltarsi. Alan cominciò a rilassarsi. «Me ne andrò...»

Si girò, rapido lui stesso come un serpente, così rapido da far apparire Alan lento al confronto. Il suo volto era cambiato di nuovo, il suo aspetto umano era scomparso del tutto. Ora le sue sembianze erano quelle di un demone, con solchi lunghi e profondi nelle guance e occhi cadenti che brillavano di luce arancione come pozze di fuoco.

«... MA NON SENZA CIÒ CHE MI APPARTIENE!» urlò spiccando un balzo.

Echeggiò forte nell'aria lo strillo di Polly, da pochi passi o da mille miglia: «*Alan, attento!*»

Ma non c'era tempo. Il demone, puzzolente di zolfo e cuoio fritto, gli era addosso. Aveva solo il tempo di agire o morire.

Alan si passò la mano destra all'interno del polso sinistro, cercando il minuscolo tirante elastico che spuntava da sotto il cinturino dell'orologio. Pensava intanto che non avrebbe mai funzionato, che questa volta non avrebbe potuto salvarlo neanche una nuova metamorfosi miracolosa, perché il Trucco del Mazzolino era troppo vecchio e lacero, era...

Il pollice s'infilò nell'anello.

Il pacchettino di carta saltò fuori.

Alan protese di scatto la mano, tirando contemporaneamente l'anello per l'ultima volta.

«*ABRACADABRA, ESSERE IMMONDO!*» tuonò e nella mano non gli sbocciò un mazzolino di fiori, bensì una vampa accecante che illuminò la Main Street di un animato fulgore sovrannaturale. E tutti i colori che gli sgorgavano dal pugno in quell'indescrivibile fontana erano un colore solo, come tutti i colori scomposti nell'aria da un prisma o da un arcobaleno sono in realtà un colore solo. Avvertì una scarica di energia nel braccio e per un momento fu invaso da un'estasi incoerente e incommensurabile.

Il bianco! L'avvento del bianco!

Gaunt levò un ululato che era di dolore e ira e paura... ma non si ritrasse. Forse era vera l'ipotesi di Alan: era trascorso troppo tempo dall'ultima sconfitta e si era dimenticato come si fa a rassegnarvisi. Cercò di schivare l'accecante raggiera proiettata dal pugno di Alan tuffandovisi sotto e per una frazione di secondo le sue dita toccarono le maniglie della valigia.

In quell'attimo apparve un piede calzato in una pantofola. Era il piede di Polly. Lo calcò violentemente sulla mano di Gaunt. «*Indietro!*»

Gaunt alzò gli occhi ringhiando... e Alan gli piantò la luce in faccia. Con un lamento balbettante e prolungato in cui s'intrecciavano dolore e paura, il signor Gaunt strisciò all'indietro e nei capelli gli guizzarono fiamme azzurrognole. Le lunghe dita bianche fecero un ultimo tentativo di afferrare i manici della valigia, e questa volta fu Alan a schiacciargliele.

«Per l'ultima volta, vattene», ordinò e questa volta non riconobbe la propria voce. Era troppo forte, troppo sicura, troppo autoritaria. Capiva che probabilmente non poteva cancellare l'esistenza dell'essere che gli era accovacciato di fronte con una mano contratta sollevata a proteggersi il volto dai raggi abbacinanti di quella luce, ma poteva allontanarlo. Per una volta ne aveva il potere... se avesse osato servirsene. Se avesse osato resistere. «E per l'ultima volta ti ripeto che te ne vai senza questa valigia.»

«Senza di me moriranno!» gemette la creatura. Ora teneva le mani abbandonate fra le gambe e lunghi artigli tintinnavano battendo contro le macerie sparse per tutta la via. «Dal primo all'ultimo moriranno senza di me, come piante senz'acqua nel deserto. È questo che vuoi? Sei sicuro?»

Ora Polly era accanto ad Alan, premuta contro il suo fianco.

«Sì», rispose freddamente per entrambi. «Meglio che muoiano qui e ora, se così deve essere, piuttosto che continuare a vivere con te. Si sono macchiati, *noi* ci siamo macchiati, di colpe anche molto gravi, ma il tuo prezzo è troppo alto.»

L'essere sibilò e agitò minacciosamente gli artigli.

Alan raccolse la valigia e indietreggiò lentamente verso il centro della strada con Polly al fianco. Alzò il braccio in modo che il fascio di raggi che gli scaturivano dal pugno inondasse Gaunt e la sua Tucker Talisman in uno stupefacente cerchio di luce cangiante. Si riempì d'aria i polmoni, più aria forse di quanto il suo corpo fosse mai riuscito a contenere, e quando parlò, le parole tuonarono nell'aria in una voce possente che non era la sua. *«VAI DUNQUE, DEMONIO! DA QUESTO POSTO TU SEI SCACCIATO!»*

L'essere con le sembianze di Gaunt gridò come se investito da un getto di acqua bollente. La tenda verde di *Cose Preziose* s'infiammò e la vetrina implose spargendo nel negozio polvere di vetro. Da sopra la mano chiusa di Alan si proiettò in tutte le direzioni un ventaglio di raggi brillanti: blu, rosso, verde, arancione, indaco, violetto. Per un momento fu come se in bilico sul suo pugno stesse esplodendo una minuscola stella.

La valigia di pelle di iena si squarciò con il crepitio flaccido della putrefazione e le voci lamentose che vi erano intrappolate ne sfuggirono in un vapore che nessuno di loro vide, ma tutti percepirono: Alan, Polly, Norris, Seaton.

Polly sentì svanire dalle braccia e dal petto il bruciore del veleno che l'andava lentamente consumando.

Si dissolse d'incanto il fatale calore che si andava addensando intorno al cuore di Norris.

In tutta Castle Rock furono gettate le pistole, caddero per terra i bastoni; tutti si ritrovarono a guardarsi con gli occhi sconcertati di chi si è svegliato da un sogno tremendo.

E la pioggia cessò.

17

Ancora urlando, l'essere che era stato Leland Gaunt corse saltellando e trascinandosi verso la Tucker. Aprì lo sportello e si calò pesantemente al volante. Il motore si accese con uno strepito. Non era il rumore di un motore fabbricato da mani umane. Una lunga lingua di fuoco arancione scaturì dal tubo di scarico. Si accesero i fanalini di coda e non erano vetrini rossi, ma orribili occhietti, gli occhi di gnomi crudeli.

Polly Chalmers strillò e nascose la faccia contro la spalla di Alan, il quale invece non poté distogliere lo sguardo. Era suo destino che vedesse e ricordasse per tutta la vita, come avrebbe ricordato i prodigi che quella sera gli avevano garantito la vittoria: un serpente di carta che a un tratto diventava vero, i fiori di carta che si erano trasformati in un fascio di luce e una riserva di energia.

I tre fari anteriori si accesero. La Tucker indietreggiò riducendo l'asfalto sotto le ruote in una brodaglia ribollente e fumante. Manovrò a marcia indietro sterzando sulla destra con uno stridio che lacerò l'aria e sebbene non avesse nemmeno sfiorato l'automobile di Alan, la station wagon volò all'indietro di un paio di metri, come respinta da un potente magnete. Il cofano della Talisman aveva cominciato a brillare di un'opaca luce bianca sotto la quale sembrava che si stesse modificando, trasformandosi in qualcos'altro.

La macchina *strillò*, puntando sul calderone in cui si andavano consumando i resti del Municipio, il groviglio di automobili e furgoni distrutti, il turbinoso corso d'acqua dov'era scomparso il ponte. I giri del motore salirono a livelli intollerabili. Anime che ululavano in una frenesia discordante, e il bagliore lattiginoso cominciò a propagarsi all'indietro, ad avviluppare tutto il veicolo.

Per un unico, breve istante, l'essere guardò dal riquadro già deforme del finestrino e fissò Alan come per imprimerselo per sempre nella memoria, con gli occhi a forma di losanga accesi di luce rossa e la bocca aperta in un ringhio famelico.

Poi la Tucker partì.

Acquistò velocità lungo la discesa e la metamorfosi accelerò a sua volta. L'automobile cominciò a sciogliersi, a trasformarsi. Il tetto si dissolse, i mozzi scintillanti si scomposero in raggi, le ruote si assottigliarono via via che la loro circonferenza aumentava. Cominciò ad apparire una forma dai resti della griglia del radiatore: era un cavallo nero con occhi rossi come quelli del signor Gaunt, un cavallo avvolto in un manto di bianco fulgore, un cavallo i cui zoccoli sprigionavano fuoco dall'asfalto e lasciavano impronte profonde e fumanti al centro della strada.

La Talisman era diventata una carrozza scoperta con un nano gobbuto appollaiato in cassetta. Le punte rivolte all'insù delle calzature del nano posate sul poggiapiedi terminavano in lingue di fuoco.

E le mutazioni non erano ancora finite. Mentre la carrozza viaggiava scendendo a precipizio per la Main Street, le fiancate cominciarono a crescere e dal bozzolo proteiforme che l'avvolgeva si materializzò una copertura di legno affiancata da gronde sporgenti. Apparve un finestrino. I raggi delle ruote mandarono lampi spettrali di colore quando, come anche gli zoccoli del cavallo nero, si staccarono dal fondo stradale.

La Talisman si era trasformata in una carrozza; ora la carrozza si era trasformata nel carro di uno di quei ciarlatani ambulanti che cent'anni fa smerciavano per i paesi le loro pozioni miracolose. Sulla fiancata c'era una scritta che Alan ebbe appena il tempo di decifrare:

CAVEAT EMPTOR

A cinque metri di altezza e ancora in fase ascendente, il carro attraversò le fiamme che salivano dalle rovine del Municipio. Gli zoccoli del cavallo nero galoppavano su una strada invisibile nel cielo, continuando ad alzare brillanti scintille blu e rosse. Sorvolò il Castle Stream, scatola scintillante in mezzo al cielo; passò sopra al ponte adagiato nel torrente come lo scheletro di un dinosauro.

Poi una coltre di fumo proveniente dal rogo del Municipio invase la Main Street e quando si diradò Leland Gaunt e il suo carro infernale non c'erano più.

18

Alan si avvicinò con Polly alla macchina che aveva trasportato lì Norris e Seaton dal Municipio. Norris era ancora seduto nel finestrino, aggrappato alle sbarre sul tetto. Era troppo debole per calarsi all'interno senza cadere.

Alan gli passò le braccia intorno alla pancia (non che Norris ne avesse molta, magro com'era) e lo sfilò dal finestrino aiutandolo a mettersi in piedi.

«Norris?»

«Che c'è, Alan?» Norris stava piagnucolando.

«D'ora in poi puoi cambiarti nel cesso quando ti pare e ti piace», disse Alan. «D'accordo?»

Norris non diede l'impressione di aver udito.

Alan aveva sentito che il suo primo aiutante aveva la camicia inzuppata di sangue. «Com'è la ferita?»

«Non troppo grave, non credo. Ma questo...» e allungò il braccio a indicare tutta la città, le case che bruciavano e le macerie sparse, «tutto questo è colpa *mia*. Solo mia!»

«Ti sbagli», obiettò Polly.

«Tu non capisci!» Il volto di Norris era una maschera deforme di angoscia e vergogna. «Sono stato io a squarciare le ruote di Hugh Priest! Sono stato io a farlo impazzire di rabbia!»

«Sì», gli concesse Polly, «probabilmente è vero. E dovrai viverci assieme. Come io dovrò sopportare per sempre il peso della colpa di aver aizzato Asso Merrill.» Indicò i cattolici e i battisti che si andavano disperdendo in tutte le direzioni, sotto gli occhi dei pochi poliziotti disorientati ancora in circolazione. Alcuni dei crociati camminavano da soli, altri si allontanavano insieme. Padre Brigham sorreggeva il reverendo Rose e Nan Roberts teneva un braccio intorno alla vita di Henry Payton. «Ma chi ha aizzato *loro*, Norris? E Wilma? Nettie? E tutti gli altri? Lasciami dire che se hai fatto tutto da te, devi avere una passione maniacale per il lavoro.»

Norris scoppiò in singhiozzi disperati. «È solo che... sto così *male*.»

«Anch'io», rispose Polly sottovoce. «Ho il cuore a pezzi.»

Alan abbracciò brevemente Norris e Polly, quindi si chinò per rivolgersi a Seat attraverso il finestrino. «E tu come stai, vecchietto?»

«Benissimo», rispose Seat. Sembrava in effetti in gran forma. Confuso, ma su di giri. «Mi pare che voi siate ridotti molto peggio di me.»

«Credo che faremmo bene a portare Norris in ospedale, Seat. Se hai posto, saliamo tutti.»

«Come no, Alan! Coraggio! Che ospedale?»

«Il Northern Cumberland», rispose Alan. «C'è un bambino che vorrei vedere. Voglio assicurarmi che suo padre l'abbia raggiunto.»

«Alan, ma ho visto bene? La macchina di quel tizio si è trasformata in un carro che se n'è andato via volando nel cielo?»

«Non lo so, Seat», disse Alan, «e davanti a Dio, credimi, *non voglio* sapere.»

Frattanto era arrivato Henry Payton che richiamò la sua attenzione toccandogli la spalla. Aveva gli occhi pieni di costernazione. Aveva l'aria di una persona che sta per apportare importanti mutamenti al suo modo di vivere e anche forse al suo modo di pensare. «Che cosa è successo, Alan? Che cosa è successo in realtà in questo posto maledetto?»

Fu Polly a rispondergli.

«C'è stata una vendita. La più grande svendita di realizzo per cessione di attività che si sia mai vista... ma alla fine qualcuno di noi ha deciso di non comprare.»

Alan aveva aperto lo sportello e stava aiutando Norris a sistemarsi sul sedile anteriore. Ora tirò Polly dolcemente per un braccio. «Vieni. Andiamo. Norris sta male e ha perso molto sangue.»

«Ehi!» intervenne Henry. «Io ho un mucchio di domande e...»

«Tienile in caldo.» Alan salì di dietro, accanto a Polly, e chiuse lo sportello. «Ne parliamo domani. Per adesso sono fuori servizio. Anzi, credo che in questa città sarò fuori servizio per sempre. Accontentati per ora che sia finita. Qualunque cosa sia stato, qui è finita.»

«Ma...»

Alan battè un dito sulla spalla ossuta di Seat. «Andiamo», lo esortò bonariamente. «E non risparmiare i cavalli.»

Seat partì, giù per la Main Street, verso nord. L'auto della polizia svoltò a sinistra al bivio e cominciò a risalire Castle Hill in direzione di Castle View. Quando arrivarono in cima, Alan e Polly si girarono insieme a guardare la città, dove i focolai d'incendio brillavano come rubini. Alan si sentì pervaso dalla tristezza, da uno strano dispiacere simile al senso di abbandono di un amante deluso.

La mia città, pensò. *Era la mia città. Ma non lo è più. Non lo sarà mai più.*

Tornarono a guardare avanti nello stesso istante e si ritrovarono invece a guardarsi negli occhi.

«Non lo saprai mai», mormorò Polly con tenerezza. «Quello che è realmente accaduto ad Annie e Todd quel giorno... non lo saprai mai.»

«E non vorrò mai più saperlo», ribatté Alan Pangborn. Le baciò con delicatezza la guancia. «È una storia che appartiene alle tenebre. Che le tenebre se la portino via.»

Superato il culmine di Castle View imboccarono la Route 119 sull'altro versante e Castle Rock scomparve. Le tenebre si erano portate via anche la Rocca.

Sei già stato qui

Sì che ci sei stato. Sicuro. Io non dimentico mai una faccia.

Vieni, vieni, qua la mano! Ti dirò, guarda, ti ho riconosciuto da come camminavi prima ancora di vederti bene in faccia. Non avresti potuto scegliere un giorno migliore per tornare a Junction City, il più bel posticino di tutto l'Iowa... almeno da *questa* parte di Ames. E dai, puoi anche ridere. Voleva essere una battuta.

Hai due minuti? Ci mettiamo qui, su questa panca davanti al Monumento ai Caduti andrà benissimo. Al sole si sta al calduccio e da qui dominiamo praticamente tutto il centro. C'è solo da dare un occhio alle schegge. Questa panca è qui dai tempi di Noè. Ora, guarda laggiù. No, un po' più a destra. Quell'edificio con le vetrine insaponate. Quello era l'ufficio di Sam Peebles. Faceva l'agente immobiliare ed era in gamba davvero. Poi ha sposato Naomi Higgins, quella che stava giù a Proverbia, e via col vento, se ne sono andati come fanno quasi sempre i giovani di questi tempi.

I locali sono rimasti vuoti per più di un anno e del resto la situazione economica qui è andata a rotoli da quando è decollato il Mideast, ma finalmente è arrivato qualcuno a prenderseli. Si è fatto un gran chiacchierare, puoi crederci, ma sai com'è, in un posto come Junction City, dove gli anni si susseguono tutti uguali senza che succeda mai niente, l'apertura di un nuovo negozio fa notizia. E non manca molto, a giudicare dall'andamento dei lavori. Venerdì scorso anche gli ultimi operai hanno fatto su i loro bagagli e via. Ora, io mi domando...

Chi?

Ah, *lei*! È Irma Skillins. Era la preside del liceo di Junction City, la prima preside femmina in questa parte dello stato, da quel che mi dicono. È andata in pensione due anni fa e sembra che si sia messa in pensione contemporaneamente anche da tutto il resto, l'Eastern Star, le Figlie della Rivoluzione Americana, la Compagnia Teatrale di Junction City. Mi risulta che abbia abbandonato anche il coro della chiesa. Immagino che sia anche per i reumatismi. Ormai ne soffre troppo. Vedi come sta appoggiata al bastone? Quando uno si riduce così, immagino che sia disposto a qualsiasi cosa in cambio di un minimo sollievo.

Guarda, guarda! La vedi come si studia il negozio nuovo? E perché no? Sarà vecchia, ma non è defunta, ne ha ancora per un bel pezzo. E poi, sai anche tu come si suol dire, è stata la curiosità a uccidere il gatto, ma è stata la soddisfazione a farlo tornare.

Se leggo la scritta? Puoi starne certo! Mi sono fatto gli occhiali due anni fa, ma mi servono solo per guardare da vicino. Da lontano, mai visto così bene. Sopra dice APERTURA IMMINENTE e sotto c'è scritto: PREGHIERE ESAUDITE, UNA NOVITÀ ASSOLUTA. In fondo c'è qualcos'altro ancora. Aspetta, dammi tempo, le lettere sono più piccole. Sì, l'ultima riga dice: *Non crederete ai vostri occhi!* Oh, be', io probabilmente ci crederò. Dice nell'Ecclesiaste che non c'è niente di nuovo sotto il sole ed è così che la penso anch'io. Ma Irma tornerà. Se non altro c'è da pensare che voglia vedere bene in faccia chi ha deciso di mettere quella tenda rosso fiamma davanti all'ingresso del vecchio ufficio di Sam Peebles!

Non è detto che non vada a dare una sbirciata anch'io. Suppongo che ora di qualche giorno quasi tutti qui in città ci faranno un salto.

Interessante quel nome per un negozio, non trovi? *Preghiere Esaudite*. C'è da chiedersi che cosa potrà vendere.

Bah, con un nome così potrebbe essere qualsiasi cosa.

Qualsiasi cosa.

24 ottobre 1988
28 gennaio 1991

Collana «Superbestseller»

Romanzi

708. M. Higgins Clark, *Un colpo al cuore*
709. D. Steel, *Il regalo*
710. J. Michael, *Le sorprese della fortuna*
712. N. Sparks, *Le pagine della nostra vita*
713. E. Segal, *Love Story*
715. S. King, *Incubi & deliri*
716. D. Koontz, *Lampi*
718. D. Steel, *Scontro fatale*
720. M. Higgins Clark, *Bella al chiaro di luna*
728. R. Cook, *Epidemia*
729. J. Higgins, *Nel covo dei serpenti*
730. J. Kellerman, *Amore violento*
734. M. Haran, *È sempre una questione d'amore*
735. A. Hoffman, *Il giardino delle magie*
737. J. Lindsey, *Amore per sempre*
740. S. Casati Modignani, *Caterina a modo suo*
741. D. Steel, *Cielo aperto*
742. G. Pansa, *I nostri giorni proibiti*
743. B. Bickmore, *Il bacio della luna*
745. M. Binchy, *L'amica del cuore*
747. J. McNaught, *Ritrovarsi*
748. W. Diehl, *Schegge di paura*
750. R. Wallace, *Braveheart - Cuore impavido*
756. D. Koontz, *Intensity*
758. B. Erskine, *La figlia della fenice*
760. J.A. Krentz, *Nel mare della passione*
761. J. Sandford, *La notte della preda*
762. B. Taylor Bradford, *Le maree del destino*
763. E. Adler, *Una donna senza ricordi*
764. D. Steel, *Fulmini*
765. J. Higgins, *L'angelo del destino*
766. R. Bachman (S. King), *L'occhio del male*
767. J. Michael, *La tela del desiderio*
768. M. Higgins Clark, *Una notte, all'improvviso*
769. D. Brin, *L'uomo del giorno dopo*
770. R. Daley, *Prove apparenti - Night falls on Manhattan*
771. J. Evanovich, *Tutto per denaro*
772. M. Higgins Clark, *Testimone allo specchio*
774. D. Koontz, *Ombre di fuoco*
777. D. Steel, *La promessa*
778. J. Fielding, *Frammenti*
779. J. Higgins, *Patto diabolico*
780. J. Kellerman, *Estrema difesa*
782. A. Ephron, *Un invito innocente*
783. S. King, *La sfera del buio (Serie La Torre Nera)*
784. C. Lim, *La ragazza della casa di Wu*
785. K.C. McKinnon, *Canto d'amore all'Harvest Moon*
786. D. Steel, *Cinque giorni a Parigi*
787. R. Cook, *Cromosoma 6*
788. M. Binchy, *Il lago di cristallo*
790. I. Johansen, *L'ombra negli occhi*
791. G. Pansa, *La bambina dalle mani sporche*
793. S. Sheldon, *Una donna non dimentica*
795. B. Taylor Bradford, *Un segreto è per sempre*
796. S. Casati Modignani, *Lezione di tango*
798. J. Green, *Non tutti gli uomini preferiscono le altre*
802. L. Spencer, *Un'estate per cambiare*
803. N.A. Collins, E.E. Kramer, M.H. Greenberg (a cura di), *Dark Love*
804. P. Margolin, *La testimone*
805. T. Hoag, *Il buio del cuore*
806. S. Khashoggi, *Il miraggio dell'amore*
807. S. Beauman, *La colomba dalle ali spezzate*
808. D. Koontz, *La notte del killer*
809. L. Sanders, *L'ultimo rischio*
811. O. Goldsmith, *Donne sull'orlo del successo*
812. S. Lord, *Una sorella per nemica*
813. S. King, *Desperation*
814. R. Bachman (S. King), *I vendicatori*
815. S. King, *Riding the Bullet - Passaggio per il nulla*
816. M. Binchy, *Il nuovo domani*
817. S. Isaacs, *La favola è finita - Lily White*
818. M. West, *Eminenza*
819. D. Steel, *Perfidia*
820. L.J. Rowland, *Shinjū*

821. E. Segal, *Un solo grande amore*
822. J. Graham, *Come vento sulla prateria*
823. S. Brown, *Il giorno del peccato*
824. S. King, *Mucchio d'ossa*
825. D. Steel, *Silenzio e onore*
826. S. Pottinger, *Taglio netto*
827. N. Thayer, *Più forte del cuore*
828. M. Higgins Clark, *Sarai solo mia*
829. J. Higgins, *Il volo delle aquile*
830. A.V. Roberts, *Il segreto di Liam*
832. D. Koontz, *L'uomo che amava le tenebre*
833. W. Diehl, *Lo spettacolo del male*
834. J. Mitchard, *Profondo come il mare*
835. R. Cook, *Sindrome fatale*
836. G. Magrini, *Sottile incantesimo - Magique*
837. P. Margolin, *Sospetti*
838. P.A. Whitney, *Una donna senza passato*
841. S. Sheldon, *Dietro lo specchio*
842. D. Steel, *Il ranch*
843. G. Pansa, *Ti condurrò fuori dalla notte*
844. S. Coonts, *Tornano gli incursori*
845. J. Michael, *Un gesto d'amore*
846. R.J. Waller, *Valzer lento a Cedar Bend*
847. J.R. Garber, *Vertigine fatale*
848. L. Spencer, *Le promesse del cielo*
849. B. Plain, *La giostra d'argento*
850. SARK, *Dolcissime donne selvagge*
851. D. Koontz, *In fondo alla notte*
852. J. Archer, *Quarto potere*
853. M. Halter, *Intrigo a Gerusalemme*
854. R.J. Waller, *I ponti di Madison County*
855. B. Taylor Bradford, *Un sogno tutto nuovo*
856. M. Palmer, *Terapia totale*
857. D. Bellomo, *La settima onda*
858. J. Fletcher & D. Bain, *La signora in giallo - Martini & follia*
859. J. Kellerman, *Solo nella notte*
861. C. Arnothy, *Sotto il cielo dell'Africa*
862. J. Kellerman, *Lo schermo buio*
863. O. Goldsmith, *Una mamma da sposare*
864. K. Lange, *Il rischio della bellezza*
865. L. Scott, *Fino a prova contraria*
866. D. Steel, *La lunga strada verso casa*
867. D. Steel, *Il fantasma*
868. S. Brown, *Il segreto di una donna*
869. J. Mitchard, *Il coraggio dell'innocenza*
870. C. Andrews, *Stato di salute*
871. M. Higgins Clark, *Ci incontreremo ancora*
872. J. Higgins, *L'anno della tigre*
873. J. Lindsey, *Dimmi che mi ami*
874. G. Magrini, *Come un diamante*
876. R. Cook, *Vector - Minaccia mortale*
877. M. Haran, *Una storia di famiglia*
878. J. McNaught, *Quando i sogni si avverano*
879. T. Hoag, *Giustizia negata*
880. M. Blake, *La danza dell'ultimo bisonte*
881. S. Coonts, *Destini di guerra*
883. S. King, *Insomnia*
885. I. Johansen, *Doppio volto*
886. B. Kingsolver, *Gli occhi negli alberi*
887. D. Koontz, *Tracce nel buio*
888. N. Sparks, *Le parole che non ti ho detto*
889. M. Binchy, *Ritorno a Tara Road*
890. A. Mark, *Le ragioni del cuore*
891. G. Pansa, *Il bambino che guardava le donne*
892. J. Michael, *Un certo sorriso*
893. S. Casati Modignani, *Vaniglia e cioccolato*
894. S. King, *Rose Madder*
895. B. Plain, *Il silenzio di una donna*
896. B. Bickmore, *La prima stella della sera*
897. O. Goldsmith, *I tre gusti della vendetta*
898. M. Gayle, *Avviso di chiamata*
899. L. Scott, *Giustizia sommaria*
900. D. Steel, *Un dono speciale*
901. R. Bachman (S. King), *L'uomo in fuga*
902. Phillip Margolin, *L'ultimo innocente*
903. S. Finnamore, *Prove tecniche di matrimonio*
904. B. Taylor Bradford, *Il potere di una donna*
905. K.C. McKinnon, *Le candele brillavano a Bay Street*
906. A. Vachss, *La seduzione del male*
907. B. Erskine, *La notte è un luogo solitario*

908. J. Lent, *Vento d'autunno*
909. J. Sandford, *Il punto debole*
910. D. Koontz, *Sopravvissuto*
911. M. Higgins Clark, *Accadde tutto in una notte*
912. A. Liu, *La casa delle colline dorate*
913. M. Palmer, *Cause naturali*
914. J. Fletcher & D. Bain, *La signora in giallo - Manhattan & omicidi*
915. J. Shields, *La mangiatrice di fichi*
916. J. Kellerman, *Buon viaggio bastardo*
917. D. Steel, *Dolceamaro*
919. C. Lim, *Lacrime di cristallo*
920. S. Pottinger, *A mente fredda*
921. F. Bardelli, *Ancora un tango*
922. J. Higgins, *Attacco al presidente*
923. B. Plain, *Un incontro, una svolta*
924. J. Archer, *L'undicesimo comandamento*
925. D. Bellomo, *L'ultima notte sul Normandie*
926. S. King, *La bambina che amava Tom Gordon*
927. M. Haran, *Qualcosa di mio*
928. R. Cook, *Invasion*
929. D. Kennedy, *Un amore senza fine*
930. J. Mitchard, *La relatività dell'amore*
931. J. McNaught, *Sussurri nella notte*
933. S. Coonts, *Cuba*
934. S. Sheldon, *L'amore non si arrende*
936. S. King, *Cuori in Atlantide*
937. N. Sparks, *Un cuore in silenzio*
938. M. Higgins Clark, *Prima di dirti addio*
939. B. Taylor Bradford, *L'uomo giusto*
940. D. Koontz, *Mezzanotte*
941. A. Trigiani, *Una stagione d'amore a Big Stone Gap*
942. S. Beauman, *Il segreto di Rebecca*
943. S. Brown, *Alibi di una notte*
944. C. Wilkins, *Il momento perfetto*
945. M. Binchy, *Come un dolce ben riuscito*
946. A. Linklater, *Il codice dell'amore*
947. M. Palmer, *Il paziente*
950. D. Steel, *Immagine allo specchio*
951. I. Johansen, *Occhi innocenti*
952. B. Bickmore, *Finalmente a casa*
953. L. Scottoline, *Il momento della verità*
954. P. Margolin, *La morte non ha fretta*
955. M. Allan Collins, *Era mio padre*
956. S. Coonts, *Hong Kong*
957. B. Kingsolver, *Una magnifica estate*
958. D. Steel, *Le nozze*
959. T. Holland, *Il custode del tempo*
960. M. Higgins Clark e C. Higgins Clark, *L'appuntamento mancato*
961. J. Sandford, *Preda facile*
962. G. Magrini, *Il falò delle bugie*
963. J. Fletcher & D. Bain, *La signora in giallo - Omicidi & fantasmi*
965. D. Koontz, *Falsa memoria*
966. D. Steel, *Forze irresistibili*
967. J. Kellerman, *Una vittima scomoda*
968. S. King e P. Straub, *La casa del buio*
969. M. Higgins Clark, *Sapevo tutto di lei*
970. J. Higgins, *Vendetta privata*
971. J. Fletcher & D. Bain, *La signora in giallo - Rum & delitti*
972. R. Cook, *Shock*
973. P. Margolin, *Prova d'accusa*
974. B. Plain, *Un colpo di fortuna*
977. S. King, *L'acchiappasogni*
978. S. Casati Modignani, *Vicolo della Duchesca*
979. M. Tornar, *Niente più che l'amore*
980. B. Taylor Bradford, *Amore lontano*
981. J. Reardon, *Il diario di Ellen Rimbauer*
982. O. Goldsmith, *Nemici per amore*
983. J. Lindsey, *Il primo bacio*
984. T. Matsuoka, *Nube di passeri*
985. F. Sherwood, *Il Vicolo d'oro*
986. V.A. Chandra, *Missione Kashmir*
987. J. Stanton Hitchcock, *Sussurri e crimini*
988. M. Andrews, *La felicità che cercavo*
989. P. Cogan, *La bussola del cuore*
990. D. Koontz, *Il cattivo fratello*
991. L. Scottoline, *Legittima vendetta*
992. S. Brown, *Gioco pericoloso*
993. D. Steel, *Aquila solitaria*
994. B. Kingsolver, *L'albero dei fagioli*
996. J. Graham, *La stagione dei fiori selvatici*
997. M. Higgins Clark, *Dove sono i bambini?*
999. D. Steel, *Granny Dan - La ballerina dello zar*
1000. S. Casati Modignani, *6 Aprile '96*
1001. J. Kellerman, *Istantanee di morte*

Finito di stampare nel febbraio 2005
presso la Mondadori Printing S.p.A.
Stabilimento N.S.M. di Cles (TN)
Printed in Italy

Gentile lettore,

la ringraziamo per aver scelto uno dei romanzi della ricca collana Superbestseller.

Per poter soddisfare sempre meglio le sue esigenze e i suoi gusti, le chiediamo di voler gentilmente compilare il seguente questionario. Se ci fornirà anche il suo indirizzo, le invieremo le informazioni relative alle nuove pubblicazioni del gruppo Sperling & Kupfer e alle iniziative speciali rivolte ai nostri lettori. Se invece preferisce registrarsi sul nostro sito www.sperling.it, riceverà nella sua casella e-mail la nostra newsletter informativa.

Ho trovato questo questionario nel volume dal titolo

....

Ho acquistato questo volume

☐ in libreria ☐ in edicola ☐ al supermercato

Numero libri acquistati in un anno: ....

Il mio autore preferito è: ....

Il mio genere preferito è

☐ Narrativa
☐ Thriller
☐ Narrativa al femminile
☐ Narrativa per ragazzi
☐ Saggistica
☐ Business

INFORMAZIONI ANAGRAFICHE

Età: Sesso: ☐ M ☐ F

Professione: ....

FACOLTATIVO

Nome ....
Cognome ....
Via .... n. ....
Città .... Provincia .... CAP ....
E-mail ....

Informativa ai sensi dell'art. 13 D. Lgs n. 196/2003

I suoi dati saranno trattati da Sperling & Kupfer Editori S.p.A. e dalle società con essa in rapporto di controllo e collegamento ai sensi dell'art. 2359 cod. civ. – titolari del trattamento – per evadere la sua richiesta di invio di materiale d'informazione libraria delle titolari e più in generale per finalità di marketing, attività promozionali, offerte commerciali e per indagini di mercato da parte delle stesse titolari.

Nome, cognome, indirizzo sono indispensabili per il suddetto fine. Il suo indirizzo di posta elettronica è necessario solo se desidera ricevere via mail i suddetti materiali.

Inoltre, previo suo consenso, i suoi dati potranno, altresì, essere comunicati a soggetti operanti nei settori editoriale, largo consumo e distribuzione, vendita a distanza, arredamento, telecomunicazioni, farmaceutico, finanziario, assicurativo, automobilistico, e a enti pubblici e Onlus, per propri utilizzi aventi le suddette medesime finalità.

Responsabile del trattamento è il Responsabile Dati presso Sperling & Kupfer Editori S.p.A. L'elenco completo e aggiornato delle società in rapporto di controllo e collegamento ai sensi dell'art. 2359 cod. civ. con Sperling & Kupfer Editori S.p.A., delle aziende terze a cui i dati possono essere comunicati e dei responsabili è disponibile al seguente indirizzo e-mail: privacy@mondadori.com.

I suoi dati saranno resi disponibili agli incaricati preposti alle operazioni di trattamento finalizzate all'elaborazione e gestione dei dati.

Ai sensi dell'art. 7 D. Lgs. n. 196/2003, potrà esercitare i relativi diritti, fra cui consultare, modificare e cancellare i suoi dati o opporsi al loro trattamento scrivendo a Sperling & Kupfer Editori S.p.A. Ufficio Promozione - Via Durazzo 4 - 20134 Milano.

Acconsente che i suoi dati siano comunicati ai suddetti soggetti terzi e da questi utilizzati per le finalità e secondo le modalità illustrate nell'informativa? sì ☐ no ☐

La preghiamo di tagliare lungo la linea tratteggiata e di inviare in busta chiusa e affrancata a:

Sperling & Kupfer Editori S.p.A. Ufficio Promozione
Via Durazzo 4 - 20134 Milano

Prova d'acquisto
88-8274-346
2005